Kiran Nagarkar

Die Statisten

Kiran Nagarkar

Die Statisten

Roman

Aus dem Englischen
von Giovanni und Ditte Bandini

A1 Verlag

Die Vorgeschichte

23. Dezember 1947

Es muss fünf vor sieben gewesen sein. Victor Coutinho kehrte gerade von der Tagesschicht in der Air-India-Werkstatt zurück. Parvati Pawar wartete, ihren dreizehn Monate alten Sohn Ram in den Armen, auf dem Balkon des Central-Works-Department-*chawls* Nr. 17 auf ihren Mann. Von morgen an hatte Victor wieder Nachtschicht, und der Gedanke, dass er Parvati Pawar einen ganzen Monat lang nicht zu Gesicht bekommen würde, deprimierte ihn. Jeden Tag fasste er erneut den festen Entschluss, sie anzusprechen, wenn sie so im vierten Stock auf dem Balkon stand, als würde sie auf ihn warten. Eigentlich sollte es nicht allzu schwierig sein, das Eis zu brechen. Sie hatten so viel gemeinsam.

Ihr Sohn und meine Tochter sind fast gleichaltrig. Sind sie am Ende im selben Monat geboren? Wer weiß, vielleicht sogar am selben Tag. Ist Ihr Sohn um sechs Uhr früh geboren? So ein Zufall! Unsere Pieta auch. Stillen Sie ihn noch immer? Meine Frau Violet hat darauf bestanden, dass Pieta mit acht Monaten auf feste Nahrung umgestellt wurde. Hat eine geschlagene Woche lang das ganze Haus zusammengebrüllt. Sie müssen sie bestimmt gehört haben. Ständig will sie gehätschelt werden. Ihr Sohn ist da genau das Gegenteil. Soo brav! Nicht wahr, du braves Bübchen, hubbel bubbel, hubbel bubbel? Ganz Ihr Ebenbild, haargenau. Die gleichen großen Augen mit den langen Wimpern. Eine schöne Stirn. Das gleiche verschmitzte Lächeln. Obwohl, Ihre Paradiesapfelbrüste hat er natürlich nicht – apfelrund, apfelfest –, dürfte ich mal drücken?

Victor hätte stundelang mit Parvati plaudern können. Aber wer hätte sein *Konkani* oder Englisch schon für sie ins *Marathi* übersetzen sollen? Ach, wenn er sich bloß getraut hätte, er wäre mit seinem gebrochenen Hindi schon irgendwie zurechtgekommen. Sie hätten sich ewig über ihre Babys unterhalten können, deren Schlafgewohnheiten, deren Temperamente und Unarten, das erste Wort, das sie jeweils gesagt hatten, miteinander vergleichen können.

Mach schon den Mund auf, Victor, red, sag was, was auch immer, redete er sich zu, während er Parvatis Rücken, oben im vierten Stock, beäugte. Geh ran, Victor. Sei ein Mann. Fall auf die Knie, los. Sag ihr, wie sehr du sie liebst, gesteh's, gesteh's, gesteh's. Sag ihr, dass du nicht einen Tag länger ohne sie leben kannst. Sag ihr, dass sie dich mittlerweile bereits im Traum heimsucht. Erklär ihr, dass du deine Frau liebst, dass es aber nichts in der Richtung ist, nichts Körperliches; dass du lediglich schlichtweg verrückt vor Lust auf sie bist. Ruf sie an, auch wenn sie gar kein Telefon hat und du ebenso wenig. Schaff dir eben eins an. Schreib ihr einen Brief. Sag ihr, dass du ein einsamer Mann bist, der sich in eine einsame hinreißende Frau verliebt hat. Sprich sie auf dem Korridor an, begegne ihr zufällig auf dem Markt und kauf Kohl und Chilis mit ihr, stell dich im *Maruti*-Tempel neben sie, begleite sie zur Kornmühle, bitte sie, mit dir zu den Andamanen-Inseln zu fliegen. Victor, Victor, Victor, deinem Namen wirst du nicht gerecht, du bist der geborene Verlierer.

Wie sollte Victor nur den Abgrund überwinden, der den fünften Stock von allen Stockwerken darunter trennte? Schon einige Male war er, als Parvati sich von der Brüstung abgewandt und ihn gesehen hatte, über eine Stufe gestolpert oder hatte weggeschaut und sich beeilt, die Treppe hinter sich zu bringen. Letzte Chance, Victor, heute ist deine letzte Chance, versuchte er sich mit jedem weiteren Schritt zum Handeln anzuspornen. Als er direkt unter Parvati-*bai* stand, ging ihm auf, wie wirklichkeitsfern seine Wunschträume waren. Er schaute nach oben. Was er sah, raubte ihm alle Kraft. Seine Augen hefteten sich auf Parvatis Brüste. Es war ein ausladender Busen. Er war so üppig und so hochgewölbt, dass man davon, obwohl Parvatis Leibchen gar nicht tief ausgeschnitten war, eine gewaltige Menge zu sehen bekam. Er war wie ein kühles, erquickendes Glas Limettensaft mit Honig für einen müden Wanderer. Ein Altar, vor dem die Lahmen und die Gebrechlichen wieder genesen konnten. Ein weicher Landeplatz für diese neuen Maschinen, die Air India sich gerade anschaffte. Er hob und senkte sich mit erfreulicher Regelmäßigkeit.

Victors Hände schossen in die Höhe und winkten Parvatis Sohn zu. „Komm, *Baba*, komm. Komm, komm."

Parvati und ihr Sohn beobachteten gerade einen Straßenköter, der an der Ecke des Chawl stand und sich mit hektischen, krampfhaften Bewegungen des linken Beins das Ohr kratzte. Als sie endlich Victor bemerkte, wunderte sie sich über seine Gebärden.

„Komm, komm, Baba, komm."

Parvati freute sich über die Aufmerksamkeit, die ihrem Söhnchen zuteil wurde. Sie fasste Ram mit Daumen und Zeigefinger ans Kinn und versuchte, seinen Blick auf Victor zu lenken. Aber der Junge starrte weiter gebannt auf den verwahrlosten Köter. Als Parvati Ram vom rechten auf den linken Arm nahm, damit er Victor vielleicht eher sähe, drückten sich ihre Brüste weich gegen das Kind. Als sie sich dann, plötzlich befreit, vor den Augen Victors wieder aufrichteten, meinte er, Zeuge eines kleinen Wunders zu werden. Er winkte dem Bübchen mit erneutem Elan zu.

„Komm, komm."

Endlich bekam Parvatis Sohn mit, dass Victor ihm zuwinkte. An seinem Mund erschienen Bläschen freudiger Begeisterung. Er quietschte und zog an Parvatis Ohren. Ihr Sohn Ram hielt sie ganz schön auf Trab, aber insgeheim war sie stolz – auch wenn seine Mätzchen sie anstrengten –, dass er schon so früh kaum zu bändigen war. Am oberen Rand von Victors Gesichtsfeld, über Parvatis Kopf, bewegte sich ein Schatten. Er sah hinauf. Seine eigene Frau Violet stand mit ihrer Tochter Pieta auf dem Balkon des nächsthöheren Stockwerks. In Violets Augen erschien eine seltsame Mischung aus Abscheu, Neid und Wut. Victors Hände fielen hinunter und hingen wieder schlaff an ihm herab.

Und die zwei noch verbleibenden „Komm-komm“ brachte er nur noch halbherzig heraus.

Der kleine Junge hüpfte aufgeregt in Parvatis Armen. Ja, ja, ja, er wollte mit Victor spielen, wollte sehen, wie der Hund sich kratzte, dem *kabaddi*-Spiel zuschauen, auf einen Doppeldeckerbus steigen und ganz vorne sitzen, mit dem Wind in den Augen und Haaren. Er streckte die Arme aus und stürzte sich vornüber.

Alle, die Victor in diesem Moment sahen, erzählten später, seine Augen hätten geradezu gebrannt, so als hätten sie Feuer gefangen und als loderten Flammen nach allen Seiten. Immer wenn Parvati sich im Lauf der folgenden Jahre an den Zwischenfall erinnerte, enthielt ihr Kommentar – wie es sich für den Ernst der Lage geziemte – zwei englische Wörter: „heart“ und „halt“. *Mazhe heart halt zale.* Aber trotz ihres Herzstillstands besaß sie immerhin noch genügend Geistesgegenwart, um einen übermenschlichen Schrei auszustoßen. Noch heute zeigen die Bewohner des Chawls gegenüber auf einen Riss in der felsenfesten Wand ihres Gebäudes und erklären einem, das sei die „Parvati-Spalte“.

Parvatis Sohn ging über Bord, und mit ihm fast drei Viertel von Parvati selber, die sich lebensgefährlich weit über die Balkonbrüstung reckte. Victors Hände schossen wieder in die Höhe. In diesem Moment hatte er eine Vision vom Jesuskind. Die Sonne stand hinter dem Jungen wie ein sternenfunkelnder Strahlenkranz. Er hatte den Kopf in den Nacken geworfen und lachte. Seine Arme waren weit ausgebreitet. Wie kann jemand, fragte sich Victor, wie kann jemand außer dem Gotteskind einem anderen so rückhaltlos vertrauen?

Niemand hätte mit Gewissheit sagen können, ob Victors Hände sich nach Parvatis hirnlosem Sohn oder nach Parvati selbst emporreckten. Und später erwies es sich als ein wenig schwierig, Victor zu diesem Thema zu befragen. Trotz des erschütternden Aufpralls ließ Victor den Jungen nicht los. Seine Hände hatten Ram unter den Achselhöhlen gepackt. Er tätschelte dem Jungen den Rücken und setzte ihn behutsam auf den Boden. Dann sackte er, die Augen zum Himmel gewandt, neben dem Kind zusammen und streckte sich ruhig auf der Straße aus.

Im Sturzflug, Stufen überspringend, sich mit den Zehen in ihrem Sari-Unterrock verfangend, um jeden Treppenabsatz fliegend, das offene Haar wie eine flatternde Mähne hinter sich herziehend, kam Parvati-bai aus dem Chawl gerannt. Ihr Sohn spielte gerade mit Victors Hemdkragen. Sie hob ihn auf und tastete ihn überall ab. Dann küsste sie ihn fünfhundert Mal an fünfhundert verschiedenen Stellen. Ihr Blick fiel auf Victor. Sein Mund stand noch immer ein wenig offen, und die verwunderte Miene war ebenfalls nicht vollends gewichen. Das Söhnchen fest an die Brust gedrückt, bückte sich Parvati-bai hinunter und legte Victor besorgt die Hand auf die Stirn. Victors Frau Violet, im neunten Monat schwanger, kam die Treppe heruntergewatschelt und sah sie. Pieta mit dem linken Arm haltend und mit dem rechten durch die Luft rudernd, marschierte sie schnurstracks zu ihrem Mann.

„Steh auf, Victor“, sagte sie unwirsch, doch Victor blieb ungerührt.

Parvati trommelte sich mit den Knöcheln gegen die Schläfen, um den bösen Blick von ihrem Sohn abzuwenden, und plapperte dabei wie ein Wasserfall. „Mein Baby, mein Süßer, mein Zuckerstück, kaum ein Jahr alt, und schon willst du deine Mutter verlassen, schämst du dich nicht? Sag was zu mir, Baby, was hätte ich bloß getan, wenn dir was passiert wäre? Dein Vater hätte mich bei lebendigem Leib aufgefressen. Gott *Khandoba* war gnädig, deswegen hast du überlebt. Und weil ich gestern Abend zu *Sai Baba* gebetet habe.“ Mit einer atemberaubend geschickten Handbewegung – und ohne einen einzigen Knopf ihres Leibchens zu öffnen – ließ sie die rechte Brust, die größer als die Kuppel des Großen *Stupa* von Sanchi war, hervorschwappen und stopfte sie ihrem Sohn in den Mund.

Violet hatte jetzt endgültig genug. Von dort, wo sie stand, konnte sie genau sehen, dass Victors Augen an dieser schamlosen Darbietung von Mutterliebe klebten.

„Hör auf damit, Victor. Steh auf", zischte sie auf Konkani.

Spätestens jetzt hätte Victor wohl aufstehen müssen. Aber er rührte sich nicht vom Fleck.

Violet beugte sich über ihn. „Ich hasse dich. Ich hasse dich."

Keinerlei Reaktion. Violet setzte Pieta neben ihrem Mann ab. Sie versuchte, ihn am Hemdkragen zu packen, doch ihr Bauch war ihr im Weg. Sie hockte sich hin und rüttelte Victor an den Schultern. Sein Kopf schlenkerte hin und her wie bei einer Stoffpuppe.

„Hör auf, dich wie ein Idiot aufzuführen ..." Sie verstummte abrupt und bemühte sich verzweifelt, einen Gedanken zu ignorieren, der sich wie ein Holzwurm in ihr Bewusstsein bohrte. Aber es nützte nichts. Victors Kopf fiel wie bei einem Betrunkenen vornüber auf die Brust. Sie legte ihn behutsam wieder hin und starrte blind auf die Leute, die sich um sie versammelt hatten. Sie argwöhnte, dass sie irgendetwas Abfälliges über Victor und sie flüsterten. Ihr Finger deutete auf Parvatis Sohn.

„Murderer, murderer – Mörder, Mörder", sagte Violet mit heiserer Stimme. Parvati begriff sofort, dass die Frau etwas Unglück bringendes über ihren Sohn sagte.

„Kya, kya, was, was?" Die einzige Sprache, die sie gemeinsam hatten, war Bombay-Hindi.

„Yes, yes", zischte Victors Frau.

Parvati setzte ihren Sohn neben Pieta ab.

„Was soll dieses yes yes heißen? Wenn Sie was zu sagen haben, dann reden Sie wie ein vernünftiger Mensch. In einer Sprache, die ich verstehe."

Violet aber wollte oder konnte sich nicht vom Englischen losreißen. „Murderer, murderer."

Parvatis Sohn kletterte Victor auf die Brust. „Märrdererr, märrdererr", kreischte er vergnügt.

Am nächsten Tag fuhr um vier ein Leichenwagen vor und blieb dort stehen, wo Victor gelegen hatte. Tatsächlich lag er auch jetzt noch, mit weiterhin leicht geöffneten Augen und Lippen, als hätte er seine Überraschung noch nicht verwunden. Doch statt in den blauen Himmel zu blicken, starrte er jetzt an die schwarze Decke des Leichenwagens. Schwarzer Anzug, weißes Hemd, schwarze Schuhe und schwarzer Schlips: Victor war für die große Reise herausgeputzt. Seine Hände lagen gekreuzt übereinander, wie Schwerter an der Wand. Ein Fuß hohe blanke quadratische Stangen, zwischen denen sich schwere Messingketten aus rautenförmigen Gliedern spannten, zäunten den Sarg von drei Seiten ein.

Hinter dem Leichenwagen versuchte Pater Agnello D'Souza Victors Frau zu trösten. Sie war vom Weinen erschöpft. Ihre Schluchzer klangen dürr und gefühllos, aber er tat weiterhin seine Pflicht. „Niemand kann etwas dafür, Mrs Coutinho, niemandem können Sie die Schuld an Victors Tod geben, nicht einmal diesem Kind. Wer kann uns schon festhalten, wenn unsere Zeit gekommen ist? Dann bleibt uns keine andere Wahl, als zu gehen. Und der Dahingeschiedene geht geradewegs zu unserem Herrn." Wie erhebend es war, mit anzusehen, wie der Geistliche Violets Kummer linderte! Die Hindufamilien verfolgten aus einiger Entfernung dieses anrührende Schauspiel und fühlten sich geschmeichelt, daran teilhaben zu dürfen.

Violet hielt Pieta in den Armen. Hinter ihr standen, jeweils zu zweit nebeneinander, ihre engsten Verwandten ordentlich und schicklich aufgereiht. Victors Bruder, seiner Mutter, seiner ältesten und seiner mittleren Schwester – die jüngste war in Madagaskar – und deren jeweiligen Ehemännern folgten Victors Freunde, Kollegen aus der Air-India-Werkstatt und katholische Nachbarn aus den CWD-Chawls. Die Männer trugen schwarze Schlipse und schwarze Jacketts, die Frauen schwarze Kleider.

Victors Bruder wird, wenn er morgen zur Arbeit geht, eine schwarze Binde am Hemdsärmel tragen. Victors Mutter wird ein ganzes Jahr lang Schwarz tragen. Der Tod wird seine Verwandten zu etwas Besonderem machen. Sie werden ein Jahr lang ihre Trauer hegen und mit berechneter Bescheidenheit zur Schau stellen. Sie werden leise sprechen und erwarten, ehrerbietig behandelt zu werden. Wo sie auch hinkommen, werden die Leute die Augen niederschlagen, ihnen den Vortritt lassen und flüsternd des Verblichenen gedenken.

Pater Agnello D'Souza schlug über Victor das Zeichen des Kreuzes. Die versammelte katholische Gemeinde sang mit ihm einen schönen, feierlichen Psalm.

Die Hindus aus dem Erdgeschoss, aus dem ersten, zweiten, dritten und vierten Stock der CWD-Chawls fühlten sich ausgeschlossen.

Zwei Typen vom Bestattungsinstitut arrangierten Dutzende von Blumensträußen, Kränzen und Kreuzen auf und um Victor herum. Weiße Lilien, rote, weiße und gelbe Rosen, kühle, lindernd zarte, grüne Farnwedel. An jedem Blumenarrangement waren Schleifen mit Name, Unterschrift und Adresse des jeweiligen Spenders sowie eine poetische Botschaft angebracht. Es war nicht ganz klar, an wen die Botschaften gerichtet waren. An Gott? Den Verblichenen? Die Hinterbliebenen?

„Bei Jesus auf ewig. Auf Erden unvergessen." „Uns entrissen. Nunmehr in Gottes Schoß." „Der Herr hat's gegeben, der Herr hat's genommen." Unterzeichnet Gilbert Rodriguez, Gattin und Familie, Errol D'Souza, Mr und Mrs Quentin Aranha, Julian Fonseca und die Schwestern Fonseca, Mr und Mrs Paul Monteiro, Michael Pereira und Mama, Sebastian Veigas und Familie, Joachim Castellino, Cajetan Figuereido, Peter Menezes mit Gattin, Mutter und Fam., Ozzy Braganza und Familie.

Der letzte Kranz kam vom Catholic Brotherhood Club der Air India. Es war ein riesiges Flugzeug aus Blumen. Auf seinem weißen Band stand in Rot zu lesen: „Möge deine Seele zu unserem Heiland Jesus Christus fliegen." Sie versuchten, es in den Leichenwagen hineinzubugsieren, aber die Tragflächen hatten eine zu große Spannweite. Zuletzt war es Paul Monteiro, der die Lösung hatte: „Warum bindet ihr das Flugzeug nicht aufs Wagendach?"

Wann immer von da an das Gespräch auf Kränze und Dekorationen kam, gedachte man voller Ehrfurcht der prunkvollen

Blumengebinde bei Victors Leichenbegängnis. Der Leichenwagen sah wie das Hochzeitsbett in einem Märchen aus, und Victor war der Prinz. Es war nur eine Frage von Minuten, bis die unglaublich liebliche Prinzessin in ihrem weißen Kleid ankommen und Victor auf die Lippen küssen würde, worauf die beiden auf der Air-India-Maschine in den Sonnenuntergang fliegen würden.

Die Hindu-Mädchen und -Jungen und deren Eltern aus den benachbarten Chawls rissen angesichts der unbeschreiblichen Schönheit einer katholischen Leichenfeier Augen und Mund auf. Wahrlich, selbst wenn man als Hindu auf die Welt gekommen war, lohnte es sich, sie als Katholik zu verlassen. Wie viel Pomp und Prunk und Feierlichkeit eignete doch dem christlichen Tod!

Plötzlich aber brach die Hölle los. Die Erde schien zu beben und der Himmel wankte. Die Trauergemeinde blickte völlig verstört um sich und selbst Pater Agnello D'Souza bekam kein Wort mehr heraus. War die zweite babylonische Sprachverwirrung ausgebrochen?

In Parvati-bais Fenstern platzierte Lautsprecher plärrten die gesamte Nachbarschaft mit den Litaneien des *Satyanarayana*-Rituals zusammen. Parvati-bai hatte einen *Brahmanen*priester angeheuert, damit er Gott für das Wunder dankte, das ihren Sohn vor dem sicheren Tod bewahrt hatte, und der Mann tat wirklich etwas für sein Geld. Die CWD-Chawls, diese steinalten Bauwerke, stabiler noch als die ägyptischen Pyramiden, selbst sie flatterten wie Luftpostpapier. Die katholischen Leidtragenden wurden von einer unverständlichen Kakophonie bombardiert. Wie unzivilisiert und vulgär das doch klang! Typisch für diese Hindus, zu so einem traurigen und tragischen Anlass ein Fest abzuhalten!

Selbst die Hindu-Nachbarn verstanden kein Wort von dem, was der Priester da rezitierte, obwohl es ihre Muttersprache Marathi war. Der Mann kümmerte sich einen Dreck um die Bedeutung der Worte, um das Gefühl, das sie vermitteln sollten, um die Poesie der Sprache oder die Verschlungenheiten der Handlung. Weder verschwendete er einen Gedanken an irgendwelche metaphysischen Implikationen, noch hatte er die Zeit, diese in nachvollziehbare alltägliche Begriffe zu übersetzen. Er schob Wörter, Sätze, Absätze ineinander, während er durch ein Kapitel nach dem anderen hechelte. Seine Worte erbrachen sich förmlich in die Gegend, während er selbst fast an seinem atemlosen Sprachgewirr erstickte. Was dabei aus ihm herausbrach, waren gigantische Steinklötze und scharf scheppernde Splitter und Teile von eisernen Kolben, Brücken und Trägern.

Der Brahmanenpriester übertrug seine Hektik auf Parvatis Kind, Ram. Das Baby geriet außer sich. Es plärrte und heulte, als ob das Gift eines Skorpions in seinen Adern pulsierte. Parvati-bai versuchte, ihn mit allerlei Mitteln zu besänftigen, mit Spielsachen, ihrer nie versiegenden Brustwarze und selbst mit dem Bananensirup, der eigentlich für den Gott Satyanarayana gedacht war. Der Junge begann bereits, auf Parvatis Sortiment von Bestechungsgaben anzusprechen und hatte sich fast schon beruhigt, als der Priester auf seine Armbanduhr sah und feststellte, dass ihm bis zum nächsten Termin – der erheblich luxuriöseren und einträglicheren Verlobung eines Brahmanenmädchens mit einem ebensolchen Jungen – nur noch siebenundzwanzig Minuten blieben. In der Eile goss er zu viel Ghee in die Flammen des improvisierten Backstein-Altars, und im Nu war alles zugequalmt.

Das war's. Parvatis Sohn bekam keine Luft mehr, er konnte seine Mutter nicht mehr sehen, und der Geruch des verbrennenden Ghee machte ihm zu schaffen. Er bekam es mit der Angst zu tun. Er rastete aus. Parvati nahm den Holzlöffel, mit dem sie den Weizengrieß in einem riesigen Topf gerührt hatte, und versohlte damit Ram den Hintern. „Was glaubst du wohl, für wen wir diese Satyanarayana-*puja* durchführen lassen, du dummes Balg? Was glaubst du wohl, was der Brahmanenpriester da an unserer Stelle tut? Willst du jetzt wohl augenblicklich mit dem Geplärre aufhören, oder soll ich dir das Nudelholz in den Hals stecken und dir das Maul ein für allemal stopfen?“

Parvatis Sohn erfand eine völlig neue Oktave und brachte es fertig, selbst die Lautsprecherstimme zu überkreischen.

„Gestern bist du ohne einen Kratzer davongekommen, mein lieber Ravan, wenn ich aber jetzt höre, dass du hickst oder rülpst oder auch nur den leisesten Laut von dir gibst, dann schmeiße ich dich eigenhändig hinunter." Parvati packte den Jungen am rechten Bein, ging mit ihm ans Fenster und ließ ihn außen kopfunter baumeln. Die Augen sämtlicher Leidtragender auf der Straße richteten sich nach oben auf Parvati. Sie schüttelte den Jungen wie eine Rassel über der Menschenmenge.

Victors Frau stöhnte auf. Ihre Wehen hatten eingesetzt. Zunächst knickten ihre Beine ein, dann klappte ihr Rumpf zusammen. Pater Agnello D'Souza beugte sich hinunter und hielt sein Ohr nahe an ihren Mund, um zu verstehen, was sie da murmelte. Aber sie hatte nichts Spezielles mitzuteilen. Mit einer übermenschlichen Anstrengung atmete sie einmal tief ein, deutete auf Parvatis Sohn und zerriss Pater Agnello das Trommelfell.

„Cain! Murderer!"

„Hab ich dich falsch verstanden? Du hast ihn doch nicht etwa *Ravan* genannt, oder?", brüllte Parvatis Ehemann Shankar-*rao* gegen den Lärm in seiner Behausung an.

„Hab ich doch!" Parvati wandte sich zu ihrem Mann, während ihr Sohn weiter aus dem Fenster hing.

„Nenn ihn ja nie wieder so, nicht mal im Scherz!"

„Von heute an heißt er Ravan", sagte Parvati in einem Ton, bei dem Shankar-rao begriff, dass sie an einem Wendepunkt im Leben ihres Kindes angelangt waren.

„Er war Ram, seitdem er auf die Welt gekommen ist. Er wird Ram bleiben, bis er stirbt."

„Gestern wäre er beinah gestorben, reicht dir das noch immer nicht? So ein wunderschönes Baby, mit so einem süßen und unschuldigen Blick in den Augen, und dazu ein Name wie *Ram*! Kein Wunder, dass ihn jemand mit der *nazar* belegt hat! Nein. Die einzige Möglichkeit, den bösen Blick von ihm abzuwenden, ist, ihn Ravan zu nennen."

„Nur über meine Leiche. Bist du von allen guten Geistern verlassen – kennst du nicht mehr den Unterschied zwischen Göttern und Dämonen?"

„Er ist mir als lebendiger Teufel lieber als als toter Gott."

Mittlerweile schrie Shankar-rao richtiggehend. „Welche Mutter wird ihre Tochter schon mit einem Schurken namens Ravan verheiraten wollen?"

„Egal. Von heute an heißt er Ravan."

„Wart nur ab, bis er groß geworden ist und jede *Sita* der Stadt zu entführen versucht! Dann wirst du es noch bereuen!"

„Nein, hör auf mich: Jede Sita wird meinem Ravan hinterherlaufen!"

„Nenn du ihn, wie du willst – für mich wird er immer Ram bleiben. Der Junge wird dich sein Leben lang verfluchen."

In Violet riss etwas. Sie erblasste, und alles Blut wich ihr aus dem Gesicht. Ihre rechte Hand griff an ihren Unterleib und tastete daran herum.

„Es kommt", sagte sie und verlor die Besinnung. Pater D'Souza war durch die Erkundungsgänge von Violets Hand auf das Peinlichste berührt. Leicht verwirrt sah er sich befangen um. Die Leute rannten hin und her. Violet schien nicht die geringste Absicht zu haben, wieder aufzustehen.

„Wer kommt?", fragte Pater Agnello D'Souza verdutzt.

„Jesus Christus!" Violets Mutter schüttelte ungläubig den Kopf.

Pater D'Souza schlug hastig das Kreuzzeichen. „Das ist Gotteslästerung, Mrs D'Silva. Sie bringen die unsterbliche Seele Ihres Schwiegersohnes in Gefahr, indem Sie den Namen des Herrn missbrauchen."

Violets Mutter überhörte die Drohung. „Pater, helfen Sie mir, Violet hochzuheben."

„Warum, was ist passiert?"

Violets Mutter verlor die Geduld. „Weil ich es Ihnen sage!"

Pater D'Souza griff Violet mit einem Arm unter den Rücken, mit dem anderen in die Kniekehlen und hob sie unbeholfen auf.

Ihm war nicht klar gewesen, dass sie so schwer sein würde. Sie schwitzte heftig. Ihre Haut fühlte sich unnatürlich kalt an. Eine besonders bösartige Woge von Schmerz verdrehte ihren Körper und entstellte ihr Gesicht. Der Atem aus ihrem offenen Mund ließ seine Brille beschlagen. Unter der schlüpfrigen schwarzen Seide spürte Pater D'Souza Violets Fleisch überdeutlich.

Violets Mutter war in den Leichenwagen eingestiegen und zeigte auf die Sitzbank parallel zu Victors Sarg. „Hier. Legen Sie sie hier hin."

Pater D'Souza schob ein paar Kränze beiseite, legte Violet behutsam auf den Sitz neben ihre Mutter und zog sich eilig zurück.

„Kommen Sie wieder rein, Pater", hielt ihn ihre Stimme auf. „Setzen Sie sich hin. Ich werde im Krankenhaus Ihre Hilfe brauchen." Violets Mutter legte Violets Beine auf seine Oberschenkel. Sanfte Seide, die sanft seine Willenskraft abtötete. Ein geheimnisvoller schwarzer Nebel, der ihn streifte und tiefer und tiefer hinabzog in die Strudel der Hölle. Darin wirbelten böse Geister rastlos umher und versengten seine fünf Sinne. Wie es ihn niederstreckte, dieses leuchtende Schwarz! Mein Vater, mein Vater, warum hast du mich verlassen?

„Im Krankenhaus? Wozu wollen Sie Victor ins Krankenhaus fahren?"

„Violet bekommt ein Kind."

„Bitte nein. Mrs D'Silva, bitte, ich flehe Sie an. Fahren Sie mit ihr."

„Pater, jetzt reißen Sie sich zusammen!", sagte Violets Mutter scharf. „In Krisenzeiten haben auch Sie gewisse Aufgaben und Pflichten!"

„Es ist alles aus", murmelte Pater D'Souza in sich hinein. Eine Hornviper hatte sich seiner Seele bemächtigt und grinste gehässig, während sie diese verschlang. Es war ziemlich eng da drin, und seine Seele wurde einen endlosen Tunnel sich schlängelnder Gedärme hinabgepumpt. Die Schlange wand sich um den Baum der Erkenntnis, immer höher und höher hinauf. Pater D'Souza hörte, wie seine Seele zersprang und klirrend in Scherben fiel.

Als sie zermalmt wurde, erhaschte er einen flüchtigen Blick von der Schlange. Sie lächelte noch immer. Sie hatte Victors Gesicht.

Violets Mutter stand auf, schloss die Heckklappe des Leichenwagens, kam zurück und schob die Glasscheibe auf, die den Fond von der Fahrerkabine trennte.

„Fahren Sie zum J. J. Hospital. Schnell!"

„Ich habe Anweisung, den Leichenwagen zum Friedhof zu fahren, Madam. Sonst nirgendwohin."

Violets Wehen kamen in immer rascherer, zuletzt pausenloser Folge. Sie drückte ihr Kreuz durch. Was immer in ihrem Bauch sein mochte, es befand sich in einem Zustand von Chaos und Aufruhr und schien sich nicht entscheiden zu können, ob es drinnen bleiben oder hervorbrechen wollte. Violet knirschte mit den Zähnen, ihre Nägel bohrten sich tief in Pater D'Souzas Arme und blieben dort stecken. Man hätte ihre Finger abschneiden müssen, um Pater D'Souza von ihr loszubekommen.

„Gedankt sei dir, oh Herr. Deine Weisheit und Gnade sind wahrhaft unendlich", sagte er, während er langsam aus einem Nebel von stechendem Schmerz wieder auftauchte. „Tun Sie, was die Dame sagt", befahl er dem Chauffeur in einem Ton, der keinen Widerspruch duldete. „Schnell. Die Dame bekommt ein Kind."

Der Leichenwagen erwachte augenblicklich zum Leben. In Indien haben die Menschen noch immer Respekt vor Leichenzügen. Sie sprangen aus dem Weg. Und das war gut so, denn der Chauffeur hätte sie sonst eiskalt über den Haufen gefahren. Es ging schließlich um ein Sakrileg. Sein Boss würde ihn sicherlich auf der Stelle feuern, wenn er erfahren sollte, dass der ehrwürdige Lieferwagen als Entbindungsstation zweckentfremdet worden war. Er überfuhr rote Ampeln, schlängelte sich durch den Verkehr. Die Passagiere wurden herumgeschleudert, und gelegentlich schien Victor seinem Sarg entsteigen zu wollen. Pater Agnello D'Souza starrte unverwandt aus dem Heckfenster. Ganz Bombay schien auf der Straße zu sein. In der Stadt herrschte eine festliche Stimmung. Das konnte doch unmöglich die Fortsetzung der Dankes-Puja für diesen Hindu-Jungen unterhalb von Victors Wohnung sein. Dann fiel es Pater D'Souza wieder ein. In all dem Trubel war ihm völlig entfallen, dass heute der erste Heiligabend in der unabhängigen indischen Republik war. Violet schrie. Violet keuchte. Violet kollabierte, aber er bekam nichts davon mit.

„Es ist alles in Ordnung, Pater", sagte Violets Mutter, als sie durch das Krankenhaustor sausten. „Violet hat einen Sohn bekommen."

„Gepriesen sei der Herr."

Sie nannten den Neuankömmling Edward, aber nie wurde er so gerufen. Vom ersten Tag an hieß er Eddie.

18 Jahre später

1

„Schluss mit der Gratisverpflegung, Ravan! Wer nichts verdient, kriegt nichts zu essen!“ Parvati-bai riss das Baumwolllaken weg, unter dem ihr Sohn lag. Was hatte seine Mutter, warum ließ sie ihn nicht schlafen? Es war gerade mal halb zehn, und er musste weder in die Schule noch sonst wohin. Und was soll das Gerede mit der Gratisverpflegung? Es war ihm neu, dass er all die Jahre was geschenkt bekommen hätte. War es nicht normal, dass Eltern ihre Kinder ernährten? Dass der Ernährer bei Ravan zu Hause nicht der übliche war, stand auf einem anderen Blatt. Sein Vater Shankar-rao stand so gut wie nie vor elf auf, legte sich gleich nach dem Frühstück wieder hin und verließ das Bett danach nur noch zu den Mahlzeiten, oder um die Abendzeitung zu holen.

Wieso sagte seine Mutter nicht zu ihm: „Schluss mit der Gratisverpflegung! Wer nichts verdient, kriegt nichts zu essen?“

Aber Parvati-bai war mit Ravan noch nicht fertig. „Mein Sohn wird kein Nichtsnutz! Lieber seh ich dich tot, als dass du wie dein Vater endest!“

„Als er ein kleines Kind war, hast du versucht, ihn umzubringen. Und jetzt willst du ihn wieder töten!“, schnaubte Shankar-rao höhnisch, während er sich auf die Seite wälzte und seine Frau ansah. Parvati-bai zuckte zusammen; selbst nach all den Jahren gelang es ihm immer noch mit seiner Fähigkeit, die Tatsachen zu verdrehen, ihr den Mund zu stopfen und sie an ihrer empfindlichsten Stelle zu treffen. „Aber ich lass es nicht zu, dass du meinen Sohn anrührst, meinen Ram!“

Ravan war seinem Vater dankbar, dass er ihn noch immer mit diesem Namen rief. Denn es war die Ironie seines Lebens, dass sein ursprünglicher Namenspatron nicht nur der Rechtschaffenste unter allen Göttern und Menschen war, sondern auch der Überwinder des bösen zehnköpfigen Königs Ravan, nach dem seine Mutter ihn umbenannt hatte. Ihm war allerdings klar, dass es dumm von ihm wäre, die heldischen Sprüche seines Vaters ernst zu nehmen, ebenso wie er wusste, dass es noch dümmer wäre, seine Mutter nicht beim Wort zu nehmen. Er stand widerspruchslos auf, faltete das Laken zusammen, rollte die Matratze auf und schob sie unter das Bett seines Vaters.

Richtig in Rage brachte Ravan aber, dass seine Mutter ihn mit seinem Vater verglich. Shankar-rao hatte sein ganzes Leben lang nichts geleistet. Ja, er war nichts, Punkt. Nichts. Und er bedeutete Ravan nichts. Selbst ein Bett, ein Stuhl oder eine *dari* besaßen mehr Präsenz und waren nützlicher als Shankar-rao. Die Einzige, die in der Familie arbeitete, war seine Mutter. Sie kochte den ganzen Tag und belieferte Wanderarbeiter, die in Baumwollspinnereien und kleinen Fabriken beschäftigt waren, mit Mahlzeiten. Sein Alter, der so alt eigentlich gar nicht war, glaubte, es gehöre sich für einen Mann nicht, seine Energie in niedere Tätigkeiten zu investieren. Mehr als das: Er war überzeugt, es laufe seinem *dharma* zuwider, seine Energie in was auch immer zu investieren. Er hatte sein Leben höheren Bestrebungen geweiht, so etwa das Schundblatt „Bittambatmi" zu lesen, im Bett zu liegen und seiner Frau zu befehlen, ihm Tee und pikante Knabbereien zu bringen, und das Geld auszugeben, das seine Frau verdiente. Wie konnte Ravans Mutter nur meinen, Ravan würde jetzt oder jemals ein so sinnloses Leben führen? Vater und Sohn hatten nichts gemeinsam. Etwaige Ähnlichkeiten zwischen den beiden waren rein zufällig.

Ravan war von einer fixen Idee verfolgt, gepackt und besessen. Er genierte sich, darüber zu sprechen oder es jemandem gegenüber auch nur zu erwähnen, aber sie war das, wofür er lebte. Seit seiner Kindheit – seitdem er den Film „Dil Deke Dekho" gesehen hatte – wusste Ravan, was er werden wollte. Er würde ein zweiter Shammi Kapoor werden, der Raja gespielt hatte, den

Protagonisten von DDD. Er würde ein Kinoheld werden, ein Star. Egal, was es kostete, wie hart er arbeiten oder welch schreckliche Opfer er würde bringen müssen – er würde ein Superstar werden. Mit nichts Geringerem würde er sich zufrieden geben. Seine Mutter konnte sich die Mühe sparen, ihn sich tot zu wünschen, sollte er nach seinem Vater geraten. Er würde sich eher selbst umbringen, mit dem großen Hackmesser, das sie beim Kochen immer benutzte, als in seines Vaters Fußstapfen zu treten.

Doch Ravan trug noch ein weiteres Geheimnis mit sich herum; man hätte es auch Siechtum nennen können, eine Krankheit, die ihn, wie er annahm, letztlich umbringen würde. Ihr Name war Pieta. Und ... und ... und er liebte sie. Da: Jetzt hatte er es sich, wenn auch sehr leise, zum ersten Mal selbst eingestanden. Es war nicht besonders klug von ihm, sich in sie zu verlieben. Sie war die Schwester Eddie Coutinhos, des katholischen Jungen, der im Stock über ihm wohnte. Eddie und dessen Mutter hatten Ravan schon als kleines Kind öffentlich zum Feind erklärt, und er konnte nichts daran ändern. Das Komische war, dass er den beiden gegenüber keinerlei Feindseligkeit empfand. Ravan hatte keine Ahnung, was Pieta von ihm dachte. Und überhaupt, was redete er da, hatte er sie nicht mehr alle? Das Problem war nicht, was sie von ihm dachte; es war eher so, dass sie überhaupt nicht an ihn dachte. Sie wusste nicht einmal von seiner Existenz. Ravan konnte auf der Dachterrasse des Hauses sitzen und nach ihr schmachten, stundenlang im iranischen Café um die Ecke oder draußen vor ihrem College warten, und doch – kaum sah er sie kommen, wagte er es nicht, die Augen zu heben. Sie quirlte sein Herz zu Schlagsahne, und er bekam weiche Knie. Oh, er konnte sich selbst nicht ausstehen; er gab eine so jämmerliche Figur ab, er war einfach unerträglich!

Doch jetzt war nicht die Zeit, an seine Schauspielerkarriere oder an Pieta zu denken. Ihm lag Dringlicheres auf der Seele. Wie, fragte sich Ravan, konnte sich alles binnen Minuten so einschneidend geändert haben? Erst vor ein paar Augenblicken war er noch ein Kind gewesen. Jetzt teilte ihm seine Mutter mit, er sei ein erwachsener Mann und müsse sich seinen Lebensunterhalt selbst verdienen. Er war nach wie vor in der letzten Mittelschulklasse. Er war zum zweiten Mal zur Abschlussprüfung angetreten und durchgefallen – alles bloß wegen seiner Mutter. Wäre es nämlich nach ihm gegangen, so hätte er es schon nach dem ersten Versuch gesteckt, aber seiner Mutter zuliebe war er nun einmal willens, unaussprechliche Mühsal zu erdulden.

Er hasste die Schule. Oh, wie er sie hasste! Biologie, Mathematik, Geschichte, Erdkunde. Was scherte es ihn, ob Chittagong in Ostpakistan oder in Alaska liegt? Und so sehr es ihn auch freute, dass Kaiser *Akbar* eine hinduistische Prinzessin namens Jodha Bai geheiratet hatte, die dann die Mutter des Kronprinzen *Jahangir* wurde, und so sehr er den beiden alles erdenklich Gute wünschte, was kümmerte ihn dessen Versuch, eine neue Religion namens *Din-e-Ilahi* zu gründen? Er wusste nicht mal genau, was seine eigene Religion, der Hinduismus, war. Und doch, weil er sah, mit welcher Löwinnenliebe seine Mutter an ihm hing – obwohl sie noch niemals, nicht ein einziges Mal, ein Wort darüber verloren hatte –, und er sich nicht vorstellen mochte, wie enttäuscht sie gewesen wäre, wenn er nichts aus sich gemacht hätte, hatte er in der achten Klasse eingewilligt, Nachhilfestunden zu nehmen. Es war eigentlich ein bisschen früh, um in der achten Klasse mit dem Förderunterricht anzufangen, aber Parvati-bai wollte kein Risiko eingehen. Sie konnte sich schon den symbolischen monatlichen Beitrag für die städtische Schule kaum leisten, und die halsabschneiderischen Gebühren für die Privatkurse überschritten ihre finanziellen Möglichkeiten bei Weitem, aber Violet Coutinho oben vom fünften Stock hatte ihren Sohn Eddie zu einem solchen eingeschrieben, und Parvati-bai hatte nicht vor zu knausern, wenn es um die Zukunft ihres einzigen Sohnes ging.

Ravan war klug genug, um zu begreifen, dass jeglicher Widerstand völlig zwecklos gewesen wäre. Er hatte schon wiederholt erlebt, wie seine Mutter, die Arme wie Gott *Vitthal* in die Hüften gestemmt, einen betrunkenen Fabrikarbeiter – einen der dreiundsechzig, die sie mit Mahlzeiten belieferte – zurechtwies, weil er es gewagt hatte, in die Wohnung einzudringen und sich eigenmächtig aus den Töpfen zu bedienen, obwohl er für den letzten Monat noch nicht bezahlt hatte. Gelegentlich wurde ein Kunde wehleidig und warf ihr unter Tränen vor, welch steinernes Herz sie habe, und Parvati-bai bestätigte sein Urteil durch ein gleichmütiges Nicken. Ab und an wurde ein Dummkopf handgreiflich und versuchte, sie beiseitezustoßen. Kein kluger Schachzug. Noch ehe er wusste, wie ihm geschah, rammte sie ihm den Cricketschläger, den sie für derlei Fälle neben der Tür stehen hatte, scharf in den Bauch. Falls er zu kontern versuchte, parierte sie mit einem Schlag gegen die Brust. Nein, Ravan war nicht so blöd, sich mit seiner Mutter anzulegen.

Es war unmenschlich von Parvati-bai, fand Ravan, von ihm zu erwarten, dass er jeden Tag sieben reguläre Schulstunden und anschließend noch zwei Nachhilfestunden absaß. Doch mit welcher Begründung hätte er sich beschweren dürfen? Dreiundzwanzig andere Jungen und Mädchen aus dem Komplex von CWD-Chawls, in dem er wohnte, nahmen ebenfalls von sechs bis acht Uhr abends Nachhilfe in unterschiedlichen Fächern. Aber irgendwann war das Maß voll. Nachdem er die Abschlussprüfung zum zweiten Mal vergeigt hatte, hatte er beschlossen, die Sache zu schmeißen. Er war weder ein liebloser Sohn, noch neigte er zum Lügen, wollte jedoch seiner Mutter eine Enttäuschung ersparen und hatte darauf verzichtet, sie davon in Kenntnis zu setzen, dass er keinen Sinn mehr darin sah, seine schulische Laufbahn fortzusetzen.

Wenn er auf die letzten zweieinhalb Jahre zurückblickte, musste er zugeben, dass dies keine weise Entscheidung gewesen war. Jeden Abend um sechs hatte er sich angeblich zum Nachhilfeunterricht aufgemacht und war schnurstracks zur New India Brass Band in Chawl Nr. 54 marschiert. Sein Vorbild, Raja in „Dil Deke Dekho", war Schlagzeuger gewesen, und folgerichtig hätte Ravan in seine Fußstapfen treten müssen, ein Schlagzeug war aber schlicht und einfach unerschwinglich. Außerdem ließen sich darauf keine Songs komponieren, und das war sein eigentlicher Traum. Was er brauchte, war ein Tasteninstrument, wie ein Klavier oder auch nur ein Harmonium. Aber in einer Brass Band hatten beide nichts verloren. Also hatte sich Ravan für das *patti tarang*-Xylophon entschieden.

Er hatte es mit dem Geld für die Nachhilfestunden auf Raten gekauft und zusammen mit den Mitgliedern der Band geprobt. Er hatte ein Gehör für Musik, und rasch brachte er es auf dem Instrument zu einer gewissen Kunstfertigkeit. Wenn jetzt einer der regulären Musiker im letzten Moment krank wurde oder einen familiären Trauerfall hatte – Kanhaiyyalal, dem Klarinettisten, war allein in den letzten neun Monaten die Schwiegermutter drei Mal gestorben, und sein Sohn hatte im selben Zeitraum zwei Mal ins Krankenhaus gemusst –, wurde Ravan aufgefordert, für ihn einzuspringen, selbstredend ohne dass ein Wort über schnöden Mammon gefallen wäre. Es gab keinen Vertrag und auch keinerlei mündliche Vereinbarung, aber mit der Zeit war Ravan zum fünften und jüngsten Mitglied geworden.

Zehn Monate waren vergangen, vielleicht auch ein Jahr, jedenfalls genügend Zeit, damit Ravan glauben durfte, seine Probezeit sei vorbei, da beging er einen fatalen Fehler. Wie üblich verspäteten sich die anderen Musiker zur Probe, und Ravan hielt es für den idealen Augenblick, um mit dem Bandleader, Mr Navare, zu sprechen.

Mr Navare glaubte an die Existenz von lediglich zwei Göttern. Der eine war *Hanuman*, der göttliche Affe, der fliegen konnte. Und der andere war sein Saxophon. Navare hatte Backen, die aus hochwertigstem malaysischen Kautschuk bestanden. Er konnte sie zu gigantischen Luftballons aufpumpen, und man wusste nie, wann sie platzen würden. Er sah haargenau wie sein Lieblingsgott aus, und oft schien er tatsächlich abheben zu wollen.

Wenn man Navare jedoch bei einer wirklich großmeisterlichen Darbietung erleben wollte, musste man ihm dabei zuschauen, wie er sich eine kleine mickrige Bidi ansteckte. Er zog an dem schmächtigen Stummel, bis der sein Inneres nach außen kehrte, und er nicht mehr wusste, wo oben und wo unten war. Das Ding war so dünn wie ein Streichholz: siebeneinhalb Tabakkrümel, in ein trockenes Stück Tabakblatt gewickelt und mit einem dünnen roten Fädchen zusammengebunden. Navare klemmte sich die Bidi zwischen Zeige- und Mittelfinger, ballte die Faust und zog daran. Das Ende erglühte wie eine zornige Nadelspitze. Dann brauchte er nur ein Mal, ein einziges Mal, auszuatmen, um jedem, der sich im Umkreis von hundertzwanzig Meilen befand, Löcher in das Lungenfell zu sengen und die Hirnzellen zu zerschmoren. Es war der reine Fallout. Ihm einmal ausgesetzt, war man fürs Leben geschädigt. Auf Navare hatte der Qualm eine elektrisierende Wirkung. Er verwandelte sich in die reinste Form von Energie. Er nahm einen anderen Aggregatzustand an.

Der Mann fing an zu husten. Es war nichts Geringeres als ein bellender, gellender, keuchender, manischer, respiratorischer Vulkanausbruch. Es kam zu einem mehrfachen Beben; Explosion folgte auf Explosion. In der Erdkruste taten sich meilenbreite Risse auf, Ozeane stiegen zum Himmel empor und Berge zerkrümelten zu feiner grauer Asche. Die Sonne ging in Scherben, und alle, Männer wie Frauen, wussten, dass der Tag des Gerichts angebrochen war. Doch *Shivas* Tanz fand und fand kein Ende.

Der Klarinettist Kanhaiyyalal pflegte bei solchen Gelegenheiten auszurasten. „Navare, du Arschloch, verschon uns jetzt endlich und mach diese Scheiß-Bidi aus!"

Navare brauchte eine Ewigkeit, um zwischen zwei Atemzügen eine Antwort herauszuwürgen, fand aber zu guter Letzt doch eine Lücke. „Hat sie vielleicht dein Blödmann von Vater bezahlt?"

„Und was, wenn du abkratzt?"

Ein weiteres langes, herkulisches Atemringen. „Den Teufel werd ich! Ich steck deinen Scheiterhaufen an, lang bevor ich den Löffel abgebe!"

„Ich bin inzwischen seit Längerem ein vollwertiges Mitglied der Band", erläuterte Ravan Navare. „Anders als die anderen, habe ich noch nie eine Probe oder eine Hochzeit ausfallen lassen.

Ich würde es zu schätzen wissen, wenn Sie anfingen, mich zu bezahlen."

Es klang wie eine absolut vernünftige Forderung, aber Ravan musste erst noch lernen, dass Mr Navares Wege, wie diejenigen Gottes, geheimnisvoll und unergründlich waren. Der Bandleader verzog säuerlich den Mund, und sein Glaube an die Menschheit schien zu zerbröckeln, so verständnislos, wie er Ravan anstarrte.

„Du möchtest bezahlt werden?" Es lag mehr als Ungläubigkeit in seiner Stimme; sie klang so, als hätte man ihm einen Dolchstoß versetzt.

Ravan ahnte, dass er seine Karten schlecht ausgespielt hatte, aber für einen Rückzieher war es nun zu spät. „Ja", entgegnete er.

„Bezahlt werden?" Mr Navare kam noch immer nicht über die Unverfrorenheit der Forderung hinweg. „Du willst bezahlt werden, obwohl du, Ravan Pawar, keinen einzigen Ton triffst? Sobald du mit deinem Ping-Ping-Gerät einsetzt, ruinierst du die gesamte Melodieführung und die Harmonie der Band. Und nicht nur das – wegen dir kommen alle anderen durcheinander."

Ein paar Dinge im Leben gab es, deren Ravan sich sicher war, und eins davon war, dass er seine Noten und Töne und Tonarten drauf hatte. Er hörte die geringfügigste Variation, den leisesten Intonationsfehler, den kleinsten falschen Ton heraus. Navare mochte sein Metier beherrschen, aber was den Rest der Kapelle anbelangte, so war das die Original All Off Key Brass Band. Das waren keine Musiker, das waren Vandalen, Metzger, Mörder, Musikkiller. Sie schweiften ab, sie stolperten, verirrten sich, sie brachten Melodien durcheinander oder vergaßen sie ganz einfach und hörten mitten im Stück auf. Es war für Ravan eine nie versiegende Quelle der Verwunderung, dass die Leute diese Hampelmänner tatsächlich für ihre Kakophonie bezahlten.

Ravan hatte den Verdacht, dass Sadanand Navare ihn zu demütigen versuchte, sah aber keinen Grund dafür.

„Wir können es uns nicht leisten, den Ruf der New India Brass aufs Spiel zu setzen. Bis du dazugekommen bist, nannten uns die Leute die Gandharvas, die himmlischen Hofmusikanten der

Götter. Jetzt laufen wir Gefahr, diesen Titel zu verlieren, und das geht nicht an. Ich fürchte, du wirst uns verlassen müssen."

Wie hatten die Dinge einen solchen Verlauf nehmen können? All diese Monate hatte Ravan geglaubt, sich einen Platz in der Band erarbeitet zu haben und ein integraler Bestandteil von ihr geworden zu sein. Er hätte nicht im Traum daran gedacht, das jemand anderem gegenüber auszusprechen, aber er hatte tatsächlich das Gefühl, dass er den Sound der Gruppe verändert hatte. Die New India Brass lieferte genau das, was ihr Name versprach: harte, gefühllose Blechmusik. Da waren keinerlei Geschmeidigkeit, keine Emotion, keine Zärtlichkeit, keine sanften sinnenden Riffs. Sein Xylophon hatte den ursprünglichen Sound abgemildert, und ohne es bewusst zu wollen, hatte er ein Element der Improvisation eingeführt.

Und jetzt warf man ihn raus.

Die Auftragslage der Band war selbst in ihren besten Zeiten als wechselhaft zu bezeichnen. Hochzeiten waren leider Gottes ein saisonales Phänomen. Da es schwierig war, während der Regenzeit eine Hochzeitsfeier auszurichten, sorgte der hinduistische Kalender dafür, dass es für die gesamte Dauer des Monsuns keine glückverheißenden Tage gab. Umgekehrt war es für eine erfolgreiche Band möglich, während der Sommer- und Wintermonate sieben, ja manchmal sogar fünfzehn Angebote pro Tag zu bekommen. Nicht, dass die New India Brass zu dieser begehrten Kategorie gehört hätte. Auf dem Höhepunkt der Hochzeitssaison gab es keinen Tag, an dem sie nicht gebucht waren. Das Problem war vielmehr, dass niemand Ravan ernst nehmen oder ihn anheuern würde, solange er kein bezahltes Mitglied einer Gruppe war. Bis dahin würde man ihm bestenfalls ein Trinkgeld anbieten, gleichzeitig aber von ihm erwarten, dass er die nötige Erfahrung hatte, um ein einundfünfzigköpfiges Orchester zu leiten.

Vergiss das Geld – ohne einen Fuß in der New India Brass Band würden Ravans Aussichten weniger als Null sein. Zum Teufel mit Eigenliebe und Selbstachtung, er war bereit, auf den

Knien zu rutschen, wenn er nur seinen Job zurückbekam. Ja, er war mehr als bereit, den Proberaum zu fegen, die Blasinstrumente zu wienern, für die anderen Mitglieder Besorgungen zu machen und für den Chef der Band Bidis zu rollen, sie ihm anzuzünden und sich dann platt vor ihm auf den Boden zu legen.

„Ich bin sicher, dass ich mit Übung und Ihrer Anleitung, Meister Navare, Fortschritte machen könnte."

„Du Fortschritte machen? Du?!" Sadanand Navare beäugte Ravan und stieß dann ein Gekecker aus, das in ein heiseres Gelächter überging und zu einem Hustenanfall ausartete. Im ersten Moment glaubte Ravan, das Lachen des Meisters habe lediglich die Oktave gewechselt, doch Navare hatte angefangen zu würgen, seine Augen wurden rot, quollen hervor und kippten bald nach hinten weg, sodass man nur noch das Weiße sah. Es muss ein Gott der Vergeltung im Himmel wohnen, dachte Ravan, von dem der Bandleader postwendend heimgesucht wurde!

Dieser verdammte Hohn und die Häme in Navares Stimme, insbesondere in diesem zweiten „Du?!"!

Ravan hatte nicht wenig Lust, der göttlichen Intervention ihren ungehinderten Lauf zu lassen, doch ihm wurde klar, dass dies jede auch noch so geringe Aussicht darauf, wieder in die Band aufgenommen zu werden, zunichte gemacht hätte. Abgesehen davon, hatte Rache vielerlei Gesichter und Erscheinungsformen. Ravan stellte sich hinter Sadanand Navare, nahm einen festen Stand ein, drehte seinen Oberkörper weit zurück, hob sein rechtes Bein und verabreichte dem Meister einen Taekwondo-Kick von derartiger Heftigkeit und Rasanz, dass der Mann von den Füßen gerissen wurde, einige nicht enden wollende Sekunden lang durch die Luft flog und dann, noch während er als Häuflein auf den Boden krachte, einen großen Schwall aus Erbrochenem und Schleim von sich gab.

Ravan wartete darauf, dass Navare wieder zu sich kam, aber der Niedergestreckte legte eine erschreckende Reglosigkeit an den Tag. Hatte er die Wucht des Tritts unterschätzt? Die Glieder des Meisters lagen schlapp und ungeordnet da, und sein Mund war weit geöffnet, bereit für den letzten läuternden Trunk von heiligem Gangeswasser. Er war offensichtlich tot.

Als wäre nicht alles schon schlimm genug, hatte Ravan jetzt auch noch einen Mord am Hals. Und nicht mal den ersten, wenn man diesem Eddie Coutinho vom obersten Stock Glauben schenken wollte. Und was sollte er nun mit dem Xylophon machen? Wo sollte er es unterstellen? Mit nach Hause nehmen konnte er es unmöglich. Die anderen Bandmitglieder konnten jeden Augenblick hier sein, und dann würde die Polizei kommen und ihn ins Gefängnis bringen und aufhängen. Ravans Denkvermögen war zu einem Affen geworden und sprang unentwegt von einem Unheil zum nächsten. Wie sollte er seiner Mutter gegenübertreten und was würde er ihr sagen? In seinen Augen war sie von jeher *Ma Sherawali* gewesen, die Göttin, die auf einem Tiger reitet und ein Schwert schwingt. Sie saß im Damensitz und ritt geradewegs auf ihn zu. Das Schwert sauste hernieder, und jetzt spielten die Kinder aus den CWD-Chawls mit seinem abgehackten Kopf Fangen.

Navares Körper zuckte zusammen, als hätte er einen Elektroschock bekommen. Seine Lungen saugten mit einem einzigen langen Atemzug sämtliche Luft des Universums in sich hinein und er schlug die Augen auf. „Es sei denn natürlich, es sei denn ..." Navare knüpfte dort wieder an, wo er abgebrochen hatte. In seliger Unwissenheit darüber, dass er beinah gestorben wäre und Ravan einen Heidenbammel eingejagt hatte.

„Es sei denn was?" Ravan hatte nicht die geringste Ahnung, worauf dieses Katz-und-Maus-Spiel hinauslaufen sollte, doch er war zutiefst erleichtert, kein weiteres Blut an seinen Händen zu haben.

„Na ja, es sei denn, du bist bereit, zwanzig Rupien im Monat zu zahlen, um von mir klassische Musik zu lernen. Nur wenn du die Theorie beherrschst und ein anständiges musikalisches Fundament hast, kannst du es schaffen."

Zwanzig Rupien im Monat? Warum nicht gleich zweihundert? Oder drei? Der Bandleader wartete auf Ravans Widerspruch und

Gegenangebot, aber der Junge schüttelte lediglich den Kopf und wandte sich zur Tür.

„Okay, okay. Da du so jung und lernbegierig bist, möchte ich dir nicht allen Mut rauben. Fünfzehn Rupien. Keinen *paisa* weniger."

„Danke, Meister Navare, aber ich wüsste nicht, wo ich so viel Geld herkriegen sollte."

„Pech. Das war mein letztes Angebot. Man kann einen Maulesel zu einem Nektarsee führen, aber man kann ihn nicht zwingen zu trinken."

Ravan hörte schon nicht mehr zu. Für ihn war hier Endstation. Allein die Vorstellung, seiner Mutter gestehen zu müssen, dass er mit dem Geld für die Nachhilfestunden das Xylophon gekauft hatte! Es war sein kostbarster Besitz. Kostbar nicht im Sinne von teuer, sondern von lieb und wert. Ehrfurcht kam dem Gefühl vielleicht noch am nächsten. „Ach, und ich will dein fürchterliches Klimperbrett nicht bei mir im Haus rumliegen haben. Nimm es bloß mit."

Ravan hakte den Tragegurt in die stählernen Ringe an beiden Enden des Xylophons und wuchtete es sich auf die Schulter.

„Acht Rupien!", schrie Navare Ravan hinterher. „Du hast keinerlei musikalisches Gehör, Ravan! Ich bin deine einzige Hoffnung!"

„Fünf", konterte Ravan.

„Sieben, und die Sache ist geritzt! Stell das Xylophon wieder hin, du Idiot. Wir fangen gleich mit der ersten Unterrichtsstunde an."

Ravan musste zugeben, dass der Bandleader seinen Job beherrschte. Man konnte Navare ein beliebiges Blas-, Tasten- oder Saiteninstrument geben, und er erweckte es zum Leben und ließ es nach seiner Melodie tanzen. Stundenlang saß er mit seinem Schüler zusammen und führte ihm die Kunst vor, Raga-Motive auf dem Harmonium zu spielen. Gelegentlich holte er die Sarangi – das Saiteninstrument, dessen Klang dem der menschlichen

Stimme am nächsten kommt – aus ihrem Kasten, bestrich den Bogen mit Kolophonium und spielte. Ravan arbeitete Stunden an den musikalischen Übungen und seine Technik wurde von Woche zu Woche besser. Doch was noch wichtiger war – er wagte sich nun mit größerer Sicherheit und tieferem Verständnis an immer komplexere Phrasierungen heran. Er spielte jetzt nicht mehr nur Xylophon. Er kam stets früh zu den Proben und versuchte sich dann an der Klarinette oder sogar dem Saxophon.

Ravan war mittlerweile seit anderthalb Jahren Mr Navares Schüler. Er war normalerweise vier bis fünf Monate im Rückstand mit der Bezahlung, und von Zeit zu Zeit bekam sein Lehrer einen Tobsuchtsanfall und verlangte sein Geld. Die Augen des Meisters quollen dann gefährlich hervor, und das dünne Geflecht von Adern an seinem Hals und seiner Stirn schwoll an und begann wie ein Spinnennetz im Sturm zu vibrieren. Ravan fürchtete dann immer, Mr Navare würde sagen, er möge sich zum Teufel scheren und sich nie wieder blicken lassen. Oder schlimmer noch, er würde vor seinen Augen explodieren und sich selbst vernichten. Doch die Wutausbrüche des Bandleaders waren immer nur von kurzer Dauer. Er war fast so knapp bei Kasse wie Ravan, und er wusste, dass der Junge nicht nur der beste Schüler war, den er je gehabt hatte, sondern auch das zuverlässigste und vielseitigste Mitglied der New India Brass Band.

Es war der letzte Tag der Hochzeitssaison. Dank den drei- bis viertausend Eheschließungen, die allein in Bombay an diesem Tag begangen wurden, war die New India Brass in eine höhere Klasse aufgestiegen. Die Band war engagiert worden, auf einer Brahmanen-Hochzeit in der Laxmi Baug Hall im gutbürgerlichen Stadtbezirk Girgaon zu spielen.

„Heute in Girgaon“, verkündete Navare triumphierend, „und morgen ... morgen in Dadar, ja im Shivaji Park!“

Kanhaiyyalal, der Klarinettist, war der Zyniker der Kapelle. „Bis ‚morgen‘ ist es noch ein halbes Jahr hin, und ich bezweifle, dass die Band nach dem heutigen Abend noch existieren wird. Du schuldest uns noch immer zwei Monatslöhne.“

„Du hast keine Vorstellungsgabe, Kanhaiyyalal, keinerlei visionäre Kraft“, beklagte Kamble, der Trommler und Harmoniumspieler. Sein Kopf war in den Nacken geworfen und sein Kinn gen Himmel gereckt, sodass sein zierliches Profil zu anbetungswürdiger Wirkung gelangte. „Wir mögen Erdlinge sein, doch der Aufstieg des Menschen zum Trommelschlag der Zeit war einzig möglich, weil das Menschengeschlecht mitunter die Kühnheit besessen hat, mit den Göttern zu wandeln.“ Ravan starrte den ehemaligen Mimen ehrfürchtig an. Wenn Kamble in Form war, konnte er einen die dürftige Bedeutungslosigkeit des eigenen Lebens vergessen lassen. Man übersah, dass sein Haar stümperhaft gefärbt war und sein Kunstgebiss ihm, wenn er besonders erregt war, ständig aus dem Mund fiel. Man nahm nur noch die Poesie seiner Worte wahr und deren Macht, einen zu großen Taten zu inspirieren und zu beflügeln, unbekannte Welten zu erobern. Dann glaubte man ihm, dass er nicht nur einem Maler als Modell für Madan, den Gott der Liebe, gedient hatte, sondern auch einer der großen Sänger-Schauspieler längst verflossner Zeiten gewesen war, der jede weibliche Rolle auf der Marathi-Bühne gespielt hatte und von herzlosen jüngeren Publikumsgenerationen vergessen worden war.

„Doch du, Kanhaiyyalal, selbst wenn du in den Himmel entrückt wärest, würden deine Augen fortfahren, die Misthaufen dieses unseres heillosen Landes abzugrasen!“ Der Bandleader hatte sich offenbar mit dem rhetorischen Bazillus seines Berufsoptimisten angesteckt und machte da weiter, wo Kamble abgebrochen hatte. Jetzt lag zittrige Verzweiflung in seiner Stimme. „Du musst glauben, Kanhaiyyalal, an dich selbst glauben, wenn du Wunder wirken willst!“

„Aber sicher. In dem Augenblick, in dem du endlich rausrückst, was du mir schuldest, glaube ich an Wunder.“

„Geld! Hat denn das Leben nichts anderes zu bieten als die Anbetung des Mammons?“ Der Bandleader war gerade dabei, sich in eine Berserkerwut hineinzusteigern, als der Vater des Bräutigams ihn unterbrach.

„Mit Verlaub, Mr Navare, wenn Sie mit Ihrem Gezänk und sonstigen nichtigen Angelegenheiten fertig sind, würden wir gern mit dem Hochzeitsumzug beginnen ...“

Navare brach seine Rede wider das philisterhafte Leben und das schnöde Streben nach Geld auf Kosten von Kunst und überhaupt allem, was dem menschlichen Leben Adel verlieh, kurzerhand ab, hob die Hand und sagte: „Eins, zwei, drei.“

Das war der Moment, in dem alles Leben erlosch und Ravan erwachte. Die Tatsache, dass Navare ihn weder bezahlte noch zugab, dass er sich als Mitglied der Band die Sporen verdient hatte; dass die grauenhafte ockerfarbene Uniform, die er tragen musste, ihm drei Nummern zu groß war; dass er es niemals fertigbringen würde, Eddies Schwester Pieta seine Liebe, seine jedes Vorstellungsvermögen sprengende Liebe zu gestehen; dass er keine Ahnung hatte, wo er das Geld hernehmen sollte, um sich die Kleider zu kaufen, in denen er wie sein Held Raja aussehen würde, oder wie er seine erste Chance beim Film bekommen sollte; nichts hatte noch irgendeine Bedeutung.

Ravan ergriff die Schlägel, und ihre flauschigen Filzköpfe begannen, wie das kühle Geprassel eines melodischen Regenschauers auf die Metallplatten zu fallen. Wenn man Ravans Seele sehen wollte, brauchte man nur zuzuschauen, wie seine Hände über das Xylophon wirbelten. Die zwei, Spieler und Instrument, wurden untereinander austauschbar, und es war nicht mehr zu erkennen, was was war. Er konnte einen Ton, der eigentlich längst im Äther verhallt war, so hinausziehen, dass man ihn weiter vernahm, wie die schmerzliche Erinnerung an eine verlorene Liebe. Und mit dem Tanz seiner Schlägel beschwor er Rinnsale und Felshänge, Muren und smaragdgrüne Lagunen herauf. Mitunter spielte er mit der Melodie Verstecken, dann wieder war es so, als könnte er sich nicht von ihr trennen, und er spielte so viele Variationen von ihr, dass man hätte schwören können, er würde nie wieder zurückfinden. Doch es gelang ihm immer.

Die Schlägel liebkosten bedächtig die leicht gebogenen Metallplatten; sie flatterten über sie hinweg und tändelten mit ihnen, brachten sie dazu, wie eine Katze zu schnurren, die, auf dem Rücken liegend, die Beine nach oben gestreckt, ihre Augen vor Wonne schließt. Und dann, ohne jede Vorwarnung, trommelte er ein wahres Gewitter zusammen, trieb es über alle drei Oktaven des Instruments hinauf und hinunter, schlug Wirbel von solcher Geschwindigkeit, dass seine hin und her jagenden Hände einem vor den Augen verschwammen und dabei glitzernde Gitter von Tönen und verschachtelte rhythmische Origami-Strukturen erschufen.

Ravan hatte jedes Zeitbewusstsein verloren und war überrascht festzustellen, dass sie die St. Sebastian's School schon lange hinter sich gelassen hatten und jetzt auf Höhe der Our Lady of Gloria Church waren. Wie üblich, kam der Hochzeitsumzug nur stockend und schleppend voran. Je mehr Zeit sie brauchten, um die Laxmi Baug Hall zu erreichen, sagte sich Ravan, desto besser: Er würde länger spielen können und das war alles, was zählte.

Es war Ravans Tag, in jeder Beziehung. Zumindest hätte er es werden sollen. Doch sein Herz schien plötzlich vom Spiel abzuschweifen. Er meinte, eine Frau zu sehen, die gerade vom Gemüsegroßmarkt von Byculla zurückkam. Sie trug mehrere Jutetaschen, die von Blumenkohl, Spinat, Kohlköpfen, Auberginen und Kürbissen überquollen, und versuchte, sich durch den Hochzeitsumzug auf die andere Straßenseite zu schlängeln. Dann war sie verschwunden. Er hatte sich offenbar getäuscht; er bearbeitete schon wieder das Xylophon mit ganzer Kraft, da stand sie plötzlich vor ihm. Navare versuchte sie wegzuscheuchen, aber sie achtete nicht auf ihn.

„Wir sprechen uns zu Hause, Ravan", sagte Parvati-bai leise und wandte sich ab. Ravan hörte mitten im Stück auf und wollte ihr schon kleinlaut folgen, doch sie drehte sich noch einmal um. „Nicht bevor du deinen Auftrag erledigt hast. Du lässt deine Freunde nicht im Stich!"

Shankar-rao hatte mit mehr als nur einem Hauch von Schadenfreude gekeckert, als Ravan an dem Abend heimgekommen war. „Einen prächtigen Sohn hast du da großgezogen! Fällt bei der Abschlussprüfung durch und bringt auch sonst nichts zustande. Aber was hätte man von ihm auch erwarten können, nachdem du ihn nach einem Dämonenkönig umgetauft hast? Der wird schon ein richtiger Held werden, unser Ravan, und seiner Familie Ehre machen, dieser Nichtsnutz!" Parvati-bai ignorierte seine Sticheleien, und Ravan war viel zu verschüchtert, um auf die Bemerkungen seines Vaters zu achten. Der Himmel war im Begriff, ihm auf den Kopf zu fallen – auch wenn Ravan nicht ganz sicher war, wie seine Strafe konkret ausfallen würde. Würde seine Mutter ihn verdreschen? Würde sie ihm die Beine brechen? Würde sie ihn endgültig und unwiderruflich aus dem Haus jagen?

Parvati-bai servierte ihrem Sohn und ihrem Mann das Abendessen, spülte das Geschirr, wickelte die Mungbohnen in ein feuchtes Tuch, damit sie bis zum nächsten Morgen keimen würden, putzte sich die Zähne und legte sich schlafen. Was war mit seiner Mutter passiert? Baute sie allmählich ab? Hatte das nahende mittlere Alter sie mürbe gemacht? Sie war von jeher eine nüchterne Frau gewesen und sie hatte eine krankhafte Aversion gegen Lügen, insbesondere wenn deren Urheber ihr einziger Sohn war. Normalerweise hätte sie ihm längst den Schädel eingeschlagen. Doch Ravan klagte nicht. Er war nicht der Typ, der einem geschenkten Gaul ins Maul schaute.

Das Gewitter war vorübergezogen. Er hatte sich völlig grundlos Sorgen gemacht. Ja, es hatte überhaupt kein Gewitter gegeben. Vielleicht hatte seine Mutter ein Einsehen gehabt, und er konnte weiter in der Band spielen. Er schlief den Schlaf des Gerechten, beziehungsweise desjenigen, der kalt erwischt worden war und trotzdem ungeschoren davonkam.

Am nächsten Morgen hatte Parvati-bai ihn mit ihrem Ultimatum geweckt: „Schluss mit der Gratisverpflegung, Ravan! Wer nichts verdient, kriegt nichts zu essen!"

An dem Abend sprach Parvati-bai noch einmal mit ihm. „Hier", sagte sie und drückte ihm zwei Blätter in die Hand. „Das eine ist eine Anfänger-Fahrerlaubnis, und das andere ist die Quittung der Bombay Scientific Driving School für im Voraus bezahlte Gebühren. In fünf Monaten besorgen die dir eine Stelle als Taxifahrer. Was du mit deiner Freizeit anstellst, ist deine Sache, aber schwänz keine einzige Unterrichtsstunde, Ravan. Falls doch, kannst du dich entschuldigen, so viel du willst, aber dann hast du kein Zuhause mehr."

Ravans Laufbahn als Taxifahrer nahm nicht eben den verheißungsvollsten Anfang. Die Fahrschule hatte ihm in fünf Monaten eine Stelle versprochen, aber er hatte noch weitere vier warten müssen, ehe er den Job bekam. Gleich am allerersten Tag hatte er einen Zusammenstoß mit der Bombayer Polizei.

„Fünfundzwanzig Rupien", sagte der ältere der zwei Polizisten zu Ravan.

„Wegen was?"

„Nur vier Taxis erlaubt auf diesem Taxistand."

„Na und? Ich bin das vierte Taxi."

„Mag sein, aber du stehst außerhalb des markierten Standplatzes."

„Tu ich nicht."

„Tust du doch."

Ravan stieg aus dem Taxi aus und sah nach. „Alles in Ordnung. Der Wagen ist perfekt eingeparkt."

„Willst du damit sagen, dass wir blind sind? Er steht mindestens um zwölf Zoll außerhalb der Markierung."

„Ich kenne das Gesetz. Sie können mir nichts vorwerfen. Auf dem Schild da steht vier Taxis, und ich bin das vierte."

„Oho, wir haben es mit einem Advokaten zu tun!", mischte sich der jüngere Polizist ein. „Warum fährst du Taxi? Du gehörst aufs Gericht. Vierzig Rupien."

„Sie machen wohl Witze!"

„Noch ein Wort, und ich mach fünfzig daraus. Du kannst vor Gericht behaupten, was du willst. Ich werde dem ehrenwerten Richter sagen, dass du die Justiz behindert hast. Wer weiß, vielleicht lässt sich der Richter so von deinen juristischen Kenntnissen beeindrucken, dass er dich wegen der erlittenen seelischen Misshandlung um Verzeihung bittet und das Bußgeld verdreifacht."

Ein Mann mit einer gehäkelten Kopfbedeckung und einem Vollbart, der zugeschaut hatte, wie Ravan sich erfolgreich in den Schlamassel ritt, trat hinzu und klopfte ihm auf den Rücken.

„Die Herren Wachtmeister mögen mir meine Vermessenheit nachsehen", hob der Mann in tadellosem *Urdu* an, „aber dürfte ich, mit Ihrer Erlaubnis, ein Wort für diesen jungen Mann einlegen?"

„Was zum Teufel willst du?"

„Ihnen nur sagen, dass dieser Taxifahrer neu in seinem Metier ist. Bitte verzeihen Sie ihm. Ich versichere Ihnen, er wird nie wieder mit so hochrangigen Polizeibeamten diskutieren. Lassen Sie ihn diesmal mit fünfzehn Rupien davonkommen. Er wird gern auf eine Quittung verzichten."

„Was?" Ravan starrte den Eindringling aufgebracht an. „Wer zum ..."

„Bezahlen Sie einfach."

Ravan sah den Mann noch einmal an. Was zum Teufel bildete er sich ein, seine Nase in fremde Angelegenheiten zu stecken und ihm zu sagen, er solle bezahlen? Er schien nicht viel älter als Ravan zu sein, hatte allerdings eine dieser Bassbaritonstimmen und die gewichtige Art eines Mannes, der es gewohnt ist, seinen Willen zu bekommen.

„Wer hat Sie denn gebeten, sich einzumischen? Sie wissen verdammt genau, dass ich völlig im Recht war", ging Ravan auf den Mann los, sobald die Polizisten verschwunden waren.

„Warum haben Sie dann bezahlt?"

„Weil ich Sie nicht vor diesen Polizisten bloßstellen wollte."

„Da bin ich Ihnen zu tiefstem Dank verpflichtet." Der Sarkasmus in der Stimme des Mannes war nicht zu überhören. Er war inzwischen in das Taxi eingestiegen.

„Wohin?"

„Sie sind ein ehrlicher Mann. Gibt heutzutage nicht mehr viele. Versova."

„Wie bitte? Warum haben Sie mich dann aufgefordert zu bezahlen?"

„Versova."

„Sie wollten, dass ich das Geld ausspucke, wegen Versova?" Ravan hatte keinen blassen Schimmer, wovon der Typ redete und welche Antwort zu welcher Frage gehörte.

„Nein, ich will nach Versova, aber unterwegs möchte ich bei der *Haji Ali* Halt machen. Es ist Ebbe und ich möchte schnell hinüber zur Moschee und den Segen des *Pir* erhalten. Ein großer Heiliger ist ein Mittler zwischen Mensch und Allah *Myaan* und kann durch den Segen des Allmächtigen Wunder wirken. Aadmi lakh chaahein, 'gar Khuda chaahe to hi baat sakti hai." Der Mann lehnte sich nach vorn und fragte beflissen: „Haben Sie verstanden, was ich gesagt habe? Beherrschen Sie Urdu? ‚Der Mensch kann sich hunderttausend Dinge wünschen, doch erst wenn Allah es will, kann etwas daraus werden.' Kennen Sie das Geheimnis eines guten Fahrers, gleich ob eines Taxis oder eines anderen Fahrzeugs? Er weiß, wann er schalten muss – abhängig von der Beschaffenheit der Straße, der Steigung, dem Zustand des Motors, des Reifendrucks und so weiter."

„Das ist mir alles bekannt. Das haben wir in der Fahrschule gelernt."

„Unsere Autos haben vier Gänge. Ausländische haben, wie ich gehört habe, oft fünf."

Worauf sollte das alles hinauslaufen? Ravan war nicht in der Stimmung für einen Vortrag über Gänge, nachdem er wegen dieses Mannes fünfzehn Mäuse aus seiner eigenen Tasche hatte berappen müssen und das an seinem ersten Tag als Taxifahrer. Weder der Muslim noch der Taxibesitzer würden ihm die Summe erstatten.

„Das Leben gleicht einem Taxi. Es läuft ebenfalls reibungslos, wenn man weiß, wann man den Gang wechseln sollte. Der einzige Unterschied besteht darin, dass ein Wagen nur vier oder fünf Gänge hat. Das Leben hat hundert davon, vielleicht sogar mehr. Das macht, wie Sie sich vorstellen können, die Sache etwas verwirrend. Es gibt immer den richtigen Gang, der erhitzte Gemüter beruhigen kann, einem helfen kann, sich aus der Klemme zu befreien, verlorenen Boden zurückzugewinnen und sich durch die vertracktesten Dilemmas hindurchzumanövrieren. Doch nur die wahrhaft Weisen unter uns wissen, welchen Gang man in welcher Situation einlegen sollte. Das ist auch der Grund, weshalb wir oft selbst die simpelsten Angelegenheiten vermasseln; Worte führen zu noch mehr Worten, Ehen gehen in die Brüche, Söhne entzweien sich mit ihren Vätern, Vorgesetzte nutzen ihre Untergebenen aus. Wie viel waren Sie bereit zu zahlen?"

„Nicht einen Paisa."

„Und trotzdem hätte es damit enden können, dass Sie vierzig oder fünfzig Rupien hätten zahlen müssen, einfach weil Sie im falschen Gang fuhren. Natürlich waren Sie im Recht; Sie wussten das, und die Polizisten wussten das. Aber die beiden brauchten ein bisschen Taschengeld, und Sie waren einfach zufällig zur falschen Zeit am richtigen Ort. Sie müssen sich die Frage stellen, ob Sie für ihre Grundsätze einstehen oder lieber Schadensbegrenzung betreiben wollen. Wenn Sie jedes Mal, wenn Sie sich im Recht wissen, auf Ihrem Recht beharren, sitzen Sie bald auf der Straße und verhungern."

Ravan merkte durchaus, dass sein Fahrgast es gut mit ihm meinte, aber was sollten diese Sprüche von den hundert oder vielleicht noch mehr Gängen? Als Nächstes würde der Mann ihm erklären, das Leben habe auch Stoßdämpfer, Auspufftöpfe, Vergaser und Gaspedale.

„*Khuda hafiz*, Fahrer-*sahab*, gehen Sie sparsam mit Ihrer Ehre um, nicht wie mit Kleingeld", sagte der Fahrgast, als er bezahlte. „Und seien Sie vorsichtig, man munkelt, dass es morgen einen Bombay-*bandh* geben könnte. Ich würde Ihnen empfehlen, dass Sie zu Hause bleiben."

Was war ein „Bombay-Bandh"? Ravan hatte das Wort noch nie gehört. Morgen war weder Sonntag noch ein gesetzlicher Feiertag.

Wie konnte die Stadt dann „geschlossen“ sein? Selbst wenn die öffentlichen Verkehrsmittel, wie die *BEST*-Busse, streikten oder die Taxis in den Ausstand gingen, blieb Bombay geöffnet. Deswegen nannte man es ja die Stadt, die niemals schläft. Wie jeder andere Taxifahrer in der Stadt würde auch Ravan innerhalb weniger Monate lernen, die BEST-Busse und deren Fahrer zu hassen. Ihre Ethik war archaisch: Sie hatten immer Vorfahrt, weil sie einen niederwalzen konnten wie *Jagannaths* Tempelwagen und Gnade dir Gott, wenn du nicht augenblicklich aus ihrer Bahn abziehst. Wer hätte auch den Mut gehabt, es darauf ankommen zu lassen? Ein klitzekleiner Bums, die federleichteste Berührung von einem dieser Monsterbusse reichte, und jedes Taxi war so flach wie eine Flunder. Außerdem war BEST ein städtisches Unternehmen. Deswegen konnten sich die Fahrer ungestraft alles, aber auch wirklich alles erlauben.

Doch wenn die Busfahrer mal streikten, war das Leben das reinste Paradies. Dann wurde Bombay zivilisiert. Dann waren die Straßen nicht mehr verstopft, und Fahren wurde zur puren Freude. Das war aber noch längst nicht alles. Wie Ravan in der Ausbildungszeit gehört hatte, waren dies die Tage, an denen die Fahrpreise nicht vom Taxameter bestimmt wurden. Natürlich musste man das Ding einschalten, weil sonst die Geißel Gottes namens Verkehrspolizei einem ein Knöllchen verpasste, sodass das schöne Geld nicht in die eigene Tasche, sondern in die der Beamten floss, aber abgesehen davon konnte man für jede Fahrt verlangen, was man wollte. Oder besser gesagt, was Verkehrsaufkommen und Nachfrage hergaben. Und das war mindestens das Zwei- bis Dreifache der normalen Preise. Wenn man Glück hatte und an einem der großen Bahnhöfe wie Victoria Terminus oder Bombay Central stand, oder noch besser am Flughafen Santa Cruz, hatte man für die ganze Woche ausgesorgt.

Gut, er hätte irgendeinen Kollegen fragen können, was es mit diesem „Bandh“ auf sich hatte, aber wozu? Er würde ganz gewiss nicht zu Hause bleiben. Er war schon fünfzehn Rupien in den Miesen, und wenn er morgen nicht zur Arbeit kam, würde er einen weiteren Tag lang blank sein, und der Eigentümer des Taxis könnte außerdem zu dem Schluss kommen, dass er ein Drückeberger war, und ihn feuern.

Am nächsten Tag war viel los, und es war schon drei Uhr nachmittags, als Ravan sich überhaupt wieder an die Warnung des Fahrgasts erinnerte. Die BEST-Busse fuhren und ebenso die Stadtbahnen. Ravan lächelte; nur gut, dass er sich von dem Bandh-Geschwafel nicht hatte verunsichern lassen. Vielleicht hätte er auch gestern besser daran getan, nicht auf ihn zu hören und die Polizisten nicht zu bezahlen.

Zehn vor sieben, Zeit, Feierabend zu machen. Er würde seinen Fahrgast am Gelände der Kohinoor Mills, nahe der Feuerwache vor Dadar TT, absetzen, das Taxi an der Bombay Central dem Fahrer der nächsten Schicht übergeben und sich auf den Weg nach Hause machen. Er war in Parel, mitten im Industriegebiet, als er einen Menschenauflauf sah, und ein paar Busse, die die Straße blockierten. Er zuckte die Achseln und begann, langsam an ihnen vorbeizufahren, als etwas durch das Taxi flog und die gegenüberliegende Fensterscheibe traf. Er wollte zunächst anhalten, um den Schaden zu begutachten, doch dann überlegte er es sich anders und gab Gas. Das Taxi machte einen Satz nach vorn, aber schon im nächsten Augenblick musste Ravan voll auf die Bremse treten.

Eine Bande von dreißig, vielleicht vierzig Typen hatte sein Taxi umzingelt, die Fahrertür aufgerissen und ihn herausgezerrt. „Du glaubst wohl, der Bandh ist ein Witz oder was, du Arschloch, und es ist egal, ob du dem *Maaiboli Sangh* gehorchst oder nicht? Wir zeigen dir, was passiert, wenn du dich während eines Bandh auf der Straße herumtreibst!“ Sie traten ihm in die Rippen, auf die Nase, in den Rücken, und dann drosch ihm jemand mit einem schweren Knüppel über den Schädel.

„Maharashtra ist nur für die Maharashtrer, die Söhne des Landes, nicht für solche wie dich, die von auswärts kommen und uns alle Arbeitsplätze wegnehmen! Dieses Land ist für Marathisprechende, kapiert, du Schwein? Und die Arbeitsplätze hier sind nur für Marathen! Maaiboli Sangh *zindabad*! Maharashtra zindabad!"

Blut strömte über Ravans Stirn und sein rechtes Auge. Jemand trat ihm zwischen die Beine, während die Übrigen fortfuhren, auf jeden erreichbaren Körperteil einzuschlagen. Er fing an zu erklären, dass seine Ururgroßeltern und alle Vorfahren aus Maharashtra stammten und seine Muttersprache Marathi war. Doch dann fiel ihm Eddies Schwester Pieta ein, und er stockte. Wie konnte er auch nur daran denken, ihnen so etwas zu erzählen? Es würde diesen Hooligans praktisch eine Legitimation liefern, Pieta aus Bombay hinauszuprügeln, weil ihre Familie ursprünglich aus Goa stammte. Besser, er starb, als dass ihr irgendetwas zustieß.

Parvati-bai verzieh dem Maaiboli Sangh nie, was seine Horden ihrem Sohn im Namen der Marathi-Sprache angetan hatten. Er war am Kopf mit sechs Stichen genäht worden, doch obwohl er sich trotz der heftigen Einwände seiner Mutter schon wieder zum Dienst gemeldet hatte, weil er genau so stur war wie sie, war er noch immer ziemlich wackelig auf den Beinen. Sicher, auch sie wollte, dass die Marathisprechenden Arbeit hatten. Sie hätte jedem, der ihrem Mann Shankar-rao einen Job gegeben und anschließend dafür gesorgt hätte, dass er ihn auch behielt, lebenslänglich eine tägliche Gratismahlzeit spendiert. Aber sie wollte, dass jeder einen Job hatte. Ihre Kunden bezahlten sie nur, wenn sie Arbeit hatten und Geld verdienten. Maharashtrer machten über die Hälfte ihrer Kunden aus, die übrigen kamen aus Uttar Pradesh, Kerala, Tamil Nadu, Andhra Pradesh und seit Kurzem vier aus Bihar. Sie war Geschäftsfrau, wenngleich nur eine Kleinunternehmerin, aber in ihrer Finanzpolitik galt die Maxime: je mehr desto besser. Außerdem hatte Geld – gleich, woher es kam und wer sich von ihm trennte – immer den gleichen Geruch.

Binnen ein, zwei Jahren waren die CWD-Chawls – abgesehen vom Erdgeschoss, in dem die *Dalits* wohnten, die Anhänger von Dr. *Ambedkars* Republican Party waren, und dem fünften Stock, der katholisches Territorium war und die Kongresspartei wählte – en bloc zu fanatischen Gefolgsleuten des Sangh geworden. Zu *Divali* hängte jeder hinduistische Haushalt safranfarbene Papierlaternen vors Fenster, und wenn Wahlen anstanden, wehten vor allen Sangh-Wohnungen die safranfarbenen Parteiflaggen mit den gekreuzten Silberschwertern. Aber nicht vor Parvati-bais Fenstern. Die Maaiboli-Leute versuchten es zuerst mit guten Worten, schließlich mit ernstem Zureden und dann mit Drohungen. Als sie nicht klein beigeben wollte, redeten die Frauen kein Wort mehr mit ihr und machten ihr beim Schlangestehen am Wasserhahn das Leben schwer, indem sie ihre Töpfe wegkickten und sie daran hinderten, ihre Gefäße zu füllen. Sie schikanierten sie auch auf andere Weise. Sie machten zotige Bemerkungen über sie; und das obszöne Vokabular der Frauen war nicht nur anschaulicher, sondern auch erheblich beleidigender und schmutziger als das der meisten Männer. Eine Zeit lang wurde ihr beinahe jede Woche eine mit Nadeln gespickte Stoffpuppe vor die Haustür geworfen.

Sie hätten es besser wissen sollen. Parvati-bai war von jeher eine praktisch veranlagte Frau und hatte ohnehin keine Zeit, sich an ihren nachmittäglichen Klatschsitzungen zu beteiligen oder darüber zu tratschen, was ihre Männer im Bett machten oder nicht machten. Jetzt kämpfte sie um nichts weniger als das Überleben ihrer Familie und ihres kleinen Unternehmens. Sollte sie pleitegehen, würde keiner von diesen Maaiboli-Sangh-Leuten auch nur einen Paisa rausrücken, um sie zu unterstützen. Große Töne spucken konnten sie nur, weil sie grundsätzlich in Horden auftraten. Es war fraglich, ob einer von denen es gewagt hätte, im Alleingang jemanden wie ihren Sohn anzugreifen. Sie vergaßen, dass Druck Parvati nur noch sturer und eigensinniger machte.

Eines Morgens, zwei Wochen nach der Sangh-Episode, stieg Ravan in sein Taxi, das die ganze Nacht vor seinem Chawl geparkt hatte, und sah, als er den Rückspiegel einstellte, sein Gesicht. Er trug noch immer den Kopfverband, und obwohl er sich gewaschen und rasiert hatte, sah er ziemlich zwielichtig aus. Nein, er hätte nicht gewollt, dass seine Mutter zu einem Mann wie dem da im Spiegel ins Taxi stieg, und dabei konnte seine Mutter weiß Gott auf sich aufpassen. Zum Glück hatte sie sich nie ein Taxi leisten können. In dem Moment stieg eine junge Frau ein und zog die Tür mit einem Knall zu. Ravan sah sie im Rückspiegel und ihm stockte der Atem. Pieta. Eddie Coutinhos Schwester Pieta. Sie sah, wie er sie verstohlen im Spiegel betrachtete, und sagte ungeduldig: „Ich bin spät dran. Hören Sie auf, mich so anzugaffen, als hätten Sie ein Gespenst gesehen. Fahren Sie zu. Oder ich nehme ein anderes Taxi."

Wusste sie nicht, wer er war? Begriff sie nicht, dass sie sich im feindlichen Lager befand? In der Höhle eben des Mannes, der, nach Ansicht ihrer Mutter, ihren Vater getötet hatte?

„Ja, das ist eine gute Idee." Ravans Stimme war ein klägliches Krächzen.

„Haben Sie sie nicht mehr alle? Schalten Sie das Taxameter ein und fahren Sie los!" Da erkannte sie ihn und riss die Augen auf. „Was machen Sie hier?", fragte sie, schon halb wütend.

Ravan erinnerte sich an den bärtigen Fahrgast, der ihm zugeredet hatte, der Polizei das Geld zu zahlen, und ihm dann diesen Vortrag über Gänge gehalten hatte. Welchen Gang sollte er jetzt am besten einlegen? Etwas, was sie nicht weiter aufbringen, sondern beruhigen würde?

„Es tut mir leid, aber das ist mein Taxi", sagte Ravan flehentlich-schuldbewusst.

„Und was ist das für ein Kopfputz, den Sie da aufhaben? Deswegen habe ich Sie nicht erkannt!"

„Ich hab einen Schlag abbekommen", sagte Ravan verlegen.

„Wirklich? Was haben Sie angestellt?"

Ravan lächelte verkniffen. Seine Mutter hatte ihn dasselbe gefragt. Wenn er verletzt war, egal wie schwer, musste es seine eigene Schuld gewesen sein. Er musste in eine Schlägerei geraten sein.

„Die Leute vom Sangh haben mich verprügelt und mir den Schädel eingeschlagen."

„Warum? Warum tun die so was? Sie sind hier geboren und Sie sprechen Marathi."

„Als ob das was ausmachen würde."

„Genäht worden?"

„Sechs Stiche."

„Tut mir leid."

„Möchten Sie lieber ein anderes Taxi nehmen?"

„Warum?"

„Weil ich Ravan bin und Sie mich hassen." Er sprach seinen Namen so aus, als müsste für jedermann offensichtlich sein, dass er noch unter der untersten Unterschicht rangierte.

„Ich sitze schon in Ihrem Taxi. Fahren Sie mich zu meinem Büro. Es ist an der MG Road. Ich hab's eilig, aber ich möchte heil ankommen."

Danach sagte sie nichts weiter und sah ihn auch nicht an, als sie bezahlte. Er hatte nichts anderes erwartet. Er sah ihr ohne Bedauern nach, ohne ein Gefühl von Verlust. Ihm war dieser Augenblick geschenkt worden – weit, weit mehr, als er sich je hätte erhoffen können. Es war nur recht und billig, dass sie anschließend verschwand, um nie wieder seinen Weg zu kreuzen.

Wenn es jemals einen Tag in seinem Leben gegeben hatte, an dem er gern gestorben wäre, dann dieser. Sie war der Gedanke, den er nicht zu denken wagte, das Ideal, das er nur aus Sternenferne erstreben und bewundern konnte; sie war das Delir und die Verzückung, die einzig im Unerreichbaren zu finden sind. Sie war in seine Bahn geraten, und jetzt war sie verschwunden. Er war bereit, nicht nur mit dem Leben, sondern auch mit dem Tod seinen Frieden zu schließen.

2

Es gehörte eigentlich nicht zu Eddies Pflichten im Auntie's, gelegentlich runterzulaufen, um den Arzt zu rufen oder in die Apotheke zu gehen und Medikamente für Lester, ihren gelähmten Mann, zu holen. Aber es war ihm nicht unrecht, für Mrs Fernandes alias „Auntie" solche zusätzlichen Besorgungen zu erledigen, da er es tödlich langweilig fand, im vorderen Teil des beklemmend engen Raums, der als Flüsterkneipe fungierte, zu sitzen und die Spinner, Käuze und Dummköpfe zu beaufsichtigen, die ihre Klientel ausmachten. Außerdem steckte sie ihm jedes Mal, wenn sie ihm einen außerplanmäßigen Auftrag erteilt hatte, bei Ladenschluss einen 5- oder 10-Rupien-Schein in die Hemdtasche. Eddie war bewusst, dass dies eigentlich völlig unnötig war, da er einige der Pflichten, für die er regulär bezahlt wurde, gar nicht erfüllte.

Eddie hatte keine Ahnung, wie eine richtige „Auntie" aussehen und sich verhalten sollte, aber er war sich sicher, dass Mrs Fernandes keine war. Es lag bestimmt nicht daran, dass sie es den Gästen gegenüber an Bestimmtheit hätte fehlen lassen oder nicht die Zügel in der Hand gehabt hätte. Gewiss nicht. In ihrem Beruf gab es keine festen Arbeitszeiten, doch sie beklagte sich nie, nicht einmal, wenn ihr Mann halsstarrig und schwierig war.

Mr Fernandes war stets gegenwärtig, doch meist nur in Gestalt einer gespenstischen Stimme aus dem Jenseits hinter der dünnen Holzwand, die den Schankraum vom privaten, abgesperrten Bereich trennte. Ab und an sagte er etwas, das wie Kauderwelsch klang, das seine Frau aber ausgezeichnet zu verstehen schien. Dann schob sie den bedruckten Vorhang beiseite und verschwand hinter der Trennwand. Serena Fernandes war durchaus geduldig und freundlich, aber auf den Kopf gefallen war sie nicht. Kein Gast, und mochte er noch so verlässlich sein, bekam je auch nur einen Tropfen auf Pump. Zu den seltenen Gelegenheiten, wenn gerade mal keine Gäste da waren und sie sich von Eddie unbeobachtet glaubte, schlich sich ein Ausdruck von Niedergeschlagenheit und Enttäuschung in ihr Gesicht. Sie starrte dann auf den öffentlichen Teil ihres Zuhauses; auf die winzigen Tische mit den zahllosen Ringen, die schwitzende Bier- und Whiskygläser im Laufe der Jahre hinterlassen hatten, und die in der Ecke aufgestapelten Klappstühle schienen sie vor Selbstekel in sich zusammenschrumpfen zu lassen. Dann ertappte sie Eddie dabei, wie er hastig wegschaute, schluckte hinunter, was immer in ihr hochgekommen war, und machte sich mit Wischlappen oder Staubtuch an die Arbeit.

Es war nicht ihre Art, unnötig viele Worte zu verlieren, und bei seinem Vorstellungsgespräch hatte sie klipp und klar gesagt, was sie suchte. „Ich brauche einen Rausschmeißer, jemand mit Muskeln, um unerwünschte Gestalten am Betreten meines Lokals zu hindern und einen lästigen Gast vor die Tür zu setzen. Unterschätze nie die Kraft eines Betrunkenen. Zweitens wirst du unsere Lieferanten in den Vororten aufsuchen müssen, in Khar, Andheri und gelegentlich sogar in Virar, und den Stoff herschaffen, ohne dich erwischen zu lassen. Das Zeug kann durchaus einiges wiegen und muss am Körper getragen werden. Die Frage ist: Hast du die nötige Kraft für den Job?"

Eddie hatte gelächelt und ihr erklärt, dass er zwar kein Bodybuilder sei, dafür aber etwas Besseres. Er sei Mitglied einer traditionellen hinduistischen Sportschule in Mazagaon gewesen und dort trainiert worden, schlank und geschmeidig zu bleiben und trotzdem erheblich schwerere Gegner auf die Bretter zu legen.

„Gut." Irgendwie, hatte er das Gefühl, klang sie nicht besonders überzeugt. Aber er würde ihr schon zeigen, wie knallhart er war. „Du wirst diese Fertigkeiten brauchen. An den Tagen, an denen du nicht das Schwarzgebrannte herschaffen musst, bedienst du die Gäste und hilfst mit, ihre Wünsche zu erfüllen.

Das ist keine besonders schwierige Arbeit, aber ich muss dich warnen, dass sie gelegentlich riskant sein kann und auch ein Zusammenstoß mit der Polizei nicht ausgeschlossen ist, wenn du nicht aufpasst."

Über das Finanzielle hatten sie sich ohne Gefeilsche geeinigt. Dreihundert Rupien zuzüglich Fahrtkosten. Wenn er etwas taugte und die Geschäfte besser liefen, würde sie eine Gehaltserhöhung in Erwägung ziehen. War seinerseits noch etwas? Ja, schon.

„Zurzeit hat meine Gruppe, die Bandra Bombshells, vier, höchstens fünf Auftritte im Monat, alle abends. Ich werde Ihnen immer rechtzeitig Bescheid geben. Und ich hole die versäumten Stunden nach, indem ich entweder am nächsten Tag früher komme oder am Sonntag arbeite."

„Abends ist hier immer am meisten los. Fang erst mal an zu arbeiten, und wir schauen, wie du dich machst. Dann werden wir sehen, ob wir zu einer Einigung kommen."

Eddie hätte es zwar ungern zugegeben, und Mrs Fernandes unterließ es seltsamerweise meist, ihn daran zu erinnern, aber sonderlich gut hatte er sich nicht gemacht. Mrs Fernandes' Kneipe war nicht gerade das beliebteste Auntie-Lokal im Viertel; weit entfernt davon. Das mochte mit ihrem chronisch kranken Ehemann zusammenhängen, wahrscheinlicher aber war, dass es an der Auntie selbst lag. Eddie hatte den Verdacht, dass die wichtigste Eigenschaft einer Auntie eine gesellige Natur war, die Fähigkeit, mit Leuten zu plaudern, Witze zu reißen, Geschichten zu erzählen; kurz, sie musste gesprächig und leutselig sein. Mrs Fernandes war viel zu still und ernst. Für sie sprach andererseits, dass sie eine verdammt gute Zuhörerin war. Nicht die Pseudo-Variante, sondern eine, die sich aufrichtig für das Leben und die Probleme ihrer Gäste interessierte. Sie unterbrach nie und äußerte, wenn man sie drängte, durchaus ihre Meinung, aber die klang immer wie ein Vorschlag, nie wie ein Werturteil.

Kishen Sippy war einer von Mrs Fernandes' ältesten Stammgästen, und anders als dieses seltsame Gespann, Chatterjee und

Krishnamurthy, die sich immer nur verschwörerisch über die unmittelbar bevorstehende Machtergreifung des Proletariats austauschten, während sie Schach spielten und literweise Stoff in sich hineinkippten, war Sippy ein Plauderer und galt als harmlos. Umso verblüffender, dass er für einen von Eddies seltenen Momenten widerstrebender Selbsterkenntnis verantwortlich war.

An dem Tag kreuzte Sippy schon am Nachmittag auf. Vielleicht war es die abnorm frühe Uhrzeit oder das ungewöhnliche Schweigen, das von ihm ausging, was bei Mrs Fernandes eine Alarmglocke läuten ließ – wenngleich man gerechterweise zugeben muss, dass sie einen sechsten Sinn dafür entwickelt hatte, potenziell gefährliche Stimmungswechsel zu erspüren, noch bevor der Betroffene selbst sich der langsamen oder lebhaften Veränderungen bewusst wurde, die in ihm abliefen.

„Das reicht. Keinen Alkohol mehr heute."

„Bockmist, Serena Fernandes."

„Ich habe Ihnen gesagt, heute gibt's nichts mehr."

„Warum, du Schlampe, zahl ich etwa nicht für diesen Fusel? Rückst du jetzt was raus, oder muss ich dir erst eine reinhauen?"

„Ihre Drohungen ziehen nicht, Kishen Sippy." Aus unerfindlichen Gründen war sich Eddie sicher, dass Mrs Fernandes nicht nur nicht bluffte, sondern dass sie in der Vergangenheit bereits Gelegenheit gehabt hatte, ein paar Kinnhaken unerschrocken einzustecken. „Wissen Sie, warum ich Eddie Coutinho eingestellt habe, Sippy? Damit er sich um Ihresgleichen kümmert."

Kishen Sippy warf Eddie einen abfälligen Blick zu. „Lass ihn aus dem Spiel. Der ist noch ein Junge."

„Ich schlage vor, Sie gehen jetzt brav nach Haus, denn Mr Coutinho ist ein professioneller Rausschmeißer, und Sie sollten sich besser nicht mit ihm anlegen."

„Na dann los, Muskelmann, schmeiß mich raus!" Noch während er die Herausforderung aussprach, hatte Kishen Sippy ihn angesprungen, zu Boden geschlagen und sich rittlings auf seine Brust gesetzt. Eddie war vom plötzlichen Angriff so entsetzt, dass er kaum Luft bekam.

„Kämpf, Eddie, kämpf!“ Mrs Fernandes versuchte, Eddie aus seiner Angststarre aufzuwecken. Doch damit erreichte sie lediglich, dass Kishen Sippy erst richtig Lust auf eine gute altmodische Prügelei bekam. Er bearbeitete den jungen Mann mit den Fäusten, entlud auf ihn Jahre aufgestauter Frustration und Wut. Chatterjee und Krishnamurthy spielten weiter Schach, ohne sich von dem Getümmel direkt neben ihrem Tisch stören zu lassen, vielleicht sogar ohne es wahrzunehmen.

Mrs Fernandes blieb keine andere Wahl, als Eddie zu Hilfe zu kommen. Sie riss an Kishen Sippys Haaren, verpasste ihm einen Handkantenschlag in den Nacken und zerkratzte ihm das Gesicht, ohne damit jedoch viel auszurichten. Deshalb gab sie auf, schenkte Sippy einen Doppelten ein und reichte ihm das Glas. Als er den Drink sah, schaltete Kishen Sippy endlich ein paar Gänge herunter und streckte die Hand aus. Zeit genug für Mrs Fernandes, ihm den Fusel ins Gesicht zu kippen und mit einer linken Geraden nachzusetzen. Nicht so sehr die Wucht des Schlages als vielmehr dessen schiere Kühnheit setzte den älteren Mann vorübergehend außer Gefecht. Eddie war längst unter seinem Peiniger weggeschlüpft und zur Tür hinaus, noch ehe Mrs Fernandes ihn aufhalten konnte.

„Komm zurück, Eddie! Sippy wird dich nicht mehr anrühren.“

„Nicht fair, Serena Fernandes, nicht fair!“, schrie Kishen Sippy. „Wie soll ich mich gegen gleich drei Frauen wehren?“

Eddie steckte den Kopf durch die Tür und schlich betreten wieder hinein.

„Sie sind völlig betrunken, Sippy. Hier gibt's nur eine Frau, nicht drei.“

„Zu Haus giftet ständig meine Frau, und wenn ich zu Sheila gehe, muss ich mir deren Genörgel anhören. Mit vereinten Kräften bringen mich meine Frau und meine Freundin um den Verstand. Ich komm hierher, um etwas Ruhe zu finden, und stattdessen muss ich mich mit Ihnen herumstreiten. Nicht fair, Mrs Fernandes, ganz und gar nicht fair.“

„Na gut, noch einen Whisky, und damit hat sich's für heute.“

„Ich trink so viel, wie ich will!"

„Tun Sie nicht. Eddie, nimm den Stock."

„Wag es ja nicht, Eddie! Wenn du das tust, brech ich dir das Bein und mach Timur den Lahmen aus dir!"

Eddie hatte den Stock in der Hand. Er sah Sippy ängstlich an.

„Ach, was bist du doch für ein Feigling, Eddie! Wofür bezahle ich dich eigentlich?"

„Eine Flasche Peter Scot, Eddie."

„Nein, nicht ein einziges Glas mehr!"

„Heute will ich eine ganze Flasche, Serena."

„Niemand redet mich beim Vornamen an, Sippy!"

„Verzeihung. Ein Mann könnte sein ganzes Leben mit Ihnen verbringen, Mrs Fernandes, Ihnen all seine Probleme und Geheimnisse anvertrauen und trotzdem nie an Sie herankommen. Genug geredet. Gib mir die Flasche, Eddie."

„Wieso ist heute ein besonderer Tag?"

„Sie haben mich all die Jahre nie ernst genommen. Aber ich habe immer Ihre Ratschläge beherzigt."

Serena Fernandes lächelte bitter. „Nein, haben Sie nicht, aber ich nehme es Ihnen nicht übel. Es ist leicht für einen Außenstehenden, kluge Ratschläge zu geben, aber ich glaube, ich habe eine gewisse Vorstellung von der Hölle, die Sie durchmachen."

„Das ist das allerletzte Mal, Mrs Fernandes. Morgen höre ich auf zu trinken."

„Gut. Zum Glück erwarten Sie von mir nicht, dass ich Ihnen das glaube."

„Nein, tu ich nicht." Kishen Sippy war nicht beleidigt. „Erinnern Sie sich, was Sie zu mir sagten, als ich Ihnen erklärte, dass ich es nicht fertigbrächte, weder das Herz meiner Frau noch das meiner Freundin zu brechen? ‚Es ist besser, ein Herz zu brechen, Sippy, als drei.' Sie haben sich geirrt. Zumindest macht man zwei Menschen kaputt. Und der dritte kann einem nie verzeihen."

Mrs Fernandes dachte über Sippys Worte nach. „Vielleicht haben Sie recht. Vielleicht wissen Sie etwas über Beziehungen, das ich nicht weiß."

Reden, reden, reden, das war alles, was Aunties Gäste taten, bis Eddie ihnen am liebsten die Zunge herausgerissen hätte. Und sie tranken und tranken und tranken dieses höllische Zeug namens *tharra*. Man brauchte nur die Flasche zu entkorken, und schon schoss dieser Geruch heraus. Übermächtig und schwindelerregend breitete er sich im Zimmer aus, kroch einem in die Nasenlöcher und schmiegte sich in die Kehle, erfüllte die Atemwege und die Lungen wie das Chloroform, das man bekam, wenn einem die Mandeln herausgenommen wurden. Und langsam, unmerklich, waberte er einem ins Gehirn und machte einen für alles taub außer eben für diesen Geruch. Es spielte keine Rolle, dass Eddie das Zeug nicht trank; wie hätte er auch, nachdem er es einmal gerochen hatte? Den ganzen Tag umgab ihn der Übelkeit erregende Geruch, und er wankte durch einen Fuselnebel, der ihn von jeder anderen sinnlichen Wahrnehmung ausschloss.

Mitunter verwandelte sich der Geruch in eine steinerne Glocke. Er konnte sie unheilvoll dröhnen und ihm sagen hören, dass diese Fuselbenommenheit seine Zukunft und seine Bestimmung war und er bis zu seinem letzten Stündlein in Aunties Kneipe festsitzen würde und Sippy, seinen Kindern und deren Kindeskindern dieses pappsüße Zeug servieren und deren Geschichten von Seitensprung und Untreue anhören würde. Alle seine Träume von Hollywood und davon, Elvis als die größte musikalische Sensation der zwei Hemisphären abzulösen, würden Nacht für Nacht die Kehlen dieser Ewigbetrunkenen hinuntergespült werden. Die indischen Markenwhiskys rochen eine Spur besser, aber nicht viel. Sie hatten nur den einzigen Zweck, einen Mann in der kürzestmöglichen Zeit umzuhauen. Sie waren purer Alkohol, ein reiner Kick, und das war's.

Eddie versuchte nicht einmal mehr, Aunties Gäste oder auch Auntie selbst zu verstehen. Die eine Minute war Sippy ungehalten, streitsüchtig und aggressiv, und die nächste war er zerknirscht, vernünftig und legte sein Innerstes bloß. Wie hatte Mrs Fernandes nur den Moment erkannt, in dem es in Sippy klick gemacht hatte und seine gewalttätige Phase vorüber war?

Krishnamurthy und Chatterjee, die beiden Haus-Marxisten, in deren Augen jeder andere Gast ein Reaktionär oder ein Bourgeois war, enthielten sich jeder Kommunikation, außer wenn ihre Gläser nachgefüllt werden mussten. Die übrigen Gäste jedoch verloren jegliches Schamgefühl, sobald sie einen über den Durst getrunken hatten. Dann erzählten sie die intimsten und peinlichsten Dinge aus ihrem Leben: von einem dreizehnjährigen Sohn, der Papas Kollektion von Schmuggelpornos entdeckt hatte und jetzt rund um die Uhr onanierte; von den Demütigungen, die sie am Arbeitsplatz einstecken mussten, von ihren hinterhältigen Freunden, ihrer knickrigen und bigotten angeheirateten Verwandtschaft, sie erzählten vom Sex mit ihren Ehefrauen, Geliebten, Schwägerinnen, Prostituierten und manchmal sogar mit Eunuchen und anderen Männern. Dabei ging es immer um sie selbst, ihre Probleme und ihre Arbeitgeber, über die sie lästerten. Wenn sie wollte, dachte Eddie, könnte Auntie – oder ebenso er selbst – Sippy und die übrigen Gäste, die ihren Drang, ihre intimsten Geheimnisse auszuplaudern, so wenig im Zaum halten konnten, ohne Weiteres erpressen. Zu anderen Gelegenheiten, oder bereits im nächsten Moment, verfielen dieselben Gäste in ein feindseliges Schweigen, das sich sogar noch bedrohlicher anfühlte als ihre mörderische Aggressivität.

Doch Sippy war noch nicht fertig.

„Sie hatten mir einen sauberen Schnitt empfohlen. Alles andere führt zu nichts, hatten Sie gesagt. Würden Sie mir glauben, wenn ich Ihnen sagte, dass ich Sheila vor vier Tagen zum letzten Mal gesehen habe?"

„Sheila?" Mrs Fernandes wiederholte den Namen in einem Ton, als habe Sippy sich möglicherweise versprochen.

„Wieso? Glaubten Sie etwa, ich würde meine Frau verlassen?"

„Ich weiß nicht. Aber wie lange, glauben Sie, werden Sie imstande sein, ohne Sheila zu leben?"

„Wenn ein Mann jemanden aufgibt, den er innig, ja wie verrückt liebt, dann zerbricht er nicht. Etwas in ihm stirbt. Und bleibt tot, während der Rest von ihm weitermacht. Das ist alles."

„Ist mit Ihnen auch wirklich alles in Ordnung, Sippy?"

„Warum, weil ich schon fasle, bevor ich überhaupt betrunken bin? Mach schon, Eddie. Bring mir die Flasche."

Eines, sagte sich Eddie, während er die Flasche Peter Scot vor Kishen Sippy auf den winzigen Tisch stellte, musste er noch lernen: die Ohren auf Durchzug zu stellen, wenn die Leute solchen Schrott von sich gaben. Nicht, dass es zu Hause in dieser Hinsicht viel besser gewesen wäre. Seit Jahren meckerte seine Mutter an ihm rum, weil er keine feste Arbeit hatte.

So weit er zurückdenken konnte, hatte sie es sich zum Prinzip gemacht, die Schotten ihres Gesichts dicht zu halten, sodass man nur Leere sah ohne auch nur den kleinsten Ritz. Alles war verschlossen und verriegelt. Niemand, nicht einmal ihre alten Nachbarn, hatte die leiseste Ahnung, was hinter diesem hochmütigen Äußeren vor sich ging. Eddie aber hatte sein ganzes Leben in denselben vier Wänden wie seine Mutter verbracht, und er konnte jede Regung und subtilste Veränderung in den verborgensten Tiefen ihres Geistes Wort für Wort in Sprache übersetzen. Eddie konnte ihre Gedanken hören. Er war nicht der beste aller möglichen Söhne. Genau genommen war er eine richtige Enttäuschung. Wie dieser unsägliche Junge vom vierten Stock war er nicht über die zehnte Klasse hinausgekommen. Nichts machte er ernsthaft. Er hatte keinerlei Ziel im Leben. Alles, was ihn interessierte, waren Filme und diese Katzenmusik namens Rock-'n'-Roll. Die katholische Kirche hatte diese Musik beinahe als Teufelswerk verboten, aber Violet Coutinhos Sohn hatte nichts anderes im Kopf.

Hätte Eddie seinen Schulabschluss gemacht und ein Diplom in Maschinenbau oder Elektrotechnik bekommen, hätte Violet mit dem einstigen Chef ihres verblichenen Ehemanns bei Air India gesprochen und ihm Victors Job besorgt. Für einen Arbeitsplatz bei dieser Airline hätte jeder andere seinen rechten Arm gegeben, und den linken als Draufgabe dazu. Doch Eddie hatte kein Interesse. Er lebte in einer Phantasiewelt, war ständig damit beschäftigt, sich irgendwelche Geschichten auszudenken. Seine Mutter hatte nach Kräften versucht, ihm seine Hirngespinste und Luftschlösser auszutreiben, ihn auf den Boden der Tatsachen zu ziehen, doch ohne Erfolg.

„Ich werde allmählich alt. Hände und Finger tun mir weh, und ich weiß nicht, wie lange ich mit der Näherei noch weitermachen kann. Pieta hat Arbeit. Wieso kannst du dir keine besorgen?"

Eddie kicherte. Sie hatten diese Diskussion schon rund eine halbe Million Mal gehabt. „Sie hat einen B.A., Mama. Ich, wie du dich vielleicht erinnerst, nicht."

„Es ist eine Schande, dass du nicht mal die Abschlussprüfung nach der Zehnten geschafft hast! Aber du wirst dich nicht von deiner Schwester durchfüttern lassen! Irgendwann wird sie heiraten und zu ihrem Mann ziehen."

Eddie lachte laut los. „Das möchte ich erleben, Mama! Wer soll Pieta schon heiraten? Die wird als alte Jungfer sterben."

Eddie bereute diesen letzten Satz, noch ehe er ihn ausgesprochen hatte. Er war zu weit gegangen. Selbst seine Großmutter, die sich praktisch nie über ihn aufregte und sich nie in die ständigen Streitereien zwischen Mutter und Sohn einmischte, war empört, dass Eddie die unsichtbare Grenze überschritten hatte. „Manche Dinge, Eddie", erklärte sie ihm, „sagt man nicht, niemals, nicht mal im Scherz! Besonders dann nicht, wenn sie so offensichtlich unwahr sind."

Violet wusste, dass Eddie sie nur provozieren wollte. Aber es machte sie wütend, dass er so herablassend über seine Schwester sprechen konnte. „Hüte deine Zunge, Eddie Coutinho! Pieta ist zehn von deiner Sorte wert. Und du brauchst nicht zu befürchten, sie könnte als alte Jungfer enden und dir auf der Tasche liegen. Du bist derjenige, der sich von ihr und deiner Mutter durchfüttern lässt! Und damit ist Schluss. Augenblicklich. Du wirst dir eine Arbeit besorgen – wie, ist mir egal."

Vielleicht hatte Eddie sich das alles selbst eingebrockt. Wenn er an dem Tag nicht so dick aufgetragen hätte, hätte er wahrscheinlich noch zwei, drei Monate, vielleicht sogar ein ganzes Jahr so weitermachen können, ohne sich gezwungen zu fühlen, sich nach einem Job umzutun. Schließlich waren derlei Scharmützel mit seiner Mutter nichts Neues. Er hätte es regelrecht vermisst, ja sogar befürchtet, seiner Mutter gleichgültig geworden zu sein, wenn sie ihm nicht tagtäglich so zugesetzt hätte. Eines Abends war er heimgekommen und hatte seiner Mutter die gute Nachricht mitgeteilt. Er hatte Arbeit gefunden, er würde in einer Autowerkstatt in Wadala als KFZ-Mechanikerlehrling anfangen.

Eddie mochte bis dahin ein Nichtsnutz gewesen sein, aber er war ihr Sohn. Violet hoffte, dass er mit Gottes Hilfe in sich gehen und sich bessern würde. Vielleicht würde er jetzt, wo er eine richtige Arbeit gefunden hatte, zu einem neuen Menschen werden. Irgendwann würde er gelernter Mechaniker sein, dann konnte er Werkstattleiter werden und es am Ende vielleicht bis zum Eigentümer des ganzen Betriebes bringen. Das war nicht so weit hergeholt, wie manche meinen mochten. Violets katholische Nachbarinnen, insbesondere die Mütter von Söhnen, die Chefsteward bei Indian Airlines, Kellner oder Koch im Taj Mahal Hotel waren, oder Mrs D'Silva, deren Sohn einen Bürojob bei Hindustan Lever besaß, hatten angedeutet, dass Eddie, anders als ihre Musterknaben, ein Bummler, Gammler und ein Tagedieb war. Denen hatte sie klipp und klar gesagt, dass ihr Eddie nicht den Ehrgeiz habe, ein gewöhnlicher Arbeitsesel und Mietsklave zu werden. Er sei für Besseres geschaffen. Er sei begabt. Er sei ein Künstler. Sie hatten hämisch gekichert; nicht offen, aber sie wusste, was sie dachten.

Jeder konnte sehen, dass er aus einer höheren Kaste, einer Land besitzenden katholischen Familie kam, die in früheren Zeiten den portugiesischen Gouverneuren nahegestanden hatte. Ein Blick genügte, und man sah den Unterschied. Abstammung und Gene ließen sich nun einmal nicht verleugnen. Ja, es genügte eigentlich, ihre Kinder sprechen zu hören. Zwischen Pietas und Eddies Englisch und dem der anderen in den Chawls bestand ein himmelweiter Unterschied. Die beiden hatten es nicht nötig, in jeden zweiten Satz ein „no men“ oder „ya men“ einzustreuen, ebenso wenig sich mit Wortkrücken wie „you know“ oder „like“ zu behelfen, um überhaupt die zweite Hälfte eines Gedankens zu erreichen. Wenn Pieta etwas sagte, war es immer klipp und klar. Und Eddie, nun, der konnte jeden, aber wirklich jeden, zu absolut allem beschwatzen. Es war nicht die Häme der Nachbarinnen, die Violet zu schaffen machte. Damit wurde sie fertig. Die Frage war: Würde ihr Sohn sie jemals stolz machen? Er mochte im Augenblick einen Job haben, aber sie bezweifelte, dass er ihn lange behalten würde. Was, wenn Eddie sich wirklich nur für Rock-'n'-Roll interessierte? Aber was sie noch mehr umtrieb als seine Obsession für diese grauenerregende Musik, war dieses Anglo-Mädchen, nach dem er so verrückt war, diese Belle von den Railway Quarters, der Eisenbahnersiedlung.

Anglos. Weder Fisch noch Fleisch. Weder Briten noch Inder. Bloß so eine *khichri*, ein Mischmasch und ein Kuddelmuddel. Violet nahm Eddie gegenüber kein Blatt vor den Mund. Halbe-halbe, und kein Mensch wusste, welche Hälfte was war und wo die Hälften herkamen. Halb B und halb L: Belle. Kam sich Gott weiß wie toll vor mit ihrer hellen Haut und ihrem blütenreinen Teint. Aber darauf fiel keiner rein. Eine Hälfte der Vorfahren des Mädchens mochten weiß gewesen sein, aber die andere Hälfte waren nicht einfach Inder: Wer wusste schon, zu welch niederer Kaste Belles Urgroßmutter gehört hatte! Sie war eine Hexe, diese Belle. Sie hatte ihn mit schwarzer Magie verhext. Die Coutinhos waren anständige, gottesfürchtige Leute. Wenn nötig, würde Violet Pater Agnello aufsuchen und ihn bitten, an ihrem Sohn einen Exorzismus vorzunehmen.

Wann immer er an Belle dachte, musste Eddie den Kopf schütteln. Man wusste nie, was sie als Nächstes aushecken würde. Ein paar Tage zuvor hatten sie auf einer Hochzeit gespielt; nichts Besonderes, nur die übliche katholische Untere-Mittelschicht-Fete, auf der man sich schick zu geben versuchte.

„Runter von der Box, Belle." Belle bedachte Eddie mit einem koketten Blick, rührte sich aber nicht von der Stelle. „Ich muss sie verrücken. Sie steht falsch, und die Ausrichtung stimmt auch nicht."

„Von hier aus sieht die Ausrichtung perfekt aus." Belle schien sich endgültig festgesetzt zu haben.

Eddie hob sie von der riesigen Box und stellte sie brüsk ab. Belle lächelte und flüsterte: „Ich wollte nur, dass du mich berührst."

Das war Belle in Reinkultur. Er mochte sie. Manchmal war er sich sicher, dass er sie mehr liebte als alles andere. Seine Mutter sagte, es sei bloße Schwärmerei, Vernarrtheit, das würde sich bald geben. Und überhaupt, der Klassenunterschied! Eddie wusste, was das bedeutete: Belle stand gesellschaftlich weit, unendlich weit unter den Coutinhos.

Egal, ob Belle da war oder nicht, Eddie war scharf auf sie. Manchmal hatte er das Gefühl, ohne sie sterben zu müssen. Umgekehrt hatte er den Verdacht, dass Belle ohne ihn ganz gut klarkommen würde. Er war sich absolut sicher, dass sie Wochen, ja vielleicht Monate und Jahre ohne ihn leben könnte. Und dennoch klebte sie, wenn sie zusammen waren, ständig wie eine Klette an ihm. Wenn sie nicht gerade wie wild knutschten und fummelten, als ginge die Welt in exakt neunzig Sekunden unter, musste sie ihm das lockige Haar zerstrubbeln, ihn am Ohrläppchen zupfen oder ihm einen Kuss auf den Nacken geben. Wenn er am Schlagzeug übte oder einen Song mit ihr probte, ließ sie garantiert die Noten fallen und bückte sich beim Aufheben dann so gekonnt, dass er garantiert einen guten Einblick in ihren Ausschnitt bekam.

„Belle, hast du eigentlich eine Ahnung, wie viel Zeit uns noch bleibt, bevor das Brautpaar eintrudelt? Keine fünf Minuten. Wenn du mir schon beim Aufbauen nicht helfen willst, wäre es zu viel verlangt, von meinen Haaren wegzubleiben?"

„Wäre es." Belle war mal wieder widerspenstig. „Ich würde gern die Laus in deinen Haaren sein. Ich wäre gern der Kamm, den du in der Hintertasche stecken hast und jede halbe Stunde zückst, um deine Elvis-Tolle nachzuplustern." Sie folgte ihm über die ganze Bühne, während er Stecker in Steckdosen steckte und die Mikroständer zurechtrückte. „Die eklige grüne Pomade, die du dir ins Haar schmierst! Oder noch besser, ganz einfach dein Haar selbst!"

„Belle, würdest du endlich aufhören, mir auf die Nerven zu gehen?"

„Nerven. Die Nerven wären sogar noch besser. Lass mich deine Nerven sein! Ich werde unter deiner Haut sein und alles spüren, was du spürst!"

„Ich könnte ja einfach mal die Hand fünf Minuten lang in kochendes Wasser halten. Wär das nicht sensationell?"

Im Hochzeitssaal entstand Unruhe. Die herumsitzenden, gähnenden, gelangweilten Gäste scharrten mit den Füßen und standen auf. Das frisch vermählte Paar kam die Treppe herauf. Die übrigen Bandra Bombshells waren noch immer dabei, ihre Instrumente zu stimmen.

„Hitze macht mir nichts aus", sang Belle leise und packte Eddies Hand. „Heiß macht mich nur das Fleisch. Doch wenn ich es massiere, Mann, das Fleisch, oh, dann lebt es auf und bohrt sich durch das Laken!"

Eddie konnte sich ein Grinsen nicht verkneifen, obwohl ihm wie immer unbehaglich zumute war, wenn Belle anfing, anstößig zu werden. Er konnte sich beim besten Willen nicht vorstellen, dass seine Schwester Pieta je so reden würde. Oder sonst jemand bei ihm zu Hause. Er war sich ziemlich sicher, dass seine Mutter, die sich durchaus einiges von ihm bieten ließ, und selbst seine Großmutter ihn aufgefordert hätten, das Haus zu verlassen, wenn er je solche Reden geführt hätte. Wenn er und seine Freunde unter sich waren, brachten sie selten einen Satz ohne Zuhilfenahme von Wörtern wie „fuck", „cunt", „balls" und „bugger" zu Ende, aber das waren Kraftausdrücke ohne eigentliche, wörtliche Bedeutung. Gelegentlich redeten sie richtigen Blödsinn, puren Schweinkram. Aber Scheiße Mann, sie waren Männer! Es wurde von ihnen erwartet, dass sie so redeten. Und in dem Moment, in dem ein Mädchen oder eine ihrer Mütter sich näherte oder zufällig vorbeiging, schalteten sie augenblicklich auf eine entschärfte Version des Englischen.

Belle und ihr Vater hingegen schienen keine Tabus zu kennen, wenn es ums Sprechen ging. Sie redeten offen über Dinge, die die meisten Bewohner der katholischen Etagen der CWD-Chawls, sofern sie nicht unter Alkoholeinfluss standen, zum Erröten gebracht hätten. Vielleicht hatte seine Mutter doch nicht ganz unrecht damit, dass Belle und ihre Leute nicht direkt – wie sollte er es formulieren? –, nicht direkt zur Creme der Gesellschaft gehörten.

Jetzt wurde Eddie sauer. „Wann wirst du endlich erwachsen, Belle, und benimmst dich wie ein Profi? Wenn du dich nicht am Riemen reißt, ich schwör's dir, dann schmeiß ich dich raus und besorg uns jemand Neuen! Geh an dein Mikro und hör auf mit dem Schwachsinn!"

Ein Mann in einem bordeauxroten Anzug, mit sorgfältig über den kahlen Schädel gekämmten, schütteren Haaren, betrat eilig den Saal und kündigte an: „Meine Damen und Herren. Jungen und Mädchen. Heißen wir Philomena und Errol willkommen! Ich bitte um einen donnernden Applaus!"

Eddie und seine Bombshells überprüften noch ein letztes Mal ihre Erscheinung im spiegelnden Spannreifen der Basstrommel, fuhren sich mit dem Kamm durch das Haar, stopften ihre Hemden in die Hosen, zupften ihre Jacken zurecht und nahmen ihre Positionen ein. Das Outfit der Bandra Bombshells hatte Eddie höchstpersönlich entworfen. Sie waren wie Comic-Cowboys gekleidet. Pinkfarbene Röhrenhosen (exakt das gleiche Pink wie die Mixturen, die man vom Arzt gegen Fieber, Husten, Schnupfen und Durchfall bekam), kurze schwarze Mariachi-Jacken mit silberfarbenen Beschlägen, gelbe Hemden und schwarze dünne Westernkrawatten, genau wie Doc Holliday in „Zwei rechnen ab". Die Manschetten ihrer Hemden blühten wie grelle gallige Sonnenblumen hervor.

Eddie hatte darauf beharrt, als Bandleader auch Belles Kostüm entwerfen zu dürfen. Aber die ansonsten nachgiebige Belle hatte sich diesmal auf die Hinterbeine gestellt. Sie kannte ihren Körper und wusste, was ihr gut stand: ein knöchellanges, eng anliegendes schwarzes Kleid, das eine Schulter frei ließ und dadurch die ganze Schönheit ihres schlanken Porzellanhalses zur vollen Geltung brachte. Es fiel Eddie schwer, ihr diesen Moment der Selbstbehauptung zu verzeihen, doch er musste zugeben, dass sie umwerfend aussah.

Jetzt holte Belle ihren Taschenspiegel hervor, zog den Lippenstift gekonnt über ihre Lippen, steckte ihn in die Handtasche zurück und nickte Eddie zu.

Es entstand eine Stille. Das Brautpaar wartete draußen, würde aber erst hereinkommen, wenn Eddie das Zeichen gab und die Bandra Bombshells den Hochzeitsmarsch anstimmten. Es waren nur wenige Sekunden, doch die nutzte Eddie immer, um das Publikum einzuschätzen. Wie viele Gäste und welche Gesellschaftsschicht und wie betucht? Überwiegend jung oder alt? Wie waren sie angezogen? Katholisch oder gemischt? Altmodisch oder modern? Korrekt oder leger? Von Heimweh nach Goa geplagt oder echte Bombayer Stadtpflanzen? Die Programmauswahl, Tempo, Ton, Gefühl und Harmonie würden sich in diesen Augenblicken entscheiden. Er beherrschte sieben portugiesische Songs, fünfundzwanzig auf Konkani und jeden einzelnen Hit, der auf Radio Ceylons englischem Sender lief.

Er hatte nichts dagegen, Interpreten aus den Fünfzigern wie Connie Francis, Tony „One-and-a-two-and-I-love-you" Brent und Cliff Richards zu spielen, aber für Jim Reeves empfand er leidenschaftlichen Hass. Er war allerdings zu sehr Profi, um nicht zu wissen, wann es angebracht war, nachzugeben und ein paar unmelodische weinerliche Reeves-Nummern zu spielen. Er wartete zunächst ab, und waren die Gäste erst ein paar Mal im Séparée verschwunden, um sich einen Schwarzgebrannten hinter die Binde zu gießen und mit einem idiotischen Lächeln im Gesicht wieder herausgekommen, brachte er etwas Schwung in die

Szenerie. Die Beatles, Jerry Lee Lewis, die Beach Boys und jede neue Gruppe, die er aufregend fand. Bei Elvis war er eher vorsichtig. Er war zwar der King of Rock-'n'-Roll, aber er war auch die Mutter schmalztriefender Schnulzen. Wenn die Party erst richtig im Gange war, würde er es mit ein paar harten Elvis-Stücken wie „Jailhouse Rock" und „Blue Suede Shoes" versuchen und dann abschätzen, ob er es mit den schmutzigeren Stones riskieren konnte.

Eddie ließ den Blick über die Hochzeitsgäste gleiten, bevor er dem Brautpaar das Zeichen zum Einmarsch gab. Manchmal schlugen die sichtlich beengten Verhältnisse des frischgebackenen Ehepaars und die Schäbigkeit der Hochzeitsgesellschaft Eddie aufs Gemüt. Belle beobachtete ihn aus dem Augenwinkel und erkannte sofort, dass das ein Stimmungskiller werden würde. Das durfte nicht sein. Die beiden hatten gerade geheiratet. Wenn der Anfangsrausch erst einmal abzuklingen begann – in ein paar Monaten oder, wenn sie Glück hatten, in ein, zwei Jahren –, würde es noch schwer genug werden. Aber die Bombshells waren es ihnen schuldig, wenigstens für eine unvergessliche Hochzeitsfeier zu sorgen. Noch ehe der letzte Ton des Hochzeitsmarsches verklungen war, setzte Belle schon zu Jerry Lee Lewis' „A Whole Lotta Shakin' Goin' On" an. Eddie hob es von seinem Schlagzeughocker, als habe er einen elektrischen Schlag bekommen. Was zum Teufel trieb Belle da eigentlich? Sie wusste verdammt genau, dass er der Bandleader war und er allein bestimmte, wann der nächste Song anfing. Aber Belle setzte sich einfach darüber hinweg. Nein, das war nicht ganz richtig. Er wusste, warum sie ihm ins Gehege kam. Sie erinnerte Eddie daran, dass man es, wenn man erst auf der Bühne stand, dem Publikum und vielleicht sogar noch mehr sich selbst schuldig war, absolut alles zu geben.

Hinterher würde sie was erleben können, aber momentan hieß es Vollgas geben und aus sämtlichen Rohren feuern.

Als er das erste Mal bei ihr zu Hause gewesen war, hatte Eddie kaum ein Wort herausgebracht. Er hatte sich fehl am Platz gefühlt. Nicht, dass Belle oder ihre Eltern ihn nicht freundlich empfangen hätten. Aber er war noch nie zuvor in einer Bombayer Wohnung gewesen, die mehr als zwei Zimmer und gar ein eigenes Bad und Klo gehabt hätte. Bei Belle gab es außer dem Wohn- noch zwei Schlafzimmer, jedes mit einem eigenen Bad. Verglichen mit seinem eigenen Zuhause in CWD-Chawl Nr. 17 wohnten die McIntyres in einem Palast. Ihre Wohnung befand sich im siebten Stock. An den Fenstern des Wohnzimmers hingen durchscheinende weiße Gardinen, die mit grünen Blättern und roten Chrysanthemen bedruckt waren. Wenn der Wind durch das Zimmer blies, bauschten sie sich und stiegen fast bis an die Decke. Dennoch wirkte die Wohnung nicht weniger beengt als seine eigene. Sie hatte etwas Provisorisches, als ob ihre Bewohner nur auf der Durchreise wären. Die McIntyres schienen aus dem Koffer zu leben. Metallene Überseekoffer, Lederkoffer, Holztruhen, Pappkartons und schwere Holzkisten standen in allen Zimmern herum, manche aufgeklappt und an Wände und Couchtische gelehnt. In der Mitte des Wohnzimmers fungierten acht aneinandergestellte leere Holzkisten von Brooke-Bond-Tea als Esstisch. Der eigentliche, der aus Teakholz, erklärte ihm Belle, war vor anderthalb Jahren nebst sechs dazugehörigen Mahagonistühlen sorgfältig mit alten Zeitungen und Wellpappe umwickelt und in Sackleinen eingenäht worden und stand seitdem auf dem überdachten Balkon.

Gabeln, Messer, Löffel, Teller, Schüsseln, Gläser, Tassen und Untertassen, alles, was die Familie für den täglichen Gebrauch benötigte, war in vier Pappkartons unter der Küchen-Arbeitsfläche eingelagert, die den Gasherd und den Backofen beherbergte. Das einzige Möbelstück, das noch nicht verpackt worden war, war ein Vitrinenschrank, der im Wohnzimmer stand. Eddie hatte so etwas noch nie gesehen. Er hätte stundenlang dastehen und den Schnickschnack und die Dekorationsstücke bestaunen können, die liebevoll auf den Glasböden angeordnet waren. Da gab es Porzellanteller mit aufgemalten Windmühlen, Puppen, kuriose Miniaturhäuschen, einen zwanzig Zentimenter hohen Eiffelturm, Bierkrüge und eine ganze Menagerie von Keramikkatzen, -spaniels, -sittichen und -eulen. Über der Vitrine hing ein großes gerahmtes Farbfoto von einer Frau mit einem Diadem und einem gut aussehenden Mann in einer todschicken Militäruniform.

„Ist das ein Foto von der Hochzeit deiner Eltern?", fragte Eddie Belle leise.

Belle lachte laut auf. „Dad, hast du das gehört?", rief sie zu ihrem Vater hinüber, der eben von der Arbeit zurückgekommen war und gerade im Schlafzimmer den Schlips ablegte. „Eddie hält dich für Prinz Philip!"

William Kingsley McIntyre kam aus dem Schlafzimmer, während er den Gürtel seines Hausmantels zuknotete. Er lächelte etwas verlegen. „Na ja, wenn du dir das linke Profil ansiehst, besteht durchaus eine Ähnlichkeit, eine sehr ausgeprägte Ähnlichkeit, weißt du."

„Oh, Mann, Eddie, jetzt hast du bei ihm einen Riesenstein im Brett! Von jetzt an kannst du dir alles von ihm wünschen, was du willst. Es gehört schon dir. Aber bevor er dir erklärt, um wie viel Ecken er von seines Vaters Seite mit Prinz Philip verwandt ist, gehen wir lieber in mein Zimmer."

„Du hast ein eigenes Zimmer?"

„Du nicht?"

Eddie schwieg. Glücklicherweise bohrte Belle nicht weiter nach.

„Erwarte nicht zu viel, es ist mehr ein Katzenstübchen, aber wenigstens bin ich nicht den ganzen Tag der königlichen Familie ausgesetzt."

Als Belle später Eddie zu Haus besuchte, fragte sie nüchtern: „Wo sind die übrigen Zimmer?"

Eddie zeigte unbestimmt in Richtung Küche und sagte: „Da wird zur Zeit was repariert."

In ihrem Zimmer standen ein Klappbett, ein Tisch, ein Stuhl und weitere Schrankkoffer sowie aufeinandergestapelte Kartons. Am Fenster hing ein schlichter blauer Vorhang.

„Geht ihr weg von Bombay?"

„Ja. Nicht nur von Bombay, von Indien."

„Wo zieht ihr hin?", fragte Eddie ungläubig. Das musste man sich vorstellen: Die McIntyres hatten eine Wohnung mit mehreren Zimmern, und die gaben sie auf, um ins Ausland zu gehen?

„Nach England. Guck nicht so beeindruckt. Mein Vater redet davon, solange ich zurückdenken kann."

Kennengelernt hatte Eddie Belle auf einem Gesangswettbewerb von Radio Ceylon in Bombay. Sie waren die Halbfinalisten, die es nicht bis in die Endrunde schafften. Als Trostpreis hatte man ihnen angeboten, ein Duett zu singen. Ihnen fiel kein einziger Song für zwei Stimmen ein, bis jemand „Tonight" aus „West Side Story" vorschlug. Sie hatten noch nie ein Duett gesungen, sie hatten nicht die Möglichkeit gehabt, zu üben oder zu proben, und sie waren beide nervös. Sie vermasselten die Sache und beschlossen beide im stillen Kämmerlein ihres jeweiligen Herzens, nie wieder etwas miteinander zu tun zu haben.

Einen Monat später kaufte Eddie gerade im Light of Asia Café ein Päckchen Zigaretten für den Vater seines Freundes Paul Monteiro, als Belle vorbeispaziert kam.

„Hast du Lust zu üben? Wir haben zu Hause einen Flügel, der meistens nur rumsteht."

Eddie dachte zuerst, sie wollte ihn auf den Arm nehmen. Wenn die Coutinhos einen Flügel in ihrem Wohn-Schlafzimmer gehabt hätten, hätten sie selbst ausziehen müssen. Und überhaupt – wie hätte er üben können, wenn er noch nie auf so einem Ding gespielt hatte?

Er beschloss, Belles Geschichte zu überprüfen. Auch bei Belle zu Hause war es ziemlich eng, aber das mit dem Flügel stimmte. Er war größer als der, den sie in der St. Sebastian's School hatten. Er war bitterschokoladenbraun lackiert, und Mr McIntyre hielt ihm einen langen Vortrag darüber, dass es ein Steinway sei – die beste Klaviermarke der Welt – und wie er vor hundert Jahren aus England herübergeschafft worden war. Es sei ein echtes Privileg, einen zu sehen, geschweige denn darauf zu spielen.

„Er ist ein Familienerbstück. Wenn wir ihn verkaufen würden, brächte er ein Vermögen. Aber ich würde eher meine Seele verkaufen, als mich von dem Steinway trennen. Meine Großmutter Fiona hat ihn von ihrer Mutter geerbt. Er kam auf der ‚Ocean Queen' nach Madras, wo wir ein großes Haus am Marina Beach hatten, mit einem riesigen Grundstück."

„Hör nicht auf ihn, Eddie." Belle hatte das Staunen in Eddies Augen gesehen und war der Ansicht, Vater und sein Steinway müssten um ein paar Oktaven heruntergestimmt werden. „Das Ding klingt genau so klimperig und schräg wie jedes x-beliebige Klavier, das nicht gestimmt ist."

„Aber gibt es etwas, das so sanft und voll wie der Klang eines Steinway in perfektem Zustand ist? Nur der weichste Scotch, der jahrhundertelang in Fässern gelagert hat, bis er von innen heraus zu glühen beginnt, käme ihm nahe!"

Eddie berührte den Flügel erst sehr viel später zum ersten Mal, als Belles Mutter Daphne ihn unter ihre Fittiche nahm. In dem Moment hatte er schon genug damit zu tun, die Märchenprinzessin Belle und ihr Königreich im siebten Stock von Railway Quarters, Block B, gedanklich zu verarbeiten.

Binnen weniger Monate sollte Eddie fast zu einem Mitglied der Familie McIntyre werden. Die Betonung liegt auf „fast". Violet mochte sich wie etwas Besseres vorkommen als die McIntyres mit ihren anglo-indischen Vorfahren, aber das beruhte durchaus auf Gegenseitigkeit. Weiße waren per Definition eine Stufe – wenn nicht gleich mehrere Stufen – besser als Inder, und Belles Eltern waren ebenso davon überzeugt, besser als die „Einheimischen" zu sein, wie darauf bedacht, ihr Blut nicht durch eine Mesalliance zu verunreinigen. Die meisten Anglo-Inder waren längst nach Großbritannien „heimgekehrt" oder nach Kanada, Australien und Neuseeland ausgewandert. Daphne hatte Angst, ein eingeborener Verehrer könnte Belles Herz gewinnen, bevor sie Indien verließen, wodurch all ihre Träume für die Tochter wie ein Kartenhaus in sich eingestürzt wären. Die größten Aktivposten ihrer Tochter waren, ihrer Meinung nach, deren erlesene

Hautfarbe und ihr Aussehen. Eine Heirat mit einem muskatbraunen Inder würde mit Sicherheit die Chancen ruinieren, dass Belles Kinder diese Vorzüge erben würden.

Belle hatte schon immer Freunde gehabt. Je mehr, desto besser, so der Standpunkt ihrer Eltern. Bei mehreren ist man sicherer. Eddie war lediglich die jüngste Errungenschaft und er war mehr als willkommen. Den Vater hatte er mit seiner naiven Bemerkung über das königliche Paar bereits am allerersten Tag erobert. Daphnes Reaktion auf Eddie war verhaltener. Sie war seit ihrem neunzehnten Lebensjahr Musiklehrerin. Sie fand, Eddies Stimme hatte Potenzial. Mit entsprechender Ausbildung und viel Übung könnte er es vielleicht zu etwas bringen. Doch ihr Interesse an Eddie war nicht gänzlich selbstlos. Sie hatte große Pläne mit ihrer Tochter. Belle sollte das werden, was ihr selbst nicht vergönnt gewesen war, weil ihr Vater sie mit einem älteren Mann verheiratet hatte. Für ihre Tochter hatten sie sich ein höheres Ziel gesteckt als irgendeinen Anglo-Inder, der die Gestade des Subkontinents ohnehin verlassen hat. Sie wollte einen reinrassigen Engländer, einen echten blaublütigen britischen Grafen oder Herzog. Daphne würde ihrer Tochter sämtliche Möglichkeiten bieten. Belle würde am Londoner Royal College of Music studieren oder am Julliard in New York. Mochte kommen, was wollte: Sie würde aus Belle einen Star machen, eine Diva.

Als Belle noch jünger war, gelang es Daphne, ihre Tochter für ihre eigenen Träume zu begeistern. Sie würde eine Judy Garland werden, eine Ginger Rogers, eine Dame Margot Fonteyn. Doch Mutter und Tochter zogen längst nicht mehr an einem Strick. Daphnes Ehrgeiz, Prahlerei und Hirngespinste verleideten Belle die ganze Sache. Als Daphne einmal ihren Freundinnen gegenüber erwähnt hatte, Belle habe ein Stipendium von der Royal School of Ballet erhalten, hatte Belle eine Grimasse geschnitten und gesagt: „Klar, von der Royal School of Ballet von Byculla." Daphne kaufte Eintrittskarten für Filmmusicals wie „South Pacific" und „Oklahoma"; Belle weigerte sich mitzukommen. Laut Daphne waren eine geregelte Lebensweise und Übung ein Muss für eine Künstlerin und sie bestand darauf, dass Belle um zehn schlafen ging. Belle reagierte, indem sie auf Partys ging und nicht vor drei oder vier nach Hause kam.

Dann lernte Belle Eddie kennen und schien wieder Interesse an der Musik zu finden. Daphne beschloss, ihn zu weiteren Besuchen zu ermutigen. Er sollte ein Ansporn und ein Köder sein, der den Ehrgeiz ihrer Tochter beflügeln würde. Was der Mutter trotz all ihrer Überzeugungsarbeit nicht gelungen war, schaffte Eddie, ohne ein Wort zu sagen oder sich dessen auch nur bewusst zu sein. Belle neigte dazu, mit nur einem Viertel ihrer Kapazität zu singen, im Glauben, es sei vornehm, mit der Stimme sparsam umzugehen und sich zurückzuhalten. Eddie dagegen hatte ein Organ, mit dem er Steine zertrümmern konnte, und er hatte auch keine Angst, es einzusetzen. Er zwang Belle, mit ihrer Stimme nicht zu knausern und loszulassen.

Daphne McIntyre lehrte Eddie Noten lesen und Klavier spielen. Das klassische Zeug interessierte ihn nicht, aber Pop-Songs durfte er auf dem Steinway erst spielen, als er die beiden Bände der Czerny-Übungen zu ihrer Zufriedenheit bewältigt hatte. Sie brachte ihm bei, seine Stimme zur Geltung zu bringen. Sie hielt sich für eine gute Lehrerin, aber er war ein besserer Schüler. Sie hatte eine zwiespältige Haltung ihm gegenüber. Sie wollte ihn zum Erfolg führen, aber besser als Belle durfte er nicht werden.

„Hast du als Mädchen Höschen mit roten und gelben Gänseblümchen getragen, Belle?"

„Was bin ich denn jetzt? Ein Pferd?"

„Gib mir eine Antwort." Belles Eltern waren zum Eisenbahnerball gegangen, und Belle und Eddie waren zum ersten Mal seit Langem allein in der Wohnung.

Manchmal wenn Eddie und Belle abends zusammen ausgingen, machte sich Mr McIntyre einen Spaß daraus, Eddie von der Tür aus irgendeine scherzhafte Bemerkung nachzurufen. Etwa: „Ich warne dich, tu meiner schönen Belle nichts an, was ich Daphne nicht antun würde!" Eddie wusste nicht recht, wie er die letzte Hälfte des Satzes deuten sollte. Doch die Erklärung folgte auf dem Fuß. „Alles oberhalb der Gürtellinie ist gestattet, aber unter Deck ist tabu. Ich warne dich, ich hab ein Auge auf dich!"

Belle wurde dann immer rot. „Ach, halt den Mund, Dad! Du bringst Eddie in Verlegenheit!"

Eddie wusste nicht, was er von den McIntyres halten sollte. Sie waren Katholiken und in mancher Hinsicht sogar noch frömmer als seine Mutter. Sie ließen nie eine Messe aus und aßen während der Fastenzeit nicht einmal Fisch. Belle ging jeden Morgen in die Kirche. Aber William Kingsley McIntyre ließ sich keine Gelegenheit entgehen, einen verfänglichen Witz zu erzählen oder schweinische Sprüche zu machen, und das auch noch in Anwesenheit seiner Familie. Das Merkwürdige war, dass es Frau und Tochter kein bisschen zu stören schien.

„Warum willst du das wissen?", fragte Belle verwundert.

„Ja oder nein? Beantworte meine Frage."

„Ja", antwortete Belle widerwillig. „Die waren damals bei uns Anglo-Mädchen groß in Mode. Ich hatte eines mit von Amors Pfeilen durchbohrten Herzchen drauf. Ich liebte es so sehr, dass ich es getragen habe, bis es ein Dutzend Löcher hatte. Als Mum es weggeworfen hat, ohne mir was zu sagen, hab ich wochenlang geschmollt."

Eddie und Belle lagen jetzt im Bett ihrer Eltern, und Eddie zog sie zu sich heran, während er den Reißverschluss ihres Rocks öffnete. „Man hätte dich schon als Kind wegen unsittlicher Entblößung ins Kittchen stecken sollen."

„Du hast es mir noch immer nicht gesagt." Belle versuchte, weitere feindliche Einfälle vonseiten Eddies abzuwehren.

„Dir was nicht gesagt?"

„Woher du das mit den gelben und rosa Gänseblümchen weißt."

„Das ist kein Staatsgeheimnis. Alle Jungs in Mazagaon wussten davon."

Belle glitt vom Bett und stampfte in gespielter Wut ins Wohnzimmer. Eddie lief ihr hinterher.

„Ich hab deine Höschen gesehen, als du noch klein warst, und hab mich in sie verliebt."

„Lügner! Du kannst sie unmöglich gesehen haben. Wir mussten in der Schule knielange Uniformröcke tragen."

„Ich hab mich immer mit ein paar Freunden unter die Treppe gestellt und hochgeschaut, bis ich einen steifen Nacken kriegte, trotzdem hab ich nicht damit aufgehört. Erst als meine Mutter durch Pater Agnello von meinen außerschulischen Aktivitäten erfahren und mir den Hintern versohlt hat."

„Ich glaube, ich muss noch mal mit deiner Mutter reden", sagte Belle mit gespieltem Ernst.

„Tu das." Eddie führte sie zurück zum Bett.

„Mein Vater hat recht. Du bist wirklich ein dreckiger indischer Mistkerl." Belle hatte den goanischen Akzent perfekt drauf.

„Ich kann nich anders." Jetzt machte Eddie auf armen Goa-Kaffer. „Und jetzt mach ich sogar noch dreckigere Sachen mit dir!" Er steckte ihr die Hand unter den Unterrock und ins Höschen. Belle gab sich empört und abgeneigt. Sie boxte und trat.

„Nein, nein, nein! Zu Hilfe! Ich muss meine Jungfräulichkeit für meinen weißen Ehegemahl aufsparen!"

Eddies Mittelfinger suchte weiter. Belle verstummte und legte sich kooperativ zurück.

Wenn Mr McIntyre der Verdacht kam, dass Eddie und seine Tochter dabei sein könnten, zu ernsteren Verrichtungen überzugehen, fand er immer den einen oder anderen Vorwand, um den Schlafzimmervorhang aufzuziehen und zu fragen, ob alles in Ordnung sei. Wenn in dem Zimmer länger als zwei Minuten lang Schweigen herrschte, kam er mit irgendeiner blödsinnigen Frage herein wie: „Habe ich meine Zahnbürste hier liegen lassen?" Oder: „Und, junger Mann, wie ist der Punktestand? Versohlen unsere Jungs den Indern den Hintern?" Dann musste Eddie einen Augenblick nachdenken, bevor er Mr McIntyre erklärte, dass zurzeit gar kein Cricketspiel lief. „Stimmt", gab Mr McIntyre schließlich zu, konnte sich aber trotzdem nicht entscheiden zu gehen.

Belles Feldbett war amourösen Betätigungen nicht gerade förderlich. Die Leinwandbespannung hing wie eine Hängematte durch. Der Holzrahmen war eng; er knarrte und klagte unaufhörlich, und er hatte einen höchst instabilen Schwerpunkt. Zu mehr als einer Gelegenheit war das Ding, gerade als Eddie und Belle knutschten wie wild, ohne Vorwarnung umgekippt und in sich zusammengeklappt.

Glücklicherweise bestand an dem Tag kein derartiges Risiko, da sie es sich im Schlafzimmer von Belles Eltern bequem gemacht hatten. Belle schloss die Augen. Er streifte ihr das Gummiband vom Pferdeschwanz, und ihr Haar fiel wie ein schwarzer Spitzenschleier an ihrem Kopf herab. Er knöpfte ihre Bluse auf und streifte sie ihr ab, während sie einen hohlen Rücken machte. Er schnüffelte in ihrer Achselhöhle, küsste sie und leckte sie. Sie zuckte und erschauerte leicht. Er drehte sie auf den Bauch, hakte den Verschluss ihres BHs auf. Anstatt ihren Unterrock herunterzuziehen, zog er ihn hoch, bis er ihren Kopf bedeckte. Sie lächelte, machte aber keine Anstalten, ihr Gesicht aufzudecken oder die Augen zu öffnen. Ihr das Höschen abzustreifen erforderte etwas mehr Geduld und Fingerfertigkeit. Er musste links daran zupfen, es an der rechten Seite ein Stückchen tiefer ziehen, dann wieder nach links gehen, bis es um ihre Knöchel lag. Nachdem er es über ihre Zehen gestreift und zu Boden fallen gelassen hatte, zog er sich aus und küsste sie. Er strich mit den Nägeln sanft von ihrem Nacken hinunter bis zu den Pobacken, immer wieder rauf und runter, bis sie am ganzen Körper Gänsehaut hatte. Langsam drehte er sie auf den Rücken, griff ihr an die Brüste, genau wie sie es mochte, sodass seine Handballen sie nach oben drückten, knabberte an ihren Brustwarzen und vergrub dann den Kopf zwischen ihren Schenkeln.

Es war, als habe er sich vom Zeitfluss gelöst. Ausnahmsweise einmal hatte er es nicht eilig, brauchte keine Unterbrechung zu befürchten. Es überraschte ihn, wie sehr ihn die Wahrnehmung selbst des leisesten, unwillkürlichen Ausdrucks von Lust bei Belle erregte. Es machte ihn froh und stolz. Jetzt leckte er sie, züngelte über ihre Klitoris und wagte sich tiefer und tiefer in den Tunnel ihrer Scheide hinein.

Nachdem sie gekommen war, lag sie auf dem Rücken, die Augen geschlossen. Ihre Atmung hatte sich beruhigt. Er hätte nicht beschwören können, dass sie sich seiner Anwesenheit bewusst war. Es war eine Reglosigkeit an ihr, und auf ihrem Gesicht lag ein Friede, der den Eindruck erweckte, sie habe einen höheren Daseinszustand erreicht. Man hätte nicht glauben können, dass sie erst Augenblicke zuvor so überdreht und verzweifelt ekstatisch gewesen war. Seine Augen schweiften über ihre Brüste, ihre offenen Schenkel, kehrten aber immer wieder zu ihrem Gesicht zurück. Es war so vollkommen in sich geschlossen wie ein Kreis.

Eddie stützte die Handflächen beidseits ihres Gesichts auf die Matratze und stemmte sich hoch. Er schwebte einen Moment über ihr, ließ sich dann herab und versuchte, in sie zu schlüpfen. Mit einem Mal wach, hellwach und ganz und gar da, stieß sie ihn zurück, doch er hielt sie fest. Jetzt setzte sie sich ernsthaft zur Wehr, wand und schlängelte sich unter ihm weg.

„Nein, Eddie, hör auf! Bitte, ich flehe dich an, hör auf!"

Er hatte es geschafft, ein Stückchen weit reinzukommen, aber dann hatte sie sich entzogen. Er versuchte, erneut in sie einzudringen, wieder und wieder.

„Nein, Eddie, bitte, ich flehe dich an! Nicht!"

„Was ist eigentlich mit dir los? Jedes Mal ist es das Gleiche. Erst machst du mich heiß und steif, und dann heißt es stopp!"

„Du weißt, dass ich es mir ebenso sehr wünsche wie du."

„Dann lass es uns machen, verdammt! Komm schon, Belle. Lass mich rein!"

„Ich kann nicht. Du weißt, dass ich nicht kann."

„Warum?"

Was fragte er sie überhaupt, wenn er die Antwort doch schon wusste? Es war der Fluch, ein katholisches Mädchen zu sein. Man zog das volle Programm durch. Bis zu dem Punkt, wo der Mann seinen Kopf und jegliche Selbstbeherrschung verlor, und dann entdeckte das Mädchen plötzlich seine Tugendhaftigkeit und machte einen Rückzieher. Sie waren alle gleich, Schwanzquälerinnen, eine wie die andere. Aber noch während er das unschöne Wort im Geist artikulierte, verstand er ihre Zwänge und wusste, dass sie nichts dafür konnte.

„Warum?", schrie er, ein Versuch, sie durch die Lautstärke seiner Stimme abzulenken, während er einen weiteren Versuch unternahm, in sie einzudringen. Seine Hände hielten sie noch immer fest umklammert, aber sie hatte sich unter ihm gedreht, und er rammte seinen Penis blindlings gegen irgendwelches Fleisch. „Warum? Warum?"

„Weil es eine Sünde ist, solange wir nicht verheiratet sind."

Eddie schoss das Blut ins Gesicht, und er schrie sie an:

„Aber das ist alles Übrige auch! Wir tun absolut alles, was im Bilderbuch deines Vaters steht, ausgenommen dieses Eine! Was macht das für einen Unterschied?"

„Da ist ein Unterschied. Und du weißt es."

„Nein, tu ich nicht!"

Sie war jetzt den Tränen nah. „Ach, Eddie, tust du doch. Wir kämen beide in die Hölle. Und ..."

„Und was?"

„Ich möchte eine Jungfrau für dich sein."

„Du hast deine Jungfräulichkeit monatelang unter Beweis gestellt. Mein Bedarf ist mehr als gedeckt! Ich will nicht, dass du weiter Jungfrau bist!"

„Ich kann nicht." Jetzt weinte Belle. „Ich kann nicht mit dir schlafen!"

Eddie wechselte das Thema. „Beichtest du nicht alles, was wir machen?"

„Manchmal. Aber nicht alles. Ich gehe nicht ins Detail. Aber ich weiß, dass Jesus alles sieht, was ich tue."

„Dann lass es uns machen. Und anschließend kannst du das auch beichten."

Belle fühlte sich verraten. Sie hatte den Verdacht, dass Eddie alles, was sie von dem Buch abguckten, das ihr Vater unter seiner Matratze versteckt hielt, Pater Agnello in der St. Sebastian's Church in Mazagaon beichtete.

„Beichtest du denn alles, was wir machen?" Sie klang ungläubig und als sei ihr nicht wohl in ihrer Haut.

„Warum sollte ich? Du fühlst dich schuldig, nicht ich. Hör auf, Zeit zu vergeuden!"

„Wenn ich jetzt ja sage, zeigst du mir später die kalte Schulter und sagst, du willst kein Mädchen heiraten, das nicht imstande war, nein zu sagen."

„Das werd ich nicht tun, versprochen. Ganz ehrlich nicht."

„Aber nur deshalb, weil du noch nie versprochen hast, mich zu heiraten!"

Eddie hatte das Gefühl, in der Falle zu sitzen. Sie hatten diese Diskussion schon unzählige Male gehabt. Immer lief es aufs Heiraten hinaus. Das war ein Thema, über das er nicht reden wollte. Sie waren noch so jung! Warum konnten sie nicht einfach Spaß miteinander haben, ohne dass er sich für alle Ewigkeit zu etwas verpflichten musste?

„Wo willst du hin? Dad und Mum kommen frühestens in zwei, drei Stunden vom Eisenbahnerball zurück."

„Vergiss es."

„Ach, Eddie, werd doch nicht sauer und verdirb den schönen Abend nicht! Wir sind in letzter Zeit kaum einen Augenblick allein zusammen!"

„Ist ja nicht meine Schuld, wenn deine Eltern ständig an uns dran kleben. Und außerdem – ist doch eh egal."

„Lass uns heiraten! Ich rede mit meinen Eltern. Und dann tu ich alles, was du willst."

„Alles, was ich will? Was ist los? Machst du nur mit, um mir einen Gefallen zu tun?" Er hatte den Reißverschluss seiner Hose hochgezogen und bürstete sich jetzt die Haare vor dem kleinen Spiegel, der, seit die Frisierkommode ihrer Mutter verpackt und eingelagert worden war, an einem Nagel an der Wand hing.

„Du weißt genau, dass ich nicht genug davon kriege. Lass uns einfach heiraten, und dann werde ich nie wieder nein sagen."

„Bist du übergeschnappt?“ Jetzt war er wütend. „Wovon sollen wir leben? Die Bombshells haben vier, allerhöchstens sechs Auftritte im Monat, und das war's. Glaubst du, das würde für uns beide reichen?“

„Ich werde Steno und Tippen lernen. Und dann besorge ich mir einen Job als Sekretärin.“

„Klar doch, und ich lass mich von dir aushalten, und wir produzieren Babys. Dutzendweise.“

„Meine Eltern haben das nicht getan. Und deine auch nicht.“

„Aber nur, weil mein Vater gestorben ist. Andernfalls wären wir mittlerweile eine neunzehnköpfige Familie.“

Eddie setzte sich aufs Bett, um sich die Schuhe anzuziehen. Wie immer stand sein Hemd oben drei Knöpfe weit offen, und Belle hatte die Hand hineingesteckt und machte sich an seinen Brustwarzen zu schaffen. Er wusste, wenn sie ihm das Hemd auszog und anfing, ihn dort zu lecken, war er erledigt.

„Hör damit auf“, sagte er und versuchte, sie wegzustoßen. Aber es war eine halbherzige Geste, und sie hörte sowieso nicht auf ihn. Sie knöpfte sein Hemd ganz auf, und er gab jeden vorgetäuschten Widerstand auf.

„Also schön“, sagte er resigniert, „wir heiraten.“

Sie zog mit der Spitze ihrer feuchten Zunge Kreise um seine Brustwarzen, und ihre Hand war in seinem Schritt zugange. Er konnte keinen klaren Gedanken fassen. Er wusste, dass ihm die Situation zunehmend aus den Händen glitt, aber er wollte nicht, dass sie aufhörte.

„Ja? Wann?“, fragte sie träumerisch, während sie ihre Brüste an ihm rieb.

„Das entscheiden wir hinterher.“

„Sag's mir zuerst.“

Eddie versuchte, keine Miene zu verziehen. „Irgendwann ... bald.“

„Nein, oh nein! Ich weiß genau, was ‚irgendwann‘ bedeutet.“

„Das ist mein Ernst, Belle! Ehrlich!“ Er hätte ihr alles versprochen, einschließlich einer Hochzeit am folgenden Tag, solange sie ihm erlaubte, die verbotene Sache zu machen. Er umfasste ihre Taille. Sie ließ den Kopf in den Nacken fallen und glitt tiefer und tiefer, bis sie auf dem Bett lag. Es war ihre Art, ihm zu sagen, dass er mit ihr machen konnte, was er wollte. Wie leicht es doch war, sie reinzulegen! Eddie lachte laut los.

„Das hast du nicht ernst gemeint, stimmt's? Was du vom Heiraten gesagt hast?"

„Ich möchte einfach mit dir schlafen, das ist alles."

Diesmal protestierte sie nicht. Sie legte sich auf den Bauch, die Ellenbogen auf der Matratze, das Kinn in die hohle Hand gestützt. Sie erwartete ihn. Er betrachtete die Linie ihres Körpers. Sie zog sich von ihren Zehen und Füßen, die über die Bettkante hingen, zu den sanften, aber festen Erhebungen ihrer Pobacken hin, um dann von der Taille zu den Schultern steil aufzusteigen und weiter zum fein ziselierten Kopf. Er war von ihrer Schönheit seltsam berührt. Er zog gerade seine Hose aus, als er den Kummer und die Enttäuschung in ihren Augen sah. Sie musste ihn wirklich lieben, um sich so über Jesu ausdrückliche Wünsche hinwegzusetzen. Er hatte sich danach gesehnt, von der Anspannung, die sich im Laufe des Abends in ihm aufgebaut hatte, erlöst zu werden. Doch jetzt war es ihm nicht mehr wichtig, ob er in sie eindringen konnte oder nicht. Solange sie ihm die Absolution ihrer Hände erteilte.

3

Es hatte lange gedauert, aber Ravan hatte es geschafft, den ersten Meilenstein seiner Karriere zu erreichen. Er hatte seine eigene Band. Der nächste Meilenstein bestand darin, Schauspieler zu werden, ein Matinee-Idol, ein Superstar. Geduld. Wenn man wusste, was man vom Leben wollte, und so vernünftig war, nichts zu überstürzen, würde sich alles von selbst ergeben. Alles zu seiner Zeit. Wenn er also schon einen Umweg machen und Taxifahrer werden musste, um sein Doppelziel zu erreichen, würde er es eben tun. Er war willens und bereit, alle erforderlichen Opfer zu bringen und Kompromisse zu machen, um dorthin zu gelangen.

Er hatte sehr gründlich darüber nachgedacht, was für eine Art von Band er genau haben wollte. Sie würde eine radikale Abkehr von der Vergangenheit darstellen. Er würde dafür sorgen, dass sie nichts, aber auch rein gar nichts mit der New India Brass Band, bei der er seine Lehrzeit absolviert hatte, gemein haben würde. Selbstredend würde sie einen anderen Namen führen, einen in den Annalen der Hochzeitskapellmusik gänzlich unerhörten und nie dagewesenen Namen, der die Geburt eines neuen Sterns am musikalischen Firmament verkünden würde, eines Sterns, dessen Gravitation so gewaltig war, dass jeder andere in seine Umlaufbahn geraten würde. Ja, sie würde eigene Maßstäbe setzen und Wesen und Wirkung der indischen Musik von Grund auf verändern.

Die Cum September Jai Bharat Band. Wer käme schon auf einen so prachtvollen, so ungewöhnlichen, so entzückend bezaubernden Namen? Mit einem einzigen Sprung hatte Ravan die Kluft zwischen Ost und West überwunden und der Welt verkündet, dass die Musik eine Universalsprache ist, die keine engstirnigen, chauvinistischen Unterscheidungen kennt. Die ersten zwei Wörter im Namen seiner Band waren der Titel eines Films mit Rock Hudson und Gina Lollobrigida, den er im Metro gesehen hatte: eine romantische Komödie, in die sich ganz Bombay verliebt hatte. Der Titelsong hatte ihn völlig umgehauen, und in dem Moment hatte Ravan gewusst, dass seine Band danach benannt werden würde. Doch ein unmissverständlicher Bruch mit den typischen, altbackenen, überholten Namen hinduistischer Hochzeitskapellen war nur der erste Schritt.

Er beabsichtigte, alles aufzupolieren: die musikalische Philosophie der Gruppe, ihren Sound und Stil. Zuallererst würden diese vergreisten, der Zeit – und übrigens auch dem Takt und den Tönen – hoffnungslos hinterherhinkenden Mitglieder der New India Brass in den Ruhestand versetzt werden müssen. Navare, das musste Ravan immerhin zugeben, verstand was von seinem Geschäft, aber es gab keine Alternative, auch er würde gehen müssen. Wie hätte der es ertragen können, für jemanden zu arbeiten, der früher sein Schüler gewesen war?

Ja, alles hatte sich geändert, alles.

Und natürlich war alles, aber auch alles, genau so wie vorher. Sadanand Navares New India Brass Band war vor langer Zeit gestorben, doch sie erfreute sich nach wie vor bester Gesundheit. Wie hinduistische Götter hatte sie mehrere Inkarnationen durchgemacht. Selbe Musiker, neuer Name und neuer Bandleader. Navares Speichellecker und menschliches Echo, Umakant Kamble, der Schauspieler, der in der Gestalt des Madan, des Gottes der Liebe, einem Kalendermaler Modell gestanden hatte, als Ravan noch nicht auf der Welt war, hatte die Gruppe unter dem Namen Madan Musical Brass Band zu neuem Leben erweckt. Er bildete sich ein, noch immer wie der hinduistische Amor auszusehen, und befürchtete, dass die Bräute, auf deren Hochzeiten er spielte, ganz zu schweigen von allen sonstigen anwesenden Damen, in der unmittelbaren Gefahr schwebten, ihr Herz an ihn zu verlieren, und ihn anflehen würden, mit ihnen durchzubrennen.

Der Mann war seit Ravans Zeit als unbezahlter Lehrling nicht um einen Tag gealtert. Unter seinem teerschwarzen Haar war nach wie vor ein Fingerbreit weißer Wurzeln zu sehen. Unglücklicherweise hatte Madan Musical trotz Kambles überlegenen Bandleader-Qualitäten ihre erste Saison nicht überlebt. „Es ist wirklich ganz einfach", erklärte Kamble mit einem tragischen Lachen jedem, der es hören wollte, und wenn sich kein bereitwilliger Zuhörer fand, spielte es auch keine Rolle. „Nur die Mittelmäßigen haben im Leben Erfolg, nicht die außergewöhnlich Begabten. Die Leute waren neidisch auf mein Aussehen und meine musikalische Begabung und setzten alle möglichen böswilligen Gerüchte in Umlauf: Ich sei nicht imstande, einen Ton sowie die Mitglieder meiner Band unter Kontrolle zu halten."

Der Taktstock war dann auf Kanhaiyyalal, den Klarinettenspieler, übergegangen. Er hatte der Musikwelt eine wahrhaft einzigartige Offenbarung geschenkt. Diese bestand in seiner Überzeugung, dass der Song „Jab dil hi tut gaya, ab ji ke kya karenge?" (Wenn das Herz gebrochen ist, was hat es für einen Sinn zu leben?) des unsterblichen Sängers und Schauspielers K. L. Saigal den Hauptschlüssel zu jedem Lied, jeder Melodie, jeder Symphonie, jedem Raga, Konzert oder Chorwerk der Vergangenheit oder Zukunft darstellte. Er fasste in sich das gesamte Universum der Musik. Ja, man würde sogar feststellen, dass er die Grundmotive und die Struktur jeder nur vorstellbaren Komposition enthielt. Am bemerkenswertesten dabei war, dass Kanhaiyyalal auch das Zeug hatte, seine Theorie zu beweisen. Er brachte es fertig, jedes Lied – ob indisch, englisch, chinesisch, französisch oder deutsch, klassisch, Folk oder Pop – exakt so wie Mr Saigals melancholische, herzzerreißende Melodie klingen zu lassen. Im Laufe der Zeit hatten verschiedene Leute, darunter sogar der junge Ravan, versucht, Kanhaiyyalal von seiner universalen Musiktheorie abzubringen. Navare hatte zu mehreren Gelegenheiten gedroht, ihn aus seiner Band rauszuwerfen, aber Kanhaiyyalal verteidigte seine Überzeugung standhaft. Wie es sich für einen revolutionären Denker gehörte, war er seiner Sache – beziehungsweise seinem Guru, wie er es formuliert hätte, Saigal-sahab und dessen „Jab dil hi tut gaya“ – treu geblieben. Seine Truppe hatte er, was keinen überraschen wird, The Immortal Saigal Band genannt. Doch auch sie hatte sich letztlich als sterblich erwiesen.

So war es denn am jüngsten Mitglied der Combo, sein Glück zu versuchen. Ravan Pawar, Taxifahrer mit der Seele eines musikalischen Visionärs, hatte das Zeug, dem Fluch, der die Band verfolgte, ein Ende zu setzen. Dazu brauchte er lediglich das Alteisen – Navare, Kamble und Kanhaiyyalal – hinauszubefördern und für frisches Blut und neue Ideen zu sorgen. Er hatte sich unverzüglich an die Arbeit gemacht. Es gab nur einen winzig kleinen Haken. Warum sollte jemand einer Kapelle beitreten, die im Laufe von drei Jahren in ihren vorherigen Inkarnationen bereits drei Mal den Geist aufgegeben hatte? Und wichtiger noch: Warum sollte sich jemand, der im Vollbesitz seiner geistigen Kräfte war, einem Bandleader anschließen, der den mehr als Unglück verheißenden Namen Ravan trug? Und der in Sachen Gage nicht mehr zu bieten hatte als das Versprechen, sie zu bezahlen, sobald die Gruppe ihren Durchbruch haben würde?

Doch heute war der entscheidende Tag. Es hieß jetzt oder nie. Es hieß alles oder nichts, ent- oder weder.

Es war der Tag, an dem sich entscheiden würde, ob die Cum September Jai Bharat Band Bombay, möglicherweise den Staat Maharashtra, ja, wer weiß, vielleicht sogar den ganzen Subkontinent im Sturm erobern würde. Oder ob Ravan Pawar und seine Band in einer der Sackgassen der riesigen Metropole auf Nimmerwiedersehen oder -hören verschwinden würden.

Gajanan *Patil* war mit seinem eigenen Vauxhall den ganzen Weg von Karjat, also wenigstens sechzig oder siebzig Meilen, runtergefahren, um die Cum September Band für die im folgenden Monat stattfindende Hochzeit seiner Schwester zu engagieren. Ravan hatte bislang von niemandem je einen Vorschuss bekommen, aber das war kein Grund, nicht einen zu verlangen.

„Wie viel Vorschuss würden Sie zahlen, damit es eine feste Abmachung ist?“

Mr Gajanan Patil hatte nicht vor, die Frage einer Antwort zu würdigen. „Ein Fahrzeug wird euch am 21. des Monats abholen. Ihr werdet über Nacht bleiben. Wir werden für Kost und Logis sorgen, und nach dem letzten Stück für die *bidai*, wenn meine Schwester und ihr Mann zum Haus des Bräutigams aufbrechen, werdet ihr den Betrag von zweihundertfünfzig Rupien erhalten."

Ravan hatte sich mit Sicherheit verhört. „Was war die Summe, die Sie erwähnten, mein Herr?", fragte er Mr Patil, der ein weißes Hemd und eine weiße *khadi*-Hose trug, die im Sonnenlicht wie ein Spiegel glänzte. „Zweihundertfünfzig Rupien", wiederholte Gajanan Patil sein Angebot. „Wenn dir das nicht passt, kann ich ja gehen ..." Mr Patil war offensichtlich kein Mann von vielen Worten.

Nicht passt? Ich bitte um Vergebung, Mr Gajanan vom jungfräulich reinen Beinkleid, von „passen" kann gar keine Rede sein. Ich könnte mich reinlegen! Ich könnte Sie vor Dankbarkeit links und rechts abküssen und Sie so fest in die Arme schließen, dass Ihnen die Luft ausgeht! Ich werde jeden Abend mit dem Zug nach Karjat rausfahren und Ihnen ein Schlaflied singen, wenn Sie nicht einschlafen können. Die erste Langspielplatte, die ich aufnehme, werde ich Ihnen widmen. Und Sie würden mir eine ganz besondere Gefälligkeit erweisen, wenn Sie mich zu meinem letzten Auftraggeber begleiten würden, der zu mir sagte, wenn ich je einen Hundert-Rupien-Schein zu Gesicht oder in die Finger bekäme, würde er für mich die Hose runterlassen, und ihn davon in Kenntnis setzen könnten, wie viel genau Sie mir für die professionellen Dienste meiner Band zu zahlen gedenken.

Das Geschäft stand.

Das einzige Problem war, dass es keine Cum September Jai Bharat Band mehr gab. Ravan Pawars Quartett hatte gerade das Zeitliche gesegnet. Die drei anderen Musiker hatten ihn im Stich gelassen. Anstatt sich von ihm feuern zu lassen, hatten sie ihn gefeuert. Gebrodelt hatte es in der Combo schon geraume Zeit, aber Ravan hatte nicht erwartet, dass ihm die Sache schon so bald ins Gesicht spritzen würde. Sein Alter war gegen ihn, sagte er sich. Er war nicht nur unreif, er sah auch so unerfahren aus, wie er jung war. Wäre er nur imstande, die Regie zu übernehmen, weltgewandt und diplomatisch zu sein und sich nicht in die Karten schauen zu lassen! Er sehnte sich danach, undurchsichtig zu sein und ein mürrisches Gesicht machen zu können, die Lippe verdrießlich zu schürzen und seine Gegner durch seine Autorität zur Unterwerfung zu bringen; eine Augenbraue hochzuziehen und die Menschen erzittern zu lassen. Doch heute am Zahltag, am Einunddreißigsten des Monats und ganze sieben Tage nach dem letzten Hochzeitsauftritt, der die unmittelbare Ursache – oder besser gesagt, die dürftige Ausrede – für das Ableben der Kapelle gewesen war, gab es nur einen, der Mühe hatte, den Tatterich zu unterdrücken, und das war Ravan selbst.

Sie hatten sich gegen ihn zusammengerottet, seine eigenen Angestellten, die Mitglieder seiner eigenen Band, und er ließ ihnen das einfach durchgehen. Anstatt ihnen zu sagen: „Das war's, ihr seid die schlechtesten Musikanten der Welt", bettelte er sie an, ihn nicht sitzenzulassen. Kanhaiyyalal bekam kaum die Füße hoch, doch Navare war schon an der Tür, während sein Sozius Kamble kurzsichtig nach seinen Sandalen tastete.

„Warum trägst du sie nicht an den Handgelenken, du blinder Hampelmann, damit du weißt, wo sie sind?" Navare drückte Kamble seine Afghani-Sandalen ins Gesicht.

„Mit den Aufträgen wird es wieder bergauf gehen", flehte Ravan Navare an. „Es wird bald besser, ich gebe Ihnen mein Wort!"

„Klar, es ist ja auch bisher von Tag zu Tag besser geworden", höhnte der Saxophonspieler. Navare hatte es Ravan nie verziehen, dass er seinen Platz eingenommen hatte. „‚Diesmal gebe ich euch nicht weniger als fünfzehn Rupien', hast du uns versichert. Und was haben wir gekriegt? Neun Mäuse!"

„Was sollte ich Ihrer Meinung nach denn tun? Der Kunde hat mir gerade mal vierzig Rupien gegeben, obwohl achtzig ausgemacht waren!"

„Und die restlichen vier hast du selbst eingesackt, anstatt sie mit uns zu teilen“, schloss sich Kanhaiyyalal Navare an.

„Bin ich nicht der Bandleader? Ich mach doch die ganze Lauferei! Ich besorg alle Aufträge!“

„Welche Aufträge? Wir hatten vorletzten Monat überhaupt keinen und letzten exakt einen. Und als jemand blöd genug war, dich für einen ganzen Tag anzuheuern, und das auch noch für ein Taschengeld, warst du nicht mal imstande, ihm den vollen Betrag aus dem Kreuz zu leiern!“

„Hier.“ Ravan bot Kanhaiyyalal eine zusätzliche Rupie an. „Wir teilen das Geld gerecht auf.“

Kanhaiyyalal wollte den Schein schon annehmen, als Navare ihn Ravan aus der Hand riss und ihm ins Gesicht warf.

„Behalt es! Wir gehen.“

„Warum überlassen Sie es nicht Kanhaiyyalal, das selbst zu entscheiden?“

Doch auch Kanhaiyyalal wollte Ravan verlassen. Ja, selbst Kanhaiyyalal.

„Hör auf, dir etwas vorzumachen, Ravan. Vergiss die Band. Daraus wird nichts mehr.“

„Sie irren sich“, protestierte Ravan nicht allzu überzeugend. „Sie irren sich total.“

Jetzt war Kamble an der Reihe. „Leb wohl, Ravan, und viel Glück. Ich hör auch auf.“

„Leb wohl, Ravan, zehnköpfiger König von *Lanka* und Entführer der wunderschönen Prinzessin Sita!“ Der asthmatische Navare klang wie ein nasal sirrendes Stromkabel an einer Wüstenstraße. „Vielleicht, vielleicht wird aus dir ja noch eine bedeutende Ein-Mann-Band.“

„Wir kommen ganz groß raus, das schwöre ich Ihnen!“ Ravan ließ nicht locker.

„Warum kommt mir das nur so bekannt vor, Kamble?“, fragte Navare schelmisch.

Ravan musste in Sachen Navare eindeutig drastischere Maßnahmen ergreifen, ihn vielleicht in einer stockdunklen Regennacht einfach mit seinem Taxi überfahren, und zwar eher früher als später.

„Sie glauben, das denk ich mir nur aus? Ich habe ein Angebot von außerhalb der Stadt. Ein richtig großes Fest, reiche Leute. Grundbesitzer, Geschäftsleute."

Sie gingen.

Als Kind hatte Ravan von seiner Mutter gelernt, dass man, wenn man im Leben Gutes tat, gutes Karma anhäufte. Tat man Böses, bekam man schlechtes Karma. Und schlechtes Karma fiel immer auf einen zurück und suchte einen heim. Tief in seinem Herzen wusste Ravan, dass er in seiner vorherigen Existenz etwas Entsetzliches getan haben musste. Warum sonst hätte er diese drei Dämonen am Hals gehabt, die ihm Tag und Nacht zusetzten und ihn nie zur Ruhe kommen ließen? Sie hätten Vaterfiguren für ihn sein sollen. Stattdessen waren sie Vampire, die ihm das Blut und die Lebenskraft aussaugten.

Der Hauptpeiniger war immer Navare. Er konnte einfach nicht vergessen, dass er Ravan nicht nur seine erste Chance gegeben, sondern ihn auch ausgebildet hatte. Ravan hasste Navare wegen der Aura von Verbitterung und Unzufriedenheit, die ständig wie eine giftige Wolke um ihn hing. Was ihm aber am meisten zu schaffen machte, war die Tatsache, dass Navare Kamble und Kanhaiyyalal gegen ihn aufgewiegelt hatte und er nichts dagegen unternehmen konnte. Als das Trio ihn jetzt verließ, dachte Ravan an den Abend zurück, an dem der letzte Auftraggeber ihn um die versprochene Gage betrogen hatte.

Er war dem Mann rund einen Monat zuvor über den Weg gelaufen. Es war einer seiner Nachbarn, wenn man jemanden, der in Chawl Nr. 23, auf der anderen Seite des Spielfelds, wohnte, einen Nachbarn nennen konnte. „Ravan, oh, Ravan-sahab!" Ravan schaute auf und sah den dehydrierten Mr Tamhane, den Justizangestellten, der mit einem Lächeln auf ihn zukam, das so falsch war, dass er es mit seinem linken Eckzahn (der rechte war gebrochen) festhalten musste, ihm aber immer wieder wie ein loses Namensschild herunterfiel. Ravan wusste in dem Moment, dass die Zukunft nichts Gutes verhieß. Etwas konnte nicht in Ordnung, ganz gewaltig nicht in Ordnung sein, denn Tamhane hatte Ravan seit über fünfzehn Jahren nicht gegrüßt oder auch nur zur Kenntnis genommen. Er hatte nie zurückgeschreckt, Ravan, als er noch ein Kind war, wissen zu lassen, dass er ein fauler Apfel war und nicht der Umgang, den er sich für seinen Sohn Anant wünschte.

Der Justizangestellte hatte so etwas wie einen Rekord im Einreichen von Klagen aufgestellt. Er hatte elf Prozesse gegen Nachbarn in seinem eigenen Gebäude laufen, und Gerüchten zufolge vier weitere Klagen gegen drei seiner ehemaligen Schulkameraden eingereicht – vielleicht weil er als Mitarbeiter der indischen Justizbehörde Rabatt bekam. Die einzige Hoffnung der Bewohner der CWD-Chawls war, dass Mr Tamhanes Sohn Anant es fertigbringen würde, seinen Vater noch zu überflügeln, indem er einundfünfzig Zivilklagen gegen ihn einreichen und dafür sorgen würde, dass der chronische Prozessierer aus der Siedlung flog.

Wäre Ravan auch nur annähernd bei Verstand gewesen, hätte er augenblicklich kehrtgemacht und wäre auf einen anderen Kontinent geflohen. Doch Mr Tamhane war bereits nahe genug, um ihn festzunageln: „Hihi, da bist du ja! Genau der, den ich suche. Ich erinnere mich an dich, oh ja, ich erinnere mich gut an dich. Du warst das Kind *Bal Krishna*, eine regelrechte Bedrohung für die Tugend sämtlicher Frauen. Jetzt, wo du zum mächtigen Herrn *Shri* Krishna herangewachsen bist, keinem Geringeren als dem Verfasser unseres allerheiligsten Textes, der *Bhagavadgita*, wette ich, dass keine Frau in ganz Asien, ob jung ob alt, vor deiner ehebrechenden Flöte sicher ist. Hihi!"

Ravan sah Mr Tamhane mit einer gewissen Verwunderung an. Als Kind hatte er die sexuellen Andeutungen des älteren Mannes nicht verstanden, doch selbst damals hatte er sich durch sie beschmutzt gefühlt. Er ging noch immer mit denselben abgestandenen Witzeleien hausieren und kam sich toll dabei vor. Vielleicht wäre es keine schlechte Idee gewesen, ihm eine in die Schnauze zu hauen, nur dass dies Ravan nichts anderes eingebracht hätte als ein gebrochenes Handgelenk. Tamhanes allumfassende Sparsamkeit hatte nicht zugelassen, dass auch nur ein Extragramm Fleisch sein Knochengerüst auskleidete. Alles an ihm stach hervor, seine Nase, seine Jochbeine, Knie, Basedow-Augen, Fußknöchel, seine gelblichen Rattenzähne – alles, ausgenommen seine konkaven Wangen, die wie innen aneinandergeklebt wirkten.

„Ich überbringe frohe Neuigkeiten. Dein bester Freund, Anant, wird bald heiraten. Und er will für die musikalische Begleitung seiner Hochzeitsfeier ausschließlich die beste Band der Stadt haben, ja die beste des ganzen Landes. Wer könnte das sein, habe ich ihn gefragt, wer könnte das sein? Und weißt du, was seine Antwort war? Wie können Sie nur fragen, sagte er zu mir, wer könnte es sein, wenn nicht mein alter Kumpel, Ravan Pawar, und seine Cum September Jai Bharat Band!

Die Brauteltern wollten eine westliche Band verpflichten, eine, die auf der Hochzeit der Tochter des Chief Ministers gespielt hatte. Doch Anant wollte nichts davon wissen. Er lehnte kategorisch ab. Entweder wir bekommen Ravan Pawar, oder Sie können die Hochzeit vergessen! Kannst du dir das vorstellen? Er hat ihnen das Messer an die Brust gesetzt! Erweise uns die Ehre, auf der Hochzeit unseres Sohnes zu spielen, und mache diesen Tag zum glücklichsten seines Lebens.

Gut, das wäre also abgemacht. Die Hochzeit findet am 24. dieses Monats statt. Wir erwarten euch dort um Punkt 6.30 Uhr früh. Der *muhurt* ist zwar erst um 8.24 Uhr, aber ich möchte, dass die festliche Stimmung gleich von Anfang an einsetzt, und natürlich wollen wir auf keinen Fall, dass beim Empfang am Abend irgendjemand außer der Cum September Band spielt. Verspätet euch nicht. Zeit, wie du weißt, ist Geld."

Tamhane machte auf der Stelle kehrt und versuchte, einen schnellen Abgang zu machen. Vielleicht war ihm bewusst geworden, dass er das Tabuwort „Geld" ausgesprochen hatte, das Ravan nun möglicherweise auf die falsche Fährte locken würde. Doch während Tamhane ihm diesen Unsinn auftischte von wegen, er sei Anant Tamhanes bester Freund, hatte Ravan an nichts anderes gedacht. Es gab nur einen einzigen Menschen, der widerwärtiger war als Tamhane Senior. Das war sein Sohn Anant. Zu behaupten, dass niemand in den CWD-Chawls den beiden einen guten Tag gesagt hätte, war eine maßlose Untertreibung; nicht einen Tropfen Wasser hätte man ihnen angeboten, selbst wenn sie am Verdursten gewesen wären.

Tamhane hatte ein ordentliches Tempo vorgelegt, und Ravan musste laufen, um ihn einzuholen.

„Mr Tamhane, noch eine Minute, bitte!"

„Was ist denn noch?", fragte Mr Tamhane brüsk. „Ich bin ein vielbeschäftigter Mann. Ich habe keine Zeit für Geplauder."

„Wie steht es mit dem ..." – Ravan hatte immer Schwierigkeiten mit dem Wort – „... Geld? Darüber haben wir uns noch nicht unterhalten."

„Deshalb bist mir nachgelaufen? Ist das alles, woran du denken kannst? Geld? Was ist Geld schon unter Freunden? Ravan Pawar, ich werde dir ein Geheimnis anvertrauen: Geld ist im Totenreich kein gesetzliches Zahlungsmittel. Du kannst es nicht mitnehmen. Hihi! Wie findest du das?"

„Ich will es auch nicht, wenn ich tot bin!", protestierte Ravan. „Ich will es ..."

„Gut, mehr wollte ich nicht hören."

Das mochte dem Justizangestellten genügen, Ravan jedoch kaum. Er musste Tamhane auf einen konkreten Betrag festnageln, er wusste, wie gerissen er war. Die Mitglieder der Cum September hielten ständig eine geladene Pistole an einen unaussprechlichen Teil seines Körpers, dass er sich wie ein Eunuch fühlte. Sie stießen den stählernen Lauf zu jeder passenden und unpassenden Gelegenheit in ihn und erinnerten ihn daran, was für ein nichtsnutziger Bandleader er war und seit wie vielen Tagen, Wochen und Monaten er sie nicht bezahlt hatte. Sie hatten ein ausgezeichnetes Gefühl für Timing und drohten stets dann zu kündigen, wenn Ravan gerade das Zeichen zum Aufspielen gab, und wussten auch anschließend die Veranstaltung alle Naselang zu unterbrechen.

„Unsere Gage für einen Doppelauftritt, das heißt, wenn wir sowohl am Morgen wie am Abend spielen, beträgt ..." – hier stockte Ravan, um die nötige Zeit zu gewinnen, den Betrag aufzublähen – „zweihundert Rupien."

Kaum waren die Worte ausgesprochen, begriff Ravan, dass er einen großen Fehler gemacht hatte.

„Klar, was immer ihr normalerweise auch kriegt! Aber ich frage mich, warum ich das Gefühl habe, dass ihr so gut wie gar keine Aufträge bekommt. Ah ja, das muss daran liegen, dass ihr so wählerisch seid und nur auf den Hochzeiten von Maharadschas und großen Filmstars auftretet. Hihi. Richtig?"

Ravan hatte sein Blatt überreizt. Er hielt es für das Beste, das Thema an diesem Tag nicht weiterzuverfolgen.

Doch am Morgen der Hochzeit schnitt er es bei Mr Tamhane noch einmal an.

„Wir müssen uns über die Höhe der Gage einigen, damit es anschließend keine Missverständnisse gibt."

„Du willst jetzt Geld, um 7.37 Uhr, noch ehe das Hochzeitsritual vollzogen worden ist? Hör dir diesen Mann an, Anants Mutter!" Mr Tamhanes Aufforderung war jedoch weniger an seine Frau gerichtet als an die im Saal versammelten Gäste, die die Geldgier und Frechheit dieses schamlosen jungen Mannes, der ihn erpresste, bezeugen sollten. Seltsamerweise, aber vielleicht war es auch ganz natürlich, war nicht ein Mensch aus den CWD-Chawls zu sehen. „Der beste Freund unseres Sohnes, Ravan Pawar, hält mir eine Waffe an den Kopf. Er will nicht spielen, seine Band weigert sich kategorisch zu spielen, es sei denn, wir zahlen ihre Gage im Voraus. Was ist aus dieser Welt geworden!"

Alle drehten sich um und starrten den Erpresser an.

„Das habe ich nicht gesagt, Mr Tamhane." Ravan fummelte an einem Knopf seiner Jacke herum und bekam gerade mal ein Flüstern heraus. „Habe ich nicht", wiederholte er weinerlich. „Ich habe lediglich zu bedenken gegeben, dass es besser ist, Geldangelegenheiten im Voraus zu klären, als anschließend Raum für Unstimmigkeiten zu lassen."

„Wie viel willst du? Sprich es nur aus, ja, sag uns, wievielwievielwieviel. Andernfalls werden deine Forderungen alle paar Minuten steigen."

„Wir reden darüber, sobald Anant vermählt ist", sagte Ravan betreten.

Mr Tamhane ließ sich nicht beschwichtigen. „Du hast vor all diesen Leuten meine Integrität in Frage gestellt. Ich werde keine weitere Demütigung dulden. Sag mir einfach, wie viel."

Ravan wand und krümmte sich, aber Tamhane blieb eisern. „Wie viel?"

„Normalerweise berechnen wir für einen ganzen Tag Musik zweihundert Rupien, aber über den endgültigen Betrag können wir uns nach dem Hochzeitsritual einigen."

„Nein, das kann ich nicht akzeptieren. Ich werde es nicht hinnehmen, dass du die ganze Zeit ein Schwert über mein Haupt hältst. Frau – hört hier jemand zu? –, gib diesem Mann achtzig Rupien, ja, die ganze Summe im Voraus."

Wie waren aus zweihundert plötzlich achtzig geworden? „Nein, nein, Mr Tamhane, wie ich schon sagte, das regeln wir später."

„Frau, gib diesem Mann sein Geld! Wie oft muss ich mich noch wiederholen?"

„Das reicht. Kränken Sie den Jungen nicht." Mrs Tamhane erschien wie aufs Stichwort und versuchte, ihren Gatten zu beschwichtigen. „Er ist jung und nicht so reif wie unser Anant. Er hat einen Fehler gemacht, und es tut ihm leid. Ravan, sag dass es dir leid tut, bitte. Du hast meinem Mann das Herz gebrochen. Ausgerechnet du! Wir hätten Hunderte anderer Bands engagieren können. Aber mein Mann hat ein so weiches Herz. Er hatte Mitleid mit dir, weil niemand deine Band haben will. Jeder sagt, dass die Cum September, Go September grauenvoll spielt, aber er wollte dir eine weitere Chance geben. Aber du warst ja schon immer ein undankbarer Junge, Ravan Pawar. Sag ihm und allen Anwesenden, dass es dir leid tut, sonst wirst du mir und meinem Kind Anant und seiner frisch Angetrauten diesen schönen Tag verderben!"

Ravan begriff nicht, warum er sich eigentlich entschuldigen sollte. Er hatte den Verdacht, dass alles eine abgekartete Sache zwischen Mr Tamhane und seiner Frau war. Er hatte lediglich das verlangt, was ihm und seiner Band zustand, und jetzt sollte er sich bei Mr Tamhane entschuldigen!

„Es tut mir leid", jammerte er.

„Lauter. Sag: ‚Es tut mir sehr leid'. Sag es schon", beharrte Mrs Tamhane.

Vor seinen eigenen Männern und vor allen Gästen? Eher hätte er sich die Kehle aufgeschlitzt. „Es ... es tut mir leid."

„Nun, wenn du darauf bestehst, Frau. Obwohl ich den Mann am liebsten auszahlen würde, damit endlich Schluss ist mit diesem ganzen Gerede von Geld."

Mittlerweile war es halb ein Uhr nachts, und die Hochzeitsgäste waren längst heimgegangen, ebenso der Rest der Band. Nur Ravan wartete noch immer im Hochzeitssaal auf Mr Tamhane, damit dieser die Zahlung leistete. Er hatte schon einige Male ins Hinterzimmer geschaut. Anant saß an einem Tisch, riss Umschläge auf und notierte, neben den Namen der entsprechenden Familie, den darin enthaltenen Betrag in ein eigens dafür vorgesehenes liniertes Heft. Das Geld, das die Braut geschenkt bekommen hatte, wurde hinten im Heft eingetragen. Wenn zukünftig der Sohn oder die Tochter einer bestimmten Familie heirateten, würden die Tamhanes einige Rechnungen anstellen müssen: die zu Anants Hochzeit eingegangene Summe durch die Anzahl der in der betreffenden Familie vorhandenen Kinder dividieren, den resultierenden Betrag in einen Umschlag stecken und diesen dem frischgebackenen Paar aushändigen. Inflationsrate oder auf den ursprünglichen Betrag angefallene Zinsen würden allerdings nicht berücksichtigt werden.

Nicht alle Geschenke waren in Bargeld, und die Eltern Tamhane trugen die Gaben eifrig in ein gesondertes Heft ein. Bislang hatten sie neun Tischlampen, dreizehn Füllfederhalter, fünf Limonadensets mit geblümten Karaffen und entsprechenden

Gläsern, elf Stielvasen und drei perlmuttfarben lackierte Plastik-Fotorahmen notiert. Eines Tages würden sich die Sachen alle als Hochzeitsgaben einsetzen lassen. „Was ist der Sinn von solchen unüberlegten Geschenken", fragte Mr Tamhane seinen Sohn, als sei er dafür verantwortlich, „wenn sie sich nicht durch drei, fünf oder neun teilen und weiter verschenken lassen?"

„Machen Sie sich keine Gedanken darüber, Dada. Morgen früh gehe ich als Erstes mit der Aufstellung in einen Geschenkeladen und erkundige mich, was die Sachen kosten, und trage hinter jedem Inventarobjekt den Preis ein. Auf die Weise kommen wir nicht in die roten Zahlen."

Als der Justizangestellte schließlich herauskam, war es zehn nach eins.

„Was denn, immer noch da?", fragte er Ravan.

„Wo sollte ich hin, solange Sie mich nicht bezahlt haben?"

„Du vertraust mir nicht so weit, dass du bis morgen auf dein Geld warten kannst?" Ravan hätte gerne zu Mr Tamhane gesagt, nein, er traue ihm kein bisschen, besann sich aber, seine Gedanken besser nicht auszusprechen. Mr Tamhane lüpfte den Saum seines Hemdes, kramte in seiner Westentasche und förderte eine winzige, mit einer Schnur zugebundene Stoffgeldbörse zutage. Er pulte den Knoten auf und zählte vier Zehn-Rupien-Scheine ab. Ravan wartete geduldig auf vier weitere, während er gleichzeitig hoffte, dass sich Mr Tamhane, da es immerhin die Hochzeit seines einzigen Kindes gewesen war, ausnahmsweise einmal nicht als knickrig erweisen und ihm darüber hinaus noch vier weitere Banknoten anbieten würde, aber Tamhane hatte sich schon von ihm abgewandt.

„Vierzig Rupien?", fragte Ravan ungläubig. „Achtzig, davon haben Sie heute Morgen doch selbst gesprochen, obwohl die Abmachung eigentlich zweihundert lautete."

„Was für eine Abmachung? Haben wir einen Vertrag unterzeichnet? Hältst du mich für so blöd, nicht zu wissen, dass kein Mensch deine Band engagiert? Sei froh, dass du vierzig bekommst!"

Wenn man in einer Hochzeitsband spielt und dazu noch in einer, die für Hindu-Hochzeiten engagiert wird, wird man schnell immun gegen Verachtung, Beleidigungen, Pöbeleien und sonstige Formen seelischer Misshandlung. Aber die Tamhanes waren eine Klasse für sich. Es war allgemein üblich, sobald die Gäste sich satt gegessen hatten, für die Musikanten zu sorgen. Aber da die Verköstigung so knapp bemessen gewesen war, dass sie selbst für den letzten Schwung Gäste nicht mehr so recht gereicht hatte, brachte Ravan das Thema, zögerlich, bei Tamhane Senior zur Sprache.

„Was erwartest du von mir? Dass ich ganz Bombay durchfüttere?“, blaffte ihn der Justizangestellte an. „Wenn du so ausgehungert warst, hättest du zu Hause essen und erst dann kommen sollen. Oder dein Glück versuchen und dich mit dem ersten Schwung Gäste hinsetzen.“

Ravan war zaghaft geblieben und hatte die Sache nicht weiterverfolgt. Aber jetzt konnte er sich nicht mehr zurückhalten, obwohl die erste Regel für jeden Musiker lautet: Niemals, absolut niemals einem Auftraggeber gegenüber die Beherrschung verlieren, besonders dann nicht, wenn man noch nicht die volle Gage erhalten hat. „Betrüger! Dieb! Sie sind schlimmer als ein gewöhnlicher Dieb!“

Eine junge Frau in einem Seidensari, einen neuen *mangalsutra* und Goldschmuck um den Hals, tauchte plötzlich auf und funkelte Ravan an. „Was haben Sie gesagt?“ Sie hatte durchsichtige graue Dämoninnenaugen, die das Licht völlig ungehindert zu durchdringen schienen. Sie waren kalt und tot. Sie war so talgfarben wie ein gerupftes Huhn, und wenn auch mager und so leicht, dass sie ein Lufthauch fortgeweht hätte, im Besitz eines Organs, das ein Megaphon beschämen konnte.

„Wie kannst du es wagen, meinen Schwiegervater so unflätig zu beschimpfen? Dir steht nicht ein Paisa zu! Du solltest uns bezahlen, als Entschädigung für das, was ihr uns den ganzen Tag lang zugemutet habt! Es war die reine Tortur. Wie eine Eselherde habt ihr vier geklungen! Ich werde jetzt meine Hochzeitsnacht mit rasenden Kopfschmerzen verbringen, und alles nur wegen euch. Mein Vater ist Anwalt, und ich werde ihn bitten, eine Verleumdungsklage gegen dich einzureichen. Dafür dass du meinen Schwiegervater als Betrüger und Dieb bezeichnet hast. Er ist vielleicht ein weichherziger Mensch, aber mich solltest du nicht unterschätzen! Verschwindest du freiwillig, oder soll ich die Polizei rufen?"

Die toten Augen ließen Ravan nicht aus ihrem Bann. „Schieb ab. Augenblicklich."

Und dann war sie, ebenso plötzlich, wie sie erschienen war, wieder verschwunden.

Ravan stand da, als sei er von einem eisigen Feuer versengt worden. Tamhane war ein verächtlicher Wurm, aber Ravan wusste zumindest, woran er bei ihm war. Doch was sollte er von dieser Hexe halten, dieser eiskalten Ausgeburt der Hölle? Verleumdungsklage, Polizei. Wovon redete sie da? Sie hatte etwas Bösartiges und Übelwollendes an sich. Eines wusste er mit Sicherheit: Er mochte nicht verstanden haben, was genau sie meinte, aber es klang schlimm, richtig schlimm.

„Sie können Ihr verdammtes Geld behalten!" Ravan streckte die Hand aus, um Tamhane das Geld zurückzugeben.

„Mit Vergnügen." Die Banknoten waren schon fast in der Hand des Justizangestellten, als es Ravan dämmerte, dass dieser Mann sein Bravourstück gar nicht zu würdigen wissen und er sein Geld niemals wiedersehen würde. Er zog die Hand schnell zurück.

„Passen Sie nur auf!", brüllte Ravan dem sich schon entfernenden Tamhane hinterher, in der Hoffnung, die Lautstärke seiner Stimme würde bewirken, dass er seinen eigenen Worten Glauben schenkte. „Ich werde ein Star! Ein Held! Die Leute werden vor meinem Haus Schlange stehen! Ich werde Tausende pro Tag verdienen!"

Tamhane drehte sich um und lachte verächtlich. „Solltest du je einen Hundert-Rupien-Schein in die Finger bekommen, ruf mich. Dann lasse ich die Hose für dich runter."

„Wir werden nur die großen Auftritte annehmen. Hotels, Premieren, Prominentenpartys." Ravan kam allmählich ins Schwimmen und wusste nicht so recht, was Tamhane Senior am meisten beeindrucken würde. „Ich werde ein Kinoheld! Keine verdammten billigen Hochzeiten mehr!"

Diesmal machte sich Tamhane nicht die Mühe, Ravan zu widersprechen. Er wischte sich mit dem Saum seines Hemdes über das Gesicht und ging weiter den langen Saal entlang, bis Ravan ihn nicht mehr sehen konnte.

Die indische Brass Band

Ein wenig bekanntes Eckchen des Empire, das nicht nur überlebt hat, sondern nach wie vor blüht und gedeiht.

Ohne die Begegnung mit Europa hätte Indien nie den Katholizismus oder die protestantische Konfession eingeführt, und Englisch wäre – wohl oder übel – nie zur inoffiziellen Lingua franca des Subkontinents geworden. Wäre die Herrschaft der Briten nicht gewesen, hätten die zwei klassischen indischen Musikstile, der nordindische und der *karnatische*, nie die Violine adaptiert und sich zu eigen gemacht. Und Brass Bands gäbe es auch nicht. Wo wären da Ravan und seine Kompagnons von der Cum September Band geblieben? Oder Eddie und seine Bandra Bombshells? Oder noch wichtiger – wo bliebe die indische Filmmusik ohne westliche Musikinstrumente?

Es ist ein pikantes Paradox, dass die britische East India Company als Handelsgesellschaft nach Indien kam, zum Schutz ihrer wirtschaftlichen Interessen nach und nach Forts errichtete und Privatmilizen rekrutierte, um irgendwann festzustellen, dass sie – oh Wunder – zu einer Kolonialverwaltung geworden war. Schließlich übernahm Ihre Majestät die unmittelbare Herrschaft über den Subkontinent. Sowohl die britisch-indische Armee als auch die Polizeitruppe besaß eigene Musikkapellen mit vollem westlichem Instrumentarium. Das Herzstück der Streitkräfte und ebenso der Kapellen bildeten natürlich *Sepoys*. Die ehemals souveränen, jetzt zu bloßen Vasallen herabgestuften Rajas, Navabs und Maharajas des indischen Subkontinents ahmten ihre Herren nach und legten sich ebenfalls Kapellen mit abendländischen Instrumenten und Kostümen zu. Die indische Hochzeitsband ließ sich davon zu den exotischen und knalligen Uniformen inspirieren, die mit ihrer Überladenheit die eines Generals oder Feldmarschalls noch in den Schatten stellt.

In den ersten Jahrzehnten der Kolonialzeit war eine der bei den Briten beliebtesten Formen der Unterhaltung die Musik der Militärkapellen. Es war unmöglich, den Geburtstag der Queen zu feiern, Klub-Bälle zu veranstalten, Gouverneursbesuche in verschiedenen Teilen des Landes zu organisieren, ohne eine Militär- oder Polizeikapelle, die dem Ereignis erst den richtigen Pepp verlieh. Später wurde der Musikpavillon zum wichtigsten Zentrum der Stadt, wo sich die britische Gesellschaft nach gemächlichem Abendspaziergang einfand, um der Orchestermusik zu lauschen. Die Kolonialherren räumten den Subkontinent zwar 1947, aber die Tradition der Brass Band ist in den indischen Streitkräften, der Polizeitruppe und größeren Stadtgemeinden lebendiger denn je.

Niemand kennt das genaue Datum, der allgemeine Konsens scheint jedoch dahin zu gehen, dass die ersten Brass Bands in Indien – deren Besetzung Dudelsack, Klarinette, Saxophon, Posaune, Trompete und Trommeln umfasste – irgendwann im 19. Jahrhundert das Licht der Welt erblickten.

Die wechselseitige Durchdringung zweier Zivilisationen und Kulturen erzeugte eine komplexe Dynamik von weitreichenden, sichtbaren und weniger sichtbaren Auswirkungen. Doch diese wurden auch von den tückischen Folgeerscheinungen, Implikationen und Verästelungen jenes zweifelhaften einheimischen Gespanns begleitet, das jeglichen Aspekt des

indischen Lebens beeinflusst: religiöse Trennung und Kastensystem.
Es scheint unbegreiflich, dass sich, von allen Künsten, ausgerechnet die Musik dieses Virus einfangen sollte. Doch unter der Oberfläche brodelt es in der indischen Brass-Band-Kultur nur so von Kastenwidersprüchen. Die Musiker – egal ob Hindu oder Muslim – rekrutieren sich aus der Dalit-Gemeinschaft, also denen, die früher als „Unberührbare" galten, wie die Lederarbeiter, Abdecker und *sweepers*. In Bombay werden muslimische Musiker oft verächtlich als *nankhatai bandvalas* tituliert, weil sie ihren Lebensunterhalt vor allem in Bäckereien verdienen, in denen diese Kekse produziert werden, die einem sofort im Mund zergehen.
Was der Absurdität die Krone aufsetzt, ist natürlich die Tatsache, dass, während schon der Schatten eines Dalits für Angehörige höherer Kasten als verunreinigend gilt, eine Hindu-Hochzeit – zweifellos eines der heiligsten und Glück verheißendsten Feste überhaupt – heutzutage ohne die Anwesenheit der „unberührbaren" Mitglieder einer Blaskapelle so gut wie undenkbar ist.
Die bedeutendste Ausnahme von der Dalit-Regel für Hochzeitskapellen war die Jea Band, die Jea Lal Thadani in Hyderabad gründete, der Hauptstadt der Provinz Sind im späteren Pakistan. Zum ersten Mal kam Jea Lal, der aus einer gutbürgerlichen Kaufmannsfamilie stammte, mit der Musik in Berührung, als er auf der Schule Klarinette spielen lernte. Eine Zeit lang spielte er in anderen Bands, bis er seine eigene gründete. Er besaß den für die Sindhis typischen, ausgeprägten Geschäftssinn, und schon bald hatte sich seine Gruppe einen Namen gemacht.
Man muss die 1940 aufgenommene Photographie der Jea Band sehen, um sie in ihrer ganzen Herrlichkeit würdigen zu können. Jea Lal Thadani sitzt, vielleicht ein bisschen zu feierlich, inmitten seines achtzehnköpfigen in Phantasieuniformen und Epauletten prangenden Ensembles. Der Mann

links von Jea Lal trägt kniehohe Stiefel, einen Turban, wie er sonst nur gekrönten Häuptern zusteht, und eine mit Orden übersäte Uniform. Um wen es sich bei diesem Mann handelt, lässt sich nicht mehr feststellen, aber der bebrillte Jea Lal ist nicht zu verkennen. Er trägt einen knielangen schwarzen *achkan*, der den Betrachter schier aus den Socken haut. Jea besitzt zwar nicht die gebieterische Masse und Leibesfülle des legendären Sängers *Ustad* Faiyyaz Khan, dafür aber mindestens siebenmal so viele Medaillen, wie der Ustad vorzuweisen hatte, als er sich zu seinem berühmtesten Porträt vor die Kamera hockte. Jea Lals Orden ergießen sich über seine ganze Brust, einer davon hängt ihm sogar zwischen den Knien. Wer verlieh Jea all diese Medaillen und Auszeichnungen? Die Armee kann es nicht gewesen sein, da er nicht gedient zu haben scheint. Fanden in der Provinz Sind seinerzeit vielleicht nationale oder zumindest regionale Brass-Band-Wettbewerbe statt? Spielte Jea auf den Hochzeiten von Rajas und Maharajas, die ihn ehrten wie sie es auch bei Faiyyaz Khan Sahab in der Sparte klassische Musik taten? Ein bisschen zu spät, um diese Frage zu beantworten, da Jea Lal schon lange tot ist. Doch eines ist sicher: Es war das Jahr 1940, Thadani war auf der Bildfläche erschienen.

Sieben Jahre später würden die hindu-muslimischen Massaker, die die Teilung des Subkontinents in Pakistan und Indien begleiteten, alles verändern. Sie zwangen Jea Lal, samt seiner Familie und einigen Bandmitgliedern, die Heimat zu verlassen und im indischen Ahmedabad ein neues Leben zu beginnen. Kurz nach Ankunft in der neuen Stadt ließ Jea Lal seine alte Gruppe neu aufleben – doch mit einer Neuerung. Vielleicht hatte ihn die Flucht aus Pakistan traumatisiert und er wollte durch den neuen Namen der Band unmissverständlich zum Ausdruck bringen, wem seine Sympathien galten. Oder vielleicht hatte er das Bedürfnis, seinen neu entdeckten Patriotismus zu unterstreichen, indem er im Namen den Kampfruf *„Jai Hind"* anklingen ließ. Was auch immer der Grund war, die Gruppe hieß von da an Jea Hind Band. Jea Lal war seiner Zeit weit voraus. In null Komma nichts hatte er in Jaipur eine Dependance gegründet. Und 1955 hielt er in Delhi Einzug.

Heute ist Jea Lals musikalisches Unternehmen lediglich ein Segment der vielfältigen wirtschaftlichen Interessen der Familie in Indien und anderen Teilen der Welt. Anders als ihr Vater haben die drei Söhne wenig bis gar nichts mit der praktischen Arbeit der Brass Bands zu tun. Diese werden von professionellen Bandleadern betreut und gelten in der Branche noch immer als die bedeutendsten und finanziell erfolgreichsten des Subkontinents.

Die Mumtaz Band in Varanasi ist ein schönes Gegenbeispiel. Ihr musikalisches Erbe reicht sieben Generationen zurück, wenn sie auch bis zum Ende des neunzehnten Jahrhunderts eine Umzugskapelle mit traditionellen indischen Instrumenten war. Ihre Familiengeschichte ist faszinierend. Sie waren allesamt Hindus aus der *Bhangi*- oder Sweeper-Kaste, die um die Mitte des neunzehnten Jahrhunderts, als sie von ihrem Dorf nach Varanasi umsiedelten, zum Islam konvertiert waren.

Die vielleicht beste Möglichkeit, das Leben eines Bandvala zu verstehen, besteht darin, jemanden kennenzulernen, der in der Branche aktiv ist. Deepak Kasare hatte Glück. Sein Vater – Chandrakant oder „Meister Chandu", wie er respektvoll genannt wurde – fuhr zweigleisig. Einerseits arbeitete er für die Bombay Municipality, wie sie damals noch hieß, als Straßenschildermaler. Und nebenbei spielte er Trompete in einer Brass Band. Meister Chandu war ein Mann mit Weitblick. Obwohl er und seine Dalit-Familie kaum als wohlhabend zu bezeichnen waren, schickte er Deepak auf eine englischsprachige Schule. Nach dem Abschluss stand Deepak kurz davor, ein Architekturstudium zu beginnen, als das Schicksal und sein Vater zuschlugen. Meister Chandu hatte erfahren, dass die Polizeidirektion von Bombay Nachwuchs für ihre Kapelle suchte. Deepak hatte bis dahin noch keinen einzigen Ton auf der Trompete seines Vaters geblasen. Jetzt wurde er dazu verdonnert, drei Tage hintereinander acht Stunden am Tag den Song „Tu shair hai, main teri shairi" („Du bist der Dichter, ich bin dein Gedicht") aus dem Film „Saajan" einzuüben.

Man stelle sich besser nicht vor, wie Deepaks Trompetenspiel klang, als er seinen ersten Test in der Mumbai Police Academy ablegte, aber der Leiter der Polizeikapelle, Gerome Rodrigues, war beeindruckt, vielleicht aber auch nur nachsichtig genug, um ihn und neunzehn weitere Bewerber zu verpflichten. Rodrigues hatte in London Musik studiert und war erst kürzlich aus dem Orchester der indischen Marine ausgeschieden. Er hatte unzählige Auszeichnungen gewonnen und viele Platten aufgenommen. Trotz seines hohen Rangs nahm er es auf sich, die Grünschnäbel persönlich zu unterrichten.

Bei der Polizei zu sein, bedeutete, dass man zuerst und vor allem Polizist war, und erst an zweiter Stelle Polizeimusiker. Am Ende der Probezeit wählte der Lehrer dreizehn Anwärter aus, die die Ausbildung fortsetzen durften. Mittlerweile beherrschte Deepak Kasare die westliche Notenschrift aus dem Effeff, und man forderte ihn auf, das Waldhorn zu erlernen.

Meister Chandu ist als Schildermaler bei der Bombay Municipality mittlerweile in den Ruhestand gegangen, während Deepak sein Auskommen als Polizist hat. Aber sobald die Hochzeitssaison anbricht, arbeiten Vater und Sohn gemeinsam in derselben vielköpfigen Hochzeitscombo. Für die Band bedeutet die Hochzeitssaison dreißig Tage Arbeit im Sommer und weitere dreißig Tage im Winter. Früher verdienten Meister Chandu und die übrigen Bandmitglieder pro Auftritt eine Supari, die metaphorische Betelnuss, die für eine Gage von hundert Rupien stand. Von dieser üppigen Summe wurden jeweils zehn Rupien für die Instandhaltung der Instrumente beiseitegelegt, während die verbleibenden neunzig für ein Festessen in einem iranischen Restaurant draufgingen.

Heutzutage bekommt die Kapelle zehntausend für einen zweistündigen Auftritt. Und Deepak hat in der Branche einen guten Namen. Er hat sogar für einen Song in einem Film mit dem inzwischen verstorbenen Dev Anand gespielt und wird zu allen möglichen besonderen Anlässen engagiert. Wie er es selbst formuliert, leistet ihm das Waldhorn von der Geburt bis zum Tod, und was sich dazwischen abspielt, gute Dienste.

Begräbnismusik ist eine durch und durch katholische Tradition. Das Kuriose dabei ist die Tatsache, dass die Stücke, die zu diesen feierlichen Anlässen gespielt werden, grundsätzlich nicht einstudiert werden. Die Musiker treten einfach an und spielen drauflos. Es ist nicht ganz klar, ob diese Sitte daher rührt, dass die Toten es ohnehin nicht mitbekommen, wenn die Musik schief klingt. Es ist allerdings nach wie vor Gegenstand hitziger Diskussionen, ob Brass-Band-Musik im Allgemeinen geprobt oder ungeprobt besser klingt. Oder ob das aufs Gleiche hinausläuft.

4

Es war Abend, und die Sonne hatte es ungehörig eilig, sich dorthin zu verziehen, wohin sie sich für die Nacht eben zu verziehen pflegt. In Danda machten sich die Fischer zum Ausfahren bereit. Die Flut kam mit einem stürmischen Wind, und die *dhau*-artigen Boote tanzten und schaukelten, während ihre bunten Fahnen wie verrückt flatterten. Einer nach dem anderen kletterten die Fischer in ihre Boote und setzten die Segel. Eddie war froh, dass er es geschäftlich nur mit Großstadtmenschen zu tun hatte und dass diese Fischer nicht zu Aunties Kundschaft gehörten. Ihre Bizepse, Oberschenkel- und Wadenmuskeln glänzten im letzten Licht des Tages wie welliges, poliertes Messing. Eddie hätte nie den Mut aufgebracht, sie zu fragen, wer das gefaltete Stoffdreieck, ihr einziges Kleidungsstück, erfunden hatte. Es bedeckte zwar ihre Schamteile, ließ ihre straffen Gesäßbacken aber teilweise entblößt.

Trugen Fischer überall auf der Welt nichts anderes als karierte Halstücher?, fragte er sich, während er auf die Ansammlung von etwa hundert Hütten jenseits der Palmen zuging, die Danda Village genannt wurde. Er war mindestens schon ein Dutzend Mal hier gewesen, aber noch immer verlief er sich. Die Hütten sahen alle gleich aus. Er hätte es zwar nicht lauthals beschworen, aber er war davon überzeugt, dass das Dorf eine Art Kommune darstellte, in der man alles teilte und es keine Rolle spielte, wo man sich nachts schlafen legte. Er war allerdings zu prüde, um den Gedanken logisch zu Ende zu führen: Teilten die Dörfler also auch ihre Ehefrauen und -männer miteinander?

Zu guter Letzt fand er jedoch immer die richtige Hütte, weil selbst der Erdboden in deren näherer Umgebung nach Fusel stank. Alle paar Monate führte die Polizei dort eine Razzia durch und kippte ein, zwei Blechfässer um, obwohl zweifellos kein Schwarzbrenner mit gesundem Menschenverstand riskiert hätte, ohne die ausdrückliche Genehmigung der örtlichen Polizeidienststelle und ohne mit den Beamten vereinbarte Gewinnbeteiligung in das Geschäft einzusteigen. Wo die Brennerei war, wusste Eddie nicht, aber die Hütte diente gleichzeitig als Verkaufsstelle für Großabnehmer und als Kneipe, wobei die dazugehörige Auntie in diesem Falle ein verwitterter und verkrüppelter Fischer war, der wegen einer viele Jahre zurückliegenden, fast tödlich ausgegangenen Auseinandersetzung die Ware nicht mehr ausfahren konnte. Er war ein mürrischer, bärbeißiger Mann, auf einem Auge blind und mit einem Holzbein, der anders als Mrs Fernandes immer ein Glas Schnaps in der Hand hatte. Wie er es fertigbrachte, zu jeder Tageszeit halbbetrunken oder besser halbnüchtern zu sein, blieb für Eddie ein Rätsel.

„Zweihundertfünfzig. Korrekt?“, fragte Eddie.

Der Alte zählte das Geld zwei Mal nach, bevor er seinem Gehilfen zunickte, der daraufhin anfing, die zwei Autoschläuche zu füllen, die Eddie mitgebracht hatte. Sobald die Schläuche verschlossen waren, verdrehte Eddie sie jeweils zu einer Acht, streifte sie sich über Kopf und Oberkörper, bis sie ihm wie Rettungsringe um die Taille hingen, und befestigte sie dort mit einem Seil. Zähneknirschend zog er die schwarze Taft-Burka mit dem vergitterten Sichtfenster über und schwor sich wieder einmal, demnächst lieber seinen Job bei Auntie aufzugeben, als irgendwann in diesem muffigen, weichen, schwarzen Sarg zu ersticken.

Er hatte eigentlich vorgehabt, am Bahnhof Khar aus dem Bus auszusteigen und den Nahverkehrszug nach Parel zu nehmen, aber es kam anders. Die bloße Vorstellung, in das Damenabteil einzusteigen, ließ ihn vor Angst erstarren. Normalerweise hatte man zu den Hauptverkehrszeiten nichts zu befürchten, doch das hier war Bombay, was jede intuitive oder statistische Voraussage bezüglich des Verkehrsaufkommens hinfällig machte. Die Nahverkehrszüge beförderten täglich Millionen von Menschen. Sie waren zuverlässig und, außer während des Monsuns, meistens auch pünktlich; doch auf jedem Bahnhof entbrannte regelmäßig ein tödliches Gerangel darum, den Vortagesrekord in der Disziplin zu schlagen, wie viele Tausend Passagiere sich in einen Waggon stopfen ließen, der offiziell zweihundert fasste.

Aber es war nicht das Schieben, Drängen, Quetschen und Ohne-Fußhalt-am-Außenrand-des-Türrahmens-Hängen, was Eddie ängstigte; es war nicht das mörderische Gewicht des Schnapses, das seine Wirbel irreparabel aus dem Gefüge brachte, wovor ihm graute; und es war nicht der heiße, bösartige Gummi der Schläuche, der bläuliche Striemen in seine Haut rieb, was Panik in seinem Herzen auslöste. Was ihm in der unvorstellbaren schwitzigen Hitze von Bombay das Blut in den Adern stocken ließ, war die Tatsache, dass er sich ins Damenabteil würde schieben, drängen und quetschen müssen.

Mutter Gottes, was, wenn sie wegen seiner Körpergröße und seiner breiten Schultern, ganz zu schweigen von seiner überdimensionierten Schwangerschaft Argwohn schöpften, ihm die Burka herunterrissen und die Polizei riefen? Was, wenn der Gitterschleier beim Hineindrängeln beiseite geschoben wurde und die Frauen sein unrasiertes Gesicht sahen und dann entdeckten, dass er Schmuggelware bei sich trug? Ein paar Wochen zuvor hatte er in der Zeitung gelesen, ein Mann, der verbotenerweise in einem Damenabteil reiste, sei um ein Haar von den – wie hatte es der Journalist ausgedrückt? – „zarten“ Damen gelyncht und dann aus dem fahrenden Zug geworfen worden.

Ein Doppeldecker stand an der Kreuzung Linking Road und wartete darauf, dass es Grün wurde. Eddie war schon aus seinem Bus der Danda-Linie ausgestiegen, aber inzwischen hatte die Ampel umgeschaltet, und er rannte wie eine besessene Schwangere auf die Haltestelle zu, von der sich der Bus ruckelnd entfernte. Er rannte, hatte die Haltestange am Eingang zu fassen gekriegt, schaffte es aber nicht, sich hochzuziehen. Er drohte abzustürzen, als der Schaffner ihn hineinzerrte und kopfschüttelnd auf ihn einschimpfte. Eddie versuchte, wieder zu Atem zu kommen.

„Im neunten Monat schwanger, ich würd ja eher tippen im achtzehnten, und rennt wie eine Bekloppte, haben Sie keinen Funken Verstand in Ihrem dämlichen Schädel?“, schrie der Busschaffner. „Was, wenn Sie hingefallen und von dem Auto da hinten überfahren worden wären? Ihnen würd's ja recht geschehen zu sterben, aber was ist mit dem Kind? Wenn ich Ihr Mann wäre, würde ich Sie augenblicklich verstoßen, dafür, dass sie das Leben meines Kindes aufs Spiel gesetzt haben!“

Eddie keuchte mit seiner Baritonstimme ein atemloses „Tut mir leid, tut mir leid, tut mir leid“ heraus, und es war nur gut, dass er seine Burka noch immer auf dem Kopf hatte und schon die Treppe zum Oberdeck erklomm. Was für ein Glück, gleich ganz vorne war ein Sitz frei, direkt vor dem Fenster! Der Fahrtwind würde seinen Schweiß schnell trocknen. Der Oberdeckschaffner baute sich erwartungsvoll vor ihm auf, als ihm – Mist, Mist, Mist – bewusst wurde, dass er das Geld für den Fahrschein nicht aus seiner Hosentasche geholt hatte. Was sollte er jetzt machen? Er hechelte übertrieben und hob die Hand, um anzudeuten, dass er erst wieder zu Atem kommen müsse. „Ich habe nicht den ganzen Tag für Sie Zeit. Es gibt auch andere Fahrgäste.“ Der Schaffner rührte sich nicht von der Stelle. Eddie hatte keine andere Wahl, als die Hand unter die Burka zu stecken und seinen Geldbeutel herauszufischen. Schaffner und Sitznachbarn starrten auf seine behaarte Hand, als er eine Fünfzig-Paisa-Münze hervorholte und seinen Fahrschein entgegennahm.

Die Krise zog vorüber. Eddie streckte die Beine aus und ließ den Wind durch das feine Gitternetz streichen, das seine Augen bedeckte. Die Ströme von Schweiß unter der Burka versiegten, und es juckte und zwickte ihn auch nicht mehr so. Während er zuschaute, wie der dicke Mond immer wieder in der Fensterscheibe erschien und verschwand, fielen ihm allmählich die Augen zu. Sein Kopf kippte zur Seite und kam auf der Schulter seines Sitznachbarn zu liegen. Der Mann schob ihn mehrmals weg, und Eddie hielt sich jedes Mal einige Sekunden aufrecht, nur um dann erneut auf das Schlüsselbein des Mannes zurückzusinken.

Er schreckte aus seinem Schlummer hoch, als ihm jemand mit einem Stock auf die Schulter klopfte. Was war so dringend, dass man ihn unbedingt wecken musste?

„Schön, schön, was haben wir denn da? Fünf, sechs, sieben, acht, neun. Das scheint heute ein Rekord zu werden. Neun Frauen in Burkas auf dem Oberdeck. Wenn das kein Fang ist!" Der Polizist lachte theatralisch. „Jede Wette, dass jede Einzelne von Ihnen in anderen Umständen ist. Kommen Sie, meine Damen, raus aus dem Bus. Wir steigen aus und holen die Hebamme, damit sie gleich alle in einem Aufwasch entbinden kann!"

Wovon redete der Witzbold? Als er eingestiegen war, war er die einzige Frau, ob muslimisch oder sonstiger Couleur, auf dem Oberdeck gewesen. Er sah sich um. Verdammt, der Kerl hatte recht! Sie hatten sich überall breitgemacht. Ihre verschleierten Köpfe schaukelten wie Bojen auf und ab, dass ihm mulmig wurde, als sei er auf See. Sie mussten eingestiegen sein, nachdem er eingeschlafen war.

Eddie fand sich nicht zurecht. Zu seiner Linken war eine Fläche von stinkendem Wasser, reglos wie eine Platte aus grünschwarzem Marmor, und weiter vorn, auf derselben Seite, erhob sich ein hohes Kreuz. Er erkannte den Turm der St. Michael's Church in Mahim wieder. Seine Mutter hatte ihn an neun aufeinanderfolgenden Wochen jeweils am Mittwoch zur Andacht dorthin gebracht und eine Miniaturnachbildung eines Buches gekauft, die sie in der Hoffnung, er würde seine Abschlussprüfung schaffen, der Heiligen Jungfrau zu Füßen gelegt hatte.

Allmählich braute sich unter den Frauen auf dem Oberdeck ein Aufruhr zusammen, sie murmelten und murrten.

„*Mumtaz khaala*, sagen Sie etwas!" Eddie wusste erst nicht, zu wem die Frau sprach, bis er begriff, dass er gemeint war. „Sie sind doch schlagfertig, holen Sie uns aus diesem Schlamassel raus!" Eddie stellte sich taub. „Haben Sie Ihre Zunge verschluckt?"

„Stehen Sie auf, oder soll ich Sie wie Bräute runtertragen?" Der Polizist grinste sie dreckig an, und die männlichen Passagiere kicherten.

„Wir sind alle gläubige Musliminnen. Warum wollen Sie, dass wir aussteigen?", fragte eine der mutigeren Frauen.

„Ich bin nicht von gestern, und Sie ebenso wenig. Also hören Sie mit dem Theater auf! Wir werden schnell genug herausfinden, wie viele von Ihnen mit etwas anderem als Babys schwanger gehen."

„Eher sterben wir, als dass wir uns von einem Mann anrühren lassen!"

„Klappe halten und aussteigen! Sub-Inspector Mrs Joshi freut sich schon darauf, Sie auszuziehen."

Die Frauen standen murrend auf und bewegten sich in Richtung Treppe, aber Eddie war an seinen Sitz genagelt wie der liebe Heiland an sein Kreuz. Mittlerweile war er hellwach, und es war ihm endlich aufgegangen, dass das Spiel aus war. Ihm stand ein Jahr oder mehr im Knast bevor. Wie sollte er seiner Mutter noch in die Augen sehen? Die Frage war überflüssig. Wenn er ins Gefängnis käme, wäre er für sie gestorben. Schlicht und einfach gestorben.

Warum nur, warum hatte er nicht auf Mrs Fernandes gehört, als sie ihn vor dem Kontrollposten der Prohibitionsbehörde in Mahim gewarnt und ihm verboten hatte, auf dem Rückweg von den Schwarzbrennern in den Vororten den Bus zu nehmen? Schuld waren nur diese verflixten Frauen. Was mussten sie auch unbedingt in denselben Bus einsteigen wie er? Und dann auch nicht zwei oder drei, sondern gleich acht von der Sorte? Er hatte die Risiken durchgespielt. Wenn er allein im Bus gewesen wäre, hätte der Polizist ihn – oder vielmehr sie – nicht einmal bemerkt. Hey, es war schließlich kein Verbrechen, eine Burka zu tragen. Aber acht Frauen, neun einschließlich ihm, allesamt in Burkas, alle im selben Bus, und als sei das noch nicht verdächtig genug, alle auf dem Oberdeck – was war da anderes zu erwarten? Er hätte sich ebenso gut ein Schild um den Hals hängen können, auf dem stand, dass er Schmuggelware bei sich trug, und ob ein Polizist nicht bitte, bitte so freundlich sein könnte, ihn im Laufschritt hinter Gitter zu bringen.

„Warten Sie auf Ihren Gatten, Verehrteste?", fragte der Polizist mit vor Sarkasmus triefender Stimme. „Ich fürchte, er kommt nicht. Wir sind jetzt ganz unter uns: Sie, ich und Sub-Inspector Mrs Joshi."

Plötzlich verspürte Eddie einen unbändigen Harndrang. Jetzt, sofort, augenblicklich musste er aufs Klo, sonst würde es gleich eine Pfütze unter seinem Sitz geben. Er war schon drauf und dran, den Polizisten um Erlaubnis zu bitten, riss sich aber noch rechtzeitig zusammen. Der Polizist wäre über seinen lieblichen Bariton hellauf begeistert gewesen. Er stand mühsam auf; der ganze Schwarzgebrannte lastete schwer an ihm. Vorsichtig stieg er die Treppe hinunter und gesellte sich zu den Frauen, die schon aufgereiht auf dem Bürgersteig standen. Hinter ihrem Doppeldecker stauten sich bereits vier oder fünf andere Busse, und weitere waren im Anmarsch. Die Fahrgäste lehnten sich schaulustig aus den Fenstern, und die Schaffner waren ausgestiegen, um das Schauspiel aus nächster Nähe verfolgen zu können.

„Mrs Joshi, ich wette fünfzig Rupien mit Ihnen, dass Sie noch nie so viele Schwangere auf einmal gesehen haben!"

„Ich habe nicht die ganze Nacht Zeit, *Havaldaar*", erwiderte Sub-Inspector Mrs Joshi barsch. „Trennen Sie die Schwangeren vom Rest."

Der Polizist fing an, mit seinem Stock leicht auf die Bäuche der Frauen zu klopfen. „Eins, nein, die hat keinen Braten in der Röhre, die Nächste auch nicht, ah ja, die hier hat Drillinge", sagte er, als er Eddies Bauch abklopfte und dann weitermachte. „Nein, wieder nein, ah ja." Diese Frau klopfte er zwei Mal ab, um sicherzugehen. „Ja, bislang drei."

„Allah, ya Allah ...!", flüsterte die Frau, die der Polizist gerade überprüft hatte, und fiel zu Boden.

Eine der Frauen schrie: „Satan, du Teufel, schau, was du getan hast! Du hast sie getötet!"

Bevor Eddie begriff, was da geschah, hatten die Frauen einen Halbkreis um die Gestürzte gebildet. Was sollte er nur tun, was sollte er nur tun? Am liebsten hätte er die Flucht ergriffen, aber sein Herdeninstinkt sagte ihm, dass man gemeinsam stärker war. Schnell schloss er sich den anderen an. Er meinte, einen dumpfen, schaurigen Wind zu hören, der aus der Wüste Thar, im Nordosten, heranwehte. Seltsamerweise unternahm keine der Frauen den geringsten Versuch, ihre Freundin wiederzubeleben. Sie sahen aus wie Geier, die am Himmel kreisten und darauf warteten, auf die Frau niederzustoßen und sie zu skelettieren.

Das unheimliche Geräusch nahm an Lautstärke zu. Eddie ging auf, dass kein Wind so wild und bedrohlich klingen konnte; es waren die Frauen, der schwarz gewandete Chor aus der Hölle, die wehklagten. Am liebsten hätte Eddie die auf dem Boden liegende Frau aufgehoben und schleunigst in ein Krankenhaus getragen, aber wie hätte er sich mit dieser neun-Tonnen-schweren Boa Constrictor um den Bauch bücken können? Und außerdem schien er jetzt in ebenso großer, wenn nicht noch größerer Gefahr als die Frau zu schweben.

Die Geierfrauen hatten angefangen, sich rhythmisch gegen die Brust zu schlagen. Eine nach der anderen warfen sie den Gesichtsschleier ihrer Burka nach hinten, und Eddie sah ihre Zungen wie karminrote Vogelschwingen gegen ihr Gaumendach flattern. Jetzt saß er wirklich in der Scheiße. Schlug er die Gitterklappe zurück, war er erledigt. Tat er es nicht, ebenfalls. Er fing an, sich mit den Fäusten gegen die Brust zu hämmern, als wollte er sich die Rippen brechen.

Die Älteste der Geierinnen fing wieder an, Havaldaar Jadhav anzuschreien: „Du hast sie getötet, du hast sie getötet! Möge deine Seele für alle Ewigkeit in die unterste Hölle fahren! Mögen alle deine lebenden Kinder binnen zweier Wochen zugrunde gehen, und mögen deine ungeborenen Kinder, dich verfluchend, in den Leibern ihrer Mütter sterben! Möge der Nektar der Liebe in all denen, die dir teuer sind, zu Gift werden! Mögen Gott und das Glück dir niemals hold sein! Mögest du ohne einen Erben sterben, der deinen Scheiterhaufen anzünden kann!“

Havaldaar Jadhav schrumpfte angesichts der Verfluchungen, die die Frau ihm an den Kopf warf, in sich zusammen und wusste tief in seinem Inneren, dass sein Leben von nun an eine Wüste sein würde, die er auf der Suche nach einem Tropfen Wasser oder einem Krumen Zuneigung durchstreifen, in seinem Mund aber lediglich der Geschmack von Mord und Todsünde zurückbleiben würde.

Die tote Frau seufzte kaum hörbar: „Es ist so weit."

Sub-Inspector Mrs Joshi beugte sich hinunter und hielt das Ohr an die Brust der Liegenden.

„Was tun Sie mit ihr?" Eine kleine übergewichtige Frau versuchte den Sub-Inspector zur Seite zu schieben. „Wagen sie es ja nicht, sie mit Ihren schmutzigen ungläubigen Händen zu berühren!"

„Würde bitte jemand der Frau das Maul stopfen, damit ich meinen Job erledigen kann? Jadhav, stehen Sie nicht einfach so rum! Rufen Sie einen Rettungswagen! Sie bekommt gleich ihr Kind!"

Die Geierinnen warfen die Hände gen Himmel, priesen Allah, umarmten sich und schossen teilnahmsvoll zu ihrer Freundin hinab. Alles war ein einziges freudiges Chaos. Die Fahrgäste der verschiedenen steckengebliebenen Busse strömten heraus und erkundigten sich nach der Frau. Sie fragten, wann das Baby erwartet würde und ob jemand bereits den Ehemann der Dame informiert habe.

Eddie hielt es für klug, nicht abzuwarten, bis klar wäre, ob es ein Junge oder ein Mädchen werden würde.

Es kam Eddie so vor, als sei er immer nur am Warten. Darauf, dass seine Mutter ihm auseinandersetzte, welch eine große Enttäuschung er war, oder ihm mitteilte, dass ihre Leiden sich jeglichem sprachlichen Ausdruck entzogen. Darauf, dass Pater Agnello D'Souza ihm die Beichte abnahm. Darauf, dass seine Schwester Pieta ihre frühere Rolle als anspruchslose und pflichtbewusste Ernährerin der Familie wieder aufnahm. Darauf, dass sich endlich ein Engagement ergab. Darauf, dass alles gut wurde. Darauf, dass er sich einen Namen in Hollywood machte. Vor allem aber wartete er in letzter Zeit ständig darauf, dass Braut und Bräutigam auf ihrer eigenen Hochzeitsfeier erschienen. Dass sie sich verspäten würden, unterlag für ihn nie einem Zweifel. Die Frage war nur, wie sehr. Zwanzig Minuten, eine Stunde, zwei Stunden?

Heute war es auch nicht anders, außer dass jetzt alle, einschließlich der Braut, auf den Bräutigam warteten. Paul Monteiro Junior war zwar dabei beobachtet worden, wie er den Hochzeitssaal im fünften Stock der St. Sebastian's School betrat, galt aber seitdem als vermisst. Paul Junior hielt den Weltrekord für die längste Verlobungszeit. Verlobt hatte er sich fünf Wochen, nachdem er Eddie losgeschickt hatte, um seiner Freundin Crystal mitzuteilen, dass sein Vater krank war und sie deshalb am Abend nicht in „Rock Around the Clock“ würden gehen können. Aber da war noch etwas anderes, was Eddie für ihn erledigen musste. Er sollte zum Strand Cinema laufen und eine der zwei Eintrittskarten verkaufen. Die zweite Karte würde der Lohn für seine Mühen sein. Dieser Abend erwies sich als die schicksalhafteste Begebenheit auf Eddies musikalischer Reise. Doch all das lag schon zehn Jahre zurück.

Die beiden waren Freunde geworden, obwohl Monteiro Jr. viel älter als Eddie war. Paul hatte seine Hochzeit so oft verschoben, dass kein Mensch damit rechnete, dass er und Crystal sich an dem Abend ihr Jawort geben würden. Zu jedermanns Verblüffung hatte sich Paul diesmal weder auf Kopfschmerzen noch auf den Vietnamkrieg, die Kältewelle in Kaschmir, die Mondlandung oder die Kubakrise berufen, um der Trauung zu entgehen. Sowohl er als auch Crystal waren in der St. Sebastian's Church erschienen und hatten ohne Wenn und Aber das Ehegelübde abgelegt. Doch jetzt war er unauffindbar.

„Aber ich habe Paul doch erst vor zehn Minuten gesehen!“ Mrs Monteiro die Ältere sagte das bereits seit einer halben Stunde. „Er wollte ins Bad, um sich frisch zu machen und seine Krawatte zu richten. Wo könnte er nur hingegangen sein?“

Crystal hatte den Kopf in Eddies Schulter vergraben und weinte ausgiebig. Belle kam mit dringlicher Miene hinzu. „Du machst das ganz ausgezeichnet, Schätzchen“, flüsterte sie Eddie leise ins Ohr. „Streichel sie noch ein bisschen mehr. Wenn Paul sich nicht wieder einfindet, wird ihr heute Nacht irgendjemand Gesellschaft leisten müssen!“

„Er muss immer noch im Bad sein, wo sonst?“ An Paul Seniors Logik war nicht zu rütteln.

„Ich habe mehrmals nachgeschaut“, erklärte Eddie. „Dort ist er nicht.“

„Er ist nach Hause gegangen. Da bin ich mir sicher.“ Pater Agnello fühlte sich besonders dazu befähigt, Pauls Verbleib zu erklären, da er dem jungen – beziehungsweise gar nicht mehr so jungen – Mann das Ehesakrament gespendet hatte. „Ich bin sicher, Sie werden ihn dort finden.“

„Dort ist er nicht“, klagte Mrs Monteiro. „Es klingelt und klingelt, und keiner nimmt ab. Und außerdem habe ich die Hausschlüssel.“

„Wo ist Paul denn dann?“ Crystals Stimme war ein Flüstern. „Glaubst du, er hatte einen Unfall? Ist er von einer Straßenbahn überfahren worden?“

„Straßenbahnen gibt es in Bombay schon seit einer ganzen Weile nicht mehr, Crystal.“ Eddie setzte Crystals fieberhaften Spekulationen einen Dämpfer auf, bevor sie völlig außer Kontrolle gerieten.

„Er hat mich verlassen und ist mit irgendeinem jungen Mädchen durchgebrannt.“ Crystal ließ sich einfach nicht beruhigen.

„Wer würde schon mit ihm durchbrennen, Crystal?“ Eddie versuchte, Crystals wilde Wahnvorstellungen herunterzuspielen. „Er ist doch schon bald rentenreif und hat nur noch siebeneinhalb Haare auf dem Kopf!“

Noch bevor er das letzte Wort ausgesprochen hatte, wusste Eddie, dass er mit beiden Füßen ins Fettnäpfchen getreten war.

„Willst du damit unterstellen, dass ich alt und keinen zweiten Blick wert bin?“ Crystal brach in Tränen aus.

„Wie kannst du so was nur meinen, Crystal, wo Eddie selbst den Boden unter deinen Füßen verehrt. Er würde alles für dich tun.“ Belle rammte Eddie die Faust in die Rippen. „Alles, absolut alles! Stimmt's, Eddie?“

Eddie funkelte Belle böse an. Crystal wusste nicht so recht, was sie von Belles Überfürsorglichkeit halten sollte. Ihre Lippen bebten, und sie hatte Tränen in den Augen. „Wie konnte Paul mir das nur antun?“ Ihr Make-up war zerlaufen, sie schniefte, und ihre kurzsichtigen Augen waren gerötet. Sie wollte sich gerade die Tränen abwischen, als ihre Mutter ihr einen Klaps auf die Hand gab.

„Nicht mit dem Schleier, Crystal!“ Die Mutter bot ihr ein Taschentuch an. „Und hör auf zu heulen! Was sollen unsere Gäste denn sagen?“

Die Gäste hatten allerhand zu sagen. Sie langweilten sich, sie waren ungeduldig und sie hofften inbrünstig, dass sie nach dieser endlosen Warterei wenigstens mit etwas richtig Skandalösem entschädigt werden würden.

„Das ist mir doch egal! Er kommt nie wieder! Ich werde mein Leben lang eine verheiratete Witwe sein!“

Eddie stand eilig auf, ehe sich die Schleusentore wieder öffneten. „Ich schaffe ihn her, Crystal. Mach dir keine Sorgen, ich bringe ihn zurück.“ Eddie legte seine Trommelstöcke auf einen Stuhl, würdigte Belle keines Blickes und sagte zu Roger, seinem Gitarristen: „Ich bin gleich wieder da. Halt du so lange die Stellung, ja?“

„Ich möchte mit.“ Belle versuchte, seine Aufmerksamkeit zu erregen.

„Wozu?“

„Bitte.“

„Kümmer dich um Crystal.“

„Das kannst du doch viel besser!“

Eddie verließ den Hochzeitssaal und stieg die fünf Stockwerke seiner ehemaligen Schule hinunter. Er hatte sich auf diese Hochzeit gefreut. Nicht nur weil Paul sein Freund war, er hätte ihm auch erlaubt zu spielen, was er wollte. Eddie war bereit gewesen, für Paul umsonst aufzutreten. Aber Pauls Vater wollte nichts davon hören. „Also bitte, mein einziger Sohn! Und ich soll für seine Hochzeitskapelle nicht bezahlen können? Paul bekommt vielleicht nicht die prunkvollste Hochzeit in der Stadt, aber er soll mit Sicherheit eine schöne bekommen, mit der besten Hochzeitskapelle. Ich zahle im Voraus."

„Kapelle", „Hochzeitskapelle", die Wörter taten Eddie in den Ohren weh. Aber es hätte keinen Wert gehabt, dem alten Mann zu erklären, dass die Bandra Bombshells keine Kapelle, sondern eine Rock-'n'-Roll-Band waren, wie die Beatles oder die Rolling Stones. Er hätte es sowieso nicht verstanden. Aber Wort gehalten hatte Mr Monteiro. Er hatte Eddie die Gage schon ausgezahlt. Und er hatte sein Bestes dafür getan, dass es ein schöner Hochzeitsempfang wurde – beziehungsweise werden würde, wenn Eddie nur Paul Junior herbeischaffen konnte.

Der Schulsaal war mit drei Deckenventilatoren bestückt. Eddie erinnerte sich daran, wie er zusammen mit siebenhundert anderen Schülern auf dem Fußboden saß, um sich Spielfilme anzusehen. Pater Agnello war unschlagbar darin, sämtliche Spuren sexueller Betätigung auszumerzen. Wann immer sich die Andeutung eines Kusses, einer Umarmung oder Fummelei anbahnte, schoss seine rechte Hand empor und bedeckte das Objektiv des Projektors, was mit Pfiffen, Buhrufen und obszönen Geräuschen quittiert wurde. Daraufhin drohte der Priester, den Projektor auszuschalten und die Vorführung ganz zu beenden. Die Jungen hatten ihr kurzes Vergnügen gehabt und beruhigten sich wieder ein wenig, bis fünfzehn oder fünfundzwanzig Minuten später die schwarz gesäumte Hand erneut die Linse verdeckte.

Der Raum roch nach ranzigem Schweiß und erhitzten Körpern. Irgendwann furzte jemand – ein lautloser Furz, das waren die tödlichsten –, und ein langsam wabernder, widerlicher, üppiger Dunstschwall nahm jedem in seinem Einzugsgebiet den Atem. Die Jungs kicherten, zeigten auf den mutmaßlichen Übeltäter und stellten Vermutungen an, ob es sich um Kichererbsen-, Rind- oder Schweinefleisch-Emissionen handelte, während Pater Agnello sie zum Schweigen brachte.

Mr Monteiro hatte im Hochzeitssaal alle drei Meter riesige Ventilatoren aufstellen lassen, dazu hohe Blumenvasen. MacRonnels, eines der besten Restaurants von Bandra, sorgte für die Verpflegung, und die Krönung ihrer Bemühungen stand in der Mitte des Saals: es war eine fünf Fuß hohe Torte mit einem swingenden Plastikbrautpaar auf der Spitze. Das Publikum war kosmopolitisch und schick. Viele Frauen trugen luxuriöse handgewebte Seidensaris und teuren Schmuck. Auf dem Hof standen vierzehn Autos, vier davon mit Chauffeur. Ein katholischer Stadtrat und der Sportminister würden jeden Augenblick eintreffen, Letzterer mit Polizeieskorte und Blaulicht.

Eddie ging an den Autos und Chauffeuren vorbei in Richtung Schulhof. Es war eine Vollmondnacht, aber es wehte kein Lufthauch. Er knöpfte den Kragen seines Rüschenhemdes auf und lockerte die Fliege. Es war heiß und erdrückend schwül. Er war froh, von Crystal und Belle weggekommen zu sein. Möglicherweise überreagierte Crystal ja, aber er musste zugeben, dass seine Sympathien eher ihr als Paul Junior galten. Sie hatte all die Jahre geduldig auf ihn gewartet, und jetzt schien er fest entschlossen zu sein, ihr die Hochzeit zu ruinieren. Belle dagegen war in einer ihrer aufgekratzten Stimmungen. Normalerweise genoss er ihre Ausgelassenheit, doch manchmal bekam sie etwas in den falschen Hals und wurde eifersüchtig.

Er steckte die Hände in die Taschen seines Jacketts und sah sich um. Einer der Torpfosten am anderen Ende des Platzes stand schief, und jemand hatte vergessen, die Stäbe vom Cricketfeld zu entfernen. Eddie wäre jede Wette eingegangen, dass die Schule geschrumpft war. Als er ein Kind war, war ihm das Gebäude gigantisch und labyrinthisch vorgekommen. Es war fünf Stockwerke hoch, dieselbe Höhe wie sein Chawl. Auf der Brüstung der Dachterrasse über dem Hochzeitssaal machte er zwei Silhouetten aus. Eine Katze und einen Mann. Sie schienen wie im Mondlicht erstarrt. Dann setzte sich die Katze in Bewegung, und der Mann folgte ihr. Die Katze schaute über die Schulter zurück, stellte den Schwanz in die Höhe wie beim indischen Seiltrick und bewegte ihn. Sie fing an zu rennen, und der Mann sprintete hinterher. Es war ein gruseliges und vollkommen lautloses Schauspiel. Eddie wollte schon schreien, überlegte es sich dann jedoch anders. Er rannte alle fünf Stockwerke wieder hoch zum Hochzeitssaal.

Als er zu Atem gekommen war, wartete er, bis Roger in seine Richtung schaute, und winkte ihn zu sich heran.

„Hast du ihn gefunden?" Crystal stand schon neben ihm.

„Ich bin noch auf der Suche. Entspann dich, Crystal. Ich hab dir gesagt, ich finde ihn." Er packte Roger am Ärmel und wollte ihn unauffällig weglotsen.

„Warum bist du dann zurückgekommen?", fragte Crystal.

„Ich möchte, dass Roger meine Mutter anruft, nur für den Fall, dass Paul zu mir nach Hause gegangen ist."

„Ihr habt doch gar kein Telefon!" Crystal war sich sicher, dass Eddie wusste, wo ihr Mann sich rumtrieb.

„Er ruft die Da Penhas an, die sollen nachfragen." Eddie verließ mit Roger den Saal. „Ruf die Feuerwehr an. Stell jetzt keine Fragen. Sag, dass ein Mann versucht, von der Dachterrasse der St. Sebastian's School zu springen. Schnell, und zu niemandem ein Wort !"

Roger flitzte die Treppe hinunter, und Eddie stieg hinauf zur Terrasse. Die Tür war offen, aber er wagte sich nicht hinaus. Er sah sich um. Es war windstill und nichts rührte sich. Vom Mann und der Katze war nichts zu sehen. Verdammt, wo steckte er? War er ausgerutscht und abgestürzt, war er gesprungen oder hatte er sich einfach in der Nacht aufgelöst? Was sollte er Crystal sagen? Die Katze tauchte von der rechten Seite der Terrasse auf. Sie blieb Eddie gegenüber auf der Brüstung stehen und reckte sich träge. Er konnte sie schnurren hören. Sie ging weiter. Paul folgte ihr direkt auf dem Fuß. Eddie unterdrückte die Panik in seiner Stimme und rief leise: „Paul!"

Paul blieb stehen und spähte in die Dunkelheit. Eddie trat ins Licht.

„Wenn du einen Schritt näherkommst, springe ich." Er meinte es ernst. Eddie rührte sich nicht von der Stelle.

„Komm runter, Paul. Alle warten auf dich."

„Da können sie lange warten. Ich komm nicht runter. Ich bring mich um." Die Katze schaute sich um und wartete auf Paul. Als er nicht kam, kehrte sie zurück und rieb die Flanke an seinem Hosenbein. Paul beugte sich hinunter, um sie zu streicheln, aber da war sie schon wieder weg. Und Paul ebenso. Eddie trat schnell hinaus auf die Terrasse. Katze und Paul erschienen jetzt auf der anderen Seite.

„Ist diese Hexe bei dir?", fragte Paul, ohne stehen zu bleiben.

„Welche Hexe?" Er fing an, auf der Terrasse neben den beiden herzulaufen.

„Du weißt, welche. Sie hat mich impotent gemacht. Ich weiß, dass sie dich geschickt hat."

„Niemand hat mich geschickt."

„Lüg nicht!", stieß Paul unerwartet heftig hervor. „Ich wollte sie gar nicht heiraten, aber sie hat mich verhext!"

Von unten ertönte ein Schrei. Er durchbrach die Stille. „Paul! Paul Monteiro!"

Paul blieb stehen. Er verlor das Gleichgewicht und geriet bedenklich ins Wanken. Die Katze miaute. Paul fand das Gleichgewicht wieder. Pater Agnello D'Souzas Stimme war unverwechselbar. „Komm runter, Paul! Augenblicklich!"

Die Katze setzte sich in Bewegung. Paul ebenfalls.

„Hast du den Pater gerufen?"

„Nein."

„Wieso ist er dann da draußen?"

„Es sind Suchmannschaften zu dir und zu Crystal nach Haus ausgesandt worden. Irgendjemand ist sogar unterwegs zu deiner Tante nach Mahim. Pater Agnello ist wahrscheinlich auf der Suche nach dir."

„Bist du schwerhörig, Paul? Ist das der richtige Zeitpunkt, sich wie ein Kindskopf aufzuführen? Ich komme hinauf!", drohte Pater Agnello.

„Ja, Pater, tun Sie das. Kommen Sie rauf! Und ich komm sofort runter. Geflogen!"

Eddie schloss eilig die Tür zur Terrasse ab und lief zur Brüstung zurück. Pater Agnello D'Souza stand, von fünfzehn, zwanzig Leuten umgeben, auf dem Spielfeld. Zum Glück waren weder Crystals noch Pauls Eltern dabei. Paul sprang über die Katze. Die Menge schnappte entsetzt nach Luft.

„Bleiben Sie, wo Sie sind, Pater!", brüllte Eddie. „Oder er macht seine Drohung wahr!"

„Was treibst du eigentlich da oben? Spielchen um Leben und Tod?" Pater D'Souza klang jetzt wütend. Es schien wieder eine dieser Konfrontationen zwischen ihm und Eddie auszubrechen, wie es sie seit seiner Kindheit viele gegeben hatte. Bevor Eddie etwas erwidern konnte, unterbrach ihn Paul.

„Wer hat dich geschickt?"

„Niemand. Ich war auf dem Sportplatz. Als ich zufällig nach oben schaute, hab ich deine Silhouette gesehen."

„Gib mir ne Kippe. In meinem Jackett, hängt am Hahn der Zisterne."

Eddie kramte in den Taschen des Hochzeitsjacketts, holte die Packung Charminar heraus und wollte Paul gerade eine reichen, als sein frisch verheirateter Freund schrie: „Komm nicht näher!"

„Wie soll ich sie dir dann geben?"

„Steig hier rauf und streck die Hand aus."

Eddie kletterte auf die Brüstung und beugte sich gefährlich weit nach vorne. Paul nahm ihm die Zigarette vorsichtig aus den Fingern und steckte sie an.

„Gibst du ihm etwa eine Zigarette?", brüllte Pater Agnello zu Eddie hinauf. „Bist du noch bei Verstand? Willst du, dass er Krebs bekommt?"

Paul lachte schallend auf. „Ich rauch seit der ersten Klasse, und Pater Agnello befürchtet, ich könnte Krebs kriegen, jetzt, wo ich springen will?"

Eddie musste unfreiwillig ebenfalls lachen.

„Das ist nicht zum Lachen, Eddie! Seinen Kehlkopfkrebs hast dann du auf dem Gewissen! Ich werde mit deiner Mutter reden müssen!"

Eddie glaubte Pater Agnello aufs Wort. Morgen würde er gewaltigen Ärger bekommen.

„Was macht Crystal?", fragte Paul Junior.

„Sie ist völlig außer sich. Sie glaubt, dass dir etwas Furchtbares zugestoßen ist."

Paul schaute den Mond an, als spreche er mit ihm. „Gleich ist es so weit. Ich kann ihr nie wieder in die Augen sehen. Ich weiß, dass das alles ihr Werk ist!"

Mondlicht lag wie ein Kreideteich auf den Mosaikfliesen der Terrasse. Es tauchte Pauls Gesicht in Quecksilberlicht. War es das, fragte sich Eddie, was man Mond-Wahnsinn nannte? Paul hing an einem Rohr, das senkrecht aus der Terrasse aufragte, und schwang wie wild hin und her.

„Was hat sie getan?"

„Was sie getan hat?" Paul war drauf und dran, Eddie wegen der Unverfrorenheit seiner Frage von der Brüstung zu stoßen. „Da fragst du noch?" Er blickte hilfesuchend zum Mond auf. In seinen Augen waren Tränen. Als er sprach, hatten seine Worte die Endgültigkeit eines Todesurteils. „Ich krieg ihn nicht hoch."

„Kriegst was nicht hoch?"

Paul hatte keinen Sinn für Eddies dämliche Fragen.

„Ich bin ins Badezimmer gegangen, um für heute Abend zu üben, aber es hat nicht geklappt. Zum ersten Mal in meinem ganzen Leben. Stell dir das doch mal vor! Heute Nacht ist meine Hochzeitsnacht!"

„Aber ihr seid seit Jahren zusammen! Du musst es doch bereits Hunderte Male mit ihr gemacht haben!"

„Red keinen Blödsinn. Wir sind Katholiken. Wir gehen vor der Hochzeit nie aufs Ganze."

Warum, fragte sich Eddie, klang das bloß so grausam vertraut?

„Du brauchst es dir nicht mehr alleine zu machen", sagte Eddie voller Empfindung. „Von nun an wird immer sie es mit dir machen."

„Du bist ein hirnloses Arschloch, Eddie! Wenn ich es allein nicht hinkriege", Paul schien momentan keinerlei Nachsicht für

Dummköpfe aufbringen zu können, „wie zum Teufel soll ich es dann mit ihr schaffen?"

„Hörst du mich, Paul? Paul! Komm runter! Augenblicklich!" Es war wieder Pater Agnello.

„Ist durchaus meine Absicht." Paul nickte dem Priester zu. Er breitete die Arme wie die Flügel eines Flugzeugs aus und düste erst einmal in die entgegengesetzte Richtung, um Geschwindigkeit für den Start zu gewinnen. Die Katze war direkt hinter ihm. Eddie fragte sich, ob sie Paul hinterherspringen würde.

„Vergib mir, Crystal, unser gemeinsames Leben ist vorbei! Leb wohl, meine Geliebte!"

„Es wird klappen! Vertrau mir." Eddie lief hinter Paul her. „Wart einfach, bis ich wieder da bin!"

Paul blieb abrupt stehen. „Kommt nicht in Frage! Du rührst dich nicht von der Stelle. Wenn du runtergehst, dann schickst du Crystal hier rauf."

„Tu ich nicht, ich schwör's."

„Ich glaub dir nicht."

„Wäre aber besser. Ich bin deine einzige Hoffnung."

„Wie willst du wissen, dass es klappt?"

„Ich weiß, was ich weiß."

„Und wenn es doch nicht hinhaut?"

„Dann tu, was du willst."

„Schwör, dass du Crystal nichts sagst!"

„Komm kurz da runter."

„Warum?"

„Weil du die Tür hinter mir abschließen sollst. Ich schick jemanden rauf, der den Bann entschärft. Schließ nur auf, wenn jemand drei Mal kurz anklopft. Sonst nicht."

„Du verrätst mich nicht, oder?"

„Nein. Vertrau mir."

Eddie stand vor der Tür des Hochzeitssaals und sondierte die Lage. Belle saß mit hängenden Schultern auf der Bühne und klackte mit den hochhackigen Goldsandalen gegen die Bühnenfront. Sie war angeödet und legte Wert darauf, dass das auch jeder merkte. Hoch über ihrem Kopf prangte das Motto von Saint Sebastian in Gold und rotem Samt: „Alles ist möglich. Selbst das Unmögliche. Wenn du in Gott vertraust." Eddie ging auf sie zu.

„Wo ist Crystal?"

„Warum versuchst du nicht ab und zu, auch mal meinen Namen auszusprechen? Ihre Mutter hat sie mitgenommen, damit sie sich nachschminkt."

„Gut. Komm mit."

Belles Gesicht leuchtete augenblicklich auf. Sie sprang herunter. Eddie hatte keine Ahnung, wie er die Sache anpacken sollte.

„Würdest du etwas für mich tun?"

Belles Augenbrauen tanzten spitzbübisch. „Du brauchst nur zu sagen was, mein Lollipop", sagte sie mit ihrer verführerischsten Stimme, „und du kriegst mehr, als du dir jemals vorstellen konntest."

Sie hatten den Saal verlassen. Belles Zunge steckte in seinem Ohr, und der Rest von ihr schmiegte sich eng an ihn, während sie die Treppe hinaufstiegen.

„Versprochen?"

„Versprochen."

„Paul ist oben auf der Terrasse."

„Was treibt er da?"

„Egal. Hol ihm einen runter, Belle. Bitte."

Belle rückte von ihm ab und verlor fast das Gleichgewicht. „Bist du übergeschnappt? Ich bin deine Freundin, nicht seine!"

„Du hast es versprochen."

„Ich dachte, ich sollte etwas für dich tun!"

„Das ist für mich."

„Er hat heute Crystal geheiratet, und er will, dass ich ihm einen runterhole? Hab ich irgendwas nicht mitgekriegt?"

„Glaubst du vielleicht, ich möchte das?" Eddie ließ seine Eunuchenwut an ihr ab. „Der Idiot kriegt keine Erektion zustande. Er will von der Terrasse springen und sich umbringen, weil er sich nicht traut, Crystal gegenüberzutreten."

„Ich liebe dich so sehr, Eddie, und du willst nichts anderes, als mich zu einer Hure machen." Sie sagte das so schlicht, dass es unmöglich war, nicht zu erkennen, wie schrecklich verletzt sie war.

„Das ist nicht wahr. Manchmal kannst du richtig scheußliche Dinge sagen!"

„Wenigstens verlang ich nicht von dir, dass du scheußliche Dinge tust."

Eddie begriff, dass er etwas getan hatte, dessen Erinnerung er niemals würde tilgen können, etwas, das immer zwischen ihm und seinem Mädchen stehen würde. Belle wandte sich ab und fing an, die Treppe hinaufzusteigen. Er wusste, dass sie ihm die Chance bot, sie aufzuhalten. Als er ihr hinterherlief, machte sie kehrt und warf sich ihm in die Arme.

„Du hast es dir anders überlegt!" Wenn Belle glücklich war, konnte sie die ganze Welt glücklich machen, und es blieb noch für ein paar weitere Welten genug übrig.

„Klopf drei Mal schnell hintereinander an die Tür. Sonst macht er nicht auf."

5

„Warum ziehst du deine Uniform nicht erst an, wenn du dort bist?", fragte Parvati-bai ihren Sohn. Ravan war gerade dabei, die abnehmbaren Epauletten, die ihm den Rang eines Fünf-Sterne-Generals verliehen, an den Schultern seiner Jacke zu befestigen. Parvati wirbelte um ihn herum. Sie hatte versucht, ihm beim Festknöpfen zu helfen, aber ihre Beflissenheit machte ihn nervös, und er hatte sie gebeten, ihn in Ruhe zu lassen. Jetzt versuchte sie, die Bügelfalten seiner Hose gerade zu ziehen. Er wich ihr aus. Eine der Goldkordeln der Quasten an seiner linken Schulter hatte sich verheddert, und Parvati-bai stürzte sich begierig darauf.

„Maa, würdest du endlich mit dem Getue aufhören und mir von der Pelle rücken?" Sein Leben lang hatte Ravan seine Mutter „Aai" genannt, das Marathi-Wort für „Mutter". Doch seit er seine eigene Band hatte, kam es ihm so vor, als klinge „Aai" ein bisschen zu provinziell und hausbacken. Er wollte etwas Gewichtigeres, etwas Universelles. Man stelle sich nur vor, seine Mutter vor Panjabi, Gujarati oder Marwadi sprechenden Auftraggebern „Aai" zu nennen! Er dachte über das Problem nach und kam zu dem Schluss, dass ihm kaum eine andere Wahl blieb. Es musste „Maa" sein – das Wort, das Bollywood-Filmhelden unweigerlich benutzten, wenn sie ihre Mutter anredeten. Parvati fand nicht, dass an „Aai" irgendetwas auszusetzen sei, und hatte energisch protestiert, aber Ravan blieb eisern.

Ravan betrachtete sich in dem zwanzig mal zwanzig Zentimeter großen Spiegel, vor dem die Familie Pawar sich die Haare kämmte, die Röte eines entzündeten Halses überprüfte, sich einschäumte, rasierte und überhaupt vergewisserte, dass sie präsentabel aussah.

„Es war eine ziemliche Arbeit, deine feine Uniform zu waschen und zu bügeln. Ich meine immer noch, dass du während der Fahrt normale Sachen tragen und dich erst umziehen solltest, wenn du in Karjat bist.“

„Maa, ein Auto kommt uns abholen! Geht das nicht in deinen Schädel? Für unsere Beförderung ist gesorgt.“ Ravan warf einen bedeutungsschweren Blick in Navares Richtung. Am besten den Laden dichtmachen, hatte er vor Kurzem noch gesagt, ich bin weg. Doch jetzt standen er und seine Kumpels in CWD-Chawl Nr. 17 und warteten geduldig, dass Ravan sich schick machte.

„Ich weiß.“ Ebenso wie die Mitglieder seiner Band, staunte Parvati-bai über die wundersame Tatsache, dass extra ein Fahrzeug kam, um Ravan und seine Kollegen abzuholen. „Aber wo du doch so eigen bist mit deinen Sachen und du sie immer aufs I-Tüpfelchen gebügelt haben willst …“

„Was soll denn der Chauffeur denken? Es sind nicht die Bosse, die man beeindrucken muss, sondern ihre Lakaien. Man muss gleich von Anfang an zeigen, wer man ist. Und wo sollen wir uns dort auch umziehen? Vor allen Leuten? Schalt doch dein Gehirn ein, Maa!“

Da hatte Ravan wirklich nicht unrecht. Es war unglaublich, dachte Parvati-bai, wie sehr ihr Sohn gereift, wie weltklug er geworden war! Wieso hatte sie das nicht schon früher gemerkt?

„Vielleicht hast du recht, aber sitz ordentlich im Wagen, damit du dir nicht alles verknitterst. Und lehn dich nicht gegen dreckige Wände, wenn ihr auf einen Tee haltmacht!“

„Wir müssen uns einen größeren Wandspiegel kaufen, Maa. Ich muss mich ganz sehen können, wenn ich elegant erscheinen soll.“ Ravan hakte den Spiegel von der Wand, hielt ihn sich erst vor das eine, dann das andere Hosenbein. Anschließend nahm er ihn in die rechte Hand und hielt ihn schräg hinter sich, um sich zu vergewissern, dass seine Rückseite ebenso ordentlich aussah wie die Vorderseite.

Parvati beugte sich hinunter, zog einen der Blechkoffer unter dem Bett ihres Mannes hervor und öffnete ihn.

„Ravan, nimm einen Pulli mit. Abends wird es dort kalt." Sie hielt einen rot-grün gestreiften Pullover in die Höhe, den er in seiner Schulzeit getragen hatte.

„Ich fahre nach Karjat, Maa, nicht nach London. Und dieser Pullover ist mir drei Nummern zu klein."

„Da sind Hügel, vielleicht sogar Berge. Und du bleibst über Nacht." Sie stopfte den Pullover in die Tasche, die Ravan mitnehmen würde.

„Passt auf ihn auf, Jungs! Es ist das erste Mal, dass er Bombay verlässt."

„Machen Sie sich nur keine Sorgen, Mrs Pawar", beruhigte sie Kamble. „Ich bin oft durch Karjat gefahren, früher, wenn ich nach Puna fuhr, um in Theaterstücken aufzutreten."

Er hätte gern noch erheblich mehr über seine ausgedehnten Reisen einschließlich seiner Fahrten nach Puna beigesteuert, aber Ravan schnitt ihm das Wort ab. „Wer ist der Leiter der Band, Maa? Ich werde auf sie aufpassen, nicht umgekehrt!"

Was sollte man nur mit so einer Mutter machen? Ravan war kurz davor, endgültig zu verzweifeln. Navare, Kamble und Kanhaiyyalal waren gut zwanzig, wenn nicht dreißig Jahre älter als er, und sie nannte sie „Jungs" und bat sie, auf ihn aufzupassen!

Parvati schnaubte. „Du hast ja deine Milchzähne noch gar nicht verloren!"

Es war hoffnungslos, mit seiner Mutter zu diskutieren. Sie würde nie begreifen, dass sie – sollten seine Angestellten ihn respektieren – erst einmal selbst lernen musste, ihn mit Ehrerbietung zu behandeln.

„Ich bin dann weg", sagte Ravan brüsk. Er hatte nicht vor, sich noch weiter vor seinen Leuten beleidigen zu lassen.

„Warte noch einen Augenblick! Ich hol erst die *thali* für die Nazar."

„Wenn du früher an den Nazar-Quatsch gedacht hättest, anstatt mir Vorträge über Karjat zu halten, wären wir längst damit fertig. Ich bin sicher, das Auto wartet schon, und wenn wir nicht sofort gehen, fährt es ohne uns wieder weg."

Wie aufs Stichwort tönte eine dieser Mega-Hupen, die die Polizei unlängst verboten hatte, durch den CWD-Chawl, aber Ravan wusste, wenn es um die Abwehr des bösen Blicks ging, ließ seine Mutter nicht mit sich reden. So lange er zurückdenken konnte, hatte sie das Ritual durchgeführt. Einmal die Woche, bisweilen auch zwei- oder dreimal, nahm sie eine Metallplatte mit Salz, Senfsamen und getrockneten roten Chilis in die Hände, schwenkte sie kreisförmig um Ravans Kopf, streute anschließend die Gewürze auf glühende Kohlen, und wenn sie laut knisterten und knackten, murmelte sie: „Jemand hat dir Übles gewünscht, so ist das schon seit deiner Geburt. Die Pocken sollen ihn holen!"

„Lauf!", schrie Ravan zu Kamble. „Ladet schon mal die Instrumente ein; ich bin in einer Minute unten. Maa, wenn du dich nicht beeilst, geh ich!"

„Ich werde die Nazar ganz bestimmt nicht einfach runterleiern, also halt den Mund und sitz still. Und wenn ich fertig bin, berühr die Füße deines Vaters. Bevor du auf eine so lange Reise gehst, solltest du besser seinen Segen einholen."

Das war für Ravan und Shankar-rao, seinen Vater, nun etwas ganz Neues. Es war ihnen beiden furchtbar peinlich. Shankar-rao lag wie gewohnt, den Rücken dem Rest der Welt zugekehrt, auf dem Bett und nahm jetzt eine noch embryonalere Stellung ein.

„Was lungert ihr hier noch rum?" Ravan versuchte, seine Verlegenheit zu überspielen. Drei Viertel der Cum September Band machten sich davon.

Es herrschte Stille, bis die Senfsamen anfingen, wie eine Serie von Divali-Knallfröschen zu knattern. „Jetzt geh und bitte deinen Vater um seinen Segen." Parvati war unnachgiebig.

Ravan verneigte sich und fummelte an seines Vaters Füßen herum. Shankar-raos Augen waren nach wie vor geschlossen, und seine Füße hatten sich noch weiter zurückgezogen.

„Mister." Als gute Hindu-Ehefrau, die sie war, hatte sich Parvati-bai von jeher gehütet, den Namen ihres Gatten auszusprechen. Früher, ob vor Außenstehenden oder auch nur Ravan gegenüber, hatte sie von ihrem Mann nur auf Marathi in der dritten Person gesprochen. Vor ein paar Monaten hatte Parvati-bais Wortschatz indes eine plötzliche Wendung zum Englischen vollzogen. Neuerdings verwendete sie regelmäßig Wörter wie „tension“, „stop“, „fresh“, „danger“ und „round-and-round“. Und wie andere großstädtische Marathi sprechende Frauen auch, hatte sie angefangen, ihren Mann mit Mister anzureden. „Hallo, Mister, wachen Sie auf! Ihr Sohn Ravan wünscht, gesegnet zu werden.“

Shankar-rao hatte es mittlerweile geschafft, eine vollkommene Kugelgestalt einzunehmen. Ravan hob den Kopf und erwog kurz einen raschen Abgang, doch als er den strengen Blick seiner Mutter sah, bückte er sich wieder.

„Haben Sie gehört, was ich gesagt habe? Ihr Sohn begibt sich auf eine lange Reise. Segnen Sie ihn!“

Shankar-rao öffnete ein Auge und nuschelte: „Ashtaputra saubhagyavati bhava!“ und klappte das Auge wieder zu. Das war ein alter Sanskritspruch, mit dem die Älteren traditionell die Braut segneten. Ravan hätte sich damit begnügt, solange er nur verschwinden konnte, aber seine Mutter war entsetzt.

„Haben Sie eine Ahnung, was Sie da sagen? Dürfte ich Sie daran erinnern, dass sie keine Tochter, sondern einen Sohn haben?“

„Maa, ich kann nicht länger warten!“

„Oh doch, du kannst. Und du wirst. Mister, erteilen Sie ihm einen richtigen Segen!“

Vater und Sohn begriffen, dass sie nicht davonkommen würden, bevor die Sache erledigt wäre. Shankar-rao runzelte machtvoll die Stirn. Er unternahm eine übermenschliche Anstrengung, sich an irgendeinen passenden Sanskritspruch zu erinnern. Sein Gesicht leuchtete auf. „Annadaatah sukhi bhava!“

Der Spruch – „Nahrungsspender, Glück sei dir beschieden!“ – passte zwar besser ans Ende einer Mahlzeit, aber Parvati-bai war willens, ihrem Gatten etwas Spielraum zu gewähren. Sie legte den Segen dahingehend aus, dass Ravan als der Ernährer der Familie gewürdigt wurde. Sie selbst betete inbrünstig zu ihren Göttern, sie möchten ihren Sohn seinem Vater so unähnlich machen, wie es überhaupt vorstellbar war. Möge er acht, zehn, zwölf

Stunden am Tag arbeiten. Und möge er, wenn nötig, auch noch sonntags arbeiten. Auf die Idee, Gott darum zu bitten, Ravan nach ihr, die regelmäßig vierzehn Stunden am Tag arbeitete, geraten zu lassen, kam sie allerdings nicht.

Sie war erleichtert, dass Ravan sich endlich bereit erklärt hatte, beide Jobs zu behalten. Mit diesem *baja* business, wie sie Ravans Band bezeichnete, war ja kein Geld zu machen, auch wenn ihr Sohn sich gern einbildete, der ganz große Erfolg warte direkt um die Ecke. Sie missgönnte ihm seine Musik nicht. Sie wollte nur sicher sein, dass er auf eigenen Füßen stand – und es auch so blieb. Taxifahren mochte nicht sein Traumberuf sein, aber er hatte mittlerweile begriffen, dass er ohne Geld weder seine Band bezahlen noch Musikinstrumente kaufen konnte.

Ravan ging zum Küchenfenster und schaute hinunter. Die Cum-September-Crew marschierte gerade aus dem Gebäude. Er erinnerte sich an den Tag vor etwa einem Jahr, an dem sie zu ihrem ersten Auftritt aufgebrochen waren. Sie hatten wie Potentaten ausgesehen, wie Royals in Gala. Und er war nichts weniger als ihr Kaiser gewesen.

Ravan hatte ausgedehnte Studien in Sachen hinduistischer Hochzeitsband-Uniformen angestellt und war am Ende ein wenig enttäuscht gewesen. Er würde sich als Modeschöpfer für seine Cum September Band betätigen müssen. Wenn es um Mode ging, hatte er schnell begriffen, reichte es nicht, anders zu sein; man musste aus meilenweiter Entfernung auffallen.

Die Hosen der Männer waren feuerwehrrot und ihre Nehru-Jacken von schrillem Blau. Über die Jacke schmiegte sich eine aubergine-violette Weste. Aus festem Drillich geschneidert, war sie von einem dichten Gewirr kompliziertester Schnörkel aus Gummigoldfäden durchzogen, die bei der geringsten Lichtveränderung schimmerten und glitzerten. Von den Schultern standen gut vier Fingerbreit Epauletten mit demselben Muster ab. Als Oberbefehlshaber der Band hatte Ravan sich, zusätzlich zu den fünf Sternen auf seinen Epauletten und den goldenen Quasten, eine ebenfalls goldene, dicke, geflochtene Schnur gegönnt, die von seiner linken Schulter hinunterlief und in einer Trillerpfeife endete, die in der Tasche seiner Nehru-Jacke steckte. Ab und an zog er sie hervor, um seine Soldaten zur Ordnung zu rufen.

Erst nachdem diese Designer-Klamotten geschneidert waren, kam Ravan der Gedanke, dass die Hosen, im Vergleich zu den Jacketts, recht dürftig aussahen. Als der wahre Künstler, der er war, machte er sich unverzüglich daran, die Sache zu korrigieren. Er ließ seitlich an die Hosen ein zwei Finger breites schwarzes Samtband annähen. Aber die Krönung des Ganzen waren die entsprechenden blauen Mützen mit dem roten Schirm. Auf dem Scheitel jeder Mütze reckte sich ein Metallfinger himmelwärts, eine stählerne Stele, die den deutschen Kaiser stolz gemacht hätte. Zwischen dieser und dem Schirm prangte in Goldbuchstaben die Inschrift: „Cum September Jai Bharat Band“. Über all dem flatterten, einer Flagge gleich, drei Pfauenfedern.

Ein Jahr war vergangen, und ein Großteil des Glanzes der Cum September – ganz zu schweigen von den Paradiesvogelfarben ihrer Kostüme – war verblichen. Doch Ravan würde das alles ändern. Die Cum September Jai Bharat Band hatte ihr erstes Engagement außerhalb der Stadt erhalten. Er wollte sicherstellen – oder zumindest hoffte er, es würde ihm gelingen –, dass seine Musiker ein für allemal kapierten, wer das Sagen hatte. Er hatte ihnen befohlen, ihre Uniformen waschen zu lassen, und sie hatten allesamt pariert. Auf einem anderen Blatt stand die Tatsache, dass das Resultat der Reinigung viel zu wünschen übrig ließ. Kanhaiyyalals ausgebleichte Hose sah aus, als habe jemand eine Dose Babypuder darüber ausgekippt. Und der metallene Pickelturm auf Kambles Mütze war um 180 Grad nach unten verbogen. Aber alles in allem war klar: Die Mitglieder der Cum September hatten begriffen, dass ihr Schicksal dabei war, sich grundlegend zu verändern.

„Pfui, pfui! Igitt! Was für eine dreckige Karre! Der Gestank ist ja unerträglich!“ Kamble kickte eine hartnäckige Bananenschale beiseite, nur um auf eine Monatsbinde in Wochenbettformat zu treten, die trotz ihrer trockenen Kruste einen kleinen Schwall rötlicher Flüssigkeit von sich gab. Er wollte abspringen, aber der Laster setzte sich mit einem Ruck in Bewegung.

„Stopp, stopp! Ich will in diesem grauenhaften Laster nicht gesehen werden!"

„Schau einfach nach draußen, dann weißt du nicht mehr, wo du bist", empfahl ihm Kanhaiyyalal. „Dann könntest du ebenso gut in Kaiser Jahangirs *Nishat Bagh* oder *Shalimar Gardens* sein."

Kamble stieß ein weiteres „Iiih!" aus. Ravan machte ein paar verfaulte Zwiebeln aus, einige weiß gelutschte, weitgehend kahle Mangokerne, an denen allerdings noch ein paar Haare flatterten, einen braunen Leinenschuh, der sowohl seinen Schnürsenkel als auch seinen Begleiter verloren hatte. Jedes dieser Dinge hatte seinen spezifischen Geruch, aber das Bukett wies noch ein weiteres Element auf, das alle anderen übertönte. Ravan konnte es nicht identifizieren, bis Navare ihm eine aufgedunsene Ratte vor seine Nase hielt. Ihr Fell war glitschig und zerzaust, wie das eines Eichhörnchens. Selbst im Tod hatte sie ein gefräßig aufgerissenes Maul mit üblen, scharfen Zähnen.

„Auto." Navare schwang das aufgeblähte Nagetier hin und her wie eine Handglocke. „De-so-to, Chev-ro-let, Ply-mouth, Ja-gu-ar, Rolls-Royce. Nun denn, Mr Ravan Shankar-rao Pawar, ist dies Ihre Vorstellung von einer schicken Haus-zu-Haus-Beförderung? In der Tat, wir haben uns gemacht!"

„Ob die Hochzeitsgesellschaft wohl ebenfalls in diesen Laster steigt?" Kanhaiyyalal konnte der Versuchung nicht widerstehen, seinen billigen Senf beizusteuern.

Der Ratte war von der Hitze und dem Herumschlenkern inzwischen der Bauch aufgeplatzt. Die rosigen grapefruitartigen Innereien begannen herauszutröpfeln. Navare schlenkerte sie weiter hin und her.

„Unser Auftraggeber ist der größte Dienstleister der Kommune Karjat!" Ravan riss Navare die Ratte aus der Hand und schmiss sie über die Bordwand. „Das wird eine luxuriöse Hochzeit! Ich weiß es!"

„Das ist vermutlich auch der Grund, warum er uns von einem Müll-Laster abholen lässt."

„Spar dir die Sprüche, Navare. Wann ist deine Band je für zwei Tage am Stück engagiert worden? Es geht bergauf mit uns!"

„Ravan hat recht. Der Fahrer hat vorhin gesagt, das wird eine so große Angelegenheit, dass sogar noch weitere Musiker auftreten, die *sanai* und Trommel spielen." Jetzt, nachdem er die Nase voll Schnupftabak hatte, schien Kamble einen Gesinnungswandel durchgemacht zu haben. Er nieste in rascher, abgehackter Folge, wie die Gewehrsalve eines Heckenschützen.

Sie hatten die Stadtgrenze hinter sich gelassen. Der Laster beschleunigte, und der Gestank verflog mit dem Fahrtwind. Ravan zog die Plane herunter, die auf dem Dach der Fahrerkabine lag, breitete sie auf dem Boden aus und legte sich darauf. Die Mütze fiel ihm vom Kopf. Er war noch nie auf der Pritsche eines Lastwagens gefahren. Vielleicht war ein Auto besser; es machte mit Sicherheit mehr her, aber hier pfiff Ravan der Wind um die Ohren, und der Himmel zog über ihm hinweg. Ravan hatte noch nie so viel Himmel zu seiner Verfügung gehabt. Stimmt es wirklich, fragte er sich, dass dort, wo der Himmel ist, nichts ist, absolut nichts? War Blau die Farbe des Nichts, des leeren Raums? Plötzlich wölbten sich von beiden Seiten der Straße Äste über ihn, und der Himmel war weg. Das Licht der Sonne brach in Splittern durch das Laub und besprenkelte ihn. Wie viele Blätter hat ein ausgewachsener Pipalbaum? Hatte sich jemals jemand die Mühe gemacht nachzuzählen? Es war seltsam, er konnte spüren, wie die Schatten der Blätter wie Kumuluswolken über seine Haut dahinzogen.

Das blasierte Gerede, das er für seine Mutter und seine Musiker von sich gegeben hatte, als ob es nichts sei, die Stadt zu verlassen, war nichts als Maulheldentum gewesen – aber das war zu einer anderen Zeit gewesen und in einem anderen Land. Er war verdammt nervös und aufgeregt darüber, sich an der Schwelle eines Abenteuers zu befinden. Er war der erste Mensch, der die Heimat verließ, neue Grenzen überquerte, neue Welten erforschte. Wie hatte er nur all die Jahre im engen Gehege seines Zuhauses überlebt? Wenn es schon so elektrisierend war, nach Karjat zu fahren, wie würde es sich erst anfühlen, die Ozeane zu überqueren und nach England, Amerika oder China zu reisen?

Einmal hatte er einen Chinesen gesehen, als er auf dem Weg zur Schule war, keinen von denen, die sich in Indien niedergelassen hatten, wie der Zahnklempner auf der Hauptstraße in Mazagaon, sondern einen richtigen Chinesen.

„Wer ist das, der da kommt?", hatte er einen Passanten gefragt.

„Zhou Enlai, der Premierminister von China", hatte der Mann geantwortet.

„Wo ist China?"

Der Mann hatte geheimnisvoll gelächelt; vielleicht wusste er auch nicht, wo China lag. Die vorausfahrende Limousine war samt Motorradkolonne vorübergerauscht und hatte einige von Ravans Haarsträhnen aufgewirbelt.

„Es liegt da, woher der Wind kommt", hatte der Mann erwidert. Die Menschenmenge trat erwartungsvoll vom Straßenrand zurück. Ein hellhäutiger Mann mit schläfrigen Augen, der etwas trug, das wie eine graue Nehru-Jacke aussah, stand in einem offenen Wagen und winkte den Leuten zu. Und dann war er weg. Ravan leuchtete die Antwort ein: Nur der Wind konnte kommen und gehen, wie es ihm passte – nach Delhi, Russland, Frankreich, Amerika, wohin auch immer.

Er beschloss, diese sagenhaften fernen Länder zu besuchen. Die einzige Möglichkeit, dies zu bewerkstelligen, bestand darin, dafür zu sorgen, dass seine Band dorthin eingeladen wurde. Sie mussten heute und morgen in Karjat eine absolut erstklassige Vorstellung abliefern. Der Wind würde Zhou Enlai – falls er noch immer Premierminister war – ihren Ruhm zutragen, und der große Mann würde Ravan und die Cum September bitten, auf der Hochzeit seiner Tochter zu spielen.

„Übung macht den Meister", war sein Leitspruch. Er war drauf und dran, Navare, Kamble und Kanhaiyyalal zur Generalprobe zusammenzurufen, doch dann entschied er sich anders. Sie hätten ihn ohnehin ignoriert. Der Laster bog von der Schnellstraße rechts ab. Sie fuhren jetzt durch ein flaches, von bewaldeten Hügeln gesäumtes Tal. Sie waren von üppigem Grün umgeben. Überall große, uralte Bäume, daran wachsende wilde Orchideen, Schling- und Kletterpflanzen. Ravan hatte noch nie so viele Bäume gesehen. Vögel riefen einander zu, und man hörte die Rinnsale und Bächlein, die über Felsen plätscherten. Die Atmosphäre strahlte eine Frische aus, als sei die Luft gerade neu erschaffen worden. Alles roch grün und satt. Schon einige Meter vom Straßenrand entfernt, verwandelten sich die Bäume in eine undurchdringliche Wand, fast wie eine Festungsmauer. Kleine Hütten und Bungalows lugten gelegentlich daraus hervor, verschwanden aber rasch wieder im Urwald.

Ravan holte die Xylophon-Schlägel heraus und schlug gedankenverloren ein paar Töne an. Kurz darauf setzte sich Kamble zu ihm und begann einen leisen, komplexen Rhythmus auf den Trommeln. Sie mussten etwas wie eine kritische Masse erreicht haben, denn schon bald gesellten sich Navare und Kanhaiyyalal unaufgefordert zu ihnen, packten ihre Musikinstrumente aus und stimmten mit ein.

Etwas Seltsames war im Gange. Der Sound der Band und ihr musikalisches Gespür hatten sich verändert. Sie zogen nicht jeder in eine andere Richtung, sondern hörten einander zu und gingen aufeinander ein. Es war für Ravan wie eine Offenbarung, dass die Umgebung, der Wald, die Natur, Timbre und Qualität ihres Zusammenspiels verändern konnte. Die anderen mussten das ebenfalls gespürt haben. Sie spielten kein bestimmtes Stück, sondern reagierten nur auf die neuen Bilder und Gerüche, auf die Hügel, die Palmen, die strahlenden, strotzenden Bananenstauden und den Fluss, den sie gerade überquert hatten, auf die Schwärme von Vögeln, die Diagonalen über den Himmel zogen.

Es war ein Erlebnis, das Ravan nie vergessen würde. Was er in all diesen Jahren nicht geschafft hatte, war dieser Straße zu einem unbekannten Ort mühelos gelungen. Sie hatte die vier zu einer Gruppe zusammengeschweißt und ihnen einen erkennbaren, charakteristischen Sound gegeben. Sie hörten einander zu, hielten sich zurück, ließen jeder dem anderen seinen Freiraum, um sich ihm im entscheidenden Augenblick anzuschließen. Sie führten regelrecht eine musikalische Unterhaltung. Die verschiedenen Stimmen schlängelten und flochten sich umeinander, und was sie da woben, war ein schillerndes, schimmerndes Geflecht aus Harmonie und Melodie, das seinen nächsten Schritt nicht wusste, aber mit sicherem Gespür seine Erforschung des Unbekannten fortsetzte. Irgendwo tief in ihrem Inneren erahnten sie instinktiv die vollkommene Struktur und ihre Schönheit.

Die Cum September war schon eine Sensation, lange bevor sie den Festplatz erreichte. Eine Band mit englischem Namen, die den langen Weg aus Bombay angereist kam, war in der kleinen Stadt zwangsläufig ein größeres Ereignis. Aber eine Band, die in einem fahrenden Laster musizierte, war etwas gänzlich Unerhörtes. Kinder, Jungen und Mädchen, selbst ausgewachsene Männer liefen dem Lastwagen hinterher, bis er neben dem bunten *shamiyana* vor einem alten Herrenhaus hielt. Der Fahrer hakte die Ketten los, die die Heckklappe des Fahrzeugs sicherten. Menschen kamen aus dem Haus und dem zirkusartigen Zelt. Sie verstärkten den Dreiviertelkreis, der sich bereits vor dem Heck des Lasters gebildet hatte. Selbst die Mitglieder der traditionellen Musiktruppe wollten sehen, wer diese Neuankömmlinge waren.

Jetzt kam ein imposanter älterer Mann heraus, und alle traten ehrfürchtig beiseite. Er war offensichtlich der Vater des Mannes in der weißen Khadi-Hose, der Ravan engagiert hatte. Jemand brachte einen Stuhl für Mr Patil Senior. Er wollte die Musik schon unterbrechen, aber dann saß er einfach da und lauschte der Band aus der Großstadt mit geschlossenen Augen. Diener rannten zwischen dem Shamiyana und dem weitläufigen zweistöckigen Gebäude hin und her. Ravan musterte des Haus. Es war ein altes traditionelles Herrenhaus mit freiliegenden Balken und Holzpfeilern und gut dreißig Zentimeter dicken Wänden. Es war erst kürzlich frisch getüncht worden. Ravan hatte noch nie einen Palast gesehen, aber er war sich sicher, dass gekrönte Häupter das Divali-Fest auch nicht anders feierten. Bäume, Fenster, Türen und Balkone waren mit glitzernden Lichtergirlanden geschmückt, und das ganze Anwesen war in einen himmlischen Garten verwandelt worden. An sämtlichen Zufahrtsstraßen waren von gelben und orangefarbenen Ringelblumen bedeckte Triumphbogen aufgestellt. Dicke Blütengirlanden ergossen sich wie Technicolor-Wasserfälle über die Wände des Herrenhauses. Und riesige Vasen mit mehr Blumen darin, als sich auf dem Crawford- und dem Byculla-Markt zusammengenommen finden ließen, säumten die Gänge des Hochzeitszeltes, in dem gut tausend Gäste Platz finden konnten.

Im ersten und zweiten Stock waren die Wände von unvergitterten schmalen Fenstern durchbrochen, die zwar mannshoch waren, aber nicht viel Licht hineinließen. Auf der niedrigen Brüstung der Terrasse saß eine Affenfamilie und aß Bananen. Einer von ihnen schmiss eine Bananenschale nach Ravan. Aus dem Inneren des Hauses ertönte perlendes Gelächter. Er ließ den Blick über die dunklen Öffnungen der Fenster gleiten, konnte jedoch niemand ausmachen.

Der Laster war unter einem prachtvollen Mangobaum geparkt, dessen Blätter eine leichte Brise auffingen und raschelten wie ein Ensemble leiser Tamburine. Ein flaches erdfarbenes Objekt traf Ravan an der Brust und fiel auf das Xylophon. Wieder dieses Lachen. Er schaute sich nach dem verflixten Affen um, aber die langschwänzige Bande war nirgendwo zu sehen. Er dachte zunächst, es sei ein Prallholz aus einem *gilli-danda*-Spiel, aber es war nichts dergleichen. Es war eine lange reife Tamarinde, deren dünne harte Schale beim Zusammenstoß mit dem Musikinstrument aufgeplatzt war.

Im zweiten Stock bewegte sich ein Schatten, und Ravan sah flüchtig eine junge Frau, die gerade dabei war, eine zweite Tamarinde nach ihm zu werfen. Er spielte weiter, warf der Frau aber einen finsteren Blick zu. Sie sah ihn unschuldig an, und Ravan war sich nicht mehr sicher, ob sie tatsächlich die Übeltäterin war. Als sie die Hand an den Mund führte, in die Tamarinde biss und dann weiterging, war sie das Inbild tugendhafter Unschuld. Ravan wandte sich wieder Navare zu. Wenn der es darauf anlegte, war sein ehemaliger Lehrer absolut erstaunlich. In seinen Händen schmolz das Saxophon zu flüssigem Klang, dessen Reinheit überirdisch war. Die zweite Tamarindenschote traf Ravan am Kopf. Am Fenster im zweiten Stock war niemand zu sehen.

Der Patriarch hob die Hand, und die Musik verebbte. „Macht euch frisch und esst etwas, bevor die Zeremonie beginnt. Jemand soll sie ins Haus führen und sich um sie kümmern."

Ravan lächelte. Er wusste, sie hatten einen denkwürdigen Auftritt hingelegt und einen Treffer gelandet, und das auch noch auf der prächtigsten Hochzeit, die ihm je untergekommen war.

Nichts, absolut nichts wurde dem Zufall überlassen. Jede Aufgabe war klar umrissen und zugeteilt worden. Alle Autorität ging von einer einzigen Quelle aus, und der Patriarch schien sie selbst dann auszuüben, wenn er gar nicht anwesend war. Er war seit Längerem verschwunden, aber alle wussten, dass er sie im Auge behielt. Niemand kam, um zu überprüfen, ob das Holz für das heilige Feuer trocken war und das silberne *attar*- und Rosenwasserset und das dazugehörige Tablett tatsächlich poliert waren. Alles stand an der vorgeschriebenen Stelle und war in perfektem Betriebszustand. Ravan war stolz darauf, Teil dieser gut geölten Hochzeitsmaschinerie zu sein.

Die Mahlzeit, die man ihnen vorsetzte, umfasste drei Gemüsegerichte, einen Salat, Chutney, zweierlei Pickles, Reis, Chapatis und *dal*. Es gab zwei Desserts, *chirothas* und Kanhaiyyalals Lieblingssüßspeise: *bundi laddus*. Von allem gab es einen Nachschlag, auch von den Laddus. Und das war nicht einmal das eigentliche Hochzeitsessen. Oh, hätte er nur Mr Tamhane Senior auf den Knien den ganzen Weg von Bombay bis hierher schleifen können, damit er sah, welches Festmahl ihnen hier bereitet wurde.

Hinter dem Haus war eine provisorische Freiluftküche aufgebaut worden. Sechs Köche und ein Chef hatten alle Hände voll zu tun, das Hochzeitsmahl vorzubereiten. Aber was Ravan am meisten beeindruckte, waren die Autos der Familie, ein Citroën, ein Jeep und ein Dodge. Ravan warf Navare einen verächtlichen Blick zu. Na, du Klugscheißer? Sieht das wie das Ende aus? Und wie war das mit dem Bräutigam, der im Müllwagen angefahren wird? Ravan hatte gerade erfahren, dass die Familie der Braut für den Bräutigam einen brandneuen Ambassador gekauft hatte.

Die Cum September Band war jetzt mit den einheimischen Musikern in einen Kampf auf Leben und Tod verstrickt. Es war eine Schlacht zwischen der Groß- und der Kleinstadt, zwischen der Avantgarde und den Konservativen, zwischen der Zukunft und der Vergangenheit. Das Ensemble aus Karjat bestand aus drei Musikern, die Sanai, Trommel und Harmonium spielten. Sie wussten, dass die Ehre der Ortsansässigen auf dem Spiel stand. Bei dem Wettstreit gab es keine Platzregeln. Da die zwei Gruppen weder die gleichen Instrumente noch die gleiche Art von Musik spielten, schien die Grundidee darin zu bestehen, den Gegner nach Möglichkeit zu übertönen.

Dann zerstreute sich die Menge. Eine Gruppe junger Frauen kam herangeschlendert und blieb vor der Cum September Band stehen. Ravan erkannte das Mädchen vom Obergeschossfenster wieder. Sie sah ihm offen ins Gesicht, klopfte mit dem Fuß im Takt der Musik und tat so, als wüsste sie rein gar nichts vom Tamarinden-Zwischenfall. So absurd es auch war, aber es fiel Ravan schwer, ihr in die Augen zu sehen. Sie war offensichtlich die Anführerin der jungen Frauen, die, die Arme umeinander geschlungen, dastanden, kicherten, lachten und versuchten, Aufmerksamkeit auf sich zu ziehen.

Es war ein böiger Wind aufgekommen. Er wirbelte Staubfahnen auf, sammelte verstreute Papierfetzen, Federn und Blätter und trieb sie trudelnd durch den Shamiyana. Er zerrte an den Stangen und blähte die Leinwanddecke des Zeltes wie ein gigantisches Segel auf. In der Ferne rief eine Frauenstimme: „Sita! Oh Sita!“ Die Mädchen schienen das besonders lustig zu finden und drängten sich noch enger um ihre Anführerin. Der Wind blies Ravan etwas Scharfes ins rechte Auge, das ausgiebig zu tränen begann. Er legte seine Schlägel nicht aus der Hand, aber es brachte ihn etwas aus dem Takt. Würde die Heimmannschaft den Sieg davontragen?

„Schhhhh!", zischte das Tamarindenmädchen dem Sanai-Spieler zu. „Ich krieg schon keine Luft mehr wegen dem fürchterlichen Lärm, den ihr veranstaltet. Mein Vater hat diese Band aus Bombay geholt, und ihr habt keinem erlaubt, den Leuten auch nur eine Minute lang ungestört zuzuhören. Schluss mit dem Gedudel, aber sofort!"

Und sie hörten tatsächlich auf, wenngleich der Sanai-Spieler Einwände machte. „Uns hat man auch engagiert! Ihr Vater hat uns verpflichtet, damit wir ohne Unterbrechung spielen!"

„Das war gerade keine Bitte, das war ein Befehl. Oder soll ich dir dieses Dudeldings auf dem Schädel zerschlagen?"

Mittlerweile hatte Ravan das Sandkorn aus seinem Auge bekommen. Dieses Mädchen/Frau/Was-auch-immer war ein Gottesgeschenk. Die andere Gruppe hatte bereits angefangen, ihn zu zermürben. Er stimmte „Aja zara" an. Er hatte die Bandra Bombshells denselben Song in Eddies Wohnung proben hören, nur dass Belle den Hindi-Text durch einen englischen ersetzt hatte, etwas wie „Cherry pink and apple blossom didadada". Nicht übel, hatte er gedacht, inzwischen bedient sich der Westen also bei indischen Songschreibern, irre. Ravan reicherte das Stück mit so überbordender Energie an, dass es wie eine Rakete abhob und dann am Himmel Loopings drehte und Purzelbäume schlug. Es war eine verrückte Achterbahnfahrt über eine Welle von Luftlöchern, und die Zuhörer kreischten bei jeder Berg- und Tal- und neuen Bergfahrt vor Begeisterung. Es war Ravans Geschenk, sein Dankeschön, seine Reverenz vor dieser temperamentvollen jungen Frau, die seine Musik verstand und zu würdigen wusste und sich für sie stark machte. Er hatte ihr Unrecht getan. Sie mochte dreist sein, aber von Musik verstand sie durchaus etwas.

Der Wind rüttelte den gigantischen Shamiyana durch wie ein winziges Floß auf stürmischer See. „Sita, oh Sita! Wo ist dieses Mädchen nur hin?" Die Stimme klang jetzt lauter und ungeduldig. Die Freundinnen des Tamarindenmädchens schauten ein wenig nervös, aber sie selbst war die Nonchalance in Person. Sie nahm ihren langen dicken Zopf in die Hand und warf ihn von Schulter zu Schulter.

Eine füllige Frau in einem Acht-Meter-Sari stieß einige Leute beiseite und packte Sita bei den Haaren. „Bist du taub? Ich ruf schon seit einer Viertelstunde nach dir! Und was ist mit euch?", fragte sie die anderen Mädchen. „Ihr habt mich natürlich auch nicht nach ihr rufen hören, was?" Sie schüttelten einmütig den Kopf. „Woher denn auch? Ihr seid ihr ja so treu ergeben, wie kein Hund das fertigbrächte!"

Der Himmel verfinsterte sich und der Wind blies bösartig. Es ertönte ein Grollen, als stürzte gerade ein Berg ein. Dann verstummte alles schlagartig. Ravan vermutete, dass nur die Anwesenheit des Patriarchen die Ursache solch übernatürlicher Stille sein konnte. Er täuschte sich nicht. „Führ deine Tochter ins Haus", befahl er der stämmigen Frau. Seine Rede war knapp und schroff. „Lass sie nicht aus den Augen. Sita, geh ins Haus, wasch dich und zieh dich an. Du setzt erst wieder einen Fuß vor die Tür, wenn der Priester nach dir ruft. Verstanden?"

Es war nicht klar, ob Sita irgendetwas darauf erwiderte. Es ertönte eine lange Folge von Donnerschlägen. Ein Blitz zuckte über einen Baum in Mr Patils Obstgarten. Das Licht ging aus und Regen krachte hernieder. Der brennende Baum war die einzige Lichtquelle auf dem großen dunklen Anwesen. Er verzehrte sich in makabrer gelbroter Wut, während der Regen rings um ihn wie Feuerwerkskörper niederprasselte. Palmen peitschten und schnappten nacheinander. Die Leute ergriffen die Flucht. „Niemand rührt sich von der Stelle!", erhob sich Mr Patils Stimme über das Getöse. Die Panik ließ sich dadurch nicht aufhalten. Ein Kind weinte und kreischte ohne Unterlass. „Alle ins Haus!" Es begann ein Exodus in Richtung Tür des Herrenhauses. „Frauen und Kinder zuerst!" Mr Patils Stimme schnappte über.

Der Wind riss zwei Zeltstangen aus der Erde, das Leinwanddach knarrte und wogte bedenklich, drei weitere Stangen brachen ziemlich genau in der Mitte, blieben aber unentschlossen stehen, Blitze beleuchteten die Szene wie himmlische Stroboskoplampen. Stühle schaukelten und tanzten auf den plötzlich dahinschießenden Fluten, und der Shamiyana fing an zu wanken und zu kippen. Mr Patil verlor die Nerven und rannte nach draußen, gefolgt von Ravan, der sein Instrument verzweifelt durch das Wasserchaos schob. Eine Bambusstange krachte auf den Resonanzkasten und schlug einen Teil davon ab. Anstatt froh zu sein, selbst so haarscharf dem Unheil entgangen zu sein, grämte sich Ravan über den Schaden, den sein Xylophon erlitten hatte. Das war's dann wohl mit seinen Träumen, die Band zu neuem Leben zu erwecken und es selbst zu landesweiter Berühmtheit zu bringen.

Mr Patil kämpfte sich aus den Leinwandbahnen, die sich um ihn gelegt hatten, und stapfte zu Ravan herüber. Wasser strömte ihm über die Stirn und in sein Hemd. Der Wind stieß und rüttelte ihn durcheinander, aber er schien sich dessen gar nicht bewusst zu sein. Geistesabwesend wischte er sich mit dem Ärmel über das Gesicht. „Reparieren Sie das", sagte er und deutete auf das Xylophon. „Wie immer das Ding heißen mag – sorgen Sie dafür, dass es in spätestens drei Stunden wieder funktioniert!"

„Was denn, die Hochzeit findet trotzdem statt?", fragte Ravan ungläubig. Er war völlig durchfroren. Er wog eine Tonne, denn seine dicke Uniform schien den größten Teil des Regens, der heruntergekommen war, in sich aufgesogen zu haben. Seine Zähne klapperten wie ein schlecht sitzendes Kunstgebiss.

„Alle Götter zusammengenommen werden diese Hochzeit nicht verhindern!", sagte Mr Patil verächtlich. „Über die Schäden unterhalten wir uns später."

Ravan fragte sich, ob Sintfluten ihm im Allgemeinen Glück brachten. Als er zuletzt, damals noch ein Junge, in einen solchen Wolkenbruch geraten war, hatte er seinen Taekwondo-Meister, Mr Billimoria, kennengelernt. Und jetzt deutete Mr Patil an, ihm das Xylophon erstatten zu wollen. Das Musikinstrument war nicht direkt neu – eher aus vierter oder fünfter Hand. Doch das würde er Mr Patil bestimmt nicht auf die Nase binden. Er hatte keine Ahnung, wie viel ein brandneues Xylophon kostete, aber mit weniger würde er sich nicht zufriedengeben.

Der Himmel klarte auf und der Regen ließ nach. Wie konnte in einer so kurzen Zeit eine solche Verwüstung angerichtet werden? Mr Patils Zuversicht war schier unglaublich. Ravans Ehrfurcht vor dem Brautvater grenzte geradezu an Angst. Sah man vom Haus ab, war nahezu nichts stehen geblieben. Die Götter hatten gesprochen. Sie wünschten nicht, dass diese Hochzeit vollzogen wurde. In Mr Patils Lage wären die meisten Männer verzweifelt und hätten die Flinte ins Korn geworfen, aber nicht so dieser Patriarch. Seine Macht, oder die Macht seines Geldes, war nicht zu unterschätzen. Er konnte offensichtlich die Götter kaufen oder, wenn nötig, sie einfach ignorieren.

Ravan musste sich überlegen, wie er das Xylophon in den nächsten drei Stunden wieder einsatzbereit bekommen sollte. Doch er hatte noch dringlichere Sorgen. Der Wind war kalt, und seine Blase stand kurz davor zu platzen. Er hatte sich nicht mehr erleichtert, seit er Bombay verlassen hatte. Parvati-bai hatte ihn zwar wiederholt aufgefordert, aufs Klo zu gehen, bevor er aus dem Haus ging, aber er wollte ihr beweisen, dass er kein Kind mehr war und selbst auf sich aufpassen konnte. Jetzt lernte er, dass er kein Kind mehr war, sondern peinlicher noch, ein Säugling. Er wollte schon in die Hose machen – niemand würde es merken, und der Regen würde alles wegspülen. Aber was, wenn Mr Patil zurückkäme und die zusätzliche, gelbe Pfütze sähe, die unter ihm immer größer wurde? Und selbst wenn er sie nicht sähe, riechen würde er die frische sprudelnde Pisse mit Sicherheit. Ravan trat immer wieder von einem Fuß auf den anderen, ballte und öffnete die Fäuste, krampfte sämtliche Schließmuskeln und knirschte mit den Zähnen, doch vergebens. Noch ehe er seine Rohrleitungen wieder halbwegs unter Kontrolle bringen konnte, waren drei Tropfen entwichen.

Die Leute strömten wieder aus dem Haus, und Mr Patil und sein Sohn beaufsichtigten schon den Wiederaufbau des Shamiyana. Ravan musste eigentlich schleunigst den Rest der Kapelle ausfindig machen und feststellen, in was für einem Zustand sich ihre Instrumente befanden, aber er schlug schnurstracks den Weg zum Obstgarten ein. Nach den ersten zehn gemäßigten Schritten gab er jede Verstellung auf und rannte verzweifelt los. Der Boden war matschig und mit Pfützen übersät, und seine Hosenbeine waren inzwischen mit Schlamm und Dreck besprenkelt. Er hätte auf seine Mutter hören sollen, statt ein solcher Klugscheißer zu sein. Verdammt, bis zu dieser Baumgruppe war es noch immer ein ziemliches Stück! Noch wäre er vom Haus und dem Shamiyana aus gut zu sehen gewesen. Nur noch ein paar Meter, bitte, Shiva, *Vishnu*, Rama, Krishna und *Dattatreya*, ich kaufe euch Blumen, sobald ich wieder zu Hause bin, aber das ist ein echter Notfall: Würdet ihr bitte bewirken, dass diese gottverdammte Blase noch ein paar Sekunden dicht hält? Er sprang über umgestürzte Baumstämme, Mist, sein Auslaufventil tröpfelte schon. Er war zwischen den Bäumen, noch zehn Schritte, um ganz sicher zu gehen, endlich hatte er den brennenden Baum erreicht, riss seinen Hosenstall auf und hockte sich hin.

Es war die zweite Sintflut. Nicht die leiseste Chance, dass diese Hochzeit noch stattfand; diesmal würde dieses ganze Herrenhaus aus Ziegel, Stein und Mörtel in den Fluten untergehen. Oh Gott, war irgendeine Erleichterung, irgendein Genuss auf Erden größer, als einer zum Platzen prallen Blase das Schleusentor zu öffnen? Der Baum war gelöscht, schwelte aber noch. Kein Blatt war mehr daran, übrig geblieben war lediglich ein graupudriger Schaft mit drei verkohlten Aststümpfen.

Er hatte das sichere Gefühl, von jemandem beobachtet zu werden. Er beugte sich noch ein bisschen weiter vor. Wäre natürlich typisch für ihn, die falsche Stelle auszusuchen. Diese Augen bildete er sich natürlich nur ein. Aber besser auf Nummer sicher gehen, als beim Pissen beäugt zu werden. Er begann, sich zentimeterweise im Entengang auf einen Tamarindenbaum zuzubewegen. Was für einen Lärm sein Schlauch veranstaltete! Er sollte zur Feuerwehr gehen. Da wäre nie wieder ein Hydrant erforderlich. Einfach nur Ravan auf die Brandstelle ausrichten, und der Indische Ozean würde sich über selbige ergießen. Konzentrier dich, Ravan, linker Fuß vor, ganz langsam, dann rechter Fuß vor, du bist schon fast unter dem Tamarindenbaum. Oh nein, oh nein nein nein! Da stand sie, direkt hinter dem Baum, und starrte ihn voll ehrfürchtiger Bewunderung an. Ravan hörte auf zu watscheln. Verdammt, das darf nicht wahr sein! Er stand auf, noch immer die Westküste des Subkontinents bewässernd.

Er versuchte, die Hose hochzuziehen. Sie klebte ihm an den Beinen fest. Er hätte sie zerreißen müssen, um sie hochzukriegen; er wäre mehr als bereit dazu gewesen, aber das verflixte Ding rührte sich trotzdem nicht von der Stelle. Er wollte den Schwall abstellen, den Hahn zudrehen, die ganze Hydraulik in die Luft sprengen, aber er schien null Kontrolle über seine Körperfunktionen zu haben.

„Lass dir Zeit", sagte sie. „Nie was Angefangenes mitten drin abbrechen."

Er stand kurz davor, in Tränen der Scham auszubrechen. Er schloss die Augen. Sein Gesicht glühte, seine Ohren brannten, und er wusste, er würde sich nie wieder in Karjat blicken lassen können.

„Ich hab seit meiner Kindheit eine Schwäche für Bandvalas. Wenn ich eure bestickten Uniformen sehe, eure Goldquasten, eure roten Jacken und schicken Mützen, da setzt bei mir was aus, mein Herz macht ba-dumm, ba-dumm, ich krieg keine Luft mehr und fühl mich ganz schwach. Hier, fühl mal, wie es klopft!"

Sie nahm Ravans Hand und steckte sie sich in die *choli*. „Da, spürst du nicht, wie es stampft, wie der Motor von einem unserer Lastwagen?"

Ravan spürte gar nichts, mit Sicherheit nicht Sitas Herz – wie hatte sie gesagt? – ba-dumm, ba-dumm. Er war jenseits von Spüren und Fühlen. Dies war das erste Mal, dass er eine Frau berührte. Sie war ein herzloses Stück, diese Sita! Hatte sie eine Ahnung, was sie mit ihren Spielchen bei seinem Herzen anrichtete? Es hämmerte heftig gegen seine Rippen, als versuchte es, aus seinem Körper auszubrechen. Tornados, Taifune und Tsunamis schleuderten es hin und her. Gleichzeitig ereigneten sich Erdbeben und Kataklysmen darin. Lass meine Hand los, lass mich los, und dennoch schien seine Hand an ihren sanft auf- und abwogenden Brüsten festzukleben. Er fühlte sich wie der ausgebrannte Baum, verkohlt und entlaubt. Er hätte schon längst tot sein müssen; vielleicht war er auch schon gestorben, denn er hätte nicht mehr sagen können, ob er gerade Höllenqualen ausstand oder die süßeste Verzückung erlebte.

Er versuchte, seine Hand wegzuziehen, aber sie lächelte und ließ nicht los.

„Wie findest du meinen BH?"

„BH?"

„Ich hab meinem Vater gesagt, ich heirate nur, wenn ich bei der Hochzeit einen Spitzen-BH tragen darf. Sonst mach ich nicht mit, und wenn er mich umbringt. Er hat vorn ein Elastikband und hinten Haken. Und Schaumstoffpolster." Sita streifte sich den *pallu* ihres Saris von der Schulter und knöpfte ihr Leibchen auf, um ihm die Polsterung zu zeigen.

Es war ein wahrhaft wundersamer Anblick, dieses Ding namens „BH"! Seine Mutter trug immer etwas Selbstgemachtes, das sie auf ihrer Nähmaschine nähte. Oh, die erlesene Schönheit der rosa spitzenbesetzten Körbchen, die die schwellenden Rundungen ihrer Brüste bargen! Der BH gab ebenso viel preis, wie er verhüllte. Der Gedanke daran, was sich dahinter verbarg, raubte ihm abermals die Sinne. Er schloss die Augen. Sitas Busen wogte hinter seinen Lidern.

„Wozu brauchst du Schaumstoffpolster, wenn du die zwei schönsten Turteltäubchen der ganzen Welt hast?"

„Oh, mein Bandleader, mit deiner unbesonnenen Poesie hast du mein Herz auf ewig geraubt! Meena Kumari, Nargis, Madhubala tragen die auch, ob auf der Leinwand oder privat. Aber ich wollte die konischen haben, die Saroja Devi in ‚Sagural' trug. Die waren so spitz wie der metallene Dorn eines Kreisels!"

Sie zog Ravan an sich heran und legte seinen Kopf an ihre Brüste. Jetzt konnte er ihr Herz hören. Es schlug sehr kräftig, und sein Klopfen verschmolz mit den Geräuschen aus der Richtung des Shamiyana, die langsam irgendwie näherzukommen schienen.

„Komm heute Nacht in mein Zimmer! Es ist das im zweiten Stock, dort wo der Mangobaum steht. Am Sturz hängt ein Papagei aus Glas."

„Warum?" Die Einladung verdutzte Ravan.

„Weil ... weil ich es dir befehle, Bandleader!"

„Was ist mit deinem Mann?"

„Wir werden den Rest unseres Lebens zusammen verbringen. Aber heute Nacht ist die einzige Gelegenheit, mit dir zusammen zu sein. Außerdem wird er sturzbetrunken sein. Das sind frischgebackene Ehemänner in der Hochzeitsnacht immer."

„Wie komme ich da hin?"

„Lass dich vom Baum runter, was sonst?" Sie verstummte, um Ravan an einer empfindlichen Stelle zu streicheln. Er hatte vergessen, dass sein Penis noch immer im Freien war. Die zarten Liebkosungen lösten eine neue Welle von Erschütterungen weit größerer Intensität aus.

„Schwöre!"

„Was soll ich schwören?"

„Schwör, dass du in der Bandleader-Uniform kommst!" Sie ließ ihn los. Jemand, der über einen entschlossenen Schritt verfügte, näherte sich. „Nicht vergessen! Sonst muss ich zu dir auf die Terrasse kommen, wo ihr heute Nacht schlaft."

„Um wie viel Uhr?"

„Wenn alle schlafen."

Ravan versuchte hastig, seinen elften Finger wieder in die Hose zu stopfen.

„Der Kleine ist Schlafen gegangen."

„Da kommt jemand!"

„Das ist bestimmt mein Bruder. Der hat nichts Besseres zu tun, als mir überallhin nachzusteigen. Pass auf dein Schwert auf! Es muss heute Nacht Sita niederstrecken. Nicht nur einmal, sondern immer und immer wieder!"

„Lass mich los! Er kann jeden Augenblick hier sein!“, sagte Ravan panisch. Was war bloß los mit dieser Sita? Kapierte sie denn nicht, dass es für ihn und seine Band das Ende bedeuten würde, wenn ihr Bruder ihn mit ihr zusammen erwischte?

„Warum so eilig? Ich weiß noch nicht mal, wie du heißt.“

„Ravan.“

„Ach, wie lang hab ich schon auf dich gewartet, Ravan, mein Liebling! Ich möchte, dass du heute Abend zur Hochzeit ein ganz bestimmtes Lied für mich singst.“

„Klar, alles, was du willst.“ Ravan rannte schon.

„Halt! Willst du nicht wissen, welches Lied?“ Sie lief ihm hinterher.

„Welches?“

„Duniya mein, logon ko dhokha kabhi ho jaata hai aankhon hi, aankhon mein yaaron ka dil kho jaata hai. Und nicht nur spielen, du sollst es für mich singen!“

Ravan hielt sich nicht mit einer Antwort auf. Er hatte gerade noch Zeit, um einige Meter entfernt hinter einem Baum in Deckung zu gehen. Mr Patil und sein Sohn waren jetzt bei Sita. Sie war so klug gewesen, ihr Leibchen wieder zuzuknöpfen. Der Sohn gab seiner Schwester eine Ohrfeige.

„Mit wem warst du zusammen?“ Er holte schon zu einer zweiten Ohrfeige aus.

„Genug, Gajanan! Heute ist ihr Hochzeitstag“, ermahnte ihn der Vater.

„Sie scheint diese schlichte Tatsache aber noch nicht begriffen zu haben. Gib mir eine Antwort!“ Er verdrehte ihr den Arm, bis sie aufschrie.

„Lass los, lass mich los!“

„Du hast es mir immer noch nicht gesagt.“

„Ich war allein und hab Blumen für mein Haar gesucht!“

Navare fiel weder auf Ravans ungewohnt kumpelhaftes Gehabe noch auf sein, oberflächlich betrachtet, normales Verhalten herein. Er sah, dass Ravan verstört war. Er erkannte die Symptome, hatte aber keine Ahnung, wie er sie kurieren sollte. Er bemühte sich, Ravan halbwegs zur Vernunft zu bringen, aber sein ehemaliger Schüler schien heute dafür unzugänglich zu sein. Das Gewitter hatte ihn offenbar schwer mitgenommen. Es bestand nicht die leiseste Hoffnung, dass er das Xylophon wieder instand setzen würde können. Die Metallplatten waren verbogen, die Holzhalterungen gebrochen und der Rahmen hatte einen Riss. Ihn zu flicken hätte wenigstens ein, zwei Tage erfordert. Aber Ravan schaffte es innerhalb von zweieinhalb Stunden, das Instrument wieder flott zu kriegen. Die Metallplatten waren zwar noch etwas krumm, aber selbst das normalerweise blecherne D hatte sich gefügt und klang, wie es sich gehörte.

Ravan sah absolut todschick aus. Irgendwie hatte er seine Sachen am Brunnen gereinigt und dann einen der Diener dafür bezahlt, dass er sie ihm trockenbügelte. Er würde sein Genie erstrahlen lassen und Mr Patils Respekt gewinnen. Er würde die wunderbarste Musik spielen und die Tochter bezaubern. Da war sie. Sita. In all ihrer verschleierten bräutlichen Herrlichkeit. Vater und Bruder hielten sie von beiden Seiten an den Armen, als könnte sie einen Fluchtversuch unternehmen. Das Ende des schweren, golddurchwirkten, grünen Seidensaris bedeckte ihren Kopf wie eine Mönchskapuze. Gehalten wurde es durch Perlenketten und Blumengirlanden, die ihr Gesicht noch mehr verschleierten. Ravan spürte, wie er weiche Knie bekam. Seine Phantasie begann, ihm Streiche zu spielen. Sitas Leibchen war aufgeknöpft, und der rosa Spitzen-BH hob und senkte sich vor seinen Augen. Er verspürte den Drang, den Verschluss an ihrem Rücken mit den Zähnen aufzuhaken. Die beiden Patils platzierten Sita gegenüber dem Bräutigam auf dem Boden. Ein Priester in brandneuer weißer *dhoti* und mit nacktem Oberkörper entzündete das heilige Feuer. Der Bruch im Zeitgefüge verheilte, als die Flammen aufloderten, und Ravan spürte, wie das erotische Intermezzo in seinem Inneren in sich zusammenklappte.

Die Zeremonie endete, und das Ehepaar stand auf, um die Füße der Eltern zu berühren. Die Cum September Band spielte

„Janam janam ka saath hai". Wie die meisten Bollywood-Filmsongs passte er hervorragend zum Anlass. Wir werden, versprach er, in diesem und jedem folgenden Leben zusammen sein. Sita hob die Hand, um den Pallu, der ihren Kopf bedeckte, zurechtzuzupfen, und teilte dabei für einen Moment die Perlen- und Jasminblütenschnüre, die vor ihrem Gesicht hingen, und warf Ravan einen sittsamen Blick zu. Nicht nur ihre Augen, glaubte Ravan felsenfest, sondern auch ihre Herzen, Seelen und Schicksale vereinigten sich in diesem Moment. Welcher Ravan, fragte er sich da, würde Sita einen Wunsch abschlagen? Er stimmte den Song an: „Duniya mein, logon ko ..." Er knallte in die Hochzeitsgesellschaft wie eine Kanonenkugel. Keine für eine Hindu-Hochzeit in Maharashtra angeheuerte Brass Band hätte es je gewagt, eine Gesangsnummer zu bringen – und dazu noch ein derartiges Nebelhornstück von R. D. Burman!

Die schiere Lautstärke von Ravans Stimme ließ Vater, Sohn und Tochter und alle hinter ihnen abrupt erstarren. Patil Senior hob die Augenbrauen. Er wusste nicht so genau, wie diese Bombay-Bands funktionierten. Aber Ravan schmetterte den Song mit so mitreißender Leidenschaft, dass er es für angeraten hielt, keinen Kommentar abzugeben. Zwar stürzte der Sohn nach vorn, um Ravans Possen Einhalt zu gebieten, aber der Beifall, mit dem der Song begrüßt wurde, ließ ihn innehalten. Das Publikum rastete aus. Ravans Stimme war ebenso rau und schotterig wie die R. D. Burmans und die von dessen Vorbild für diesen Song, Louis Armstrong. Aber das war noch nicht alles. Ravan spielte das Xylophon und drei weitere Instrumente und er sang und tanzte gleichzeitig. Die Kinder schlossen sich ihm an, und die Erwachsenen ebenfalls. „Noch einmal, noch einmal!", schrien sie alle, als Ravan fertig war. Mr Patil Senior sagte: „Später vielleicht."

Wollten die denn diese Nacht überhaupt nicht schlafen, all die auswärtigen männlichen Gäste, die auf der Terrasse herumstanden oder auf Matratzen lagen? Sie spielten Karten, schwatzten und soffen. Zu trinken hatten sie um halb sieben angefangen, eine Stunde, bevor das Abendessen aufgetragen wurde, und jetzt war Mitternacht vorbei, und sie waren noch immer dabei. Die meisten waren sturzbetrunken und brachten kaum mehr ein klares Wort heraus. Mr Patils Schnaps war umsonst und seine Freigebigkeit, trotz der Prohibition, grenzenlos. Sie schloss auch die Mitglieder der Band mit ein – ein so ungewöhnliches Vorkommnis, dass Kanhaiyyalal, der seinen Fuselkonsum normalerweise so geschickt zu tarnen wusste, dass sein Atem nicht das Geringste verriet, sich heute Abend schamlos abfüllte. Navare teilte seine Zeit gleichmäßig ein zwischen Tanken, Rauchen und Sich-lustig-die-Seele-aus-dem-Leib-Husten. Kamble hielt ein Glas in der Hand und lieferte eine Ein-Mann-Aufführung von „Ekach Pyala", dem Stück, in dem er in der Rolle der leidgeprüften, vorbildlichen Ehefrau Sindhu sein Debüt gegeben hatte. In der einen Minute war er der feinfühlige, aber schwache Protagonist Sudhakar, in der nächsten der nihilistische Schurke Taliram, der zu bedenken gab, ein weiteres Gläschen könne Sudhakar doch unmöglich schaden, und dann war er Sindhu, die, operettenhaft singend, ihre letzten Schmuckstücke verpfändete, um den Alkoholverbrauch ihres Ehemanns weiter finanzieren zu können.

Um Kamble hatte sich Publikum versammelt. Ein paar Leute verfolgten die ganze Vorstellung, andere kamen und gingen. Manche kicherten, andere wurden rührselig, während sie der Tragödie von Sindhu und Schnaps beiwohnten, leerten ihre Gläser und weinten.

Ravan spielte mit dem Gedanken, ebenfalls zur Flasche zu greifen, doch Alkohol hatte eine unglückselige Wirkung auf ihn. Gewöhnlich schlief er ein, bevor er mit seinem ersten Gläschen fertig war. Das konnte er nicht riskieren. Das wichtigste Engagement des Abends hatte er noch vor sich, und er brauchte unbedingt einen klaren Kopf und funktionstüchtige Glieder. Warum gab er Kamble nicht einfach einen Schubs, dass er über die Terrassenbrüstung kippte und alle sich endlich schlafen legen konnten? Wenn man bedachte, was der sich an diesem Nachmittag schon geleistet hatte, hätte man das als einen längst überfälligen

Unfall und einen wahren Segen werten können. Doch Ravan war sich sicher, dass der Mann zum Glück keine Ahnung hatte, wie nah er davor gestanden war, ermordet zu werden.

Umakant Kamble sah nicht etwa schlecht, nur alles mehrfach. Wolken, Himmel, Bräutigam, die Autos auf der Straße, dieser Schurke Ravan, alles erschien ihm in siebenfacher Ausführung. Während dieser nicht enden wollenden Hochzeitsfeier hatte Kamble Mrs Patil in ihrem roten Benares-Sari für Navare gehalten und hatte ihr dauernd auf die Schulter getippt und auf sie eingequasselt.

Die frische Landluft von Karjat hatte offenbar einen Adrenalinstoß in Navares Lungen ausgelöst. Er schaffte es, dem Saxophon Töne zu entlocken, die schlechterdings unmöglich zu sein schienen. Doch als er „Zara thehero" anstimmte, verwandelte sich das Blasinstrument in eine Saturn V und hob senkrecht ab. Es schoss in den Himmel, erreichte zweifache Schallgeschwindigkeit, schlug einen dreifachen Salto, verlor beängstigend an Höhe, blieb ein paar qualvolle Sekunden dort hängen, um schließlich, zu jedermanns Entsetzen, vollends im Ur-Nichts zu verschwinden. Als Jung und Alt, selbst jene, die keinerlei musikalisches Gehör besaßen, bereits alle Hoffnung aufgegeben und über die Vermessenheit des Menschen und den Fall, der auf den Hochmut folgt, zu sinnen begonnen hatten, schoss Navare mit Mach 3 zu ihnen zurück, und dann gab es kein Halten mehr.

Ravan wünschte sich nachträglich, der Flugkörper wäre nie wieder auf dem Radarschirm aufgetaucht, denn Kamble konnte jetzt vor Bewunderung für seinen Freund, Führer und Über-Ich nicht mehr an sich halten. Er schlang Mrs Patil den Arm um die Schulter und flüsterte ihr zu: „Du bist der reine Wahnsinn! Wie schaffst du es nur, diese Tröte so jubeln zu lassen, als sei es eine Frau, die unter dir liegt?"

Mrs Patil war mittlerweile in Tränen aufgelöst, und der Gehstock ihres Gatten schwebte wie ein improvisierter Fahnenmast über Kambles Kopf. Ravan befürchtete schon, der Mann würde

Kamble gleich einen über den Schädel geben. Er tat es nicht. Er schraubte den Stockknauf ab und zog – Ravan traute seinen Augen nicht – einen veritablen blanken Degen hervor, mit dem er nach Kambles Kehle stach.

Kamble lächelte selig. „Kumpel, Ravan, endlich lässt du mich die Flöte spielen! Gleich wirst du es sehen! Sag Mr Patil, dass Navare und ich eine *jugalbandi* spielen werden, wie es noch nie eine gegeben hat!“ Er griff nach der Klinge des Degens. „Iiiih, warum gibst du mir eine nasse Flöte?“ Er zog die Hand zurück und wischte sie sich an der Hose ab. Jetzt prangte auf seinem rechten Hosenbein ein karminroter Abdruck wie auf dem Deckel von Dr. Cheiros „Handlesekunst für Jedermann“.

Ravan flehte Mr Patil an, Kamble zu vergeben. Er sagte, es liege offenbar ein ernstes Missverständnis vor. Kamble habe keineswegs die erhabene Dame hofiert, die zufällig die Mutter der Braut war, nein, Mr Patil, ganz und gar nicht, er sei ein anständiger, gottesfürchtiger Mann, der ihn, Mr Patil, zudem noch mehr fürchte als Gott. Er habe sich nur vor Begeisterung überschlagen über Navares Saxophonflug in unbekannte Welten. Gewiss sei auch er, Mr Patil, von diesem überirdischen Riff hingerissen gewesen, denn er habe auf den ersten Blick erkennen können, dass er ein wirklicher Musikkenner sei. Warum sonst hätte er die Cum September Band eigens aus Bombay herbeiholen lassen?

Der Patriarch war gegen Ravans Gebettel immun. Ravan fiel auf die Knie, klammerte sich an Mr Patils Bein. „Ich schwöre bei der Göttin *Bhavani*, er ist blind. Fast völlig blind. Schauen Sie sich nur seine Brillengläser an, wenn Sie mir nicht glauben!“

„Was für Brillengläser?“, fragte Mr Patil verächtlich. „Ich sehe keine Brille.“

„Was ist eigentlich los?“ Kamble versuchte noch immer, das Blut von seiner Hand abzuschütteln.

„Halt die Klappe und hol deine Brille raus!“, sagte Ravan barsch. „Mr Patil will sie sehen.“

Kambles Ohren glühten vor Wut. Seine Zunge schmeckte nach Asche, sein Hirn war halb verkohlt. Wie konnte dieser unsensible Emporkömmling mit einem so verachtenswerten Namen wie „Ravan“ es wagen, einen Künstler wie ihn zu beleidigen? Wo blieb der Blitz, ihn zu erschlagen?

„Was für eine Brille?“, fragte Kamble unschuldig.

Ravan packte Kamble an der Hemdbrust, ehe Mr Patil etwas Überstürztes tat. „Hör auf zu diskutieren, Kamble! Setz einfach deine Brille auf!“

„Die brauch ich doch gar nicht. Ich wusste, dass du mich zwingen wirst, sie aufzusetzen. Deswegen habe ich sie in Bombay gelassen.“

„Blind?“, unterbrach Mr Patil. „Hat seine Brille in Bombay gelassen? Sonst noch was? Ich habe genug von diesem Blödsinn! Es geht hier um unsere *izzat*. Um die Ehre meiner Familie. Niemand rührt meine Frau an, ohne dafür mit seinem Leben zu bezahlen!“

Kamble gab Mrs Patil einen Klaps auf den Rücken. „Sag doch, Navare, was soll der ganze Aufstand?“, fragte er mit einem Bühnenflüstern. „Warum regt sich Mr Patil so auf?“

Der Patriarch verlor die Beherrschung. Er rammte die Faust in Kambles Gesicht und streckte ihn zu Boden. Aber es war offensichtlich, dass der alte Herr sich seiner Sache nicht mehr sicher war. „Entweder ist dieser Mann ein gemeingefährlicher Narr und spielt mit dem Feuer. Oder er ist wirklich blind. Das werden wir später untersuchen.“

Es hatte keinen Sinn, Risiken einzugehen. Ravan besorgte sich ein Seil, band es an Kambles Arm und befestigte das andere Ende mit doppeltem Knoten am Bein des Xylophonständers.

Ravan klemmte seinen Kopf zwischen die Knie und ließ jede Hoffnung fahren. Seine Verzweiflung war grenzenlos und abgrundtief. Er war eingeladen, ausdrücklich eingeladen worden, und zwar von keiner anderen als der Braut. Ja, Sita wollte Ravan in ihrem Hochzeitsbett haben. Er hatte noch nie eine nackte Frauenbrust gesehen, nie Brustwarzen liebkost, nie Sex gehabt; ehrlich gesagt, er wusste nicht einmal genau, wie die Sache vonstatten ging. Er hatte nie eine andere als Pieta geliebt, aber Pieta war für ihn immer unerreichbar gewesen. Sita dagegen wartete auf ihn – und Gott allein wusste, wie lange sie das noch tun würde. Das Himmelstor stand ihm offen – wenn diese besoffenen Hochzeitsgäste nur tot umfallen und ihn hineinlassen würden! Er legte sich hin. Verdammt noch mal, die Braut wollte ihn haben! Hatten die etwa vor, ihr ausgerechnet in ihrer Hochzeitsnacht einen Wunsch abzuschlagen? Er hatte mit ihr die wichtigste Verabredung seines Lebens; er war mehr als bereit, sämtliche Leute auf der Terrasse zu ermorden, wenn sie sich nicht augenblicklich schlafen legten.

Wie Ravan allmählich dämmerte, hatte das Schicksal entschieden, dass sie niemals die Seine sein würde.

Eine Frauenstimme weckte ihn. Sie sang ein Lied von Einsamkeit, Sehnsucht und Verzweiflung. „Yeh raat kitni tamannayein laayi hai; ghazab khuda ka, sitamgar ko nind aayi hai." „Wie viele Wünsche hat diese Nacht geweckt! Und doch, bei Gott, ist mein Peiniger eingeschlafen!" Es lag so viel Pein und Sehnen in dieser Stimme, dass Ravan fast nicht merkte, wie tonrein sie war. Die Sängerin trug das Lied ohne Koloraturen oder Firlefanz vor. Sie brachte die Stimmung der Melodie und des Textes vollkommen unverstellt hervor und rührte damit an Ravans Herz. Er fragte sich, wer zu dieser nachtschlafenden Zeit singen mochte.

Ravan schaute sich um. Der Alkohol hatte seinen Dienst getan, und die Männer waren völlig weggetreten. Es war keine Zeit zu verlieren. Ravan ging hinüber zur Brüstung der Terrasse. Er schaute hinunter. Im Haus brannte ein einziges Licht, und zwar in Sitas Zimmer. Und auch die Frauenstimme, die noch immer sang, kam von dort. Er hatte schon den Mangobaum entdeckt, mit dem Ast, der bis an Sitas Fenster reichte. Jetzt standen ihm keine Hindernisse mehr im Weg und er hatte freie Bahn. Er brauchte nichts anderes zu tun, als einen kleinen Sprung zu wagen, sich an den Ast zu klammern, sich runterrutschen zu lassen und ein Bein über den Fenstersims zu schwingen. Doch er konnte sich nicht von der Stelle rühren. Er hatte zwar keine Höhenangst.

Wenn er seiner Mutter glauben durfte, konnte er beinahe fliegen. Aber er war ein Junge aus Bombay. Bombay war der Anfang und das Ende seiner Welt. Er war in seinem ganzen Leben nicht auf einen Baum geklettert und er war vor Angst wie versteinert. So sehr er es auch versuchte, er brachte es einfach nicht über sich, auf die Brüstung zu steigen und zum Mangobaum hinüberzuspringen.

Stand Sita am Fenster und wartete auf ihn? Weinte sie untröstlich? Ihr Gesang hatte das fraglos vermuten lassen. Zürnte sie ihm? Ging sie, verzweifelt und hoffnungslos, zu ihrem Bett zurück? Würde sie sich nach ihm verzehren und langsam dahinwelken? Würde sie ihrem Erstgeborenen den Namen Ravan geben? Würde ihre unglückliche Liebe zu einer der großen tragischen Romanzen Indiens werden? Würden ihre Namen auf ewig miteinander verquickt sein wie Shirin-Farhad, Romeo-Julia, Laila-Majnu und Hir-Ranjha? Würde aus Sita-Ram Sita-Ravan werden?

Ein Mann ging an Ravan vorbei. Er lächelte geistesabwesend. Es war einer der einheimischen Musiker der traditionellen Gruppe, der Sanai-Spieler. „Hey!", rief Ravan. „Hey du, der aus dem Mund furzt anstatt aus dem Hintern – wo zum Teufel bildest du dir ein, dass es da langgeht?" Der Mann kletterte auf die Terrassenmauer, griff nach dem Saum des rechten Beins seiner weiten Baumwollhose, zog ihn bis zum Schritt hinauf und begann zu pfeifen. Ein Sturzbach schoss hervor. Er fing das Mondlicht ein und glitzerte wie ein Diamantarmband. Er pfiff das Lied, das Sita gesungen hatte. Der Mann ließ sein Hosenbein wieder herunter, trat auf die Terrasse zurück, schlafwandelte an Ravan vorbei und legte sich wieder auf seine Matratze.

Ravan ging zur Terrassenmauer, stieg auf die Brüstung hoch, schloss die Augen und sprang. Der Ast schlug ihm zwischen die Beine. Er klammerte sich verzweifelt fest. Als er sicher war, nicht runterzufallen, öffnete er die Augen. Sita war nicht am Fenster. Der Ast schwankte. Er fuhrwerkte und strampelte, bekam den Fenstersims zu fassen, zur einen Hälfte war er drin, zur anderen baumelte er noch draußen.

Als er wieder zu sich kam, lag er auf dem Fußboden und Sita fächelte ihm mit dem Pallu ihres Saris Luft zu.

„Was war los?“, fragte sie. „Warum hat es so lange gedauert?“

Ravan war nicht in der Verfassung zu antworten. Ihre Brüste schwebten über seinem Gesicht. Er suchte mit den Augen nach den Knöpfen ihres Leibchens. Es gab keine. Wie machte sie das? Schlüpfte sie in das Ding wie er in sein Unterhemd?

„Hat deine Choli keine Knöpfe? Wie ziehst du sie denn aus?“

„Na, was glaubst du?“ Sie dachte, er nehme sie auf den Arm, aber dann begriff sie, dass er wirklich nicht die leiseste Ahnung hatte. „Die sind hinten.“

Knöpfe hinten? Die Leibchen seiner Mutter hatten immer vorne Knöpfe. Wie knöpfte man Knöpfe aus Knopflöchern, die man nicht sehen konnte? Seine Finger haspelten unkoordiniert, und seine Ungeduld gewann die Oberhand. Zwei bekam er irgendwie auf, dann riss er einfach. „Nicht so wild!“, sagte sie scharf, aber mittlerweile war er jenseits von Hören und Gehorchen. Er wand sich unter ihr hervor. Sein einziger Gedanke war, die zwei Tauben aus ihren Käfigen zu befreien. Er würde erst den linken, dann den rechten Träger ihres „BHs“ über ihre Schulter streifen. Die Körbchen würden herabsinken, und die zwei Täubchen würden sich in seine offenen Hände schmiegen. Doch es lief nicht ganz so, wie es sollte. Die Haken hatten einen eigenen Kopf und widerstanden jedem Überzeugungsversuch. Sie waren fest in den Löchern des Elastikbands verankert und weigerten sich loszulassen. Seine Finger zitterten und zerrten, er wurde immer hektischer und versuchte, das Band zu zerreißen. Sitas Hände griffen nach hinten und öffneten mühelos die zwei Haken. Die Brüste purzelten heraus, und er schnappte sie sich. Er hatte sich getäuscht. Das waren keine Vögel. Sie füllten seine Hände, als hielte er in ihnen die zwei Hälften des Universums. Sie waren Feuer und Eis, Sonne und Mond, Himmel und Hölle. Seine Finger zogen Kreise um sie. Ihre Brustwarzen strafften und erhoben sich. Sie waren Bleistiftspitzen, die zeitlose Geschichten von Liebe und Sehnsucht und Seligkeit schrieben. Sein Fleisch spannte sich, seine Haare sträubten sich, sein Blick trübte sich, und er versuchte, Sita zu Boden zu drücken. Sie leistete Widerstand. „Nicht hier."

„Wo dann?"

„Auf dem Bett."

Ravan sah sich zum ersten Mal um. „Wo ist dein Mann?"

Sie deutete auf das Bett. Auf der Matratze lag diagonal ausgestreckt ein Mann. Er hatte weder seinen Hochzeitsanzug noch seinen Schlips ausgezogen. Das Hemd hing ihm aus der Hose, und sein Kugelbauch lag bloß. Er stank nach Bier und Whisky, und von Zeit zu Zeit griff er nach unten und kratzte sich im Schritt.

„Vor ihm?" Ravan prallte entsetzt zurück. „Das ist doch wohl nicht dein Ernst!"

Sie lachte. „Ach, der ist die nächsten acht bis zehn Stunden weg, und wenn er irgendwann aufwacht, wird er solche Kopfschmerzen haben, dass er am liebsten sterben möchte."

Da befielen Ravan die einzigen Gewissensbisse dieses Abends. „Wird es ihm denn nichts ausmachen?"

„Darüber würde ich mir nicht den Kopf zerbrechen. Er hat ein ganzes Leben mit mir vor sich."

„Und was, wenn er aufwacht?"

„Dann darf er mitmachen."

Ravan fiel die Kinnlade runter. War das ihr Ernst? Sita lächelte unschuldig.

„Bist du mit deinen Fragen endlich durch?"

Gemeinsam wuchteten sie Sitas Gemahl vom Bett und legten ihn auf den Boden. Er schimpfte etwas und verstummte dann. Er hatte eine niedrige Stirn und dünnes Haar, das in die jeweilige Richtung fiel, in die er sich drehte. Wie die meisten Menschen, die zu viel getrunken haben, hatte er etwas Unbeholfenes und Säuerlich-Abgestandenes an sich. Ravan wurde schreckartig bewusst, dass er nichts gegen diesen Mann hatte. Er hätte ohne Weiteres ein Bekannter von ihm sein können. Sita zupfte ihn am Ärmel. „Hast du ihn genug angeguckt?"

Ravan folgte ihr ins Bett.

„Jetzt?"

„Möglicherweise möchtest du dich ausziehen."

„Ja, natürlich." Er warf Jackett und Hemd von sich. Danach lief alles erheblich langsamer ab. Er brauchte viel Zeit, um aus Hose und Unterhemd zu kommen, und dann stand er schamvoll und starr da.

„Die Unterhose?"

Sie lächelte verschmitzt und riss sie ihm dann plötzlich herunter. Ravan bedeckte sich eiligst mit den Händen. Sie zog ihn ins Bett.

„Ravan, mein lieber, liebster Ravan, bist du also endlich gekommen, Sita zu entzücken!"

Die Berührung ihres Körpers versetzte Ravan erneut in Raserei. Er war auf ihr, begrapschte ihre Brüste, küsste sie, versuchte das Band ihres Unterrocks aufzuknoten, überprüfte, ob sich ihre Pobacken anders anfühlten als ihre Brüste. Seine Hand streifte ihre Vagina. Unglaublich, wie konnte sie da unten ebenso behaart sein wie er?

Sie zog ihn an den Haaren hoch und brach seine übereifrigen Erkundungen ab.

„Sita gehört dir, Ravan, ganz allein dir. Entführ sie. Jetzt, sofort!"

„Wohin?" Er hatte doch gerade erst angefangen!

„Jenseits der sieben Meere. Wo Himmel und Erde sich vereinigen!"

Wie wunderschön sie sprach! Gerade so wie die Heldinnen in den Hindi-Filmen. Genau so und nicht anders sollte das Leben sein. Er nahm die topographische Erkundung der neuen Kontinente, die er entdeckt hatte, wieder auf. Könnte er die zwei Hemisphären erobern und sie in Besitz nehmen, er wäre der alleinige Herr der Welt gewesen. Er schnappte sich Sitas Brüste und sog abwechselnd an der einen und der anderen, als wollte er jegliche Substanz aus ihnen heraussaugen. Dann hielt er plötzlich inne.

„Was ist los?", fragte Sita ungeduldig.

Ravan schluckte. Er schaute sich im Zimmer um, sah Sitas Mann an, die Deckenbalken, sah überall hin, nur nicht auf sie.

„Und was jetzt?"

Sita platzte los. Sie hatte ein perlendes Lachen, das in mehreren ansteigenden Wellen aus ihr herauskam.

„Was ist so lustig?", fragte Ravan verwirrt. Das schien sie nur noch mehr zu amüsieren.

„Was ist los?"

Ihr langes offenes Haar fiel ihr über das Gesicht. Sie setzte sich auf und nahm Ravans Gesicht in die Hände und küsste ihn auf die Lippen.

„*He Ram*! Weißt du nicht mal, was wo reingehört?" Wieder dieses trillernde Lachen. „Du hast wirklich keine Ahnung, was, mein jungfräulicher Ravan? Ich werde dich unterrichten. Ich werd dir Dinge beibringen, die du in keinem Buch findest, nicht mal im Kamasutra!"

Die Hähne krähten die ganze Nacht, während Ravan seine Unschuld verlor und anschließend mit Sita alles bis dahin Versäumte immer und immer wieder nachholte. Sita hielt Wort. Sie war eine geduldige Lehrmeisterin, sie lachte oft, und Ravan erwies sich als ein begeisterter und begabter Schüler. Er wünschte sich, die Nacht würde niemals enden. Und er wollte Sita nie wieder verlassen.

Sita riss das Fenster auf und hob den Kopf. Ihre rechte Hand reckte sich gen Himmel, und deren Zwilling streckte sich spiegelbildlich nach hinten aus, und mit einer vor Empfindung zitternden Stimme sagte sie: „Strecke mich nieder, oh güldnes Gestirn!" Ravan schaute nach draußen. Keine Ahnung, was Sita meinte, draußen war es noch stockdunkel. „Strecke mich nieder, du Überwinder der Finsternis, wenn meine Zunge nur eine unwahre Silbe ausspricht! So wahr die Sterne und der Mond meine Zeugen sind, gebe ich Ravan Pawar meinen Leib und meine Seele hin, auf dass er sie in alle Ewigkeit behalten und genießen möge! Ich wurde wiedergeboren und weihe mich *Sarasvati*, der Göttin der Künste!"

Ravan durchfuhr ein Zittern. Er bekam eine Gänsehaut, und die Haare auf seiner Kopfhaut sträubten sich wie Nadeln. Es gab ein Marathi-Lied, das er gerne sang, dessen Bedeutung er aber all die Jahre nicht verstanden hatte. „Bola, amrut bola!" Wörtlich: „Sprich, sprich Ambrosia!" Jetzt wusste Ravan, was diese Worte bedeuteten. Ja, er hatte wahrhaft die Musik der Unsterblichen gehört. Dies war kein Erdenmensch; sie war eine *apsara*, ein mit göttlicher Zunge gesegnetes himmlisches Wesen!

Sita war in voller Fahrt. Ihre Zunge war die heilige Ganga, der Fluss, der aus Shivas wirren Dreadlocks hervorströmte. „Ich wurde zu einer Sängerin geboren, einer großen Künstlerin, Ravan. Schau in mich hinein, und du wirst feststellen, dass wir Seelenverwandte sind. Wir sind füreinander geschaffen!" Nun ergoss sich, ohne Punkt und Komma, eine Kaskade von Wenn-Sätzen aus ihr, die jeden Hindi-Film-Texter beschämt hätte. „Wenn du die Muse bist, bin ich die Musik; wenn du der Sänger bist, bin ich das Lied; wenn du die Sonne bist, bin ich das Sonnenlicht; wenn du die Seele bist, bin ich der Körper; wenn du der Träumer bist, bin ich der Traum! Führ mich fort von hier, Ravan! Verlasse mich nicht, so wie du es vor zweitausend Jahren tatest! Ich ersticke hier. Sie haben mich mit einem Mann verheiratet, mit dem ich nichts gemein habe. Wir haben keinerlei gemeinsame Interessen, weder die Musik noch die anderen höheren Dinge im Leben. Alles, was ich will, alles, worum ich bitte, alles, wonach ich verlange, ist, frei wie ein Vogel zu sein und mit dir in den blauen Himmel zu fliegen! Befreie mich, Ravan! Nimm mich morgen von hier fort!

Ich werde die Sängerin der Cum September Band sein. Wir werden die einzige Hochzeitsband des Landes mit einer Sängerin sein. Du wirst komponieren, und ich werde deinen Liedern ewiges Leben einhauchen! Wir werden weltberühmt! Ich werde deine Lata Mangeshkar sein, oh du mein Mohammed Rafi! Wir werden durch unsere Kunst unsterblich werden!

Sag meinem tyrannischen Vater und Gajanan, diesem Sadisten von einem Bruder, dass du ihnen nicht gestatten wirst, mich länger zu martern! Eher würde ich mich ins Feuer stürzen als zusehen, dass weiter auf meinem künstlerischen Empfinden herumgetrampelt wird!

Nimm mich, Ravan! Mach mich zur Sängerin in deiner Band!"

Welch erhabene Worte sie verwendete, und wie schön sie über Kunst und den schöpferischen Geist sprach! Er hatte bis dahin gedacht, nur Leute in Hindi-Filmen könnten so leidenschaftlich sprechen, nur Leute wie Nargis, Dilip Kumar oder Raj Kapoor. Aber Sita war real, und sie war besser als jede Schauspielerin in irgendeinem Film. Sie war wirklich seine Seelengefährtin. Sie hatte in die Tiefen seines Herzens geblickt und dessen Geheimnisse erschaut. Sie teilten dieselben Ideen und Ideale. Wie lange schon, wie viele Jahre hegte er den Traum, die Hindu-Hochzeitsszene durch Einbeziehung einer Sängerin zu revolutionieren! Er dachte an Eddies Freundin und daran, wie gern er sie in seiner Band gehabt hätte. Aber das war ja nicht möglich, denn sie war die Sängerin der Bandra Bombshells.

„Denk das Undenkbare! Stell dir das Unvorstellbare vor!", hatte er sich gesagt, als er plante, eine eigene Band zu gründen. Doch so sehr er sich auch bemühte, es gelang ihm nicht, sich eine Brass Band mit einer Frau vorzustellen. Die Kühnheit, die Verwegenheit, die erlesene delikate Vorstellung, eine Frau in seiner Band zu haben! Dass irgendjemand, selbst ein Mann, in einer Hindu-Hochzeitsband sang, war schlicht undenkbar. Ravan hatte keine Vorstellung davon, was Belle – oder sonst eine Sängerin – so machte. Stellte sie sich einfach so auf die Bühne, oder stand sie in einem abgetrennten Abteil, einer Art *zenana*? Was sang sie? Rasteten die Männer aus und verschlug es den Frauen den Atem? Er hatte Belle nur ein paar Mal im Stockwerk über ihnen singen hören; offenbar lud Eddie sie nur selten zu sich ein. Sie hatte eine unglaubliche Stimme. Sie war roh und unausgebildet, aber kein Mikro konnte ihr das Wasser reichen. Sie war wie eine Sturzflut, die einem die Füße wegzog und auf die Wildwasserfahrt seines Lebens entführte. Aber Belle wusste sie auch zu bändigen und in ein weiches, anschmiegsames, körperumschmeichelndes Flüstern zu verwandeln, das einem in die Nackenhaare hauchte und über den Rücken strich, das sich einem um das Geschlecht schlängelte, über die ganze Haut schlitterte und einen ohnmächtig in Bann hielt.

Und hier war jetzt Sita und sprach seine Gedanken aus. Er spürte in seinen Eingeweiden, in seinem Herzen und in diesem Ding zwischen seinen Beinen, das ihm in dieser Nacht so viel Vergnügen verschafft hatte, dass dies der Beginn einer wunderbaren Zukunft war, der Beginn eines Goldenen Zeitalters. Er würde beiden Herren Patil, Senior wie Junior, erklären, dass er ihnen nicht gestatten wollte, nicht gestatten konnte, ein so großes Talent wie das ihrer Tochter bzw. Schwester zu unterdrücken. Ob es ihnen passte oder nicht: Er würde sie mit sich fortnehmen. Er würde Sita zum Singing Star machen.

„Warum brennen wir nicht gleich jetzt zusammen durch? Weshalb sollen wir uns mit deinem Vater und deinem Bruder herumstreiten? Wir sind verschieden. Sie werden nie verstehen, wie der Geist eines Künstlers funktioniert!"

„Ich laufe nicht mit eingekniffenem Schwanz davon!", deklamierte Sita. „Ich habe den Mut meiner Überzeugungen, und ich werde für sie einstehen! Wirst du ein Feigling sein? Oder ein wahrer Künstler?"

Was konnte man da noch sagen? Sie hatte es besser gesagt, als jeder andere es gekonnt hätte. Sie hatte die Alternativen klar ausgesprochen, so klar wie Tag und Nacht. Er hatte einen kurzen – aber nur sehr kurzen – Rückfall gehabt. Einen Augenblick, in dem Mr Patils tödlicher Spazierstock vor seinem geistigen Auge aufgeblitzt war. Das hatte ihm zu denken gegeben, aber mit Sita an seiner Seite würde er nicht nur Mr Patil und seinem Sohn Gajanan die Stirn bieten, sondern auch ... ach, was auch immer!

Jetzt stimmte Sita das Duett aus „Badshah" an: „Aa niile gagan tale pyar hum kare." Er fiel mit Hemant Kumars Stimme ein, und sie sangen Song um Song um Song.

„Zieh deine Jacke und Mütze wieder an, Ravan! Ich möchte mich noch einmal in dich verlieben!"

Ravan sprang auf und zog seine Uniform an. Er wollte gerade seine Jacke zuknöpfen, als sie sagte: „Nein, lass sie offen. Stell dich ans Fenster, ins Mondlicht."

Was hatte sie vor? Er wollte nichts anderes als wieder ins Bett springen, bevor die Sonne aufging und die Leute aufwachten. Sie fing an zu stöhnen: „Ooooooh, oooooooooh!"

Was war los? Was hatte er verbrochen? Warum jammerte sie? Die „Ooooooooooooooh"s wurden immer länger und länger. War ihr der Ehemann eingefallen und bereute sie jetzt, was heute Nacht vorgefallen war?

Sie hüpfte aus dem Bett und sprang ihn an. „Ach, du siehst so hinreißend aus, ich könnte dich mit Haut und Haaren auffressen! Hör auf, Zeit zu verschwenden, und komm augenblicklich ins Bett!"

Es wurde allmählich hell, aber Ravan hatte keinerlei Bewusstsein mehr von der Zeit. Allmählich hatte er den Dreh raus. Er saß rittlings auf Sita, die Jacke offen und die Mütze ein bisschen schief. Er ritt sie, ritt sie über den Rand der Welt hinaus, zerteilte den Himmel, ließ den Raum hinter sich. Sie flüsterte unterdrückte Schreie. „Band-vala, oh band-vala, mera baaja bajaao! Lass meine Musik erklingen! Hör nicht auf! Gib mir alles, was du hast, Ravan! Ist es das Xylophon, was du spielst? Oder die Flöte? Ach, das ist sogar noch besser! Spiel das Horn, Ravan! Du zehnköpfiges Ungeheuer, wo bist du nur all die Jahre gewesen? Versprich mir, dass du nie aufhören wirst!" Sitas Mann rollte sich auf die Seite. Er schlug die Augen auf, gähnte, rülpste, lächelte seine Frau und Ravan an und schlief wieder ein. Als würde sie darauf antworten, sagte Sita: „Mag Lanka auch in Flammen aufgehen, wir werden uns niemals trennen!"

6

An jedem anderen Tag hätte Eddie vielleicht eingeräumt, dass Pieta ganz okay war. Momentan aber machte ihm seine Schwester nur Kummer. Er hatte sie um eine kleine Hilfe bei einer Investition gebeten, die der Welt – insbesondere aber seiner Mutter und seinem einstigen Peiniger, Pater Agnello D'Souza – beweisen würde, dass Eddie Coutinho zu Höherem berufen war als zu einem geregelten stumpfsinnigen Job. Sie hatten ihn seit jeher für einen Nichtsnutz und Verschwender gehalten. Jetzt würden sie erkennen, dass er andere Horizonte hatte als sie. Er war nicht dazu geboren, ein kleiner Fisch im Dorfteich zu sein. Selbst der Himmel war eine zu kleine Bühne für ihn. Er würde andere Welten erobern und ein internationaler Star sein. Irgendwie hatte er zwar das Gefühl, dass es bei seinen Metaphern ein bisschen durcheinanderging – Horizonte mutierten zu Teichen, Teiche verwandelten sich in Himmelsgefilde und die wiederum in astronomische Objekte –, aber er fand, dass dies die Realität und Spannweite seiner Ambitionen gut widerspiegelte. Er sah sich vom Rücken eines weißen Pferdes, auf irgendeinem Gipfel mindestens von der Höhe des Mount Everests, auf die Niederungen der übrigen Menschheit hinabblickend. Nein, er hegte niemals den geringsten Zweifel, ein kosmischer Eroberer zu werden.

Was ihm vorschwebte, war kein simpler Karriereschub; es war der erste und wichtigste Schritt zur Verwirklichung seiner Berufung. Alles, was er bis dahin getan hatte, war lediglich eine Vorbereitung zu diesem lebensverändernden Ereignis gewesen. Er brauchte nur sechstausend Rupien, na ja, siebentausend hätten eigentlich genau gepasst, aber er war rücksichtsvoll gewesen und hatte Pieta um schlappe fünftausend gebeten. Und was war ihre

Reaktion gewesen? „Steckst du in Schwierigkeiten?“ Sie war keinen Strich anders als seine Mutter! Alles, was er ihrer Meinung nach konnte, war, in Schwierigkeiten zu geraten.

Er wollte sie nicht enttäuschen. „In großen Schwierigkeiten“, erwiderte er.

„Was genau?“

„Spielschulden.“

„Wie viel?“

„Ich schulde dem Pathan aus Kabul siebzehntausend Rupien. Er sagt, wenn ich ihm nicht bis Ende nächster Woche den vollen Betrag zahle, bricht er mir das linke Bein. Und wenn ich dann immer noch nicht bleche, bricht er mir das andere.“ Pietas Haut war so durchscheinend, dass er förmlich sah, wie ihr das Blut aus dem Gesicht glitt. Sie gab sich alle Mühe, die Tränen zurückzuhalten. Er hatte keine Ahnung gehabt, dass die Sache diese Richtung nehmen würde, aber er war von seiner gerade angefangenen Geschichte sehr eingenommen, und der Anblick der erbleichenden Pieta schien den erfundenen, ruchlosen, afghanischen Wucherer, der vor nichts zurückschrecken würde, um die ursprüngliche Summe zuzüglich 100 bis 144 Prozent Zinsen per annum einzutreiben, nur umso realer und unmittelbarer zu machen. Außerdem war es eine gute Übung für seine Karriere als Schauspieler. „Und wenn das immer noch nicht reicht“, hier versagte Eddies Stimme fast, und er konnte kaum weiterreden, „wird er mir das Genick brechen, und die Polizei wird meine Leiche im Mahim Creek finden.“

Pieta gab den Kampf auf und wischte sich wortlos die Tränen ab, die ihr über die Wangen rannen. „Weiß Mama Bescheid?“, fragte sie endlich.

„Ich dachte, es wär dir lieber, wenn ich's ihr nicht erzähle.“

„Wie könntest du ihr das verschweigen? Wo soll das Geld denn deiner Meinung nach herkommen?“

„Ich will sie nicht beunruhigen. Sie kriegt einen Anfall.“

„Würdest du das nicht auch, wenn dein Sohn siebzehntausend Rupien Schulden machen würde?“

„Da ich keine Söhne produziert habe, während du grad nicht hingeguckt hast, kann ich dir auch nicht sagen, was ich tun würde. Ihm die Gurgel durchschneiden vermutlich." Das konnte sich Eddie nicht verkneifen. „Aber könnten wir vielleicht beim Thema bleiben? Warum ersparen wir es Mama nicht einfach, sich tierisch aufzuregen, und du gibst mir stattdessen das Geld?"

„Ich kauf mir nicht einmal ein Lotterielos, weil ich die eine Rupie für Notfälle sparen will. Und du verspielst siebzehntausend, von denen dir nicht ein einziger Paisa gehört?"

„Na, dann hast du ja einen Notgroschen."

„Das war nur bildlich gesprochen, damit du kapierst, wie sparsam ich mit Geld umgehe!"

Seltsam, wie jedes Gespräch, das er mit seiner Schwester führte, aus dem Gleis geriet! Er hatte genug.

„Wärst du sehr enttäuscht, wenn du erfahren würdest, dass ich doch nicht in Schwierigkeiten stecke?"

Jetzt war sie verdutzt und verwirrt und dann wurde sie wütend, sehr wütend. „Mensch, Eddie, wirst du denn niemals erwachsen?"

Verdammt, er hatte seine Karten nicht richtig ausgespielt. Immer ließ er sich von seinen eigenen Blödsinnsgeschichten mitreißen. Manchmal war er überzeugt, niemals Feinde zu benötigen, da konnte er immer auf sich selbst zählen.

„Das werde ich." Er klang zerknirscht. „Wenn du mir das Geld gibst."

„Siebzehntausend?"

„Fünftausend, das ist alles."

„Wofür willst du es?"

„Ich gehe nach Amerika."

„Amerika? Was willst du denn dort?"

„Eine Rockband gründen. Und zum Film gehen. Wir werden ‚Rock Around the Clock 2' machen."

Warum hatte er bloß die Klappe aufgemacht? Nie konnte er etwas für sich behalten, am allerwenigsten ein Geheimnis. Jetzt würde sie ihn nur noch verspotten und entmutigen.

„Du bildest dir wirklich ein, die Bandra Bombshells werden in Amerika Erfolg haben, wenn du es nicht mal hier schaffst? Und außerdem kennst du dort niemand!“

Es war beinahe unheimlich, wie Pieta es schaffte, Eddie selbst mit einer simplen Frage im Innersten zu treffen. Lag es an der Wortwahl, fragte er sich, oder am Ton? Oder an dem, was unausgesprochen blieb? Oder an der drückenden Last der vielen Jahre, die sie gemeinsam verlebt hatten? Er konnte sich – zumindest, wenn er in einer solchen Gemütsverfassung war – beim besten Willen nicht vorstellen, dass sie zu einer harmlosen Bemerkung fähig wäre. Sie war eine Hexe, sie konnte alles mit einem Fluch belegen. Es ging sie einen Dreck an, dass die Bombshells ohne eine bescheidene Unterstützung vonseiten seiner Mutter nicht überlebt hätten. Aber diese Frechheit würde er ihr nicht durchgehen lassen.

„Was weißt denn du schon von den Bombshells? Wir bekommen mehr Anfragen, als wir bewältigen können! Außerdem werde ich kaum so blöd sein, meine amerikanische Gruppe ‚The Bandra Bombshells‘ zu nennen! Den Namen meiner neuen Rockband werde ich erst verraten, wenn der richtige Zeitpunkt gekommen ist. Und wenn du wissen willst, warum wir hier nicht zum größten Namen der ganzen Musikindustrie geworden sind, dann schau dich nur um!“ Er hatte das Gefühl, genau das richtige Quantum Verachtung in seine Stimme gelegt zu haben. „Was erwartest du – das ist Indien! Das Einzige, was die hier hören wollen, sind Songs aus diesen erbärmlichen Hindi-Filmen! In Amerika wird es anders sein. Wir sprechen dieselbe Musik, nur darauf kommt’s an. Die Beatles, die Doors, Jefferson Airplane – jeder, der wirklich Talent hat, kann es dort schaffen!“

„Ich hoffe, es wird so ausgehen, wie du es dir wünschst.“

„Warum sollte es das nicht? Du glaubst wohl, ich bin nicht talentiert genug, ist es das?“

„Ich habe überhaupt kein Gehör, Eddie, ich bin die einzige Unmusikalische in der ganzen Familie. Aber ich bezweifle, dass es reicht, begabt zu sein. Man braucht auch Glück.“

„Warte nur ab! Ich werde mein Glück schon selbst in die Hand nehmen. Was ist jetzt mit dem Geld? So viel sind fünftausend ja nun nicht."

Pieta lächelte kläglich. „Stimmt, wenn man eine große Nummer ist. Ich bin bloß eine Sekretärin, und nicht einmal die persönliche Assistentin des Direktors, nebenbei gesagt. Du weißt, wie wenig ich verdiene. Und alles, was reinkommt, gebe ich Mama. Und sie gibt mir davon zweihundert für meine Ausgaben zurück."

„Was ist mit deiner Altersvorsorge? Du hast doch mittlerweile bestimmt zwanzig- oder dreißigtausend angespart."

Pieta lachte. „Wenn ich in Rente gehe, werde ich vielleicht so viel beisammen haben. Ich bin erst letzten August fest eingestellt worden. Wenn mein Chef gut gelaunt ist, erlaubt er mir vielleicht, fünfhundert Rupien von meinem Rentenkonto zu leihen – das wäre aber auch das Höchste der Gefühle. Er könnte aber auch Nein sagen. Würden fünfhundert reichen?"

„Wo komme ich mit fünfhundert schon hin?", fragte Eddie verächtlich. „Nach Delhi vielleicht. Wenn's hoch kommt, nach Kalkutta."

Das war ja eine schöne Schwester! Er hatte fest damit gerechnet, dass sie ihn zu Ruhm und Prominenz katapultieren würde, und sie hatte nichts anderes zu bieten als die rührselige Geschichte, sie würde Mama ihr ganzes Gehalt aushändigen! Wenn sie wirklich gewollt hätte, dann wäre sie zu ihrem Chef gegangen und hätte ihm ein Ultimatum gestellt: Entweder Sie leihen mir fünftausend, oder ich kündige! Verdammt, im umgekehrten Fall, wenn sie ihn um Hilfe gebeten hätte, dann hätte er sich ein Bein ausgerissen, oder sogar zwei. Das war vielleicht übertrieben, aber Tatsache war, dass er mit dem, was er mit den Bombshells in einem Monat verdiente, nicht einmal eine Woche hätte überleben können. Sie war seine Schwester, die einzige, die er hatte, und sie war älter als er. Sie war es ihm schuldig.

Er hätte es wissen müssen, dass Pieta nichts ausspucken würde. Er hatte Mist gebaut. Er hatte sich verzockt. Er hätte bei seiner ursprünglichen Geschichte vom Pathan aus Kabul bleiben, aber die geschuldete Summe auf realistische siebentausend runterschrauben sollen. Dann hätte Pieta ihre Mutter in die Sache eingeweiht. Violet hätte ihm die Hölle heiß gemacht und sich an Pater D'Souza gewandt, aber so oder so hätte sie Pieta unter Druck gesetzt, damit sie Geld von ihrem Arbeitgeber besorgte, hätte den Rest aus der Haushaltskasse geholt und die Summe zusammenbekommen. Man stelle sich die Schande vor, wenn die Nachbarn erfahren hätten, dass Violet Coutinhos Sohn zockte und bei einem Pathan in der Kreide stand!

Als kleiner Schuljunge – und selbst noch als Teenager – hatte er Pieta gehasst. Sie war selbstgefällig und konnte es nicht lassen, ihn bei Violet zu verpetzen und schlechtzumachen. Doch dann hatte sie sich geändert – zumindest hatte er das geglaubt. Den genauen Zeitpunkt ihres Sinneswandels konnte er nicht festmachen, aber es war irgendwann während ihrer letzten zwei, drei Jahre auf der Schule passiert. Eine Streberin war sie schon immer gewesen; sie lernte alles stur auswendig, und die Lehrer liebten sie deswegen. Eines Tages setzte sie sich in den Kopf, Ärztin werden zu wollen. Von da an war Eddie nicht mehr ihr Lieblingsärgernis; sie schien vergessen zu haben, dass er jemals ihr Feind gewesen war. Tatsächlich verlor sie jegliches Interesse an allem, was nicht die Schule betraf. Ihr war klar, dass ein normaler guter Abschluss nicht ausreichen würde. Für eine Zulassung zum Medizinstudium würde sie in den naturwissenschaftlichen Fächern mindestens 85 Prozent der möglichen Punktzahl erreichen müssen. Sie schaffte 89 Prozent. Und das ohne jede Nachhilfe.

Violet hatte sie nicht entmutigt, weil sie sicher gewesen war, dass sie es ohnehin nicht schaffen würde. Jetzt aber sprach sie ein Machtwort. Hatte Pieta vergessen, dass sie und Eddie keinen Vater hatten? Dachte sie vielleicht gelegentlich daran, dass ihre Mutter entsetzliche Gelenkschmerzen hatte und dass irgendjemand schließlich die Brötchen verdienen musste? Die ganzen Jahre lang hatte sie mit Eddie und seiner störrischen Art fertig werden müssen. Jetzt war auch Pieta fest entschlossen, sie zu verraten! Wer sollte wohl die Studiengebühren bezahlen? Ärztin zu werden, eine richtige Doktorin, die sich ihren Lebensunterhalt selbst verdiente, würde noch weitere sieben bis acht Jahre dauern, das hatte Pieta selbst gesagt. Sie würde versuchen, ein Stipendium zu kriegen, schön und gut. Aber konnte irgendjemand garantieren, dass sie es auch jedes Jahr wieder bekommen würde, für die nächsten sieben Jahre?

Und was war mit ihrem jüngeren Bruder? Wer würde für seine Ausbildung sorgen? Was, wenn er Arzt oder Pilot oder Ingenieur werden wollte? Würde sie so selbstsüchtig sein, ihm einen Strich durch die Rechnung zu machen? Ihn des Geldes berauben, das ihm rechtmäßig für seine Ausbildung zustand? Schämen sollte sie sich! Anständige katholische Mädchen, die einen Bachelor in Geistes- oder Wirtschaftswissenschaften machten, hatten viel bessere Möglichkeiten. Sie wurden Sekretärinnen. Außerdem, was hatte es für einen Sinn, Ärztin zu werden, wenn man am Ende ja doch heiratete und Kinder bekam? Was glaubte sie wohl, was für eine Mutter sie abgeben würde, wenn sie den größten Teil des Tages, und auch die meisten Nächte, außer Haus war, um sich um anderer Leute Kinder zu kümmern?

Nein, es kam überhaupt nicht in Frage, dass sie Pieta erlaubte, Medizin zu studieren! Irgendjemand musste dafür sorgen, dass sie vernünftig blieb. Schlimm genug, dass es ihre Mutter sein musste. Pieta heulte, bis ihr Gesicht völlig verquollen war. Sie diskutierte, sie flehte, sie weinte, sie schmollte. Sie drohte, von zu Hause auszuziehen. Niemand, weder die Großmutter noch Eddie, ergriff für sie Partei. Violet blieb eisern. Sie wusste, dass ihre Tochter zu guter Letzt Vernunft annehmen würde. Sie behielt recht. Pieta machte eine Sekretärinnenausbildung und bekam eine Stelle bei einem multinationalen Unternehmen. Sie klagte und weinte nicht mehr. Sie sagte überhaupt kaum noch etwas. Es war unmöglich zu wissen, was in ihr vorging. Oder in ihrem Leben. Tatsächlich war sie so gut wie unsichtbar geworden.

Ein revolutionärer Vorschlag, wie sich durch Abschaffung des staatlichen Bildungssystems die Qualität der Bildung drastisch verbessern ließe.

Nebenbei würde dies der Nation jährliche Einsparungen von Zigmillionen Rupien und eine Verkürzung der Schul- und Studienzeiten von sechzig Prozent einbringen.

Pieta ist eine absolute Ausnahme. Sie bekam ohne jeglichen Nachhilfeunterricht 89 Prozent der möglichen Punktzahl. Ein paar andere erreichen 94 oder sogar 96 ganz aus eigener Kraft, und es ist der Fall eines Jungen aus den Slums überliefert, der den zentralen Oberschulabschluss als Jahrgangsbester abschloss. Was jedoch Ravan und Eddie anbelangt sowie Zehntausende anderer Jungen und Mädchen, insbesondere aus ärmeren Familien, so kommen diese vielleicht von der neunten in die zehnte Klasse, aber den Abschluss schaffen sie selten. In Sachen Schulbildung ist da für sie Endstation.

In Indien tritt alles paarweise auf und alles hat eine Parallele. Da gibt es zum einen natürlich die legendäre Schattenwirtschaft, die angeblich viel größere und weit leistungsfähigere Parallele zu ihrer offiziellen Entsprechung; das kommerzielle Kino hat sein Gegenstück im sogenannten „parallelen" oder Kunstfilm; die kommunalen Polizeitruppen werden durch parallele Milizen komplementiert und konterkariert; die Kongresspartei spaltete sich schon vor langer Zeit, ebenso die ursprüngliche Marxistische Partei Indiens, und beide Abspaltungen der zwei Parteien existieren nach wie vor parallel nebeneinander. Aber es gibt eine weit umfangreichere, wenngleich unterschätzte, parallele Industrie, die die Basis des gesamten indischen Bildungssystems ausmacht: den Nachhilfeunterricht.

In der fünften Quergasse der Sir Balchandra Road in der Hindu Colony in Dadar, nahe einem wichtigen Knotenpunkt der Central Railway, lebte einst eine verkannte nationale

Leuchte und Institution namens Mr Chaphekar. Er hatte seine Jugendjahre in Großbritannien verbracht und dort sein Glück mit allerlei Unternehmungen versucht, wie zum Beispiel, durch die Eröffnung des vielleicht allerersten vegetarischen indischen Restaurants in London ein kleines Stück des kolonialen Mutterlandes zu kolonisieren oder Mathematiklehrbücher auf eine einzigartige, wenn nicht gar revolutionäre Weise zu drucken: Die Seiten sollten hochglanzschwarz, der Text dagegen weiß sein. Es ist nicht überliefert, was aus diesem bahnbrechenden Vorhaben wurde. Wir wissen nur so viel, dass er, als Indien die Unabhängigkeit erlangte, in die Heimat zurückkehrte und sie nie wieder verließ. Und dort machte er einen Vorstoß in ein nahezu jungfräuliches Gebiet. Tatsächlich gilt er als einer der Pioniere eines Dienstleistungssektors, der heute jährlich Milliarden von Rupien erwirtschaftet: des privaten Nachhilfeunterrichts. Chaphekar trug eine – im Gegensatz zu Gandhis – knöchellange Dhoti, ein weißes Hemd, eine schwarze Jacke und eine dreifingerdicke Brille. In Bombay unterrichtete er sture, stupide, stinkfaule Schüler in Algebra, Geometrie, Trigonometrie und Englisch, während er sich fuderweise Schnupftabak in die Nase stopfte und in sein fleckiges Taschentuch schnäuzte. Er verlegte sich niemals auf körperliche Strafen; das hatte er gar nicht nötig, da er einen Spruch hatte, der schärfer war als jeder Degen. Er konnte einen damit durchbohren, in Scheiben schneiden und enthaupten. Wenn ein Schüler zu dem Ergebnis gelangte, sieben mal sechs sei dreiundvierzig, schüttelte er verzweifelt den Kopf und sagte: „Aho tumhi kiti dhadadhadit khota bolta ho? Wie kannst du derart eklatante Lügen erzählen?“ Denk nach – ich weiß, dass ich dir da Unmögliches abverlange – und schau, ob du dich nicht doch dazu durchringen kannst, die Wahrheit zu sagen!“

Was waren das für naive Zeiten! Eltern schickten ihre Kinder in den Nachhilfeunterricht, weil sie in ein, zwei Fächern schwach waren und ein bisschen Förderung brauchten, besonders wenn die Abschlussprüfungen nahten. Chaphekar war in Mathematik unschlagbar, und sein Englisch war mustergültig. Die Nachhilfestunden waren seine einzige Einnahmequelle, aber auch wenn sein Sohn und seine Neffen zum Lehramtsstudium verdonnert wurden, war Geld nicht seine einzige Motivation für dieses Geschäft. Es war ein undankbarer Job, aber eines war klar: Er liebte es zu unterrichten.

Wenn Sie schon glauben, es sei unmöglich, in einen Bombayer Nahverkehrszug hineinzukommen, dann versuchen Sie doch mal, ihr Kind in einer Schule im Zentrum unterzubringen, besonders in einer englischsprachigen. Es wäre zwar ruchlos, Ihnen die geringsten Hoffnungen zu machen, aber hier folgen ein paar – durchweg sehr beschränkte – Möglichkeiten, die Ihnen offenstehen. Melden Sie Ihr Kind gleich nach der Geburt an, und zwar nicht seiner, sondern Ihrer eigenen; spenden Sie dem Schulrektor eine, vorzugsweise aber beide Nieren; trennen Sie sich von ein paar hunderttausend Scheinen (aber rasch! Denn die erforderliche Zahl von Nullen steigt schneller als die Immobilienpreise in Bombay); besorgen Sie sich zumindest ein Empfehlungsschreiben vom Chief Minister des Bundesstaates, besser jedoch von der neuen Mother India, Sonia Gandhi; oder gründen Sie eine eigene International-Baccalaureate-Schule. Aber selbst dann haben Sie keine Garantie, dass Ihr Kind reinkommen wird.

Im Lauf der Jahre ist das Alter, ab dem ein Kind zusätzliche Förderung braucht, kontinuierlich gesunken. Von der ersten bis zur zehnten Klasse bekommt jeder Junge und jedes Mädchen seine tägliche Dosis Schule und Nachhilfeunterricht. Das Leben ist, wie wir alle wissen, eine Folge von Prüfungen, Drangsalen und Beschwernissen. Doch es gibt eine einzige wahre Feuerprobe: das Eignungsgespräch, das ein fünfjähriges indisches Kind bestehen muss, um den Übergang von Kindergarten oder Montessori-Vorschule zur ersten Grundschulklasse bewältigen zu können. Es gibt in der Tat – wenn auch seltene – Fälle, in denen das Kind das Ereignis überlebt hat, die Eltern aber mit Sicherheit nicht. In Anbetracht dessen, was auf dem Spiel steht, würde es selbst die hartherzigste Mutter nicht wagen, ihrem Kind die täglichen nachkindergartlichen Vorbereitungskurse für das Gespräch zu verweigern, das darüber entscheiden wird, ob es auf einer guten Grundschule zugelassen werden wird; beziehungsweise überhaupt auf einer Grundschule.

Es gibt allerdings auch eine andere Sorte Nachhilfeunterricht; eine, die sich möglicherweise allein in Indien findet. Weibliche Wickelkinder, Teenagerinnen, Frauen in der ersten Blüte der Jugend, Ehefrauen und alternde Jungfern, Urgroßmütter biblischen Alters; Hausfrauen, Ärztinnen, Anwältinnen, Ladenmädchen, IT-Cracks, Bettlerinnen, Investmentbankerinnen, Gemüseverkäuferinnen und Fischweiber, Pilotinnen und Sekretärinnen ... jede Frau im Lande – gelegentliche Ausrutscher der Natur ausgenommen – strebt danach, Bollywood-Schauspielerin zu werden. Wie Ihnen aber jedes Kind sagen kann, gibt es nur einen einzigen Weg, Filmstar in diesem Land zu werden: nämlich Miss India zu werden, Miss World, Miss Universum oder wenigstens Miss Hinreißendste Eckzähne, Miss Niedlichste Zehlein, Miss Einladendst Gewölbte Augenbrauen, Miss Beste Linke Brust, Miss Ich-leg-mich-hin-und-sterbe, Miss Knackarsch, Miss Sinnlichste Achselhöhlen.

Es ist nicht weiter schwierig, eine Schönheitskönigin zu werden. Frau muss dazu nur ihre Möpse um einige Pfund vergrößern, Pobacken und erschlaffende Gesichtsmuskeln aufspritzen lassen, sich den unversenkbaren Rettungsring absaugen, jegliche Körperhärchen weglasern und neue Hüften, Nase und Zähne einbauen lassen – am besten auch gleich Leber und Blinddarm für den Fall, dass Donald Trump oder jemand ähnlich Neugieriger einen Blick in sie hineinwerfen möchte; lernen, auf dreißig Zentimeter hohen, stricknadeldünnen Absätzen zu stöckeln, vorzugsweise aber zu sprinten; kokett wackeln, wedeln, gickern und kichern; sich hirnamputiert geben, selbst wenn frau einen IQ von 191 hat; und nie und nimmer, selbst unter Androhung von Folter, Todesstrafe, Pech und Schwefel, verraten, wie sehr frau ihre Mitbewerberinnen verabscheut und am liebsten jede Einzelne von ihnen mit einem Eispickel ins Jenseits befördern würde.

Schönheitswettbewerbe waren früher eine so simple Angelegenheit! Man sah zum Anbeißen aus, und zack! hatte man sein Krönchen. Doch seitdem ist die Sache viel, viel komplizierter geworden. Jetzt muss jede Konkurrentin, wie ein weiblicher James Bond, im Alleingang und gegen eine erdrückende Übermacht die Welt retten – oder zumindest das eigene Land. Man muss den Preisrichtern, ganz zu schweigen von Abermillionen Zuschauern weltweit, mit vor Rührung erstickter Stimme erklären, was man als seine vordringlichste Aufgabe ansähe, wenn man Premierministerin wäre.

Es gab einmal eine hinreißende Inderin, gertenschlank und geschmeidig, grazil und so schön, dass einem das Herz stehenblieb, die den Miss-World-Titel schon so gut wie in der Tasche hatte, doch dann machte sie den Mund auf und gab den möglicherweise denkwürdigsten Satz in der Geschichte der Schönheitswettbewerbe von sich. Als Premierministerin ihres Landes, erklärte sie seidenglatt, würde sie es als ihre wichtigste Herausforderung betrachten, ein Sportstadion zu bauen. Zwar versank die Schönheitskönigin in spe schneller in der Versenkung als seinerzeit Luzifer nach seiner Meinungsverschiedenheit mit Gott, aber dafür gab sie den Anstoß zu etwas völlig Einzigartigem: der Gründung einer Nachhilfeschule für angehende PremierministerInnen.

Doch kehren wir zu den Mainstream-Nachhilfeschulen zurück. Die Hauptsache ist natürlich zu wissen, welche von ihnen die höchste Punktzahl bringt. Zum Glück schalten die

Privatschulen mit der größten Feuerkraft gleich an dem Tag, nachdem die Ergebnisse der wichtigsten Prüfungen bekanntgegeben werden, in den Zeitungen halb- und ganzseitige Anzeigen mit den Fotos ihrer Schüler, die unter den fünfzehn oder dreißig Besten gelandet sind. Damit müsste die Angelegenheit eigentlich zweifelsfrei geklärt sein. Was wäre wohl eine bessere Empfehlung als solch ein strahlender Leistungsnachweis? Doch unterschätzen Sie niemals die Findigkeit des indischen Unternehmers an sich! Einige der größten Nachhilfe-Institutionen kooptieren nämlich Schüler mit retrograder Wirkung. Was im Klartext bedeutet, dass die betreffenden Schüler zwar in der Tat hervorragend abgeschnitten haben, aber aus eigener Kraft und ohne jedes Coaching, und dass sie nun dazu überredet worden sind, natürlich für eine entsprechende Gegenleistung, ihre Namen und Fotos zu Werbezwecken zur Verfügung zu stellen.
Doch selbst das hervorragendste Coaching-Institut dürfte gewisse Schwierigkeiten damit haben, Debile in Genies zu verwandeln. Und in ebendiesem Kontext entdeckt man, was wahre Elternliebe ist. Was zählt schon, ob Ihr Sohn Mittelmaß oder gar ein bisschen beschränkt ist? Hey, wir sind in Indien, hier kann man alles kaufen, selbst einen Ph. D.! Was erklärt, weswegen es von überragender Wichtigkeit ist, dass Kinder in unserem Land bei der Auswahl ihrer Eltern große Sorgfalt walten lassen. Denn so viel ist klar: Wenn sie ihre Hausaufgaben nicht gemacht und keine weise Entscheidung getroffen haben, enden sie damit, Nachhilfekurse in Klempnerei, Fernsehreparatur, Taxi- oder Busfahren nehmen zu müssen oder Unterricht im Sprechen eines nachgemachten texanischen oder Boston-brahmanischen Akzents für die Arbeit in einem Call Center unter dem Namen Cedric, Calpurnia, Jeremiah, Chloe oder Augustus.
Doch Ehre, wem Ehre gebührt: nämlich den Schülern. Sie wissen, dass es ein weitaus effektiveres Hilfsmittel gibt als Nachhilfestunden: Abschreiben. Schlicht, ganz und gar nicht

heimliches, mit Wissen und Billigung der Lehr- oder Aufsichtsperson erfolgendes Abschreiben. Ja, es ist eine der altehrwürdigsten Traditionen im Bildungssystem auf dem Subkontinent. Als ein verblendeter Idealist in Uttar Pradesh kürzlich versuchte, dieser bewährten Praxis ein Ende zu machen, erteilten ihm die Schüler eine Lektion, die er nicht vergessen wird: Sie steckten den Prüfungsraum in Brand.
Ist damit nicht hinlänglich erwiesen, dass das offizielle staatliche Erziehungssystem voll und ganz versagt hat? Eltern wie Schüler glauben fest daran, dass echtes Schulwissen nicht in der Schule, sondern in den Nachhilfestunden erworben wird. Verhält es sich wirklich so? Sind solche Coaching-Institute wirklich effektiver als Schulen und Colleges? Keine Haarspaltereien! Die Eltern sind davon überzeugt, und das ist das Einzige, was zählt. Amen.
Wird die indische Regierung und insbesondere das Erziehungsministerium endlich zur Vernunft kommen? Schulen und Colleges sind redundant, eine Zeitverschwendung für Schüler und Studenten und eine haarsträubende Bürde für den Steuerzahler. Warum also nicht das Naheliegende und Vernünftige tun, das überflüssige Parallelsystem kippen und die öffentliche Bildung den privaten Nachhilfe-Instituten überlassen? Und mal ehrlich, wozu die offizielle Wirtschaft? Soll doch die berüchtigte Schattenwirtschaft das Land regieren! Und es wäre auch an der Zeit, dass wir die Polizei abschaffen. Ob es uns passt oder nicht, private Milizen und linke Extremisten halten ohnehin mehr als die Hälfte des ländlichen Indien unter Kontrolle.
Eines ist klar: Es besteht kein Grund zu verzweifeln. Wie einer der weisesten Lehrer von Bombay zu sagen pflegte: Schüler lernen trotz ihrer Lehrer.

Eddie wurde aus der Frauensippe einfach nicht schlau. Weder aus seiner Mutter noch aus Pieta. Und jetzt noch Belle. Aus irgendeinem Grund hatte sich ihre Beziehung spürbar abgekühlt.

Dabei hatte er sie nur gebeten, einem Freund von ihm an seinem Hochzeitstag ein bisschen zu helfen. Zugegeben, das war eine etwas ungewöhnliche Bitte gewesen, aber was sonst hätte er tun können? Der Mann stand kurz davor, sich umzubringen, Herrgott noch mal! Das war nicht der stolzeste Augenblick seines Lebens, so viel wusste er selbst. Er hätte sie nie darum gebeten, wenn er eine andere Option gehabt hätte. Begriff sie denn nicht, wie demütigend die Sache für ihn gewesen war? Sie war sein Mädchen, und er war ein verflucht besitzergreifender Typ. So besitzergreifend, dass er es nicht ertragen konnte, daran zurückzudenken. Die Sache war abgeschlossen, vorbei und erledigt, warum konnte Belle das nicht akzeptieren?

Eddie war so gut wie sicher, dass Belle nur auf eine klitzekleine Geste seinerseits wartete, um sich ihm in die Arme zu werfen. Er hätte lediglich ein unbestimmtes „tut mir leid" zu sagen brauchen. Ja, nicht mal das wäre nötig gewesen. Eine langstielige Rose mit drei Blättern hätte mehr als gereicht. Aber in ihm steckte etwas Starrköpfiges, das ihm nicht gestattete, diesen winzigen Abstand zu überwinden.

Es war nicht so, dass sie ihm irgendetwas verweigert hätte. Sie machten es nach wie vor und praktizierten weiterhin goanisch-katholischen Sex, eine Art Interruptus vor dem eigentlichen Interruptus. Aber da war ein Verletztsein, das sie nicht verbergen wollte oder konnte. Das ging Eddie gegen den Strich und ärgerte ihn zunehmend. Er versuchte nicht mehr, sie zu beschwatzen, aufs Ganze zu gehen. Sie hatten auch andere kleine Meinungsverschiedenheiten, die in Eddies Vorstellung ungebührliche Ausmaße annahmen. Rückblickend hätte Eddie sich wohl eingestehen können, dass sie mehr Mumm als er hatte, aber das änderte nichts an der Tatsache, dass sie ganz schön schräg war.

Belles Eltern wohnten zwar in Indien, aber angeblich nur vorübergehend. Ihre Heimat war Großbritannien, auch wenn sie noch nie dort gewesen waren. Alle Angehörigen waren schon vor langer Zeit nach England ausgewandert. Ihre Bräuche, Traditionen und Anspielungen waren britisch. Ihre Lieder waren britisch, ihr Flügel war britisch (zumindest ging er davon aus) und ihre Ernährung war es teilweise auch. Man stelle sich das nur vor: Es war vielleicht nur eine Frage von Tagen, und sie würden nach London abreisen, und Belle mit ihnen. (Was würde Eddie dafür geben, an ihrer Stelle zu sein!) Hinzu kam, dass sie Mitglied einer Rockband war, deren Wurzeln und Wesen die reinste Mischung aus Großbritannien und Amerika waren, und was tat sie? Sie erklärte, dass ihre Seele Bombay und der Hindi-Filmmusik gehörte. Vielleicht hatte ihre Mutter ja recht und es stimmte etwas mit ihren Genen nicht.

Aber das war noch nicht alles; sie wollte bei ihren Auftritten Hindi-Songs singen. „Jetzt mach mal halblang, Belle!", hatte er zu ihr gesagt. „Wenn unsere Auftraggeber Hindi-Filmmusik hören wollten, dann würden sie ja wohl diesen Kerl vom Stock unter mir engagieren, den Typen, der eine Band mit dem Namen Cum September hat, und nicht die Bandra Bombshells!"

Sie hatten sich monatelang gestritten. Schließlich hatte Eddie genug gehabt und nachgegeben. Er war sicher, dass das Publikum sie aus dem Saal buhen und sich herumsprechen würde, dass sie eine Hindi-Band waren, und die Bombshells nie wieder einen Auftritt bekommen würden, aber er musste, wenn auch widerwillig, zugeben, dass es gar nicht so schlecht gelaufen war. Sie hatte auf der Lobo-Hochzeit diesen Song „Raat akeli hai bujh gaye diye" aus „Jewel Thief" gesungen. Es war schon von sich aus ein hauchig lockendes Stück, aber Belle hatte ihm noch eine zusätzliche rauchige Note verliehen und es sexier gemacht. Als sie sich in den Song hineinschmeichelte, herrschte eine ominöse Stille, und ein paar Leute rutschten unbehaglich auf ihren Stühlen herum. Die Frauen sahen sie verächtlich an, aber als sie nach einer Weile eine jazzige Scat-Einlage brachte, pfiffen und klatschten die Männer. Es gab zwei Zugaben und es wurde nach weiteren Hindi-Songs verlangt. Damit leitete Belle einen Trend ein, dem Eddie sich so erbittert wie erfolglos widersetzte. Wo auch immer sie auftraten, gab es mit Sicherheit jemanden, der nach einer Rafi-, Lata-, Kishore-, Asha- oder Talat-Nummer verlangte, und Belle war nur zu gern dazu bereit, und wenn Bräutigam oder Braut darauf bestanden, musste sich Eddie wohl oder übel fügen.

Hindus und Muslime schauten sich Hindi-Filme an. Die Katholiken, ebenso die *Parsen*, hatten einen besseren Geschmack und gingen in englische Filme. Nicht so Belle. Von Zeit zu Zeit schlich sie sich davon, um sich „Anand“, „Bobby“, „Pakeezah“ oder sonst einen Hindi-Streifen anzusehen, und wenn gerade keine gespannte Atmosphäre zwischen ihnen herrschte, versuchte sie, Eddie zum Mitgehen zu bewegen.

„Nicht schon wieder. Das ist doch immer derselbe Film, nur der Name ändert sich. Wie schaffst du es bloß, dir so etwas anzuschauen?“

„Wenn ich dir verspreche, nie meinen Namen zu ändern, wirst du dann für immer und ewig bei mir bleiben, Eddie?“

Das war das Problem mit Belle, dachte er, man konnte nie erkennen, ob sie nur einen Witz machte oder ob ihr Geplänkel einen ernsten Hintergrund hatte. Er sah sie verächtlich an. „Herrgott noch mal, Belle, wir reden von Hindi-Filmen, nicht von dir! Sie langweilen mich zu Tode.“

„Gib mir zwei Minuten, und ich hole dich wieder ins Leben.“

Eddie ignorierte ihre anzügliche Unterbrechung. „Alles darin geht mir auf den Geist: die endlosen Sing-und-Tanz-Nummern, die schwachsinnige, zuckersüße Story, das ekelhaft tränenselige Ende. Und sie machen mich rein körperlich fertig. Einen Hindi-Film von drei Stunden hält kein normaler Mensch aus.“

Sie nickte weise. „Du hast natürlich vollkommen recht. Die Elvis-Filme haben doch wirklich erheblich mehr Tiefgang.“ Sie zog eine komische Grimasse und ließ ihre Augenbrauen wie winzige Schiffchen auf einer kabbeligen See tanzen. „Gehen wir uns einen richtig miesen Hindi-Film angucken, Eddie! Ich geb’s ja ungern zu, aber ich bin eben nicht so intellektuell wie du.“

Mit Belle konnte man einfach nicht reden. Er ging mit.

„Ich bin gerade mal eine Stunde in der Kirche, und das kommt dabei raus!“ Mrs Fernandes hatte die Stimme nicht erhoben, aber es bestand kein Zweifel, dass sie wütend auf Eddie war. „Keine Frauen, habe ich dir das nicht schon am allerersten Tag gesagt? Und niemals Alkohol für sie!“

Eddie sah sie betreten an und versuchte, auch etwas zu sagen, aber ohne Erfolg. „Ich stelle hier die Regeln auf! Du hast das Recht, nicht mit ihnen einverstanden zu sein, aber nicht, sie zu übertreten!“ Jetzt richtete Mrs Fernandes ihre Aufmerksamkeit auf die Frau, die, eine Zigarette zwischen den Lippen und ein Glas Whisky in der Hand, mit dem Rücken an der Trennwand saß. Sie beobachtete Mrs Fernandes mit einer verunsichernden Unverhohlenheit. Sie schien das, was sie sah, mit einer Vorstellung abzugleichen, die sie in sich von ihr gemacht hatte. Die Augen des weiblichen Gastes leuchteten unnatürlich hell, und in ihrem Inneren herrschte eine derartige Hochspannung, dass es ein Wunder war, dass sie nicht gegen die Wand sprang und einen Haken über die Decke schlug wie eine eingesperrte Tigerin, die ungeduldig auf ihr Fleisch wartete.

„Tut mir leid, aber ich muss Sie bitten, sofort zu gehen.“

„Er kann nichts dafür. Ich habe mir gewaltsam Zutritt verschafft.“

Das war die reine Wahrheit. Eddie hatte ihr klar und deutlich gesagt, dass nur Männer bedient würden, aber sie war trotzdem hereingekommen. „Bitte gehen Sie“, hatte er zu ihr gesagt. „Weibliche Gäste sind hier nicht zugelassen.“

„Ich geh nirgendwohin, Eddie.“ Das verschlug ihm erst mal die Sprache. Woher kannte sie seinen Namen? Er sah sie zum ersten Mal.

„Woher kennen Sie meinen Namen?“

„Das ist egal. Gib mir nur einen Drink. Stark, richtig stark.“

„Wenn Sie nicht gehen, bin ich gezwungen, Sie gewaltsam zu entfernen.“

Eddie hatte aus Erfahrung gelernt, keine leeren Drohungen auszusprechen. Er trat einen Schritt vor, so einschüchternd, wie er nur konnte. Er wusste, dass er mit ihr fertig werden konnte. „Raus.“

„Weißt du, was Jesus zu Maria Magdalena sagte, nachdem er von den Toten auferstanden war? Noli me tangere. Jetzt sagt Maria Magdalena dir: Rühr mich nicht an! Sonst kratz ich dir die Augen aus."

Die Frau war gerade mal anderthalb Meter groß, höchstens ein, zwei Fingerbreit drüber, und noch dazu eine graue Maus, aber sie hatte ein manisches Funkeln in den Augen, von dem ihm unbehaglich wurde. Er stand da und wusste nicht, was er tun sollte. Sie setzte sich auf die Bank, öffnete ihre Handtasche und holte zu Eddies Entsetzen ein Päckchen Charminar hervor. Nur Frauen in Hollywood- und Vamps in Hindi-Filmen rauchten, aber selbst die, da war er sich sicher, würden sich nicht an diese männermordende Marke wagen. Eddie schaute auf Krishnamurthy und die übrigen Gäste, die verstohlene Blicke auf die Frau warfen, und begriff, dass sie nicht beabsichtigten, ihm zu helfen. Sie ließ geübt ein Feuerzeug aufschnappen und steckte sich eine Zigarette an. Eddie sah gebannt zu, wie sie einen tiefen Zug tat und dann den Rauch langsam hinauswabern ließ.

„Wie wär's, Eddie?" Sie pulte sich mit dem Mittelfinger einen Tabakkrümel ab, der am Lippenstift ihrer Unterlippe kleben geblieben war. „Jetzt, wo ich's mir bequem gemacht habe – warum machst du mir nicht einen scharfen Drink?"

„Ich kann nicht. Ich verlier sonst meinen Job."

Sie stand langsam auf. Eddie zog sich in der Annahme, sie würde gleich auf ihn losgehen, ein paar Schritte zurück. Sie sah sich um und ging zum Regal, wo die Getränke standen, nahm ein leeres Glas und schenkte sich einen Drink ein. Jetzt steckte er wirklich in Schwierigkeiten. Nicht nur hatte eine Frau sich gewaltsam Zutritt verschafft und trank jetzt ein Glas Whisky, sie hatte auch nicht dafür bezahlt. Sie konnte offenbar seine Gedanken lesen, denn sie holte einen Zehn-Rupien-Schein hervor und gab ihn ihm.

„Eddie kann nichts dafür, Mrs Fernandes, ich habe ihm gesagt, ich würde so oder so reinkommen, und ich habe mir den Drink selbst geholt."

„Gib ihr das Geld zurück, Eddie. Und Sie trinken jetzt aus und gehen."

„Brennt's hier irgendwo?"

„Bitte keine Diskussionen."

„Ich heiße Sheila, Sheila Roberts."

„Mrs Roberts, ich fordere Sie ein letztes Mal auf. Sonst muss ich Sie gewaltsam entfernen lassen."

„Sie wissen sehr wohl, dass ich nicht verheiratet bin."

„Sheila Roberts, es ist drei Monate her, dass Kishen Sippy zuletzt hier war."

„Nennen Sie mich Sheila. Dann haben Sie ihn also auch verloren?"

„Leute kommen und gehen."

„Mag sein. Aber mein Herz ist kein Bumslokal, wo ein Mann kommen und gehen kann, wie es ihm passt."

Plötzlich merkte Eddie, dass er die Frau, die ihm – und nicht nur ihm, sondern auch jedem anderen im Raum – solchen Ärger gemacht hatte, mit ganz anderen Augen ansah. Das war also Sheila. Monate lang war sie ein Name ohne Gesicht gewesen. Ihre Geschichte erschöpfte sich darin, dass sie Kishen Sippys Freundin war. Eddie hatte wie selbstverständlich angenommen, Sheila sei ein hinduistischer Name: Shila. Jetzt wunderte er sich, warum ihm nicht gleich aufgefallen war, dass es ebenso ein christlicher Name war. Eddie fragte sich, was Sippy in ihr gesehen haben mochte. Sie hatte etwas Lehrerinnenhaftes, wodurch er sich nach St. Sebastian's zurückversetzt fühlte. Mätressen, dachte er, sollten doch wohl etwas Exotisches und Geheimnisvolles ausstrahlen. Warum sonst sollte ein verheirateter Mann sie sich zulegen?

„Ich möchte Sie nicht verärgern, Sheila, aber ich weiß wirklich nichts von Ihren Angelegenheiten. Und ich möchte auch nichts davon wissen."

„Tun Sie nicht so, Mrs Fernandes. Ich weiß genau, wie viel Sie über mich wissen. Kishen sagte oft, Katholiken würden nur zu ihren eigenen Priestern beichten gehen, aber Sie seien die Beichtmutter der ganzen Welt."

Mrs Fernandes' Schultern sackten herab. Sie schien es aufgegeben zu haben, sich gleichgültig zu geben. „Was wollen Sie?"

„Ich will Kishen, Mrs Fernandes. Ich will meinen Kishen wiederhaben, mehr nicht." Mrs Fernandes stand eine Minute lang unentschlossen da, dann ging sie auf Sheila zu und legte ihr die Hand auf die Schulter. Kishen Sippys Freundin hatte sich bislang zusammengerissen, jetzt aber fiel sie Mrs Fernandes um den Hals und brach in Tränen aus. „Es ist mir egal, ob er mich heiratet oder nicht, solange er nur zu mir zurückkehrt!"

„Was ich Ihnen gleich sage, wird Ihnen nicht gefallen" – Serena Fernandes strich Sheila sanft über den Kopf –, „aber ich will Ihnen keine falschen Hoffnungen machen. Wenn er seit drei Monaten nicht mehr bei Ihnen war, glaube ich kaum, dass er zurückkommt. Er ist endgültig zu seiner Frau zurück."

Sheila Roberts strich sich mit einer leichten, unbewussten Handbewegung ein paar Haarsträhnen zurück, die ihr in die Stirn gefallen waren. Ein seltsames Lächeln erschien auf ihrem Gesicht, und sie begann den Kopf zu schütteln.

„Sie hat Kishen ebenfalls verloren." Sie ließ die Schließe der geräumigen Handtasche aufschnappen, aus der sie das Feuerzeug geholt hatte, und nahm etwas heraus, das in eine braune Papiertüte eingewickelt war. Sie riss die Tüte auf. Darin lag ein langes Messer mit Flecken von geronnenem Blut an der Klinge.

„Eddie", sagte Mrs Fernandes sehr leise, „würdest du bitte die Tür schließen?"

7

Sie waren in der Garage, in der der Jeep untergebracht war, der wie ein doppelt gepanzerter Panzerwagen aussah. Mr Patil hatte das Tor verriegelt. Ravan wusste mittlerweile nicht mehr, wer eigentlich die Fragen stellte, der Vater oder der Sohn. Seine Kehle war trocken und seine Augen huschten rastlos umher, ohne sich auf einen seiner Inquisitoren zu fixieren. Selbst wenn das Garagentor offen gewesen wäre, da war er sich sicher, hätte es für ihn kein Entkommen gegeben.

„Unser geschätzter Freund hier stand am Fahrkartenschalter, als ich am Bahnhof ankam“, teilte der Vater dem Sohn mit und wandte sich dann zu Ravan. „Also, wohin wollten Sie Sita nach der Entführung bringen? Nach Bombay, nach Puna? Nein, nein, natürlich nicht! Sie wollten sie in Ihr uraltes Königreich Lanka bringen!“

„Ich schwöre, ich habe sie nicht gezwungen. Ich schwöre es bei meiner Mutter. Ich schwöre es bei der Göttin *Amba,* die meine Mutter sehr verehrt. Sita sagte: Nimm mich mit, also habe ich es getan.“

„Wohin mitnehmen?“

„Dorthin, wo der Himmel die Erde berührt, sagte sie, für immer und ewig.“

„Und Sie haben auf sie gehört?“

„Wenn Ravan nicht auf Sita hört, wer dann?“ Ravan war mit seiner Erwiderung sehr zufrieden.

„Gajanan, kümmere dich um unseren Freund hier.“ Mr Patil entriegelte das Tor. „Ich bin bald wieder da.“

„Wo gehen Sie hin, Patil?“ Ravan staunte über seine eigene Dreistigkeit. Bis gestern Abend, bis noch vor einer Minute wäre es für ihn unvorstellbar gewesen, diese erhabene Persönlichkeit ohne die Anrede „Mr“ anzusprechen.

Mr Patil nahm Ravans Unverschämtheit zur Kenntnis, doch sie machte ihn nur umso verbindlicher. „Die Braut und den Bräutigam verabschieden.“

„Patil, sie gehört mir, mir allein! Wir sind verwandte Seelen. Das hat sie selbst gesagt. Sie ist eine große Sängerin und Künstlerin. Wir werden die erste Hindu-Hochzeitsband des Landes mit einer Sängerin sein. Wir werden die indische Musik von Grund auf verändern. Wir werden zum Film gehen. Wir werden berühmt!“

„Meine Tochter soll in der Öffentlichkeit singen? Vielleicht sogar vor Leuten tanzen? Wie Prinzessin *Mirabai*?“

„Ganz genau. Aber nicht nur religiöse Lieder. Alles. Ich werde die Lieder komponieren, und sie wird ihnen mit ihrer wundervollen Stimme Leben einhauchen.“

„Ich fürchte, Gajanan, wir werden unseren Gast trotz des damit für ihn verbundenen Unbehagens knebeln müssen.“

Ravan sprach jetzt lauter, um jeder übereilten Maßnahme vonseiten der Patils zuvorzukommen. „Ich warne Sie, Patil, das wird Sie teuer zu stehen kommen!“

„Tatsächlich?“ Gajanan war die fleischgewordene Höflichkeit. „Inwiefern?“

„Sita und ich hatten eine Beziehung.“

„Was denn für eine Beziehung?“, fragte der alte Mann. „Hat sie Ihnen eine *rakhi* um das Handgelenk gebunden und Sie zu ihrem Bruder gemacht?“

„Wir haben die Ehe vollzogen – Sita und ich, nicht ihr Ehemann!“ Ravan ließ das erst mal wirken. Er hatte keinen Zweifel daran, dass Vater wie Sohn unter der Wucht dieser Offenbarung torkelten, aber irgendwie hatte er das Gefühl, dass noch etwas fehlte, der endgültige Schlag, der sie niederschmettern würde, um vor ihm im Staub zu kriechen. Seine Augen wurden schmaler. Er schwieg kurz. „Sita hat mir – ja, mir, Ravan! – ihre Jungfräulichkeit hingegeben.“

„Ihnen?“ Mr Patils Stimme war fast ein Krächzen. Es war offenkundig, dass Ravans Enthüllung die erhoffte Wirkung erzielt hatte.

„Ja. Sie sagte mir, dass, als sie mich in meiner Uniform sah, ihr Herz in Liebe entbrannt sei. Sie sagte: ‚Mag Lanka auch in Flammen aufgehen, wir werden uns niemals trennen!‘“

„Besteht vielleicht die Möglichkeit“, fragte Gajanan fast schon servil, „ich meine, glauben Sie, wir könnten zu einer Art Einvernehmen kommen und uns Ihr Schweigen sichern?“

Ravans Worte hallten in der Garage wider: „Wahre Liebe ist niemals käuflich, Patil!“

„Wollen Sie es sich nicht noch einmal überlegen? Bitte.“ Jetzt war es der alte Mann, der bettelte.

„Niemals!“

„Das ist bewundernswert, wirklich sehr bewundernswert.“ Gajanans Ton hatte sich verändert.

Ravan musterte Sitas Bruder. Nein, er mochte diesen Mann nicht. Er hatte keinerlei Schwachstelle, keine Schramme in seiner Rüstung, nur ein totes Gesicht, aus dem sich nichts herauslesen ließ. Er war ein wenig größer als sein Vater, sechs Fuß, vielleicht etwas mehr. Anders als Mr Patil trug er eine Hose und ein Hemd mit offenem Kragen. Seine *Kolhapuri-chappals* waren brandneu und mussten geölt werden. Sie quietschten, wenn er sein Gewicht von einem auf den anderen Fuß verlagerte. Er hatte langes, dicht gelocktes Haar, das in der Mitte gescheitelt war. Er sah einen mit einem kalten Blick an, bei dem man ganz kribbelig wurde und sich fragte, was ihm durch den Kopf gehen mochte.

„Dieser Mann ist nicht käuflich, Vater. Er ist stark und unerschütterlich wie der Polarstern.“

„Sie geben mir also Sita zurück?“, fragte Ravan selbstgefällig.

Mr Patil setzte sich auf die Motorhaube des Jeeps. „Tut mir leid, aber ich beabsichtige nicht, das *Ramayana* umzuschreiben und meine einzige Tochter statt Ram diesem verächtlichen Erzschurken Ravan zu überlassen.“

„Wenn es so ist, werde ich dem Bräutigam und seinen Eltern alles erzählen!“ Ravans Stimme schwoll theatralisch an. „Ich werde es der ganzen Welt erzählen!“

„Korrektur, er hat nur ein Elternteil, seine Mutter. Sein Vater ist schon vor langer Zeit gestorben. Nicht gerade der Hellste, aber er ist ein guter Junge. Hört auf seine Mutter. Er hat vier Schwestern. Aber das tut alles nichts zur Sache, Ravan-sahab.“ Mr Patil legte Ravan eine väterliche Hand auf die Schulter. „Ich werde Sie in ein kleines Geheimnis einweihen. Unsere Sita hat schon immer den Männern die Köpfe verdreht. Schon als kleines Kind.

Erinnern Sie sich an die Bioskope? In die man als Kind hineinschaute, das Messing-Okular in beide Hände nahm und eine Besichtigungstour durch Agra, London und New York geboten bekam? Und wer könnte das Püppchen oben auf dem Bioskop vergessen? Sie hielt zwei winzige Becken in den Händen. Jedes Mal, wenn sie die Hände zusammenschlug und die Becken klirrten, ging ihr Rock hoch. Das ist meine Sita. Sie sieht einen Mann, und ihr Rock geht hoch.“

„Sie lügen!“ Ravan war den Tränen nahe.

„Gestatten Sie mir, Ihnen noch etwas mehr über die Vergangenheit meiner lieben Sita zu erzählen.“ Der alte Mann sprach in einem Ton, als schüttete er Ravan sein Herz aus. „Zwischen ihrem vierzehnten und neunzehnten Lebensjahr wurde sie fast jedes Jahr schwanger. Sie war immer bereit, das Baby zu bekommen, aber wir waren von den jeweiligen Vätern nicht sonderlich begeistert und haben jedes Mal für eine Abtreibung gesorgt.“

„Die folgenden anderthalb Jahre haben wir sie scharf im Auge behalten“, Gajanans Mund verhärtete sich, „nicht einmal eine Fliege gelangte ohne unsere Erlaubnis in ihr Zimmer.“

„Aber unsere Sita ist eine findige Person.“ Jetzt hatte sich ein Ton der Bewunderung in die Stimme des alten Mannes eingeschlichen. „Ja, sie ist wirklich eine Nummer für sich. Dieses Mal merkte es selbst ihre Mutter erst, als sie im dritten Monat war.“

„Versuchen Sie mal, für ein gefallenes Mädchen einen Mann zu finden! Besonders, wenn sie aus guter Familie ist“, warf Gajanan ein. „Wir hatten es beinahe schon aufgegeben, stimmt's, Vater? Und dann haben die Götter uns zugelächelt. Die Mutter des Bräutigams ist eine verständnisvolle Frau. Vier Töchter, kein Mann, kein Geld und ein guter Familienname können eine Frau sehr verständnisvoll, sehr vernünftig machen."

„Sie haben Sita angenommen, haben sie umarmt, als gehörte sie schon zur Familie. Es hat uns lediglich achtzigtausend gekostet, plus fünfzigtausend an weiteren Ausgaben, einschließlich Ihrer Gage. Und jetzt wollen Sie Sita haben. Sonst ..." Mr Patil ließ den Satz unvollendet in der Luft hängen.

„Sonst", nahm Gajanan den Faden auf, „erzählen Sie alles Sitas Mann und Schwiegermutter, liefern ihnen einen detaillierten Bericht von Sitas Hochzeitsnacht."

Ravan sah Mr Patil an, diese Ikone von Reichtum und Macht. Gerade mal vierundzwanzig Stunden zuvor hatte er beschlossen, seine Gunst zu gewinnen. Dieser Auftritt würde die Geschicke der Cum September Band zum Guten wenden. Er würde einen Neuanfang darstellen. Er hatte es fast geschafft, trotz all der unvorstellbaren Kalamitäten, die in Gestalt eines für die Jahreszeit ungewöhnlichen Gewitters, eines lädierten Xylophons und Kambles Possen über ihn hereingebrochen waren. Das Publikum, ganz zu schweigen von der Braut selbst, hatte zu seiner Musik gerockt. Und dann war das Unerwartete und Unmögliche geschehen. Er hatte um ein Haar die Braut gekriegt. Und dazu eine Sängerin. Vielleicht hätte Mr Patil ihn mit der Zeit als Schwiegersohn akzeptiert, und dann wäre Ravans Stern geradewegs zum Zenit emporgeschossen.

Jetzt wurde *Kamadhenu*, die Wunschkuh, Spenderin grenzenlosen Reichtums, direkt vor seinen Augen geschlachtet und zerlegt. Oh Gott, ich flehe dich an, tu mir das nicht an! Ich schwöre dir, ich habe Sita nicht verführt! Sie hat mich verführt. Ich war naiv und unschuldig, und ich gebe zu, ich habe mich fortreißen lassen. Aber das verdiene ich nicht. Mein Lebensinhalt ist die Musik! Und ich will ein Filmstar werden. Ich will nicht für den Rest meines Lebens Taxi fahren! Doch Ravan hatte das Gefühl, dass er, trotz der Inbrunst seines Gebetes, nicht die Sorte Mensch war, für die sich Gott ein Bein ausreißen würde.

Er würde sich schon aus eigener Kraft aus dem Schlamassel ziehen müssen. Verzweifelte Situationen verlangen nach verzweifelten Maßnahmen. Er wollte einen letzten Versuch unternehmen, die einmalige Gelegenheit wieder an sich zu reißen, ehe sie ihm vollends entglitt.

„Also schön." Ravan klang männlich, entschlossen. „Meine Lippen sind versiegelt. Für immer. Ich werde vernünftig sein. Wir können zu einer Einigung kommen, wie Sie selbst vorgeschlagen haben."

Es war beruhigend, Mr Patil lächeln zu sehen. „Ich fragte mich schon, wann Sie ein Einsehen haben würden. Und was würden Sie als eine vernünftige Einigung ansehen?"

„Was soll ich sagen? Sie sind der Ältere. Ich überlasse es gerne Ihnen."

„Oh, nein, Mr Ravan Pawar! Sie sind unser geehrter Gast. Sie haben letzten Abend die Ehre unserer Familie gerettet. Sie haben es nicht übers Herz gebracht, unsere liebe Tochter zurückzuweisen. Für diese große Liebenswürdigkeit und dafür, dass sie für immer schweigen werden, müssen Sie uns Ihren Preis nennen."

So in die Enge getrieben hatte sich Ravan nicht einmal gefühlt, als Mr Patil ihn und Sita auf dem Bahnhof erwischt hatte. Was sollte er jetzt antworten? Oh Gott, in was hatte er sich da nur reingeritten? Jetzt brauchte er einen klugen, vernünftigen, realistischen Rat. Mr Patil hätte ihn geben können, aber er hatte ihm den Schwarzen Peter zurückgeschoben.

Ravan atmete tief durch. Ihm fiel jetzt auf, dass die Garage ein Wellblechdach hatte. Früher war es wohl ein Pferdestall gewesen. An den Wänden hingen drei staubige Sättel und mehrere Steigbügelpaare. „Fünftausend."

Mr Patil schüttelte sarkastisch den Kopf. „Ich wollte das Ausmaß Ihrer Habgier und die Reichweite Ihres Ehrgeizes feststellen. Ich habe mich nicht allzu sehr verschätzt. Sie liegen lediglich zehntausend unter der Forderung, die ich von Ihnen erwartet hatte." Mr Patil legte Ravan erneut in väterlicher Manier seine Hand auf die Schulter. „Du bist nur ein kleiner Dieb, Ravan. Deine Vorstellungskraft kann nur Kleingeld fassen. Selbst wenn du jemanden erpressen willst, schaust du nicht weiter, als du pissen kannst." Er schwieg kurz, wie um noch einmal alles zu durchdenken. „Die einzige Möglichkeit, Geld, das große Geld, zu machen, ist, im Großen zu denken. Business ist das große Geld. Und man kann alles auf Erden in Business verwandeln. Vergiss nicht, auch in Scheiße steckt Business. Alles, was die Stadt Karjat und ihr Umland wegschmeißen, verwandle ich in Gold. Ich bin der König des Mülls. Wenn du deinen letzten Atemzug tust, wirst du zu Müll. Das Holz für den Scheiterhaufen, das zu deiner Entsorgung benötigt wird, ist für mich Business. Schutzgelder sind Business. Ich handle mit all diesen und weiteren Waren."

Mr Patil zog seine Hand zurück. Und verabreichte Ravan damit eine Ohrfeige, die den jungen Mann zu Boden streckte. „Niemand droht mir oder erpresst mich. Kneble ihn und fessle ihn an die Stoßstange des Jeeps. Wir kümmern uns später um ihn. Vielleicht starten wir den Motor und lassen ihn an den Abgasen ersticken."

Ravan kam sich vor wie in einem dunklen Kinosaal. Allerdings lief der Film nicht dort, sondern draußen. Er musste die Handlung aus dem Ton erschließen. Er hörte, wie Kofferräume von Wagen geöffnet und schwere Gepäckstücke eingeladen wurden, ein Hund schrill aufjaulte und ein Mann ihn mit einem Fluch bedachte. Wo waren bloß Kamble, Navare und Kanhaiyyalal? Jetzt stiegen Leute in die Autos ein.

„Kann ich nicht meinen Sari wechseln? Ich hab doch so viele neue!"

Er kannte diese Stimme. Er war bereit gewesen, für sie die sieben Meere zu durchqueren. Sie war wie Sternenstaub, der auf einen niederrieselte. Sie munterte ihn auf und weckte Erinnerungen an die vergangene Nacht. Jetzt würde sie nach ihm fragen, bestimmt.

„Du kannst dich umziehen, sobald du in deinem neuen Zuhause bist“, sagte Mr Patil brüsk. Eine Autotür knallte zu.

„Spielt denn die Cum September Band kein trauriges Stück zu meiner Abfahrt, damit alle richtig lange um mich weinen können? Bitte! Wie soll ich sonst das Gefühl haben, dass ich verheiratet bin und das Haus meiner Mutter für immer verlasse?“

„Keine traurigen Lieder.“ Gajanan, mit nüchterner Stimme. „Wir freuen uns alle darüber, dass du in das Haus deines Ehemanns ziehst.“

„Ich freue mich auch unheimlich! Ich werde dort neue Leute kennenlernen, neue Freundschaften schließen, ins Kino gehen! Sie werden doch mit mir ins Kino gehen, oder? Oh je, er ist eingeschlafen!“

Es war eine Stimme ohne Arg oder Erinnerung, das wurde Ravan jetzt klar. Sie schloss leicht Freundschaften, sie war zärtlich und freigebig und sie hing an nichts. Sie konnte nur in der Gegenwart leben. Die Erkenntnis stimmte ihn todtraurig, aber sie machte ihm auch Mut. Auch er würde über Sita hinwegkommen und weiterziehen.

Die Motoren sprangen an, Abschiedsgrüße gingen hin und her, während Mrs Patil untröstlich weinte. Die Autos setzten sich schon in Bewegung, als Sitas Mutter schrie: „Halt, halt! Ich habe vergessen, eine Kokosnuss zu zerschlagen!“

„Die zerschlagen wir später “, schnauzte Mr Patil sie an.

Und dann war die Wagenkolonne verschwunden.

„Könnten wir jetzt unser Geld haben?“ Navare hatte wieder Probleme mit seinem Asthma. In seiner Stimme erklang ein ganzes Quartett von schnarrenden Saiteninstrumenten.

„Ihr Leute seid immer noch hier?“ Gajanan klang überrascht.

„Wir können Ravan nicht finden“, meldete sich Kamble zu Wort. „Wir haben überall gesucht.“

„Kümmern Sie sich nicht um ihn“, sagte Navare brüsk. „Bezahlen Sie uns, und wir sind weg.“

„Aber wir haben euren Chef doch schon bezahlt, bevor er gegangen ist.“

„Gegangen ist?"
„Ihn bezahlt?"
„Ohne uns?"
„Wie konnte er?"
„Das fragt ihr ihn am besten selbst, sobald ihr ihn seht. Irgendjemand da?", rief Mr Patil. „Fahrt diese Leute zum Bahnhof!"
„Ravan sagte, Sie würden uns wieder nach Hause fahren!"
„Wir holen zwar Müll ab, aber wir bringen ihn nicht wieder zurück."
„Wir haben kein Geld für die Fahrkarten."
„Macht das mit Ravan Pawar aus."

Jetzt war Ravan allein. Die Tonspur des unsichtbaren Films war zu Ende. Er hatte gehört, wie sie das Festzelt abbauten, auf Lastwagen luden und wegfuhren. Jemand hatte eine Pumpe eingeschaltet und spritzte das Gelände ab. Wie gut die Erde roch, wenn man sie mit Wasser durchtränkte! Er hörte, wie die Wasserstrahlen auf den fruchtbaren Boden prasselten und schäumten und alles lösten und ausgruben, was in den letzten Stunden darauf verschüttet worden war. Für einen Moment vergaß er, dass er geknebelt und an Händen und Füßen gefesselt war. Was sollte er jetzt seiner Mutter sagen? Besser gesagt: Wer würde ihr sagen, dass er noch immer in Karjat war? Kamble, Navare und Kanhaiyyalal würden ihr erzählen, dass er mit ihrer Gage durchgebrannt war. Das würde sie in tiefe Verwirrung stürzen.

Die Verwandten und sonstigen Gäste der Patils schienen alle gegangen zu sein, und das Haus war in Schlaf gefallen. Die Sonne stand jetzt hoch am Himmel. Die Temperatur stieg schwindelerregend. Die Wellblechplatten des Garagendachs wanden und beschwerten sich darüber, dass man sie an die Balken festgeschraubt hatte. Drinnen wurde die Luft immer dünner und köchelte, die Hitze nahm ihm die Sinne. Die verdammten Hähne hörten nicht auf zu krähen. Vielleicht waren Morgen, Mittag und Abend für sie ein und dasselbe. Würde er erst verdursten, verhungern, ersticken oder vor Einsamkeit sterben? Ravan döste ein.

Als er aufwachte, hatten sich Scheibchen von Sonnenlicht durch die Ritzen im Garagentor geschoben. Er hatte jetzt einen unbändigen, tierischen Durst und Hunger. Er dachte an Mr Patil. Er hegte keinerlei Groll gegen ihn. Wenn man Macht hat, setzt man sie nach Gutdünken ein, ohne Wenn und Aber. Deswegen hieß sie ja Macht.

Er meditierte über den Rat, den Mr Patil ihm gegeben hatte. Wie viel hätte er verlangen müssen, um ihn zu beeindrucken? Fünfzigtausend, hunderttausend, zehn Millionen? Wie viel waren zehn Millionen überhaupt? Sieben Nullen oder neun? Und wäre Mr Patil von seiner Kühnheit beeindruckt gewesen, hätte er ihm das Geld gegeben und ihn laufenlassen? Oder wäre lediglich seine Strafe noch schlimmer ausgefallen? Obwohl das schwer vorstellbar war, da er sich keine Qual vorstellen konnte, die noch größer gewesen wäre als die, die er gerade durchlitt. Wenn man mächtig war, konnte man es sich leisten, unlogisch und unberechenbar zu sein. Eines war sicher: Mr Patil war nichts weniger als die Bhagavadgita des Geschäftssinns. Was hatte er noch mal gesagt? Business war alles. Und alles war Business. Schau dich um: Wälder sind Business, Lebensmittel sind Business, Transport und Verkehr sind Business, Landwirtschaft ist Business, Abfall ist Business und ebenso der menschliche Körper.

Das Licht begann jetzt zu schwinden. Die Autos, die Sita und die Familie des Bräutigams zu ihrem neuen Zuhause gefahren hatten, waren inzwischen zurück. Selbst die Geräusche der Stille waren verstummt. Hände und Beine waren ihm eingeschlafen. Er hatte sich schon vor Längerem in die Hose gepinkelt, aber auch dieser Geruch war bereits verflogen. Er verspürte weder Hunger noch Durst. Wie viele Tage brauchte ein Mensch, um zu verhungern?

Er schreckte aus dem Schlaf, als Mr Patil und Gajanan das Garagentor aufschlossen und hereinkamen. Das Licht stach ihm scharf in die Augen. Wie spät war es? Seine Zunge war von dem weißen, pelzigen Belag bedeckt, der laut seiner Mutter ein sicheres Anzeichen dafür war, dass er keinen regelmäßigen Stuhlgang hatte. Während des Schlafens hatte sein Kopf offenbar vornübergehangen; er hatte einen furchtbar steifen Nacken. Gajanan band ihn los und nahm ihm den Knebel ab.

„Wie spät ist es?“

„Halb sieben. Steh auf!“

Ravan versuchte es, fiel aber nach vorn.

„Kann ich bitte etwas Wasser haben?“

„Es stinkt ja ekelhaft!“

Vater und Sohn hoben Ravan auf und verfrachteten ihn in den Jeep. Als der Wagen beschleunigte, fühlte sich die Morgenluft gut an. Ravan versuchte, die Füße zu heben und sie gegen den Wagenboden zu schlagen, um seinen Kreislauf wieder in Bewegung zu bringen, aber seine Beine waren ebenso taub wie seine Arme und Hände. Die Straßen waren frei, und Gajanan fuhr, als habe er eine Verabredung und sei ein paar Tage zu spät dran. Sie hatten schon fast die Schnellstraße erreicht, als der Jeep plötzlich stoppte. Mit seinen tauben Händen und Beinen wurde Ravan auf den Wagenboden geschleudert.

Gajanan öffnete die Tür und zerrte Ravan heraus. Er fing an, ihn auszuziehen. Als er zu Hose und Unterhose gelangte, hielt er die Luft an und versuchte, möglichst wenig Kontakt mit den Knöpfen zu haben.

„Was tun Sie da?“, protestierte Ravan mit zunehmendem Entsetzen. Die Knie gaben noch immer unter ihm nach. „Um Gottes willen, was tun Sie da?“

„Bye-bye, Mr Pawar. Es ist Ravans Schicksal, zehn Mal getötet zu werden. Aber das werden wir anderen überlassen. Sagen wir einfach, dies ist ein symbolischer Tod. Oder vielleicht auch eine Wiedergeburt. Sie wollten uns unsere Ehre nehmen. Jetzt sehen Sie selbst, wie es ist, wenn einem alles genommen wird. Leben Sie wohl!“

Der Jeep wendete, fuhr zurück, bog nach rechts ab und verschwand. Ravan war fest davon überzeugt, für den Rest seines Lebens gelähmt zu sein, aber nach einer Viertelstunde konnte er seinen rechten Arm wieder ein bisschen bewegen. Er hob mit der rechten Hand seine Linke und ließ sie ein Dutzend Mal hinunterfallen. Ein Auto kam die Straße entlang. Er winkte verzweifelt. „Stopp! Stopp! Hilfe!“ Der Fahrer sah ihn an und lachte, machte einen Schlenker und fuhr weiter. Der Mann im Fond drehte sich um und starrte durch das Heckfenster, bis das Auto hinter einer Kurve verschwand. Was war so gottverdammt komisch? Ravan sah an sich hinunter und erkannte, dass da einiges in der Tat ein bisschen komisch war. Er humpelte eilig die Böschung hinauf und ließ sich in den Graben rollen.

„Dreckschwein, Hurensohn, Bastard!“, schrie er lauthals. „Hat mir nicht einen Tropfen Wasser gegeben! Nicht mal, als ich darum gebettelt hab! Hat mir alle Kleider ausgezogen! Wie soll ich jetzt wieder nach Hause kommen?“ Dieser letzte Gedanke trieb ihm die Tränen in die Augen. Er war allein und verlassen; er wollte, dass seine Mutter kam und ihn nach Hause holte. Er wollte es den Patils heimzahlen, dass sie ihn nackt am Straßenrand ausgesetzt hatten. Es war ein so schönes Gefühl, sich selbst zu bemitleiden, dass er anfing zu heulen.

Er bedachte Gajanan mit absolut jedem Schimpfnamen, der ihm einfiel. Er würde zu den Leuten zurückkommen und Gajanan die Hose ausziehen. Er würde ihnen schon zeigen, aus welchem Holz er geschnitzt war. Er bemerkte, dass er vor einem Guavenbaum stand. Das war nicht gerade sein Lieblingsobst, aber schon nach wenigen Minuten hatte er seine fünfte Guave in Arbeit. Er wusste selbst nicht so recht, warum er noch immer aß. Er war längst satt, und sein Bauch war jetzt so voll, dass er kaum noch Luft bekam. Er legte sich auf den Erdboden und bereitete sich auf das Sterben vor. Wofür lohnte es sich noch zu leben? Mal abgesehen von seiner Musikerkarriere, die ohnehin im Eimer war, wie sollte er nach Hause kommen? Wie konnte er sich in den CWD-Chawls blicken lassen? Er wagte nicht, sich vorzustellen, wie Parvati-bai auf diese erneute, diesmal nackte Manifestation reagieren würde. Eines war sicher, Navare, Kamble oder Kanhaiyyalal konnte er nie wieder unter die Augen treten. Die schrien bestimmt schon nach seinem Blut. Sie hielten ihn mit

Sicherheit für einen Gauner, der sie alle betrogen hatte. Mr Patil hatte ihnen erklärt, er sei bezahlt worden. Wem würden sie wohl eher Glauben schenken? Ravan oder dem Patriarchen?

Das Schlimmste war gar nicht mal, dass er so angegeben und herumposaunt hatte, die Cum September sei dabei, zur gefragtesten Band in Bombay zu werden. Was am meisten wehtat – und mit diesem Gedanken würde er bis zum Ende seiner Tage leben müssen –, war die Tatsache, dass er es fast geschafft hatte. Sie wären noch jahrelang das Stadtgespräch in Karjat gewesen, und ihr Ruf hätte sich herumgesprochen. Zum ersten Mal hatten sie aufgehört, wie die übliche quäkige Brass Band zu klingen, in der jeder in eine andere Richtung zieht, und hatten angefangen, einen einzigartigen Sound und eine eigene Seele zu finden. Irgendetwas war passiert. Navare, Kamble, Kanhaiyyalal und er waren eins geworden. Ein einziger Fehltritt – zugegeben, ein sehr schwerer –, und er hatte alles verloren. Es war ihm unbegreiflich, was über ihn gekommen war. Er ließ sich normalerweise nicht so leicht fortreißen. Und doch hatte er für diese zwölf oder achtzehn Stunden völlig den Verstand verloren. Es war, als wäre er besessen und hätte sich von seinem Hirn verabschiedet. Es wäre nur zu leicht gewesen, sich zu sagen, dass Sita ihn verführt hatte und für all sein Missgeschick verantwortlich war. Doch er wusste es besser. Er wusste, dass ihm eine Chance geboten worden war, sich zu beweisen und alles wieder gutzumachen, und dass er alles versaut hatte. Er verdiente es, zu sterben.

Zwei sechs- bis siebenjährige Jungen starrten ihn an. Ravan versuchte, seine Blöße zu bedecken, aber es war sinnlos. Er stand hastig auf, rannte los und versteckte sich hinter einem Baum. Weitere Kinder schlossen sich den zweien an. Sie trugen Taschen auf den Schultern und waren offenbar auf dem Weg zur Schule. Wo kamen die auf einmal her? Ravan hatte angenommen, mitten in der Wildnis zu sein. Zwei unternehmungslustige Jungen kamen auf ihn zu. Ravan sah sich nach einem möglichen Fluchtweg um. Die Jungen waren kaum zwanzig Meter von ihm entfernt und zeigten kichernd auf seinen Penis, der zu einer kleinen

Kaulquappe geworden war. Er bückte sich und klaubte etwas Erde auf und verrieb sie auf seinem Körper. Er rupfte ein paar Blätter und Zweige ab und steckte sie sich in die Haare und hinter die Ohren. Wie verhielten sich Verrückte? Er gab sinnlose Laute von sich und gestikulierte wild. Die Jungen zogen sich zurück, aber nur ein kurzes Stück.

Ravan bekam allmählich Spaß an seiner Irren-Nummer, als er zwei ältere Jungen und drei Mädchen bemerkte, die in seine Richtung kamen. Er machte kehrt und ergriff die Flucht. Er war vielleicht vierzig Schritt weit gekommen, als ihn der erste Stein am Rücken traf. Er drehte sich um. Es war einer der zwei Jungen gewesen, die ihn entdeckt hatten. Ein Mädchen schleuderte etwas nach ihm. Er duckte sich, aber nicht schnell genug. Etwas Spitzes und Hartes schlug ihm gegen die Stirn. Er spürte einen stechenden Schmerz, und Blut tropfte ihm in die Augen. Mehr als der Schmerz war es die unerwartete Grausamkeit, die ihn so sehr erschütterte, dass er sich hinsetzen musste. Das Wurfgeschoss, das ihm die Stirn aufgeschlagen hatte, lag vor ihm. Es war ein ramponierter hölzerner Kreisel mit roten und grünen Streifen. Inzwischen beschmissen ihn die Kinder mit allem, was sie in die Hände bekamen.

Blutend, bestürzt und kopflos rannte Ravan davon, bis er die Schnellstraße erreichte. Die Kinder waren nicht weit hinter ihm. Ohne groß auf die wild hupenden Autos und Laster zu achten, lief er Haken schlagend über die Fahrbahn. Er würde den ganzen Weg nach Bombay rennen, bis er wieder zu Hause wäre.

Als die Polizei ihn einsammelte, hätte er die zwei Beamten, die ihn in den Transporter stießen, glatt umarmen können.

„Wo sind deine Sachen?“

„Ich habe Ihnen doch gerade die ganze Geschichte erzählt!“

„Eine äußerst glaubwürdige. Und den Namen hast du dir tatsächlich gut ausgesucht. Es gibt bestimmt eine Million Patels in Maharashtra.“ Der Polizist stieß ihm mit seinem Knüppel in die Rippen.

„Das tut weh! Und der Name war nicht Patel, sondern Patil."

„Ach, das tut weh?" Der Polizist schaute erstaunt und rammte ihm den Stock noch fester in den Brustkorb, bis Ravan mit dem Rücken an der Wand der Zelle stand. Sie befanden sich in der Polizeiwache Mazagaon. Der diensthabende Sub-Inspector döste, die Füße auf einem großen alten Holztisch, auf seinem Stuhl. Der Deckenventilator schwirrte mit arthritischen Klicken bei jeder Umdrehung vor sich hin. Zwei Polizisten verhörten Ravan. Andere gingen ein und aus. Ein lächelnder Mahatma Gandhi blickte von seiner hohen Warte an der Wand gütig auf das Geschehen herab, während Jawaharlal Nehru, das Kinn auf das Handgelenk gestützt, in einem zweiten Bilderrahmen über die Weltlage sinnierte.

Der andere Polizist hob mit dem Ende seines Bambusschlagstocks Ravans Penis hoch. „Hey, was baumelt dir da zwischen den Beinen? Noch nie so was gesehen!"

Ravan lächelte schwach. Er wollte sie nicht beleidigen.

„Irgend so ne Art Krebsgeschwulst?" Der Polizist hatte angefangen, die Spitze von Ravans Penis und seine Hoden mit leichten Schlägen zu traktieren. „Das müssen wir wegkriegen."

Der Polizist musste ein Sammelsurium von Melodien im Kopf haben, nach deren Takt er schlug, denn er wechselte ständig das Tempo: schnelle Trommelwirbel, Stakkato-Märsche und langsame Walzer-Rhythmen.

„Bitte nicht!" Ravans Hoden waren angeschwollen, und er verlor vor Schmerz immer wieder kurzzeitig das Bewusstsein, aber es war ihm absolut klar, warum er solch unerträgliche Leiden erdulden musste. Er hatte sie verdient. Sie waren die Strafe dafür, dass er den Menschen, den er über alles liebte, verraten hatte: Eddies Schwester Pieta.

„Das kann doch unmöglich weh tun." Der Polizist versetzte Ravan einen scharfen Hieb auf die Fingerknöchel. „Hier findet eine Ermittlung statt. Bildest du dir ein, nur weil du bekloppt bist, darfst du die Justiz behindern?"

„Ich bin nicht verrückt!", schrie Ravan. „Bitte nicht schlagen!"

„Wenn du nicht bekloppt bist, warum hast du dann nichts an, und das auch noch in aller Öffentlichkeit?" Der zweite Polizist schlug ihm auf den Kopf.

„Warum haben Sie mich denn nicht bei mir zu Haus aussteigen lassen, wie ich Sie gebeten habe, als wir dort vorbeigefahren sind? Meine Mutter ist bestimmt außer sich vor Sorge!"

„Dich aussteigen lassen? Weißt du nicht, dass es strafbar ist, nackt auf der Straße rumzulaufen?"

„Dieser Gajanan Patil hat mir alles abgenommen, meine Brieftasche, meine Kleider, alles!"

„Warum sollte ausgerechnet ein Patil, ein Dorfvorsteher, dich bestehlen wollen?"

„Ich wette, du wolltest mit diesen Kindern und deinem unanständigen Gewächs da vorn irgendein krummes Ding treiben." Der erste Polizist führte eine neue Facette in das Verhör ein. „Sag die Wahrheit, hast du dir deshalb Hemd und Hose ausgezogen?"

„Ich schwöre Ihnen, dass diese Kinder mich mit Steinen beschmissen haben! Sehen Sie denn nicht die Platzwunde an meinem Kopf und die blauen Flecken am ganzen Körper?"

„Klar sehen wir die, aber warum haben die Kinder das wohl getan?"

Parvati-bai erschien in der Tür. Ravan bedeckte schamvoll seine Blöße und flüsterte: „Weil ich nackt war, deswegen."

„Kein Kind würde, ohne provoziert zu werden, jemanden verletzen. Was für eine Schweinerei hattest du mit den Kindern vor?"

„Die einzige Schweinerei, von der ich weiß, läuft gerade hier ab!" Parvati-bais helle, laute Stimme riss den Sub-Inspector aus dem Schlaf. „Schämen Sie sich nicht, dass Sie es nicht einmal für nötig halten, meinen Sohn zu bedecken?"

„Ihr Sohn, gnädige Frau", der Sub-Inspector lächelte Parvati-bai herablassend an, „wurde in der Nähe von Karjat in einem Zustand völliger Entblößung aufgegriffen."

„Und Sie sind nicht auf die Idee gekommen, ihn auf dem schnellsten Weg nach Haus zu bringen, obwohl ich schon gestern Nachmittag eine Vermisstenanzeige erstattet hatte? Haben Sie wenigstens jetzt den Anstand, ihn vor seiner eigenen Mutter zu bedecken!"

Draußen auf der Straße weigerte sich Parvati-bai, neben Ravan herzugehen, der nur ein schmutziges altes Handtuch von der Polizeiwache um die Lenden gewickelt hatte.

„In dem Alter nackt herumzulaufen, mein eigener Sohn!"

8

„Was würden deine Eltern sagen, wenn ich zusammen mit euch nach England käme?“

Seit Pieta ihren eigenen Bruder so grausam im Stich gelassen und sich geweigert hatte, ihm auch nur ein bisschen Geld zu leihen, hatte Eddie sich das Hirn zermartert, wie er auf andere Weise nach Amerika kommen könnte. Das Wenigste, was seine Eltern für ihn hätten tun können, wäre, stinkreich, schamlos reich, superreich zu sein. Doch sein Vater war genau einen Tag, bevor sein Sohn auf die Welt gekommen war, über den Jordan gegangen, und seine Mutter, die hatte nichts anderes im Kopf als die Frage, wann ihr Sohn endlich auf eigenen Beinen stehen und seine Familie unterstützen würde, ohne sich auch nur bewusst zu machen, dass sie diejenige war, die ihn zu einem unselbstständigen Krüppel gemacht hatte. Ein Ticket, und er wäre nicht nur gegangen, er wäre geflogen und hätte sie und das ganze Land stolz auf ihn gemacht! Dann, ein paar Tage später, erkannte er, dass er, wie immer, blind gewesen war. Die Lösung hatte ihm die ganze Zeit ins Gesicht gestarrt. Er brauchte weder diese rückgratlose Schwester noch seine Mutter: Er hatte ja Belle! Sie würde sein Ticket sein.

„Sie werden begreifen, dass du mehr gesunden Menschenverstand besitzt, als sie angenommen hatten, und du wirst in ihrer Wertschätzung raketenartig aufsteigen. Sie werden dich zum ehrenamtlichen Untertanen ihrer Königin ernennen, lang lebe Ihre Majestät! Ehrenamtlich, daran werden sie dich alle drei Minuten erinnern, ist nicht entfernt mit richtig gleichzusetzen, aber immerhin, wenn sich sonst keiner am Horizont abzeichnet, könnte meine Mutter dich sogar als möglichen Kandidaten für die Hand ihrer Tochter in Betracht ziehen – wenn du es in ihrer Heimat erst einmal zu etwas gebracht hast."

„Und du?"

„Ich werde dich vermissen."

„Was soll das heißen? Wir werden dort zusammen sein."

„Ich gehe nirgendwohin, Eddie. Ich bin gerne hier."

Eddie verzog das Gesicht. „Gib mir Bescheid, wenn du mit deinem Blödsinn durch bist, dann können wir ernsthaft reden."

„Das ist mein Ernst."

„Jetzt red keinen Scheiß, Belle! Nie im Leben werden deine Eltern ihre Tochter zurücklassen!"

„Kapierst du denn nicht, dass sie niemals wegziehen werden? Das ist ihr größter und einziger Traum, und es wäre furchtbar für sie, wenn er in Erfüllung ginge. Kannst du dir vorstellen, was aus ihnen werden würde, wenn sie wirklich auswanderten? Wer würde Dad schon eine Stelle geben, in seinem Alter? Mit viel Glück würde er einen Schreibtischjob in irgendeiner kleinen Firma bekommen, wo er jederzeit wieder rausfliegen könnte. Oder als Portier in einem billigen Hotel. Meine Mutter würde Klavierstunden geben, aber an Lehrerinnen gibt es dort keinen Mangel, und die wären weit besser qualifiziert. Und vergiss nicht, das wären dann auch richtige *goras*, keine Pseudo-Weißen wie ich und meine Eltern. Und worüber könnten sie dann noch jammern, Eddie? Sie könnten sich nicht mehr darüber auslassen, wie sehr Indien vor die Hunde gegangen ist, seit die Briten abgezogen sind. Wie pünktlich die Züge fuhren, solange die Gora-sahabs hier waren. Wie sauber die Straßen, wie korrekt und diszipliniert alle Leute waren, während die Eingeborenen nur Korruption kennen – vom großen Boss bis zum kleinen Handlanger. Hast du die geringste Vorstellung, wie tragisch es für sie wäre, den einen Traum zu verlieren, der sie all die Jahre lang am Leben erhalten hat? Dass sie irgendwann dieses Drecksland verlassen und in ihre einzige wahre Heimat ziehen würden? Das eine Wunschbild, das sie im Kopf mit sich herumtragen, das sie überhaupt am Leben erhält, ist, in Southampton oder wo auch immer das Schiff zu verlassen und sich hinzuknien und britischen Erdboden zu küssen."

Was war mit Belle passiert? Welcher Dämon hatte von ihr Besitz ergriffen? Sonst war sie immer vergnügt und voll frecher Sprüche. Wer war diese fürchterliche Zynikerin, als die sie sich jetzt ausgab? Er hatte sie stets um ihre Beziehung zu ihren Eltern beneidet, um ihr unkompliziertes, kameradschaftliches Verhältnis. Und jetzt brachte sie nur die gehässigsten Dinge über sie heraus. Er hätte sie am liebsten geohrfeigt und ihr gesagt: Hör auf, verdammt, hör auf, dieses widerliche Gift abzusondern!

„Du lügst! Deine Eltern sind nicht so! England ist ihre Heimat, wie könnten sie es nicht lieben?"

„Das hier ist deine Heimat", erwiderte Belle ruhig. „Die liebst du doch sicherlich. Warum solltest du sie also verlassen wollen?"

„Ich hasse dich, ich hasse dich!"

Er hatte das Gefühl zu ersticken. Er musste weg, sofort weg.

„Du hasst mich nicht, Eddie." Als er sich schon zur Türklinke wandte, tätschelte Belle ihm die Backe. „Du bist bloß frustriert und traurig, weil es zur Abwechslung mal nicht so läuft, wie du es gern hättest."

„Du sagst all diese Sachen nur, weil du genauso wie meine Mutter und Pieta bist! Du willst nicht, dass ich diesen grauenhaften Chawls entkomme und etwas aus mir mache!"

„Das ist nicht wahr, Eddie, und das weißt du. Ich würde alles tun, um dich glücklich zu machen."

„Alles?"

„Ja. Fast alles", korrigierte sie sich.

Diesmal würde er nicht denselben Fehler begehen, den er bei seiner Schwester gemacht hatte. Um das Geld für das Ticket würde er sie erst bitten, wenn die Zeit reif wäre.

„Kommst du mit nach England, wenn ich dich heirate?"

„Das meinst du nicht im Ernst."

„Nee, aber ich hab schon alle Mädchen gefragt, die mir auf der Straße über den Weg gelaufen sind. Und da dachte ich: Warum nicht auch dich?"

Belle schaute einen Augenblick lang verdutzt, und dann gab sie ihm einen Schmatz auf den Mund.

„Ja oder nein?", fragte er aus den Mundwinkeln.

„Ja, bevor du deine Meinung änderst und das Angebot zurückziehst!"

„Warum sollte ich das tun?"

„Weil bislang ich es war, die gefragt hat, und du immer abgelehnt hast."

„Das könnte ich immer noch machen, wenn dir der Vorschlag nicht zusagt."

„Halt einfach den Mund und lass mich den Augenblick genießen. Ich hätte nie gedacht, dass du deine Meinung noch änderst. Ich liebe dich, Eddie. Weiß Gott, manchmal habe ich dich sogar mehr geliebt als Jesus!"

Eddie wand sich innerlich. Warum musste Belle alles verderben, indem sie Jesus ins Spiel brachte und ihm so ein schlechtes Gewissen machte? Sie umarmte ihn noch einmal und rieb ihre Nase an seiner. „Wahnsinn, in der einen Minute willst du noch nach England, und in der nächsten machst du mir einen Antrag!"

Ihre Augen wurden nachdenklich. Sie schien zu begreifen, was sie gerade gesagt hatte. Ihr Gesicht umwölkte sich, und sie schob ihn sanft von sich. „Ich frage mich, wer argloser ist, du oder ich? Du willst mich nur deswegen heiraten, weil du unbedingt nach England willst."

„Das ist nicht wahr!", sagte Eddie schroff. „Ganz und gar nicht wahr! Ich will, dass wir beide nach Amerika fahren und dort die Chancen bekommen, die wir in diesem Land niemals haben werden. Kein Mensch erkennt hier, was für eine Wahnsinnssängerin du bist!"

„Ich bin gut, Eddie, eine gute Amateurin. Meine Mutter hält mich für eine Naturbegabung, aber das ist nie genug. Das weißt du selbst. Ich würde Jahre intensiver Übung brauchen, um eine professionelle Sängerin zu werden. Und selbst dann würde ich dieses nicht zu erzwingende Ding mit dem Namen ‚saumäßiges Glück' brauchen, damit eine Plattenfirma mir einen Vertrag gibt."

„Sicher. Aber wir werden Tag und Nacht üben und so gut werden, dass sie uns einfach nicht ignorieren können."

„Du kapierst es einfach nicht, Eddie! Singen macht mir einen Heidenspaß. Manchmal gibt es mir einen richtigen Kick, und ich genieße den Beifall, aber ich bin nicht an dem Punkt, dass ich bereit wäre, alles dafür aufzugeben. Ich bin nicht wie du, Eddie. Du weißt, was du vom Leben willst, und bist bereit, mit voller Kraft voraus daran zu arbeiten, bis du es bekommst. Ich bin nicht so getrieben wie du."

Eddie sah so niedergeschlagen aus, dass Belle ihn an sich zog und umarmte. „Du kannst nichts dafür, Süßer. Ich bin nun einmal so."

Mittlerweile war Eddie im Auntie's ein alter Hase. Er hatte eine gewisse Zeit gebraucht, um eine schlichte Tatsache zu begreifen, aber als der Groschen gefallen war, hatte sich alles wie von selbst gefügt. Ohne Prohibition und ohne Polizei gäbe es kein Auntie's und keinen Job für ihn. Die zwei wichtigsten Daten im Monat waren der Erste, wenn um Punkt elf Uhr vormittags Inspector Gupte oder Durrani aufkreuzten, um sich den Anteil der Polizeiwache Mazagaon auszahlen zu lassen, und der Fünfzehnte, wenn sich dieser schmierige Schleimbeutel, Mr Shingre, einstellte, um sieben große Gläser aufs Haus zu leeren und den monatlichen Schnitt der Prohibitionsbehörde einzustreichen.

Auch in anderen Dingen hatte Eddie dazugelernt. Er wurde mit einem lärmenden oder sogar gewalttätigen Gast fertig, ohne sich einschüchtern zu lassen oder den Betreffenden zu sehr aufzumischen. An den Tagen, an denen er aus Danda Beach oder einem anderen Vorort Nachschub holen musste, richtete er es so ein, dass er den Fusel spätestens um ein Uhr Mittag hatte und binnen einer Stunde in den Nahverkehrszug stieg, und auch das nur im Bahnhof Andheri oder Bandra, von wo aus die Züge in die Stadt abgingen, damit er nicht ins Gedränge der Hauptverkehrszeiten geriet und problemlos einen Sitzplatz im Frauenabteil bekam.

Schon seit Monaten wollte Eddie Mrs Fernandes fragen, was eigentlich aus Sheila Roberts, Kishen Sippys Freundin, geworden war, aber er hatte sich nie dazu durchringen können. Krishnamurthys und Chatterjees marxistischen Jargon verstand er nach wie vor nicht, oder sogar noch weniger, seit die beiden sich zerstritten hatten, aber das kümmerte ihn nicht mehr. Der eine war zum chinesischen Lager übergelaufen und vertrat nun die Ansicht, Gewalt sei das einzige Mittel zur Beseitigung gesellschaftlicher Missstände und zur Überwindung des Staates, während der andere der orthodoxeren, sowjetischen Version der marxistischen Theologie treu geblieben war. Sie saßen in dem engen Raum an getrennten Tischen und töteten sich gegenseitig mit Blicken, aber das Vokabular hatten sie noch gemeinsam. Wenn Chatterjee gegen seinen ehemaligen Freund wetterte, nannte er ihn einen reaktionären Bourgeois oder Revisionisten, während Krishnamurthy das Kompliment erwiderte, indem er ihn als Mao-Arschlecker und linksabweichlerische Ratte betitelte.

Die Gäste mochten Eddie. Er war fröhlich, schlagfertig und beklagte sich nie. Sie witzelten über seine Absicht, Schauspieler zu werden, und gingen ihn ständig um Autogramme an, weil sie, wäre er erst mal ein Superstar, ein kleines Vermögen wert sein würden. Sie fragten ihn, mit welcher Heroine er diese Nacht schlafen würde, und flehten ihn an, sie mit Vyjayanti Mala oder Sharmila Tagore bekannt zu machen. Sie schenkten ihm gelegentlich ein schickes Hemd oder eine Lederweste, die ihnen nicht mehr passte, oder brachten ihm Filmzeitschriften von ihrem Büro mit, damit er sich informieren konnte, welcher Produzent auf der Suche nach neuen Gesichtern war und welcher junge Fotograf sich zu etablieren versuchte, indem er Stars in spe für wenig Geld die Erstellung eines Portfolios anbot.

Er konnte sich gar nicht mehr erinnern, warum es ihm anfangs so zuwider gewesen war, bei Auntie zu arbeiten. Oh, er hatte nicht vor, dort alt zu werden, ganz gewiss nicht. Es war ein temporärer Job und mehr nicht. Aber wenigstens hatte er endlich Ruhe vor seiner Mutter. Anfangs hatte sie ihn ein paar Mal gefragt, warum er als Automechaniker bis spät in die Nacht arbeiten musste, und er hatte leichthin erwidert, er arbeite bei einer großen Autoreparaturwerkstatt, ja, einer der größten, und da gebe es immer einen Auftragsüberhang, und außerdem würde von einem Lehrling eben erwartet, dass er Überstunden machte und keine Fragen stellte, weil es eine lange Schlange von jungen Arbeitslosen gebe, die nur darauf warteten, ihm den Job wegzuschnappen.

Das war allerdings schon eine ganze Weile her, und er wunderte sich etwas, dass sie nicht mehr nachfragte. Einmal hatte eine Bekannte aus dem Haus (seine Mutter hatte keine Freundinnen), die vorbeigekommen war, um sich etwas Zucker zu borgen, Eddie schnippisch gefragt, ob er als Mechanikerlehrling ganztags angestellt sei oder ob er sich einen Zweitjob bei den Schönen der Nacht zugelegt habe. Violet hatte pflichtschuldigst geschnaubt und erwidert, dass ihr Eddie, anders als andere Kinder, eine einträgliche Anstellung habe, und beiläufig hinzugefügt, Eddie sehe sich ohnehin nach einer geeigneten Immobilie um, um sein eigenes Autohaus mit angeschlossener Reparaturwerkstatt zu eröffnen. Da kam Eddie der Gedanke, dass seine Mutter, solange er die Haushaltskasse mitfütterte, es vorzog, nicht zu viel über seinen Job zu wissen.

Soweit es Eddie betraf, hatte Auntie zwei Sorten von Gästen: diejenigen, die ihm ein Trinkgeld gaben, und die anderen – wenngleich letztere in der Regel sehr spendabel wurden, sobald sie sich übergeben hatten und alle übrigen Gäste sich die Nase zuhielten und auf den Gemeinschaftsbalkon hinausgingen, bis Eddie den Fußboden mit einem parfümierten Putzmittel gewischt hatte.

Dann gab es allerdings noch einen weiteren Gast, der ein Typ für sich war. Sein Name war Ardeshir Bharucha, und er war Eddies Liebling. Er war eins neunzig lang, klapperdürr und hatte bei der letzten Bestandsaufnahme eintausendzweihundertfünfundvierzig Knochen im Leib gehabt, das ist etwa das Sechsfache der für die männliche Spezies zulässigen Höchstzahl. Er hatte siebzehn Ellbogen und fünfundvierzig Hände sowie ungezählte

Knie. Es war für ihn anatomisch unmöglich, auch nur die Augen zu schließen, ohne die Glühbirne von der Decke zu schmettern, einen Tisch umzurempeln oder ein Dutzend Bierkrüge vom hohen Wandregal zu fegen. In Aunties Lokal kam er nur, indem er sich wie ein Zollstock zusammenfaltete und das Kinn zwischen die Knie klemmte. Er war vereidigter Buchprüfer und erschien bei Auntie unfehlbar an den ersten sieben Abenden des Monats. Danach ließ er sich drei Wochen lang nicht blicken. Dann, sagte er, wurde das Arbeitsaufkommen in seiner Firma zu hoch, als dass er sich würde freinehmen können.

Am Ersten des Monats entfernte Mrs Fernandes sämtliche zerbrechlichen Gegenstände, an die sie herankam, aus der Schankstube, aber Ardeshir schaffte es immer, doch noch irgendetwas zu finden, was sich kaputt machen ließ, wie zum Beispiel seine eigene dioptriendicke Brille, den Lampenschirm, seinen Kopf, seine Rippen oder was sonst gerade zur Hand war. Er war ein konsequenter Trinker, der allerdings niemals betrunken wurde. Er geriet nie ins Schwatzen, bekam nie eine schwere Zunge und kotzte auch nie, egal wie wüst alle ringsum am Würgen waren. Er hatte nur zwei Hobbys, oder besser gesagt Obsessionen: Motorräder und Musik.

Er war ein eingefleischter Biker ohne Bike. In Indien waren nur drei oder vier Marken erhältlich, und von denen auch nur antiquierte Modelle. Doch Ardeshir kannte jedes Motorrad, das je auf der Welt hergestellt worden war, in- und auswendig: Reihe, Modell, PS-Zahl, Hubraum, Reifenbreite, Straßenhaftung, Zahl der Sekunden von null auf hundert, und ohne eines Anlasses, Vorwands oder einer Ermutigung zu bedürfen, konnte er darüber stundenlange Vorträge halten, außer ... außer man schaltete das Radio oder den Plattenspieler ein. Die Wirkung trat fast augenblicklich ein, als habe er in einem einzigen Atemzug eine meilenlange Linie Koks gezogen. Er stand langsam auf, ohne es selbst zu merken, lächelte geistesabwesend und begann, sich hin und her zu wiegen. Dann rief er nach Mrs Fernandes, wenn sie in der anderen Hälfte des Zimmers war, und bat sie mit altmodischer

Courtoisie um das Vergnügen dieses Tanzes. Auntie lehnte immer dankend ab. Er nahm den Korb nicht weiter übel, er schien sich dessen kaum bewusst zu sein, doch dann geschah etwas, etwas Überraschendes.

Dieses Ein-Mann-Chaos, dieses anhaltende niederenergetische Erdbeben, diese funktionsgestörte Vogelscheuche mit siebenhundert Armen, die allesamt nach ihrem jeweiligen Trommelschlag marschierten, fiel in sich zusammen und kam zur Ruhe. Langsam verflüssigte sich sein Körper. Seine langfingrigen Hände begannen, geschmeidig in ihren Gelenken zu kreiseln, und seine Arme hoben sich, breiteten sich aus, schwebten und wallten, Welle für Welle. Es schien unmöglich zu sein, aber Ardeshir war aus dem engen Käfig von Aunties Schankraum ausgebrochen und in Mohnfelder hinausgeglitten, die sich bis zum Horizont ausdehnten.

„Ardeshir, warum hören Sie nicht auf mich?“ Alle sechs Monate setzte sich Mrs Fernandes nach Mitternacht, wenn alle anderen Gäste heimgegangen waren, mit dem Buchprüfer zu einem vertraulichen Gespräch an einen Tisch. „Das Junggesellenleben ruiniert Ihre Gesundheit und Ihre Nerven. Legen Sie sich eine nette Frau zu und heiraten Sie, dann können Sie die ganze Nacht lang mit jemandem tanzen, den Sie lieben und dem Sie am Herzen liegen. Ihr Gezappel wird aufhören, Sie werden ein geregeltes Leben führen, vierzehn Kinder zeugen und das Parsengeschlecht vor dem Aussterben retten.“

Ardeshir lachte prustend, bis ihm die vorstehenden Zähne fast aus dem Mund fielen. „Wer würde schon diesen spastischen Hampelmann heiraten, Mrs Fernandes? Würden Sie?“

„Ich würde, aber ich fürchte, das indische Strafgesetzbuch würde das als Bigamie auslegen und uns beide ins Kittchen stecken. Und zur Frage, wer Sie heiraten würde – was ist mit all den Mädchen, mit denen Sie am Wochenende und sogar in ihren Ferien picknicken gehen?“

„Wir sind *Zoroastrier*, Mrs Fernandes. Sicher fühlen wir uns nur in der Herde, besonders vor der Heirat. Meine Rolle in der

Herde ist die des Vertrauten. Fast alle meine Freundinnen weinen sich an meiner Schulter aus und erzählen mir ihre Nöte und Geheimnisse. Anfangs ist das ein wunderschönes Gefühl. Aber bald begreift man, dass die Mädchen einen nicht als Vertrauten auswählen, weil sie einem vertrauen und eine gewisse Intimität spüren, die irgendwann zu etwas Tieferem erblühen könnte, sondern weil sie einen als geschlechtslos und harmlos empfinden. Zumindest nehmen sie das an."

Etwas konnte nicht stimmen, ganz gewaltig nicht stimmen, dass Ardeshir Bharucha heute bei Auntie aufkreuzte, und das auch noch am Nachmittag. Bis zum ersten August waren es noch gut dreizehn Tage hin. Er war völlig außer Atem, schnappte nach Luft, nachdem er im Ahmed Chawl die sechs Treppen zu Aunties Laden hinaufgelaufen war.

„Was ist los, Ardeshir? Stimmt was nicht?" Mrs Fernandes zog ihm einen Stuhl heran, und Eddie nahm ihm den Regenmantel ab und hängte ihn draußen im Gang auf. Die zwei Marxisten vergaßen sogar, sich mit Gift und Galle zu übergießen und schauten schwer besorgt.

„Ich ... ich hab ..." Der Buchprüfer versuchte zu sprechen, während er seine beschlagenen Brillengläser trocken rieb.

„Beruhigen Sie sich. Wir können später reden."

Aber Ardeshir konnte nicht warten, bis er wieder zu Atem gekommen war. „... hab ... hab eine Frau gefunden", stieß er hervor.

„Sie haben eine Frau gefunden?", fragte Krishnamurthy ungläubig.

„Glückwunsch!" Mrs Fernandes klopfte Ardeshir auf den Rücken. „Endlich, nach all den Jahren, haben Sie auf mich gehört. Die wunderbare Nachricht gehört gefeiert!"

„Wo ist sie?", wollte Chatterjee wissen, während Mrs Fernandes eine Flasche Whisky hervorholte. „Wie heißt sie?"

„Sophia, nach Sophia Loren. Sie ist unten."

„Warum haben Sie sie nicht gleich mitgebracht?", fragte Mrs Fernandes. „Ich hol sie rauf."

„Hausregel bei Auntie. Kein Zutritt für Frauen."

„Oh." Das gab Auntie erst mal zu denken. „Wir werden diesmal eine Ausnahme machen. Nur dieses eine Mal."

„Das ist leider nicht möglich." Der Buchprüfer hatte ein idiotisches Grinsen im Gesicht, das bis tief in seine Großhirnrinde reichte.

„Wieso?" Mrs Fernandes war völlig perplex.

„Er hat Angst, sie könnte mit Eddie oder mir durchbrennen, wenn sie uns erst mal zu sehen kriegt", spottete Chatterjee.

„Da ist was dran. Euch Typen würde ich meine BSA nicht anvertrauen."

„BSA? Was ist eine BSA? Ich dachte, sie heißt Sophia?" Krishnamurthy klang allmählich verärgert.

Hinter der Trennwand hatte Mr Lester Fernandes begonnen, aufgeregt zu lallen.

„Das ist ein Motorrad, Krishnamurthy", erklärte Serena Fernandes. „Was die Einheimischen hier eine *phatphati* nennen. Was ist denn, Les?", fragte sie ihren Mann, während sie nach nebenan ging.

„Dreckiger Kapitalist, der die unterdrückten Massen ausbeutet, um seine bodenlosen Konsumgelüste zu befriedigen!" Chatterjee hatte zu seiner eigentlichen Sprache zurückgefunden.

Mrs Fernandes dolmetschte Lesters enthusiastisches Gelalle. „Er möchte das Motorrad sehen." Sie hob die Stimme. „Wussten Sie, dass Les zu der Zeit, als er um mich warb, auch eine BSA hatte? Wir sind auf dem Motorrad durch ganz Bombay gedüst, sind manchmal in einer Nacht nach Khandala und zurück. Was das für schöne Zeiten waren, Lester, erinnerst du dich?"

Das reichte, um Lester in Fahrt zu bringen. Er kriegte sich gar nicht mehr ein. Es klang wie sinnloses Geschnatter, aber Eddie verstand ungefähr, um was es ging. Er durchlebte noch einmal die guten alten Zeiten, als er gesund und jung und verliebt gewesen war. Eddie befürchtete schon, es würde, wie so oft, damit enden, dass er in Tränen ausbrach und sich die kleine Freude ruinierte, die ihm die Erinnerung brachte.

„Kommen Sie, Mr Fernandes. Nach Khandala kann ich Sie nicht fahren, aber Sie werden jetzt sechs Stockwerke hinunterfliegen und Ihre alte Maschine sehen und ihren sexy Körper berühren!"

Noch während der Buchprüfer sprach, hob Eddie Lester aus dem Bett. Serena Fernandes versuchte, ihn aufzuhalten, aber Eddie stieg schon vorsichtig die Treppe hinunter. Der halbseitig gelähmte Lester gurgelte und zappelte wie ein Baby, während seine Frau und Ardeshir nur eine Stufe hinter ihnen folgten.

„Nur die Ruhe, Les", versuchte Serena ihren Mann zu beschwichtigen. „Du willst doch nicht, dass Eddie stolpert und mit dir die Treppe runterfällt, oder?"

Auf dem letzten Absatz überholte Ardeshir Eddie und rannte voraus. Jetzt konnte man Sophia sehen. Sie war rot wie Lippenstift und hatte eine echte Wahnsinnsfigur; sagen wir ruhig Oberwahnsinnsfigur. Lester starrte die Maschine ungläubig, sehnsüchtig und gleichzeitig erstaunt an. Seine rechte Hand baumelte an seiner Seite, und an seiner Unterlippe lief Spucke herunter. Eddie blieb regungslos stehen. Er hatte noch keine wie sie gesehen. Sie war sinnlich und geheimnisvoll und so gefährlich wie ein verwundeter Gepard. Ihr Körper war lang und geschmeidig, und ihre Augen hielten Eddies Augen wie Scheinwerfer in ihrem Bann.

Ardeshir zog sein Taschentuch aus der Hosentasche, entfaltete es mit einem Schnipp, als sei es ein Schnappmesser, und machte sich daran, den funkelnd roten Tank zu polieren. Sobald dies erledigt war, setzte er sich im Damensitz auf die Sitzbank und rutschte mit dem Hintern hin und her in der Hoffnung, auch den Lederbezug wie Metall zum Glänzen zu bringen.

„Na los, Lester Fernandes", schnurrte der Buchprüfer. „Nehmen Sie sie, sie gehört ganz Ihnen!"

Eddie ließ Mr Fernandes behutsam auf die Sitzbank nieder und stützte ihn von hinten, während Mrs Fernandes seine Hände auf die Lenkstange legte. Ardeshir trat auf den Kickstarter und drehte am Gasgriff. Lester Fernandes' Augen schlossen sich. Jetzt flog er in der Zeit zurück.

Der Himmel sah schmierig aus und knurrte aus bös verdorbenem Magen. Ein abgewetzter Tennisball, mit dem Kinder auf dem Bürgersteig *seven tiles* spielten, verfehlte sein eigentliches Ziel und knallte hart gegen Ardeshirs Rücken. Der Wind jagte Papierfetzen und anderen Müll über den Hof, und die Frauen des Ahmed Chawls kamen aus ihren Einzimmerwohnungen auf die Gemeinschaftsbalkons gerannt, um die Wäsche abzuhängen. Les drehte plötzlich am Gasgriff, und die Maschine sprang fast vom Ständer. Das Motorrad hatte geschafft, was Mrs Fernandes selbst mit täglichen mehrstündigen Bemühungen nie gelungen war: ihn dazu zu bringen, die Hand zur Faust zu ballen.

Regentropfen so scharf wie Zahnstocher prasselten plötzlich herab.

„Gehen wir ins Haus, Lester."

„Zwaai Minuuthn, Therena, nuu zwaai." Auf seinem Gesicht lag ein so beseelter Ausdruck, dass Serena es nicht übers Herz brachte, ihm das abzuschlagen.

„Das ist seine erste Dusche seit sechs Jahren", sagte Mrs Fernandes zu niemandem im Besonderen.

Lester, Serena und Eddie waren schon auf der Außentreppe des Chawls, als Ardeshir rief:

„Mrs Fernandes!"

Auntie drehte sich um und wartete, aber der Buchprüfer schien es sich anders überlegt zu haben.

„Was?"

Ardeshir zuckte die Achseln. „Nur so eine Idee."

„Was denn?"

„Hätten Sie Lust auf eine Spritztour?"

„Hätte ich. Aber nein, danke. Ich bringe jetzt Les nach oben, trockne ihn ab und leg ihn ins Bett."

Lester schüttelte wild den Kopf. „Ghe, ghe, ghe! Faah mith!"

„Das war genug Spaß für heute. Ich möchte nicht, dass du zu aufgedreht wirst."

„Gehen Sie nur, Mrs Fernandes", sagte Eddie zu ihr. „Ich trockne ihm die Haare ab, zieh ihn um und steck ihn ins Bett."

Mrs Fernandes sah ihren Mann lange wortlos an, dann drehte sie sich um. „Fahren wir, Ardeshir."

Als Mrs Fernandes zurückkehrte, war sie völlig durchnässt und hinterließ eine Wasserspur bis in den abgetrennten Raum, in dem sie und ihr Mann wohnten. Der Schankraum war fast voll. Sie zog sich rasch um, und als sie wieder herauskam, trocknete sie sich mit einem Handtuch die Haare. Der strenge Mittelscheitel war vorübergehend verschwunden, und ihr dichtes dunkles Haar ergoss sich über ihre linke Schulter. Sie lächelte und ihr Gesicht leuchtete, als brenne eine Kerze in ihr. Es war Eddie noch nie aufgefallen, wie jung sie war.

Elf Tage, nachdem Eddie Belle vorgeschlagen hatte, er könnte sie und ihre Eltern nach England begleiten, nahm sie ihn mit auf die Dachterrasse ihres Hauses. Es war Sonntagnacht, weder arbeitete er bei Mrs Fernandes noch hatten die Bombshells an diesem Abend einen Auftritt. Acht Stockwerke unter ihnen gab es nicht viel Verkehr, und Eddie nahm an, Belle habe ihn, da ihre Eltern zu Hause waren, zu einer Knutsch-Session unterm Sternenhimmel raufgelotst. Es war eine wolkenlose Nacht, und die verschwommene Betonkuppel, wie der Bombayer Smog genannt wird, hatte sich in Richtung Arabisches Meer verzogen. Es war der erste der einzigen fünf Tage im Jahr, in denen es in Bombay, dank des alljährlichen Kälteeinbruchs im Himalaya, ein paar tausend Meilen weiter nördlich, so etwas wie frisch war. Der Himmel war eine hartgebackene Schwärze, und die Sterne waren Punkte in einem uralten heiligen Text, die darauf warteten, dass ein Silberstift sie miteinander verband und Gottes Plan offenbarte.

Ein sanfter Wind kam mit der Flut herein, und Belle schlang sich die Arme eng um die Schultern.

„Ich könnte runtergehen und dir einen Schal holen."

Belle schüttelte den Kopf und zog einen Umschlag aus der Tasche ihres Rocks und reichte ihn Eddie.

„Was ist das?"

„Ein Liebesbrief. Ohne daran geknüpfte Bedingungen."

Eddie riss den Umschlag auf. Darin lagen mehr Hundert-Rupien-Scheine, als er in seinem ganzen Leben gesehen hatte.

„Wo hast du so viel Geld her?"

„Nimm es einfach und zisch ab, Eddie. Es ist dein Ticket nach Hollywood, was du dir immer gewünscht hast. Flieg weg und schau nicht zurück. Damit du nicht im letzten Moment noch zur Salzsäule erstarrst und alles verlierst."

Da, es war geschafft. Einfach so. Eddie fragte sich, worüber er sich eigentlich Sorgen gemacht hatte. Er war Belle dankbar, aber die Last dessen, was sie ihm geschenkt hatte, war zu groß, um näher darauf einzugehen, und das machte ihn nur umso befangener. Er hatte diesen Augenblick unendlich lang erträumt, angestrebt und herbeigesehnt, hatte zuletzt sogar alle Hoffnung aufgegeben, doch jetzt, da er das Geld in den Händen hielt, fühlte es sich fast schon ernüchtert. Er legte einen Arm um Belle, zog sie an sich, sagte: „Bis bald", und war weg.

Er hätte ernsthafter nachfragen sollen, wie sie an das Geld gekommen war, aber das interessierte ihn eigentlich nicht. Was zählte, war, dass er es hatte. Ob sie eine Bank ausgeraubt, ihre Seele verpfändet oder von irgendeiner britischen Tante in Canterbury oder Birmingham ganz unerwartet ein Vermögen geerbt hatte, spielte keine Rolle. Das hätte nur noch deutlicher gemacht, wie eigensüchtig er war. Und das konnte er momentan nicht brauchen. Heute Nacht wollte er nur allein sein, im Freien, um die Gewaltigkeit dessen, was gerade geschehen war, dieses sein Leben verändernde Ereignis, das bislang lediglich wie ein kurzes Echozeichen auf dem Radarschirm seines Bewusstseins aufgeleuchtet war, in sich aufzunehmen und zu verarbeiten. Der einzige Ort, der ihm dafür geeignet schien, war das Meer – nicht die dreckige Pfütze mit den schlierenden perlmuttfarbenen Ölflecken an der Dockyard Road, nicht weit von seinem Chawl, sondern die See am Marine Drive. Er wusste, dass es nicht ein einziges, durchgehendes Gewässer war, sondern verschiedene, miteinander verbundene Meere und Ozeane, die bis zur Pazifikküste reichten, wo Hollywood lag. Er war bereit, bereit die Meere zu teilen und seine Bestimmung zu suchen.

Eddie hatte eine präzise Vorstellung davon, wie er aussehen wollte, wenn er Hollywood erreichen würde. Er hatte aus einem Hochglanzmagazin, das Pieta von der Firma mit nach Hause gebracht hatte, ein Foto von Elvis herausgerissen. Der King trug eine weit ausgestellte weiße Schlaghose und eine kurze weiße Jacke mit üppigen Gold- und Silberstickereien an den Schultern. Dieses Bild des größten Rock-'n'-Roll-Stars aller Zeiten zeigte Eddie Mr D'Mello, dem Schneider, der im Parterre von Chawl Nr. 27 wohnte und auf dessen Schild das „M" im Namen von zwei auf dem Kopf stehenden gespreizten Scheren gebildet wurde, und legte ihm sein Anliegen dar.

„Ich will es exakt so haben. Keine einzige Veränderung. Nein, nicht die winzigste Variation. Ich will nichts Originelles. Nur eine exakte Kopie, kapiert? Comprende, amigo?" Neuerdings liebte es Eddie, sein Englisch mit Brocken von Trini-„Lemon Tree"-Lopez-Spanisch zu versetzen, auch wenn die sich bereits in „comprende" und „amigo" erschöpften.

Er brauchte sieben Anproben für den Anzug. Der Kragen war einen Millimeter zu breit; die Hosenumschläge waren nicht lang genug; der Schritt hing zu tief, Herrgott nochmal, was haben Sie da gemacht, glauben Sie vielleicht, ich hätte Straußeneier; irgendwas stimmte nicht, die linke Schulter der Jacke rutschte und saß nicht recht. Als Eddie ihm beim siebten Mal anfing zu erklären, die Knöpfe an der Jacke wären eine Spur aus dem Lot, holte Mr D'Mello eine Schere hervor.

„Sagen Sie mir einfach, was mit diesem Anzug alles nicht stimmt, Coutinho. Alles auf einen Schlag. Ich schneide alles, was nicht stimmt, mit dieser wunderschönen deutschen Schere aus Solinger Stahl raus. Und Sie haben einen brandneuen Anzug."

„Was soll das heißen, rausschneiden?"

„Das rechte Schulterpolster ist viel zu dick, nicht? Ist gleich erledigt. Soll ich Ihnen zeigen, wie?" Die lange blanke Solinger

Schere wollte gerade den ganzen rechten Ärmel abschneiden, als Eddie kreischte: „Was machen Sie da?"

„Das Problem lösen, mein Freund, ein für alle Mal."

„Ich warne Sie, D'Mello, dann kriegen Sie kein Geld!"

„Ist schon okay. Und Sie kriegen keinen Presley-Anzug."

Eddie streifte sich die schwarzen Socken über die Knöchel, zog den Reißverschluss seiner funkelnagelneuen Hose mit den sternenbesprenkelten Schlägen hoch, stopfte sich das Hemd in den Bund, schwang die bestickte Jacke wie die Capa eines Matadors durch die Luft und schlüpfte mit seinen langen Armen hinein. Er stand vor dem Spiegel, in dem Violets Kundinnen überprüften, ob das Ergebnis ihrer Arbeit den Erwartungen entsprach; ob der Saum, der Kragen, die Puffärmel, der hautenge Sitz über den BH-Körbchen, der Fall des Stoffs genau so waren, wie es sich gehörte.

Was er sah, gefiel ihm. Er fand den Typen im Spiegel so gutaussehend, dass er kein Auge von ihm wenden konnte. Wow, oh wow, sah Eddie gut aus! Und jetzt die letzten Feinheiten. Er strich sich das pomadisierte Haar zurück und machte sich daran, einen verblüffenden Vorbau zu modellieren. Man konnte den Bewegungen des Kamms kaum folgen, mit denen er sein Haar zu einer Welle formte, die jäh immer höher und höher stieg, wider alle Gesetze der Schwerkraft in der Schwebe blieb, bis man hätte schwören mögen, dass sie gleich in sich zusammenstürzen würde, dann aber das Undenkbare tat: Sie schwappte mit unendlicher Anmut in sich zurück und verschmolz mit dem schwarzen Haarteppich. Er hob seine Gitarre in ihrer Tragetasche auf und schlang sie sich um die Schulter. Ein letzter Blick in den Spiegel, und weg war er.

Eddie ging seine Strategie noch einmal durch, zum 511. Mal. Sein Szenario sah aus wie folgt:

Die Zeit: 9.47 Uhr. Er wurde hineingerufen. Er übergab der US-Vizekonsulin Caroline Meredith Pass und sonstige Papiere.

Miss Meredith war lang, fast sechs Fuß, hager, ohne ein Gramm Fett. Eddie war sicher, dass sie täglich zwei Stunden joggte und direkt anschließend dreißig Minuten Hanteln stemmte. Falls sie Lippen hatte, sah man davon nur einen dünnen, unerbittlichen Strich. Blondinen, so viel hatte Eddie aus Hollywoodfilmen gelernt, waren dümmlich. Miss Meredith fiel da ganz aus dem Rahmen. Dafür strahlte sie den humorlosen Ernst einer Missionarin aus. Was die Situation noch verwirrender machte, war die Tatsache, dass sie trotz ihres strengen Aussehens und ihres superschlanken Körperbaus in bestimmten Regionen überdurchschnittlich gut ausgestattet war. Sie verzog keine Miene, als Eddie sein blendendstes Lächeln erstrahlen ließ und Hallo sagte. „Guten Morgen", sagte sie streng und sichtete die Dokumente, ohne ihn anzusehen. Eddie ließ sich nicht verunsichern, er wusste, dass sich Bürokraten überall auf der Welt so benahmen.

„Ein paar Unterlagen fehlen, Ihr Einkommenssteuerbescheid beispielsweise."

„Das liegt daran, dass ich keine Einkommenssteuer zahle."

„Wie steht es mit Ihren Eltern?"

„Mein Vater starb schon vor meiner Geburt."

„Grundeigentum?"

„Alles, was wir in Goa hatten, ist weg. Meine Mutter hat damit unsere Erziehung finanziert."

„Keine Familiengeschichten, bitte. Wie ich sehe, sind Sie nicht gerade überqualifiziert."

„Ich bin Künstler."

„Meines Wissens brauchen auch Künstler drei Mahlzeiten am Tag. Wie beabsichtigen Sie, Ihren Lebensunterhalt zu bestreiten?"

„Oh, ich werde bestimmt einen Job finden."

„Was denn zum Beispiel? Taxi fahren?"

Wofür hielt die ihn eigentlich, für diesen Penner aus dem vierten Stock?

„Nein, ganz bestimmt nicht."

„Haben Sie irgendwelche besonderen Fähigkeiten? Sind Sie Elektriker?"

„Nein."

„Klempner?"

„Nein. Meine Mutter würde vor Scham in den Boden versinken, wenn ich anfinge, Klosetts zu reparieren."

„Kein Schulabschluss und keine berufliche Ausbildung. Also noch einmal: Wie gedenken Sie, sich Ihren Lebensunterhalt zu verdienen?"

„Ich zeig's Ihnen." Das war es. Sein Augenblick war gekommen, der Augenblick, da Eddie die Welt schocken und sein Schicksal neu erfinden würde. Er streifte die Leinwandtasche von der Gitarre ab und schlug den ersten Akkord an.

„If you're looking for trouble,
you came to the right place.
If you're looking for trouble
Just look right in my face."

„Mr Coutinho. Ich muss Sie bitten, augenblicklich mit diesem entsetzlichen Lärm aufzuhören!"

Eddie achtete nicht weiter auf sie. Sein Körper zuckte und zappelte wie eine kaputte Marionette, seine Knie schlenkerten zu- und auseinander, und er schleifte mit den Füßen über den Fußboden, schwang seine Gitarre, warf den Kopf in den Nacken und riss an den Saiten, als wollte er sie zerreißen.

„Mr Coutinho, auch wenn es Ihrer Aufmerksamkeit entgangen sein sollte, ist dies keine Unterführung für Straßenmusikanten und Obdachlose, sondern das amerikanische Konsulat. Beenden Sie unverzüglich Ihre grauenhafte Darbietung!"

Wie hätte Eddie aufhören können? Er war Elvis der King in „Mein Leben ist Rhythmus", der Filmfassung von Harold Robbins' Roman „Die Gnadenlosen".

„I never looked for trouble" – Eddie beugte sich bedrohlich nah an Vizekonsulin Caroline Meredith heran –, „but I never ran. I don't take no orders from no kind of man ..."

„Mag sein, dass Sie sich von keinem Mann was sagen lassen, aber als Frau sage ich Ihnen Folgendes: Ich lasse Sie jetzt hinauswerfen!" Eddie erreichte nicht mehr das Ende des Songs. Zwei

Sicherheitsleute hoben ihn von den Füßen. Er versuchte zu protestieren. „Nur die Ruhe, Miss Meredith, das ist nur ein Song!"

„Ich mag Musik, Mr Coutinho, aber nicht diese abscheuliche Kakophonie namens Rock 'n' Roll."

„Und was ist mit meinem Visum, Madam?"

Man hatte ihn schon aus dem Zimmer eskortiert, aber er hörte noch ihre letzten Worte zu diesem Thema. „Nur über meine Leiche!"

Er ging gerade die Warden Road entlang in Richtung der Kemp's-Corner-Überführung, als die Sicherheitsleute ihn einholten und zurückschleiften.

„Was soll das, was habe ich getan?"

„Das wirst du gleich erfahren, Freundchen."

„Ich schwöre, ich habe nichts gestohlen! Und so wahr mir Gott helfe, ich wollte Miss Meredith nicht verärgern!"

„Fällt dir ein bisschen spät ein, nicht?"

Sie schleppten ihn zurück zum Konsulat. Der Generalkonsul, Lawrence Frost, strahlte wie ein Honigkuchenpferd.

„Ich bedaure, was vor wenigen Minuten geschehen ist, Mr Coutinho. Miss Meredith ist ein bisschen altmodisch. Ja, nicht mehr ganz zeitgemäß. Ich aber erkenne Genie, wenn ich es höre. Sie sind derjenige, der Elvis' Krone übernehmen wird. Ich sage ohne die Spur eines Zweifels voraus, dass Creedence Clearwater Revival, Jimi Hendrix, Velvet Underground und andere werden beiseitetreten und dem neuen King Platz machen müssen. Willkommen in Amerika! Geben Sie mir Ihren Reisepass, ich werde ihn persönlich abstempeln und unterschreiben!"

Das amerikanische Konsulat auf der Bhulabhai Desai Road öffnete seine Pforten morgens um 8.30 Uhr, aber Eddie war schon zwei Stunden früher da. Es waren viele andere vor ihm dort, aber das störte Eddie nicht weiter.

Es wurde ein langes Warten, und Eddie kam mit einigen in der Schlange ins Gespräch. Es gab ein paar wenige ältere Leute, meist Ehepaare, aber die Mehrzahl waren Studenten. Die Jüngsten hatten tatsächlich erst ihren Schulabschluss hinter sich, sie hatten die Senior Cambridge Exams mit Top-Ergebnissen bestanden und verfügten über Eltern, die es sich leisten konnten, sie auf die besten Colleges in den Staaten zu schicken. Sie hatten die amerikanischen Hochschuleignungstests abgelegt und dabei fast sämtliche Weltrekorde gebrochen. Die anderen hatten schon den Bachelor und wollten nach Stanford, Princeton, Harvard, MIT, Wharton oder Yale, um ihren Master oder Ph.D. zu machen. Sie studierten Plasma- oder Elementarteilchenphysik, Biochemie, algebraische Geometrie oder Raketentechnik. Einige wenige hofften, konventionellere Studiengänge einzuschlagen, wie Ingenieurwissenschaft oder Medizin. Sie schienen allesamt ihrer ersten Begegnung mit den Repräsentanten der Vereinigten Staaten von Amerika mit Bangen entgegenzusehen, aber Eddie riss wahnsinnig komische Witze, brachte sie zum Lachen und versicherte ihnen, dass es ein Kinderspiel werden würde. Woher er das wisse, fragten sie. Längst da gewesen, alles gesehen, sagte er, wieder zurückgekommen und jetzt bereit für den nächsten Trip. Decca Records habe ihn um eine LP gebeten, und Hollywood wolle ihn als Hauptdarsteller für ein Musical mit dem Titel „Arabian Nights", und deshalb brauche er ein Geschäftsvisum.

Einer nach dem anderen gingen sie hinein, und dann war es 9.47 Uhr und Eddie war an der Reihe. Er lächelte und ließ dem Studenten, der hinter ihm stand, den Vortritt.

„Stimmt irgendwas nicht?", fragte der junge Mann besorgt.

„Alles bestens. Die wollen eine notariell beglaubigte Kopie des Vertrags. Also habe ich meinen Assistenten in die Kanzlei geschickt. Jetzt zeigst du es denen richtig, okay?"

Eddie hatte es nicht eilig. Zuerst wollte er ein Feeling für den Ort bekommen. Er hatte eine Strategie, er wusste seine Spielzüge und er würde gleich loslegen. Andere gingen hinein und kamen heraus, und dann war keiner mehr da, und die Wachmänner schlossen die Tür ab.

Wie gesagt, er hatte es nicht eilig. Jetzt wusste er, wie die Sache lief. Er hatte gehört, was die anderen nach ihrem Treffen mit den Konsulatsbeamten gesagt hatten, wie man mit ihren Fragen umgehen müsse. Jetzt konnte er jederzeit wiederkommen und sich sein Visum holen.

An dem Abend ging er, bevor er seinen Dienst bei Auntie antrat, zu Belle und gab ihr, abzüglich dessen, was er für den Elvis-Anzug ausgegeben hatte, ihr Geld zurück.

9

Was, wenn der Betrunkene sich nicht über die hintere Sitzbank von Ravans Taxi übergeben und dann einen Schwenk gemacht und Fensterscheibe und Tür mit weiteren reichhaltigen Ergüssen besprüht hätte? Wäre Ravans Lebensweg anders verlaufen, vielleicht diametral entgegengesetzt, falls eine solche Richtung im Leben überhaupt existiert? Erst später sollte Ravan die Tragweite der Wahl erkennen, vor die er gestellt worden war. In dem Moment hatte er keine Ahnung, dass die schlichte Tatsache eines sich in seinem Taxi übergebenden Fahrgasts eine Kette von Ereignissen auslösen könnte, die sein ganzes Leben beeinflussen würde. Was, wenn er sich geweigert hätte, den Fahrgast aufzunehmen? Was, wenn er den Mann gezwungen hätte, die Schweinerei selbst zu beseitigen? „Was, wenn" ... gibt es etwas Stupideres und Nutzloseres im Universum als diese zwei Worte? Und dennoch – welche Freude bieten sie dem spekulativ Veranlagten! Sie sind die einzige Möglichkeit, wie der Mensch Gott spielen und einen Augenblick lang glauben kann, er könnte das Schicksal verändern und die Kontrolle über sein Leben übernehmen.

Ravan war vom Kotzgestank völlig wirr im Kopf. Niemand würde in sein Taxi einsteigen, solange es innen mit halb verdauten Speiseresten, Überstunden schiebenden Magenenzymen und einem halben Liter Whisky bespritzt war. Er musste die Sauerei aufwischen, aber wo sollte er das Wasser dazu hernehmen? Ihm fielen beim besten Willen keine öffentlichen Zapfstellen in der Umgebung ein – oder sonst irgendwo in der City. Es gab zwar den Parsi-Brunnen in der Nähe der Flora Fountain, aber der war nur für Parsen bestimmt. Die würden ihm nicht erlauben, Wasser aus ihrem heiligen Brunnen zu schöpfen.

Das Meer war immer in Reichweite, aber versuch mal, auf einem dieser riesigen Betontetrapoden zu balancieren und dann einen Eimer runterzulassen – und überhaupt, wo war der Eimer? Er fuhr nach Hause, borgte sich einen von seiner Mutter und stieg wieder die Treppe hinunter. Zur Abwechslung einmal hatte er Glück, der städtische Hahn führte Wasser, und in höchstens zehn Minuten würde auch die letzte der Schlange stehenden Hausfrauen ihren Tagesbedarf abgefüllt haben und der Hahn ihm gehören. Er kippte einen Eimer Wasser nach dem anderen in den Wagen, schrubbte die Sitze, Türen und Fenster mit Kokosbast und Asche ab, spülte noch einmal nach und rieb dann die Sitze und den Fußboden mit einem Lappen trocken. Den Rest würde der Fahrtwind erledigen.

Es würde nicht leicht werden, dem Geschäftsführer des Taxiunternehmens die verlorene Stunde und den geringeren Tagesumsatz zu erklären. Er stieg ein und zog die Tür zu. Und stieg gleich wieder aus. Im Wageninneren roch es immer noch widerlich. Es gab nur eine Möglichkeit. Er ging in die nächste Drogerie, kaufte eine kleine Flasche Desinfektionsmittel und wischte alles mit der stark antiseptisch riechenden Flüssigkeit noch einmal ab.

Er hatte keine Ahnung, wie lange er jetzt würde herumfahren müssen, bis ihn jemand anhielt. Das bevorzugte Beförderungsmittel der Leute aus den CWD-Chawls und der Gegend um die Dockyard Road waren die eigenen Füße. Beziehungsweise, wenn sie es eilig hatten, der BEST-Bus oder der Nahverkehrszug. Aber heute war sein Glückstag.

„Sassoon Docks", sagte ein Mann von etwa Mitte dreißig und stieg ein, gerade als Ravan losfahren wollte.

„Und zwar schnell." Ravan hörte dieses Wort wenigstens ein Dutzend Mal am Tag. Der Fahrgast hatte sich zu einer Verabredung verspätet, er musste einen Zug oder einen Flug erwischen oder er hatte vergessen, den Herd abzustellen, und wenn er nicht in den nächsten fünf Minuten zu Hause war, würde die Gasflasche explodieren und das ganze Gebäude in Flammen aufgehen. Warum zum Teufel gingen sie nicht einfach ein bisschen früher aus dem Haus oder dachten daran, den Herd auszudrehen, wenn sie doch wussten, dass das hier Bombay war, wo der Verkehr sich mindestens neunzehn Stunden am Tag staute?

„Wie soll ich bei dem Verkehr schnell fahren, Sahab?"

„Tu's einfach!" Der Mann sah sich ständig um, als habe er etwas zurückgelassen. Ravan ignorierte die Anweisungen seines Fahrgastes. Er würde ganz gewiss keine rote Ampel überfahren und sich einen Strafzettel einhandeln. „Was ist das für ein Geruch? Ist das hier ein Taxi oder ein gottverdammtes Krankenhaus?"

Warum klang die Stimme des Mannes so vertraut?, fragte sich Ravan. Er sah sich den Fahrgast im Rückspiegel an. Nein, er kannte den Mann nicht. Aber da war etwas in seinem Profil, das ihm keine Ruhe ließ, auch wenn er nicht hätte sagen können, was.

Eine Polizeisirene plärrte weit hinter ihnen, aber die Autos fuhren schon beiseite, um die Einsatzwagen vorbeizulassen.

„Gib Gas!", sagte der Mann.

„Vielleicht ist es Ihnen nicht aufgefallen, Sahab, aber hinter uns ist ein Polizeiwagen, und er fährt ziemlich schnell und im Handumdrehen hat er uns eingeholt und verpasst mir einen Strafzettel."

„Ein weiterer Grund, sich nicht einholen zu lassen, meinst du nicht?"

Als ob Ravan den geringsten Ehrgeiz gehabt hätte, auch nur in die Nähe der Polizei oder eines Polizeiwagens zu kommen! Jede Art von Sirene hatte eine seltsame Wirkung auf ihn. Es war so, als würde ihm ein blanker, Strom führender Draht ins Gehirn eingeführt. Sein Gesicht krampfte sich unwillkürlich zusammen, er bekam einen Schielblick und verspürte den Drang, das Lenkrad loszulassen, sich die Hände auf die Ohren zu drücken und gleichzeitig zu schreien, um das nervtötende Martinshorn zu übertönen. Er wurde nervös und desorientiert. Der Polizeifaktor verschlimmerte die Sache nur noch. Wie Ravan aus leidvoller Erfahrung wusste, bedeuteten Polizisten grundsätzlich Ärger. Taxifahrer waren ihre bevorzugten Opfer. Wann immer sie sich ein bisschen was dazuverdienen wollten oder sie die vorgeschriebene Tagesquote an Verkehrssündern noch nicht erzielt hatten, hielten sie das nächstbeste Taxi an, das gerade vorbeifuhr.

„Polizisten brauchen sich an keinerlei Vorschriften zu halten. Wenn ich aber auch nur einen Kilometer über die Geschwindigkeitsbegrenzung gehe, krieg ich einen Strafzettel und einen Eintrag im Führerschein. Drei solche Einträge, und ich bin meinen Job los. Ich hatte einen schlechten Tag und ich will nicht, dass er noch schlechter endet."

„Wenn du nicht tust, was ich sage, dann verspreche ich dir, dass dies heute der schlechteste Tag deines Lebens werden wird!"

„Beruhigen Sie sich bitte, Sahab, und überlassen Sie das Fahren mir. Ich bringe Sie so schnell wie möglich ans Ziel."

„Halt die Klappe und bieg rechts ab."

Es war merkwürdig, ohne lauter zu werden, schaffte es diese Stimme, gebieterische Autorität zu vermitteln. Gänge. Wenn Ravan nur den richtigen Gang gewusst hätte, um diesen Mann zur Einsicht zu bringen!

„Sie irren sich. Dort lang ist es eine viel weitere Strecke zu den Sassoon Docks."

„Tu einfach, was ich dir sage. Nach rechts." In der Stimme schwang jetzt mehr als nur ein Anflug von Ärger mit. „Ich sagte rechts!"

Ravan bog in allerletzter Sekunde nach rechts ab.

„Wieder rechts."

„Sie wollen wieder zurück?"

„Schnauze und rechts abbiegen."

Diesmal erhob Ravan keine Einwände.

„An der Ampel links. Und dann die zweite rechts. Über die nächsten zwei Ampeln geradeaus, dann wieder links abbiegen, und dann hältst du vor dem John-Barrel-Schuhladen."

Erwartete er wirklich, dass Ravan sich diese Serie von Zicks und Zacks merkte, und das auch noch in Bhendi Bazaar? Hatte der Kerl auch nur die geringste Ahnung, wie viele Einbahnstraßen es in diesem Labyrinth gab?

Die Polizeisirene tönte jetzt schon viel näher. Wenn ihm doch bloß einfallen würde, warum ihm der Mann so bekannt vorkam!

Er konzentrierte sich auf die Anweisungen seines Fahrgastes. An der Ampel rechts, die zweite nach links, die nächsten zwei Ampeln geradeaus, dann wieder links, ach, vergiss es. Sicher wusste er nur noch, dass er am Ende bei John Barrel ankommen musste.

„Was habe ich gesagt? Die Bullen sind direkt hinter uns, und ich krieg einen Strafzettel! Ich hätte nicht auf Sie hören sollen!"

Das Taxi kam zum Stehen, und Sekunden später bremste der Polizeiwagen dahinter. Chief-Inspector Parab sprang heraus, gefolgt von zwei weiteren Gesetzeshütern.

„Ich kann nichts dafür!" Ravan versuchte, jeder Anschuldigung zuvorzukommen. „Der Fahrgast hat echt aggressiv geredet und mich bedroht. Er hat darauf bestanden, dass ich schnell fahre. Ich ... ich ..."

„Wo ist er?", schnitt Inspector Parab ihm das Wort ab.

„Was soll das heißen, ‚wo'? Hinten auf dem Rücksitz, wo sonst?"

Der erste Polizist spähte in den Wagen. „Versuch uns zu verarschen, und du wanderst geradewegs in den Knast! Wo ist er?"

Ravan drehte sich um. Im Fond war niemand. „Er war da! Ich schwöre, an der Kreuzung Bhendi Bazaar saß er noch im Taxi!"

Der Polizist zeigte diesen skeptischen Erzähl-das-deiner-Oma-Blick, Ravan war es jedoch vollkommen egal, ob der Mann ihm glaubte oder nicht. Er stand unter Schock und war kurz davor zu implodieren. Zugegeben, die Mohammed Ali Road war eine der verkehrsreichsten und lautesten Straßen der Innenstadt, und er war immer zerstreut und dachte an die eine oder andere Melodie, anstatt auf die Straße oder seine Fahrgäste zu achten. Dazu kam noch, dass der Fahrgast ihn mit seinen detaillierten Anweisungen völlig aus dem Konzept gebracht hatte. Und irgendwie war er nicht nur ausgestiegen, ohne dass Ravan etwas gemerkt hätte; er hatte gegen Regel Nummer eins im Taxifahrerhandbuch verstoßen: Er hatte sich verdrückt, ohne zu bezahlen. Gratisfahrten kamen nicht häufig vor, aber die Schwindler hatten durchaus ein paar Tricks auf Lager: Der Fahrgast sprang mal eben kurz raus, um sich Zigaretten oder Halspastillen zu kaufen, und ward nicht mehr gesehen, oder ein besonders Gewiefter forderte den Fahrer auf, vor einem eleganten Hochhaus zu halten, schaute in seine Brieftasche und sagte: „Hoppla, kein Geld dabei! Mit einem Scheck können Sie wahrscheinlich nichts anfangen. Ich fahr mal eben rauf zu meinem Apartment im vierzehnten Stock, und der Diener kommt sofort mit dem Geld runter. Warten Sie eben kurz!" Und dann konnte man die nächsten paar Stunden oder Wochen warten oder sich am Portier vorbeischleichen und zum vierzehnten Stock hinauffahren und an jeder Tür klopfen. Wenn man gescheit war, minimierte man seine Verluste und fuhr weiter, denn höchstwahrscheinlich wohnte der Typ ohnehin nicht mal in dem Haus. Man könnte vielleicht annehmen, Frauen wären vertrauenswürdiger; ganz im Gegenteil, sie waren noch geschickter, oder vielleicht waren die Taxifahrer auch nur blauäugiger im Umgang mit ihnen. Aber dieser letzte Fahrgast hatte nicht einmal die Höflichkeit besessen, ihm irgendeine lächerliche Ausrede aufzutischen. Er hatte sich einfach klammheimlich verdrückt.

„Scheiße verdammt, wo ist der Mann?", brüllte der erste Polizist. „Wo hast du ihn abgesetzt?"

Ravan schaute sich noch immer nach seinem Phantom-Fahrgast um. Wie konnte er es wagen auszusteigen, ohne zu bezahlen! „Schnappen Sie ihn, Inspector, ich flehe Sie an, und zwingen Sie ihn, den doppelten Fahrpreis zu bezahlen! Oder besser, bringen Sie ihn einfach her zu mir, und ich werde ihm eine Lektion erteilen, die er nicht so leicht vergisst!"

„Der Erste, den wir uns schnappen, bist du." Der zweite Polizist hatte die Fahrertür geöffnet und zerrte Ravan heraus.

„Lass ihn in Ruhe. Dieser Idiot weiß nichts", sagte Chief Inspector Parab. „Bashir Akhtar ist uns an einer der zwei letzten Ampeln entkommen. Wenn wir uns beeilen, könnten wir ihn noch schnappen."

Und da fiel es Ravan wie Schuppen von den Augen, und er begriff, warum Gesicht und Stimme ihm so vertraut vorgekommen waren. Sie gehörten dem Mann, der sein allererster Fahrgast gewesen war, dem, der ihm von den hundert Gängen erzählt hatte, die das Leben angeblich habe. Ohne den langen Bart und die weiße Scheitelkappe hatte er ihn zunächst nicht erkannt.

Eine philosophische Grübelei über das Bombayer Taxi.
Alles, was Sie nie über dieses Thema wissen wollten und nun gezwungen sind zu erfahren.

Das Erste, was einem – abgesehen von der charakteristischen gelb-schwarzen Lackierung – an einem Bombayer Taxi auffällt, ist der Taxifahrer. Es gibt niemanden, absolut niemanden auf der Welt wie ihn. Schräg über seinen Rumpf verläuft eine diagonale Falte, sodass die eine Hälfte von ihm in einem pythagoreischen Winkel zur anderen steht. Seine rechte Hüfte und Schulter haben die Fahrertür teilweise ausgebeult, und seine linke Arschbacke ist der einzige Teil seiner Person, der mit dem Sitz in Berührung kommt. Anders als Taxifahrer in anderen Weltgegenden, die direkt hinter dem Lenkrad sitzen, sitzt er in der Ecke zwischen der rechten Tür und dem Fahrersitz. Dies hat einen guten Grund. Taxifahrer anderer Landstriche haben ein Gesichtsfeld von bestenfalls hundertachtzig Grad, und das auch nur, wenn man das periphere Sehen einbezieht. Der Bombayer Taxifahrer kann sich von seinem Aussichtspunkt in der Ecke zweihundertneunzig oder sogar dreihundert Grad des Universums optisch einverleiben.

Der überragende Vorteil dieser zusätzlichen hundertundsoundsoviel Grad erschließt sich dem Fahrgast erst, wenn ein Lastwagen- oder Busfahrer mit der unerschütterlichen Entschlossenheit eines rachsüchtigen Gottes und der festen Absicht, ihn und das Taxi mit dem Straßenbelag zu assimilieren oder ihn zumindest fürs Leben zu verkrüppeln, auf den Wagen zudonnert. Die Straßenverkehrsordnung in Indien mag darauf beharren, dass ein Fahrzeug, das ein anderes zu überholen wünscht, dies von rechts zu tun habe, aber Ihr Taxifahrer weiß, dass es dies in drei – was soll der Geiz: vier – von fünf Fällen von links tun wird. Nicht nur das, der Wagen zu Ihrer Linken könnte durchaus beschließen, eine 180-Grad-Wendung zu machen und Ihnen dabei den Weg abzuschneiden. (Der Taxifahrer ist auf derlei gefasst, er hat es selbst schon oft genug gemacht.) Doch sein ergonomisch ausgelegter Rücken ermöglicht ihm, nicht nur die Straße vor ihm, sondern auch den Verkehr zu seiner Linken und sämtliche Fahrzeuge hinter ihm, die allerlei Mätzchen veranstalten könnten, im Auge zu behalten. Nichts, keine Geistesgegenwart, kein Gebet und auch kein Gott, kann ihn und seine Fahrgäste vor dem sicheren Tod bewahren außer seinem einmalig abgeschrägten Rücken, der sich so perfekt in die Wagenecke schmiegt.

Das Bombayer Taxi ist eines der schönsten Beispiele indischen Erfindungsgeistes und flexibler Raumgestaltung. Es ist die Begegnungsstätte der bedeutendsten Religionen der Welt. Auf dem Armaturenbrett befindet sich, neben einem winzigen Ventilator, ein Altar zu Ehren einer oder mehrerer der Millionen hinduistischen Gottheiten oder, falls der Fahrer Christ ist, zu Ehren der Jungfrau Maria und des Jesuskindes. Ein muslimischer Fahrer hat ein gerahmtes Bild der Kaaba, während ein gütig blickender Guru *Nanak* mit wallendem weißem Bart den Sikh-Fahrer und dessen Fahrgäste segnet. Neben dem Lenkrad können auch Gestalten wie *Shirdi Sai Baba* prangen, in einem zerlumpten Kittel und mit einem um den Kopf gewickelten Stück Stoff, *Sathya Sai Baba* mit seiner prächtigen Afrofrisur und knöchellanger safranroter Seidenrobe oder sonstige Gurus mit international-ökumenischer Anhängerschaft. Gelegentlich tun all diese und noch viele andere das, was ihre Anhänger sich standhaft

zu tun weigern: Sie setzen sich freundschaftlich zusammen und schwätzen eine Runde.
Das Taxi ist außerdem ein Aromatherapie-Zentrum. Am Morgen, oder auch während des Tages, wenn gerade Schichtwechsel ist, entzündet der neue Fahrer ein oder mehrere bewusstseinssteigernde Räucherstäbchen, um sich selbst und seinen Fahrgästen inmitten der geistesgestörten Verkehrsverhältnisse der Stadt ein Gefühl von Ruhe und Frieden zu schenken. Die Götter fahren auf diese fromme Opfergabe voll ab und inhalieren begierig die Rauchfäden, die sich vom Armaturenbrett aus in die Höhe schnörkeln. Das synthetische Aroma haut so rein wie Chloroform und wirft einen binnen Sekunden um. Es könnte einen fast umbringen, aber es wäre hochgradig undankbar, sich darüber zu beschweren. Es spräche Bände über Ihre Kinderstube und Empfindungslosigkeit, wenn Sie, anstatt die Tatsache zu würdigen, dass der Fahrer nur ein Zwanzigstel von dem verdient, was Sie monatlich nach Hause bringen, und dennoch ein Zwanzigstel dieses Betrages ausgibt, um Ihre Fahrt angenehm und zuträglich zu gestalten, die Dreistigkeit besäßen – metaphorisch ausgedrückt –, in seinem Duftgarten zu furzen.
Manchmal verwandelt ein Taxibesitzer und -fahrer sein schäbiges Blechkistchen namens Fiat Padmini in einen mobilen Leseraum. Die weitmaschige Netztasche, die an der Rückseite der vorderen Sitzbank hängt, ist dann vollgestopft mit Film- und Klatschmagazinen wie „Filmfare", „Stardust" und „Savvy" – alle aktuell, wenngleich etwas abgegriffen, aber nie in dem Maße wie die drei oder fünf Jahre alten Hefte, die man vom Wartezimmer seines Arztes kennt – sowie der Tageszeitung und dem Marathi-Abendblatt „Sandhyakal".
Doch ausnahmslos jedes Bombayer Taxi ist in Wahrheit eine fahrende Anspielung auf den Satyajit-Ray-Film „Jalsaghar", nämlich ein Musikzimmer. Musik ist der Odem eines Taxifahrers. Er kann ohne sie nicht leben, und als der großherzige Mann, der er ist, empfindet er es als seine heilige

Pflicht, nicht nur seine Fahrgäste, sondern auch seine Millionen von Mitbürgern selbst in so fernen Vororten wie Thane und gar Ulhasnagar daran teilhaben zu lassen. Er glaubt an die freie Marktwirtschaft und kauft seine Audiokassetten dort, wo sie am billigsten sind: bei einem der zahllosen Straßenhändler mit ihren Raubkopie-Kollektionen. Sollten Sie durch eine glückliche Fügung noch nicht von den schweren Schwaden der Räucherstäbchen niedergestreckt worden sein, werden Sie mit Sicherheit von der Schall-Attacke wie ein Nierenstein pulverisiert werden. Und falls Sie auch das nicht umbringt, geben Sie sich keinen falschen Hoffnungen hin: Spätestens die Rausch-Kreisch-Qualität der raubkopierten Musik, gepaart mit der um die richtige Tonlage herumeiernden Geschwindigkeit des Kassettenrecorders gibt Ihnen garantiert den Rest.
Wenn der Fahrer Nachtschicht hat, und es kommt jene Stunde, in der die biologische Uhr der hyperaktiven, testosterongesteuerten, einzigen durchgehend geöffneten Großstadt der Welt sechzig Minuten lang – zwischen drei und vier Uhr – Pause macht, dient das Taxi ihm auch oft als Schlafzimmer. Höchstens Anfänger strecken die Füße aus dem Fenster. Die meisten Fahrer werden gleich von vornherein mit Teleskopbeinen ausgeliefert, oder solchen, die sich wie ein schöner altmodischer Zollstock zusammenfalten lassen. Wenn Sie der erste Fahrgast des Tages sind, werden Sie vielleicht den Drang verspüren, sich die Räucherstäbchenstummel vom Armaturenbrett in die Nasenlöcher zu stecken, denn das Taxi wird dann so schweißig und ranzig riechen wie der Taxifahrer selbst.
Mehr als alles andere ist das Bombayer Taxi aber Theater, wenngleich mit null Publikum. Denn dies ist das Mysterium des engen Taxiraums: In dem Augenblick, in dem ein Fahrgast einsteigt, hört der Taxifahrer auf zu existieren. Die Leute geben die haarsträubendsten Dinge von sich in der Meinung, dass vorne niemand sitzt und der Wagen von selbst

fährt. Kein Dramatiker, Shakespeare eingeschlossen, könnte einem die inhaltliche, formale und spieltechnische Vielfalt bieten, die man hier erlebt: Melodram, Tragödie, Farce, das Theater der Gewalt und absurdes Theater, häusliche Gewalt, Teenagerliebe, üppigste Erotik und Hardcore-Pornographie, Familienfehden, Schmerz, Geturtel, Knutschen und Fummeln, emotionale Erpressung, Ritterlichkeit, Leid, Komödie, Hass, Rassismus, historische Exkurse, käuflicher Sex, politische Kommentare und Tiraden, Verlust und Verzweiflung, religiöse Ekstase, Vergewaltigung, Drogen, Schlägereien und Zusammenbrüche, der Dialog des Schweigens und Schmollens, Sieg und Verrat, Emergency Room, Mafia-Deals, Tragikomödien, Glücksspiel im kleinen und großen Stil, geschäftliche Verhandlungen, das Leben-wie-es-ist und das Leben-wie-es-gemacht-wird, die ultimative Realityshow. Ja, jederzeit ist Showtime.

Noch vor einigen Jahrtausenden galt die stillschweigende Übereinkunft, dass ein freies Taxi, das von jemandem an den Straßenrand gewinkt wurde, diesen Jemand an jedes beliebige Ziel innerhalb der Stadtgrenze befördern musste. Seither hat sich einiges geändert. Vielleicht ist es das, was man „Fortschritt" nennt. Heutzutage kann es vorkommen, dass man es sich gerade im Fond eines Taxis bequem gemacht hat, nur um gleich ohne viel Federlesens wieder hinausbefördert zu werden. Das richtige Prozedere geht in etwa folgendermaßen: Zunächst unterzieht Sie der Taxifahrer einer Befragung mit dem Ziel, festzustellen, womit Sie Ihr Geld verdienen und wie viel; er notiert sich die Details Ihres Stammbaums, wie viele Kinder und Ehefrauen Sie haben, schreibt sich Ihren Kontostand und Ihre Blutgruppe auf, verlangt von Ihnen die Vorlage dreier verschiedener Leumundszeugnisse und will schließlich wissen, ob Sie ein Kurz- oder ein Langstreckenfahrgast sind, ehe er Ihnen abverlangt, ihn dafür zu bezahlen, dass er sie dorthin fährt, wo er ohnehin hinwollte. Wenn sich Ihre Pläne mit den

seinigen decken, lässt er Sie vielleicht einsteigen. Wenn Sie eigene Vorstellungen bezüglich Ihres Bestimmungsortes haben – Pech gehabt.
Der Bombayer Taxifahrer ist eine Art indischer *Houdini*. Er kommt jederzeit aus dem vertracktesten und unauflösbarsten Stau heraus. In der Mehrzahl der Fälle ist er überhaupt der Urgrund und Verursacher des Verkehrschaos. Er hält sich immer streng an die Regeln; nur, dass er die allesamt selbst aufstellt. Er kann ohne Weiteres auf dem Taxistand oder auch mitten auf der Straße eine Viertel- oder gar eine halbe Stunde lang auf einen Fahrgast warten, aber sobald einer einsteigt, schaltet er auf Autopilot. Dann heißt es für ihn nur noch los, los, los. Dann duldet er keine rote Ampel, kein Verkehrsschild oder sonstige Behinderung mehr. In seinem Kopf spielt sich nur noch Formel Eins ab. Der Fahrgast kann ihm zehn Mal versichern, dass er es gar nicht eilig hat, nicht im Mindesten, dass er die Fahrt genießen, sie so weit wie möglich in die Länge ziehen möchte, weil er seine Freundin dabeihat oder vielleicht unter Bluthochdruck leidet. Was soll das heißen, Sie haben es nicht eilig? Warum sind Sie dann in sein Taxi eingestiegen? Seine Berufsehre steht auf dem Spiel. Hat er denn keine Eier, dass er irgendeinem anderen Auto, Zweirad oder Geländewagen die Vorfahrt lassen soll? Also halten Sie die Klappe und genießen Sie die Fahrt!
Und dann düst er in halsbrecherischer Geschwindigkeit die ganze Länge der Stadt hinauf, auch wenn Sie vor Angst wegen seiner Fahrweise kollabieren. Oder er führt Sie direkt in die Verdammnis, indem er einen Hopser über die steinerne Brüstung des Western Highways macht und Sie und sich und das Taxi in den Mahim Creek befördert.

Spätabends parkte Ravan das Taxi vor seinem Haus, da der Fahrer der zweiten Schicht frei hatte. Es war ein hektischer Tag gewesen. Und jedes Mal, wenn er an den Fahrgast dachte, stieg ihm Säure in die Kehle und verätzte ihm gleichzeitig die Magenschleimhaut. Am liebsten hätte er das Abendessen ausfallen lassen und wäre gleich ins Bett gegangen, aber er wusste, dass seine Mutter ihn, wenn nötig die ganze Nacht lang, wachgehalten und ihm von den großen *Rishis* und ayurvedischen Ärzten erzählt hätte, die vor zweitausend Jahren in Sanskrit auf Palmblättern geschrieben hatten, dass es verderblich sei, sich mit leerem Magen schlafen zu legen. In jeder anderen Nacht hätte er sie vielleicht nach den Titeln dieser alten Texte gefragt und ihr erklärt, dass er erst ihre Sanskritkenntnisse (die sich bei ihr wie bei ihm auf praktisch null beliefen) auf die Probe stellen wolle, ehe er sich ihrer Argumentation anschließe. Heute aber schluckte er, was sie gekocht hatte, und haute sich erst dann aufs Ohr.

Am nächsten Morgen zog er sich an und ging hinunter, um das Taxi zu waschen und zu säubern. Es roch noch immer nach Desinfektionsmittel, aber zumindest war der säuerliche Gestank verflogen. Und da sah er es. Etwas war sorgfältig unter die vordere Sitzbank geschoben worden. Er stieg hinten ein, bückte sich und zog eine Ledertasche hervor, oder eher eine Art Lederbeutel. Wie konnte es sein, dass er und die Fahrgäste, die er gestern befördert hatte, ihn nicht entdeckten, außer es war der letzte Fahrgast, der ihn vergessen hatte? Er setzte sich und öffnete den Beutel. Darin befand sich ein mit einem weißen Papierstreifen umwickeltes Bündel druckfrischer Banknoten. Er las den Wert auf dem Schein und begriff, dass es Monopoly-Geld sein musste. Offenbar hatte sich das Spiel inzwischen weiterentwickelt. Zu seiner Zeit war der größte Schein fünfhundert wert gewesen. Heutzutage gingen die Kinder offenbar mit größeren Beträgen um. Das waren alles Tausend-Rupien-Scheine. In der Banderole waren hundert Stück davon, hinzu kamen weitere leicht beschmutzte fünfzig lose. Außerdem waren darin noch sieben dünne blanke Messingscheibchen.

Er packte alles zurück in den Beutel, ging wieder hinauf in die Wohnung, öffnete den Blechschrank, den er sich mit seinen Eltern teilte, und schob den Beutel unter seine Kleidungsstücke.

Während der nächsten Tage dachte er über den Fund nach, kam aber zu keinem Ergebnis. Warum sollte jemand hundertfünfzig Spielgeldscheine mit sich herumtragen? Oder waren sie wirklich echt? Konnte das sein? Es gab keine Banknoten mit einem höheren Wert als hundert. Zumindest hatte er noch nie welche gesehen. Außerdem gab es noch eine weitere, noch erheblich rätselhaftere Frage: Warum sollte jemand eine so unglaubliche Geldsumme in einem Taxi liegen lassen? Er hätte sich den Beutel doch mit Sicherheit ans Handgelenk gekettet. Wenn es sein eigenes Geld gewesen wäre, hätte Ravan es sich um den Bauch gebunden und ein dickes Hemd und vielleicht noch eine Jacke darüber angezogen. Ravan war ratlos. Er hätte nicht einmal sagen können, ob der Beutel absichtlich versteckt oder von einem der Fahrgäste versehentlich unter den Sitz befördert worden war. Welcher seiner gestrigen sechzehn Fahrgäste hatte das Ding zurückgelassen? Sein Bauchgefühl riet ihm zwar eindeutig, der Polizei zu misstrauen, aber der Gedanke, dass der Gesuchte, dieser Bashir Soundso, derjenige war, der das Geld zurückgelassen hatte, ging ihm nicht aus dem Kopf.

Jeden Montagmorgen um halb sechs fuhr Ravan in die Ridge Road auf Malabar Hill, um Mr Pratik Shah zum Hauptbahnhof zu chauffieren. Pratik Shah war ein Diamantenhändler, der – einen Beutel Rohdiamanten in der Tasche – jeden Montag mit dem *Flying Ranee* zu seinem Betrieb in Surat fuhr und noch am selben Tag mit den in der vergangenen Woche geschliffenen Steinen wieder zurückkehrte; dann allerdings wurde er von seinem Privatchauffeur abgeholt. Ravan war von seiner Idee, Pratik Shah zu fragen, zwar nicht begeistert, aber ihm blieb kaum eine andere Wahl. Nicht allzu viele Leute aus seinem Bekanntenkreis dürften wissen, ob es so etwas wie Tausend-Rupien-Scheine gab. Er hatte sich rund siebentausendeinundfünfzig Möglichkeiten zurechtgelegt, die Frage zu formulieren, war aber mit keiner so recht glücklich. Schließlich kam er auf eine spontane, dafür aber umso dämlichere Version.

„Was halten Sie von Tausend-Rupien-Scheinen?"

„Was ich davon halte? Die werden demnächst aus dem Verkehr gezogen und sind dann nicht mal mehr das Papier wert, auf dem sie gedruckt sind. An deiner Stelle würde ich das Geld so schnell wie möglich ausgeben. Wenn die Regierung sich einbildet, mit einer leeren Geste wie der Entwertung von Tausend-Rupien-Scheinen alles Schwarzgeld an die Oberfläche spülen zu können, dann soll sie ruhig weiterträumen." Pratik Shah hielt inne, als sei ihm etwas Widersinniges aufgefallen. „Warum in aller Welt interessierst du dich für Tausend-Rupien-Scheine?"

Ravan entschied sich für die Wahrheit, während eine Stimme in seinem Kopf schrie: Du Idiot, du Idiot, du hättest das Geld um ein Haar auf den Müll geworfen! Überhaupt könnten deine Eltern inzwischen genauso gescheit gewesen sein und den Beutel in den Mülleimer geleert haben! „Ich wusste nicht, ob es so große Geldscheine überhaupt gibt, deswegen habe ich gefragt." Ravan hielt es für klug, in der Richtung weiterzufragen, damit Mr Pratik nicht am Ende Argwohn schöpfte. „Gibt es auch Fünf- und Zehntausend-Rupien-Scheine?"

„Nein, nicht in Indien. Aber das ist eine interessante Idee. Ich habe einmal einen englischen Film gesehen, der hieß ‚The Million Pound Note', und ich habe mich immer gefragt, ob die tatsächlich eine Banknote mit einem so hohen Nennwert haben."

Pratik Shah stieg in den Zug nach Surat, während Ravan heimfuhr und im Galopp die Treppe hinaufrannte, obwohl er eigentlich hätte unterwegs sein, Fahrgäste aufsammeln und den Umsatz des Besitzers der Taxiflotte maximieren sollen. Fehler, saublöder Fehler! Seine Mutter überfiel ihn gleich mit einer Breitseite von Fragen, da er normalerweise nie tagsüber nach Hause kam. Hat sich wieder jemand in deinem Taxi übergeben? Ist alles in Ordnung? Hast du Fieber bekommen? Durchfall? Muss ja passieren bei dem Fraß, den du auswärts isst! Ich hab dir schon mindestens hundertmal gesagt, du sollst dir etwas zu essen von zu Hause mitnehmen, weil du dir sonst Typhus holst von dem Dreck, den die auftischen. Vielleicht die Cholera. Aber du hörst einfach nicht auf deine Mutter! Das geht dir gegen den Strich, oder?"

Nein, nein und noch mal nein zu allen vorausgegangenen Fragen und den hundert weiteren, die noch folgen würden.

„Ich wette, er hat sich so eine widerliche Geschlechtskrankheit eingefangen. Es ist allgemein bekannt, schreibt die ‚Bittambatmi', dass siebenundneunzig Prozent der Taxifahrer mindestens zwei Mal im Monat zu Prostituierten gehen. Dein Sohn ist bestimmt auch nicht anders."

Parvati-bai wandte sich zu ihrem Mann und sagte – im Flüsterton, da sie der Ansicht war, bestimmte Dinge sollten unter Eheleuten bleiben, wenngleich es nicht einfach war, ein privates Gespräch zu führen, wenn man in einem Chawl wohnte: „Mein Sohn und auch Ihrer, falls Sie das vergessen haben sollten! Und falls er tatsächlich zu diesen Frauen geht, bezahlt er wenigstens aus eigener Tasche – anders als sein Vater, der nicht nur zu ihnen ging, sondern die Dreistigkeit besessen hat, eine davon mit nach Hause zu nehmen! Ich danke Gott jede Stunde und jede Minute dafür, dass mein Sohn, wie Sie ihn ständig nennen, nicht nach seinem Vater schlägt!"

Glaubte sein Vater wirklich, was er über ihn gesagt hatte, fragte sich Ravan, oder hatte er lediglich seine Frau provozieren wollen? So oder so, er hätte es besser wissen sollen. Anders als andere Mütter hätte Parvati-bai ihren Sohn nie in Schutz genommen, wenn er etwas Unrechtes getan hätte. Wenn Ravan beispielsweise wirklich eine dieser Damen mit der fingerdicken Schicht Talkumpuder auf dem Gesicht und dem lippenstiftverschmierten Mund, der wie eine Wunde darin klaffte, besucht und seine Mutter das herausgefunden hätte, wäre er noch in derselben Nacht aus der Wohnung geflogen – aber erst, nachdem Parvati-bai ihm mit dem Cricketschläger, den sie für renitente Kunden bereithielt, den Schädel eingeschlagen hätte. Doch dies vorausgeschickt, hätte sie niemandem, am allerwenigsten ihrem Mann, gestattet, schlecht über Ravan zu reden. Sein Vater musste an dem Abend eine unsichtbare Grenze überschritten haben, denn das war das allererste Mal seit seiner Kindheit, dass Parvati-bai Lali erwähnte, die Frau, die monatelang als die „Schwester" seines Vaters bei ihnen gewohnt hatte.

„Tatsachen sind Tatsachen. Ich ... ich sage, was in der Zeitung steht", stotterte Shankar-rao, während er sich bemühte, möglichst unbeeindruckt zu tun, doch dann fiel ihm nichts weiter ein, und er saß einfach nur da und raschelte geräuschvoll mit der Zeitung.

„Und Sie glauben all das, was in der Zeitung steht? Und dazu noch in diesem widerwärtigen Schundblatt, das Sie sich unbedingt jeden Tag kaufen müssen? Das sagt schon einiges über den Zustand Ihres Kopfes!"

Während seine Eltern über die Beschaffenheit seines Charakters diskutierten, schob Ravan die Hand tief unter den Stapel seiner Hemden, Unterhemden und Unterhosen. Nichts zu finden. Er schickte seine Finger ein zweites Mal auf Erkundung. Der Beutel war eindeutig nicht da. Wo war er abgeblieben? Was hatte seine Mutter damit angestellt? Wie konnte sie es wagen, sich an seinen Sachen zu vergreifen? Es konnte nur seine Mutter gewesen sein, faul wie sein Vater war, tat er nie mehr, als sich das zu greifen, was an gestreiften Unterhosen, Hemden und Hosen obenauf lag. Er war bereits kurz davor, eine von Mount Parvatis leisen, aber machtvollen Eruptionen zu unterbrechen und sie zu fragen, wie sie dazu kam, in seinen Sachen zu kramen und sein persönliches Eigentum verschwinden zu lassen, als die Spitze seines Zeigefingers etwas Weiches berührte. Es war nicht baumwollweich, sondern glatt-, teuer-, geschmeidig-lederweich.

Idiot, immer in Hetze, immer voreilig, immer gleich in Panik, statt einmal tief durchzuatmen, bis hundert zu zählen, sich zu beruhigen und die Sachlage gelassen und systematisch zu überprüfen! Nicht auszudenken, was passiert wäre, wenn seine Mutter herausgefunden hätte, dass ihr Sohn einen Lederbeutel im Familienschrank gebunkert hatte, anstatt ihn seinem rechtmäßigen Besitzer zurückzugeben! Und nicht nur irgendeinen Lederbeutel, sondern einen, in dem hundertfünfzig Scheine à tausend Rupien steckten! Nein, darüber durfte man wirklich nicht nachdenken.

Sie wäre schlicht ausgerastet. Er erinnerte sich daran, wie er einmal eine Acht-*anna*-Münze gestohlen hatte, um sich „Del Deke Dekho“ anzuschauen. Er war gerade mal neun gewesen. Aber sie hatte ihn grün und blau geprügelt. Jetzt war er zwar viel älter, aber das hätte sie nicht davon abgehalten, ihm bei lebendigem Leib die Haut abzuziehen.

Als er sah, wie seine Eltern einander angifteten, kam Ravan der Gedanke, dass sein Vater ein spilleriger, schäbiger Spinnerich mit dürren behaarten Beinen war, der seine Mutter bis zum Ende ihrer Tage in seinem Netz gefangen halten würde. Das Komische war, dass sie bei Weitem die Stärkere von beiden war und sie sich dennoch bewusst dafür entschied, in seiner Gewalt zu bleiben. Im Hause Pawar, daran bestand keinerlei Zweifel, hatte von jeher zweierlei Maß gegolten, eines für Ravan und ein anderes für seinen Vater. Wie schamlos Pawar Senior sich auch aufführen mochte, Parvati-bai würde ihn nie hinauswerfen. Vielleicht wusste sie aber auch nur nicht, wie sie es hätte anfangen sollen.

Seine Mutter konnte manchmal so unvernünftig sein! Ravan hatte ehrlich vorgehabt, den Lederbeutel noch am selben Tag, an dem er ihn gefunden hatte, zum Fundbüro der Taxifahrergewerkschaft zu bringen, hatte die Sache aber hinausgeschoben, weil er sich bezüglich der Echtheit der Scheine nicht sicher war. Jetzt wusste er Bescheid, und es war zu spät. Der Fahrgast, der das Geld vergessen hatte, war bestimmt schon im Fundbüro gewesen und mit leeren Händen wieder abgezogen. Und wie konnte man auch sicher sein, dass einer der Angestellten dort nicht den Beutel geöffnet und das Geld eingesteckt hätte? Anders als Ravan wussten die Leute bei der Gewerkschaft garantiert, dass es Tausend-Rupien-Scheine tatsächlich gab. Es war sowieso alles die Schuld des Fahrgasts. Er war abgehauen, ohne zu bezahlen, und hatte einen Beutel liegenlassen. Wie konnte man Ravan daraus einen Strick drehen? Und jetzt hatte Mr Pratik Shah, der Juwelier, ihm gesagt, dass Tausend-Rupien-Scheine bald per Regierungsbeschluss aus dem Verkehr gezogen werden würden.

Und dann hätte Ravan in die Röhre geguckt.

Diesmal hatte Ravan keinen Verband um den Kopf, und es regnete nicht und war auch nicht dunkel. Pieta musste gesehen haben, dass er es war. Ravan hatte den Eindruck, dass sie im Schatten unter dem Vordach des Lebensmittelladens auf der anderen Straßenseite gestanden und sich erst in Bewegung gesetzt hatte, als er die Treppe von Chawl Nr. 17 heruntergekommen war. Trotzdem hielt er es für besser, keine Risiken einzugehen. Er drehte sich um, streckte den Arm aus und öffnete ihr die Tür. Sie schien in Gedanken versunken und sah ihn nicht an, als sie einstieg. „Wohin?" Er musste zwei Mal fragen, ehe sie begriff, dass er mit ihr redete.

„Ins Büro", sagte sie, als ob die ganze Welt oder zumindest sämtliche Taxifahrer Bombays wissen müssten, wo ihr Büro war. Ravan war nur ein Mal dort gewesen, aber es stand nicht zu befürchten, dass er es je wieder vergessen würde, selbst wenn er das Gedächtnis verloren hätte. Es war ein geheiligter Ort, eine Kult- und Pilgerstätte. Er hatte oft gesehen, dass Katholiken, wann immer sie an einer Kirche vorbeikamen, den Kopf senkten und sich bekreuzigten. Ihr Büro hatte für ihn die gleiche Bedeutung. Jedes Mal, wenn er daran vorbeifuhr, schaute er nach oben und fragte sich, ob sie wohl gerade an ihn dachte, vielleicht sogar den Kopf aus einem der Fenster steckte, um zu sehen, ob er irgendwo in der Gegend war.

„Wo ist das Büro?"

„Ach, Verzeihung", sagte sie, „in der Nähe der Flora Fountain, Mahatma Gandhi Road."

Oh ja. Ja, bitte. Oh, bitte, sag das noch einmal! Hatte man jemals zwei Wörter gehört, die so lieblich klangen wie „Flora Fountain", wenn sie von ihren Lippen kamen? Sie verwandelten sich augenblicklich in den Quell ewigen Lebens. Und welch transzendentaler Friede musste sich über den großen Mahatma senken, wenn sie seinen Namen aussprach! Ach, das Timbre dieser Stimme, ihre sanfte Bestimmtheit, die Höflichkeit und Wärme, die in ihr schwangen, ihre Klarheit, ihre Halb- und Vierteltöne, die subtilen Variationen, wie Wolken, die über gewaltige blaue

Berghimmel zogen, ihre hauchzarten musikalischen Kadenzen, die erlesene Erziehung und die Gene, die sich in ihr offenbarten! Die kühle Weichheit von Samt, das war sie. Lange duftende Körner von Basmatireis; das sinnliche Rascheln von Tamarindenblättern vor dem ersten Hagelschauer des Sommers.

„Verzeihung, das habe ich gerade nicht ganz mitbekommen."

„Flora Fountain. Sie haben mich vor Langem schon mal dorthin gefahren."

Das war unglaublich; sie erinnerte sich noch! Sein Tag, ja seine ganze Woche war gerettet! Er hätte ihr gern so viele Dinge gesagt. Er könnte sie jeden Morgen ins Büro fahren. Umsonst, völlig umsonst. Und bestimmt keine Gefälligkeit. Im Gegenteil, Sie würden mir eine erweisen! Sie haben keine Ahnung, wie hoch die Gewinnspannen in diesem Geschäft sind. Mr Rathi, dem dieses Taxi und vierundzwanzig weitere gehören, hat drei Wohnungen auf Malabar Hill und zwei in Bandra. Er besitzt außerdem noch eine Autovermietung, die leitende Angestellte großer, vor allem ausländischer Unternehmen bedient. Er wird es nicht einmal merken, wenn ich Sie jeden Tag ins Büro fahre. Wenn es Ihnen unangenehm ist, überhaupt nichts zu zahlen, können Sie mir den Preis für eine Busfahrt geben, dann brauchen Sie nicht das Gefühl zu haben, in meiner Schuld zu stehen. Ich kann Sie auch abends wieder abholen. Manchmal kommen Sie sehr spät heim, das ist unvorsichtig für eine so schöne junge Dame wie Sie. Verstehen Sie mich bitte nicht falsch, ich will mir keine Vertraulichkeiten herausnehmen. Es ist nur einfach gefährlich. Und Sie müssen doch erschöpft sein, nach einem so langen Arbeitstag!

Er warf einen Blick in den Rückspiegel. Sie war wieder mit ihren Gedanken woanders. Sie runzelte die Stirn und schien irgendwie unter Druck zu stehen. Musste an ihrem Boss liegen, der sie dauernd Überstunden machen ließ. Nein, das ging so nicht weiter. Ravan sollte ein paar Takte mit ihm reden, ihm ein für allemal den Kopf zurechtrücken. He, Sie, wie auch immer Sie heißen mögen! Ich sage es Ihnen nur ein Mal: Miss

Pieta Coutinho ist eine gute Freundin von mir. Sie ist keine Sklavin, ich wiederhole: keine Sklavin, von niemandem! Also behandeln Sie sie anständig! Andernfalls könnte es sein, dass Sie nicht einmal Gelegenheit bekommen, es zu bereuen!

„Kennen Sie zufällig einen guten Arzt?"

Ich wusste es, ich wusste es in dem Augenblick, als ich sie heute gesehen habe! Es geht ihr nicht gut. Wie ich schon gesagt habe, ihr Boss verlangt ihr zu viel ab.

„Klar, ich kenne einen. Einen sehr guten, Dr. D'Penha. Er hat meine Mutter behandelt, als sie unter akuter Schwäche litt; sie hatte kein Eisen im Blut. Er hat ihr keinerlei Tabletten gegeben. Hat ihr gleich Eiseninjektionen verschrieben, eine pro Woche. Sehr schmerzhaft, so schmerzhaft, dass meine Mutter anschließend kaum laufen konnte. Aber sie haben Wunder gewirkt."

Und noch während er sprach, erinnerte er sich, dass Dr. D'Penha der Hausarzt der Coutinhos und überhaupt fast sämtlicher Katholiken der CWD-Chawls war.

„Es freut mich, dass Ihre Mutter wieder gesund ist. Aber ich meinte einen ... eine andere Art von Arzt."

„Was denn für einen?"

„Sie wissen schon, einen für Probleme", sie schien nicht zu wissen, wie sie es formulieren sollte, „für Frauenprobleme."

„Frauenprobleme?" Ravan wäre furchtbar gern behilflich gewesen, aber er hatte keine Ahnung, wovon sie sprach. Er sah die Enttäuschung in ihren Augen, die Mutlosigkeit, die sich über ihr ganzes Gesicht ausbreitete. „Ich könnte Mr Pratik Shah fragen, er kennt bestimmt einen, er ist ein großer Diamantenhändler. Er ist sehr klug."

„Ist schon gut. Danke." Pieta zog sich in sich zurück und schrumpfte wie einer dieser Regenschirme zusammen, die man in die Hosentasche stecken kann. Sie wurde so klein, dass er wusste: Er hatte sie endgültig verloren. Er spürte, wie eine bittere Woge der Ohnmacht in ihm aufstieg. Sie war die Frau seines Lebens, ob sie es nun wusste oder nicht, und wieder hatte er sie enttäuscht.

Sie bezahlte, und dann war sie verschwunden. Sie würde nie wieder mit ihm fahren. Da war er sich sicher. Ebenso wenig würde sie je wieder mit ihm sprechen. So viel zu sagen und doch so viel war ungesagt geblieben! Er hätte ihr von der großen Veränderung erzählen wollen, die in seinem Leben stattfinden würde. Er gab bald das Taxifahren auf, um sich ganz der Schauspielerei widmen zu können. Die Schauspielerei war eine eifersüchtige Göttin, man musste ihr all seine Zeit zu Füßen legen. Er würde sich zwei neue Anzüge nähen lassen, einen schwarzen und einen weißen, und er würde sich in der Schauspielschule des Charakterdarstellers Krishna Kumar einschreiben. Er würde sich voll auf die Sache konzentrieren.

Ravans Laufbahn als Bandleader der Cum September mochte ein vorzeitiges Ende genommen haben, aber nichts, absolut nichts würde ihn davon abhalten, ein Filmstar zu werden.

10

Manchmal, wie Eddie allmählich herausfand, betrug der Abstand zwischen Morgen und Mittag nicht fünf oder sieben Stunden, sondern war die unüberbrückbare Kluft zwischen dem Möglichem und dem Nichtmöglichem. Pater Agnello D'Souza stellte seiner Gemeinde von St. Sebastian's immer wieder dieselbe Frage: Was ist die Heilige Kirche anderes als das Licht am Ende des Tunnels? Doch Eddie ging langsam auf, dass der Priester nicht der beste Ratgeber im Leben war. Es gab gar kein Licht, nur einen Tunnel, der zwischen Hoffnung und Auslöschung der Zukunft verlief.

Er kam sich vor wie einer dieser Wiederkäuer, über die er in der Schule in seinem Biologiebuch gelesen hatte. Ständig kam die Geschichte mit dem US-Visum wieder hoch, und dann musste er endlos an den Warums, Wiesos und Weshalbs seines in die Hose gegangenen Besuchs im amerikanischen Konsulat herumkauen. Eddies Leben gründete auf einer einzigen Annahme, beziehungsweise war es weniger eine Annahme als ein Glaubenssatz. Seit seiner Kindheit wusste er, dass er einmal den Planeten aufmischen und ein Hollywoodstar werden würde. Zu diesem Zweck hatte er sein Leben in der Warteschleife gehalten. Er hatte den Job im Auntie-Lokal angenommen, die Ärmlichkeit des Lebens im Chawl ignoriert, die grenzenlose Verbitterung und das dauernde Genörgel seiner Mutter ertragen, ohne auch nur ein Mal Widerworte zu geben oder ihr ein paar unbequeme Wahrheiten über sie selbst zu sagen. Die Bandra Bombshells waren die beste Rockband der Stadt, und trotzdem hatten sie es nicht nach oben geschafft. Jeder andere hätte den Mut und die Hoffnung verloren, aber nicht Eddie.

Er hatte sich nie von Rückschlägen demoralisieren lassen; im Gegenteil, er hatte sie von jeher als Anlass zur Festigung seines Entschlusses willkommen geheißen. Der Misserfolg war lediglich eine Stufe, die einen näher ans Ziel brachte. Geschlagen gaben sich nur Feiglinge. Schwanken, Aufgeben, den Mut verlieren waren Formen des Sichgehenlassens. Damit hatte Eddie nichts zu schaffen.

Er wusste durchaus, dass er zu den Glücklicheren zählte. Viele Katholiken aus den CWD-Chawls hatte er Kellner, Mechaniker, Kino-Platzanweiser, Büroschreiber, Matrosen in der Handelsmarine werden sehen – und zwar nicht, weil sie es gewollt hätten, sondern schlicht, weil sie nicht wussten, was sie von ihrem Leben erwarten sollten. Dieses Problem hatte Eddie nie gehabt. Er wusste es; er wusste es bereits in einem Alter, in dem die meisten Jungen keine weitreichenderen Pläne hatten, als am Abend einen Drachen steigen zu lassen, am kommenden Samstag mit ihrem Team eine gegnerische Fußballmannschaft zu schlagen oder der kleinen Schwester was auch immer heimzuzahlen. Vor allem aber wusste Eddie, dass man in der Kunst monogam sein musste. Hat man sich erst einmal für eine Geliebte entschieden, hält man zu ihr, komme, was wolle. Er hatte sein Ziel niemals aus den Augen verloren und hatte in all den Jahren keine Probleme gehabt, auf Kurs zu bleiben.

Die Musik, die er hörte und selbst spielte, war von jeher amerikanischer und britischer Rock 'n' Roll gewesen. Und die Filme, die er sich ansah und mit denen er sich identifizieren konnte, kamen aus Hollywood. Es war „Rock Around the Clock", der ihn zu einem unheilbaren Musik- und Filmjunkie gemacht hatte, nicht etwa Hindi-Filme wie „Shin Shinaki Babla Boo" oder so ein Blödsinn wie „Junglee". Es gab nur einen Ort auf der Welt, der ihm beides bieten konnte, seine Vorstellung von Musik und Film. Das war Hollywood. Dort war Elvis zum Filmstar und zur einflussreichsten Musik-Ikone der Welt geworden.

Eddie war ein geradezu pathologischer Perfektionist. Er zwang die Bombshells zu endlosen Probesessions, und er ließ sie selbst die einfachste Melodie so oft wiederholen, bis sie den Bandmitgliedern zum Hals raushing. Belle sagte, er habe das absolute Gehör und sei eine absolute Nervensäge. Am Schlagzeug war er ein Ass geworden, und sein Gesang hatte eine Intonation und einen Stil erreicht, die unübertroffen waren. Eines fehlte allerdings noch: Star-Qualität. Was er noch brauchte, war etwas wie der Schrittmacher bei einem Marathonlauf, jemanden, der ihn anstachelte, ihn über die eigenen Grenzen und Begrenzungen trieb, sein Talent schärfte und sein Äußeres polierte. Er musste sich mit den Besten der Welt messen. Er musste nach Amerika.

Die Amerikaner waren keine stupiden, engstirnigen Bürokraten wie die Inder. Sie gaben keinen Furz darauf, ob man neun Doktortitel hatte, stinkreich war und sich buchstäblich alles leisten konnte oder ob man ein dahergelaufener Niemand war. Er hatte gelesen, dass man in Amerika, wenn man außergewöhnlich begabt und gescheit genug war, eine Methode zu finden, die Leute auf sich aufmerksam zu machen, zwangsläufig Erfolg haben musste. Das Einzige, was in diesem märchenhaften, mythischen Land zählte, waren Talent, tonnenweise Talent, und ebenso viel Charme – dann war man ein gemachter Mann. Rasse, Hautfarbe, Geschlecht und Herkunft waren irrelevant.

Und genau deswegen hatte es ihm keinerlei Sorgen bereitet, zum amerikanischen Konsulat gehen zu müssen. Natürlich würden sie ihn dort auffordern, all seine Diplome und Abschlusszertifikate und seine Steuerbescheide vorzulegen, eine Einladung von irgendeiner anerkannten Institution vorzuweisen. Das war die normale Prozedur. Er hatte nichts davon, aber das bereitete ihm kein Kopfzerbrechen. Sie würden ihn ablehnen, durch die Bank, bis er in allerletzter Minute die Initiative ergreifen und etwas Unerwartetes und durch und durch Magisches tun würde, das sie völlig umhauen würde. Sie würden begreifen, dass er auf einer Stufe mit John Lennon, Jim Morrison und John Fogerty stand. Er hatte eine verdammt gute Stimme, und er konnte damit Amerika durchpusten. Das war noch nicht alles. Seit zwei Jahren schrieb er seine eigenen Texte und vertonte sie.

Er war am Morgen in aller Frühe vor dem amerikanischen Konsulat gestanden und hatte wach und guter Dinge ausgesehen. Er hatte das Gefühl, dass die Tür, vor der er so lange gestanden hatte, im Begriff war, sich zu öffnen, und dass das Leben jenseits davon auf ihn wartete und er es gleich mit beiden Händen packen und nie wieder loslassen würde. Vor ihm waren all diese Studenten, die ihren Bachelor und ihren Master hatten und die GREs, MCATs und LSATs und alle möglichen sonstigen Tests mit kryptischen Namen bestanden hatten, und anfangs hatten sie alle nervös und unsicher gewirkt, und er hatte sie aufgeheitert und über ihre Ängste gelacht und sie nach Kräften aufgemuntert – dann jedoch war etwas Merkwürdiges passiert. Je zuversichtlicher und selbstsicherer sie geworden waren, desto mehr waren ihm Zweifel an seiner Fähigkeit gekommen, die Konsulatsbeamten durch die Kraft seiner Musik zu überzeugen. Nein, es war nicht einmal das. Er hatte begonnen, sich mit den Augen seiner Landsleute zu sehen, die vor ihm in der Schlange standen. Sie fanden bestimmt, dass er absolut unmöglich aussah; in seiner absonderlichen Kluft hätte man ihn für einen Statisten aus einem Hindi-Film halten können. Er bemühte sich so sehr, witzig zu sein, aber es war erbärmlich. Bildete er sich wirklich ein, in ihrer Liga zu spielen? Er kannte nicht einmal die Namen der Eignungsprüfungen, die es ihnen erlaubt hatten, sich um einen Studienplatz an einem ausländischen College zu bewerben, und die Fächer, in denen sie sich spezialisieren wollten, waren für ihn das reinste Chinesisch. Von Wörtern wie „Karzinom", „Ultraschall", „Vibrationstheorie", „Anzugsdrehmoment", „kryogene Leitfähigkeit", „Urknall", „künstliche Intelligenz", „Zahlentheorie", „Dekonstruktion", „Marktkräfte" schwirrte ihm der Kopf. Er klopfte große Sprüche, aber er war nichts als ein Clown.

All die Jahre hatte er sich gesagt, dass die Amerikaner, wenn er ein durch nichts aufzuhaltendes Talent besaß, ihn auf Knien anflehen würden, in ihr Land einzuwandern. Jetzt war er sich nicht mehr so sicher. Über seine Vergangenheit machte er sich nichts vor, aber die Begegnung mit solch akademischer Exzellenz und elterlicher Solvenz brachte all seine bisherigen Annahmen ins Wanken. Er hatte keinerlei Diplome, nicht einmal den jämmerlichen Mittelschulabschluss, keine Testergebnisse, keine rätselhaften Buchstabengruppen gleich welcher Art, und er kam aus den CWD-Chawls, von deren Existenz die Studenten wahrscheinlich noch niemals etwas gehört hatten. Seine Mutter und Großmutter mochten aus einer begüterten goanischen Familie stammen, aber das lag so ewig zurück, dass es genauso gut ein Mythos oder ein Hirngespinst hätte sein können. So weit er zurückdenken konnte, waren er und seine Familie so arm gewesen, dass sie nichts von der Welt wussten und nie weiter als bis Virar gekommen waren, das die Endstation der Western-Railway-Lokallinie war.

Angenommen, die Jungspunde, die vor dem amerikanischen Konsulat anstanden, hätten erfahren, dass er in einem Auntie-Lokal arbeitete? Sie hätten höchstwahrscheinlich gefragt, was das war, da sie in Vier- oder Fünfzimmerwohnungen lebten und ihre Eltern nur Chivas Regal oder Black Label tranken und keine Ahnung hatten, was Tharra war. Und kann man sich ihre Gesichter vorstellen, wenn sie erfahren hätten, dass er eine Burka getragen und Schwarzgebrannten in Autoschläuchen geschmuggelt und die Kotze der Gäste aufgewischt hatte? Mochte er als Musiker noch so gut sein, wirklich gut, was hätte das für sie oder die Leute vom Konsulat, die ihn befragten, für einen Unterschied gemacht? Wenn die anderen in der Warteschlange ihm nicht ins Gesicht gesagt hatten, dass er eine Witzfigur war, und nicht über seine Angebereien gelacht hatten, so lag das nur an ihrer guten Kinderstube, tatsächlich aber war er so bedeutungslos, dass er unmöglich glauben konnte, irgendeinen bleibenden Eindruck in ihrem Bewusstsein oder gar ihrem Gedächtnis hinterlassen zu haben. Er war ein Niemand, genau das war er.

Vielleicht ging er in ihren Augen nicht einmal als Mitmensch durch. Oder vielleicht war es auch umgekehrt, und er schaffte es nicht, sich als einen solchen zu begreifen. Das Blut, das an dem

Morgen vor dem Konsulat seine Adern so kraftvoll durchpulst hatte, war geronnen, und der Traum von einem neuen Leben in einem neuen Land war verschwunden wie der Schaum in ihrem winzigen Badezimmer, wenn Pieta Natron auf den Fußboden streute und dann so energisch schrubbte, dass die Borsten brachen. Es war ihm unbegreiflich, wie sein Leben im Lauf weniger belangloser Vormittagsstunden jeglichen Sinn und seine Zukunft Kurs und Orientierung verloren hatten.

Der Amerikanische Traum war Eddie wie Sand zwischen den Fingern zerronnen, und er war sicher, sich von diesem entsetzlichen Schlag nie wieder erholen zu können. Es war schwierig, sich noch für irgendetwas zu interessieren. Er fing an, die Proben zu schwänzen, die er bislang so verdammt ernst genommen hatte, dass er jedes Bandmitglied, das zu spät aufkreuzte, selbst Belle, mit einer Geldstrafe belegte. Jetzt reagierte er nicht einmal mehr auf Angebote zu Auftritten, er stellte sich einfach tot. Er war lustlos und reizbar und kam morgens nicht aus dem Bett – selbst dann nicht, wenn seine Großmutter mit Absicht eine Jim-Reeves-LP auflegte, die es früher niemals verfehlt hatte, Eddie in Rage zu bringen. „Warum, Eddie, warum?", fragte Maria-Augusta ihren Enkel dann theatralisch. „Warum kann ich mir in meinem eigenen Haus nicht meinen Lieblingssänger anhören?", worauf er aufsprang, den Ton leiser drehte, den Plattenspieler ausschaltete und sagte: „Weil es hier nur einen geben kann: Jim Mief oder mich! Du hast die Wahl!" Worauf sie unweigerlich erwiderte: „Dann Jim", und vorgab, die Wohnung verlassen zu wollen, und er auf die Knie fiel und gelobte, sich fortan nur noch Jim-Mief-Songs anzuhören. Doch nun bestand Eddies einzige Reaktion nur in einem mürrischen Knurren. Tagelang rasierte er sich nicht. Er nahm zu, und seine Haut wurde fahl und teigig. Wenn er weiterhin bei Auntie zum Dienst antrat, dann nur, weil die Alternative undenkbar war: zu Hause herumzusitzen und die vorwurfsvollen Blicke seiner Mutter zu erdulden.

Der einzige Mensch, der mit seiner üblen Laune klarzukommen schien, war Belle. Sie war geduldig und achtete nicht groß auf seine Trotzanfälle. Wenn ihre Eltern im Nebenzimmer saßen, flüsterte sie: „*Alphonsos* – zu jeder Jahreszeit die besten Mangos der Welt!", und zog ihr T-Shirt hoch, ließ ihre Brüste herauswippen und rieb sie an seinem Gesicht, während er auf einem Stuhl saß. Es gab eine Zeit, in der er so getan hätte, als sei er entsetzt und doch nach ihnen geschnappt hätte. Jetzt wandte er lediglich den Kopf ab.

„Kommst du mit mir nach England? Dort findest du Arbeit, und ruck, zuck, kannst du weiter nach Amerika fliegen."

„Du machst Witze."

„Mach ich nicht. Ich ertrag's nicht, dich so down zu sehen."

„Ist es dein Ernst?"

„Ja."

„Wann?"

„Besorg dir ein Visum, und wir verschwinden."

„Ein Visum? Wie kommt es, dass du keines brauchst?"

„Weil Dad und Mum die britische Staatsangehörigkeit haben. Und ich als ihre Tochter ebenfalls."

„Heißt das, ich muss zum britischen Hochkommissariat?"

„Vermutlich."

„Gibt es keine andere Möglichkeit?"

„Schon, aber die kommt wohl nicht in Frage."

„Sag sie mir trotzdem."

„Wir könnten heiraten."

Eddie schnitt eine Grimasse.

„Ich hab es doch gesagt, das würde dir nicht passen. Aber was spricht denn dagegen, im Hochkommissariat dein Glück zu versuchen?"

„Vielleicht mach ich's."

Aber es war fraglich, ob Eddie in absehbarer Zeit das Hochkommissariat des Vereinigten Königreichs oder die Auslandsvertretung irgendeines anderen Staates von innen sehen würde. Der Gang zum amerikanischen Konsulat hatte einen grundlegenden Wandel in ihm ausgelöst. Ausländische Institutionen schienen eine pathologische Abneigung – vielleicht war es auch Angst –

in ihm auszulösen. Früher war er immer sehr selbstsicher gewesen, vielleicht sogar ein wenig eingebildet. Und er war im höchsten Grade dickköpfig. Belle hatte sich das Recht, ihre eigenen Kostüme für die Bandra-Bombshells-Auftritte zu entwerfen, Millimeter um Millimeter erkämpfen müssen, und sie hatte Jahre gebraucht, um ihn zu überreden, sie bei einem Auftritt einen Hindi-Filmsong singen zu lassen. Aber das war jetzt Schnee von gestern. Er hatte seinen Biss verloren. Ab und an gab er sich bewusst streitbar, aber er war nicht mit dem Herzen dabei. Und wenn Belle irgendeine neue Idee als bereits ausgemachte Sache präsentierte und den Aufstand ignorierte, den er daraufhin veranstaltete, und ihm gestattete, eine Zeit lang Dampf abzulassen, gab er in der Regel nach und fügte sich ihren Plänen.

„Davon geht die Welt nicht unter, Eddie“, tröstete Belle ihn ein paar Wochen später, als sie im Wohnzimmer der McIntyres saßen, während sich ihre Eltern am anderen Ende des Zimmers anhörten, wie Caruso „O sole mio“ sang.

„Doch. Meine schon.“

„Manchmal geht's rauf, manchmal geht's runter. So ist das nun mal, ob es uns passt oder nicht.“

„Was weißt du schon von solchen Dingen?“

„Stimmt“, sie lächelte selbstironisch, „Ehrgeiz kennen nur Männer. Pieta hat es bestimmt nicht ernst gemeint, Ärztin werden zu wollen.“

„Was hat Pieta damit zu tun, dass ich nicht in die Staaten kann?“

„Nichts eigentlich. Nur dass du mir erzählt hast, sie hätte täglich zwölf bis vierzehn Stunden gepaukt und es geschafft, von einer medizinischen Hochschule genommen zu werden. Doch dann hätte deine Mutter gesagt. ‚Nein, das geht nicht. Was ist, wenn Eddie Ingenieurswesen studieren will und das Geld braucht?‘ Und weder du noch deine Oma habt irgendwas dagegen gesagt. Aber egal, Pieta kann es sowieso nicht ernsthaft gewollt haben, denn andernfalls hätte sie eure Mutter gemeuchelt und dich und deine Oma in die Sklaverei verkauft.“

„Was soll das bedeuten, verdammt noch mal? Was ist los mit dir, Belle?"

„Nichts. Ich sehe jetzt, wie unverschämt Pieta war."

„Was hätte ich deiner Meinung nach tun sollen? Mama hört nie auf mich, und Oma hatte kein eigenes Geld, mit dem sie Pieta das College hätte finanzieren können!"

„Ich dachte, sie hätte ein Stipendium bekommen?"

„Nur für ein Jahr."

„Ja, aber sie hätte es jedes Jahr wieder bekommen können, bis zum Studienende, solange sie gute Noten bekommen hätte."

Belle konnte einem schon echt auf die Eier gehen. War ihr nicht klar, was für eine schwierige Zeit er gerade durchmachte? Warum musste sie gerade jetzt mit Pieta anfangen? Das lag ja alles so lange zurück, was spielte das jetzt noch für eine Rolle? Außerdem, sich zu entschuldigen war nicht seine Art, und es hätte seine Schwester nur in Verlegenheit gebracht.

Eddie und Belle kannten zwei Arten, ihre Scharmützel und Streitereien beizulegen. Mit Sex. Oder wenn Belle sagte: „Gehen wir uns einen Hindi-Film anschauen."

Zum Geburtstag machte Belle Eddie ein ungewöhnliches Geschenk: die Studiengebühren für ein Jahr in der Schauspielschule von Krishna Kumar.

„Was soll der Scheiß? Erwartest du ernsthaft von mir, dass ich Schauspielunterricht nehme?"

„Brando hat das getan."

„Elvis nicht."

„Stimmt. Und Elvis ist mit Abstand der bessere Schauspieler, gar keine Frage." Eddie konnte nicht erkennen, ob Belle es ernst oder ironisch meinte. Jetzt nickte sie auch noch, wie um zu bekräftigen, wie recht er doch hatte. „Wenn du nicht willst, könnte ich ja hin. Da könnte ich bestimmt noch eine Menge lernen."

„Von irgend so einem Hindi-Filmstatisten?"

„Krishna Kumar hat die Hauptrolle in zwei Stummfilmen gespielt, bevor ..."

„Er hätte weiter den Mund halten sollen. Das hätte dem Hindi-Film nur gutgetan."

„Vielleicht hast du recht. Aber wenn du erst mal einsteigst, wird die Industrie einen qualitativen Quantensprung machen."

„Belle, nimmst du mich zufällig auf den Arm?"

„Ich? Warum sollte ich das tun? Ich bin sicher, Krishna Kumar könnte eine Menge von dir lernen." Sie verstummte, als habe sie alles gesagt, und fügte dann hinzu: „Er hat ja auch bloß, in den Vierzigern und Fünfzigern, in über dreißig Filmen die Hauptrolle gespielt. Nach allem, was man so hört, zählt er heute zu den besseren Charakterdarstellern in der Branche."

„Ich werde unter keinen, absolut keinen Umständen irgendwelche drittklassigen Kurse besuchen! Das würde nur mein Talent zertrümmern, und wenn man erst mal all die falschen Dinge gelernt hat, kann man sie nie wieder ablegen. Dann wird mir niemand eine Chance geben."

„Meine Güte, das wäre ja wirklich tragisch! Ohne dich würde die Industrie dahinwelken und eingehen wie eine Primel!"

„Außerdem ist mein Hindi nicht besonders ..."

Belle schaffte es nicht länger, ernst zu bleiben, und lachte Tränen. Das war's, jetzt war Eddie endgültig sauer und stampfte aus der Wohnung.

„Tut mir leid, Eddie, bitte geh nicht weg, es ist dein Geburtstag, und wir haben noch nicht mal die Torte angeschnitten! Bitte! Es tut mir leid!"

Er kam nicht zurück.

Doch ging er sich Krishna Kumar ansehen. Und dann ging er noch einmal hin. Und immer wieder, auch wenn er Belle gegenüber erklärte, er nehme an den Kursen nur teil, weil sie nun einmal so dumm gewesen sei, das Geld dafür auszugeben, und er sie nicht verletzen wolle. Das Seltsame war, dass er trotz seines extremen Widerwillens, bei Krishna Kumar in die Lehre zu gehen, angefangen hatte, diesen Mann seiner Oma, Pieta, Belle und sogar seiner Mutter gegenüber zu jeder passenden und unpassenden Gelegenheit zu zitieren. „Bei der Schauspielerei geht es ums Zuhören. Weil die Kamera auf sie gerichtet ist, glauben die meisten Schauspieler, besonders Hauptdarsteller, die Schauspielerei sei eine Abfolge von Monologen. Aber wie kann man reagieren, wenn man nicht auf das hört, was die anderen auf der Leinwand sagen – verstehst du?“

„Wäre vielleicht keine schlechte Idee, wenn du diesen Rat auch im wirklichen Leben befolgen würdest.“

„Belle, kannst du ein Mal etwas ernst nehmen? Weißt du, was Krishna Kumar gesagt hat?“

„Nein, keine Ahnung. Aber warum habe ich nur das Gefühl, dass ich es gleich erfahren werde?“

„Sei nicht so eine Klugscheißerin! Hör einfach nur zu, okay? Selbst wenn wir allein sind, reagieren wir, und weißt du, auf was? Auf das, was in unserem Kopf vor sich geht. Unser Bewusstsein ist niemals leer. Ständig laufen da Gedanken durch, wie Wolken über den Himmel, manchmal treten emotionale Turbulenzen auf, plötzlich tauchen Erinnerungen auf, die Luftlöcher erzeugen, und auf all das reagiert man fortwährend. Nicht vergessen, das Gesicht ist die Leinwand, der Projektor ist der Geist.“

„Welch strahlende Perlen der Weisheit! Ich bin überwältigt.“ Doch Belle war tatsächlich von Krishna Kumar beeindruckt, und noch mehr von Eddie. Er schien imstande zu sein, die Worte seines Meisters Wort für Wort wiedergeben zu können.

Es gab nur eine Sache, die Eddie Krishna Kumar ernsthaft übelnahm. Er hatte diesem Typen vom vierten Stock gestattet, sich in denselben Kurs einzuschreiben. Die Pest sollte ihn holen. Glücklicherweise gelang es Eddie mühelos, seine Existenz zu ignorieren. Er nahm ihn einfach nicht wahr. Der Idiot hatte ein, zwei Mal versucht, ihn zu grüßen, aber Eddie hatte ihn wie Luft behandelt. Bildete sich Ravan wirklich – ich meine, wirklich – ein, Eddie würde seine Anwesenheit zur Kenntnis nehmen?

Silvester war der schlimmste Tag des Jahres. Aunties Gäste fühlten sich bemüßigt, zumindest bis Mitternacht herumzusitzen. Jetzt war es halb zwei, und es waren noch immer grölende

Nachtschwärmer unterwegs, und gelegentlich zog ein Wagen mit verbotenem Kompressorhorn vorüber und trötete im Takt einer Melodie, die nur der Fahrer kannte. Es war schwierig, aus dieser Stadt schlau zu werden, dachte Eddie, erst recht aus dem ganzen Land. Wie kam es, dass Hindus, Parsen, Sikhs und Neobuddhisten Weihnachten und Neujahr feierten, als seien es ihre eigenen Feste? Das Thermometer zeigte 27° Celsius, aber die hinduistischen Ladenbesitzer hatten ihre Schaufenster, ob man es glaubt oder nicht, mit Watte-Schnee dekoriert, manche sogar mit Weihnachtsmännern. Kein Christ oder Muslim würde je auf die Idee kommen, Divali, Pateti, *Holi* oder *Baisakhi* als eigene Feiertage zu begehen. War das gut oder schlecht?

„Eddie", rief Ardeshir Bharucha, „allerletztes Glas. Und bitte nicht knausern, sei so nett."

Eddie selbst hätte nichts dagegen gehabt, zu *Navratri* neun Nächte hintereinander mit hübschen Frauen in maßgeschneiderten *ghaghra-cholis* und diesen schönen *bandhani orhnis* auf der Terrasse zu tanzen oder zu Baisakhi einen *bhangra* aufs Parkett zu legen. Vielleicht sollten das alle so machen, sich gegenseitig die Feiertage und Fiestas abgucken. Dann wäre es nicht mehr so leicht, sich die Köpfe einzuschlagen.

„Eddie, bist du noch da? Ich habe vor einiger Zeit um ein großes letztes Glas gebeten."

„Tut mir leid, Mr Bharucha. Es ist schon ziemlich spät, und ich bin anscheinend müde." Ardeshir steckte Eddie einen Fünfzig-Rupien-Schein zu, als der ihm seinen Drink servierte.

„Ich bin in fünf Minuten weg. Dann kannst du die Bar schließen und heimgehen."

„Keine Eile, Mr Bharucha", log Eddie.

„Ich hoffe, das nächste Jahr bringt dir Glück, und ich sehe deinen Namen über dem Eingang von Theatern, Eddie."

„Sie meinen dieses Jahr", korrigierte Mrs Fernandes Ardeshir.

„Ja, Sie haben recht. Können Sie mich hören, Mr Fernandes? Ich wünsche Ihnen eine baldige Genesung."

„Er schläft."

„Alles Gute, Mrs Fernandes, wir sehen uns morgen. Gute Nacht Ihnen allen!"

Wie versprochen, war Ardeshir nach fünf Minuten weg. Eddie wischte die Tische ab, klappte schnell die Stühle zusammen und stapelte sie aufeinander.

„Glauben Sie, die Menschen hätten etwas mehr Spaß im Leben, wenn sie aufhören würden, sich so krampfhaft darum zu bemühen?"

„Du wirst allmählich zu einem vorzeitig weisen Mann, Eddie." Sie lächelte ihn an. „Dieses Lokal mag zwar Auntie's genannt werden, aber tatsächlich ist es der einzig wahre Klub der einsamen Herzen. Wer weiß schon, warum wir unglücklich sind, welchen Schmerz und welches Leid wir in unseren Herzen herumtragen? Das Problem, wenn man einem lieben Menschen weh tut, ist, dass man sich unter Umständen selbst noch mehr weh tut. Kommt dann Weihnachten und Silvester, bläht sich alles unverhältnismäßig auf, und wir kuscheln uns aneinander in der Hoffnung, dass die Gesellschaft anderer Menschen uns etwas Trost bringen möge. Was macht es schon, wenn es letzlich nur eine Illusion ist?"

Wovon redete Mrs Fernandes? Es schien, als habe sie sich in ihre Erinnerungen zurückgezogen und führe jetzt Selbstgespräche. Es war ihr ungeschriebenes Gesetz, nie über persönliche Dinge zu sprechen. Sie mochte zwar jedermanns Beichtmutter sein, aber sie selbst vertraute sich niemandem an. Ausdruckslos schweiften ihre Augen durch den Raum und blieben auf Eddie haften.

„Schau nicht so besorgt, Eddie. Ich rede dummes Zeug. Wie du siehst, hat das Neujahr auch mich erwischt. Mögest du niemals alt werden, Eddie, und die Enttäuschungen, den Herzenskummer und die Plagen des Lebens kennenlernen."

„Sie sind ja wohl nicht alt!"

„Du hast mir eine Freude gemacht, auch wenn ich weit älter bin, als ich sein sollte. Bist du unglücklich hier, Eddie?"

„Nein."

„Warum willst du dann nächsten Monat hier aufhören? Ich gebe dir eine Lohnerhöhung. Und du kannst jederzeit gehen, wenn du deinen ersten Vertrag bekommst."

„Die Bombshells haben in letzter Zeit eine Menge Aufträge bekommen und sie beklagen sich, dass ich der Musik nicht genügend Zeit widme." Eddie wusste, dass er nicht sonderlich überzeugend klang. Die Wahrheit war, dass die Bandra Bombshells aus dem letzten Loch pfiffen und Belle die Einzige war, die nicht drohte, alles hinzuschmeißen. Aber das machte ihm nicht so viel aus wie die Tatsache, dass seine Filmkarriere einfach nicht von der Stelle kam. Er hatte im Laufe der letzten Jahre ein bisschen Geld gespart und beschlossen, sich ganz auf seine Laufbahn zu konzentrieren. Bald würde er seinen Abschluss an K.K.s Schauspielakademie machen, und es war höchste Zeit, sich offensiv um eine Chance zu bemühen. Er schätzte, wenn er bescheiden lebte, ein Jahr über die Runden kommen zu können. Bis dahin würde die Filmwirtschaft, komme, was wolle, ein neues Gesicht und einen neuen Star am Horizont erblicken! Er wollte mit niemandem über seine Pläne reden, denn mittlerweile nahm ihn keiner mehr ernst. Jeder machte sich nur noch über ihn lustig.

„Normalerweise ist es ratsam, seine bisherige Stelle nicht aufzugeben, bevor man die neue nicht sicher hat. Seit du hier mitarbeitest, gehen die Geschäfte besser, und wenn wir vorsichtig mit unserem Geld umgehen, könnten wir demnächst ein Darlehen von der Bank bekommen und mit diesem, diesem ...", sie brachte es nicht fertig, ihr Metier beim Namen zu nennen, „mit dem Ganzen aufzuhören. Wir könnten eine Drogerie eröffnen. Soweit ich gehört habe, macht man da gute Gewinne. Du könntest Partner werden und gleichzeitig mit deiner Schauspielerei weitermachen, bis du eine gute Rolle angeboten bekommst."

„Ich hab schon einen Vertrag. Wir fangen im Februar an zu drehen."

„Ach, Eddie, warum hast du mir das nicht früher gesagt? Das sind ja wunderbare Neuigkeiten! Wenn deine Zukunft dich mit offenen Armen ruft, wie könnte ich dich dann zurückhalten?"

Eddie zuckte zusammen. Er hatte keine Probleme damit zu lügen. Er tat es andauernd, um seiner Mutter unnötigen Kummer zu ersparen, und natürlich, um ihren Strafpredigten zu entgehen. Aber dass er Mrs Fernandes Lügen erzählte, fand er abscheulich. Sie war immer fair zu ihm gewesen. Sie behandelte ihn nicht wie einen Dienstboten. Wenn ein Gast einen zu viel intus hatte und Eddie anherrschte oder anpöbelte, forderte sie ihn auf zu gehen. Sie beklagte sich nie. Mitunter geriet Lester in Wut, weil es ihm nicht gelang, sich das Hemd mit einer Hand zuzuknöpfen, oder ein entzündetes Geschwür ihm entsetzlich zu schaffen machte, und er fing an, zusammenhangslos auf sie einzuschreien. Dann sagte sie: „Ich weiß, Schatz, ich weiß", und hielt ihn in den Armen und wiegte ihn, bis er sich beruhigte.

Serena Fernandes ging an den Metallschrank hinter der Trennwand und kam mit einer dunkelgrünen Flasche und zwei Gläsern zurück. Es war das erste Mal, dass Eddie eine Flasche Vat 69 sah.

„Stoßen wir auf deine neue Laufbahn an!"

„Ich dachte, Sie trinken nicht." Er hatte sie nie auch nur einen Tropfen anrühren sehen, nicht einmal, als Ardeshir seine Maschine gekauft hatte.

„Ich trinke nicht mit Gästen. Und nie allein. Aber du bist kein Gast, und das könnte die einzige Gelegenheit sein, die ich je haben werde, mit einem angehenden Star zu trinken."

Sie schenkte ein und reichte ihm ein Glas.

„Zum ersten Mal Alkohol getrunken habe ich an meinem Hochzeitstag." Mrs Fernandes lächelte. „Alle, meine Mutter, mein Vater, meine Brüder, alle waren sie dagegen."

„Dass Sie tranken?"

„Nein, gegen meine Heirat."

„Warum?"

„Ich war achtzehn und er war fünfunddreißig."

„Und?"

„Und deswegen sagten alle Nein. Aber da war er", sie warf einen Blick auf die Trennwand, „und wartete wie der buchstäbliche Märchenprinz auf mich. Wie hätte ich da ablehnen können?"

Sie schaute Eddie an und sah einen Hauch von Skepsis in seinen Augen. „Du glaubst mir nicht, stimmt's? Aber das war er. Sehr, sehr gut aussehend. Alle Frauen im Viertel waren verrückt nach ihm."

„Und dann?"

„Sie sagten, ich würde es noch bereuen."

„Haben Sie's?"

Ein Anflug von Schmerz zog über ihr Gesicht. „Wie jung du doch bist, Eddie, du kannst Fragen stellen, vor denen ich mich fürchte!" Sie wechselte das Thema. „Was ist mit dir, du redest nie über deine Freundin. Oder sollte ich Freundinnen sagen?"

„Sie ist Anglo, und meine Mutter kann sie nicht ausstehen. Aber ich hab sowieso nicht vor zu heiraten, jedenfalls nicht in absehbarer Zeit."

„Das habe ich früher auch immer gesagt." Sie schwieg kurz. „Niemand wünscht sich schlechte Zeiten. Sie passieren einfach. Aber dadurch verlieren die guten Zeiten ja nicht ihren Wert." Eddie brauchte einen Augenblick, um zu begreifen, dass sie zu seiner früheren Frage zurückgekehrt war. „Die ersten sieben Jahre waren wir unglaublich glücklich. Es tat mir leid, dass meine Familie mit mir gebrochen hatte, aber abgesehen davon hatte ich nicht eine Sorge auf der Welt. Wir haben uns keinen Augenblick gelangweilt, wir haben Reisen gemacht, und nicht nur auf seiner Maschine. Wir sind nach Kaschmir gefahren, dann nach Kanyakumari, ans andere Ende des Landes." Sie schien sich in ihren Erinnerungen zu verlieren. Es war so, als sei sie wieder an den Orten, von denen sie gesprochen hatte.

„Wo sind diese Tage nur hin? Die Freude und der Gesang und der Tanz? Glaubst du, die Götter wurden neidisch auf uns?"

„Hatte er einen Motorradunfall?"

„Er arbeitete in der Fabrik, als er einen Schlaganfall bekam und sein linker Arm von der Maschine erfasst wurde."

Eddie warf einen Blick auf seine Uhr. „Es wird allmählich spät. Ich sollte heimgehen."

„Lass uns auf das neue Jahr trinken!"

Sie stand auf, noch ehe Eddie etwas erwidern konnte, und schaltete den Plattenspieler ein, der es immer schaffte, Ardeshir auf die Beine zu bringen. Sie platzierte ein paar LPs auf den Plattenwechsler und drehte die Lautstärke herunter, damit die Nachbarn nicht gestört wurden. „Tanz mit mir, Eddie." Sie ergriff seine Hand. Er stand auf.

„Ich kann mich gar nicht erinnern, wann ich das das letzte Mal gemacht habe."

„Warum tanzen Sie denn nie mit Ardeshir?"

„Geschäftszeiten sind fürs Geschäft." Sie schloss die Augen. Die erste LP fiel herunter, und der Arm des Plattenspielers hob sich, schwenkte an den Rand der Platte, und es erklang ein Tango. „Oh!" Serena Fernandes klang überrascht. „Falsche Platte. Ich leg was Leichteres auf."

„Tanzen Sie keinen Tango?", fragte Eddie enttäuscht.

„Du?"

„Stellen Sie mich auf die Probe."

Serena Fernandes hatte die Frage nicht als Herausforderung gemeint, aber Eddie hatte sich fortreißen lassen und bedauerte es jetzt schon. Wie er wusste, war der Tango nie nur ein Gelegenheitstanz, aber besonders schwierig wurde es, wenn man ihn mit einer neuen Partnerin tanzte. Man musste sich ihrem Rhythmus und Stil anpassen, und wenn man es nicht hinbekam, konnte man sich lächerlich machen. Alles daran war formell und durchdacht, doch waren die zwei Partner einmal im Einklang, konnte nichts beglückender sein. Die Hauptsache war loszulassen. Eddie wusste das alles. Unglücklicherweise war er jetzt nervös. Er atmete tief ein und drückte Mrs Fernandes fest an sich. Sie verstand das Signal.

Es lief nicht schlecht, auch wenn sie beide ein bisschen steif und überkorrekt waren und ihnen die Unbekümmertheit fehlte. Aber irgendwann im Lauf der zweiten Minute hätte Eddie sie fast zum Stolpern gebracht. „Hoppla, tut mir leid!", sagte sie. „Ich bin ein bisschen eingerostet." Er war ihr dankbar, dass sie die Schuld für seine Ungeschicklichkeit auf sich nahm, und entspannte sich.

Bald vergaß er, die jeweils nächste Figur vorauszuplanen und überließ sich dem Tanz. Serena Fernandes war so leichtfüßig, dass man meinen hätte können, sie habe Rollschuhe an. Er konnte sie völlig mühelos drehen, wenden und herumwirbeln und sie zurückbeugen, bis ihr Kopf fast den Fußboden berührte.

Der Tango, fand Eddie, fing mit zwei Personen an, aber irgendwann war keine von beiden mehr übrig und eine dritte Partei übernahm das Regiment. Wenn es gut ging, besaß der Tanz eine Intimität, der kein Geschlechtsakt gleichkam. Er hatte keine Ahnung, wer wen führte. Sie wirbelten durch den abgetrennten Raum, fast ohne den Boden zu berühren. Er spürte jetzt, wie sein Körper von ihm abfiel, und er schien in ein schwereloses, ätherisches Reich eingegangen zu sein. Als die Schallplatte ihr Ende erreichte, war keinem von beiden nach Reden zumute.

Frank Sinatra schmalzte sich in „Strangers in the Night" hinein. Eddie hatte nichts gegen den Song, aber manchmal kann es auch zu viel des Guten werden. Die Bombshells mussten das Stück bei jeder Hochzeit wenigstens zwei- bis dreimal spielen. Aber er beklagte sich nicht. Es kam nicht häufig vor, dass er mit einer so guten Partnerin tanzen konnte. Serena Fernandes lächelte entrückt, während er sie in den Armen hielt. Dünne Strähnen ihres Haars umschmeichelten seine Wange. Sie waren weich, aber voll und hatten einen sanften Duft, ein Mittelding zwischen Honig und Thymian.

Er fragte sich, warum sie ihm bislang matronenhaft erschienen war. Sie war hochgewachsen und anmutig, und ihre Hände waren leicht und geschmeidig. Ihr Atem kitzelte ihn am Nacken, und er bewegte leicht den Kopf. Sie schaute auf und strich ihm über das Haar.

„Sieben lange Jahre bin ich allein gewesen. Und jetzt gehst auch du."

„Es ist noch einen Monat hin. Wir können jeden Abend tanzen, sobald die Gäste weg sind."

„Du wirst uns besuchen, nicht?"

„Ich weiß nicht. Muss sehen, ob ich Zeit hab."

„Heile mich von meiner Einsamkeit, Eddie.“ Ihre Lippen strichen sanft über seine. Eddie versteifte sich und versuchte, auf Distanz zu gehen. Sie tanzten weiter, aber der Zauber war verflogen.

„Eddie ...“

„Ich muss jetzt nach Hause.“

„Warte, Eddie!“

„Ich bin morgen schon früh da, Auntie.“

Mrs Fernandes zuckte beim Wort „Auntie“ zusammen. Eddie hatte es bis dahin noch nie in ihrer Anwesenheit benutzt. Langsam löste sie sich von ihm.

Eddie schreckte aus dem Schlaf. Er schaute auf die Uhr. Es war 10.15 Uhr. Er war spät dran. Der Polizei war es egal, ob Neujahr war. Es war der Erste des Monats, und einer der Inspektoren würde um Punkt elf bei Auntie auf der Matte stehen, um die Umsatzbeteiligung zu kassieren. Mrs Fernandes legte größten Wert darauf, dass das Lokal dann blitzsauber war. Eddie klopfte an die Tür des behelfsmäßigen Badezimmers.

„Was ist?“, fragte Pieta.

„Brauchst du noch lang?“

„Ich wasch mir die Haare. Ich brauche mindestens noch zwanzig Minuten.“

„Lass sie in Ruhe, Eddie! Was hast du's so eilig?“

„Ich muss zur Arbeit, Mama. Ich bin schon spät dran.“

„Am Neujahrsmorgen? Was soll denn das für eine Arbeit sein? Du gehst bestimmt zu dieser Belle!“

„Ja, Mama. Genau das habe ich vor, um elf Uhr morgens mit ihr tanzen zu gehen!“, sagte er und schlüpfte in seine Jeans.

„Werd bloß nicht frech, ja? Putz dir die Zähne, und ich mach dir eine Tasse Tee und Eier und Toast.“

„Tut mir leid, bin schon weg!“

Vor Mrs Fernandes' Wohnung hatte sich ein Menschenauflauf gebildet. „Was ist los?“, fragte Eddie, während er versuchte, sich hineinzudrängen. Es konnte nur um Lester gehen. Eddie sprach rasch ein Ave Maria und hoffte, dass Lester Fernandes keinen zweiten Schlaganfall bekommen hatte.

„Wo zum Teufel warst du?" Inspector Gupte machte fast einen Satz, als er ihn hereinkommen sah. Eddie wusste nicht so recht, was er von diesem enthusiastischen Empfang halten sollte. Gupte war ein wortkarger, verdrießlicher Bursche, der zu glauben schien, Schmiergelder anzunehmen sei keine Straftat, solange man den freundlichen Spender nicht zur Kenntnis nahm. Es war für ihn Ehrensache, Aunties – und natürlich Eddies – Namen nicht zu wissen. Die beiden waren Abschaum, mit dem er nichts zu tun hatte. Doch heute war es anders.

„Ellie, Ellie, Ellie ..." Eddie war erleichtert festzustellen, dass Lester Fernandes nichts passiert war.

„Ich kapier ums Verrecken nicht, was der alte Wichser sagt", beschwerte sich Inspector Gupte.

„Er ruft nach mir, das ist alles."

„Er versucht, mir irgendwas zu sagen, seit ich vor zehn Minuten hier angekommen bin."

„Warum fragen Sie nicht einfach Mrs Fernandes? Sie versteht fast alles, was ihr Mann sagt."

„Frag du sie. Sie wird nicht mit mir reden."

„Wieso nicht?"

„Weil sie gegangen ist."

„Kann gar nicht sein. Ich war bis heute früh hier bei ihr."

„Sie ist tot."

„Das ist nicht besonders witzig."

„Sieh selbst."

Eddie ging, vom Inspector gefolgt, hinter die Trennwand. Serena Fernandes lag rücklings auf einer Matratze auf dem Boden. Sie trug noch immer den Sari vom letzten Abend. Es war Eddie ein Rätsel, wie sie das machte, aber wie immer – egal, ob sie ein Kleid, eine *Shalvar-Kamiz* oder einen Sari trug – war nicht eine Knitterfalte an ihr zu sehen. Er betrachtete ihr Gesicht. Wie hatten ihre Eltern gleich bei ihrer Geburt wissen können, was für ein Temperament ihre Tochter haben würde? Sie hätten ihr keinen passenderen Namen geben können. Serena: die Heitere.

Mrs Fernandes sah so heiter und friedvoll aus, dass Eddie sich am liebsten neben sie auf den Fußboden gelegt hätte und eingeschlafen wäre. Eines war sicher: Sie war nicht tot. Inspector Gupte lag eindeutig daneben. Er wusste nicht, dass sie und Eddie beinahe bis zum Morgengrauen wach gewesen waren. Verständlicherweise wollte sie jetzt den Kater der letzten Nacht ausschlafen. Er bückte sich, um sie zu wecken, als Inspector Gupte ihn abrupt wieder hochzog.

„Nichts anfassen! Das ist Beweismaterial. Ich gehe gleich runter und rufe in der Zentrale an, damit ein Gerichtsmediziner vorbeikommt."

„Wie kann sie tot sein? Ich war bis drei Uhr früh hier."

„Warum so lange?"

Doch Eddie wollte nicht über die vergangene Nacht reden. „Die Neujahrsnacht ist nie vor dem Morgen zu Ende."

„Was faselt der alte Wichser?" Eddie wünschte, Gupte würde Mr Fernandes nicht als „alten Wichser" bezeichnen, jedenfalls nicht in dessen Gegenwart.

„Ich verstehe ihn auch nicht, wenn er so aufgeregt ist."

„Reden Sie langsam, Fernandes", ermahnte ihn der Inspector.

„Er sagt: Nachdem du gegangen bist, ist sie hier hereingekommen."

„Ich war gar nicht hier, du Arschloch! Und was heißt überhaupt ‚du'?"

„Er meint mich."

„Und was ist dann passiert?"

Lester Fernandes unternahm heldische Anstrengungen, langsam zu sprechen, aber meistens verstand man kein Wort, und er wurde von Minute zu Minute wütender auf Eddie und noch mehr auf sich selbst.

„Sie hat sein Bett gerichtet", übersetzte Eddie Lesters abgehackte Worte. „Sie hat ... Er sagt, sie hat ihn zugedeckt. Bitte langsam, Mr Fernandes. Okay, ich hab verstanden. Mit einem sauberen Laken und ihm einen Gutenachtkuss gegeben. Ich komm nicht mit, wenn Sie so weinen. Dann hat sie ... dann hat sie seine Schlaftabletten genommen und sie in die Flasche Vat 69 geschüttet. Sie hat die Hälfte davon getrunken und versucht, ihm den Rest einzuflößen."

Lester Fernandes lief die Nase, und er konnte nicht aufhören zu schluchzen. Eddie nahm ein Taschentuch, das neben seinem Bett lag, und hielt es ihm an die Nase. „Schnäuzen, Mr Fernandes, fest schnäuzen!"

Lester Fernandes schenkte ihm keine Beachtung. Er hatte eine Frage, und er würde Eddie nicht gehen lassen, bis sie beantwortet war.

„Was wird aus ihm?", fragte Eddie den Inspector.

„Woher zum Teufel soll ich das wissen? Was sagt er?"

Eddie zuckte die Achseln.

„Er fragt dich was."

„Ich versteh kein Wort." Doch Eddie wusste es, er wusste es, seitdem Lester die Frage zum zweiten Mal gestellt hatte. Er brachte es nur nicht über sich, sie zu übersetzen. „Warum hast du Serena letzte Nacht das Herz gebrochen?" Die Frage würde Eddie für den Rest seines Lebens verfolgen. Meinte Lester wirklich, was er da sagte? Wie hätte er sich Serena gegenüber verhalten sollen? Hatte er, Eddie Coutinho, sie praktisch umgebracht? Vielleicht war es gar nicht so einfach, Recht von Unrecht zu unterscheiden. Vielleicht, manchmal vielleicht, war es besser, das Falsche zu tun.

„Der Laden gehört jetzt dir. Du bist die neue Auntie."

„Kein Interesse. Ich hab bereits vor einer Woche bei Mrs Fernandes gekündigt. Der einunddreißigste Januar ist mein letzter Arbeitstag."

„Die Wache wird die ersten zwei Monate auf ihre Gebühren verzichten. Danach läuft es weiter wie gehabt."

Eddie lächelte. „Das ist doch gar nicht mein Lokal."

„Wird es aber bald sein. Wir werden uns mit dem Krüppel hier einigen. Du kümmerst dich um ihn, dafür erlaubt er dir, das Lokal zu führen."

Inspector Gupte redete weiter, als sei Mr Fernandes gar nicht im Zimmer. Eddie ging in den vorderen Raum, um Lester nach Möglichkeit Weiteres zu ersparen. Inzwischen waren noch mehr Leute da.

„Habt ihr nichts anderes zu tun? Alle raus hier!", schrie Inspector Gupte die Menge an. „Die Spurensicherung wird jeden Augenblick hier sein, und jeder, der in der Nähe angetroffen wird, gilt dann als Augenzeuge von Mrs Fernandes' Tod!" Keiner rührte sich von der Stelle. Der Inspector beherrschte seinen Job. „Sollte sich die Sache aber als Mord erweisen, wird jeder hier als möglicher Mittäter betrachtet."

Die Menge schnappte hörbar nach Luft. „War es Mord?", fragte ein kahlköpfiger Mann.

„Geben Sie Ihren Namen und Ihre Adresse an!" Die Stimme des Inspectors war plötzlich amtlich geworden.

„Warum?"

„Sie sind in fünfundvierzig Minuten auf der Polizeiwache Lower Parel. Kreuzen Sie nicht auf, holen wir Sie in Handschellen ab und buchten Sie wegen Behinderung der Justiz und als möglichen Tatverdächtigen ein."

„Aus welchem Grund?"

„Weil ich es sage. Sonst noch Fragen?"

Sie murrten, aber verzogen sich. Eddie wünschte, er hätte mit ihnen gehen können. Wenn man weiß, was für einen gut ist, dann macht man einen weiten Bogen um das Gesetz. Ganz besonders um das Gesetz, das sich Polizei von Bombay nennt.

„Dann wär das also abgemacht. Du führst den Laden weiter."

„Ich bin mit diesem Job fertig. Ich habe eine Rockgruppe. Und ich gehe zum Film."

„Das ist ein gut gehendes Geschäft. Seit du hier mitmachst, sind die Umsätze gestiegen. Die Nachbarn haben sich über den Krach und den Zustrom von lärmenden Gästen bis spät in die Nacht beschwert. Wir ermutigen sie dazu auszuziehen, und wir besorgen dir ein Darlehen, damit du ihre Wohnungen kaufen kannst. Dann wird der Laden hier eine wahre Goldmine."

„Ich bin nicht interessiert. Sie werden sich jemand anderen suchen müssen."

„Eine Flüsterkneipe zu führen ist kein Kinderspiel. Wer zum Teufel soll einen Neuling anlernen? Glaubst du, die Polizei hat nichts Besseres zu tun? Mach dich an die Arbeit, Eddie." Inspector Gupte starrte Eddie an. Er hatte es nicht eilig. „Es sei denn, du willst ein paar Monate im Knast verbringen."

„Ich? Weswegen?"

„Merkwürdig, Schurken und Schwerverbrecher sind die Einzigen, die sich über ihre Verbrechen nicht im Klaren zu sein scheinen. Aber keine Sorge, ich erklär's dir. Wegen Betreibens eines illegalen Schankbetriebs. Wegen Ruhestörung und Belästigung. Wegen Handels mit verbotenen Waren."

„Aber ich habe Ihnen doch gesagt, dass ich aus der Sache aussteige!" Eddies Stimme hatte jetzt einen verzweifelten Unterton. „Ich bin an dem Laden gar nicht interessiert!"

„Wer weiß, was du hier sonst noch verhökerst? Vielleicht bist du ein großer Drogendealer, und der Schwarzgebrannte ist nur eine Fassade für deine eigentlichen Geschäfte." Eddie war für Inspector Gupte eine echte Enttäuschung. „Denk darüber nach."

„Ich will zum Film."

„Okay. Noch was?" Inspector Gupte griff zu den Handschellen.

Die Prohibition ist tot, lang lebe die Prohibition

Ein kleiner Exkurs über die ethischen und ökonomischen Aspekte der Abstinenz, zu goutieren, während Sie den fünften Whisky des Abends leeren. Kostet nichts extra, wenn Sie ihn überspringen und gleich die eigentliche Geschichte weiterlesen.

Es gibt nur wenige Tagebuchschreiber, die so gnadenlos ehrlich waren wie *Babur*, der Gründer des Mogulreiches. Im „Baburnama", wie seine gesammelten Tagebücher später genannt wurden, erzählt er, wie oft er gelobt hatte, dem Wein zu entsagen, um dieses Gelübde ebenso oft zu brechen.

Am Vorabend der Entscheidungsschlacht von Khanua, im März 1527, die das Schicksal Hindustans auf Jahrhunderte hinaus verändern sollte, gerieten seine Soldaten in Panik und standen kurz davor, nach Kabul zurückzukehren. Sie hatten von der tollkühnen, unüberwindlichen Tapferkeit der rajputischen Krieger gehört und entschieden jetzt – mit der Aussicht konfrontiert, gegen die größte Rajputen-Armee, die jemals auf die Beine gestellt worden war, und die zudem vom furchterregenden Rana Sangram, dem König von Mewar, angeführt wurde, antreten zu müssen –, Flucht sei die beste Verteidigung. In dieser Nacht versammelte Babur seine vertrautesten Adligen und Generäle in seinem Zelt, schwor mit ihnen allen auf ewig dem Alkohol ab und zerschmetterte dann, um die Unwiderruflichkeit der Entscheidung zu unterstreichen, alle Gold- und Silberbecher. Diesmal hielt er Wort.

Seine Nachfolger auf dem Thron der mächtigen Mogul-Dynastie waren allerdings keineswegs dem Trinken abhold. Manche von ihnen, wie *Humayun* und insbesondere Jahangir, waren nicht nur regelrechte Säufer, sondern auch allerlei sonstigen Suchtmitteln ergeben. *Aurangzeb* hingegen – zwar nicht der letzte, aber mit Sicherheit der letzte große Mogul-Kaiser – war ein totaler Abstinenzler.

Es ist kaum vorstellbar, den Namen Aurangzebs mit demjenigen Mahatma Gandhis in einem Atemzug zu nennen, aber wenigstens eines hatten die beiden gemeinsam. Wie Aurangzeb rührte auch Gandhi keinen Alkohol an. Vielleicht aber würden die Ähnlichkeiten hier noch gar nicht enden, denn hätten beide auch nur eine geringe Erfolgschance gesehen, hätten sie ihren Landsleuten die Prohibition aufgezwungen. Die neue Theologie des zügellosen Kapitalismus und blindwütigen Konsumwahns hat nicht nur dazu geführt, dass der „Vater der Nation“ jede Bedeutung verloren hat, sie unterstellt auch, dass Gandhi nur irgendein Spinner war und seine Theorien über Landwirtschaft, Wirtschaft im Allgemeinen und die Umwelt nichts als dummes Geschwätz waren. Die lächerlichste Flause, die um seinen Glatzkopf schwirrte, war laut dem Evangelium der freien Marktwirtschaft, das unsere Landsleute mit dem Fanatismus der Neubekehrten an ihre Fahnen hefteten, die Prohibition.

Gandhi hatte die Idee der Prohibition fraglos mehrmals aufgeworfen. Seine Argumente waren nicht nur einleuchtend, sondern auch fundiert. Jede wissenschaftliche Studie hatte gezeigt, dass Alkoholkonsum viele Menschenleben kostete, besonders unter jungen Leuten. Zu viele arme Familien versanken in noch größere Armut, weil der Mann des Hauses alkoholsüchtig war. Am meisten hatten darunter die Frauen zu leiden. Die Männer verloren ihre Jobs, und die Bürde für den Unterhalt der Familie und die Finanzierung der Sucht des Ehemannes musste von den Frauen geschultert werden. Und fast immer verschärfte der Alkoholismus das ohnehin allgegenwärtige Problem häuslicher Gewalt.

Aber es gab auch einen weiteren, scharfsinnigen, taktischen Grund, warum Gandhi sich für die Prohibition stark machte. Er hatte die Bewegung des zivilen Ungehorsams initiiert, weil er instinktiv wusste, dass die Achillesferse der Briten die Wirtschaft war. Wie wäre die Regierung besser zu treffen gewesen als durch den Boykott aller britischen Waren, einschließlich alkoholischer Getränke?

Als Indien die Unabhängigkeit erlangte, bestand keine Notwendigkeit mehr für zivilen Ungehorsam. Doch Gandhi-*jis* Sorge über die Auswirkungen des Alkohols auf die Armen war so groß, dass Artikel 47 der „Grundsätzlichen Richtlinien", die im Dezember 1948, also kein Jahr nach der Ermordung des Mahatmas, in der verabschiedeten Verfassung verankert wurden, empfahl, den Alkoholkonsum zu verbieten. „Grundsätzliche Richtlinien" können ebenso gut als überflüssig und als heiße Luft angesehen werden wie als edelste Bestrebung einer Nation. Sie sind zwar nicht bindend, aber die Provinz Bombay, die damals sowohl Maharashtra als auch Gujarat umfasste, war eine der ersten Provinzen, die 1949 das Alkoholverbotsgesetz verabschiedeten. Der Grund, warum Bombay zu den Vorreitern gehörte, war die Tatsache, dass es zwei Chief Minister hatte, Balasaheb Kher und Morarji Desai, die beide fanatische Anhänger von Gandhi waren. Desai war ein unerbittlicher Zuchtmeister und – als Verfechter der Eigenurintherapie – die Zielscheibe unzähliger Witze. Pisse wurde oft als „Morarji-*bhais* Scotch" bezeichnet.

Gandhi wusste durchaus, dass die Prohibition in den Vereinigten Staaten ein Fiasko gewesen war, doch er schrieb dies dem Fehlen einer sittlichen Tradition und einer grundsätzlichen Enthaltsamkeit zu, Tugenden, an denen es Indien seiner Ansicht nach nicht mangelte. Doch die Prohibition erwies sich – in Bombay und überall sonst, wo sie eingeführt wurde – als Mutter der Heuchelei, der Verlogenheit und des *Licence Raj*. Sie war der tödliche Knochen der Korruption, an dem die Bürokratie, die Polizei und die Politiker Indiens sich die Zähne wetzten. Die Maßnahmen, die zur Durchsetzung der Prohibition ergriffen wurden, waren häufig skurril und absurd, wie jener Polizeikontrollposten in Mahim nahe der St. Michael's Church, wo Eddies Bus ebenso wie alle anderen privaten oder öffentlichen Transportfahrzeuge halten mussten und durchsucht wurden, während man nur ein paar hundert Meter weiter mit den Lokalzügen ungestraft jede beliebige Schmuggelware in die Stadt schaffen konnte. Flüsterkneipen, oder „Auntie's", wie sie in Bombay genannt wurden, schossen überall in der Stadt wie Pilze aus dem Boden, um die riesige Nachfrage zu befriedigen.

Die Tragikomödie namens Prohibition hielt sich beinahe so lange wie Agatha Christies „Mausefalle". In ihrer Glanzzeit konnte man sich für Alkohol – trotz seiner medizinisch unumstrittenen Schädlichkeit – eine Sondergenehmigung „aus Gründen der Erhaltung und Bewahrung der Gesundheit" kaufen. Und in der Tat lässt sich nicht bestreiten, dass alle

an dieser Transaktion Beteiligten davon profitierten: der Arzt, der das Attest unterschrieb, der Patient, der an – als Herzleiden ausgegebenen – Entzugserscheinungen litt, der Beamte, der gegen eine inoffizielle Gebühr die Sondergenehmigung ausstellte, und zuletzt vor allem der Staat, der die tatsächlichen Gebühren einsackte. Wie sich von selbst versteht, hätte wenigstens halb Bombay am liebsten akute Gesundheitsprobleme geltend gemacht, die allesamt durch massive Gaben von Alkohol zu kurieren gewesen wären.
Wie so oft war es die Wirtschaft, die der Situation einen gewissen Realitätsbezug verlieh. Bombay hat die landesweit höchsten Steuereinnahmen, und dennoch steckt die Stadt schon so lange in den roten Zahlen, dass ganz Maharashtra von vielen als gescheitertes politisches Experiment angesehen wird. Die Lösung, auf die man kam, war eine klassisch indische. Die Farce und Schikane des Gesetzes bleibt auf dem Papier in Kraft. Offiziell muss man sich, wenn man Bier, Wein oder stärkere Sachen kaufen will, nach wie vor ein ärztliches Attest besorgen, andererseits kann aber jeder über achtzehn in einen Spirituosenladen spazieren und bekommt, solange er den Preis dafür zahlen kann, alles, was er will. Der Grund ist offensichtlich. Alkohol ist eine echte Goldgrube. Die Steuern sind so weit gestiegen, dass der Kunde mittlerweile pro Flasche ebenso viel in den Staatssäckel einzahlt wie in die Tasche des Händlers.
Die amerikanischen Medien und Hollywood haben Al Capone und die anderen Mafiabosse, die während der Prohibitionszeit zu Ruhm und riesigen Vermögen gelangten, in mythische Gestalten verwandelt. Die Gangster, die Cosa Nostra, die Fehden zwischen den verschiedenen herrschenden Mafia-Familien, deren weitreichende Beziehungen zum politischen Apparat und den Gewerkschaften in Amerika haben für Regisseure wie Coppola und Scorsese nichts von ihrer Faszination eingebüßt und schlagen auf der ganzen Welt nach wie vor das Publikum in ihren Bann. Auch die indi-

sche Mafia dürfte sich an der Prohibition dumm und dämlich verdient haben. Doch glücklicherweise blieb die Prohibitionssaga in Indien das, was sie immer war: eine schäbige, schmierige, schmutzige Geschichte.

Das alles hat sich allerdings geändert. Sowohl die indischen Medien als auch Bollywood haben entdeckt, dass nicht nur das Verbrechen, sondern auch dessen journalistische oder filmische Aufbereitung sich auszahlen, da das Publikum nie müde wird, Paten und deren ruchlose Aktivitäten zu romantisieren.

Wie in vielen anderen Staaten auch, die versucht haben, die Prohibition durchzusetzen, hat sich das Experiment als ein schmutziges Kapitel in der Geschichte des unabhängigen Indien erwiesen. Fortgeschrieben wird es in Gandhi-jis Heimatstaat Gujarat. Nichts bringt in Gujarat so viel Geld ein, wie verbotener Alkohol. Ausländer können in Fünf-Sterne-Hotels einfach gegen Vorlage ihres Reisepasses Drinks bekommen. Ahmedabad, die Hauptstadt Gujarats, hat noch einen draufgesetzt. Kaum gelandet, können sich Ausländer, zu ihnen werden auch Auslandsinder gerechnet, noch auf dem Flughafen eine Alkohollizenz ausstellen lassen.

Es ist eine faszinierende und gleichzeitig müßige Frage, wie der Mahatma reagiert hätte, wenn er hätte miterleben müssen, zu welch heilloser Katastrophe die Prohibition trotz ihrer edlen Ziele führte. Die Prohibition hatte gerade die Grundsätze, auf die sich seine Philosophie und Lebensführung stützten und die das Land durch einen einzigartigen Freiheitskampf gelotst hatten, untergraben und sabotiert. Wahrheit, Ehrlichkeit und Integrität waren die ersten Opfer der Prohibition. Stattdessen hat sich die Fäulnis von den höchsten Regierungskreisen bis hinunter zum Fußvolk ausgebreitet.

Hätte Gandhi anders entschieden, jetzt, wo es zweifelsfrei erwiesen ist, dass die Prohibition kein geeignetes Mittel ist, den Alkoholkonsum zu unterbinden oder auch nur zu kontrollieren? Sie hat im Gegenteil zu einem Anstieg des Konsums geführt und noch dazu das Leben der armen Bevölkerungsschichten gefährdet, weil der billige Fusel immer wieder mit Terpentin oder anderen tödlichen Substanzen versetzt wird. Anders als seine Anhänger war Gandhi ein Pragmatiker und flexibel genug, seine Strategien der politischen Wirklichkeit anpassen zu können, ohne seine grundsätzlichen Überzeugungen zu verraten. Aber er war zugleich auch ein hartgesottener Idealist und konnte durchaus störrisch und stur sein. Es ist schwierig, die Gedanken der Verstorbenen zu erahnen, und daher ist und bleibt jede diesbezügliche Mutmaßung zwangsläufig pure akademische Spekulation.

11

Ravan irrte sich, als er glaubte, er würde Pieta nie wiedersehen. Elf Tage nach ihrer letzten Begegnung traf er sie abends im Treppenhaus seines Chawls. Er war in Gedanken und hätte nicht einmal sagen können, ob sie auf dem Weg nach unten oder nach oben war.

„Glauben Sie, Sie könnten mich morgen nach der Arbeit vom Büro abholen?"

Es war eine so unerwartete Frage, dass er kein Wort herausbekam.

„Keine Sorge, ich zahle für die Fahrt." Sie hörten jemanden aus dem katholischen Stockwerk herunterkommen. „Ich bin um Punkt sechs da." Sie wandte sich ab und stieg die Treppe hinauf, ohne sich noch mal umzusehen.

Fragt sich, wie Ravan die Nacht verbrachte. Oder den nächsten Tag, bis es sechs wurde. Wie lautete noch mal dieses schöne Hindi-Sprichwort? „Denewala jab bhi deta hai, chappar paad ke deta hai – Wenn der Boss da oben zu geben beschließt, reißt er das Dach auf, und die Gaben strömen nur so herunter." Erst dieser Lederbeutel, eine wahre Gottesgabe, wenn es so etwas überhaupt gab, und er hatte wie ein Idiot herumgejammert, dass der Gast nicht bezahlt hatte! Nein, die Freifahrt war ihm gegönnt!

Dieses Loch im Dach namens Himmel öffnete sich anscheinend noch weiter. Ravan hatte sich in Krishna Kumars Schauspielschule eingeschrieben und besuchte dieselbe Klasse wie Eddie. Er machte sich gut dort, trotzdem hatte er sich auch um einen Studienplatz am Film Institute in Puna beworben, wo Drei- und Vierjahreskurse angeboten wurden, während es bei K. K. nur das Ein-Jahres-Diplom gab. Es konnte nicht mehr lange dauern, bis sich die Leute von dort melden würden, zumindest war das seine Hoffnung. Und dann würde er sich auf den Weg machen. Er hatte schon den Stoff für seine neue Garderobe gekauft, und sobald die Anzüge fertig waren, würde er ein Portfolio mit Fotos zusammenstellen und zu Probeaufnahmen antreten. Und nun hatte sogar Prinzessin Pieta, die Unnahbare, die Unerreichbare, die Niemals-Niemals, die Unmögliche, den Wunsch geäußert, ihn zu sehen. Und auch nicht irgendwann in einer unbestimmten Zukunft; sie hatte sich auf morgen Abend mit ihm verabredet.

Jetzt, kurz bevor sie sich trafen, wusste er noch nicht, wie er sich verhalten sollte. Es stellten sich lebensentscheidende Fragen, vor denen er noch nie gestanden hatte, die aber sofort beantwortet werden mussten. Was sollte er anziehen? Worüber sollte er mit ihr reden? Oh Gott, er war solch ein Ignorant, und sie so gebildet! Sie hatte einen Bachelor und verkehrte in erlauchten Kreisen! Ein falsches Wort, und es wäre alles im Eimer. Ihr Bruder und ihre Mutter waren Tabuthemen. Der tote Vater erst recht. Über das Wetter konnte man sich in Bombay auch nicht unterhalten; es änderte sich nie.

Er konnte sie nach ihrer Arbeit fragen, aber er hatte keine Ahnung, was Sekretärinnen machten. Dann vielleicht seine Schauspielerkarriere? Die große Chance, die sich ihm bald bieten würde? Das Problem war, dass er abergläubisch war und nicht gern über ungelegte Eier sprach. Was blieb dann noch übrig? Politik? Sein Vater kaufte zwar jeden Tag eine Zeitung, aber die Artikel in der „Bittambatmi“ handelten ausschließlich von Morden, Vergewaltigungen, Verkehrsunfällen und schwarzer Magie. Er musste am nächsten Tag früh aufstehen und eine Liste von Themen erstellen, die sie interessieren konnten und über die er imstande sein würde, ein paar Worte zu sagen.

Und wohin sollte er sie ausführen? In welches Café? Immerhin war das eine Materie, in der er sich auskannte. Mindestens zwei Mal am Tag, wenn nicht häufiger, hatte er einen Fahrgast, der am Bistro, Venice, Volga, Berry's, Gaylord, Gordon oder Bombelli's abgesetzt werden wollte. Er musste lediglich dafür sorgen, dass er nicht wie ein Taxifahrer, sondern wie ein Mann von Welt rüberkam – ganz besonders, weil er sich letztes Mal so idiotisch verhalten hatte. Er würde sich ganz lässig geben; er würde sie zum Hotel Taj Mahal fahren und sie dort einladen. Der Goldregen, der ihm im Taxi zuteil geworden war, würde für die zwei Anzüge, die er in Auftrag gegeben hatte, und den Abend mit Pieta hundertmal reichen – ach Blödsinn, tausendmal! Er war noch nie in einem Fünf-Sterne-Hotel gewesen und wusste nicht einmal, wo er in diesem gigantischen Gebäude hinsollte. Aber er würde morgen früh mit Pratik Shah reden und sich alle einschlägigen Infos von ihm geben lassen. Und waren sie erst im Restaurant, würde er sich nach Pieta richten. Sie wusste bestimmt, wie man sich in solch schicken Lokalen benahm. Wenn es etwas gab, worüber er sich sicher war, dann, dass er der geborene Schauspieler war. Er würde schnell lernen.

Am nächsten Morgen stand er um sieben vor Mr D'Mellos Schneiderwerkstatt, aber sie war geschlossen. Um acht ging er nochmal runter, um neun und um zehn. Es war halb elf, als der Schneider endlich aufkreuzte. Ravan erwartete ihn schon. Er wollte seine zwei Dreiteiler abholen.

„Sie wollen sie ohne Anprobe? Das ist eine hübsche Neuerung. Ihr Nachbar Eddie Coutinho wollte nach jedem Stich eine Anprobe. Ich bin dankbar, dass Sie meiner Urteilskraft so blind vertrauen, aber so leid es mir tut, sie sind noch nicht fertig."

Was sollte er an dem Abend tragen? Ein Drittel des Arbeitstages war vorbei, und er hatte noch gar nicht angefangen. Er würde darüber nachdenken, während er in der Stadt herumfuhr.

Sie wartete bereits auf ihn. Er schaute auf die Favre-Leuba-Uhr an der Flora Fountain. Nein, er hatte sich nicht verspätet, bis sechs waren es noch sieben Minuten. Sie sah angespannt und besorgt aus.

„Ich dachte schon, Sie würden nicht kommen."

„Wie kommen Sie darauf? Sie haben mir doch gesagt, ich sollte um sechs hier sein."

„Sie waren durch nichts dazu verpflichtet."

„Ich würde Sie nie im Stich lassen!" Er staunte über seine eigene Kühnheit, über die Heftigkeit seiner Beteuerung.

Sie lächelte schief. „Fahren Sie mich zum Alankar."

„Gehen wir ins Kino?"

„Was? Wie bitte?"

„Ich dachte, wir könnten in die Sea Lounge, im Taj. Aber wenn Sie lieber ins Kino möchten, soll's mir recht sein."

„Sea Lounge? Kino?" Es war etwas so Jammervolles in ihrer Stimme, dass er erschrak. „Versuchen Sie, witzig zu sein?"

„Nein, wie kommen Sie bloß darauf?"

„Fahren Sie einfach zum Alankar, und ich dirigiere Sie dann von dort aus weiter."

Der Abend entwickelte sich anders, als ihm vorgeschwebt hatte, aber das war schon okay. Ihm war es völlig recht, das zu tun, was Pieta wollte, solange er mit ihr zusammen sein konnte. Ihre Blicke trafen sich manchmal im Rückspiegel, aber er war sicher, dass sie ihn gar nicht wahrnahm. Sie schwieg während der ganzen Fahrt, bis sie das Kino erreichten, und sie ihn bat weiterzufahren, bis sie fast auf der Foras Road waren. Ab da schien sie nicht mehr so genau zu wissen, wie es weitergehen sollte, aber schließlich verlangte sie, dass er in eine der schmaleren Quergassen einbog. Er zögerte kurz. „Ich glaube nicht, dass Sie in dieses Viertel sollten. Das ist kein Ort für feine Damen wie Sie."

„Ich weiß selbst, wo ich hingehe." Er konnte sie kaum hören. Er drehte sich um. Sie saß in eine Ecke gequetscht, als versuchte sie, im Sitzpolster zu verschwinden. „Bitte tun Sie, was ich sage." Sie klang leicht ungeduldig.

Sie fuhren eine Zeit lang durch die Gegend; sie war auf der Suche nach einem Gebäude namens Rehman Manzil, wusste jedoch nicht genau, wo es war. Sie fragte mehrere Leute. Sie sahen sie komisch an und zuckten die Achseln oder deuteten, um nicht ungefällig zu erscheinen, in irgendeine beliebige Richtung. Ravan hatte beschlossen, den Mund zu halten, damit sie ihn nicht am Ende noch anschnauzte. Offensichtlich wusste sie, was sie tat.

Schließlich standen sie vor dem richtigen Haus. Sie blieb lange in ihrer Ecke des Taxis sitzen, als sei sie unfähig, sich zu bewegen. Ravan war sicher, dass seine Phantasie mit ihm durchging, aber er hatte den Eindruck, dass sie sich unschlüssig war, ob sie das, was sie vorhatte, wirklich tun sollte, und als ob es ihr lieber gewesen wäre, wenn jemand sie aufgehalten hätte. Er konnte sie im Rückspiegel sehen. Sie atmete tief durch, biss die Zähne zusammen und stieg aus. „Machen Sie sich keine Gedanken über die Wartezeit. Ich werde dafür bezahlen."

„Sind Sie sicher, dass Sie ..."

„Warten Sie einfach. Das ist nicht zu viel verlangt, oder?"

Ihre Frage klang fast wie eine Bitte, als flehte sie ihn an, sie sofort von diesem entsetzlichen Ort wegzuführen, von dem sein Vater erst vor ein paar Tagen andeutungsvoll gesprochen hatte. Es war eine Querstraße der Falkland Road, und es war kaum zu glauben, dass eine echte Lady ernsthaft beabsichtigte, dieses dreckige Gebäude zu betreten, das sehr viel schäbiger als ihr eigener Chawl aussah. Was hatte sie hier zu suchen? Was immer es war, er wünschte, er hätte sie begleiten dürfen.

Während das Licht schwand, erschienen die Damen der Nacht in den Türen ihrer Häuser und setzten sich auf die Stufen oder hockten sich einfach auf die Straße. Er hatte das Gefühl, als schaute er sich einen dieser Kurzfilme zur nationalen Integration von der Documentary Films Division an. Ganz Indien war hier vertreten, nur dass es ausschließlich Frauen waren: aus Tamil Nadu, Bengalen, Orissa, Uttar und Madhya Pradesh, aus Maharashtra, Gujarat und Panjab, Himachal Pradesh, Kerala, Assam. Das größte Kontingent schien allerdings aus einem Nachbarland zu stammen, Nepal. Ravan fragte sich, wie der Maaiboli Sangh, die nationalistische Partei, die ja der Ansicht war, nur Marathi-Muttersprachler sollten in Bombay arbeiten dürfen, diese gesamtindische Versammlung betrachtete. Veranstalteten sie gewalttätige Demonstrationen, um zu verlangen, dass nur maharashtrische Damen hier beschäftigt wurden? Und wurden alle Auswärtigen verprügelt, wie es ihm selbst vor nicht allzu langer Zeit passiert war? Hatte am Ende der Big Boss persönlich die Weisung erlassen, kein Einheimischer dürfe die Dienste einer „Ausländerin" in Anspruch nehmen? Und wer achtete darauf, ob die Anordnung auch wirklich befolgt wurde?

Die meisten Damen waren in grelle Nylon-Saris oder Maxiröcke aus Kattun gekleidet; die übrigen trugen kurze plissierte Röcke oder Shalvar-Kamiz. Sie schienen zu glauben, sie würden wie Teenager aussehen, wenn sie die Haare als Rattenschwänzchen trugen. Ihre Brüste waren ausnahmslos riesig und so spitz, dass man sie wie Kreisel auf dem Pflaster hätte trudeln lassen können. Sie rochen nach einem aufdringlichen Parfüm von der Sorte, die auch Lali, die Mätresse seines Vaters, benutzt hatte, ihre Gesichter waren mit *Afghan Snow* und Talkumpuder getüncht, und sie hatten so viel Lippenstift aufgetragen, dass ihre Zähne wie halbiert aussahen. Falls es der Zweck der Übung gewesen war, sie sexuell unwiderstehlich zu machen, hatten sie genau das Gegenteil erreicht. Sie waren seltsam un-sexy; sie wirkten eher wie eine Sex-Parodie. Er hätte nicht sagen können, worin der Unterschied zwischen Pieta und diesen Frauen bestand, denn auch sie trug Lippenstift und Make-up und Parfüm, aber dennoch hätte sie niemand für eine von denen halten können.

Einige der Mädchen steckten den Kopf in das Taxi und grinsten ihn lüstern an. „Willst du die Ware begrapschen, bevor du sie kaufst?" Er schüttelte den Kopf, aber sie ließen sich nicht so leicht abwimmeln. Andere wollten sein Taxi für die Nacht mieten und ihm einen Anteil ihrer Einnahmen geben. Die Zuhälter dagegen knallten mit der Hand auf die Motorhaube oder öffneten die Tür. Alle hatten denselben Spruch drauf. „Sonderrabatt. Nur für Sie, weil Sie wie ein feiner Herr aussehen." Was trieb Pieta eigentlich? Warum war sie immer noch nicht zurück?

Ringsum belebte sich allmählich das Geschäft. Die Straße war voll von Leuten, und alle ein, zwei Minuten stieg jemand aus einem Taxi, ging schnurstracks zu den Blumenständen, kaufte sich eine dünne Jasmingirlande und band sie sich um das Handgelenk. Nächster Taxistop: einer der zwanzig *paanvalas* auf dieser engen Gasse. *Paan* gehörte ebenso zur Routine wie der parfümgetränkte Wattebausch im Ohr. Der Mann bestellte einen Paan, kämmte sich im Neonlicht vor dem Spiegel an der Rückwand der Verkaufsbude. Wenn das Haar widerspenstig war, klatschte er es sich mit Spucke an, dann schob er sich das gefaltete grüne Blatt mit seiner Ladung aus Kalkpaste, Betelnuss und Kautabak in den Mund, griff sich in den Schritt, um sich zu vergewissern, dass der Marschallstab noch an seinem Platz und unbeschädigt war, und verschwand in einem der offenen Hauseingänge.

Wo war Pieta? Warum hatte er sie nicht begleitet? Er hatte keine Ahnung, wie viel Zeit vergangen war, seit sie verschwunden war; es kam ihm wie eine Woche vor. Bitte, lieber Gott, mach, dass ihr nichts passiert ist! Im Taxi fühlte er sich eingesperrt und wurde immer unruhiger und ängstlicher. Er stieg aus und ging die Straße auf und ab. Jeder Paanvala hatte ein Transistorradio, und jedes kannte nur eine Lautstärke: diejenige, die einem das Trommelfell durchlöcherte, sprengte und zerfetzte. Was reingeht, muss auch wieder rauskommen, und während die Freier aus den Gehegen hervorkamen, in denen die Damen ihrem Gewerbe nachgingen, kam Ravan der Gedanke, dass es hier so zuging wie in diesen *Udipi*-Schnellimbissen, die neuerdings überall in der Stadt aus dem Boden schossen: Man war schon wieder draußen, noch ehe man hineingegangen war. Er hätte die Männer gern gefragt, ob sie auf ihre Kosten gekommen waren, aber er war nicht in der Stimmung für Geplänkel. Viele schlenderten sofort weiter zum Delhi Darbar, wohin Menschen aus ganz Bombay kamen, um *boti kabab*, Hammel-*biryani* und *paaya* zu essen. Wenn Pieta in fünf Minuten nicht wieder auftauchte, würde er hineingehen. Es würde schwierig werden, sie zu finden, im Rehman Manzil schien es wenigstens hundert Einzimmerwohnungen zu geben, und er wusste nicht einmal, in welchem Stockwerk sie war. Er würde an jeder Tür anklopfen müssen. Was, wenn er sie nicht fand? Weitere zehn Minuten verstrichen, dann fünfzehn, aber er wagte es nicht, sich allzu weit von seinem Taxi zu entfernen. Was, wenn sie zurückkäme, während er gerade nach ihr suchte, und denken würde, er hätte sie im Stich gelassen?

Mittlerweile musste er bereits zwei Mal um den Globus gewandert sein. Ach, Pieta, was treibst du für Spielchen mit mir? Wie soll ich deiner Mutter begegnen, wenn dir was passiert? Dann kam ihm der Gedanke, dass sie vielleicht das Geld für die Fahrt nicht gehabt hatte und einfach still und leise verschwunden war, nachdem sie was auch immer erledigt hatte. Oder zahlte sie ihm damit heim, was er angeblich ihrem Vater angetan hatte? Falls ja, war es eine seltsame Art von Rache. Aber nein, aus irgendeinem Grund war er sich sicher, dass sie ihm keinen fiesen Streich spielen würde. Sie hatte ein so sanftes Gesicht und sie sah so vertrauensvoll aus. Es war alles seine Schuld. Er hätte sie fragen sollen, wie lange sie brauchen würde. Er hätte ohne Weiteres ein paar Fahrgäste befördern können, während sie sich die Haare machen ließ oder einem Dutzend Prostituierter einen Vortrag darüber hielt, wie sie sich einen Lebensunterhalt anders verdienen könnten als dadurch, dass sie ihren Körper verkauften. Vielleicht gab sie ihnen ja Nähunterricht. Ihre Mutter hatte ihr doch bestimmt beigebracht, wie man Hosen, Röcke und Blusen, Party- und Hochzeitskleider schneiderte, da sie doch genau damit die Familie ernährte.

Ein zerlumpter Junge mit einer bestickten Kappe zerrte an seiner Hand. Das war das Problem mit Bombay, dachte er, die Bettler waren so hartnäckig, dass sie sich buchstäblich wie Kletten an einen hängten und mit ihren schmutzigen Händen an einen klammerten in der – nicht gänzlich unbegründeten – Hoffnung, dass man, allein um sie loszuwerden, Geld ausspucken würde. Immer wieder kam es vor, dass er einen ausländischen Touristen nach Malabar Hill oder zum Prince of Wales Museum oder zum Sea Green oder zum Ambassador Hotel fuhr, und dann jedes Mal innerlich zusammenzuckte, wenn der Fahrgast sich darüber erschrocken und angeekelt zeigte, von einem dreckigen Straßenbengel angetatscht zu werden. Er versuchte, den Jungen zu ignorieren, aber das war ein hoffnungsloses Unterfangen. Der Junge nuschelte irgendwas vor sich hin, zweifellos der übliche Spruch von wegen, er habe weder Mutter noch Vater, noch Schwester, noch Bruder, und der Leichnam seiner Großmutter liege um die Ecke auf der Straße, und er brauche Geld für ihre Bestattung. Aber Ravan achtete nicht auf ihn, bis sechs Worte in sein vernebeltes Bewusstsein drangen: „Nikhat Begum ruft Sie nach oben." Ravan sprang aus dem Taxi, schloss die Tür ab und fragte den Jungen, wo, wo, wo denn Nikhat Begums Wohnung sei. Der Junge deutete auf ein Fenster im fünften Stock, von wo eine Frau mit einem *dupatta* auf dem Kopf ihm zuwinkte.

„Warum hat es so lang gedauert? Ich hab noch anderes zu tun! Fahren Sie sie nach Haus!", schnauzte ihn die Frau an, als er den obersten Treppenabsatz erreichte. Sie zog sich den Dupatta noch tiefer ins Gesicht, sodass die Augen teilweise bedeckt waren. „Na los! Verschwenden Sie nicht noch mehr Zeit!" Die Frau schien es furchtbar eilig zu haben. „Meine Arbeit ist erledigt." Von was für einer Arbeit redete diese Nikhat Begum? Sie hatte eine dicke breite Nase, die die Hälfte ihres Gesichts einnahm, und Zähne, die vom Tabakkauen eine abscheuliche schwarzbraune Farbe angenommen hatten. Wenn Ravan sich früher gefragt hatte, woran man eine Prostituierte von Frauen wie Pieta oder seiner eigenen Mutter unterscheiden konnte, dann war es ihm jetzt ein noch größeres Rätsel, wie er so sicher sein konnte, dass Nikhat Begum eine ehemalige Hure war. „Wo ist sie?", fragte Ravan naiv, und sie zeigte auf eine von außen abgesperrte Tür. Als sie den altmodischen Riegel zurückzog und die hölzernen Türflügel aufstieß, schlug Ravan der widerliche Gestank entgegen, den er jedes Mal wahrnahm, wenn er jemanden zum J. J. Hospital fuhr. Es war eine Mischung aus Urin, abgestandenem Blut, Scheiße und billigem Desinfektionsmittel. Viel konnte er nicht sehen, da es im Zimmer dunkel war, aber er hatte den Eindruck, dass auf dem Eisenbett ein unordentlicher Haufen Kleider lag.

„Könnten Sie bitte das Licht einschalten?"

„Wozu? Schluss mit dem Theater! Ich hab schon genügend Zeit verplempert."

In dem Augenblick wusste er mit absoluter Gewissheit, dass es Pieta war, die da auf dem Bett lag, und dass sie tot war. Es dauerte, bis er den Schalter fand. Eine armselige 40-Watt-Birne leuchtete auf. Er ging ans Bett und schaute auf den Kleiderhaufen. Er hatte recht gehabt. Es war Pieta, sie lag mit geschlossenen Augen da. Er kannte sie als eine Frau mit makellosem Teint und einem Pfirsichhauch auf den Wangen, aber jetzt war sie weiß, kreideweiß, ein hässliches, fleckiges, abstoßendes Weiß. Ihre Lider flatterten ab und zu, aber sie schien, wenn überhaupt, nur halb bei Bewusstsein zu sein.

„Was haben Sie ihr angetan?", fragte er Nikhat Begum.

Sie lachte rau. „Sie sind mir ja ein Witzbold! Die Frage ist doch wohl eher: Was haben Sie ihr angetan?"

Ravan war verwirrt. Was hatte er Pieta angetan? Er kannte sie doch kaum.

„Bringen Sie sie einfach nach Hause. Es wird allmählich spät, ich muss weg."

Pieta stöhnte, als läge sie auf der Streckbank, und stieß das Laken beiseite, das sie bedeckte. Ihr Gesicht war schmerzverzerrt. Der Bettbezug war von einer dunklen Flüssigkeit durchtränkt, die rasch eintrocknete. Ebenso das Laken. Ravan gab sich alle Mühe, sie nicht anzusehen.

Sie warf sich hin und her, und ihr Kleid war hochgerutscht. Sie hatte keine Unterhose an; ihr kurzes Haar war krustig verfilzt. Plötzlich explodierte ihre Scheide und erbrach einen Schwall von Blut. Ravan meinte zunächst, es sei mit kleingehäckselten Verdauungsresten vermischt, vielleicht war es auch Scheiße, aber die Stückchen und Fetzchen waren weiß und fleischig. Der Wolkenbruch war so schnell vorüber, wie er gekommen war, und nun gurgelte nur noch in Abständen ein kleines Rinnsal Flüssigkeit heraus. Langsam, ganz langsam zerplatzten die Bläschen und versiegten. Es war schwierig, den Rock herunterzuziehen, aber nach und nach schaffte er es, ihre Oberschenkel vollständig zu bedecken. Sie atmete inzwischen kaum noch. Er brauchte keinen Arzt, um zu wissen, dass es schnell mit ihr zu Ende ging.

Die Beine knickten ihm weg. Langsam, als ob die Erde und alle Planeten ihren Impuls verloren hätten und widerwillig zum Stillstand kämen, stürzte Ravan zu Boden. Sein Kopf knallte auf die Steinfliesen, aber er spürte nichts. Unter dem Bett lag ein Kleiderbügel aus Aluminiumdraht, und aus irgendeinem Grund war der Aufhänger auseinandergedreht und gerade gebogen worden. Er lag da, unfähig sich zu rühren, von einer dunklen Flüssigkeit erfüllt, die keinen Gedanken hindurchließ.

Er hatte keine Ahnung, wie lange er dort liegen blieb, aber die Frau mit den grässlichen Zähnen und dem Schleier auf dem Kopf schüttete ihm Wasser ins Gesicht, beschimpfte ihn und versuchte, ihn wachzurütteln. „Steh auf, steh auf, du verdammter Scheißkerl! Ich hab nicht die ganze beschissene Nacht Zeit, mich um dich und dein Weibsbild zu kümmern! Bist du ein Mann oder eine Handvoll Wackelpudding? Vom ersten Moment an, als ich die Drecksschlampe gesehen habe, wusste ich, dass die mir nur Ärger einbringen würde. Mich hat sie nicht geblendet mit ihren hochgestochenen Manieren und ihrem English-Memsahab-Hindi. Aber sie hat gebettelt und gefleht, und ich Vollidiotin hatte Mitleid mit ihr. Und das ist jetzt der Lohn für meine Mühe, dieser Held, der sie gratis gefickt hat und so tut, als hätte er sie nicht zu mir geschickt, anstatt so anständig zu sein, sie zu heiraten. Die Nutten und ihre Zuhälter, die sie herbringen, sind hundertmal besser als ihr frömmelndes verlogenes Pack mit euren Ammenmärchen: ‚Wir schwören, wir haben gar nichts gemacht, es war eine unbefleckte Empfängnis!'"

Die Zunge dieser Hexe könnte selbst die Mutter aller Flüsse, die heilige Ganga, beschmutzen, dachte Ravan. Sittsam und verschämt, wenn es darum geht, vor einem Mann den Kopf zu verhüllen, aber ein Mundwerk wie eine Kloake! Mochte sie fluchen, so viel sie wollte, was scherte ihn das? Er hatte nicht vor aufzustehen. Er ließ die Augen durch das Zimmer schweifen. Unter dem Bett lag ein Höschen, direkt neben einer schwarzen geronnenen Pfütze. Er streckte die Hand aus, bis seine Finger sie berührten und führte dann den Mittelfinger an seine Nase. Eine

Übelkeit erregende Mixtur von Gerüchen, die ihm seltsam vertraut vorkam. Er streckte noch einmal die Hand aus und berührte die Unterseite der Matratze auf dem Eisenbett. Sie war genauso feucht und klebrig wie der Fußboden. Da fiel ihm ein, warum der Geruch ihm so vertraut war. Pieta, das Laken, das Pieta bedeckt hatte, und das Laken, auf dem sie lag, rochen genau so.

Wie lange braucht ein Mensch, um erwachsen zu werden? Die Schulmeinung besagt, dass ein Individuum nach Vollendung seines achtzehnten oder einundzwanzigsten Lebensjahres reif genug sei, um legal Alkohol zu trinken, zu wählen und Pornofilme anzuschauen. Ravan würde noch ein paar Minuten mehr brauchen, um den Babyspeck loszuwerden, den man gemeinhin Unschuld, Ignoranz und mutwilligen Selbstbetrug nennt.

Die Verfasser des großen Buches haben es falsch verstanden. Es gibt die Erbsünde, aber sie ist nicht der Apfel; sie ist Armut und Ignoranz. Eines muss man den Mietskasernen der Armen allerdings zugutehalten. Es ist schwierig, lange naiv zu bleiben, wenn man in einem Chawl geboren wird. Geburt, Tod, Sex, Wut, Gewalt, Promiskuität – lebt man wie in einer Sardinendose, dann spielt sich das tägliche Leben in aller Öffentlichkeit ab. Es gibt keinen Raum für Geheimnisse oder Vertuschungen. Ravan hatte ein relativ behütetes Leben geführt, aber längst kein so abgeschottetes wie der kleine Prinz Siddharta, der später zum Buddha wurde. Parvati-bai hätte gar nicht die Mittel dazu gehabt, und selbst wenn, wäre es nicht ihr Stil gewesen.

Nein, Ravans Blauäugigkeit war ein Kunstprodukt. Sie gestattete es ihm, die Welt auszusperren und in einem Zelluloid-Traum zu leben, in dem er zum Film gehen, Musik machen, Songs wie sein Held Shammi Kapoor singen und Prinzessin Pieta umwerben konnte. Doch jetzt lag diese Prinzessin in einem schäbigen Zimmer auf einem schmutzigen Bett, und eine Frau, die es am Ende ihrer Laufbahn als Hure nicht zur Puffmutter gebracht hatte und sich ihren Lebensunterhalt als Engelmacherin verdiente, hatte sie ausgeweidet und sie anderthalb Stunden lang bluten lassen.

Ravan wäre nicht fähig gewesen, genau auszudrücken, was ihm durch den Kopf ging, aber er hatte das Gefühl, dass dies für ihn ein Tag der Abrechnung war. Ob er tatsächlich Eddies Vater getötet hatte, darüber konnte man sich streiten, aber es stand außer Zweifel, dass er für alle Konsequenzen seines Todes verantwortlich war. Violet Coutinho war gezwungen gewesen, Schneiderin zu werden, und die Familie hatte im CWD-Chawl bleiben müssen, statt in die Air-India-Siedlung umzuziehen. Jetzt konnte er nicht erkennen, ob Pieta tot oder lebendig war, aber falls Ersteres der Fall sein sollte, war er wirklich das, als was ihn ihre Mutter immer bezeichnet hatte: der Engel des Todes.

Und doch war das alles für ihn ohne Bedeutung. Es war in Wirklichkeit ganz simpel, und es bestand keinerlei Notwendigkeit, die Geschichte der Familie Coutinho ins Spiel zu bringen. Er liebte Pieta; so einfach war das. Falls Nikhat Begum sie getötet hatte, blieb ihm keine andere Wahl, als sie aus dem Totenreich zurückzuholen. Und wenn ihm das nicht gelingen sollte, dann wäre eben Schluss mit seinem Leben – Laden runter und Feierabend.

Er zog Pietas Unterhose unter dem Bett hervor, umklammerte den Bettrahmen und zog sich hoch. Er war noch immer wackelig auf den Beinen, aber er ging in die Küche, gefolgt von Nikhat Begums Stimme. „Was zum Teufel treibst du da eigentlich?" Ohne sie zu beachten, hob er ein Messer mit einer papierdünnen Klinge auf.

„Sagen Sie mir den Namen eines Arztes!"

„Woher soll ich denn einen kennen?"

„Treiben Sie keine Spielchen mit mir, Nikhat Begum. Wenn Sie mir den Namen nicht sagen, schneide ich ihnen die Kehle durch. Wenn Sie mich anlügen und mich mit einem x-beliebigen Namen abspeisen, komme ich wieder, und ich versichere Ihnen, Sie werden mit Ihrem Leben bezahlen."

„Ich schreie die ganze Nachbarschaft zusammen."

„Das würde ich an Ihrer Stelle nicht tun. Das ist Ihr Messer, Sie wissen selbst, wie scharf es ist. Raus mit der Sprache!"

Sie dachte einen Augenblick lang nach. „Dr. Samant. Sagen Sie ihm bitte nicht, dass ich Sie zu ihm geschickt habe. Er wohnt direkt über seiner Entbindungsklinik. Samant Niwas, neben dem Prarthana-Samaj-Gebäude. Aber er praktiziert nicht mehr."

„Geben Sie mir Ihren Dupatta."

„Was?" Nikhat Begum sah empört aus, als wollte Ravan ihr die Kleider vom Leib reißen.

„Sie haben mich verstanden. Ich kann sie nicht hinaustragen, ohne sie zuzudecken."

„Das wird Sie aber was kosten. Es ist ein teurer Dupatta!"

„Ich werde zahlen. Wenn sie überlebt."

Er wickelte Pieta in das dicke verschwitzte Tuch und hob sie so sanft wie möglich auf.

Ravan hatte schon mehrmals geklingelt, aber jetzt änderte er seine Taktik. Er nahm den Finger zwei geschlagene Minuten nicht vom Knopf. Noch immer keine Reaktion. Der Arzt war offenbar nicht in der Stadt. Oder er hatte erraten, dass jemand vor seiner Tür im Sterben lag oder schon tot war, und wollte nichts damit zu schaffen haben. Es war aus. Ravan hatte den Gedanken bislang noch nicht zugelassen, aber die ganze Zeit gewusst, dass Pieta sterben würde, weil er ihr dieses eine Mal in Karjat untreu gewesen war. Es spielte keine Rolle, dass er sein Leben lang kaum ein paar Worte mit ihr gewechselt hatte und sie gar nicht ahnte, dass sie die Liebe seines Lebens war. Bestimmt stellte er nicht einmal eine blasse Erinnerung in ihrer inneren Landschaft dar. Aber darum ging es nicht; wenn man einen Menschen liebte, dann liebte man ihn eben, egal, ob er einen zurückliebte oder auch nur wusste, dass man existierte. Und man wich niemals davon ab, sondern hielt an seiner Liebe fest, wie die Kompassnadel am Nordpol festhält.

Während die rechte Hand weiter auf die Klingel drückte, hämmerte die linke jetzt gegen die Tür, als wollte Ravan sie buchstäblich einschlagen. Und das hätte er auch getan, wäre die Tür nicht plötzlich aufgeflogen und ein Mann von etwa fünfundsiebzig mit einem Gehstock auf ihn losgegangen. Zum Glück verlor Ravan das Gleichgewicht, und der Stock erwischte ihn nur am Arm.

„Ich bring Sie um, ich bring Sie um, weil Sie meine alten Trommelfelle ruinieren, und wenn es das Letzte ist, was ich vor meinem Tod tue!“, brüllte der alte Mann, während er ihn wegstieß. Welche Erleichterung, welch selige Erleichterung, doch jemanden im Haus vorzufinden!

„Sind Sie Dr. Samant?“

„Von mir aus könnte ich auch *Mumtaz Mahal* sein! Eines ist sicher, wenn Sie bei drei nicht hier verschwunden sind, rufe ich die Polizei!“

„Ich verschwinde“, versicherte ihm Ravan und rieb sich die schmerzende Stelle am Arm, „sobald Sie sich um sie kümmern.“

„Um wen?“

Ravan zeigte auf Pieta, die auf dem Treppenabsatz lag.

„Damit habe ich nichts mehr zu tun. Ich habe keine ruhige Hand mehr, und ich praktiziere nicht mehr. Ich warte nur noch, die Praxis zu verkaufen, bis ich einen guten Arzt gefunden habe, der sie weiterführen kann.“

„Vielleicht überlegen Sie es sich noch einmal, wenn ich Ihnen sage, dass es Nikhat Begum war, die ihr das angetan hat.“

„Das geht nur Sie und diese verfluchte Schlächterin von der Falkland Road etwas an!“ Aber sein Blick war wieder zu Pieta geschweift. „Ich hab ihr gesagt, dass sie die größte Mörderin von ganz Bombay ist, schlimmer als eine Epidemie, und dass ich sie der Polizei ausliefern würde, wenn sie auch nur eine weitere hilflose Frau anrührt.“ Er schüttelte den Kopf, und sein Zorn verebbte. „Aber was soll sie machen, wenn Leute wie Sie bei ihr anklopfen und um ihre Dienste betteln? Auch sie muss von etwas leben, und das ist eben alles, was sie kann.“ Er fühlte jetzt Pietas Puls und betrachtete die Innenseite ihrer Augenlider.

„Bringen Sie sie ins J. J. Hospital. Wenn sie nicht am Blutverlust stirbt, dann an den Bakterien in Nikhats Zimmer. Los, mein Sohn, vergeuden Sie keine Zeit! Das Krankenhaus ist Ihre einzige Hoffnung!“

„Ich bring sie nirgendwohin! Sie wissen besser als ich, dass ihr nur noch sehr wenig Zeit bleibt!"

„Du dummer Idiot, kapierst du nicht, dass es jetzt schon zu spät ist? Und wenn sie auf meinem OP-Tisch stirbt, ist die Polizei in null Komma nichts da, und ich kann meine letzten Lebensjahre hinter Gittern verbringen! Sie braucht mehrere Blutkonserven. Bringen Sie sie ins J. J. Es geht um jede Minute!"

„Wenn das hier eine Klinik ist, muss es hier auch Blut geben!"

„Selbst wenn ich das Blut hätte, haben Sie nicht das Geld!"

„Wer ist da, Ramesh?", rief eine Frauenstimme missmutig aus dem Korridor.

„Niemand, den du kennst. Einfach nur ein Mann, der Hilfe braucht."

„Für seine Freundin, meinen Sie! Nach dem letzten Mal, vor zwei Wochen, hatten Sie mir versprochen, Sie würden niemanden mehr aufnehmen."

„Ich habe ihm bereits gesagt, dass er gehen soll."

„Ramesh, lassen Sie sich nicht umstimmen, egal, was er sagt!"

„Wie viel brauchen Sie? Hier sind schon mal fünfhundert. Den Rest besorge ich morgen."

„Nicht drin. Ohne Vorkasse mache ich keinen Finger krumm."

„Kümmern Sie sich um sie, ich fahr heim und hol das Geld!"

„Es geht um's Geld und auch wieder nicht, Dummkopf. Es ist einfach zu spät!"

„Es geht um jede Minute, haben Sie gesagt!" Ravan nahm Pieta in die Arme und stellte sich vor den Arzt. „Ich rühr mich nicht von der Stelle."

„Tun Sie, was Sie nicht lassen können, das ist Ihre Sache. Ich ändere meine Meinung nicht!"

„Wenn ihr jetzt etwas zustößt, haben Sie ihren Tod auf dem Gewissen, und Sie werden es sich nie verzeihen!"

„Einen Dreck werde ich auf dem Gewissen haben! Sie sind ein sturer Bock, nicht ich!"

Es hätte auf ein Kräftemessen mit Argumenten hinauslaufen müssen, doch das tat es nicht. Ravan hatte keine Lust mehr zu reden. Er stand vor Dr. Samant, mit einem Gesicht so ausdruckslos wie ein unbeschrifteter Grabstein. Man hätte ihm drohen oder ihn die Treppe hinunterstoßen können, es hätte nichts genützt. Seine steinerne Hartnäckigkeit war durch nichts zu erschüttern.

Dr. Samant schüttelte den Kopf. „Gehen Sie. Verschwinden Sie. Ich bin mit Ihnen fertig." Er machte die Tür hinter sich zu.

Als er drei Minuten später durch den Spion spähte, stand Ravan immer noch da, Pieta schlaff in seinen Armen.

„Sie gehören hinter Gitter dafür, dass Sie mich erpressen und in eine solche Gefahr bringen!", sagte Dr. Samant, als er die Tür öffnete. „Ach, was soll's, kommen Sie herein. Was kann einem achtundsiebzigjährigen Arzt, der gegen das Gesetz verstößt, um eine Frau zu retten, der nicht mehr zu helfen ist, schon groß passieren?"

12

Bis zu jenem schicksalhaften Neujahrsmorgen schien es so, als ob Eddies Laufbahn einen Neustart hinlegen würde – bis Inspector Gupte wegen seiner Weigerung, Mrs Fernandes' Kneipe weiterzuführen, beschlossen hatte, ihn ins Kittchen zu stecken. Diesmal vollbrachte dieser Korken namens Eddie das Unmögliche: Er ging unter wie ein Stein. Er hätte es vielleicht schaffen können, sich von diesem schrecklichen Schicksalsschlag zu erholen, wenn seine Mutter nicht mit hineingezogen worden wäre. Aber sie war die Einzige, die Kaution für ihn stellen konnte. Wie früher war sie ihm zu Hilfe geeilt, doch hatte sie die Sache so mitgenommen wie seinerzeit nicht einmal der Tod ihres Mannes. Sie hatte sich und ihre Familie immer für etwas Besseres als die übrigen Leute in den CWD-Chawls gehalten – nicht so sehr gegenüber den Hindus, die für sie lediglich ein schwaches Hintergrundrauschen darstellten, sondern innerhalb der katholischen Gemeinde.

Eddie wusste durch das, was Großmutter ihm und Pieta in ihrer Kindheit erzählt hatte, und durch gelegentliche Bemerkungen seiner Mutter durchaus einiges über die Geschichte der Familie. Violet entstammte dem Land besitzenden Adel, und ihr Portugiesisch war makellos, wenn auch mittlerweile etwas eingerostet und antiquiert. Selbst heute noch wechselte sie, wenn sie etwas zu ihrer Mutter sagen wollte, das nicht für die Ohren der Kinder bestimmt war, ins Portugiesische. Als Brahmanen, wenngleich römisch-katholische Brahmanen, hatten sie zur absoluten Oberschicht von Goa gehört, und sie hatten dafür gesorgt, dass das auch niemand vergaß, vor allem nicht die anderen Katholiken. Jesus mochte Gleichheit und Brüderlichkeit gepredigt haben; ja, er hatte wohl sogar die Armen bevorzugt. Aber in diesem einen Punkt war ihm nicht zu trauen; schließlich kam er nicht aus Goa, wo jeder wusste, wo er hingehörte. Kein Mensch, der nur einen Funken Selbstachtung besaß, hätte geduldet, dass sich jemand aus einer niedrigeren Kaste Vertraulichkeiten herausnahm. Und falls jemand es doch versuchte, sorgte man dafür, dass er auf Lebensgröße zurechtgestutzt und anschließend gehörig zur Schnecke gemacht wurde. Trotzdem konnte man nicht bestreiten, dass Violet den Notleidenden und Bedürftigen gegenüber stets gütig war. In den glücklichen Tagen, als ihr Vater noch lebte und sie reiche Grundbesitzer waren, unterhielt Violets Familie eine wohltätige Stiftung, und sie war dafür verantwortlich gewesen. Sie war die Vorsitzende des Spendenbeschaffungskomitees und sie betrachtete ihr Amt keineswegs als etwas, dem man sich so nebenher nach Lust und Laune widmete. Sie arbeitete jeden Tag, außer an den Wochenenden, und ab sieben Uhr früh standen Schlangen von Menschen vor ihrem Haus, die auf die eine oder andere Weise Hilfe brauchten.

Ihre Familie hatte ausgedehnte Mango-, Cashew- und Kokosnussplantagen, Mangan-Minen und Gott weiß was sonst noch alles besessen. Der Adjutant des portugiesischen Gouverneurs war unmittelbar vor seiner Rückkehr in die Heimat bei Violets Eltern vorstellig geworden und hatte um ihre Hand angehalten. Er wollte sie mit nach Lissabon nehmen. Sie hatte gehört, er sei mittlerweile Vizeadmiral der portugiesischen Marine. Er hatte in seiner gestärkten weißen Uniform so schmuck und elegant ausgesehen und war so kultiviert. Sie hatte keine Ahnung, warum sie ihn abgewiesen hatte, es sei denn, weil er ihr den Antrag in letzter Minute gemacht und zu wenig Zeit gelassen hatte, darüber nachzudenken – oder vielleicht auch aus dem schlichten Grund, dass sie die Macht gehabt hatte, ihn zu enttäuschen.

Und dann, als Violets Vater starb, standen sie plötzlich völlig ohne Geld da. Er hatte den gesamten Familienbesitz verpfändet. Wie sich herausstellte, war er glücksspielsüchtig gewesen, und als wäre das noch nicht schlimm genug, hatte er eine Mätresse gehabt. Man munkelte, es sei jemand vom Tempel, eine *devdasi* von so berückender Schönheit, dass nicht einmal die Götter vor ihr sicher waren. Beim Gedanken, dass die Leute eine so schmutzige Phantasie hatten, sich derartige Geschichten auszudenken, wurde Violet ganz übel. Und dennoch: Das Geld war weg, hatte sich verflüchtigt wie der Rauch des Holzkohlenfeuers, über dem ihr legendärer Koch die portugiesischen und *saraswat-brahmanischen* Köstlichkeiten zubereitete, die der portugiesische Gouverneur so liebte, dass er sich regelmäßig bei ihnen zum Abendessen einlud. Aber wie der Rauch, der lange verflogen war, hatte ihr toter Vater eine rußig schwarze Spur hinterlassen. Nein, sie konnte und sie würde solch himmelschreienden Lügen nicht die Ehre erweisen, sie auch nur einen Moment für wahr zu halten!

Violet fand die Haltung ihrer Mutter gegenüber den Gerüchten und dem Klatsch hinter ihrem Rücken nicht nur verwunderlich, sondern geradezu skandalös. Maria-Augusta zuckte die Achseln und sagte: „Was spielt es schon für eine Rolle, ob es wahr ist oder nicht? Ich hoffe nur, dein Vater hatte seinen Spaß!"

Violet traute ihren Ohren nicht. „Wie kannst du nur etwas so Vulgäres und Unanständiges sagen!"

Ihre Mutter lachte. „Ach, Violet, die Hälfte der Männer dieser Stadt, ob reich, arm oder Mittelschicht, haben nebenher was laufen, und keineswegs nur mit unverheirateten Frauen. Vielleicht hätte ich mir auch einen Liebhaber halten sollen."

„Hör auf, Mutter!", sagte Violet, zunehmend gereizter.

„Warum bist du bloß so prüde, Violet! Jesus schaffte es, den Versuchungen des Teufels zu widerstehen, weil er Gottes Sohn war. Wir dagegen sind fehlbar, sehr fehlbar, und zwar aus einem einfachen Grund: Wir sind Menschen und keine Götter."

Danach sprach Violet einige Tage kein Wort mehr mit ihrer Mutter.

Die Banken und die Geldverleiher drängten sie, das Haus zu verkaufen, um ihre Schulden zu begleichen. Maria-Augusta, die schon immer eine praktisch denkende Frau gewesen war, argumentierte, sie sollten sich eine kleine Wohnung in einem anderen Teil der Stadt suchen, bevor die Polizei mit einem Räumungsbefehl kam, und begann, den Umzug vorzubereiten.

„Und wie stellst du dir vor, dass wir die Miete bezahlen, und was sollen wir essen, wenn wir unsere Ländereien verlieren?", fragte Violet.

„Die Plantagen sind weg, ob uns das gefällt oder nicht. Das Gleiche gilt für das Haus. Ich kann nähen, ich glaube, ich würde sogar Hochzeitskleider hinbekommen, und das dürfte uns einiges Geld einbringen. Und du könntest Lehrerin werden, oder was immer du willst. Wir werden es schon schaffen."

Victor Coutinho trat zu einem Zeitpunkt in ihr Leben, als Mutter und Tochter gerade am verwundbarsten waren. Sie waren in eine Zweizimmerwohnung in einem der ersten Apartmenthäuser gezogen, die in Panjim errichtet wurden. Es war ein himmelweiter Unterschied zu ihrem zweigeschossigen Siebzehn-Zimmer-Haus, und Violet fühlte sich wie der Vogel, den sie zu Hause in einem Bambuskäfig aus dem 18. Jahrhundert gehalten hatten, in dem das kleine Geschöpf nicht einmal die Flügel ausbreiten konnte. Sie war ständig ungeduldig und reizbar ihrer Mutter gegenüber, die, wie sie wusste, noch mehr litt als sie, es sich aber nicht anmerken ließ. Dann nahm eine von Victors Tanten mit Maria-Augusta Kontakt auf und machte ihr einen Heiratsvorschlag. Ihr Neffe beabsichtige, im November nach Goa zu kommen. Dessen Vater arbeite bei der Steuerbehörde und werde alle drei Jahre, manchmal noch öfter, in eine andere Stadt versetzt und habe deshalb seinen Sohn ins Internat gesteckt. Der Junge sei dort unglücklich gewesen und habe es seinen Eltern nie verziehen, dass sie ihn so abserviert hatten. Trotz dieser Erschwernisse habe er es geschafft, seine Ausbildung abzuschließen, ein Diplom in Flugzeugbau zu machen und arbeite nun bei Air India. Er wohne in einer eigenen Bleibe in Bombay und würde bald in ein Apartment in der Air India Colony umziehen. Er wisse natürlich nicht, dass seine Tante Pläne für ihn schmiede, aber vielleicht wäre Violet interessiert, seine Bekanntschaft zu machen?

Nein, das war sie nicht. Sie war als junges Mädchen einmal in Bombay gewesen und hatte es abscheulich gefunden. Die Tante, das stand für sie außer Frage, hatte sich nur deswegen an ihre Mutter gewandt, weil sie vom Pferd auf den Esel gekommen waren. Die Coutinhos waren zwar ebenfalls Brahmanen, jedoch nicht entfernt so vornehm wie Violets Familie. Außerdem musste sich Violet um ihre Mutter kümmern; und, was noch wichtiger war, sie hatte momentan sowieso nicht die Absicht zu heiraten. Maria-Augusta hörte ihr geduldig zu und ließ das Thema fallen. Ein paar Tage darauf stellte sie in ihrem ironischen, verschmitzten Ton die Frage, ob einen Wildfremden, der von den Hintergedanken seiner Tante nichts ahnte, zum Tee einzuladen, gleichbedeutend mit einem Ja zu diesem Mann sei.

Es war kein uneingeschränkt gelungenes Zusammensein, zumindest nicht, wenn man Violet fragte. Er sah nicht schlecht aus, befand sie, entbehrte aber jedes erinnernswerten Merkmals. Jedenfalls besaß er nichts, durch das er sich mit dem Gouverneursadjutanten in seiner makellos gebügelten Marineuniform hätte messen können. Victor Coutinho war groß gewachsen, hatte ein schüchternes Lächeln und eine selbstsichere, aber auch selbstironische Art – eine Eigenschaft, für die Violet ganz und gar nichts übrighatte. Wenn man sich selbst schlechtmachte, so zeugte das von mangelndem Selbstvertrauen, und dann war es entweder nur falsche Bescheidenheit, oder man hatte wirklich guten Grund zu solcher Schüchternheit. Violet war höflich und zuvorkommend, aber distanziert. Violets Mutter und Victor Coutinho hingegen lieferten sich ein Geplänkel wie aus einer gut einstudierten Komödie – als stünden sie auf der Bühne, ohne einen Gedanken an das Publikum zu verschwenden. Täuschung, Attacke, Parade, Hieb und Stich, sie vollführten ein unaufhaltsames Wortgefecht, einen Dialog zwischen einem Mann und einer Frau, die kein Generationsunterschied trennen konnte.

Er kam vor seiner Abreise noch zwei Mal vorbei. Das erste Mal lud ihn ihre Mutter ein, zum Lunch zu bleiben, und beim zweiten Anlass erschien er um sieben Uhr und machte keine Anstalten zu gehen, obwohl er natürlich wusste, dass es Abendessenszeit war. Maria-Augusta nahm ihm seine Säumigkeit nicht übel; im Gegenteil, sie schien sie zu unterstützen und legte ein Gedeck für ihn auf, ohne zu fragen, ob er an dem Abend noch etwas vorhabe. Unnötig zu sagen, dass Victor Coutinho es nicht für erforderlich hielt, wenigstens pro forma zunächst Nein zu sagen. Ohne jede Scham, dafür mit einem Lächeln, setzte er sich an den Tisch und verputzte alles, was ihm vorgelegt wurde; er hatte nicht einmal den Anstand abzulehnen, als ihm eine zweite und eine dritte Portion angeboten wurden, während Violet und ihre Mutter so taten, als sei es bei ihnen üblich, abends lediglich einen Löffel Curry auf rotem Reis zu essen und sonst nichts. Alles, absolut alles habe wie ein Mahl für die Götter geschmeckt, erklärte Victor Coutinho Mutter und Tochter, gemessen an dem abscheulichen Fraß, den er für sich selbst in Bombay koche. Violet schnaubte innerlich. Hatte der Gast keine Ahnung, wie geschmacklos und beleidigend seine Bemerkung klang, da sie implizierte, dass das Essen bei ihnen bestenfalls mittelmäßig war? Doch die Frage, die von ihm erwartet wurde, stellte er nicht, und Violet fragte sich, wozu er überhaupt gekommen war. Wenn Victor gern auswärts aß, hätte sie ihm ein gutes, billiges Restaurant empfehlen können; es bestand wahrhaft keine Veranlassung, sich ihnen aufzudrängen – wenngleich man einräumen musste, dass ihre Mutter ihm beim Abschied erklärt hatte, er könne, solange er in Panjim sei, sooft er wolle, bei ihnen erscheinen.

Vier Tage später reiste er ab. Sechs Monate lang war weder von ihm noch von der Tante, die den Kontakt hergestellt hatte, das Geringste zu hören. An Heiligabend stand er dann plötzlich vor der Tür, jedoch ohne ein einziges Wort der Entschuldigung für sein langes Schweigen. Er musste wirklich sehr von sich eingenommen sein, dachte Violet, sich erst so ungeniert zu verhalten und dann ohne Ankündigung wieder aufzutauchen, als sei das die natürlichste Sache der Welt. Violet war eisig zu ihm, ihre Mutter jedoch empfing ihn wie den lange verlorenen Schwiegersohn. Sie gingen zur Mitternachtsmesse, und anschließend begleitete er sie nach Hause. Violet wäre jede Wette eingegangen, er hätte die Absicht, die ganze Nacht bei ihnen herumzuhängen, *Feni* zu süffeln oder – weil Weihnachten war – um ein Gläschen Scotch zu bitten und vielleicht noch um ein weiteres. Doch zu ihrer Erleichterung stellte sie fest, dass er sich zur Abwechslung einmal nicht unentschlossen zeigte. Er wünschte beiden eine gute Nacht, doch als Maria-Augusta sich in die winzige Wohnung zurückzog, zögerte er kurz. „Wie sieht es aus, Violet? Wollen wir uns zusammentun?"

Violet wünschte sich, sie wäre gestorben, bevor sie dem flapsigen, pöbelhaften Heiratsantrag dieses Mannes ausgesetzt wurde. Wie konnte er nur so ungehobelt sein? Wenn es etwas gab, auf das sie allergisch, mit einer akuten körperlichen Abstoßung reagierte, dann war es Ungeschliffenheit. Sie verachtete die Straßenjungen, die stolz auf ihre Vulgarität waren, die Spießer, die sich einbildeten, das Erzählen von „pikanten" Witzen lasse sie volksnah erscheinen. Victor hatte seinen Heiratsantrag wie einen nachträglichen Einfall angebracht oder, schlimmer noch, als gabelte er eine Hure in einer Gasse von Panjim auf. Er hatte nicht das Gespür gehabt, den richtigen Augenblick zu wählen und die Tragweite seiner Frage sowie die Förmlichkeit des Anlasses zu begreifen. Er hatte an der Schwelle ihrer Wohnung gestanden, sich den Schlips gelockert, sein Jackett ausgezogen, es sich an den Zeigefinger gehakt, über die rechte Schulter geworfen und die Frage mit derselben Beiläufigkeit gestellt, die er hätte gebrauchen können, wenn er sie während eines Spaziergangs an der Strandpromenade gefragt hätte, ob sie eine Tüte Erdnüsse wolle. Aber selbst das hätte sie übersehen können, wäre ihr seine Wortwahl nicht so widerwärtig gewesen. In dem Moment begriff sie, dass sie nie eine gemeinsame Grundlage, ja, wichtiger noch, eine gemeinsame Sprache haben konnten. Es verriet ihr alles über diesen Mann, den sie lieber nie kennengelernt hätte.

Sie erinnerte sich an den vorherigen Antrag, den sie erhalten hatte: so vornehm, so eloquent, so elegant. Sie war auf diesen hergelaufenen Coutinho aus Bombay bereits nicht mehr wütend –

er sollte ihr nur aus den Augen gehen und aus ihrem Leben verschwinden.

„Sie werden es nicht bereuen", versicherte ihr Victor. „Weder Sie noch Ihre Mutter werden je wieder arbeiten müssen. Ich werde für Sie beide sorgen."

„Das ist reizend von Ihnen. Danke, aber wir können selbst für uns aufkommen. Noch einmal frohe Weihnachten, und möge Ihnen das neue Jahr beruflichen Erfolg und viel Glück bringen!"

Sie schloss die Tür, sanft, aber entschieden, und sperrte ihn endgültig aus ihrem Leben aus.

Victor war wie ein Jo-Jo. Je weiter man ihn von sich stieß, desto hartnäckiger kehrte er zurück. Binnen eines Jahres waren sie verheiratet, und Violet und ihre Mutter waren nach Bombay gezogen, um nie wieder nach Goa zurückzukehren. Der Monsun war in vollem Gange gewesen; der Taxifahrer wollte nicht näher an die angegebene Adresse fahren als bis zur nächsten Hauptstraße, und auch wenn Victor darauf bestand, alle schweren Koffer selbst zu tragen, mussten sie immerhin, die Reisetaschen auf dem Kopf, durch knietiefes Schmutzwasser waten, in dem Bananenschalen, ausgelutschte Garnelenköpfe, zwei tote Ratten, welkes Laub, Lumpen und sonstiger Unrat trieben.

Es war kein Glück verheißender Anfang. Es war bekannt, dass der erste Anblick der CWD-Chawls, selbst an einem Frühlingsmorgen, Fahnenmasten, Ecksteine, Automobile, Handkarren und andere unbeseelte Objekte in Anfälle tiefer Depression zu stürzen pflegte, von denen sie sich nie wieder erholten. Der Fleck Himmel über den Chawls hing wie eine schmutzige zerfetzte Zeltplane bauchig herunter. Vielleicht war er schlussendlich der Schwerkraft erlegen. Oder er hatte die CWD-Chawls gesehen, und das hatte seinen Lebenswillen gebrochen, und er sank, infiziert von der klammen Hoffnungslosigkeit unter ihm, alle paar Sekunden ein paar Meter tiefer.

Lebewesen litten natürlich weit heftiger. Ausgehungerte Kühe, die über das Schicksal der Welt meditierten, während sie an

Papier, Plastiktüten und einem gelegentlichen Grashalm herumkauten, und deren Rippen wie die des fastenden Buddha Shakyamuni hervorstanden, verloren jeglichen verbliebenen Lebensmut, wenn sie in den engeren Umkreis der CWD-Chawls gelangten, und ihre Euter vertrockneten vollends. Selbst die Aasgeier und ihre minderen Schwestern, die verlässlichen Krähen von Bombay, die keine Speise verschmähten, mochte es ein saftiger Schleimklumpen, Reis oder tote Mäuse sein, kreisten wohl am Himmel, ließen sich jedoch von keinem noch so verlockenden Brocken dazu verleiten, die offenen Flächen zwischen den Chawls anzufliegen.

Violet schaute an den CWD-Gebäuden hoch, und die schmierige Zeltplane löste sich aus ihrer Verankerung und stürzte herab, bis sie sie wie ein Leichentuch umhüllt hatte und sie keine Luft mehr bekam.

„Hier wohnst du?“

„Nicht nur ich, wir drei“, schrie Victor gegen den betäubenden Lärm des Regens an. „Das erste links, Nummer 17. Wir wohnen im fünften Stock. Wenn du dann noch eine Treppe höhersteigst, auf die Terrasse, hast du eine atemberaubende Aussicht. Von dort kannst du das Arabische Meer und die Schiffswerften sehen.“

Was hätte es für einen Sinn gehabt, diesem Mann zu erklären, dass sie es all die Jahre lang nicht nötig gehabt hatte, sechs Stockwerke hinaufzusteigen, um das Arabische Meer und seine spektakulären Possen zu sehen, sondern nur aus dem Fenster zu schauen brauchte?

Während sie sich in den Hainen hinter dem Herrenhaus ergingen, hatte der Adjutant des Gouverneurs Violet von einer geheimnisvollen Stelle im Atlantik, dem Bermudadreieck, erzählt, wo Schiffe spurlos verschwanden. Als sie jetzt durch den strömenden Regen auf ihr künftiges Zuhause schaute, sah auch sie ein Dreieck. Dessen Basis war die Linie, die ihre Augen verband, und dessen Punkt, an dem es kein Zurück mehr gab, lag nicht am Horizont, sondern in ihrem Zimmer im fünften Stock von Chawl Nr. 17. Genau in dem Augenblick, in dem ihre goldenen

Jahre hätten beginnen sollen, war ihr Schiff schon auf Nimmerwiedersehen im Bermudadreieck verschwunden.

Violet stieg die fünf Treppen hinauf, und jede Stufe, die sie nahm, stieß sie tiefer in Dantes Hölle hinunter. Victor schloss auf und hielt ihr und ihrer Mutter die Tür auf. Zwei Zimmer, oder besser gesagt, ein Zimmer, das durch eine hölzerne Trennwand in zwei geteilt worden war. Das einzige Fenster befand sich in der Küche. Das andere Zimmer, das mit dem Einzelbett, das Victor als „Vorderzimmer" bezeichnete, war düster wie ein Kellerloch. Wo sollte ihre Mutter wohnen?

„Wo ist die Toilette?", fragte Violet.

„Ach, am Ende des Korridors. Benutz die zweite. Da funktioniert die Spülung in aller Regel."

War das der Moment, in dem Violets Herz vereiste, um nie wieder aufzutauen, und sie sich innerlich aus ihrer Ehe zurückzog? Victors Tante hatte gesagt, er habe eine eigene Wohnung, und Violet hatte das für bare Münze genommen. Wie sie die Sache sah, hatte Victor sie bezüglich seines „Apartments" bewusst getäuscht, sie übertölpelt, sie so dazu gebracht, ihn zu heiraten, um sie dann in dieses Dreckloch ohne jede Privatsphäre zu verschleppen, ohne ein eigenes Schlafzimmer oder ein abgetrenntes Zimmer für ihre Mutter. Nicht einmal eine Toilette gab es! Man stelle sich vor, mit zwanzig anderen Leuten anstehen zu müssen, um seinen Körperfunktionen freien Lauf lassen zu können! In Goa hatten selbst die Ärmsten der Armen die Abgeschiedenheit der offenen Felder für ihre morgendliche Entleerung.

War es dieser erste Tag in Bombay, der Violets Lebensmut brach? Oder war CWD-Chawl Nr. 17 lediglich der letzte Tropfen in einer Serie von Enttäuschungen? Vielleicht hatte alles mit der Untreue und Verlogenheit ihres Vaters angefangen, und es war der Verlust ihres Zuhauses, ihrer Ländereien, ihres Lebensstils und gesellschaftlichen Status gewesen, der sie verbittert und ihrer Zukunft entfremdet hatte. Vielleicht war es die Einsicht gewesen, dass sie niemandem als sich selbst die Schuld geben konnte, weil sie die ihr gebotenen Chancen verspielt hatte. Hatte das Schicksal ihr in Gestalt des Adjutanten des Gouverneurs von Goa einen Antrag gemacht, und war sie zu widerspenstig und zu kratzbürstig gewesen, um sich von ihm verführen zu lassen?

Victor begriff nie, was zwischen ihn und seine Frau gekommen war. Es war ein Schleier, undurchsichtig, nicht zu umgehen und unzerreißbar, und umso frustrierender, als er unsichtbar war und, wer weiß, vielleicht auch nur pure Einbildung. Er versuchte auf verschiedene Weisen, Violets Herz zu gewinnen. Er kaufte ihr eine Perlenkette, flog mit ihr in den Urlaub nach Hongkong mit dem ihm zustehenden jährlichen Gratisticket, arbeitete hart und kam in seinem Job voran. Er hoffte, Violet würde auftauen, weich werden und aufblühen, wenn sie erst einmal in ihre neue Wohnung gezogen wären.

Und schließlich erfuhr Violet, dass jemand, der einen verlässt, nie den Anstand hat, die Miete und die überfällige Stromrechnung zu bezahlen, den Wecker aufzuziehen, das Bügeleisen auszuschalten, die Tagesdecke über die Matratze auszubreiten und sie glatt zu streichen, bevor er geht. Er verschwindet einfach ohne auch nur ein Wort des Abschieds und überlässt es anderen, die Probleme zu regeln, die gemeinhin als „das Leben" bezeichnet werden.

Genau so ein Feigling war Victor – er setzte sich einfach ab, ohne Zahnbürste, ohne Rasierer und ohne Unterwäsche zum Wechseln. Er konnte nicht mal einen Tag abwarten, einen einzigen Tag, bis sein Baby kam. Und jetzt hatte Violet die Juniorversion von Victor am Hals, nur dass Eddie, wie es auf Hindi so schön heißt, *„sabkaa baap"* war. Ja, Eddie war ihr aller Vater. Violet war sicher, dass er seinem eigenen Papa noch einiges hätte beibringen können.

Sie hatte es längst aufgegeben, sich zu fragen, was sie falsch gemacht hatte. Ihr Glaube gestattete ihr nicht zu lästern, aber wenn ihr Jesus zufällig über den Weg gelaufen wäre, hätte sie ihm gern ein paar ernste Fragen gestellt, und er wäre gut beraten gewesen, überzeugende Antworten parat zu haben. Aber das konnte warten. Fürs Erste hatte sie Dringenderes zu erledigen.

Violet sah, wie ihr Sohn auf der Polizeiwache in Handschellen hereingebracht wurde, und das Blut gefror ihr in den Adern und nahm eine bleiche Todesfarbe an. Eddie versuchte, sich hinter dem Polizisten zu verstecken, der ihn aus seiner Zelle geführt hatte. Seine Augen lagen tief in den Höhlen, und sein Bartschatten schien sich nicht nur auf Kinn und Wangen zu beschränken, sondern über sein ganzes Gesicht ausgebreitet zu haben, besonders um seine Augen herum.

Was tat er hier in einer Polizeizelle, ihr eigen Fleisch und Blut? Sollte sie sich eines der Gewehre in dem Gestell hinten an der Wand greifen, die Polizisten mit dem Bajonett abstechen und mit ihrem Sohn fliehen? Oder sollte sie die Klinge zweiundsiebzig Mal in diesen erwachsenen Mann rammen, den sie neun Monate lang in ihrem Schoß getragen und weitere neun an ihrer Brust gesäugt hatte?

„Mit welcher Begründung haben Sie ihn festgenommen?"

„Na, was glauben Sie wohl? Ach, hören Sie auf, so zu tun, als wüssten Sie es nicht! Wegen Alkoholschmuggels und Betreibens eines Auntie-Lokals."

In welcher Sprache redete der Inspector eigentlich? Die Worte klangen Violet vertraut, aber sie begriff nicht, was sie bedeuteten, und sie fragte sich, warum er so beleidigend war.

„Da muss ein Irrtum vorliegen", sagte sie. „Mein Sohn ist Automechaniker. Er arbeitet zu jeder Tages- und Nachtzeit!"

„Ja, ich weiß. Von fünf Uhr abends bis Mitternacht. Komische Arbeitszeiten für einen Automechaniker, meinen Sie nicht auch?"

Pieta nahm ihre Mutter beiseite und drängte sie, sich auf einen Stuhl zu setzen, und sagte zu ihr, sie möchte sich nicht um den Inspector kümmern, er habe offensichtlich seine gehässige Freude daran, Menschen wehzutun. Violet sah ihrer Tochter zu, wie sie die Kautionserklärung ausfüllte, und sagte sich, dass Pieta absolut danebenlag. Inspector Gupte war ihr vollkommen gleichgültig; es war ihr Sohn, der sie seit dem Tag seiner Geburt geplagt und gequält hatte. Er hatte sie wieder einmal zum Narren gemacht. Und als wäre das nicht schon schlimm genug, betrieb er auch noch eine Auntie-Kneipe. Das war die Sorte von Lokal, in die dieser widerliche Mensch von Nr. 63, Mr Mendez, jeden Abend ging, um sich volllaufen zu lassen, und dann heimkehrte, um durch sein Gebrüll und Gegröle andere um ihre Nachtruhe zu bringen. Vielleicht war es Eddie, der den verbotenen Alkohol in sein Glas goss. Ja, es war ihr Sohn: ein Kellner, der Mr Mendez' Erbrochenes und Spucke aufwischen musste!

Sie konnte schon die Schadenfreude in den Augen ihrer Nachbarinnen sehen. Die Neuigkeit hatte sicher bereits die Runde gemacht. Sie hatten sie von jeher für hochnäsig, überheblich und selbstgerecht gehalten. Vergeblich hatten sie all die Jahre auf ihre wohlverdiente Strafe gewartet, ohne zu erkennen, dass sie in Eddie einen verlässlichen Verbündeten hatten. Er hatte sich wahrhaft alle Mühe gegeben, ihnen etwas zu liefern, worüber sie sich das Maul zerreißen konnten, etwas so Schändliches, dass sie es sich selbst in ihren ausschweifendsten Phantasien nicht hätten ausmalen können. Die Coutinhos waren jetzt endgültig erledigt, und sie würde ihren Nachbarinnen nie wieder in die Augen sehen können.

Violet hatte endlos verbreitet, dass ihr Sohn bald eine exklusive Automobil-Reparaturwerkstatt eröffnen würde (sie hatte sich gehütet, das plebejische Wort „Auto" zu verwenden), doch von nun an würden sie ihr bei jeder Gelegenheit unter die Nase reiben, er sei nur ein gewöhnlicher Krimineller. Und noch während sie das dachte, erschien ihr das Bild des boshaft-charmant grinsenden Eddie vor Augen, der sie lachend unterbrach: „Wäre es dir lieber, wenn ich ein ungewöhnlicher Krimineller wäre, Mama?" Violet sah, wie ihr Sohn in seine Zelle zurückgeführt wurde, und begriff, dass dies ein Mann war, den sie nicht kannte, niemals gekannt hatte. Er hatte sie angelogen, und sie hatte ihm, arglos, blauäugig, alles geglaubt. Sie fragte sich, warum sie sich Tag für Tag bemüht hatte, ihren Sohn zu einem guten, anständigen Menschen zu formen. Sie hatte sich jede erdenkliche Mühe gegeben, ihn zur Disziplin zu erziehen, aber wie weit hatte sie das gebracht? Oder, was diese Sache anging, ihn? Tatsache war, dass man seinen Sohn fördern konnte, wie und so viel man wollte; man konnte ihn verhätscheln und verwöhnen, ihn auf die besten Schulen schicken, ihm alle Möglichkeiten bieten, die man seiner Tochter verwehrte; oder man konnte streng sein und ihm die Rute zu spüren geben, ihn an die Kandare nehmen oder ihm absolut alles erlauben – es hatte keinerlei Einfluss darauf, was aus ihm wurde. Er konnte zu einem anständigen, verantwortungsbewussten und fürsorglichen Menschen heranwachsen, ebenso wie zu einem Drogensüchtigen oder Mörder, in hunderterlei Hinsicht missraten, aber das würde nichts, absolut nichts mit einem selbst und den eigenen Vorstellungen von richtiger Erziehung zu tun haben.

Sie erinnerte sich an die erste Zeit nach Eddies Geburt. Daran, wie schuldig und unmenschlich sie sich dank der Nachbarinnen und der Priester gefühlt hatte. Sie hatten es nicht offen ausgesprochen – na ja, eine von ihnen vielleicht doch –, aber sie hielten sie alle für ein Ungeheuer, für eine vom Teufel Besessene. Es war sogar die Rede davon gewesen, einen Exorzismus an ihr durchzuführen. Ihre Mutter wich ihr nicht von der Seite, außer wenn sie auf die Toilette musste; sie achtete sogar darauf, mit der morgendlichen Verrichtung ihrer Notdurft fertig zu sein, bevor Violet aufwachte. Sie versuchte, es möglichst unauffällig zu machen, aber sie ließ sie nicht aus den Augen, selbst wenn sie so tat, als würde sie nur Kleidungsstücke zusammenfalten oder die Wohnung zu kehren. Sie weigerte sich, das Baby mit der Mutter – oder auch nur in der Wiege – allein zu lassen, außer wenn Violet ihm die Brust gab. Ihre offenkundig unwahre Ausrede lautete, dass Violet erschöpft sei. Das war sie tatsächlich, jedoch nicht halb so erschöpft wie ihre Mutter, die selbst nachts kein Auge zumachte aus Angst, dem Neugeborenen könnte ausgerechnet von seiner eigenen Mutter Gefahr drohen.

Die Ärzte nannten das „postnatale Depression“. Wie falsch sie damit lagen! Es war postnatales Vorauswissen, nicht mehr und nicht weniger. Möglicherweise war das die klarsichtigste Zeit ihres Lebens gewesen, ein Vorahnen dessen, was da kommen würde, und die einzige Chance, die sie hatte, künftigem Unheil vorzubeugen. Sie hatte dieses satanische Kind, das unter dem widernatürlichsten Stern geboren worden war und schon vor seiner Geburt so viel Unheil angerichtet hatte, mit jeder Faser ihres Herzens loswerden wollen. Sie hatte versucht, es zu ersticken, während es an ihrer Brust saugte; sie hatte so getan, als streiche sie nur seine weiche Baumwolldecke glatt, während sie ihm ein kleines Kissen aufs Gesicht drückte. Doch ihre Mutter war immer sofort zur Stelle gewesen und hatte ihr das Kind ohne jeden Kommentar weggenommen. Violet war kein Mensch, der sich so leicht entmutigen ließ, und sie hatte das Baby, während sie es in der kleinen Plastikwanne badete, unter Wasser gedrückt. Wenn ihre Mutter nicht immer dazwischengefunkt hätte, bräuchte sie jetzt nicht beschämt dazustehen, während dieser Polizeiinspektor hämisch über ihre Ahnungslosigkeit kicherte.

Als sich einige Zeit zuvor herumgesprochen hatte, dass Ravan, der Junge aus dem vierten Stock, in der Byculla-Wache hinter Gittern saß, hatte Violet gedacht, endlich, endlich habe die Familie, die ihr so viel Leid beschert hatte, ein gewisses, wenn auch noch so bescheidenes Maß an gerechter Strafe und Vergeltung heimgesucht. Wie sehr hatte sie sich getäuscht! Sie konnte sich bildlich vorstellen, wie dieses Weib Parvati den schmählichen Untergang der Violet Coutinho genießen würde.

So spät es auch war, Violet entschied, dass sie endlich die Nabelschnur durchtrennen musste. Eddie war für sie nicht lediglich tot und begraben. Sie würde auch die Jahre zurückspulen und dafür sorgen, dass er gar nicht erst geboren worden war. Wie oft hatte sie ungläubig zugeschaut, wie ihr Sohn mit einem einzigen Knopfdruck auf seinem Tonbandgerät ganze Songs löschte! Es würde nicht annähernd so einfach sein, aber wenn sie sich etwas vornahm, gelang es ihr in der Regel auch. Was immer es kosten mochte, ja, was auch immer – sie würde ihn sich aus dem Schoß und dem Gedächtnis reißen! Von diesem Tag an würde sie seine Anwesenheit nicht mehr zur Kenntnis nehmen und keinerlei Umgang mehr mit ihm pflegen.

Es würde zwangsläufig Probleme geben, keine Frage. Violet konnte natürlich versuchen, Pieta durch Zwangsmaßnahmen dazu zu bringen, sich von ihrem Bruder loszusagen, aber vor ihrer Mutter würde sie sich in Acht nehmen müssen. Vom Augenblick seiner Geburt an war Eddie eher Maria-Augustas als Violets Baby gewesen. Violet wusste, dass ihre Mutter Eddie in absolut jedes Gespräch hineinziehen und damit die Mauer des Schweigens untergraben würde, die sie, Stein für Stein und Ziegel für Ziegel, um diesen Schwerverbrecher, der sich für ihren Sohn ausgegeben hatte, zu errichten beabsichtigte. Es war nicht fein, das über seine eigene Mutter zu sagen, aber Maria-Augusta war eine gerissene Frau, und keine List war ihr zu tückisch oder zu gewissenlos, wenn es darum ging, „ihren" Eddie zu verteidigen. Violet hätte ihren Sohn bedenkenlos aus dem Haus werfen können, aber dann wäre ihre Mutter mit ihm ausgezogen, und das hätte einen noch größeren Skandal ausgelöst, als wenn Eddie im Gefängnis gelandet wäre. Doch sie war sicher, ihren Sohn überlisten zu können. Sie würde ihm das Leben so unerträglich machen, dass er freiwillig das Feld räumen würde.

Als Eddie aus der Zelle geführt wurde, die weitere neunzehn Kriminelle beherbergte, und das Gesicht seiner Mutter sah, wusste er, dass er die Sache verpatzt hatte. Er hätte sich ein Samuraischwert besorgen und in die Eingeweide rammen sollen. Oder zumindest sich Inspector Gupte zu Füßen werfen und ihn um Vergebung anflehen und geloben sollen, Aunties Laden fortan ohne einen freien Tag führen zu wollen.

Jetzt war er wieder zu Hause, und es war ein Schicksal schlimmer als der Tod. Nicht nur, weil er aufgehört hatte, für Violet zu existieren; er ahnte, dass er ohne sie tatsächlich keine Existenz mehr besaß. Natürlich war das nicht das erste Mal, dass sie sich weigerte, ein Wort mit ihm zu reden. Das war ihre bevorzugte Vorgehensweise, wenn sie der Ansicht war, es seien die extremsten Strafmaßnahmen erforderlich. Aber es bestand ein gravierender Unterschied zwischen den Schweigezeiten von einst und den gegenwärtigen. Die früheren waren von relativ kurzer Dauer gewesen und hatten damit geendet, dass Eddie in die Kirche geschickt wurde, um bei Pater Agnello D'Souza zu beichten. Doch das jetzige Schweigen schaltete ihn einfach aus. Ihre Methode war ebenso schlicht wie effektiv: Wenn man jemanden nicht zur Kenntnis nimmt, hört er auf zu existieren.

Großmutter und Pieta versuchten immer wieder, Eddie anzusprechen oder ihn in das Gespräch einzubeziehen, aber Violet würgte jeden Versuch ab, indem sie den Raum verließ. Ihre Strategie der Ausgrenzung begann Wirkung zu zeigen. Nach einer gewissen Zeit gab Pieta es auf, ihn anzusprechen, zumindest zu Hause, und die steinerne Teilnahmslosigkeit seiner Mutter schien sogar Großmutter zu entmutigen. Es war nicht zu verkennen, Eddie war dabei, für seine Familie immer überflüssiger zu werden. Er kam sich vor, als sei er auf einem Schiff, das sich rasch vom Ufer entfernte, und die Menschen an Land wurden immer kleiner und kleiner und würden bald alle Substanz und Realität verlieren. Irgendwann würde er herausfinden, dass er der einzige Mensch an Bord war, und ohne Kapitän und Besatzung würde das Schiff untergehen.

Er hatte sich bislang alle Mühe gegeben, selbst unter den schwierigsten Umständen nicht den Mut zu verlieren. Jetzt erkannte er, dass Mrs Fernandes ehrlicher und großzügiger als die meisten gewesen war, obwohl sie selbst ein so schweres Leben gehabt hatte. Warum konnte seine Mutter nur nicht ein bisschen nachsichtiger und flexibler sein? Hatte er sich nicht ihren Wünschen gebeugt und einen Job angenommen, so widerwärtig er ihm auch war? Was spielte es schon für eine Rolle, ob er in einer Autowerkstatt oder in einem Auntie-Lokal arbeitete? Job war Job. Wo waren die großen Sprüche seiner Mutter über die Würde manueller Arbeit und den Schweiß des Angesichts auf einmal geblieben? Und weshalb wollte sie nicht akzeptieren, dass ihr Sohn zumindest ein bisschen Talent besaß?

Wegen des Verlusts seines Vaters hatte Eddie nicht einen Tag lang gelitten. Jetzt aber fühlte er sich zum ersten Mal verwaist.

Seine Mutter hatte ihn verlassen, auch wenn sie fast den ganzen Tag da war, in derselben Wohnung wie er. Wie es der Teufel wollte, hatte er keine Arbeit und war die meiste Zeit zu Hause. Das machte alles noch unendlich viel schlimmer.

Der einzige Mensch, der zu ihm hielt, war Belle. Aber wie üblich hatte Eddie keine Ahnung, woran er bei ihr war.

„Ich werde mir einen Job suchen", kündigte sie eines Tages an.

„Wozu?"

„Wenigstens einer von uns sollte etwas Geld verdienen."

„Ich hab genug gespart, um ein Jahr über die Runden zu kommen. In der Zeit werde ich es zum Film schaffen."

„Das Geld musst du deiner Mutter geben, um ihr wenigstens einen Teil dessen zurückzuzahlen, was sie für deine Kaution ausgegeben hat."

„Sie hat das nicht verlangt."

„Umso mehr Grund, es zu tun. Sie braucht eine Rücklage für ihr Alter."

„Seit wann bist du die Beschützerin meiner Mutter? Ich dachte, du könntest sie nicht leiden."

„Du meinst, sie ist der Ansicht, ein Anglo-Frauenzimmer sei für euer kostbares saraswat-brahmanisches Blut nicht gut genug."

„Das hast du gesagt, nicht ich."

„Was spielt's für eine Rolle, ob ich sie leiden kann oder nicht? Deine Mutter ist alt, und es ist höchste Zeit, dass wir uns um sie kümmern."

„Wir?"

„Da bis auf Weiteres ich die Hosen anhabe und die Rolle des Brötchenverdieners spiele."

„Wer wird dir schon Arbeit geben? Bildest du dir ein, der Big Boss da oben hat eine Stelle für dich reserviert?"

„Wir werden ja sehen. Es sei denn, du bist doch endlich bereit, Automechaniker zu werden."

„Fang jetzt nicht damit an, Belle! Ich hab von meiner Mutter mein Leben lang kaum etwas anderes zu hören bekommen. Aber von dir lasse ich mir diese Scheiße nicht auch noch bieten!"

„Na schön, wenn du mir nicht erlaubst, mir einen Job zu suchen, dann bleibt mir wohl nur noch der Straßenstrich, richtig?"

Was sollte Eddie nur von Belle halten? Wie konnte sie, wenn auch nur zum Spaß, davon reden, auf den Strich zu gehen? Und außerdem hatte sie ihn damit praktisch als Zuhälter bezeichnet. Sie war so gottverdammt unberechenbar! Es schien ihr egal, ob sie einen aufregte oder verletzte, sie tat einfach, was sie für richtig hielt. Sie hatte seine Mutter nie leiden mögen. Zugegeben, sie sprach fast nie ein Wort über sie, während seine Mutter kein gutes Haar an Belles Familie und Belle selbst ließ. Und da kam sie nun und erklärte, sie wolle mithelfen, für Violet zu sorgen.

Nachdem sie ein paar Monate lang jede nur vorstellbare Firma von Downtown bis rauf nach Bhandup und Powai abgeklappert hatte, bekam Belle drei Stellenangebote. Sie wurde Empfangsdame bei einem pharmazeutischen Unternehmen.

Eddie hatte sich mittlerweile angewöhnt, den Tag in Belles Zimmer zu verbringen, auch wenn Belle selbst von morgens um halb neun bis abends um sieben gar nicht da war. Aber alles war besser, als der eisigen Missbilligung seiner Mutter ausgesetzt zu sein. Er konnte ihre Ablehnung spüren, wenn er im Treppenhaus seine Gitarre stimmte und sie in der Küche war, ja selbst, wenn er in Belles Wohnung war.

Es hatte eine Zeit gegeben, da alles in seiner Umgebung Eddie zu einem Riff, einer musikalischen Phrase, ja einer ganzen Melodie inspiriert hatte. Manchmal sogar zu einer kompletten Serie von Songs. Allein sein CWD-Chawl Nr. 17 bot genug Material für eine Myriade Kompositionen. Der erste Riss am Himmel, wenn der Lieferwagen von Aarey Dairy im Morgengrauen beim Milchladen hielt; das Geräusch der älteren Hausbewohner, die sich auf dem Balkon die Zähne putzten, indem sie an bitteren Akazienzweigen herumkauten, gefolgt von den gräßlichen Geräuschen, wenn sie sich den Finger tief in den Rachen steckten, um die Zunge zu reinigen, und das in aller Öffentlichkeit; die Kinder, die die Treppe hinunterrannten, um den BEST-Bus zur Schule zu erwischen; das Zischen des Wassers, in das Mr Pereira einen

Löffel Eno's Brausepulver rieseln ließ; die frenetischen Bemühungen der Tauben, sich zu jeder Tages- und Nachtzeit gegenseitig zu besteigen; der dumpfe Aufprall eines bejahrten Balls gegen einen Cricketschläger, der einen Sixer zu schaffen versuchte; das erste Grün des neuen Laubs am Regenbaum neben der Turnhalle der *Sabha*; das Geräusch der Nähmaschine seiner Mutter; Pietas Kopf, der fast ihre Knie berührte, während sie mit einem dünnen Handtuch auf ihr frisch gewaschenes Haar schlug, um das Wasser herauszubekommen; das Zikadenzirpen des einsaitigen Instruments, das die Ankunft des Baumwollkämmers ankündigte, der ihre Matratzen wieder aufbereiten würde; Belles weiche, saftig-feuchte Vulva; die Frauen, die, zwei oder drei Krüge voll Wasser auf dem Kopf balancierend, ohne sie auch nur ein Mal mit der Hand abzustützen, die Treppe hinaufstiegen – alles, was er sah, roch, hörte, berührte, schmeckte und dachte, hatte sich noch vor ein paar Monaten in Musik transformieren lassen.

Doch jetzt hatte ihn, nach seiner Mutter, auch die Musik im Stich gelassen. Während er auf Belles Bett lag, versuchte er, den alchemistischen Prozess zu reaktivieren, der die alltäglichsten Wahrnehmungen und Begebenheiten in Rock 'n' Roll verwandelt hatte, in Blues, Jazz-Improvisationen und bisweilen sogar in nahe Verwandte der klassischen Formen, die Belles Mutter ihn gelehrt hatte. Doch das Glück hatte sich von ihm verabschiedet. Sosehr er sich auch bemühte, gelang es ihm nicht, es zurückzulocken. Was war nur passiert? Hatte seine Mutter ihn verhext?

Krishna Kumars Schauspielunterricht besuchte er weiterhin fast täglich, aber nur, weil Belle die Kursgebühren bezahlt hatte. Vor Mrs Fernandes' Tod hatte er jedem im Auntie's, der nichts dagegen hatte, ganze Szenen aus Hindi-Filmen vorgespielt. Die Gäste mussten erraten, welchen Schauspieler oder welche Schauspielerin in welchem Film er jeweils kopierte. Er wusste, dass er gut war, denn sie baten ihn, bestimmte Szenen aus ihren jeweiligen Lieblingsfilmen nachzuspielen, wie zum Beispiel „Shri 420", „Ganga Jumna", „Paying Guest" oder „Chalti ka Naam Gaadi". In der guten alten Zeit, als seine Mutter noch glaubte, er sei Automechaniker, hatte er zu Hause Pieta zu jeder sich bietenden Gelegenheit aufgefordert, spontan zu sagen, was ihr an Bildern oder Gedanken gerade durch den Kopf ging. Sie war fast immer in das eine oder andere Buch aus der British Council Library vertieft und versuchte, sich zu drücken. Das war jedoch ein schlechter Schachzug, da Eddie ein Nein nicht gelten ließ und nur umso hartnäckiger wurde. Er nannte sie dann eine Spielverderberin und noch ein paar andere Dinge und setzte ihr zu, bis sie schließlich nachgab und ihn mit einem listigen Funkeln in den Augen aufforderte, einen blinden Taubstummen zu spielen, in der Hoffnung, ihn damit ruhigzustellen. Doch das hatte die genau entgegengesetzte Wirkung. Über den Auftrag begeistert, hampelte Eddie wild herum, gestikulierte in einer ad hoc erfundenen Zeichensprache, tastete ihr Gesicht und ihr Buch ab und schmiss alles um, was in Reichweite stand.

Manchmal, wenn sie in Stimmung war, ging sie auf das Spiel ein und sagte etwa: „Deine Tochter ist durchgebrannt, sie hat den Sohn deines ärgsten Feindes geheiratet, und du bist gerade dabei, sie aus dem Haus zu werfen!“ Und Eddie ließ eine melodramatische Tirade vom Stapel, schrie und zeterte und ließ sich über die Ehre der Familie aus und die Schande, die sein eigen Fleisch und Blut durch das Zusammenleben mit diesem Sohn des Satans über selbige gebracht hatte, und da er Eddie war, griff er sich natürlich den Stock, der zum Wäscheaufhängen benutzt wurde, richtete ihn auf Pieta und schoss sie tot, um dann die ermordete Tochter tränenreich zu beweinen, während er gleichzeitig beteuerte, die Ehre der Familie gerettet zu haben. Großmutter bat ihn oft, Rhett Butler in der Schlussszene von „Vom Winde verweht“ zu spielen, und er spielte beide, Scarlett und Rhett Butler, und schloss mit Gables denkwürdigen letzten Worten: „Offen gesagt, ist mir das gleichgültig“, denen er den knurrenden und brüllenden MGM-Löwen folgen ließ. Selbst Violet, die normalerweise so tat, als ließe Eddies überspannte Spielweise sie kalt, musste da grinsen, und einen Augenblick lang schienen die vier wieder eine richtige Familie zu sein.

Jetzt aber lief alles auf eine schlichte Frage hinaus: Wozu das alles? Er hätte schwören können, dass er langsam überschnappte. Sein Gehirn spielte ihm die dümmsten Streiche. Er schaute die grotesk verbogenen Blätter des Deckenventilators an und meinte, dass sein Lehrer, Mr Lobo, ihm das Ohr noch ein paar zusätzliche Male verdrehte, weil er die französischen Wörter für „Vater" und „Mutter" – „père" und „mère" – wie „piri" und „miri" ausgesprochen hatte. Stundenlang starrte er ins Leere und war davon überzeugt, die Gesamtsumme von null zu sein. Was hatte es noch für einen Sinn zu leben, fragte er sich, wenn man nichts, die große Null, geworden war?

An dem Tag, an dem Belle die Festanstellung und eine Gehaltserhöhung bekam, war für Eddie der letzte Weckruf fällig.

„Hey, Prince of Wales, noch zwei Monate, und du bist auf dich allein gestellt."

„Was soll das heißen, auf mich allein gestellt?"

„Wenn du willst, dass die glücklichen Zeiten andauern, besorgst du dir entweder einen Job als Schauspieler – oder was auch immer –, oder du legst dir eine reiche junge Witwe zu, die für dich sorgt."

„Hast du vor zu kündigen?"

„Nein, ich fang an, dir zu kündigen. Zehn Monate lang hast du nichts getan, als über deine abweisende Mama zu trauern und zu jammern, was für miese Karten dir das Schicksal gegeben hat. Sag, was du willst, aber du bist dein Leben lang ein Muttersöhnchen gewesen. Wird langsam Zeit, dass du die Nabelschnur durchschneidest und deinen eigenen Weg gehst."

„Warum sagst du nicht gleich, dass du nichts mehr von mir willst?"

„Ach Eddie, mach's dir nicht so leicht mit dieser Märtyrernummer! Ich kenne niemanden, der so viel Musik und so viel Talent in sich hat wie du – und ich meine nicht nur die Fische in unserem Bombayer Teich. Selbst meine Mutter, die eine Heidenangst hat, dass ich mit dir durchbrennen könnte, muss zugeben, dass du wirklich was drauf hast. Aber Selbstmitleid führt weder dich noch mich irgendwohin. Es hat keinen Sinn, angeblichen Chancen im Ausland nachzujammern. Du bist hier geboren; du solltest das allmählich akzeptieren und das Beste daraus machen. Ich werde auf jedem Schritt des Weges an deiner Seite sein."

„Du liebst mich nicht mehr."

„Glaub mir, ich tu es. Ich habe ein halbes Jahr gebraucht, um mich zu diesem Vortrag durchzuringen."

13

„Hey, wo fährst du hin? Ich hab gesagt, ich will zur Carmichael Road, also was zum Teufel tun wir auf der Nepean Sea Road? Kennst du dich in Süd-Bombay nicht aus? Oder glaubst du, ich bin neu in der Stadt und du könntest mich spazieren fahren?"

Ravan schüttelte den Kopf. „Tut mir leid, ich dachte, Sie hätten Nepean Sea Road gesagt."

„Red keinen Stuss! Dreh auf der Stelle um, oder ich schleif dich zur nächsten Polizeiwache!"

Das passierte Ravan neuerdings öfter: Er fuhr jemanden nach Andheri, Kurla oder Churchgate und imaginierte dabei etwas, das in einem dunklen Zimmer auf einem Bett lag, beleuchtet von einer einzigen schwachen Birne. Dann kniff er die Augen zusammen und versuchte, sie scharf zu stellen, jedoch nur halbherzig, denn eigentlich wollte er gar nichts sehen. Und schließlich hörte er eine heisere Stimme, die zu ihm sagte: „Verschwende keine Zeit. Schaff sie endlich hier weg!" Und ehe er sich's versah, starrte er auf eine verwahrloste Frau, die das Laken von sich stieß, und er wandte die Augen ab, aber immer einen Sekundenbruchteil zu spät.

Er sah, wie Pieta erneut fortgeschafft wurde. Als er das zweite Mal vor Dr. Samants OP-Raum hatte warten müssen, war es noch viel schlimmer gewesen, schlimmer, als in der Nähe der Falkland Road im Taxi zu warten, als er noch nicht gewusst hatte, wo Pieta hingegangen war. Dieses Mal wusste er, dass sie sich direkt hinter der Tür befand, aber damit war er so klug wie zuvor. Ravan setzte sich auf das Sofa im Wartezimmer, er ging auf und ab, er machte seine Taekwondo-Übungen, er legte sich auf den Fußboden, er griff sich mit beiden Händen an den Kopf und meinte, es nicht länger aushalten zu können. Die Zeit war die chinesische Wasserfolter, jeder Tropfen dehnte sich widerwillig ins Unendliche, bevor er wie eine Bombe auf seiner Stirn aufprallte und lautlos explodierte. Aber das Abgefeimte der Folter war nicht die Tatsache, dass sein Gehirn zerfetzt oder püriert wurde, es war das Warten auf den nächsten Tropfen, das Nicht-Wissen, wann das Gummiband im Wasser reißen und der volle Schwall herunterstürzen würde.

Dr. Samant hatte gesagt, Pieta müsse ein zweites Mal in den OP, weil sie nicht aufhörte zu bluten. Ravan hörte die Stimmen, die durch die geschlossene Tür drangen. „Sie haben versprochen, dass Sie die Praxis schließen würden. Sie haben es bei den Familiengöttern geschworen!" Mrs Samants Stimme war nicht laut, doch die Stille der Nacht verstärkte sie. „Sie haben Ihr Versprechen gebrochen, und die Götter werden sich rächen. Das Mädchen wird sowieso sterben, das wissen Sie genauso gut wie ich. Als Krankenschwester habe ich mehr Entbindungen und Abtreibungen miterlebt als Sie. Sie wird sterben, egal, was Sie unternehmen, und man wird Sie dafür hängen, und ich werde allein und hilflos zurückbleiben, während alle unsere Nachbarn mit dem Finger auf mich zeigen und sagen werden, das ist die Frau des Mörders! Und das wird noch nicht alles sein! Alle wissen, dass ich früher Krankenschwester war, und sie werden sagen, dass ich, als Ihre Komplizin, ebenfalls gehängt werden soll!"

„Es stimmt, Shalini, ich habe mein Versprechen gebrochen. Und ich bin zu alt für diese anstrengende Arbeit, auch das stimmt. Aber lieber rette ich diese junge Frau und gehe dafür in die Hölle, als dass ich den Göttern gegenüber Wort halte, die sich um sie oder sonst jemanden einen Dreck scheren!" Dr. Samant seufzte und schwieg für einen Moment. „Aber ich fürchte, du hast recht. Sie wird sterben, und ich kann nichts dagegen tun. Verzeih mir, dass du jedes Mal, wenn jemand an der Tür klingelt, tausend Ängste wegen mir ausstehen musst. Aber geh jetzt ins Bett und überlass mich und dieses Kind unserem Schicksal, ich bitte dich!"

Es war vier Uhr früh, als Dr. Samant Pieta auf einer Rollbahre herausschob und Ravan bat, ihm zu helfen, sie aufs Bett zu legen. „Sie sollten jetzt beten, junger Mann. Wie heißen Sie?"

„Ravan." Selbst nach all den Jahren war es ihm peinlich, seinen eigenen Namen auszusprechen.

„Dann sollten Sie am besten zu Shiva beten – kann sein, dass er Ihnen Gehör schenkt. Genau das hat auch Ihr Namenspatron vor zweitausend Jahren getan, oder wann immer der erste Ravan über Lanka herrschte, und der Gott hat ihm zum Lohn für seine inbrünstige Andacht eine große Gnade gewährt. Ich kann die Blutung nicht stoppen. Ich vermute, dass eine akute Sepsis vorliegt. Wenn Fäkalien eingedrungen sind, können wir mit einer Bauchfellentzündung rechnen. Und dann können ihr wohl nicht einmal mehr die Götter helfen. Ich kann keine Wunder wirken, es liegt also ganz in Ihren Händen."

Ravan hatte wohl verwirrt ausgesehen, denn Dr. Samant lächelte wie um Entschuldigung bittend. „Kümmern Sie sich nicht um mein Gewäsch. Es geht ihr schlecht, sehr, sehr schlecht. Ich werde einen Kollegen anrufen und ihn um drei Blutkonserven bitten. Er wird den Tag verfluchen, an dem er mein Student wurde, und erst mal nein sagen, aber dann wird er nachgeben. Ich möchte, dass Sie in die Hughes Road fahren, zum Shah Nursing Home, und die Konserven so schnell wie möglich herschaffen."

Ravan war schon an der Tür, als der Arzt ihn zurückrief. „Haben Sie Geld, Ravan? Ich könnte Ihnen etwas leihen."

Ravan nickte nur und rannte die Treppe hinunter. Zu wem sollte er beten, fragte er sich, während er zur Klinik fuhr, um das Blut abzuholen. Was konnte es schon nutzen, wenn er Shiva anflehte, Pieta zu retten? Sie war ja katholisch; wäre es nicht ungehörig und kontraproduktiv, einen hinduistischen Gott zu bitten, ihretwegen zu intervenieren? Vielleicht wäre es vernünftiger gewesen, seine Gebete an Jesus zu richten. Aber damit hätte er das gleiche Problem gehabt, nur unter umgekehrten Vorzeichen. Er beschloss, keine Risiken einzugehen und zu beiden, Christus und Shiva, zu beten.

Anderthalb Tage später stand es immer noch auf der Kippe. Wozu betete er, da er doch wusste, dass auch Götter versagten? Was würde er Pietas Mutter, ihrem Bruder Eddie und der Großmutter sagen? Sie würden ihm vorwerfen, sie geschwängert und danach umgebracht zu haben. Aber was würde es schon für eine Rolle spielen, was sie sagten, wenn Pieta nicht mehr lebte?

Als Ravan am nächsten Nachmittag Pietas Zimmer betrat, wandte sie den Kopf ab.

„Soll ich Ihrer Mutter sagen, dass es Ihnen gut geht und dass Sie bald wieder nach Hause kommen?"

„Nein." Ihre Stimme war fast nicht zu hören. „Ich hatte ihr schon gesagt, dass ich vielleicht ein paar Tage weg sein würde."

Und das war's. Alles, was es zu sagen gab, war gesagt worden. Ravan kam sich vor wie ein Kleindarsteller in einem Film. Er hatte seinen Part gespielt; nun wurde er nicht mehr benötigt. Es würde für alle Beteiligten eine große Erleichterung bedeuten, wenn er und jegliche Erinnerung an ihn jetzt spurlos verschwinden würden.

„CWD-Chawl Nr. 17, Mazagaon."

„Wohin?" Wie war der Mann in das Taxi eingestiegen, ohne dass Ravan etwas davon mitbekommen hatte? Es war unheimlich, er hatte nicht einmal die Tür zufallen hören.

„Bist du taub? Ich hab es gerade gesagt."

Ravan schaute den Fahrgast im Rückspiegel an und erstarrte.

„Woher wissen Sie, wo ich wohne?"

„Niemals, niemals die Augen von der Straße wenden, wie schwer die Krise oder wie unerwartet oder bizarr die Situation auch sein mag! Das wäre dann Lektion Nummer zwei, wenn ich richtig gezählt habe."

Ravan versuchte, den Blick wieder auf die Fahrbahn zu richten, aber seine Augen hafteten wie festgelötet am Spiegel. Der Fahrgast bedachte ihn mit einem warmen Lächeln. „Wir sind alte Bekannte, nicht? Bei unserer ersten Begegnung haben wir uns über Gänge unterhalten. Ich habe dir gesagt, dass ein Auto normalerweise fünf Gänge hat, das Leben dagegen hundert und mehr. Das war Lektion Nummer eins, richtig? Wo ist mein Geld?"

Die zwei letzten Sätze kamen nahtlos hintereinander, ohne Pause oder Wechsel des Tons, so bekam Ravan gar nicht mit, dass der Mann die Spur gewechselt hatte.

„Was für Geld?"

„Du hast es vergessen? Ein Fall von selektiver Amnesie, wie ich vermute. Darf ich dein Gedächtnis auffrischen? Ich habe es vor vier Monaten in einem Lederbeutel unter dem Vordersitz deines Taxis liegen lassen. Na, klingelt es bei dir?"

„Fahrgäste kommen und gehen. Ich bekomme davon dreißig, manchmal vierzig am Tag rein. Und das an sechs Tagen die Woche. Glauben Sie, ich kann mich an jeden erinnern, den ich mal im Taxi hatte?"

„Ich verlange nicht, dass du dich an mich erinnerst. Du sollst dich nur an den Lederbeutel erinnern und ihn mir zurückgeben."

„Ich weiß nicht, wovon Sie reden. Außer mir fahren zwei weitere Fahrer dieses Taxi, in zwei weiteren Schichten. Vielleicht sind Sie mit einem von denen gefahren. Und ganz ehrlich, wie können Sie wissen, dass Sie gerade bei mir eingestiegen sind? In dieser Stadt gibt es fünfzigtausend Taxis. Es könnte jedes dieser anderen neunundvierzigtausendneunhundertneunundneunzig gewesen sein. Ganz zu schweigen von den hundertfünfzigtausend Fahrern, die schichtweise an ihren Lenkrädern sitzen."

„Du bist ein richtiger Schlauberger, nicht? Aber ich weiß, dass du es warst, Ravan Pawar. Ich weiß es, und ich glaube, du weißt es auch. Könnten wir also mit diesem Blödsinn aufhören und ich mein Geld haben?"

Wie zum Teufel hatte der Kerl seinen Namen herausgefunden? Gütiger Gott, was sollte er jetzt bloß tun? Er musste sich etwas überlegen, und zwar schnellstens. Aber sein Gehirn verweigerte den Dienst.

„Mal angenommen, rein theoretisch, Sie haben wirklich einen Beutel in meinem Taxi liegen lassen" – Ravan spielte auf Zeit –, „dann könnte doch jeder meiner Fahrgäste damit wegspaziert sein. Oder der Fahrer, der mich abgelöst hat, könnte ihn mitgenommen haben."

„Ja, wäre möglich, aber ich hab genug von Spielchen dieser Art." Der Fahrgast packte Ravan an den langen Haaren und riss ihm den Kopf so abrupt zurück, dass Ravan aufschrie und das Taxi gefährlich ins Schlingern geriet.

„Niemand verarscht Haji Bashir Akhtar, erst recht kein dahergelaufener Grünschnabel! Kapiert, du Arschgesicht? Wenn du dir keinen Ärger einhandeln willst, ernsthaften Ärger, dann rückst du besser das Geld raus, und zwar sofort!"

„Ich sag es Ihnen! Ich sag es Ihnen! Aber hören Sie auf, mich an den Haaren zu ziehen, oder ich bau noch einen Unfall!" Wenn Haji Bashir Akhtar ihm nur verraten hätte, welchen Gang er jetzt einlegen sollte!

Bashir Akhtar ließ Ravans Haare los. „Okay, lass hören."

„Ich hab den Beutel im Fundbüro der Taxifahrergewerkschaft abgegeben."

Diesmal packte Bashir Akhtar Ravan nicht bei den Haaren. Er reckte sich über die Rücklehne des Vordersitzes, riss den Zündschlüssel heraus und schmetterte den Rücken derselben Hand so wuchtig gegen Ravans Kinnlade, dass er mit dem Kopf an den Rahmen knallte. Das Taxi blieb mitten im Verkehr stehen. Autos bremsten kreischend und kamen ins Schleudern, und Taxifahrer bezichtigten Ravan der Ausübung unaussprechlicher Akte mit seiner Mutter und Schwester. Ohne auf die allgemeine Aufmerksamkeit zu achten, nahm Bashir Akhtar Ravan mit dem rechten Arm in den Schwitzkasten und zerrte ihn hoch, bis er wie ein Wäschestück über der Rücklehne seines Sitzes hing. Bevor Ravan um Hilfe schreien oder um Gnade flehen konnte, war er gegen die Windschutzscheibe geschleudert und wieder zurückgerissen worden. Jetzt starrte er, den Kopf nach unten, in Bashirs Gesicht.

„Soll ich weitermachen?"

Ravan brauchte eine Weile, um das Zittern zu unterdrücken, das durch seinen Körper lief, aber als es sich halbwegs beruhigt hatte, schaffte er es, fünf Worte herauszubringen.

„Ich geb Ihnen das Geld."
„Wann?"
„Sobald wir bei mir zu Hause sind."
„Und die Goldkekse?"
„Die auch."

Was sollte er machen? Oh Gott, was sollte er bloß machen? Wie sollte er den fehlenden Betrag erklären? Wichtiger noch – wie sollte er ihn zurückzahlen? Ravan spähte aus dem Küchenfenster. Haji Bashir Akhtar stand neben dem Taxi und wartete auf ihn. Vielleicht sollte er einfach auf die Fensterbank klettern, die Augen schließen und springen.

„Wer ist da?", schrie Parvati-bai aus dem kleinen Abstellraum, der als Badezimmer fungierte. Gott sei Dank wusch sich seine Mutter gerade, um zur Abend-*aarti* in den Tempel zu gehen. Sonst hätte er sich einer Breitseite von Fragen stellen müssen zum Thema, was er denn ausgerechnet zur besten Geschäftszeit zu Hause tue. Und noch schlimmer, sie hätte ihn dabei ertappt, wie er im Schrank herumkramte, und ihm ein Geständnis abgepresst. Ravan schob seine Hand in die Falte der dritten Hose von unten und zog den Lederbeutel heraus. Wie immer hätte es für Shankar-rao eine zu große Anstrengung bedeutet, die Augen zu heben und die Anwesenheit seines Sohnes zur Kenntnis zu nehmen.

Ravan stieg hinauf zu Pietas Etage und dann weiter auf die Dachterrasse. An der Rückseite des Gebäudes gab es eine schmiedeeiserne Wendeltreppe, die als Feuerleiter diente. Sie war praktisch unbenutzbar. Alle paar Meter fehlten eine oder zwei Stufen, und der Rostüberzug war derart trügerisch, dass stellenweise ein falscher Tritt genügte, und man sauste auf direktem Wege fünf Stockwerke hinunter in den Tod. Aber was blieb ihm für eine andere Wahl? Er würde jede einzelne Stufe zuerst vorsichtig mit der Fußspitze abtasten müssen, Schritt für Schritt hinuntersteigen und das Beste hoffen. Ravan hielt sich am Eisengeländer fest und starrte während des Abstiegs auf die Hauswand.

Es war ein einmaliges Erlebnis, das Ravan allerdings nicht uneingeschränkt genoss. Zwei Mal ging es um ein Haar schief, und als er versuchte, einen Sturz über neun Stufen hinweg abzufangen, und nur noch am Geländer baumelte, hatte er sich die Hand bis zum Knochen aufgerissen. Sie blutete stark, als er die letzten viereinhalb Meter hinuntersprang; für die letzten anderthalb Etagen gab es keine Treppe mehr.

Ravan hatte das Gefühl, alle seine Wirbel hätten sich ineinandergeschoben, als er auf dem Hintern landete. „Gut, freut mich, dass du heil runtergekommen bist", sagte Bashir Akhtar. „Ein paar Sekunden lang, zwischen dem vierten und dem dritten Stock, hast du es richtig spannend gemacht, aber es ist ja noch mal gut gegangen."

Was hatte er sich dabei gedacht, über die Feuerleiter hinunterzusteigen, fragte sich Ravan, während er sich im iranischen Restaurant Eis auf die Wunde presste. Wohin hätte er fliehen können? Nach Alaska? Australien? Sibirien? Er war eine Witzfigur. Er war in Panik geraten und hatte aufgehört, klar zu denken. Wollte er etwa seine Mutter und sein Zuhause verlassen? Und was war mit seinem Job als Taxifahrer? Und seiner Zukunft als Filmstar? Bildete er sich wirklich ein, er könnte diesem Mann entkommen, selbst wenn er bis ans Ende der Welt gelaufen und über den Rand ins Nichts gesprungen wäre? Das war erst seine dritte Begegnung mit Bashir Akhtar, und jede hatte ihn näher ans Chaos geführt. Er war Ravans erster Fahrgast gewesen, und er war es gewesen, der den Lederbeutel in seinem Taxi zurückgelassen hatte und der Polizei entwischt war. Jetzt war er wieder da und verlangte sein Geld zurück. Nichts, nicht einmal die unaussprechliche Demütigung, die ihm in Karjat durch Patil Vater und Sohn zuteil geworden war, hatte Ravan auf das vorbereitet, was er heute ausgestanden hatte. Binnen Minuten hatte Bashir Akhtar die Koordinaten seines Lebens auf den Kopf gestellt. Es waren nicht so sehr die Prügel gewesen, die ihn so verstört und orientierungslos gemacht hatten, als vielmehr die völlige Emotionslosigkeit und eiskalte Konzentration, mit der sie verabreicht worden waren.

„Das sind hundertzweiundvierzigtausendneunhunderteinundvierzig Rupien. Wo sind die fehlenden siebentausendneunundfünfzig?“, fragte Bashir Akhtar, als sie auf dem Weg zur Cuffe Parade waren.

„Die hab ich ausgegeben.“ Ravan staunte über seine eigene Unverfrorenheit, aber er sah keinen Sinn mehr darin, weiterzulügen. Bashir Akhtar kannte sowieso schon alle Antworten.

„Du hast mein Geld ausgegeben? Hast du mich um Erlaubnis gefragt?“

„Sie waren da grad nicht greifbar, erinnern Sie sich? Sie sind einfach getürmt, ohne für die Fahrt zu bezahlen. Außerdem glaube ich nicht, dass Sie es mir gegeben hätten, wenn ich Sie darum gebeten hätte.“

„Du hast Eier in der Hose, ich gönne es dir. Wofür hast du es ausgegeben?“

„Für Kleider für meine Familie.“

„Siebentausend für Kleider?“

„Nein, das meiste ist dafür draufgegangen, jemanden zu retten, der im Sterben lag.“

„Der reinste Hindi-Film – mir kommen die Tränen.“

„Ist aber trotzdem wahr.“

„Und ist dir die Person, die du gerettet hast, dankbar?“

„Ich weiß es nicht. Ich hab's nicht getan, weil ich mir eine Gegenleistung erhofft habe.“

„Und warum hast du nicht mehr ausgegeben? Das Ganze?“

„Ich hätte nicht gewusst, wofür. Und die paar Dinge, die ich brauchte, die hatte ich schon. Ich musste mir nichts kaufen, was ich nicht brauche.“

„Aus dir wird nie was Großes werden, Ravan. Und weißt du, warum? Weil du nicht imstande bist, im Großen zu denken. Du wirst immer ein kleiner Fisch bleiben.“

„Das hat mir schon einmal jemand gesagt.“

„Ich will dir ein Geheimnis verraten. Nur wer Dinge will, die er nicht braucht, bringt es zu Macht und Reichtum. Und, wie wirst du mir das Geld zurückzahlen, das du ausgegeben hast?“

„Ich werde Ihnen monatlich hundert Rupien von meinem Lohn abgeben."

„Das wird Jahre dauern. Und bis dahin werden die aufgelaufenen Zinsen ein Vielfaches der ursprünglichen Summe betragen. Was glaubst du, wie du die Zinsen zahlen wirst?"

„Sagen Sie es mir."

„Das werde ich." Haji Bashir Akhtar stieg in Cuffe Parade aus dem Taxi und entfernte sich.

„Wann?"

„Wenn der richtige Augenblick gekommen ist. Lass dir die Hand flicken. Du wirst sie brauchen, um die fehlende Summe und die Zinsen zurückzuzahlen."

14

Einmal musste es ja so kommen. Eddie wurde es leid, während Belle in der Arbeit war, auf ihrem Bett herumzuliegen und nichts zu tun, und fing wieder an, auf dem Flügel der McIntyres zu üben und neue Songs zu komponieren. Mrs McIntyre bemühte sich nicht mehr um Höflichkeit. Sie bot ihm kein Glas Wasser und keine Tasse Tee an, auch wenn sie selbst etwas trank. Eddie tat so, als ob er die lautlosen, aber tödlichen Gefechtsköpfe, die sie abfeuerte, während sie kochte, ihr Dienstmädchen bei der Arbeit beaufsichtigte, oder die sie einfach so durch die Wand ihres Schlafzimmers schoss, nicht bemerkte. Er wusste nicht, wo er sonst hätte hingehen sollen, und Belle schien es nicht zu stören, dass er den Tag in ihrem Zimmer verbrachte. Jeden Morgen packte Großmutter ihm heimlich ein paar Sandwiches ein und steckte sie in die Umhängetasche, die Eddie neuerdings mit sich trug.

Als die Temperatur des nicht erklärten Kalten Krieges zwischen Daphne McIntyre und Eddie von frostig zu arktisch überging, fragte Eddie Belle endlich: „Was ist mit deiner Mutter los, warum ist sie so zickig?“

„Meine Mutter hat ein einziges Problem. Dich. Vor ein paar Wochen hat sie mich mit diesem vielsagenden Blick, den sie immer aufsetzt, wenn du implizit der Gesprächsgegenstand bist, gefragt, was ich eigentlich mit meinem Gehalt mache. Und ich hab ihr gesagt, das würde sie einen feuchten Dreck angehen. Das ist bei ihr nicht besonders gut angekommen, und jetzt ist sie felsenfest davon überzeugt, dass ich dich aushalte.“

„Tust du ja auch.“

„Das geht dich ebenfalls einen feuchten Dreck an.“ Selbst nach all den Jahren wurde Eddie immer noch nicht aus Belle schlau.

Sie gab ihm jeden Monat Geld, auf was wollte sie hinaus? Wollte sie nicht, dass ihm das bewusst war?

„Sie ist außerdem davon überzeugt, dass du Drogen nimmst und dass ich deine Sucht finanziere."

„Du hast ihr das hoffentlich ausgeredet?"

„Warum? Sie wäre nur enttäuscht, wenn sich herausstellte, dass ein ‚Indi'-Junge wie du kein verkommener Mistkerl ist."

„Und wie ich mich dabei fühle, zählt überhaupt nicht?"

„Komm her, Junge" Belle schaltete auf ihre Schlafzimmerstimme um und lockte ihn mit dem Zeigefinger zu sich. „Lass mich mal nachfühlen, wie du dich fühlst."

„Dir ist vollkommen egal, wie die Leute mich behandeln."

„Stimmt. Wichtig ist, dass wir uns beide nicht egal sind, was auch immer andere Leute meinen oder nicht meinen. Hab ich dir schon erzählt, dass meine Mama die Polizei auf dich ansetzen will?"

„Die Polizei? Warum?"

„Sie befürchtet, dass ein gewisser nichtsnutziger goanischer Katholenjunge mit ihrer Tochter durchbrennen könnte."

„Du hast ‚arbeitslos' vergessen, gleich nach ‚nichtsnutzig'."

„Stimmt. Trage ich hiermit nach."

„Vielleicht sollte ich das wirklich tun, Belle."

„Schieb es nicht auf die lange Bank, Baby. Mama und Papa arbeiten, nicht gerade subtil, darauf hin, mich deinen Klauen zu entreißen und irgendeinem x-beliebigen Weißen zu übergeben, der mich ruhig jeden Abend windelweich prügeln kann, solange er mit mir einen Stall bleichgesichtiger Gören produziert."

Daphne McIntyre rief nicht die Polizei, um Eddie loszuwerden. Sie wählte die nächstbeste Strategie. Als Eddie eines Tages an der Tür klingelte und eintrat, stellte er fest, dass sie den Flügel auseinandergenommen und Klaviatur, Pedale und Mechanik säuberlich auf dem Fußboden arrangiert hatte.

„Was ist passiert?", fragte Eddie.

„Es wundert mich, dass du das nicht selbst bemerkt hast."

„Was bemerkt?"

„Der Steinway ist völlig verstimmt und hat mich allmählich zum Wahnsinn getrieben."

Verstimmt? Wovon redete sie da? Eddie war eher geneigt, Mr McIntyre beizupflichten: Der Steinway war wie ein edler Scotch. Je älter er wurde, desto besser klang er.

„Es tut mir leid. Deine Klavierzeiten sind vorüber. Leb wohl, Eddie."

Eddie überhörte geflissentlich den Wink mit dem Zaunpfahl. „Dann leg ich mich eben hin", sagte er und spazierte in Belles Zimmer. „Was ist mit dem Bett passiert?"

„Es ist eingepackt. Belle wird es in London brauchen. Sie wird ebenfalls verschifft."

An manchen Tagen, wenn er Ursache und Wirkung durcheinanderbrachte und depressiv und bockig war, neigte Eddie dazu, seine Rückschläge, das Scheitern seines großen Traums, seiner Berufung, seines Ehrgeizes, seiner Zukunft, ja selbst das steinerne Schweigen seiner Mutter Belle zuzuschreiben. „Werd endlich erwachsen!", hatte sie zu ihm gesagt.

Was zum Teufel sollte das heißen? Dass er ein Kindskopf war? Dass Inspector Gupte und sein Kurzurlaub in der Polizeizelle oder sein Stress mit seiner Mutter nur infantile Einbildungen waren? Absolut jeder, angefangen bei seiner Mutter und Pieta, schien kluge Ratschläge für ihn parat zu haben. Unerbetene natürlich. Und unentgeltliche. Werd endlich erwachsen. Setz deinen Arsch in Bewegung. Besorg dir einen Job. Fang an zu leben. Klare Sache, ich zieh einfach los und raub ein paar Banken aus, entführ einige Großindustrielle wie Tata oder Birla, sacke ein Riesenlösegeld ein und setz mich zur Ruhe.

Allerdings wurde Eddie auch klar, dass ihm allmählich die Optionen ausgingen. Er war bei sich zu Hause nicht willkommen. Und die Tür zur Wohnung der McIntyres war ihm jetzt auch verschlossen. Er konnte nirgendwohin; er war pleite und langweilte sich; er langweilte sich so sehr, dass er glatt auf eine der Umzugskisten im McIntyreschen Wohnzimmer hätte klettern und sich am Haupt-Deckenbalken aufhängen können, nur um mal was anderes zu erleben und zu spüren, dass er überhaupt noch am Leben war. Eines Morgens stand er auf, warf einen Blick auf sein Diplom von Krishna Kumars Schauspiel-Akademie und entschied, dass es jetzt reichte. Er würde testen, wie viel sein Schauspiellehrer wirklich taugte. Er schloss die Augen und schleuderte der Welt und dem Hindi-Kino seine Herausforderung entgegen. Sie mochten noch nicht für ihn bereit sein, ja, sie mochten noch nie etwas von ihm gehört haben, aber er war willens, sich ihnen zu stellen.

Eddie fing wieder an, um fünf Uhr früh aufzustehen. Er ging in die Sabha-Turnhalle und führte die Yoga-Asanas, Kniebeugen und traditionellen Übungen am *malkhamb* durch, und schwang auf dem Sandplatz die schweren Holzkeulen rhythmisch um Kopf und Schultern, so wie er es als Junge von Lele Guruji gelernt hatte. Er war überzeugt, dass ein Schauspieler nicht nur topfit sein, sondern auch einige besondere, wenn nicht einzigartige Fertigkeiten besitzen musste. Aus diesem Grund lernte er jetzt etwas Neues, oder besser gesagt, etwas Uraltes und Vergessenes. Es war *kalaripayattu*, eine rein indische Kampfkunst aus Kerala, die mittlerweile nur noch von einigen wenigen Experten praktiziert wurde.

Um halb sieben hatte er gefrühstückt und fünf Minuten damit zugebracht, sich zu überlegen, was er an diesem Tag tragen würde. Seine Garderobe war begrenzt; die Mode wechselte, und ein angehender Schauspieler brauchte weit mehr schicke Klamotten als ein anerkannter Star, da er sich von den Hunderten anderer abheben musste, die wie er Klinken putzten. Sie waren seine neuen Freunde – und seine Konkurrenz. Manche von ihnen kamen aus weit bessergestellten Familien, andere hatten Teilzeitjobs, manche kamen dadurch über die Runden, dass sie begüterte Damen beschliefen oder Männer erpressten, die Affären mit ihnen gehabt hatten. Und dann gab es auch einige, die genauso arm wie Eddie waren, wenn nicht noch ärmer, und ebenso besessen waren wie er.

Eddie hatte sich ein paar neue Klamotten gekauft. Belle hatte nicht nur das meiste davon bezahlt, sondern Eddie war diesmal so vernünftig gewesen, sich bei der Auswahl von ihr beraten zu lassen. Das einzige Problem war, dass Eddie in seinem gewählten Beruf ohne Weiteres täglich drei neue elegante Anzüge, ebenso viele Paar Schuhe und entsprechende Accessoires hätte brauchen können. Aber indem er mit seiner Garderobe jonglierte und jeweils andere Hosen, Hemden und Halstücher miteinander kombinierte, erweckte er den Eindruck, er verfüge über einen unerschöpflichen Vorrat an modischsten Kleidungsstücken, und schaffte es, fast jeden Tag todschick auszusehen.

Vormittags galt es, die Studios abzuklappern. Eddie belagerte zusammen mit anderen Schauspielaspiranten RK Films, Filmalaya, Navketan, Mehboob und sonstige Produktionsfirmen. Häufig war auch dieser Ravan Pawar dabei. Was trieb der hier eigentlich, warum hockte er nicht in seinem Taxi? Bildete er sich wirklich ein, er könnte es zum Film schaffen? Da konnte er lange drauf warten!

Mit einer ganzen Reihe Hindi-Filmstars stand Eddie mittlerweile schon auf Du und Du – oder zumindest Du und Sie. Was glauben Sie wohl, wer den Reifen wechselte, als der DeSoto von Vijayanthimala mal einen Platten hatte? Und dann war da noch das eine Mal, als es innerhalb von zehn Stunden 400 Millimeter regnete, Raj Kapoors Chevrolet Impala drei Fuß tief im Wasser stecken blieb und Eddie ihn aus dem Schlammloch herauswuchtete. Raj-sahab hatte ihm persönlich gedankt. Er hatte Eddie sogar versprochen, wenn es in seinem nächsten Film eine Rolle für einen gut aussehenden jungen Mann gäbe, der akrobatische Kunststücke am Malkhamb vorführen konnte, ihn zu Probeaufnahmen einzuladen.

Manche der männlichen Stars waren so ungehobelt, dass Eddie sie nicht einmal grüßte. „Erzähl mir nicht, wie viel Rajendra Kumar oder Dilip-ji für einen Film kriegen! Wenn du wissen willst, was wahre Kultur ist, was es bedeutet, ein echter Aristokrat zu sein“, vertraute Eddie seinen neuen Bekannten, die ebenso sehr wie er darauf erpicht waren, Schauspieler zu werden, gewichtig an, „dann kommt niemand anderer als Balraj-ji in Frage, und natürlich Dev-sahab. Sie sind die einzigen wirklichen Gentlemen in der Filmbranche. Balraj-ji lächelt nur schüchtern, aber Dev Anand winkt mir immer zurück, wenn ich ihn grüße."

Eddie duzte sich mit sämtlichen hohen Tieren im Business, auch wenn die Stars selbst keinen blassen Schimmer davon hatten. Er wusste alles über sie, kannte ihre Schrullen und Eigenheiten; wer von ihnen abergläubisch war (das waren sie alle, ausnahmslos) und wer ihr Astrologe war; wer mit wem eine Affäre laufen hatte und wer gerade abserviert wurde. Es war verblüffend, wie er mit einem einzigen Blick erkennen konnte, ob eine Schauspielerin Gummititten hatte oder ob ihre hochgebirgigen Möpse echt waren.

Es gab keine größeren Autoritäten in Sachen Hindi-Film als Eddie und seine Freunde. Klatsch war ihr Lebenselixier. Er hielt sie auf Kurs trotz aller Rückschläge, die sie erlitten. Sie wussten über sämtliche heimlichen Deals Bescheid, wie viel ein Superstar offiziell bekam und wie viel schwarz, wer auf dem Weg nach oben und wessen Stern am Sinken war. Sie konnten einem haarklein erklären, warum ein Film trotz Starbesetzung floppte und warum ein anderer ein Kassenerfolg wurde – auch wenn sie vorher vorausgesagt hatten, dass der betreffende Streifen sich als Rohrkrepierer erweisen würde. Im Nachhinein waren sie allesamt unfehlbar; mochten sie sich auch selbst widersprechen, wiederholt alles missverstehen, egal: Sie hatten die volle Wucht des Halbwissens oder die Fülle totaler Ignoranz auf ihrer Seite – und dazu das unüberwindliche Bedürfnis, an sich selbst zu glauben.

Jeden Abend studierte Eddie die Drehpläne sämtlicher Studios für den nächsten Tag – welcher Produzent welchen Film drehte und mit wem – und entschied dann, wo er am ehesten die Chance haben würde, wahrgenommen zu werden.

Um halb acht stand er mit einer Gruppe anderer Hoffnungsträger wie die Lässigkeit in Person vor V. Shantarams Rajkamal Studios, aber er wusste, und sie alle wussten, dass jeder Einzelne von ihnen am Vorabend stundenlang vor dem Spiegel gestanden und die gesamte Bandbreite menschlicher Ausdrucksmöglichkeiten einstudiert hatte – angefangen mit dieser machomäßigen Gleichgültigkeit, die zu verstehen gab, dass sie mit diesem zusammengewürfelten Haufen nichts zu tun hatten, sondern gerade rein zufällig vorbeikamen. In dem Moment, in dem ein vertrauter Wagen mit einem Produzenten, einem Regisseur oder einer Schauspielerin am Tor des Studios vorfuhr, hörten Eddie und seine Freunde schlagartig auf zu plaudern; ihre Körpersprache änderte sich, und sie fingen fast unbewusst an, zu posieren und sich in Szene zu setzen. (Für einen männlichen Star allerdings nie. Sie wussten alle nur zu gut, dass sie für ihn den potenziellen Gegner darstellten. Schließlich konnte einer dieser Parvenüs schon morgen ein Star werden und ihn verdrängen.) Sie hatten nichts anderes als diesen einen Moment, um ein strahlendes Lächeln zu produzieren, unnahbar und stolz, oder aber unwiderstehlich und bereit, wie Sushi roh und mit einem Happs verspeist zu werden, oder auch grüblerisch und schwermütig auszusehen, kurz: in diesem Bruchteil einer Sekunde kundzutun, dass dies das kommende Leinwandidol war, der Mann, der die Damen mit sofortigen multiplen Orgasmen niederstrecken und die Herren der Schöpfung zu der Erkenntnis bringen würde, dass es keinen anderen Weg gab, das Mädchen von nebenan oder vom nächsten Kontinent rumzukriegen, als seinen Stil nachzuahmen.

Für die Rajkamal Kalamandir Studios hatte sich Eddie entschieden, weil V. Shantaram heute hier anfing, seinen neuen Film zu drehen. Jener V. Shantaram, der Mitbegründer der legendären Prabhat Studios, die einige der bedeutendsten Filme der Dreißigerjahre, wie „Tukaram“ und „Aadmi“, produziert hatten. Bei Rajkamal, der Filmgesellschaft, mit der er sich schließlich selbstständig machte, war sein größter Erfolg „Jhanak Jhanak Payal Baje“ gewesen. Mit Sandhya, V. Shantarams Geliebten, Muse und späteren Ehefrau, in der weiblichen Hauptrolle wurde „JJPB“ einer der ersten indischen Technicolor-Filme überhaupt und lief in keinem geringeren Lichtspieltheater als dem Metro fünfzig Wochen vor ausverkauftem Haus. Das „V“ vor seinem Namen war tatsächlich der Anfangsbuchstabe seines Nachnamens Vankudre. Doch eine seiner ersten medienwirksamen Maßnahmen hatte darin bestanden, „Shantaram“ zu seinem Vor- und Nachnamen zu machen. Dennoch wäre es unvorstellbar, geradezu blasphemisch gewesen, vom großen alten Mann lediglich als von „Shantaram“ zu sprechen, ohne dem Namen das ehrerbietige *„Bapu“* anzuhängen.

Es gab eine Zeit, da Eddie der Meinung war, V. Shantaram sei für einige der schauderhaftesten Filme der Fünfziger und Sechziger verantwortlich, wie etwa „Stree“ und „Navrang“, doch neuerdings hatte er seine diesbezügliche Haltung geändert, und das mit gutem Grund. Um jeden erfolgreichen Produzenten und Regisseur kreisten zahllose Anekdoten. V. Shantaram war schon so lange im Geschäft, dass selbst seine Kabelträger, Hilfsbeleuchter und Security-Leute wenigstens ein bis zwei Dutzend unvergessliche Geschichten über ihn auf Lager hatten.

Außer seinem unbestreitbaren Talent war seine Sparsamkeit, wenn es um die Bezahlung von Schauspielern, Kameraleuten, Music Directors und anderen Mitarbeitern ging, längst fester Bestandteil der Hindi-Film-Legenden. Doch die Anekdote, die allen Schauspielaspiranten am meisten zu Herzen ging, handelte von Jeetendra, dem Tanzstar mit dem Hüfte wackelnden, kreisenden und rollenden Hintern und Kugellagern anstelle der Füße, einem Schauspieler von himmelschreiender Mittelmäßigkeit, dessen Filme von Rechts wegen schon am allerersten Tag gefloppt haben müssten, aber unweigerlich die Kinokassen sprengten. Die apokryphe Geschichte lautete, dass, als ein gewisser Ravi Kapoor einmal die Rajkamal Studios aufsuchte, um Kostümschmuck abzuliefern, V. Shantaram auf ihn aufmerksam wurde und ihm eine aberwitzige Frage stellte: „Was hieltest du davon, deinen Job als Lieferjunge hinzuschmeißen und stattdessen Schauspieler zu werden?“ Ravi Kapoor änderte seinen Namen in Jeetendra. Der Rest ist Geschichte. Seit jenem Tag wartete jeder Möchtegern-Schauspieler vor den Rajkamal Studios darauf, dass V. Shantaram in seinem Wagen vorfuhr, ihn bemerkte, jene berühmte Frage wiederholte und ihm einen neuen Namen verlieh.

Es gab ein ungeschriebenes Gesetz, das jeder, der hoffnungsvoll vor den Filmstudios herumlungerte, befolgte. Manche Dinge tat man einfach nicht. Kapiert? Setz das in Großbuchstaben. Unterstreiche die Worte. Ätze sie in deine Seele. Schreib sie in deinen Gen-Code ein. Ab und an kam es vor, dass einer von Eddies angehenden Kollegen, mitunter sogar ein Freund, ausstieg, verschwand, sich in Luft auflöste. Niemand bemerkte dessen Abwesenheit. Beziehungsweise jeder tat so, und jeder wusste, wohin er gegangen war, aber unter ihnen galt die unausgesprochene Übereinkunft, dass derlei Ereignisse nicht erwähnt oder zur Kenntnis genommen wurden. Über Misserfolg zu reden oder auch nur daran zu denken, kam einem Verbrechen gleich. Stattdessen erzählte und käute man unaufhörlich die Erfolgsstorys von Megastars wie Jeetendra wieder, insbesondere aber jener, die aus dem Schattenreich zurückgekehrt waren, wie Amitabh Bachchan, der so verzweifelt gewesen war, dass er die Rolle des Schurken in „Parwana“ angenommen und dann mit „Zanjeer“ das Comeback des Jahrhunderts hingelegt hatte.

Die Liste der Dinge, die man nicht tat, war nicht lang, aber das wichtigste Verbot betraf den Namen eines bestimmten Stadtviertels. Niemals, selbst bei Androhung von Tod und Höllenqualen, erwähnte man den Jacob Circle – oder die Saat Rasta, wie die sieben vom eigentlichen Jacob Circle ausgehenden Straßen auf Hindi genannt wurden. Was ist an diesen Namen auszusetzen? Wohnten nicht etliche der Schauspielanwärter in diesem Viertel? Bist du blöd oder was?, würde Eddie antworten. Oder bist du nur ein Unglücksbote, der versucht, mir den bösen Blick anzuhängen? Es geht nicht um den Namen des Viertels, du Idiot. Es geht darum, wofür er steht.

Der Schauspieler-in-Anwartschaft, derjenige, der stets nur einen Schritt vom großen Durchbruch entfernt war, kannte nur eine Angst, eine ihm ständig im Schatten auflauernde Bedrohung, einen Sensenmann, der nur darauf wartete, ihm die Klinge durch die Eingeweide zu ziehen. Sie war sein Spiegelbild. So bizarr es auch klingen mag, in diesem Spiegelbild war kein einzelner Mann zu sehen, sondern eine ganze Völkerschar, und alle diese Männer waren für Eddie und seine Freunde unsichtbar. Sie waren die Unnennbaren, diejenigen, die für die anderen schlicht nicht existierten. In Saat Rasta befanden sich die Geschäftsstelle und das Vermittlungsbüro der Statistengewerkschaft.

Eddie würde niemals den Tag vergessen – das Datum, den Wochentag und die genaue Uhrzeit –, an dem er abstürzte und zu einem Unberührbaren wurde. Zum allerersten Mal begriff er, was dieses ganze Gerede von Adam und Eva und dem Sündenfall wirklich bedeutete. Eine einzige mutwillige Tat hatte sie aus dem Garten Eden vertrieben, aus dem Paradies verbannt. „Geschieht ihm recht", hätten die Leute auf seiner Etage des CWD-Chawls gesagt. Aber der Haken, die eigentliche Tragödie des Sündenfalls lag nicht darin, hinausgeworfen worden, sondern in der Tatsache, in den eigenen Augen gefallen zu sein. Wie man es auch drehte und wendete, man hatte versagt. Und die traurige, unerträgliche Wahrheit war, dass man sich selbst verraten hatte.

Wochenlang war Eddie am Rande des Abgrunds getaumelt. Er hatte wer weiß wie viele Monate – oder waren es Jahre? – die Studios abgeklappert. Er war so unbekannt und namenlos wie am ersten Tag, als er losgezogen war, um Schauspieler zu werden, und seine berufliche Zukunft lag genau dort, von wo er aufgebrochen war: nirgends. Die einzige Antriebskraft eines angehenden Schauspielers war sein Optimismus, und davon besaß er einen unerschöpflichen Vorrat. Doch allmählich dämmerte es Eddie, dass manchmal selbst der Unendlichkeit der Dampf ausging. Wenn er etwas mit Sicherheit, todsicherer Sicherheit, unerschütterlicher, unüberbietbar sicherer Sicherheit gewusst hatte, dann, dass er niemals an diesen verfluchten Ort in Saat Rasta gehen würde. Er war der Todestrakt, der Punkt, an dem es kein Zurück mehr gab, das Ende.

Jetzt stand Eddie zusammen mit hundert, vielleicht hundertfünfzig anderen, wie Sklaven oder Gladiatoren in „Quo Vadis" oder sonst einem biblischen Hollywood-Schinken, in einer Grube zusammengepfercht. In Wirklichkeit standen sie im Erdgeschoss, auf Straßenhöhe, aber der Grund, warum er sich wie in einem tiefen Loch vorkam, war die Tatsache, dass am anderen Ende des Raums eine Art Krähennest mit verglasten Wänden in Zwischengeschosshöhe aus der Wand ragte. Männer riefen einander zu, redeten laut über die Breite des Raums hinweg und rissen Witze. Manche der verschollenen Schauspieler in spe erkannten Eddie, winkten ihm zu und drängelten und schoben sich durch die Menge, um ihn freundschaftlich zu umarmen. Nein, nein, nein, nein! Eddie wäre am liebsten geflohen und durch sämtliche sieben Meere bis zur Arktis geschwommen, aber er schaffte es lediglich, in sich zusammenzuschrumpfen. Das war schlimmer als die Berührung eines Aussätzigen. Und er wusste, dass er selbst zu einem geworden war. Dann machte er Ravan Pawar aus. Oh, diese Schmach! Der Kerl besaß die Unverschämtheit, ihm zuzulächeln, als seien sie Kumpel. Schlimmer als das konnte auch das Feuer der Hölle nicht sein!

Plötzlich verstummte das Plenum der Verdammten, und in der Luft baute sich eine Spannung auf, die ausgereicht hätte, um hundert Gitarren selbsttätig zum Klingen zu bringen. Zwei Männer stiegen die Treppe zum Krähennest hinauf, beide in weißem Safari-Anzug und Sonnenbrille. Alle reckten den Hals, als wollten sie die beiden nach oben hieven. Eddie konnte sich ein verächtliches Lachen gerade noch verkneifen. Sonnenbrillen in diesem dunklen Rattenloch! Und dann wurde ihm siedend heiß bewusst, dass er selbst besser daran getan hätte, eine zu tragen, und zwar von der dunkelsten Sorte. Das wäre die einzige Möglichkeit gewesen, zum Ausdruck zu bringen, dass er inkognito hier war, oder besser noch: unsichtbar. Die zwei Bosse hatten die Kabine erreicht und spähten auf einen dicken Stoß Arbeitsblätter.

Der Ältere von beiden, der mit dem gelblich-karottenfarbigen Haar, beugte sich vor und maß die Menge mit kühlem Blick, während sein Assistent wieder herunterkam und sich in die rechte Ecke pflanzte. Der Boss rief entweder einen Namen oder zeigte auf jemanden und sagte etwa: „Du da mit dem pissfarbenen Jackett. Nicht du, Blödmann! Bist du farbenblind? Kannst du Gelb nicht von Violett unterscheiden?“ „Tut mir leid, Akram-bhai, tut mir leid!“ Die Leute wanden sich wie Würmer zu Füßen des Big Boss. Alle lachten, aber Akram-bhai hatte keine Zeit für Firlefanz. „Glaubt ihr etwa, ich bin ein Spaßmacher, der Geld dafür kriegt, dass ihr euch amüsiert? Hey, Gelb, willst du da noch länger rumstehen oder bist du so freundlich und verrätst Jalaluddin-bhai deinen Namen?“ Gelb arbeitete sich nach vorne, und der Assistent, Jalaluddin-bhai, notierte den Namen auf einem Blatt Papier.

Welcher Teufel hatte ihn heute Morgen geritten, fragte sich Eddie, dass er nach Saat Rasta gefahren und durch das Gassengewirr am Dhobi Ghat gestolpert war, Bombays legendärer Touristenattraktion, wo die Wäscher Tausende von Wäschestücken zusammentrugen, die weißen Sachen von den farbigen trennten, erstere in gigantischen Kesseln kochten und auf den Rest so lange einprügelten und droschen, bis von Dreck und Wäsche nichts mehr übrig war, um dann das Resultat auf Hunderten von Wäscheleinen aufzuhängen? Selbst da hätte er noch kehrtmachen können, doch wie jemand, der in sein Verderben rennen will, war er weitergegangen, bis er dieses Schwarze Loch von Kalkutta erreicht hatte, wo die Statisten angeheuert wurden.

„Du da an der Tür, schläfst du oder bist du tot?“, quatschte ihn Akram-bhai an. „Jalaluddin, yeh chikna kaun hai? Bahut sharma raha hain ladki jaisa.“

Jetzt ruhten alle Augen auf Eddie. Wie konnte es dieser Akram-bhai wagen, ihn als „chikna“ zu bezeichnen? Er war keine Schwuchtel, und er war auch nicht so schüchtern wie ein Mädchen! Er hatte hier einfach nichts verloren, das war alles. Er war ein Schauspieler, kein Statist!

„Naya lavanda hai, Sahab, ein richtiger Grünschnabel. Er hat sich gerade erst bei uns eingeschrieben. In ein paar Tagen ist der Tuntenlack ab.“

„Oy chikna, geh rüber zu Jalaluddin-bhai, dann wollen wir sehen, wie du dich vor der Kamera machst!" Welch eine Erleichterung, die Entscheidung abgenommen zu bekommen! Jetzt blieb Eddie nichts anderes übrig, als sich gehorsam Jalaluddins Schar von Auserwählten anzuschließen.

Eddie wusste gar nicht mehr, wie lange er auf diesen einen Augenblick, auf seinen ersten Auftritt vor der Kamera, hingearbeitet hatte, aber in seinem Bauch war ein Loch, eine Grube, größer als die in der Statistengewerkschaft, größer als der Tansa-See, der Bombay mit Trinkwasser versorgte. Außer ihm waren noch zweiundzwanzig andere Jung-Künstler und sieben Frauen von ihrer jeweiligen Gewerkschaft da. Ein paar Männer hatten versucht, ein Gespräch anzufangen, aber er hatte sich unnahbar gegeben, damit sie nicht merkten, dass er einen gottverdammten Heidenbammel hatte und, wenn es nur irgendwie möglich gewesen wäre, er sie angefleht hätte, einen Rettungswagen zu rufen, der ihn nach Hause schaffen würde.

Der erste Regieassistent stellte sich vor die Gruppe. „Zuerst skizziere ich euch die Handlung. Nicht die ganze Geschichte, nur diese bestimmte Szene. Seid ihr bereit?" Er schwieg, bis alle Ja gesagt hatten.

„Es schüttet wie beim Jüngsten Gericht, und der Held, Sanjeev Kumar, klettert mit der Heldin, Hema Malini, in den Armen, nur an ein paar Lianen geklammert, eine steile Felswand hinunter. Es ist dunkel und windig, das Wasser strömt nur so herunter. Der Held rutscht und schlittert und hängt zwischen Leben und Tod. Schnitt auf den Schurken und seine Ganovenbande, die von oben auf das verzweifelte Paar herunterballern. Schnitt auf Sanjeev Kumar, wie er gerade dabei ist, den Halt zu verlieren. Er steht unmittelbar davor, hundert Meter tief zum Fischerdorf unten am Strand hinabzustürzen, als Hema-ji herumwirbelt und nach einer frei liegenden Wurzel greift."

Sämtliche Statisten auf dem Set hingen an den Lippen des Regieassistenten. Es war, als liefe der Film vor ihren Augen ab.

„Schnitt auf den donnernden Ozean, auf dem ein entsetzlicher Sturm wütet. Die Spannung ist unerträglich. Schnitt auf Hema Malini, die von Sanjeev Kumar im allerletzten Augenblick gerettet wird. Schnitt auf die Fischer unten am Strand – das seid ihr. Sie verfolgen dieses hochspannende Drama, das sich an der tödlichen Bergwand abspielt. Jetzt beschließt der Oberschurke, dem Paar zu folgen. Er wird an einem um seine Taille gebundenen Seil hinuntergelassen, und er wird den Helden und die Heldin jeden Augenblick einholen. Er hat bereits eine Pistole gezückt und wird sie gleich abfeuern. Wieder Schnitt auf die Fischersleute. Sie sprechen kein Wort. Das ist auch gar nicht nötig. Ihre Mienen sagen alles: Werden der Held und die Heldin überleben? Oder wird der Schurke sie töten, bevor sie es nach unten schaffen? Und selbst wenn sie es schaffen sollten, werden sie dann mit dem Leben davonkommen? Oder wird der Schurke sie doch noch erwischen?“

Es ist absurd: Die Kamera wird Eddie vor Drehbeginn auch später jedes Mal in Angst und Schrecken versetzen, aber sobald es losgeht, ändert sich seine Körperchemie grundlegend, und hervor tritt Eddie der Interpret, voll unter Strom, konzentriert, entspannt und bereit, Regisseur und Kameramann von den Socken zu hauen. Die Kamera, wird ihm jedes Mal aufs Neue bewusst, ist der archetypische Schoß, sein Ur-Ort der Geborgenheit. Sie sind die besten Kumpel; nie ist er mehr er selbst, als wenn er vor ihr steht. Jetzt, da die Kamera läuft, schnappt Eddie plötzlich nach Luft, seine linke Hand schießt instinktiv nach oben, und sein Mund öffnet sich leicht, als er sieht, wie Sanjeev Kumar ausgleitet, rutscht und den Halt verliert, während Hema Malini ihn beim Hemdzipfel packt und der Stoff reißt, und Sanjeev weiter hinunterrutscht, verzweifelt hin und her schwingt und schaukelt, bis er im allerletzten Moment doch noch Halt findet.

„Schnitt!“, brüllte der Regisseur. „He du, Großmeister“, sagte er, während er auf Eddie zuging, „bildest du dir ein, du wärst der Star des Films? Nur zu deiner Information: Das bist du nicht. Du bist einer aus dem großen Haufen, ein Statist!“

„Also, ich fand seine Reaktionen eigentlich ziemlich gut", meldete sich der Kameramann zögernd zu Wort. „Wenn man in diesem Moment in den Kinosaal käme, würde einen seine Körpersprache augenblicklich einstimmen."

Der Regisseur richtete den Strahl seines Blicks auf den vorlauten Kerl und ließ ihn eine geschlagene Minute auf ihm ruhen. „Ach, Sie müssen der Regisseur des Films sein. Ein Glück, dass ich Sie gefunden habe! Wären Sie so gütig, mich als Ihren dritten Assistenten einzustellen?"

„Tut mir leid. Hab nur laut gedacht."

„Das nächste Mal wird es dir besonders leid tun, dann bist du nämlich draußen. Mach einfach deinen Job und misch dich nicht in meine Arbeit ein!"

Eddie zuckte innerlich jedes Mal zusammen, wenn er sich an diesen ersten Tag vor der Kamera erinnerte. Das Erlebnis hatte sich auf einer Endlosschleife in seinem Gehirn eingebrannt und lief immer und immer wieder ab. Er wusste, er hätte einfach gehen sollen, den Set verlassen, den Film hinschmeißen, aus der Statistengewerkschaft austreten und schwören sollen, erst dann wieder vor die Kamera zu treten, wenn er wirklich der Held wäre, ein Superstar, den kein Regisseur schlechtzumachen oder schlecht zu behandeln wagen würde. Ja, sagte er sich, er hätte einfach gehen und sein eigenes Unternehmen gründen sollen, vielleicht eine eigene Fluglinie, so wie Howard Hughes die TWA gegründet hatte, und anschließend seine eigene Filmgesellschaft, ebenfalls so, wie Howard Hughes es gemacht hatte, um dann den Regisseur, der ihn heute vor allen gedemütigt hatte, einzustellen und ihm gleich am allerersten Tag zu sagen, wohin er sich scheren konnte, ihm sein Geld vor die Füße zu schmeißen und ihn rauszuwerfen. Stattdessen ging Eddie weg und setzte sich unter einen Baum und saß dort mutterseelenallein, bis ein paar Kollegen seiner Verbitterung die Krone aufsetzten, indem sie ihn bemitleideten und ihm sagten, der Regisseur sei ein Arsch und ein Tyrann, und er solle sich die Sache nicht zu Herzen nehmen.

15

„Was laden Sie da in den Kofferraum?"

„Ich dachte, ich hätte gesagt: Keine Fragen."

„Das ist mein Taxi, ich muss es wissen."

„Wer sagt das?"

„Wo fahren wir hin?"

„Nach Alibag."

„Das ist ja noch hinter Panvel, mindestens neunzig Kilometer von hier."

Ravan hatte den Eindruck, dass mit dem vorderen Nummernschild seines Taxis irgendwas nicht stimmte. Er schlenderte nach hinten und erkannte, dass an beiden Nummernschildern die Zahlen leicht verändert worden waren. Aus 4796 war 4697 geworden. Er bückte sich, um die Sache genauer anzuschauen, und bemerkte zunächst nichts, bis er hinter dem Nummernschild zwei fast unsichtbare längliche Haken entdeckte. Sie waren so geschickt angebracht, dass sie von außen nicht zu sehen waren.

„Was ist das?"

„Steig einfach ein und fahr los."

„Kommen Sie nicht mit?"

„Nur keine Sorge, ich werde dich niemals verlassen, Ravan." Bashir Akhtar lächelte anzüglich. Wenn das ein Freundschaftsangebot sein sollte, sagte sich Ravan, dann war Vorsicht angebracht. „Wir sind ein untrennbares Gespann, du und ich. Diesmal werde ich dir allerdings hinterherfahren und sehen, wie du dich machst."

Bashir Akhtar knallte die Taxitür zu, beugte sich hinunter und sagte: „Fahr zum Strand von Alibag. Dort, wo sich die Straße gabelt, siehst du ein großes Schild – ‚Alibag International Hotel'.

Da treffen wir uns. Sieh zu, dass die Ware im Kofferraum ohne Zwischenfälle ankommt."

„Der Fahrpreis wird ziemlich happig werden. Ich gehe davon aus, Sie werden ihn bezahlen."

„Du hast mein Geld gestohlen, du zahlst." Bashir-bhai stieg in seinen Ambassador und befahl dem Fahrer, dem Taxi zu folgen.

Es hatte keinen Sinn, mit Bashir Akhtar zu diskutieren. Mit etwas Glück würde der Eigentümer der Taxiflotte erfahren, dass Ravan mit seinem Taxi das Stadtgebiet verlassen hatte, und ihn feuern. Zwar würde er dann verhungern, weil seine Mutter ihm, wenn er arbeitslos wäre, nichts zu essen geben und ihm auch nicht erlauben würde, weiter zu Hause zu wohnen; doch das würde besser sein, als für Bashir-bhai Schmuggelware durch die Gegend kutschieren zu müssen. Momentan hatte Ravan allerdings ein anderes Problem. Da das Film Institute in Puna keine Bewerber ohne Hochschulreife aufnahm, hatte er versucht, die Filmstudios auf eigene Faust abzuklappern. Allerdings war das erfolglos geblieben, und er hatte sich widerwillig dazu entschließen müssen, der Statistengewerkschaft beizutreten. Und ausgerechnet heute gab es einen Termin für einen Außendreh mit Shantaram Bapu – eine einmalige Gelegenheit, die ihm, wie er hoffte, einen bombastischen Karrierestart verschaffen würde, wie ihn Jeetendra seinerzeit gehabt hatte. Aber wegen Bashir-bhai zerrann ihm jetzt die Chance seines Lebens. Man konnte nicht einfach „verpiss dich" zu ihm sagen und tun, was man wollte.

Als sie das Electric House passierten, fragte sich Bashir Akhtar bereits, ob er Ravan Pawar nicht möglicherweise unterschätzt hatte. Warum hatte er sich dafür entschieden, die Route über den Colaba Causeway zu nehmen, wo es doch viel schneller gegangen wäre, direkt in Richtung Sachivalaya zu fahren, dann nach links zum Nariman Point und anschließend rechts auf den Marine Drive abzubiegen? Es sei denn ... es sei denn, Ravan beabsichtigte, am Lion's Gate und der Reserve Bank of India vorbeizufahren, dann hinter dem Hauptpostamt und an den Docks vorbei, weil auf der Strecke der Schwerlastverkehr gewöhnlich nicht vor elf Uhr einsetzte und man bis dahin hoffen konnte, bis nach Sion und dann weiter über den Western Express Highway nach Panvel freie Bahn zu haben.

Die Route war letzten Endes egal. Das Problem war, der Kerl fuhr wie eine gesengte Sau. Er hatte schon versucht, eine junge Frau, die am Electric House die Straße überquerte, über den Haufen zu fahren. Er hatte zwar Vorfahrt gehabt, aber das hier war Bombay: Ein Autofahrer riskierte, gelyncht zu werden, wenn er einen Fußgänger, der die Straße bei Rot überquerte, auch nur streifte. Bashir Akhtar hätte zwar nicht sonderlich getrauert, falls der Frau etwas zugestoßen wäre, aber dieser dämliche Taxifahrer tat alles Erdenkliche – und noch einiges Nichtauszudenkende –, um Aufmerksamkeit zu erregen. Der Schlaumeier konnte sich auf eine gehörige Abreibung gefasst machen, wenn sie erst am Hotel wären. Wenn er aber so weitermachte, würden sie es nie bis Sion schaffen, geschweige denn bis Panvel oder Alibag. Es war nur eine Frage von Minuten, bis die Polizei den Kerl anhalten würde, und das war für Bashir Akhtar absolut keine Option.

Er befahl seinem Fahrer, das Taxi einzuholen und dann so lange zu hupen, bis Ravan auf ihn aufmerksam werden würde; um den Rest würde er sich dann schon selbst kümmern. Doch Ravan war offenbar besonders widerspenstiger Laune, denn als Bashir Akhtars Ambassador aufholte und der Fahrer anfing zu hupen, machte Ravans Taxi einen Satz nach vorn, als habe jemand einen nuklearen Sprengsatz unter seinem Hintern gezündet. Da, er hatte es schon wieder getan, der verfluchte Schwachkopf! Was zum Teufel hatte er bloß vor? Er war über eine rote Ampel gefahren. Ein Polizist rannte ihm hinterher und pustete wie verrückt in seine Trillerpfeife, und als das Taxi nicht an den Straßenrand fuhr, zückte er den Notizblock, um sich das Kennzeichen zu notieren. Bashir Akhtar war selbst für kleine Himmelsgaben dankbar: Wenigstens war das Arschloch so gescheit gewesen, nicht anzuhalten.

Ravans Taxi raste, bereits außer Sichtweite, davon, aber das Glück war auf Bashir Akhtars Seite. Auf der Dockyard Road gab es einen meilenlangen Stau von Lastern, Abschleppwagen, Kleinbussen, Autos und Taxis, der von Minute zu Minute länger wurde. Drei Polizisten und ein Sub-Inspector bemühten sich erfolglos, das Verkehrknäuel zu entwirren, und Ravan steckte unwiderruflich fest.

Jetzt war Bashir Akhtars Ambassador nur noch wenige Meter von Ravan entfernt. Bashir sprang aus dem Wagen und rannte auf das Taxi zu, aber Ravan hatte bereits genug Zeit vertrödelt, und sein Taxi war links auf den Bürgersteig geholpert und hatte die erschrockenen Fußgänger in sämtliche acht Himmelsrichtungen der hinduistischen Windrose gescheucht. Er war nicht aufzuhalten. Er ließ sich zurückfallen, mogelte sich vorbei, legte den Rückwärtsgang ein, das Taxi stöhnte, stotterte und keilte aus, gab fast den Geist auf, erwachte dann wieder zum Leben und schoss los. Ravans linke Hand drückte auf die Hupe, während die rechte das Lenkrad scharf nach links herumriss, dann in die entgegengesetzte Richtung und dann wieder nach links, und noch bevor die Polizisten sich überlegen konnten, was der Taxifahrer als Nächstes anstellen würde, raste er schon auf sie zu und riss das Lenkrad im letzten Augenblick herum. Dann setzte er zurück, bis er eine Lücke im Stau gefunden hatte, kreischte an einem mit gemeingefährlich überstehenden Eisenstangen beladenen, offenen Laster und einem 18-Achsen-Monster vorbei, auf dem ein mit Stahlseilen festgezurrter Chemikalientank saß, während ihm der Sub-Inspector hinterherbrüllte. Doch Ravan hatte sein Taxi inzwischen auf den rechten Bürgersteig manövriert und sauste an Warenlagern und Speichern vorüber. Jetzt hatte er das Labyrinth hinter sich gelassen, und sein Fuß war etwas vom Gas gegangen. Allmählich schien er zum Normalzustand zurückzukehren, als er eine Polizeisirene gequält aufheulen hörte, der sich von einer engen Gasse her eine zweite anschloss. Die zwei Polizeiwagen wetteiferten, wer als Erster das Taxi erreichen würde, und die Sirenen wurden lauter und lauter. Eine dritte stimmte in ihr Duett ein und Ravan registrierte eine stolze Polizeieskorte etwa hundert Meter hinter sich, während Bashir Akhtars

Ambassador mit einigem Abstand folgte. Aber Ravans Fuß lag wieder wie Blei auf dem Gaspedal. Er keuchte und schwitzte in Strömen wie seine Mutter vor den fauchenden Primuskochern in ihrer Küche, und die Passanten hätten schwören können, dass sie Steve McQueen in „Bullitt" sahen, als das Taxi wie ein verschwommener Strich an ihnen vorbeiraste, um schließlich links auf den Western Express Highway abzubiegen und den Vorort Chembur, wo Ravan vor Raj Kapoors RK Studio sein Glück versucht hatte, rechts liegen zu lassen.

Und dann war er abgetaucht.

Die Polizeitransporter fuhren auf der Schnellstraße hin und her, während Bashir Akhtar wartete – entfernt genug, um nicht bemerkt zu werden, aber nah genug, um die Vorgänge im Auge zu behalten. Sein Beruf war ein dauernder Hochseilakt, und er machte an einem einzigen Tag mehr Krisen durch als die meisten Menschen in ihrem ganzen Leben. Die Ruhe zu bewahren war in seinem Job von größter Wichtigkeit, aber dieser *maderchod* hatte ihn gehörig ins Schwitzen gebracht, und jetzt war er verschwunden. In der einen Sekunde noch da, in der nächsten wie vom Erdboden verschluckt, direkt vor seinen eigenen Augen und denen der Polizei. Aber wie weit konnte das kleine Arschgesicht schon kommen? Denn wie weit Ravan auch käme, es würde nie weit genug sein, um Bashir Akhtar daran zu hindern, ihn sich zu schnappen.

Eines der Polizeifahrzeuge hielt an, der Fahrer stieg aus und winkte den anderen. Die Böschung hatte sich in einen tiefen Krater verwandelt, in dem, mit noch laufendem Motor, Ravans Taxi steckte. Die Polizisten sprangen, ihre altertümlichen Waffen gezückt, aus den Fahrzeugen und pirschten sich vorsichtig an das Taxi heran. Als sie das Auto umstellt hatten, rief der Senior Inspector: „Du bist umzingelt! Öffne die Tür und steig mit erhobenen Händen aus, sonst verwandeln wir dich in ein Sieb!"

Zeit verging. Schleppend. Schließlich verlor einer der Polizisten die Geduld und bedeutete seinen Kollegen mit einer Geste, dass er näher rangehen wollte. Beim Abstieg rutschte er aus und kugelte den Abhang hinunter, bis er mit dem Gesicht gegen die Windschutzscheibe des Taxis krachte. Niemand rührte sich. Es war, als warteten alle darauf, dass ihr Kollege kaltblütig abgeknallt wurde, damit sie mit einer Schießorgie reagieren könnten.

Was der Polizist durch die Frontscheibe des Wagens sah, jagte ihm einen übleren Schreck ein, als wenn der Taxifahrer ihn mit einem Messer angefallen und ihm die Kehle aufgeschlitzt hätte. Der Körper des Fahrers war auf schier menschenunmögliche Weise verdreht und gekrümmt. Er war sehr blass, fast durchsichtig, seine Haut war aschfahl, er hatte Schaum vor dem Mund und zuckte wie ein Spastiker. Seine Gliedmaßen schlugen und zuckten unkontrolliert. Doch am beängstigendsten waren seine Augen: Sie waren so weit nach oben gerollt, dass nur noch das Weiße zu sehen war.

„Der Mistkerl tut nur so, jede Wette!“, rief einer der jüngeren Polizisten. „Ziehen wir ihn raus und verpassen ihm eine Abreibung, dann ist er in null Komma nichts wieder fit!“

„Rühr ihn nicht an! Er hat einen Anfall. Wir schleppen das Taxi aus dem Straßengraben und fahren dann zurück!“, sagte der Senior Inspector scharf. „Sirenen einschalten. Ich fahr das Taxi.“

Verblüfft schaute Bashir Akhtar zu, wie das Taxi, mit einem angegrauten Inspector am Lenkrad und eskortiert von drei Polizeiautos, in die Stadt zurückfuhr. Er hatte keine Ahnung, was passiert war. Er wusste nur eins: Ravan Pawar brachte Pech, ganz gewaltiges Pech, und war für den größten Verlust, den er jemals gehabt hatte, verantwortlich. Aber das war noch längst nicht alles: Der Hohlkopf würde ihn verpfeifen, und wenn dieser Senior Inspector einer von der ernsten, rechtschaffenen Sorte war, würde Bashir schon eine Menge Strippen ziehen müssen, um die Sache wieder auszubügeln. Ihm blieb nichts anderes übrig, als der absurden Karawane zu folgen.

Wie sich jedoch zeigte, hatte Ravan noch ein paar weitere Überraschungen auf Lager. Die Fahrzeugkolonne steuerte nicht etwa die nächste Polizeiwache an, sondern fuhr zum Sion Hospital. Die Polizeifahrzeuge verließen das Krankenhausgelände eine halbe Stunde später, aber das Taxi blieb erstaunlicherweise dort stehen. Bashir Akhtar hätte nicht wenig Lust gehabt, die Tür aufzuhebeln, das Taxi kurzzuschließen und einfach wegzufahren. In den Kofferraum hätte er erst geschaut, wenn er absolut sicher gewesen wäre, von niemandem beobachtet zu werden. Aber er war viel zu gewieft, um etwas derart Dummes zu machen. Der Inspector konnte ohne Weiteres ein paar Zivilbeamte abgestellt haben, um ihn genau dabei zu erwischen. Er schickte seinen Fahrer mit ausreichend Bargeld ins Hospital, um dem Personal am Empfang ein paar Informationen zu entlocken.

„Die wollten mir nicht sagen, was genau los ist", berichtete der Fahrer, „aber ein Pfleger hat mich in die Männerabteilung geführt und mir den Taxifahrer gezeigt. Er lag im Bett, ich konnte nicht erkennen, ob er bei Bewusstsein war. Ich konnte nur sehen, dass er am Tropf hing."

„Gut möglich, dass wir lange warten müssen. Geh du schon mal essen. Ich werde später gehen."

Es war zehn Uhr abends, als Ravan endlich aus dem Seiteneingang herauskam. Er war wackelig auf den Beinen und musste sich am Geländer festhalten. (Gut gemacht, dachte Bashir Akhtar, ein wenig verhalten gespielt, in seiner Wirkung dadurch aber umso glaubwürdiger.) Er sah sich eine Weile nach seinem Taxi um, ging dann mit kleinen, zögernden Schritten darauf zu, als sei er sich nicht sicher, ob die Beine sein Gewicht aushalten würden, kramte nach dem Schlüssel, schloss die Tür auf und setzte sich hinein. Bashir Akhtar beobachtete ihn von der Gasse aus, auf der sein Ambassador hinter einem Lastwagen parkte. Eine Viertelstunde verging, und Ravan hatte den Motor noch immer nicht angelassen. Bashir Akhtar wartete zur Sicherheit weitere zehn Minuten, dann beschloss er, es zu wagen. Er näherte sich dem Taxi in einem weiten Bogen und glaubte, Ravan überraschen zu können.

„Hallo, Ravan." Entweder hatte Ravan ihn doch kommen sehen, oder er war nicht mehr zu überraschen. Er schaute nicht einmal auf. „Sie haben dich also rausgelassen?"

„Nein, haben sie nicht. Ich bin einfach gegangen, nachdem ich unterschrieben hatte, dass ich es auf eigene Verantwortung und entgegen ausdrücklichem ärztlichem Rat tue."

„Was fehlt dir?"

„Das wussten sie auch nicht genau. Zuerst meinte der Stationsarzt, es müsste ein epileptischer Anfall gewesen sein, aber der Spezialist sagte Nein. Er ist sicher, dass es einen psychodingsonstwas Auslöser dafür gab. Sie haben mir Blut abgenommen, aber die Testergebnisse kommen erst in einigen Tagen."

„Ich hätte dir die Diagnose ganz ohne Bluttests stellen können. Du bist ein gottverdammter durchgeknallter Irrer, genau das bist du. Warum bist du gegangen?"

„Meine Mutter macht sich furchtbare Sorgen, wenn ich nicht heimkomme. Und außerdem ist heute Dienstag."

Ravan nuschelte. Bashir Akhtar war unsicher, ob er wirklich „Dienstag" gesagt hatte, und wenn, was er damit meinte.

„Ein richtiges Muttersöhnchen, was?"

Ravan ging nicht weiter darauf ein.

„Auf wen hast du im Taxi gewartet?"

„Na, auf wen wohl? Auf Sie."

„Auf mich?" Bashir Akhtar erstarrte. Die Polizei hatte ihm eine Falle gestellt, und er war schnurstracks hineingetappt. Er packte Ravan an der Kehle und fing an zu drücken. Ravan leistete nicht einmal symbolisch Widerstand; er schien den Angriff erwartet zu haben.

„Du hast mich verpfiffen. Ich mach dich fertig, du Dreckskerl!" Bashir Akhtar schaute sich um: Es war niemand zu sehen. Er lockerte langsam den Griff und stieg ein.

„Woher wusstest du, dass ich warten würde?"

Ravan brauchte eine Weile, um wieder zu Atem zu kommen, und selbst dann brachte er nur ein Krächzen heraus. „Wo hätten Sie schon hingehen sollen?"

„Was soll das heißen, wo hätte ich schon hingehen sollen?" Ravans leblose Stimme hatte etwas Erschreckendes. Bashir Akhtar wurde einfach nicht schlau aus ihm.

„Ihr ganzes Zeug ist noch immer im Kofferraum. Und selbst wenn es das nicht wäre – ich weiß, dass Sie mich nie laufen lassen werden."

„Wegen dem, was ich heute Morgen gesagt habe?"

„Eigentlich nicht. Das hat lediglich bestätigt, was ich ohnehin schon wusste."

„Warum warst du dir so sicher?"

„Manchmal glaube ich, Sie haben das alles nur arrangiert, weil Sie einen lebenslänglichen Sklaven wollen. Vielleicht ist es so, vielleicht auch nicht. Aber das ist nur eine Ausrede. Selbst wenn ich Ihnen anstelle der siebentausendneunundfünfzig Rupien, die ich Ihnen schulde, siebzigtausend zahlen könnte, wären Sie nicht zufrieden. Wie sehr Sie mich auch bestrafen, es wird Ihnen nie genug sein. Sie werden bloß immer mehr und mehr verlangen."

Dieser miese kleine Taxifahrer mit der toten grauen Stimme ging Bashir Akhtar allmählich auf die Nerven. Er schlug zu und erwischte ihn an der Kinnlade.

„Sag mir eins, Klugscheißer, wenn du so gescheit bist, warum hast du dann mein Geld gestohlen?"

„Spielt das jetzt noch eine Rolle? Es lässt sich nicht ungeschehen machen."

„Bist du deswegen heute wie ein Irrer gefahren? Weil du wolltest, dass die Polizei mich schnappt?"

Ravan zuckte die Achseln. „Was hätte mir das genützt? Dann hätte ich Ihre Männer am Hals gehabt. Und wenn nicht, dann wären Sie gekommen, sobald die Polizei mit Ihnen fertig gewesen wäre. Aber das hatte nichts damit zu tun, wie ich heute Morgen gefahren bin."

„Was wolltest du dann damit erreichen?"

„Nichts. Das ist es, nichts. Ich hatte einfach eine Heidenangst wegen dem Zeug im Kofferraum, was immer es sein mag. Und dann habe ich die Polizeisirenen gehört, und mein Verstand hat ausgesetzt." Ravan starrte unbeteiligt auf die Windschutzscheibe. „Ich hab zwar etwas von Ihrem Geld genommen, aber ein Dieb bin ich nicht. Und wie auch immer, es war zu etwas gut. Und jetzt werde ich für den Rest meines Lebens dafür bezahlen."

„Wie lange hättest du auf mich noch gewartet?"

„Bis Viertel nach elf."

„Und dann?"

„Dann hätte ich fahren müssen."

„Warum?"

„Heute ist Dienstag, der Tag, an dem ich den *Siddhi-Vinayak*-Tempel besuche. Einundzwanzig Wochen, so lange muss ich hin, um mein Gelübde zu halten. Ich muss spätestens um halb zwölf dort sein, um noch vor Mitternacht *darshan* zu bekommen." Bashir Akhtar spürte, dass in der Gleichung zwischen ihm und dem Taxifahrer eine subtile Änderung eingetreten war. Worin genau sie bestand, hätte er nicht sagen können, ja, er war nicht einmal sicher, ob er sie sich nicht nur einbildete. Ravan mochte von lähmender Angst reden, aber sein Verhalten passte nicht recht dazu. Vielleicht war dies der hinduistische Fatalismus. Man zwingt einen Mann auf die Knie, und er hört auf, sich vor einem zu fürchten. Das ging nicht an. Für Bashir Akhtar war es eine einfache Rechnung: Der eigene Machtquotient war exakt so groß wie die Angst, die man in den Leuten zu erwecken vermochte.

„Fahr du zum Siddhi-Vinayak-Tempel und anschließend heim zu deiner Mama. Ich muss morgen Vormittag etwas erledigen. Sei morgen um halb drei am Sagar Mahal in Cuffe Parade. Sei pünktlich. Du bist ein guter Schauspieler, Ravan, aber nächstes Mal wird dir das nichts nützen. Dann sitze ich nämlich im Fond."

Es ist nicht so ganz klar, wem es am nächsten Nachmittag schlechter erging, als Ravan nach Cuffe Parade fuhr. Sobald die falschen Nummernschilder wieder über die echten geklemmt worden waren, forderte Bashir Akhtar Ravan auf, sich zu setzen. Er war in leutseliger Stimmung und schien sich dem Taxifahrer anvertrauen zu wollen.

„Weißt du, warum man mich Drei Komma Eins nennt, Ravan? Weil es früher eine Regel gab, ein ungeschriebenes Gesetz, das nie übertreten werden durfte. Der höchste Zinssatz, den man verlangen durfte, waren drei Prozent. Drei Prozent im Monat. Macht im Jahr sechsunddreißig Prozent. Ich habe diese Obergrenze durchstoßen. Ich verlangte drei Komma eins Prozent. Alle sagten, so viel würde keiner zahlen. Es wäre zu schwierig auszurechnen. Und da diejenigen, die das Geld brauchten, es überall für drei Prozent bekommen konnten, warum hätte sich dann jemand noch an mich wenden sollen? Aber die Leute kamen. Wann immer es einen Risikokunden gab, dem keiner das Geld leihen wollte – ich hab's getan. Für drei Komma eins Prozent. Und was das Risiko angeht, habe ich meine Methoden, renitente Kunden zur Vernunft zu bringen. Aber was zählt, ist, dass ich das Limit angehoben habe. Man erreicht nichts, solange man sich nichts zutraut, solange man keine Risiken eingeht.

Du begreifst also, Ravan, ich bringe in jeden Job ein kleines Plus ein. Momentan bin ich dabei, meine geschäftlichen Aktivitäten zu diversifizieren. Meinen Konkurrenten und Feinden gefällt das nicht. Sie tun alles in ihrer Macht Stehende, um mich auszubremsen. Unglücklicherweise macht mich das nur umso hartnäckiger und sturer. Die anstehende Lieferung könnte für mich geschäftlich einen großen Schritt nach vorn darstellen. Ich betrachte dich bei diesem Unternehmen als meinen Partner. Also benimm dich einfach so, als würdest du einen x-beliebigen Fahrgast befördern. Es eilt nicht, und es besteht auch kein Grund zu trödeln. Und versuch nicht, mich auszutricksen! Das gelingt dir sowieso nicht. Eins kannst du mir glauben: Versuchst du irgendwelche krummen Touren, handelst du dir damit den Ärger deines Lebens ein. Kapiert?"

Ravan nickte.

„Ich kann dich nicht hören."

„Ja."

„Gut. Auf geht's."

Sie fuhren los, Ravan am Lenkrad und Bashir Akhtar im Fond; diesmal ohne Schwierigkeiten. Vorbei am Fischerdorf in Colaba und an Sachivalaya, vorbei am Air-India-Gebäude auf dem neugewonnenen Land am Nariman Point und auf den Marine Drive, wo eine Fahrzeugkolonne, vorneweg ein Polizeijeep mit gellender Sirene, dann der von vier Motorrädern umgebene Wagen des Gouverneurs und schließlich eine Kette von Polizeiautos samt einem Rettungswagen, von hinten herangebraust kamen. Sämtliche Fahrzeuge in Richtung Chowpatty Beach fuhren an den Straßenrand, um die Kolonne vorbeizulassen. Bashir Akhtar erwartete, dass auch das Taxi wie die anderen nach links ausweichen würde, doch zu seinem Schrecken machte Ravan, schweißtriefend und zitternd, als sei er von einem schweren Malaria-Anfall gepackt, einen Schlenker und fädelte sich hinter den beflaggten Gouverneurswagen ein. Die nachfolgenden Polizeifahrzeuge versuchten, den Eindringling abzudrängen, aber Ravan hatte schon auf Höhe des Wilson Colleges eine Kehrtwende gemacht, schien zunächst zum Nariman Point zurückfahren zu wollen und war dann, ehe Bashir Akhtar auch nur wusste, wie ihm geschah, nach links unter die Marine-Drive-Überführung abgebogen.

Bashir Akhtar war angesichts des Amok laufenden Ravan wie hypnotisiert. Man konnte im Fond förmlich seine Nerven klimpern hören. Ravan saß so tief über das Lenkrad gebeugt, dass seine Nase es fast berührte, und zuckte, schielend und grimassierend, unentwegt mit dem Nacken. Es bestand kein Zweifel: Ein böser Geist hatte vom Taxifahrer Besitz ergriffen.

Ravan bog nach links auf die Girgaon Road ab, am Tharkudwar vorbei zur Kreuzung am Opera House, scharf rechts nach Nana Chowk, Tardeo und weiter zur Haji-Ali-Kreuzung. Drei Komma Eins kreischte unentwegt „Stopp, stopp, stopp!“, aber Ravan war taub geworden. Bashir Akhtar konnte keine weiteren Risiken eingehen. Er knallte Ravan den Kolben seiner Pistole auf den Schädel, und obwohl das Taxi an Geschwindigkeit zu verlieren schien, schlug er zur Sicherheit noch einmal zu. Das Taxi rollte aus und kam knapp dreihundert Meter hinter Haji Alis Moschee zum Stillstand. Bashir Akhtar stieß die Fondtür auf, sprang heraus, riss die falschen Nummernschilder ab und wollte bereits wieder ins Taxi springen, als ein Polizeibus vorübersauste und Ravan mit seiner Sirene Löcher ins Gehirn schrillte. Noch ehe Drei Komma Eins reagieren konnte, machte Ravans Taxi einen Satz nach vorn und schoss wie eine Kanonenkugel davon, während Bashir Akhtar mit den Nummernschildern in den Händen und einer ungläubig herunterhängenden Kinnlade zurückblieb. Er winkte noch immer dem rasch in der Ferne kleiner werdenden Taxi mit den Nummernschildern nach, als ein zweiter Einsatzwagen mit Blinklicht herangebraust kam, während sein Lautsprecher plärrte: „Taxi Nummer 4697, halten Sie augenblicklich an! Für sachdienliche Hinweise, die zur Auffindung von Taxi Nummer 4697 führen, ist eine hohe Belohnung ausgesetzt! Der Fahrer des Taxis muss als gefährlich eingeschätzt werden!“

Erst als der zweite Polizeiwagen vorübergesaust war, wurde Bashir Akhtar bewusst, dass er die ganze Zeit die falschen Nummernschilder als Signalflaggen benutzt hatte, um diesen hirnlosen Taxifahrer zum Stehen zu bringen. Er ging zur Brüstung und setzte sich hin. Seine Beine waren zu Pudding geworden, und er zitterte am ganzen Leib wie dieser vermaledeite Köter, den er ein paar Monate zuvor abgeknallt hatte, weil er zu viel Lärm machte. Drei Komma Eins schmiss die falschen Nummernschilder über die Brüstung ins Arabische Meer und dankte dabei stumm dem Sufi-Heiligen Haji Ali für die große Gnade, die er ihm erwiesen hatte, schon aus dem Taxi ausgestiegen zu sein, bevor die Polizei auftauchte. Mit einem intelligenten Gegner kam Bashir Akhtar klar – je verschlagener, desto besser. Aber so einer wie Ravan war ihm noch nicht über den Weg gelaufen. Wie der Taxifahrer selbst eingeräumt hatte, gehörte er mit Leib, Seele und allem Besitz, bis hin zur Unterwäsche, Bashir Akhtar; Drei Komma Eins konnte mit ihm tun, was ihm passte. Und dennoch wurde er das Gefühl nicht los, dass – zum zweiten Mal in zwei Tagen – der Sklave den Herrn übertölpelt hatte.

Ein weites Stück voraus, war Ravan erneut am Bibbern. Er klammerte sich an das Lenkrad, als wäre es ein Rettungsring auf stürmischer See, und wich dem ersten Polizeiwagen nicht von der Stoßstange. Ihm verschwamm alles vor den Augen, und

Hemd, Unterwäsche und Hose klebten ihm schweißnass am Leib. Er wusste, dass es nur eine Frage von Minuten war, bis er am Lenkrad die Besinnung verlieren würde. Der einzige Gedanke, der ihn noch aufrecht hielt, war der, dass diese Art zu fahren tödlich enden würde, womit er die Sorge um Drei Komma Eins und die Ware im Kofferraum ein für allemal los wäre. Es gab jedoch auch einen Plan B: Da er zwischen zwei Polizeiautos eingeklemmt war, mussten sie ihn früher oder später schnappen – worauf zum Teufel warteten sie eigentlich? – und ihn einbuchten, und dann hätte er die nächsten paar Jahre lang in seiner Zelle Ruhe gehabt. Aber die Polizei schien die Straße extra für ihn freigeräumt zu haben. In Panvel gab sie die Verfolgung auf, und er war allein und parkte sein Taxi auf der felsigen Anhöhe, auf der das Alibag International Hotel stand.

Das einzig Internationale am Hotel war der Name. Es war eine elende Bruchbude, heruntergekommen, verwahrlost und praktisch ohne Gäste. Zu bieten hatte es allerdings einen umwerfenden Blick auf das Meer und, weit in der Ferne, die Fata Morgana einer mythischen Stadt namens Bombay. Doch Ravan starrte auf die munteren Fluten und die Aussicht jenseits von ihnen mit blinden Augen. Als Bashir Akhtar zweieinhalb Stunden später mit seinem Ambassador eintraf, zog er wortlos den Zündschlüssel des Taxis, öffnete den Kofferraum und überprüfte die Ware.

„Hol Ahmed, Rajaram und Shafique", befahl Bashir Akhtar seinem Fahrer, „und hilf ihnen, die Ware raufzuschaffen. Dann kommst du wieder runter und leistest unserem Freund hier Gesellschaft. Du lässt ihn nicht aus den Augen, egal, wie spät es wird. Ich lass dir Essen runterbringen. Wenn er aufs Klo will, achte darauf, dass er die Tür offen lässt. Vergiss nicht, dass er uns lieb und teuer ist und wir ihn nicht verlieren wollen!"

Als Bashir Akhtar wieder aus dem Hotel herauskam, war es halb zehn Uhr abends.

„Du bist ein richtiger Komiker, hab ich recht? Eine regelrechte Lachkanone, genau das bist du. Aber das Komischste ist, ich krieg beim besten Willen nicht mal ein Grinsen zustande. Und willst du wissen, warum?“ Er packte Ravan bei den Hoden und quetschte sie, bis Ravan schrie und schrie und schließlich nicht einmal das mehr fertigbrachte.

Solange er, seit sie Cuffe Parade verlassen hatten, in der Gewalt dieses Irren gewesen war und hatte befürchten müssen, jeden Augenblick von der Polizei geschnappt zu werden – und vor allem seine Ware zu verlieren –, hatte Bashir Akhtar sich beherrscht. Er hatte so inbrünstig wie nie zuvor zu Allah gebetet, und in seiner Barmherzigkeit hatte der Herr, und mit ihm der Pir Haji Ali, Mitleid mit ihm gehabt. Es war nichts weniger als ein Wunder, dass er entkommen war, aber jetzt, da er Ravan gegenüberstand, mussten all seine aufgestaute Wut und seine Anspannung heraus. Niemand konnte Bashir Akhtar so behandeln und hoffen, ungestraft davonzukommen. Das war eine Lektion, die er seinen Feinden nicht oft genug erteilen konnte – erst recht aber, und davon war er überzeugt, seinen eigenen Soldaten und Freunden.

Er hatte dafür gesorgt, dass seine Männer ihm zusahen. „Hast du eine Ahnung, um wie viel es bei diesem Deal ging, du Mutterficker?“, schrie er außer sich vor Wut, während er auf Ravan eindrosch. „Ich mache keine Sieben- oder Siebzigtausend-Rupien-Geschäfte! Die einzigen Beträge, die ich kenne, haben mindestens fünf Nullen hintendran! Und du hast dir wirklich alle Mühe gegeben, die Lieferung zu verbocken!“

Ravan war mittlerweile nicht wiederzuerkennen. Die Tritte und Fausthiebe modifizierten ihn kontinuierlich. Sein Gesicht war nur noch ein verquollenes Durcheinander, Spucke und das Blut aus seinen aufgeplatzten Lippen formten eine Pfütze auf dem Boden, und an seinem Körper bildeten sich blau-violette Hämatome. Bashir Akhtar hatte inzwischen seinen Gürtel in der Hand. „Dieses Mal bist du noch mit dem Leben davongekommen.“ Bashir Akhtars Gürtel zischte durch die Luft. „Das nächste Mal, nur dass das klar ist, bringe ich dich um. Ich nehm dich Stück für Stück auseinander, ohne Betäubung. Ein Arzt wird dabei sein, damit du mir nicht zu früh verreckst, aber du wirst jedes einzelne Haar spüren, das ich dir aus der Kopfhaut reiße. Und wenn ich mit dir fertig bin, werde ich dir den Kopf abhacken und ihn deiner Mama auf einem Silbertablett schicken!"

Eine halbe Stunde später wollte Drei Komma Eins gerade in seinen Wagen einsteigen, als er sah, wie Ravan sich aufrappelte, wieder zusammenbrach und sich abermals hochstemmte, erst auf allen Vieren, um dann sehr langsam und wackelig aufzustehen. Er fand, er hatte es Ravan ordentlich besorgt; er hatte wenigstens drei, vielleicht auch mehr Rippen knacken hören und hatte ihm so fest und so oft mit einem Knüppel auf den Schädel geschlagen, dass er mindestens eine Woche lang hätte liegen bleiben müssen. Mit etwas Glück – und Drei Komma Eins überließ derlei Dinge nicht dem Glück – hätte er sich frühestens in vierzehn Tagen wieder ans Lenkrad setzen können.

„Was glaubst du, wo du jetzt hingehst, du Held? Du baust innerhalb von fünf Minuten einen Unfall!"

„Kann sein. Aber ich muss weg."

„Wir informieren deine Mami, dass du aus der Stadt raus musstest und heute Abend nicht nach Hause kommst."

„Ich muss weg", sagte Ravan starrsinnig, während er mit dem Schlüssel herumfummelte.

„Scheiße Mann, wo zum Teufel musst du hin? Du kannst nicht aus den Augen schauen und nicht gerade laufen. Was ist so gottverdammt dringend, dass es nicht ein paar Tage warten kann?"

Ravan versuchte immer noch, den Zündschlüssel herumzudrehen. „Mittwochs muss ich zur Mahim-Kirche, weil ich das ..."

„Du hast das Gelübde abgelegt, eine Novene zur Jungfrau Maria zu halten, genauso wie du im Siddhi-Vinayak-Tempel zu Ganesh gebetet hast, richtig?"

„Ja."

„Warum sparst du dann Haji Ali aus?"

„Tu ich gar nicht. Zu ihm gehe ich immer freitags."

Bashir Akhtar gab es auf. Mit diesem Mann konnte man einfach nicht reden. Er war offensichtlich absolut durchgeknallt und gemeingefährlich. Schlimmer allerdings war – jeder Kontakt zu ihm konnte selbst den vernünftigsten Menschen ebenfalls in den Wahnsinn treiben.

„Und was für Werbegeschenke versuchst du dir an diesen drei heiligen Stätten zu erschnorren?"

Ravan ignorierte den spöttischen Ton; vielleicht war er auch zu sehr hinüber, um ihn überhaupt wahrzunehmen. „Ich möchte Gott nur dafür danken, dass er jemandem das Leben gerettet hat, der schon so gut wie tot war."

„Du bildest dir ein, Allah wird deine Gebete erhören, obwohl du gleichzeitig zwei Götzen in den Hintern kriechst?"

„Hat er ja schon. Und die zwei anderen auch."

Vier Wochen vergingen, und Ravan wartete noch immer darauf, dass Bashir Akhtar ihn zu einer weiteren Lieferfahrt bestellen würde. Dann, gerade als er sich in der Grauzone zwischen der Hoffnung, dem Mafiaboss könnte etwas zugestoßen sein, und der bitteren Gewissheit, dass nichts und niemand auf der Welt ihm etwas anhaben konnte, häuslich einzurichten begann, erhielt Ravan die Nachricht, er solle sich am nächsten Morgen um sechs im Sagar Mahal, Cuffe Parade, einfinden. Ravan hatte nicht vor, irgendwelche Risiken einzugehen. Schlag Viertel vor sechs klopfte er an Bashir Akhtars Wohnungstür.

„Scheiße, was zum Teufel machst du hier? Ich hab Shafique befohlen, dich unten warten zu lassen!"

„Keiner hat mir was gesagt. Mr Shafique war gar nicht da."

Bashir Akhtar verpasste Ravan eine Ohrfeige, die ihn beinah von den Füßen fegte. „Was hast du ihm getan? Ich hatte von Anfang an den Verdacht, dass du für die Bullen arbeitest, und deswegen habe ich dir auch nie deine epileptischen Anfälle und all den Quatsch abgekauft! Es hatte schon einen Grund, warum die Cops dich nicht mit der ganzen Ware im Kofferraum erwischt und dich hinter Gitter gesteckt haben! Du bist ein Bulle und hattest den Auftrag, mich im Auge zu behalten! Aber mich legst du nicht rein! Wo ist Shafique?"

„Als ich gekommen bin, war er nicht da", sagte Ravan und massierte sich die Backe. „Soll ich runtergehen und noch einmal nachschauen?"

„Klar, damit du die Polizei alarmieren kannst!" Bashir Akhtar warf Ravan noch einen Blick zu. „Wo sind Rajaram und Ahmed? Ich hatte sie am Anfang der Gasse postiert."

„Ich hab keine Ahnung. Die sind auch nicht da. Nur die Polizeiwagen."

„Halt bloß die Fresse! Versuchst du vielleicht, mir Angst zu machen?" Alles Blut war aus Bashir Akhtars Gesicht gewichen. „Polizeiwagen?"

„Ja."

„Wie viele?"

„Drei, glaube ich. Einer in der Gasse hinter dem President Hotel, einer auf der Cuffe Parade und der letzte vor dem Fernsprechamt."

„Wenn du lügst ..."

„Ich weiß, wenn ich lüge, bin ich ein toter Mann."

„Ich werde deine Geschichte überprüfen." Bashir Akhtar ging in sein Schlafzimmer und kehrte mit einem Fernglas zurück. „Komm mit rauf auf die Terrasse."

Sie fuhren mit dem Aufzug bis zum siebenundzwanzigsten Stock und stiegen noch eine Treppe hinauf zur Dachterrasse. Die Sonne brach soeben rechts vom Gateway of India durch das Wasser, wie ein Taucher, der wieder an die Oberfläche kommt. Drei Komma Eins stellte das Fernglas scharf und suchte das Gebiet um sein Haus und den Rest der Cuffe Parade ab. Sein Gehirn schien blitzschnelle Berechnungen anzustellen und kam zu einem Resultat.

„Geh runter und warte exakt zehn Minuten. Zeitvergleich: Es ist sechs Uhr siebzehn. Dann steigst du in dein Taxi, wendest und fährst von der falschen Seite in die Gasse hinter dem President Hotel und blockierst die Durchfahrt. So, dass die Bullen festsitzen. Erzähl denen, dir wäre der Motor verreckt. Ist ja eine Einbahnstraße, wie du weißt. Hier hast du hundert Rupien in kleinen Scheinen. Die Bullen werden dich anhalten und dir Geld abknöpfen wollen. Bettel, jammer, heul. Feilsche mit ihnen und schinde Zeit heraus. Fang mit zwanzig an und lass dich langsam bis fünfzig hochhandeln."

„Und wenn die nicht mitspielen?"

„Sieh zu, dass es überzeugend klingt. Andernfalls verbringst du ein paar Tage in einer Polizeizelle, das ist alles."

16

Während er versuchte, sich zwischen Schutthaufen und zerbrochenen Fliesen zur Bushaltestelle in der Nähe der Statistengewerkschaft vorzuarbeiten, merkte Eddie, dass er Gesellschaft hatte. Der Mann schien bewusst neben ihm herzugehen. Eddie versuchte, Abstand zu dem Kerl zu halten, aber das war so gut wie unmöglich. Der Bürgersteig war wieder aufgerissen worden, weil ein Regenwasserkanal angelegt werden sollte, und Eddie stolperte über einen Erdhaufen und stürzte beinahe in den Graben.

„Wussten Sie, dass Allah, wenn er eine Tür schließt", sagte der Mann, während er Eddie aufhalf, „immer sieben andere öffnet?"

Oh, nein! Nicht heute! Ich kann keinen Bettler oder evangelikalen Spinner gebrauchen, der mir Instant-Erlösung anbietet und mir nicht von der Pelle weicht! Bitte, bitte nicht heute! Lass mich einfach in Frieden!

Seit neun Tagen hatte Eddie es nicht geschafft, einen einzigen Job an Land zu ziehen, nicht mal für die mickrige Rolle eines stummen Passanten in einem C-Horrorfilm. Gerüchten zufolge hatten Akram-bhai und sein Assistent Jalaluddin ihre speziellen Lieblinge, die nicht nur regelmäßig Aufträge, sondern immer auch die dankbarsten Rollen bekamen. Doch allmählich kam Eddie der Verdacht, dass das nicht die ganze Wahrheit war. In letzter Zeit neigte er zu der Vermutung, dass eine Verschwörung gegen ihn persönlich lief. Er hatte sich mit seiner überheblichen Art bei den Kollegen nicht eben beliebt gemacht, und vielleicht hatten die Bosse von seiner geringen Popularität erfahren.

Eddie fischte ein 25-Paisa-Stück aus der Tasche und reichte es dem Mann. Der Bursche weigerte sich, die Münze anzunehmen. Verdammte Frechheit! Normalerweise hätte er ihm nicht mal zehn Paise angeboten. Doch heutzutage entschied man nicht selbst, wie viel man einem Bettler gab. Die legten selbst fest, wie viel ihnen zustand. Bei jeder anderen Gelegenheit hätte Eddie dem Kerl gesagt, er solle sich verpissen, aber er war zu deprimiert, um sich auf Diskussionen einzulassen. Er kramte in seiner Tasche und förderte eine 50-Paisa-Münze zutage. „Nimm oder lass es bleiben. Mehr kriegst du nicht von mir!"

„Behalten Sie Ihre fünfzig Paise, Boss. Ich bin hier, um Ihnen zu sagen, dass Sie nicht den Mut verlieren dürfen. Sie werden nach Amerika kommen. Das garantiere ich Ihnen!"

„Was? Warum sollte ich nach Amerika wollen?"

„Jeder, der irgendetwas taugt, will dorthin. Sie sind da keine Ausnahme."

Eddie wusste nicht recht, wie er auf diesen aufdringlichen Menschen reagieren sollte, den er für einen Bettler gehalten hatte. War er ein Wahrsager oder lediglich ein Bauernfänger auf der Suche nach einem gutgläubigen Trottel?

„Was sollte ich schon in Amerika?"

„Ich kann ferne Horizonte in Ihren Augen erkennen. Sie sind ein Träumer mit hohen Ambitionen. Und Sie sind bereit, Ihr Letztes zu geben, um Ihre Träume zu verwirklichen. Aber dieses Land hier hat Ihnen nichts zu bieten. Im Gegenteil, es erstickt Sie! Sie wollen nach Amerika, nach Los Angeles, geradewegs nach Hollywood!"

„Und Sie haben einen heißen Draht zum amerikanischen Präsidenten." Eddie wollte zynisch klingen, aber er war beeindruckt. „Und er wird mein Visum persönlich unterschreiben, ja?"

„Gescheit, sehr gescheit. Das gefällt mir. In solchen Dingen würde ich auch niemandem vertrauen, manchmal nicht einmal einem engen Freund. Heutzutage sind einfach zu viele Schwindler unterwegs." Der Mann sah Eddie mit neu erwachter Achtung und Bewunderung an. „Was halten Sie davon, Sahab?"

Er steckte die Hand in seine Kunstledertasche und holte einen mit einem Gummiband zusammengehaltenen Stoß Reisepässe heraus. „Nur zu, schauen Sie sich die an!"

Eddie gab sich gleichgültig, zog aber doch den letzten, dann einen aus der Mitte und schließlich den allerersten heraus. Alle Pässe waren mit einem Arbeitsvisum für Dubai abgestempelt.

„Was zum Teufel soll das darstellen?“ Eddie war mit seiner Wortwahl sehr zufrieden. Sie unterstrich die Tatsache, dass er nicht auf den Kopf gefallen war. „Ich dachte, Sie können mir ein Visum für Amerika besorgen!“

„Ich sagte Ihnen doch, dass der Herr, wenn er eine Tür schließt, sieben andere öffnet. Sie sollen nicht mit leerem Magen und leeren Taschen nach Amerika. Ich werde Sie nach Dubai schicken, wo Sie einen Haufen Geld verdienen werden. Anschließend können Sie nach Amerika – nicht als Bettler, sondern als ein Mann, der über sein Schicksal selbst entscheidet!“

„Und wie beabsichtigen Sie, mich mit Bargeld einzudecken?“

„Das werde ich gar nicht.“ Der Mann legte eine Kunstpause ein, um seine Worte wirken zu lassen. „Das werden Sie selbst. Sie werden lernen, auf eigenen Beinen zu stehen. Sie werden imstande sein, mit jeder Schwierigkeit oder Krise ruhig und selbstsicher umzugehen. Doch genug geschwätzt. Kommen wir zur Sache! Was sind Sie von Beruf?“

„Ich bin Schauspieler und Musiker. Ich spiele Gitarre, Schlagzeug, Klavier und notfalls auch weitere Instrumente. Aber vor allem bin ich Sänger. Es gibt kaum einen Rock-’n’-Roll-Song, den ich nicht kenne oder singe. Und ... ich schreibe eigene Songs.“

Das Verhalten des Mannes hatte sich geändert. Er brauchte eine Weile, um die Information zu verarbeiten. „Sie singen?“, fragte er ungläubig.

„Sie glauben mir nicht?“ Eddie produzierte ein paar zischendklickende Geräusche, als sei er im Dschungel, und ließ unmittelbar darauf die ersten Takte eines Gitarrenriffs folgen; und dann schmetterte er mitten auf der Straße vor allen Leuten, die ihn anstarrten, das Beatles-Stück „Come Together“.

„*Kya baat hai*! Sie sind wirklich ein Sänger! Können Sie Synthesizer spielen?“

„Klar. Warum?“

„Heute ist mein Glückstag. Ich habe eine dringende Anfrage vom Four Seasons in Dubai, die suchen einen vielseitigen Sänger für ihr luxuriösestes Restaurant."

„Wann brauchen die einen?"

„Ach, die sind schlichtweg verzweifelt."

„Wie viel zahlen die?"

„Minimum tausend Dollar. Aber wenn Sie beweisen, dass Sie was wert sind – und das ist ein großes Wenn –, sind nach oben keine Grenzen gesetzt. Außerdem besitzen sie Sieben-Sterne-Hotels auf der ganzen Welt, es besteht also die Möglichkeit, Sie in New York, Paris oder Los Angeles einzusetzen, je nachdem, wo man sich am meisten von Ihnen verspricht. Und die Besten der Musik-Branche werden Ihnen beim Abendessen zuhören. Aber das alles nur, wenn Sie gut sind."

„Ich bin Ihr Mann."

„Geht nicht."

„Warum? Ich dachte, Sie hätten gesagt, es sei dringend."

„Ist es auch. Genau deshalb dürfen wir nichts überstürzen. Nehmen Sie sich einen Tag Bedenkzeit. Sprechen Sie mit Ihren Angehörigen, stellen Sie fest, was die davon halten. Keine überstürzten Entscheidungen. Was, wenn Sie sich irgendwann einsam fühlen und zurückkommen möchten?"

„Zurückkommen? Zurück komme ich erst, wenn ich groß, wirklich groß rausgekommen bin!"

„Mag ja sein. Aber ich werde nicht zulassen, dass Sie es unüberlegt tun. Außerdem haben wir uns noch nicht über die finanzielle Seite unterhalten. Dreitausend für Visum und Ticket. Plus ein Monatsgehalt Vermittlungsgebühr."

Eddie machte ein langes Gesicht. „Wie viel entsprechen tausend Dollar?"

„Den genauen aktuellen Wechselkurs weiß ich nicht, aber ich kann Ihnen eine ungefähre Zahl sagen. Achttausend Rupien. Insgesamt also elftausend."

„Vergessen Sie's. Um so viel zusammenzubekommen, müsste ich eine Bank ausrauben."

Parvati-bai machte sich Sorgen um Ravan. Er wirkte kühl und unzugänglich, als habe er sich vom Leben zurückgezogen. Nicht, dass er feindselig gewesen wäre oder sich geweigert hätte, Fragen zu beantworten. Das war nicht sein Stil. Ihr Sohn war kein Mensch, der dem Trübsinn verfiel oder sich aus der Bahn werfen ließ, nur weil die Dinge nicht so liefen, wie er wollte. Die Leute dachten oft, so harmlos und umgänglich, wie er aussah, müsse er nachgiebig und leicht zu manipulieren sein, aber er hatte eine störrische Ader, und wenn er sich erst mal zu etwas entschlossen hatte, ließ er nicht locker. In den letzten Wochen hatte Parvati-bai allerdings eine Veränderung bei ihm gespürt. Nicht so sehr in dem Sinne, dass er sich geschlagen gegeben hätte; er spielte einfach nicht mehr mit. War es ein Fehler gewesen, ihn zu zwingen, Taxifahrer zu werden?

Sie erinnerte sich an den Tag, an dem sie ihm das Ultimatum gestellt hatte: „Schluss mit der Gratisverpflegung! Wer nichts verdient, kriegt nichts zu essen!", und ihn bei einer Fahrschule eingeschrieben hatte, ohne ihn nach seiner Meinung zu fragen. Er war ein guter Junge, ihr Ravan; ohne zu protestieren, hatte er seinen Führerschein gemacht und einen Job als Taxifahrer gefunden. Jeden Monat behielt er zweihundert Rupien für Essen und Tee und gab ihr den Rest seines Lohns. Sie hatte bei der Postbank einen Sparplan eröffnet und zahlte praktisch alles, was sie von Ravan bekam, als monatliche Rate ein. Sollte einmal etwas passieren oder er irgendwann eine eigene Familie gründen, würde sich das Angesparte als nützlich erweisen.

Seine musikalischen Interessen lagen schon seit geraumer Zeit auf Eis, aber er versuchte sich weiterhin an einem zweiten Beruf. Sie fand es zwar etwas komisch, dass ihr Sohn ein Schauspieler wie Dilip Kumar, Dev Anand und Raj Kapoor werden wollte, dennoch war sie froh, dass Ravan Ziele im Leben hatte – mochten sie auch noch so unerreichbar sein. Er war nicht nur ein Träumer, er war auch bereit, täglich acht, manchmal sogar zehn oder zwölf Stunden lang Taxi zu fahren und parallel dazu an seiner anderen Laufbahn zu arbeiten. Ab und zu gestattete sie sich, während sie Berge von Kohlköpfen zerkleinerte oder grüne Bohnen schnippelte, sich eine alberne „was wäre wenn"-Frage zu stellen. Es war nur eine müßige Gedankenspielerei – was, wenn es ihm tatsächlich gelingen sollte, Schauspieler zu werden? Wie würde er sich dann nennen? Ravan Kumar? Oder würde er auch seinen Vornamen ändern, wie es anscheinend die meisten Schauspieler machten? Man musste sich das nur vorstellen: Ein Junge aus den CWD-Chawls, der es in die Hindi-Filmindustrie schaffte, und noch dazu ein Star wurde! Vielleicht war sie zu vernünftig, vielleicht zu bodenständig und realistisch, vielleicht fehlte es ihr einfach an Phantasie, aber irgendwie kamen ihre Gedankenspiele nie weiter als bis zu diesem Punkt.

Sie hätte nie gedacht, Taxifahren könne irgendwelche Risiken mit sich bringen, aber sie stellte zunehmend fest, dass sie sich gewaltig getäuscht hatte. Nur wenige Tage, nachdem Ravan mit dem Job angefangen hatte, war es zu diesem absurden Zusammenstoß mit dem Maaiboli Sangh gekommen. Außerdem gab es andere Gefahren: Mal streikten die BEST-Bus-Angestellten, mal blockierten die Leute eines Viertels eine Straße, weil sie seit einer Woche kein Wasser mehr bekommen hatten. In beiden Fällen war der erste Leidtragende der Fahrer, der bewusst oder zufällig die Blockade durchbrach. Aber nichts davon hatte Parvati-bai auf den Zustand vorbereitet, in dem Ravan vier Wochen zuvor nach Hause gekommen war. Er konnte den Mund nicht öffnen, er hatte drei gebrochene Rippen, sein Gesicht und sein ganzer Körper waren mit Schrammen und Platzwunden übersät, und er sah verquollener aus als eine zu lange gebackene, aufgeplatzte Aubergine – und genau so glänzend schwarz-violett.

„Was ist passiert?", hatte sie ihn entsetzt gefragt, während ihr Mann darüber schimpfte, dass sie so spät nachts Licht machte und ihm nie gestattete, in seinem eigenen Haus auch nur ein Auge zuzumachen.

„Irgend so ein Fahrgast", sagte Ravan lakonisch. Und so sehr sie auch nachbohrte, mehr war aus ihm nicht herauszubekommen gewesen.

„Ich will nicht, dass du diese Arbeit noch weitermachst!", sagte sie zu ihm. Trotz der Beulen und Blessuren und der unerträglichen Schmerzen hatte er gelacht.

„Das ist einfach Teil des Jobs, Maa. Einem Fahrgast passt deine Nase nicht, und da poliert er dir die Fresse, das ist alles. Vergiss nicht, der Kunde hat immer recht. Was sollte ich sonst machen? Taxifahren ist alles, was ich kann."

„Wie wär's, wenn du als Chauffeur für einen Bankmanager oder einen Unternehmer arbeiten würdest?"

„Da geht es von neun bis neun. Manchmal noch länger. Als Taxifahrer kann ich meine Zeit flexibel einteilen. Ich kann nachts fahren und ansonsten mein Glück als Schauspieler versuchen."

„Bringt es was ein?"

„Wird schon noch. Morgen, übermorgen, nächsten Monat." Er versuchte zu lächeln. „Mach dir keine Sorgen, Maa. Morgen bin ich bestimmt wieder fit."

Das war er natürlich nicht. Parvati-bai wusste zu schätzen, dass Ravan, anders als sein Vater, selbst dann noch arbeiten ging, wenn er krankenhausreif geprügelt worden war, aber irgendetwas stimmte mit ihm nicht. Sie kannte ihren Sohn. Wie viele Mütter müssen schon mit ansehen, wie ihr einjähriges Kind vom vierten Stock eines Hauses springt, und dürfen dann erleben, dass ihm das Schicksal eine zweite Chance gewährt? Sie merkte es ihm sofort an, wenn etwas nicht stimmte.

„Was hast du auf dem Herzen, Sohn?"

„Nichts."

„Du schläfst kaum noch, seit du angefangen hast, doppelte Schichten zu fahren, und außerdem beim Film arbeitest, wann immer die dich rufen!"

„Ich verdien mir was für neue Klamotten dazu. In der Filmbranche muss man stets nach der neuesten Mode gekleidet sein."

„Du hast dir seit Monaten nicht mal ein Hemd oder eine Hose gekauft. Sag mir die Wahrheit. Ich bin deine Mutter, Ravan."

„Was? Das wusste ich ja gar nicht!" Ravan gab sich entsetzt über die Eröffnung. „Ich dachte, du seist bloß meine Schwester!"

Wenn Ravan flapsig wurde, konnte Parvati sicher sein, dass er etwas zu verbergen hatte.

„Etwas beschäftigt dich, etwas, was dich unglücklich macht."

Ravan begriff, dass er in der Falle saß. „Es ist nichts. Nur, dass ich mit meiner Schauspielerei keinen Schritt weiterkomme, das ist alles. Vielleicht gehe ich für ein paar Jahre weg, verdien etwas Geld und komm dann zurück. Dann kann ich mich ausschließlich auf die Schauspielerei konzentrieren."

Das war nicht gelogen, aber die volle Wahrheit war es auch nicht. Er musste weg aus Bombay, so weit weg, dass Drei Komma Eins ihn nicht würde aufspüren können und er wieder frei atmen könnte. Er hätte alles getan, um den Klauen des Mafiabosses zu entrinnen.

„Du willst das Land verlassen?" Parvati-bai war jetzt ganz Ohr. Das war wirklich eine Neuigkeit für sie. Weiter als bis Karjat war ihr Sohn bislang nicht gekommen, und bis dahin brauchte man mit dem Zug anderthalb Stunden oder zwei, wenn es hoch kam. Aber ins Ausland? Ihr Sohn hatte eindeutig Probleme. „Wo willst du denn hin?", fragte sie.

„Ist nur so ein Gedanke, Maa. Jeder geht heutzutage nach Dubai, Saudi-Arabien oder an den Golf. Viele Leute aus unseren Chawls sind schon losgezogen, um dort ein bisschen Geld zu verdienen. Nur für ein paar Jahre."

„Was würdest du dort arbeiten?"

„Ich weiß nicht genau. Ein Fahrgast hat heute erwähnt, dass die dort drüben Lastwagenfahrer suchen."

„Wie viel würde das Ticket kosten?"

„Es geht nicht nur um das Ticket, Maa. Ich werde auch einen Reisepass brauchen, und den Vermittler werde ich auch noch bezahlen müssen."

„Und wo soll das Geld dafür herkommen?"

„Von dem, was du von meinem Lohn gespart hast. Außerdem werde ich mir, wenn du nichts dagegen hast, etwas von dir leihen. Sobald ich dort anfange, etwas zu verdienen, zahle ich alles zurück. Mit Zinsen. Versprochen."

„Wie lange wirst du fortbleiben?"

„Maa, ich glaube nicht, dass ich jemals hier wegkommen werde. Das sind einfach nur Tagträume."

Das brachte Parvati zum Schweigen. Aber sie wusste, dass ihr Sohn sich mit irgendetwas quälte und es vor ihr geheim hielt. Einige Wochen später, als Shankar-rao gerade runtergegangen war, um die Zeitung zu kaufen und im Jai Bholenath Tea House eine Tasse Tee zu trinken, setzte sie sich neben Ravan aufs Bett.

„Ich hab nachgedacht, Ravan, ich bin nicht die richtige Gesellschaft für dich. Du liebst die Musik, und du singst so gut. Und ich? Ich hab überhaupt kein Gehör. Ein Sieb kann besser Wasser halten als ich einen Ton. Du bist ein Künstler, du möchtest Filmschauspieler werden; ich kann mich nicht erinnern, wann ich zuletzt einen Film gesehen habe. Und wenn ich mal einen sehe, ertrage ich es nicht, mit anzusehen, wie die Leute leiden und niemand ihnen hilft, und dumm, wie ich bin, glaube ich, dass das alles wirklich ist, und fang an zu weinen."

Ravan hatte seine Mutter noch nie so viel am Stück reden hören. Aber andererseits, mit wem sollte sie schon reden? Ihre Töpfe und Pfannen wären gesprächiger und unterhaltsamer als dieser Mann, der sein Vater war. Freundinnen hatte sie keine, weil sie nie die Zeit gehabt hatte, welche zu finden. Und was ihn selbst betraf, so hatte er keine Ahnung, worüber Söhne und Mütter reden könnten, außer ob er mittags was gegessen hatte und ob er Sachen zum Waschen hatte. Einen Moment lang fragte er sich, ob sie ihm damit zu verstehen gab, dass er sie mit ins Kino nehmen sollte. Aber seine Mutter war zu derlei Listen gar nicht fähig. Wenn sie was zu sagen hatte, dann sagte sie es auch, ganz unverblümt. Worauf wollte sie also hinaus?

„Du brauchst einen intelligenten Menschen, jemanden, der dich und deine Kunst versteht. Was du brauchst, ist eine Partnerin, eine Seelengefährtin."

„So jemanden von der Sorte, die du gefunden hast, wie meinen Vater, deinen Mann?" Ravan konnte sich diese Spitze nicht verkneifen.

Parvati-bai lächelte. „Nein. Jemand, der einfühlsam ist und dich versteht."

„Ich geh bei Gelegenheit zur nächsten Straßenecke, vielleicht zum Victoria Terminus, und schau mich nach was Passendem um."

„Was hältst du davon, mein Sohn?" Sie ließ sich von Ravans Witzeleien nicht beirren. „Ich könnte mich allmählich auf die Suche nach einer Braut für dich machen."

„Ich werde mit dir vorliebnehmen müssen, Maa. Du bist die Einzige, die ich mir von meinem Taxifahrerlohn leisten kann."

„Als ob Taxifahrer nicht heiraten würden!"

„Komm schon, Maa, wo würden wir wohnen?"

„Dein Vater und ich könnten in die Küche umziehen."

„Wer immer es ist, sie kann noch ein paar Jahre warten."

„Ich mein es ernst, Ravan. Ich finde eine hübsche Braut für dich. Nicht so eine wie ich, sondern eine nette junge Frau."

„Fischst du nach Komplimenten, Maa?"

„Hör auf, ständig das Thema zu wechseln!"

„Ich hab schon eine gefunden."

Parvati-bai warf die Hände in die Höhe. „Hörst du endlich mit deinen Ausweichmanövern auf? Ich sage: Es ist höchste Zeit, dass ich mir eine Schwiegertochter zulege!"

„Sie ist gebildet. Sie ist hübsch – finde ich jedenfalls."

„Schluss mit den Scherzen, Ravan!"

„Und sie will mich nicht haben. Nie im Leben. Weder in diesem noch in sonst einem."

Etwas in Ravans Ton verriet Parvati-bai, dass der Tenor der Unterhaltung sich verändert hatte; dass es diese Frau war, die ihrem Sohn Qualen bereitete.

„Sag mir, wer sie ist. Manchmal erreichen Mütter, was Söhne nicht zustande bringen."

Ravan lachte. „Klar, mach nur, red mit Pieta! Oder noch besser, red mit ihrer Mutter!"

Parvati-bai kniff die Augen zusammen, wie um besser zu hören. „Hör auf damit, Ra ..." Dann zuckte sie zusammen, als habe ihr Sohn ihr eine Ader aufgeschlitzt. „Das ist doch wohl nicht dein Ernst!“ Sie schwieg kurz, um es zu verarbeiten. „Doch, ich glaube, das ist es. Ach, Ravan, von allen Frauen auf der Welt musst du dir ausgerechnet eine aus dieser Familie aussuchen!“

Großmutter, Pieta und Violet begleiteten Eddie zum Flughafen Santacruz. Sie waren sonntäglich herausgeputzt, aber sie sahen verloren aus. Violet wirkte geistesabwesend. Hier hatte ihr Mann jahrelang gearbeitet, und hätte ihn nicht dieser Junge vom Stockwerk unter ihnen umgebracht, wäre er inzwischen, wenn schon nicht Leiter der Technik- und Wartungsabteilung, so zumindest Chefaufseher, und sie wären mittlerweile alle wenigstens zwanzig Mal im Ausland gewesen und hätten sich hier wie zu Hause gefühlt. Nicht nur das, sie würden jetzt in einer Vierzimmerwohnung wohnen und nicht in dieser Ameisenkolonie namens CWD-Chawls, und sie hätten einen Wagen und einen Chauffeur, wie damals in Goa. Die Abreise ihres Sohnes weckte in ihr zwiespältige Gefühle. All die Jahre hatte sie sich gewünscht, dass er endlich auf eigenen Beinen stehen und etwas erreichen würde. Jetzt hatte er aus eigener Kraft einen Job an Land gezogen, und noch dazu im Ausland, aber sie wusste nicht so recht, was sie davon halten sollte.

Er würde als Alleinunterhalter im Restaurant eines Fünf-Sterne-Hotels in Dubai arbeiten, nicht gerade die Art von Beschäftigung, die dem Namen der Familie Ehre einbrachte. Lieber wäre es ihr gewesen, wenn er als Hoch- oder Maschinenbauingenieur, als Marketingdirektor für eine große Firma oder als Manager eines Bergbauunternehmens dorthin gegangen wäre. Sie musste aber zugeben, dass tausend Dollar im Monat nicht zu verachten waren. Das waren nicht nur tausend Rupien, auch nicht fünftausend. Sie war zur Bank gegangen und hatte sich nach dem Wechselkurs erkundigt. Er betrug 7,80 Rupien für einen Dollar. Das bedeutete fast achttausend Rupien. Sie sagte sich den Betrag drei oder vier Mal vor. Achttausend Rupien. Sie verdiente kaum so viel in einem ganzen Jahr! Hatte sie vollkommen falsch gelegen? War sie unfähig gewesen zu erkennen, dass Eddie ein großer Künstler war – mochte sie seine Musik auch noch so verabscheuen? Warum sonst hätten die ihm so viel Geld angeboten? Wenn ihr Sohn wirklich ein Künstler war, dann hatte sie ihm in all den Jahren gewaltig Unrecht getan.

Die Beziehungen zwischen Mutter und Sohn waren nach wie vor gespannt, aber Pieta hatte eine Détente erreicht. Tatsächlich hatte sie mehr als das getan. Sie hatte Violet vom Angebot des Four Seasons Hotels in Dubai erzählt. Ihre Mutter war überzeugt, das sei auch nur wieder eine von Eddies Schwindelgeschichten, aber Pieta hatte nicht lockergelassen und überzeugte Violet schließlich von der Notwendigkeit, wenn schon nicht ihrem Sohn zu glauben, so doch ihre Skepsis vorübergehend auszusetzen und Eddie eine Chance zu geben. Andernfalls würde sie sich Eddie auf Lebenszeit entfremden – was sie sich nie verziehen hätte. Vielleicht war das der Grund, weshalb Violet am Ende weich geworden war und ihm die Hälfte ihrer Ersparnisse – dreitausendfünfhundert Rupien – gegeben hatte. Eddie hatte es irgendwie versäumt, die dreitausend von Belle, und die fünfhundert, die er Pieta abgebettelt hatte, zu erwähnen. Eddie und der Vermittler, Makler, Impresario, oder was immer der Kerl sein mochte, hatten unerbittlich gefeilscht, sich aber dann auf siebentausend für Ticket und Vorschuss geeinigt; den Restbetrag würde Eddie zahlen, sobald er die erste Monatsgage erhalten hätte.

Violet fragte sich, was dieses Anglo-Mädchen eigentlich hier zu suchen hatte. Die war anscheinend von sich aus gekommen. Da sah man mal wieder, was für eine Kinderstube die hatte, bei solch einem familiären Anlass aufzukreuzen! Sie hatte versucht, sich einzuschmeicheln, indem sie herübergekommen war und „Hallo, Mrs Coutinho“ gesagt hatte, aber von Violet keines Wortes gewürdigt wurde. Nach wenigen Minuten hatte sich Belle entfernt und in gebührendem Abstand zur Familie gewartet. Pieta dagegen hatte sie herzlich begrüßt und sogar den Arm um sie gelegt. Es war ein bisschen seltsam, aber Eddies Schwester war diejenige, der seine Abreise am meisten nahezugehen schien.

Sie, die normalerweise zurückhaltend war, klebte heute wie eine Klette an Eddie und griff zu seiner tödlichen Beschämung gelegentlich, wenn auch flüchtig, nach seiner Hand. Großmutter hatte wie gewohnt ihren eigenen Kopf. Sie ließ sich vom überheblichen Gehabe ihrer Tochter nicht beeinflussen, erkundigte sich nach Belles Eltern und fragte Belle dann zu Violets Entsetzen, ob sie beabsichtige, ihrem Enkel nach Dubai zu folgen.

„Nur, wenn Sie mitkommen, Oma."

„Sie wollen doch keinen Knochen im Kebab haben, meine Liebe! Drei sind einer zu viel."

Violet war alles andere als entzückt. „Eddie, worauf wartest du? Der Schalter für Dubai hat schon vor einer Weile geöffnet!"

Eddie stellte sich in die Schlange; Pieta trug ihm eines seiner Gepäckstücke hinterher.

„Unglücksvogel, Unglücksvogel!", hörte sie ihren Bruder lästern. „Werd ich dich denn niemals los? Musst du mir überall nachschleichen?"

„Eddie", sagte Pieta leise, „er war vor uns da." Ravan wagte es nicht, Pieta anzusehen, aus Angst, sie an jenen entsetzlichen Abend zu erinnern, an dem er, statt im Taxi zu warten, darauf hätte bestehen sollen, sie zu begleiten.

„Ja, und? Warum muss er mir immer vorauslaufen wie ein Unglücksbringer?"

Eddie hätte sich wegen Ravans Anwesenheit keine Sorgen zu machen brauchen. Die Angestellten hinter dem Air-India-Schalter flüsterten aufgeregt miteinander, dann wurde ein Polizeibeamter herbeigerufen, der Ravan abführte. Ravans Mutter – wie kam es, dass weder er noch Pieta sie bislang bemerkt hatten? – sah verstört aus und fragte ihren Sohn immer wieder, was denn los sei und warum man ihn abführe, während sie versuchte, mit dem forschen Schritt des Polizisten mitzuhalten. Pieta spielte mit dem Gedanken, zu ihr hinüberzugehen und ihr zu sagen, dass ein Missverständnis vorliegen musste, dass es sich rasch aufklären und alles gut werden würde, aber sie war sicher, dass ihre Mutter sie und Eddie scharf im Auge behielt, besonders jetzt, wo

Ravan von der Polizei abgeführt wurde. Sie hätte es Pieta nie verziehen, wenn sie den beiden auch nur zugelächelt hätte – und Eddie ebenso wenig. Außerdem, wie hätte sie sich anmaßen können, Ravans Mutter beruhigen zu dürfen, wenn sie nicht die leiseste Ahnung hatte, worum es eigentlich ging?

„Der Nächste, bitte! Hinter Ihnen warten weitere Reisende", sagte die Dame am Air-India-Schalter ungeduldig. „Haben Sie sich jetzt entschieden, wer von Ihnen beiden fliegt?"

„Ich", sagte Eddie ein bisschen eingeschüchtert.

Pieta zog sich zurück. Zehn Minuten vergingen, und Eddie stand noch immer vor dem Schalter für die Dubai-Flüge. Drei weitere Air-India-Mitarbeiter hatten sich zu ihrer Kollegin gesellt und diskutierten im Flüsterton. Und dann führte einer von ihnen Eddie weg. Eddie sah zu seinen Angehörigen und Belle hinüber und zuckte die Achseln, als wasche er seine Hände in Unschuld.

„Willkommen, willkommen!" Ein Polizeibeamter begrüßte Eddie, nachdem er sich dessen Reisepass angesehen hatte. „Du produzierst also in Heimarbeit Einreisevisa für Dubai? Heute Dubai, morgen die USA, Großbritannien, Frankreich, Brasilien, ja? Wo zum Teufel hast du dieses wunderhübsche Visum gekriegt?"

„Im Konsulat." Eddie warf Ravan einen angewiderten Blick zu. Da war der Kerl schon wieder, nirgends war man vor ihm sicher!

„He, Arschloch, vergiss nicht, dass du mit der Polizei redest! Hier sagst du die Wahrheit und nichts als die Wahrheit. Andernfalls hast du gleich eine Bambusstange im Mastdarm. Wo hast du dieses Visum her?"

„Jamnadas hat es mir vom Konsulat besorgt. Was ist daran auszusetzen?"

„Ah, Jamnadas, du Glückspilz, hier treffen wir uns wieder! Welch ein großes Herz du hast, jungen Menschen Hoffnung, eine berufliche Laufbahn, die Chance auf ein neues Leben zu schenken!"

„Was ist daran auszusetzen?", fragte Eddie hochmütig. Ravan schenkte ihm ein mitfühlendes Lächeln, als seien sie Leidensgenossen. Doch Eddie wollte nichts davon wissen. Echtes Geld hatte den Besitzer gewechselt, und sein Visum war echt wie sonst was. „Ich habe ihn bar bezahlt! Siebentausend Rupien!"

„Das glaub ich dir aufs Wort, ich hab nie bezweifelt, dass du ein totaler Vollidiot bist. Genau wie dieser Ravan, wie heißt er weiter?", der Inspector warf einen Blick in den anderen Pass, der auf seinem Tisch lag, „ah ja, Ravan Pawar. Was Sie da haben, Mr Edward Coutinho, wohnhaft CWD-Chawl Nr. 17, ist ein wunderschönes Beispiel für ein gefälschtes Visum. Glückwunsch!"

„Was soll das heißen, ‚gefälscht'?"

„Na unecht, selbstgemacht, getürkt, gezinkt – kapiert, du Klugscheißer? Ach, was hat dieser Jamnadas-bhai doch für ein florierendes Unternehmen! Allein letzten Monat hat er siebenunddreißig Visa für Dubai, Italien und Australien ausgestellt, und eines sogar für Amerika. Erst heute Morgen haben wir erfahren, dass er seine Zentrale nach Madras verlegt hat. Was für ein gescheiter Mann. Warum bin ich bloß nicht selbst auf eine solche Geschäftsidee gekommen, anstatt zur Polizei zu gehen?"

„Und was jetzt?"

„Jetzt gehst du um siebentausend Rupien erleichtert und hoffentlich, wenn auch nicht sehr wahrscheinlich, um eine Erfahrung reicher wieder nach Hause."

„Was ist mit dem Ticket?"

„Was soll damit sein? Ich glaube kaum, dass Air India diesen Wisch akzeptieren wird."

„Und was ist mit der Polizei? Was werden Sie in der Sache unternehmen?"

„Zerbrich dir darüber nicht deinen Luxuskopf. Selbst wenn wir ihn schnappen sollten, glaube ich kaum, dass du dein Geld wiederbekommen wirst."

Da schieden sie voneinander, die zwei jungen Männer, doch Eddie war überzeugt, dass Ravan auf die eine oder andere Weise für die gefälschten Pässe und das verlorene Geld verantwortlich war.

17

Auch heute wieder keine Arbeit. Eddie fragte sich, wie lange diese Dürreperiode noch anhalten würde. Akram-bhais Favoriten waren alle aufgerufen und zusammen mit fünfundvierzig weiteren Männern für einen Dreh am nächsten Tag in der Nähe von Lonavala engagiert worden. Eddie hatte sich eine Woche zuvor bei der rechten Hand des Bosses, Jalaluddin-bhai, beschwert, der ihm versichert hatte, sobald es einen Job gäbe, würde er ihn bekommen, aber man könne nicht eigens für ihn eine neue Rolle schaffen oder einen neuen Film drehen. Und wenn er mit der Gewerkschaft so unzufrieden sei, könne er gern austreten oder am besten eine eigene gründen. Über diese letzte Bemerkung hatte sich Eddie unglaublich geärgert. Was gab Jalaluddin das Recht, ihn so von oben herab zu behandeln? Er hatte seinen Gewerkschaftsbeitrag wie jeder andere bezahlt und erwartete etwas Respekt. Jalaluddin war nichts als ein kleiner Funktionär. Das Mindeste, was die Gewerkschaft und dieser Akram-Chakram-bhai Eddie schuldeten, war ab und zu mal ein bisschen Arbeit.

Das Telefon in Akram-bhais Büro im Halbgeschoss klingelte und riss Eddie aus seiner stummen Schimpftirade. Es hatte keinen Sinn, noch länger zu warten, er würde einfach morgen wiederkommen und sein drittklassiges Glück ein weiteres Mal versuchen. Akram-bhai trat stirnrunzelnd aus seinem Kabuff und knurrte zu Jalaluddin: „Das ganze Jahr über behandeln die uns wie Dreck, und wenn's dann mal eng wird, kommen die angekrochen. Und zwar nicht, wenn es fünf vor, sondern erst wenn es fünf nach zwölf ist!“ Er warf einen Blick hinunter auf die Statisten, die sich noch nicht zerstreut hatten, und brüllte: „Sanjay Sippy-sahab braucht binnen einer Stunde zwei Leute.“ Die meisten im Hof verbliebenen Statisten schrien augenblicklich los und hoben die Hand. „Hättet ihr vielleicht die Güte, mich ausreden zu lassen?“ Das Parterre verstummte. „Er will zwei Statisten mit dreiteiligem Anzug, einmal schwarz, einmal weiß. Ich wiederhole: Dreiteiler, einmal schwarz, einmal weiß. Also erzählt mir jetzt nicht, ihr hättet einen Zweiteiler in Pfauenblau oder einen Safari-Anzug! Verschwendet nicht meine verdammte Zeit!“

„Heb deine Hand“, flüsterte eine vertraute Stimme in Eddies Ohr. Äußerst witzig. Er hörte nochmals dieselben Worte. „Heb deine Hand. Ich hab einen schwarzen und einen weißen Dreiteiler.“ Eddie drehte sich um und sah den Sprecher an. Er hatte sich nicht getäuscht; es war dieser Typ aus dem vierten Stock.

„Heb die Hand, und ich heb sie auch!“

Eddie ignorierte Ravan.

„Eddie Coutinho und ich haben, was Sippy-sahab braucht!“

„Hat dieser Coutinho seine Zunge verloren? Warum sprichst du für ihn? Ist es unter seiner Würde, mit uns zu reden?“

„Was spielt es für eine Rolle, ob Eddie Coutinho oder ich sprechen, solange wir Sippy-sahab glücklich machen können?“

„He Mann, Ravan Pawar, sagst du die Wahrheit oder versuchst du mich zu verscheißern? Wenn ihr beiden nicht wirklich diese Dreiteiler habt, reiß ich dir den Arsch bis zu den Kiemen auf!“

Ravan legte sich theatralisch die Hand aufs Herz. „Ich schwöre es bei Gott, Akram-sahab.“

„Ich rufe Sippy-sahab direkt an. Nehmt ein Taxi, holt eure Anzüge ab und fahrt mit demselben Taxi weiter zu Mehboob Studio Nr. 2. Verplempert keine Zeit damit, die Anzüge zu bügeln, das machen die dann im Studio.“

Um ein Haar hätte Ravan den Taxifahrer herausgezerrt und sich selbst ans Steuer gesetzt. Er hatte nie gedacht, dass er jemals im Fond eines Taxis sitzen und sich bis hinaus nach Bandra chauffieren lassen würde. Eddie hatte nicht nur kein Wort mit ihm gewechselt, sondern während der gesamten Fahrt auch nicht ein einziges Mal in seine Richtung geschaut. Er war nicht mal aus dem Taxi ausgestiegen, als es vor CWD-Chawl Nr. 17 gehalten hatte und Ravan vier Stockwerke hochgehechtet war, um die zwei Anzüge zu holen. „Welchen möchtest du gern anziehen?", fragte Ravan. Eddie gab durch ein Achselzucken zu verstehen, dass ihm das völlig gleichgültig war. Dann fragte er nach kurzer Überlegung: „Woher willst du überhaupt wissen, ob mir einer davon passt?"

„Einer der Schneider am Set wird alles Nötige ändern. Danach passt er dir wie angegossen, wenigstens vorübergehend."

Eddie hätte sich die dämliche Frage natürlich sparen können. Er zog sich noch weiter in seine Ecke zurück.

Das Mehboob Studio am Ende der Hill Road war einer von Ravans Lieblingsplätzen. Bandra gehörte noch immer zu den ruhigeren Vororten, wenn es sich auch alle Mühe gab, den Lärmpegel von Rest-Bombay zu erreichen. Die Projektentwickler hatten sich riesige Stücke dieser historisch goanisch-katholischen Hochburg geschnappt und sie auseinandergerissen wie ein Rudel Hyänen. Der Vize-Regieassistent lief vor dem Tor des Mehboob Studios auf und ab und bezahlte den Taxifahrer, sobald er die zwei Männer mit ihrem auf Kleiderbügeln hängenden schwarzen und weißen Anzug sah. „Was habt ihr so lang gebraucht?", fragte er nervös, aber Ravan und Eddie durchquerten bereits die große grüne hofartige Fläche. Hier herrschte keine Geschlechtertrennung. Männer und Frauen standen und schlenderten bunt durcheinander und saßen plaudernd in Grüppchen. Drei Feen in langen weißen Kleidern und Flügeln schwenkten ihre Zauberstäbe, während ein Magier in schwarzem Frack und Zylinder irgendeinen unverständlichen Zungenbrecher übte. Zu ihrer Rechten lagen zehn Statisten in weißer Cricketkleidung auf dem Rasen, andere lasen in der Morgenzeitung oder entspannten sich einfach, bis man sie zum Dreh auf den Set in Studio Eins rufen würde. Das Grundstück war von Schatten spendenden Bäumen gesäumt: Pipals, Flamboyants, Banyans. An drei Mangobäumen hingen Hunderte unreifer Früchte wie grüne Lampions an langen, dünnen, drahtartigen Stängeln.

Gleich links hinter dem Eingangstor erhob sich ein unfertiges sechsstöckiges Gebäude; seit dem viele Jahre zurückliegenden betrüblichen Ableben des Produzenten, Regisseurs und Eigentümers, Mehboob-sahab, war es unbenutzt und Gegenstand eines Rechtsstreits. Er hatte es nach dem Erfolg seiner denkwürdigsten Produktion, „Mother India", in Auftrag gegeben, und nun prozessierten seine Kinder und Kindeskinder darum vor dem hohen Gericht.

Ravan und Eddie hatten die stählerne Schiebetür von Studio Zwei erreicht. Der Vize-Regieassistent forderte sie auf zu warten, während er den Dance Director, Natkhatlal, holte, der sie einweisen würde. „Rührt euch nicht von der Stelle! Der Dreh ist euretwegen schon verschoben worden. Ich bin gleich wieder da."

Eddie und Ravan standen nebeneinander, mieden den Blickkontakt und fürchteten sich gleichzeitig, allein zu sein. Sie verlagerten andauernd ihr Gewicht von einem Fuß auf den anderen, als versuchten sie, eine volle Blase im Zaum zu halten. Fünf Minuten waren vergangen, und noch immer ließ sich der Regieassistent nicht blicken. Das rote Licht über der Schiebetür war nicht eingeschaltet. Ravan schaute sich verstohlen um und zog die Tür eine Handbreit auf. Innen war es dunkel, aber zu ihrer Verwunderung hörten Ravan und Eddie einen hohen schwirrenden Ton, wie von einem mit Vollgas laufenden Deckenventilator. Die Halle war mindestens so groß wie zwei, vielleicht sogar drei Fußballfelder, wovon ein Drittel von einer Nachtklub-Kulisse eingenommen wurde. Am anderen Ende des Studios zeichnete sich vor der offenen Terrassentür die Silhouette einer Frau in schwarzem Trikot ab. Sie kehrte den zwei jungen Männern den Rücken zu und sprang mit einer solchen Geschwindigkeit Seil, dass ihre Arme gar nicht zu sehen waren.

Sie warteten. Ravan war so entspannt wie schon lange nicht mehr. Wochenlang hatte er mit angehaltenem Atem darauf gewartet, dass Drei Komma Eins sich melden und ihm befehlen würde, eine weitere verbotene Fracht nach Panvel, Baroda, Allahabad oder wohin auch sonst zu befördern. In den letzten Monaten hatten die Zeitungen über die sich verschärfenden Bandenkriegen in Bombay berichtet, und erst diesen Morgen hatte es einen langen Artikel dazu gegeben, Drei Komma Eins sei von seinem eigenen Vize verraten und seine Gang von einem rivalisierenden Mob-Boss, Janardhan, übernommen worden. Der Reporter hatte gründlich recherchiert, aber mit Gewissheit konnte er lediglich sagen, dass mehrere Theorien im Umlauf waren. Der einen zufolge hatte sich Drei Komma Eins in der Wohnung seiner Geliebten verkrochen, irgendwo in Bombay; eine andere besagte, er habe mit der Staatsanwaltschaft einen Deal gemacht und sich gegen Zusicherung eines milden Urteils bereit erklärt, gegen seine Rivalen auszusagen; die dritte lautete, er sei nach Dubai gegangen und führe seine Geschäfte von dort aus weiter. Sicher war nur, wie der Artikel schloss, dass der einstige Mafiaboss wie vom Erdboden verschwunden war. Der Bericht war nicht übermäßig aufschlussreich, doch Ravan fühlte sich, als hätten sich seine Lungen plötzlich ausgedehnt und als könnte er mit einem Mal Luft statt Angst einatmen. Er zweifelte nicht daran, dass Drei Komma Eins früher oder später wieder auftauchen würde, aber zumindest eine Atempause war ihm vergönnt.

Nachdem sie wenigstens tausendmal seilgehüpft war, schlüpfte die junge Frau am anderen Ende des Raums in einen Morgenmantel, setzte sich und trocknete sich das Gesicht ab. Dann drehte sie sich nach Ravan und Eddie um und fragte: „Seid ihr beide ausgebildete Tänzer?“

Sie hatten sich sehr leise hineingeschlichen – wie hatte sie sie dennoch bemerkt? Und was sollte er darauf antworten, fragte sich Eddie, um nicht zu riskieren, eine Tagesgage zu verlieren? Sollte er sagen, dass er zwar ein guter, aber kein professioneller Tänzer sei? Oder dass er Unterricht gehabt habe, zur Sicherheit aber hinzufügen, dass das lang her und er wahrscheinlich ein bisschen eingerostet sei? Aber dieser hirnlose Ravan hatte schon das Wort ergriffen. „Nein, wir sind nicht ausgebildet. Eigentlich sind wir nur hier, weil es einen Notfall gegeben hat und wir rein zufällig die erforderlichen schwarzen und weißen Dreiteiler hatten.“

„Gut. Da haben uns diese beiden Profitänzer doch tatsächlich in letzter Minute im Stich gelassen! Der Regisseur war verzweifelt. Egal, die Kulisse muss spätestens morgen Abend abgebaut werden. Ich bin froh, dass ihr den Mut hattet, mir die Wahrheit zu sagen. Besser ein unbeschriebenes Blatt als eines mit blödsinnigem Gekritzel drauf." Sie erhob sich aus dem Schatten, ließ den Morgenmantel auf einen Stuhl fallen und trat ins Licht. Eddie verspürte den Drang, jedes Four-Letter-Word, das er jemals gehört, und jede Ferkelei, die er in seinem Leben gesagt hatte, von sich zu geben, um sich dann hinzulegen und zu sterben. Stattdessen hielt er sich an Ravans Hand fest. Ravan schluckte mühsam und versuchte, das Gleichgewicht zu halten, und gelangte zu dem Schluss, das Beste sei, sich auf den Fußboden zu setzen. Er zog Eddie mit runter, und beide setzten sich mit gekreuzten Beinen hin. Sie kam lächelnd näher und hockte sich vor sie. „Ich bin beeindruckt. Der Lotossitz ist euch geradezu angeboren. Sagt mir, wie ihr heißt."

Das war nicht real, das konnte nicht sein, das war platterdings unmöglich. Es konnte, nein, es durfte nicht sein, dass sie mit der Einmaligen und Unvergleichlichen, mit der Königin des Tanzes, mit keiner anderen als Helen sprachen! Nicht nur das – sie hatten sie ganz für sich allein! Helen. Sie war die Ausnahmeerscheinung auf der Leinwand. Sie war keine und würde nie eine romantische Heldin sein, geschweige denn ein Superstar. Sie hatte sich ihre eigene, einzigartige Nische geschaffen. Jede neue Generation würde neue Stars und neue Sexbomben produzieren, die, mehr oder weniger aufreizend an- oder besser gesagt ausgezogen, die üblichen schwül-heißen Nummern aufs Parkett legten. Der Hindi-Film konnte ohne die Institution der „Bajadere" – egal, wie sie im Einzelnen genannt werden mochte: Vamp, Gangster-Molly, Schnalle, *tavaif*, Tanzmädchen, Mätresse, „die Andere" oder wie auch immer – schlicht nicht überleben. Aber es würde immer nur eine Helen geben.

Wie hieß sie wirklich? Hatte ihre Mutter sie nach der Prinzessin aus Sparta genannt, die mit Paris durchgebrannt war und diese legendäre Schiffsflotte mobilisiert hatte? Wer wusste das schon, und was spielte es auch für eine Rolle? Es war fraglich, ob sie auch nur ein einziges Segelboot aufs Meer gelockt hätte, aber hey – keine brachte 750 Millionen Inder dazu, nach ihrer Pfeife zu tanzen wie Helen! Sie war ein Wasserkobold, knochenlos und geschmeidig. Sie war, großzügig geschätzt, nur so groß wie eine Parkuhr. Sie schien nie die Füße zu bewegen, sie glitt dahin wie eine Welle. Sie wand, schlängelte, ringelte sich, sie knäuelte und entknäuelte sich. Sie war ganz Hüftschwung und sinnlicher Schmollmund, sie war Sex-Appeal hoch sechstausend, sie war jeden Mannes feuchter Traum und doch niemals vulgär. Sie war die Quintessenz des Widerspruchs in sich: Sie trug auf der Leinwand ein Minimum an Textilien, doch selbst der Prüdeste hätte sie nicht für unanständig gehalten. Sie konnte am helllichten Tag auf der Straße laufen, und schon nach wenigen Sekunden umschwärmten sie Tausende, doch kein Einziger hätte es gewagt, sie zu berühren oder unflätige Bemerkungen über sie zu machen.

Während Ravan noch rätselte, wie er der einmaligen Helen seinen seltsamen Namen verraten sollte, platzte Eddie heraus: „Das da ist Ravan, und ich heiße Eddie!"

„Hallo, Eddie, und hallo, Ravan! Wollen wir mit ein paar Aufwärmübungen anfangen, solange Natkhatlal mit seinem Drink beschäftigt ist – zehn Tropfen Limettensaft, die, wie er sich einbildet, eine Handbreit Wodka übertönen werden? Schaut mir einfach zu und macht's mir nach!"

Ravan und Eddie wussten nicht, wo sie ihre Anzüge hinhängen sollten. „Ist schon okay. Legt sie einfach auf meinen Morgenmantel. So zerknittern sie nicht. Fertig? Hier ist der Rhythmus. Erst langsam: eins, zwei, drei, vier, gefolgt von einem flotten Eins-zwei-drei. Eins, zwei, drei, vier; eins-zwei-drei. Eins, zwei, drei, vier; eins-zwei-drei. Macht's mir einfach nach. Eins, zwei, drei, vier; eins-zwei-drei; springt so hoch ihr könnt in die Luft. Und wenn ihr's schafft, macht in der Luft einen Spagat. Landet auf den Füßen. Eins, zwei, drei, vier; eins-zwei-drei."

Und genau das machten Ravan und Eddie. Sie ahmten jede ihrer Bewegungen nach. Sie hoben ab, schwebten wie in Trance; machten einfache, doppelte und dreifache Spagate, in der Luft und auf dem Boden. Sie legte eine Pause ein und sagte: „Ihr habt mich angeschwindelt, stimmt's? Ihr seid Profis!" Und Eddie lachte und erwiderte: „Nein. Ich turne am Malkhamb, schon seit meiner Kindheit."

„Und ich mach Taekwondo", fügte Ravan hinzu.

„Na, kein Wunder." Sie schaltete das Tonbandgerät ein. Aus den Lautsprechern drang ein gedämpftes, aber beharrliches Pochen von Urwaldtrommeln. Dhup, dhup, dhup, dhup. Dhupdhupdhup. Dhup, dhup, dhup, dhup. Dhupdhupdhup. Dhup, dhup, dhup, dhup. Dhupdhupdhup. Und dann fiel eine rauchige, verführerische Stimme in das Getrommel ein: „Black and white. Black and white. Who can tell who's Mr Right? Is it Mr Black? Or is it Mr White?" Sie drückte die Pausetaste.

„Jetzt wisst ihr, worum es bei dem Tanz geht: um die Liebe und darum, den richtigen Partner fürs Leben zu finden. Ihr beide umwerbt mich, es ist ein Paarungsritual. Ich sag euch zunächst, wie die erste Strophe lautet, und dann könnt ihr den ganzen Song hören. ‚Jeder wird euch etwas anderes raten. Alle irren sich. Alle haben recht. Doch wozu auf sie hören? Hör auf dein Herz, oh, hör auf dein Herz! Schenk es dem, den du liebst, dem, der dich liebt!'

Natkhatlal-ji hat heute Morgen die Grundchoreographie skizziert, aber da er noch nicht hier ist, lasst uns einfach improvisieren. Wenn ihm dann irgendwas nicht gefällt, kann er's ja immer noch ändern."

Der Dance Director tauchte schließlich um Viertel vor drei auf, ein paar Minuten vor Drehbeginn. Er war völlig betrunken und hatte den Mund voller Paan. Helen, Eddie und Ravan führten ihm vor, was sie eingeübt hatten. Er war alles andere als glücklich über das Resultat. Die Königin des Tanzes hatte sich weitgehend an die Grundkonzeption des Choreographen gehalten, dabei aber versucht, die Klischees auszumerzen oder, wo das nicht möglich war, sie mit Unterstützung ihrer zwei neu erworbenen Jünger leicht ins Lächerliche zu ziehen. Ravan und Eddie richteten sich in allem gewissenhaft nach ihr, manchmal jedoch reichte ein Achselzucken, ein provozierendes Vorschieben des Unterkiefers oder ein Straffen des Körpers, um erotische Spannung zu erzeugen und die Temperatur nach oben zu treiben. Natkhatlals Ansatz war konventionell und ein bisschen leblos gewesen. Sie hatten nicht bewusst versucht, ihn über den Haufen zu werfen, aber es war ihnen gelungen, der Sache eine gewisse Sinnlichkeit und sexuelle Ladung zu verpassen. Selbst die Königin des Tanzes hatte befürchtet, das Ganze könnte zu sehr ins Grob-Körperliche abgleiten, und hatte ein paar Bewegungen als etwas zu gewagt abgelehnt.

Eigentlich hätte Eddie derjenige sein müssen, der bei den Improvisationen die Führung übernahm. Schließlich hatte er in Sachen Umwerben, Hofieren und sexuelle Andeutungen die größere Erfahrung. Doch es war Ravan, der die Situation als Möglichkeit zu einem erotischen Dialog zwischen den Geschlechtern mit humoristischen Einlagen sah. Die Königin hatte sich an Eddie geschmiegt und schnurrte wie eine Katze und schlang sich buchstäblich um ihn. Dann war es Ravans Aufgabe, sie wegzuziehen und seinerseits einige Glanzlichter zu setzen. Wenn sie sich hinüberlehnte, um sich an ihn zu klammern und dann an seiner linken Seite hinunterzugleiten, trat er einen Schritt zurück, und wenn sie anschließend kurz davor stand hinzufallen, legte er den Arm um ihre Taille und zog sie hoch, sodass sich ihre Lippen fast berührten. Sobald Eddie kapiert hatte, worauf Ravan hinaus wollte, ging auch er darauf ein. Dem Lied zufolge waren sie beide in dieselbe Frau verliebt. Sie würden sich mit allen fairen und sonstigen Mitteln bekämpfen. Die Situation war ihm vertraut. Ravan war von jeher sein Feind gewesen; sie würden um ihre Hand kämpfen – bis aufs Blut.

„Phwo ist mein Tanz? Phwo bleibt die Tradition? Zu viel Unfug! Phwo bleibt das Krishna-Motiv, das ich dir skizziert habe,

Höllen-ji? Phwenn das Thema die Liebe ist, braucht man nicht nachzudenken. Gott Krishna ist der größte Liepwhaber der Welt!"

Höllen-ji versuchte, dem Schwall von Wodkadunst auszuweichen, der mit jedem „phw" ausgestoßen wurde, hatte aber nicht allzu viel Erfolg damit. „Er ist zweifellos der größte Liebhaber, Natkhatlal-ji. Aber wenn ich richtig informiert bin, ist ihm sein bester Jünger, der Herr des Tanzes, darin nicht unterlegen."

Natkhatlal-ji wurde rot, lächelte schamhaft und wiegelte ab. „Nichht doch, nichht doch. Aber phwas ist mit Krishna?"

„Krishna wäre ideal, aber der Text dieses Songs ist zum Teil auf Englisch, weil er von einem modernen Problem handelt. Es geht darin nicht um arrangierte Heirat, sondern um Liebesheirat. Und wir möchten das traditionelle Bild des Gottes Krishna nicht mit einer Fremdsprache verunstalten."

„Eckschackt, genau meine Rede. Bei Shri Krishna phwaren es ebenphfalls nur lauter Liephweschheiraten. Schämtliche schechtschehnhundert!"

Eddie und Ravan war zwar nicht ganz klar, wie sich Helen-jis Standpunkt mit dem des Choreographen vereinbaren lassen sollte, sie freuten sich jedoch, dass die beiden einen gemeinsamen Nenner gefunden hatten. Mitten während des Drehs flüsterte die Königin des Tanzes ihren zwei Filmverehrern zu: „Lasst es uns machen. Gehen wir aufs Ganze!"

Als die Szene endlich im Kasten war, war es halb drei Uhr nachts. Sie teilten sich ein Taxi nach Hause, aber Eddie sagte, er hätte noch etwas zu erledigen und müsste an der Kreuzung vor den CWD-Chawls aussteigen. Ravan erhob keine Einwände dagegen. Er wusste, dass seine Mutter an ihrem Fenster auf ihn warten würde. Eddies Mutter auf ihren Sohn vielleicht auch.

„Was ist mit morgen? Drehbeginn ist um halb neun."

Eddie zögerte. „Wir sehen uns im Studio."

Es war Divali, und Parvati-bai hatte sich einen neuen Sari gekauft, nur dass es diesmal wieder der traditionelle Acht-Meter-Sari war, statt des fünf Meter langen, den sie seit ihrer Ankunft in Bombay vor vielen Jahren ausschließlich trug. Es war zwar sehr die Frage, ob sie Gelegenheit haben würde, ihren neuen Sari noch mehr als ein paarmal im Leben zu tragen, aber Parvati-bai fand, dass die Wichtigkeit dessen, was sie heute vorhatte, nach etwas entsprechend Gewichtigem und Besonderem verlangte.

Divali – oder Dipavali, wenn es etwas vornehmer klingen sollte – war ihr Lieblingsfest. Sie liebte seine Bedeutung: den Sieg des Guten über das Böse, des Lichts über die Finsternis. Es war eine Ironie des Schicksals, dass beide Protagonisten des Festes – Ram und Ravan – eine so enge Beziehung zu ihrem Sohn hatten. Die Urfassung der Geschichte um die beiden Rivalen hatte der Dichter Valmiki in seinem Versepos Ramayana geschildert, und sie war seither in Tempeln, Klassenzimmern, Volksmärchen, unzähligen Theaterstücken und, seit der Erfindung der Kinematographie, in zahllosen Filmen und vor allem seit Jahrhunderten von jeder Großmutter ihren Enkeln nacherzählt worden. Der Sieg Rams, des Rechtschaffensten unter den Menschen und Göttern, über den zehnköpfigen Dämonenkönig Ravan, war zum wichtigsten religiösen Fest des Subkontinents geworden.

Während Ravans Kindheit hatte Parvati-bai, wie jede andere Hausfrau in den vier unteren, hinduistischen Stockwerken der CWD-Chawls, komplizierte geometrische Muster vor ihrer Wohnungstür gezeichnet, indem sie zwischen Daumen und Zeigefinger weißes *rangoli*-Pulver rieseln ließ und die Zwischenräume dann mit verschiedenen Farben ausfüllte. Sie stellte tönerne Öllämpchen auf die Fensterbank und rings um die Rangoli-Muster. Sie weckte Ravan an *dhantrayodashi*, dem ersten Tag des Festes, um fünf Uhr früh, rieb ihn mit Sandelpaste ein, wusch ihn mit warmem Wasser und zog ihm brandneue Sachen an. War das erledigt, schickte sie ihn mit Tellern voll selbst gemachter süßer und pikanter Leckereien zu den Nachbarinnen, und sie wiederum würden das vorbeischicken, was sie eigens für diesen Freudentag zubereitet hatten: den Tag, an dem Ram, nachdem er Ravan in der Schlacht getötet hatte, in seine Heimatstadt und königliche Residenz Ayodhya zurückkehrte. Und am Abend, als sie die bunte Papierlaterne, die vor ihrem Fenster hing, angesteckt hatte, zündete sie, wie alle hinduistischen Eltern in den Chawls, Wunderkerzen an und drückte sie dann Ravan und seinen Freunden in die Hand, damit sie sie vergnügt durch die Luft schwenkten. Damals war es wirklich ein Lichterfest gewesen, genau wie der Name es besagte.

Aber das war einmal. Das Licht – zumindest in Form der schönen altmodischen Tonlampen – hatte das Fest verlassen und war durch Trommelfell zerfetzende Knallfrösche und jene immer wieder verbotenen, aber allerorts erhältlichen tödlichen Monster ersetzt worden, die, nicht ganz handgranatengroß, den treffenden Namen „Atombombe“ trugen und durch ihre Detonation ebenso den Erdball zu sprengen wie den Verstand sämtlicher Umstehender zersplittern zu lassen schienen. So wie das Ganesh-Fest war inzwischen auch Divali vom erznationalistischen Maaiboli Sangh vereinnahmt worden. Statt tausenderlei verschiedener Papierlaternen hatte nun jeder Hindu-Haushalt in den CWD-Chawls – mit Ausnahme der Pawars aus dem vierten Stock – die ockerfarbene Fahne und Laterne des Maaiboli Sangh vor dem Fenster hängen. Jedes religiöse Fest bot die Gelegenheit zum Begaunern und Schröpfen von Ladenbesitzern und Anwohnern im Namen der Hindu-Kultur.

Um zehn war Parvati-bai mit Kochen fertig; sie füllte die Henkelmänner ihrer Kunden und stellte sie zum Abholen vor die Tür, wusch sich und zog sich um. Sie hatte schon so lange keinen Acht-Meter-Sari mehr getragen, dass sie eine Weile brauchte, um ihn auf die richtige, traditionelle Weise anzulegen. Ravan hatte recht, sie sollten sich wirklich einen Ganzkörperspiegel zulegen. Fürs Erste aber würde das kleine Ding an der Wand, das sie seit ihrer Hochzeit benutzte, eben reichen müssen. Es war ohnehin nicht ihre Art, sich minutenlang im Spiegel zu begaffen, und sie hatte mit Sicherheit weder die Zeit noch die Neigung, sich zu schminken. Selbst heute, wo so viel von ihrer Erscheinung abhing, begnügte sie sich damit, den safranroten Punkt sorgfältig in die Mitte ihrer Stirn zu tupfen, und bedeckte dann ihren Kopf mit dem Pallu des Saris. Sie warf einen letzten Blick in den Spiegel; das satte Dunkelgrün des Saris tönte ihre helle Haut, und sie schien von innen her zu glühen.

Ravan und Eddie waren zur Junior Artistes' Association in Saat Rasta gefahren, um zu sehen, ob sie eventuell einen Job an Land ziehen konnten. Parvati-bai hielt es für ein gutes Omen, dass ihr Sohn und der Junge vom Obergeschoss sich miteinander angefreundet hatten. Shankar-rao hielt gerade sein vormittägliches Nickerchen. Nicht nötig, ihm zu erzählen, wohin sie ging und was sie dort vorhatte. Sie nahm den Teller mit den Divali-Leckereien, die sie mit besonderer Sorgfalt zubereitet hatte, und stieg die Treppe hinauf. Sie wohnte seit über zwanzig Jahren in diesem Haus, und doch war sie noch nie im fünften Stock gewesen. Es sah dort fast genau so wie im vierten aus, nur dass dort nicht Divali gefeiert wurde und an den meisten Türrahmen – anstelle der auf einer Schnur aufgefädelten grünen Chilis und Limetten (zur Abwehr böser Geister) und des über dem Sturz angebrachten Ganesh-Bildes – ein Kreuz angenagelt war. Sie sprach ein Gebet zum Familiengott Khandoba, bat ihn um seinen Segen und klopfte an die Tür der Coutinhos.

Violet traute ihren Augen nicht. Sie trug seit Kurzem eine Bifokalbrille, und die erzeugte zwischen den gleichzeitigen Realitäten des Fern- und des Nahbereichs eine dritte Art von gebrochenem Raum. Mitunter hatte sie das Gefühl, auf einer Wippe zu sitzen oder in einem Boot auf schaukelnder See. Der Boden schwankte, und die Dinge und Menschen vor ihr zersplitterten und zerflossen und setzten sich neu zusammen wie bunte Scherben in einem Kaleidoskop. Sie hielt sich an der Tür fest, um das Gleichgewicht zu wahren, und starrte Parvati-bai verständnislos an. Langsam sickerte es in ihr Bewusstsein, dass dies der letzte Mensch war, mit dem ihr Mann in seinem Leben gesprochen hatte. Seltsame, gequälte unterirdische Laute entrangen sich ihrer Kehle. Sie waren kaum zu vernehmen, diese schmerzvollen Schluck- und Schnarchgeräusche, die aus den Tiefen des Bauches der Erde zu kommen schienen. Sie sah aus wie ein in die Enge getriebenes Tier; sie bekam kaum Atem und schien die Sprachfähigkeit eingebüßt zu haben.

„Ich bin hier, um Ihnen eine sehr glückliche Divali zu wünschen", sagte Parvati-bai. Obwohl sie im selben Haus und auf angrenzenden Stockwerken wohnten, bekam sie Violet so gut wie nie zu Gesicht. Sie hatte vergessen, wie schön Eddies und Pietas Mutter war. Wie zart sie gebaut war! Sie trug weder Rouge noch Lippenstift, und wenngleich auch sie gealtert war, hatte ihre Haut die Farbe von sonnendurchflutetem Honig. Sie trug ein gewöhnliches Kleid; es war gut geschnitten, aber das war's auch schon, und dennoch waren ihre aristokratische Haltung und die Feinheit ihres Knochenbaus nicht zu verkennen. Alles, was sie tat, jede Geste, die Art, wie sie die Tür öffnete, wie sie sich gab, ließ sie so würdevoll und sanft erscheinen, dass Parvati einen Moment lang wünschte, sie könnten Freundinnen sein. „Sie feiern das Fest nicht, ich weiß, aber es ist ein freudiger Anlass, und ich wollte ihn einfach mit Ihnen und Ihrer Familie teilen."

Violet starrte den mit einem großen goldgesäumten Kunstfasertuch bedeckten Teller an, als kauerte der Leibhaftige unter dem Tuch, bereit, sie anzuspringen und ihre Seele zu rauben. Inzwischen zitterte sie unbeherrscht. Es war schwer zu sagen, ob sie wütend war und wenn, auf wen, oder ob sie von alten Erinnerungen gepeinigt wurde.

„Iiiiiiiiiiiiiih!" Sie stieß leise, furchterregende, klagende Laute aus. Es war, als versuchte sie, mit fernen Himmelskörpern zu kommunizieren, ihnen von einem unaussprechlichen Schmerz zu berichten; von einem Verlust und der Unmöglichkeit, im letzten Augenblick das Wort wiederzufinden, das all jene, die sie so sehr liebte, erstochen, zerfetzt und ausbluten hatte lassen; vom Irrsinn, ihrem Mann nicht verziehen zu haben, dass er sie mit solcher Unbefangenheit und heiterer Natürlichkeit geliebt hatte; davon, dass sie ihrem Sohn die kalte Schulter gezeigt und sich selbst das Herz gebrochen hatte; dass sie den Traum ihrer Tochter, Ärztin zu werden, starrsinnig zerstört hatte. Flehte sie die heilige Jungfrau um Vergebung an oder verlangte sie nach Rache für all das Unrecht, das ihr widerfahren war?

Parvati-bai streckte die Hand aus, um sie zu stützen, doch Violet zuckte vor der Berührung zurück. „Ist ja gut, ist ja gut", versuchte Parvati, sie zu beruhigen, obwohl es fraglich war, ob sie selbst wusste, was sie mit „Ist ja gut" eigentlich meinte. „Ich dachte, es wäre an der Zeit zu begreifen, dass wir Nachbarinnen sind und keine Fremden. Was kostet es schon, eine Treppe hochzulaufen, hab ich mich gefragt. Gerade mal eine Minute. Also habe ich mir nach all den Jahren diese Minute genommen und bin gekommen, um Ihnen Hallo zu sagen. Ich hätte es bereits vor Jahren tun sollen. Aber egal, besser spät als nie."

Violet stöhnte noch immer wie ein verwundetes Tier. Hätte sie nur den Bann brechen können, wäre sie davongelaufen und hätte sich in Sicherheit gebracht. Jetzt schien die Frau vom vierten Stock endlich fertig zu sein. Doch Parvati-bai sammelte lediglich Mut für ihren großen Vorstoß. „Da wär eigentlich noch etwas, was ich Sie fragen wollte. Ich weiß nicht, wie ich es sagen soll, also sag ich es einfach so, wie ich kann, so ehrlich, wie ich es kann." Sie lächelte schüchtern. „Sie haben eine sehr schöne Tochter. Das Leben kann voller Überraschungen sein. Mein Ravan hat sich in Ihre Pieta verliebt. Mein Sohn ist ein guter Junge und er arbeitet sehr hart, in zwei Jobs gleichzeitig. Und da hab ich mich gefragt, ob Sie es in Betracht ziehen könnten, Ihre Tochter meinem Sohn zur Frau zu geben. Es wäre eine große Ehre für meine Familie."

Violet riss sich endlich mit einer übermenschlichen Anstrengung los. Es war nicht klar, ob ihre Hand bewusst zuschlug oder ob es lediglich die Erleichterung war, aus ihrer Lähmung befreit zu werden. Die Knabbereien und Köstlichkeiten segelten durch die Luft, und der Blechteller fiel scheppernd zu Boden und rollte davon, bis er den Schwung verlor, ins Trudeln geriet und sich auf den Bauch legte. Pieta kam mit einem Handtuch um ihr nasses Haar herausgerannt, weil sie befürchtete, ihre Mutter sei wegen ihrer neuen Bifokalbrille hingefallen.

Parvati-bai stand reglos da, den Mund verwirrt aufgerissen, die Hände noch immer um das Metalltablett geschlossen, das gar nicht mehr da war, und bekam nicht so recht mit, was Violet zu ihr sagte: „Geh wieder nach Hause, Frau! Geh zu Deinesgleichen! Wie kannst du es wagen, dir einzubilden, ich würde meine Tochter, die die Bachelor-Prüfung bestanden hat und persönliche Assistentin des Vizedirektors eines multinationalen Konzerns ist und nun eine Fortbildung zur Computerprogrammiererin macht, deinem Statistensohn geben?"

„Es tut mir leid! Furchtbar leid!" Pieta nahm Parvati-bai bei der Hand und zog sie weg. „Hören Sie nicht auf meine Mutter! Sie meint nicht, was sie sagt. Ehrlich nicht! Bitte nehmen Sie es sich nicht zu Herzen, ich flehe Sie an!" Sie hob den Teller auf und versuchte, die zerkrümelten Snacks wieder hineinzulegen, gab es dann aber auf. „Ich mach später sauber. Kommen Sie, ich begleite Sie zurück!" Und sie fasste Parvati-bai an den Arm und stieg mit ihr die Treppe hinunter.

„Komm schon, wir gehen ins Kino." Eddie stand in der Eingangshalle von Belles Bürogebäude.

„Na, das ist ja eine Überraschung, Edward Coutinho. Ich weiß gar nicht, was ich davon halten soll. Oder hast du dich verlaufen und bist nur versehentlich hier gelandet?"

„Es ist ein Versehen, ein entsetzlicher Irrtum! Also, wie ist es: Kommst du jetzt mit ins Kino oder was?"

Belle spürte heute eine unterdrückte Erregung in Eddie, aber er hielt sie ganz gut unter Kontrolle.

„Pieta und ich gehen heute Abend shoppen", sagte Belle. „Sie erwartet mich."

„Nein, tut sie nicht. Ich hab ihr gesagt, es wär dir was dazwischengekommen und du könntest die Verabredung leider nicht einhalten."

Das war Eddie, wie er leibte und lebte. „Du bist ganz schön überzeugt von dir, was?"

„Seit wann seid ihr so unzertrennlich, du und Pieta?"

„Sie ist auf jeden Fall zuverlässiger als ihr Bruder, der sich einbildet, ich müsste immer auf Abruf bereitstehen, für den unwahrscheinlichen Fall, dass er sich daran erinnert, dass er eine Freundin hat."

„Okay, Belle. Du hast gesagt, was du zu sagen hattest."

„Und was war das?"

„Willst du mir jetzt Stress machen? Ich weiß, ich habe es herausgefordert, aber der Film fängt um zwanzig nach sechs an, und da es ein Hindi-Film ist, ist es eigentlich vollkommen egal, ob du ihn dir von der Mitte ab ansiehst oder bloß die letzten zehn Minuten, oder ob du ihn dir mit verbundenen Augen und zugestöpselten Ohren antust. Aber so wie ich dich kenne, würdest du es mir nie verzeihen, wenn du auch nur die ersten drei Sekunden verpassen würdest."

„Willst du mir den Mund verbieten, Eddie? Denn das lasse ich mir nicht gefallen!"

„Ich mag ein Vollidiot sein, Belle, aber so dumm nun auch wieder nicht."

„Glaub nur nicht, du könntest mit deinen klugscheißerischen Sprüchen davonkommen! Ich werde sagen, was ich zu sagen habe, und du wirst mir zuhören!"

„Aber sicher. Ich meine nur: Was du zu sagen hast, kannst du auch sagen, während der Film läuft."

Belle sah Eddie aus dem Augenwinkel an und versuchte abzuschätzen, ob er sich über sie lustig machte. Klar tat er das, und wie immer, ohne dabei eine Miene zu verziehen.

„Du hast noch nicht gesagt, welchen Film wir uns ansehen."

„Och, der heißt ‚Apne Dil ki Suno'."

Eddie hatte keine Ahnung, wann die Gesangsszene kommen würde. Die Pause war schon vorbei, ebenso der erste Teil der zweiten Hälfte des Films, und dann blieben vom Film nur noch acht, neun Minuten, und vom Song war immer noch nichts zu hören gewesen. Das hätte er wissen müssen, verdammter Idiot, der er war, dass der Regisseur und der Cutter die ganze „Black and White“-Tanzszene kippen würden – und wenn schon aus keinem anderen Grund als um Eddie eins auszuwischen. Wenn es bei den Statisten eine eiserne Regel gab, dann die: Zähl keine ungelegten Eier. Korrigiere – zähl sie nicht, bevor der Film endgültig geschnitten durch die Zensur und in den Kinos ist. Selbst dann könnte es übereilt sein, da irgendein durchgeknalltes Mitglied der Öffentlichkeit oder eine übereifrige Organisation sich in den Kopf setzen konnte, eine gerichtliche Verfügung gegen den Film zu erwirken. Eddie hatte keine Ahnung, warum der Regisseur den Song und natürlich auch die dazugehörige Tanzszene herausgeschnitten hatte. Sein einziger Trost war, dass er weder Belle – noch sonst jemandem – von „Black and White“ erzählt hatte. Sein Problem war von jeher gewesen, kein Geheimnis für sich behalten zu können; er musste es einfach ausplaudern und sich lächerlich machen. Er hatte es getan, als er vorgehabt hatte, nach Amerika zu fahren. Zum Glück konnte er jetzt so tun, als habe er nur vorgehabt, nach dieser langen Pause wieder mit Belle auszugehen, und sich als die naheliegendste Möglichkeit, sie zu beschwichtigen, einen beliebigen Hindi-Film ausgesucht hatte.

Und dann kam es: „Black and White“ in Farbe. Helen, Eddie Coutinho und Ravan Pawar, wie sie auf der Leinwand und im Zuschauerraum die Temperatur nach oben trieben. Er konnte hören, wie Belle nach Luft schnappte, als sie erkannte, dass es Eddie war, ihr Eddie, der Eddie, der neben ihr saß, den sie da oben auf der Leinwand sah. Sie schaute zu, ohne mit der Wimper zu zucken und ohne zu atmen und ohne ein Wort zu sagen oder ihn anzusehen. Und als der Song vorbei war, stand sie auf und klatschte und klatschte und klatschte. Und dann, während die Filmheldin das tat, was sie immer tut, gleich ob es ein Film aus Hollywood ist oder einer vom Bombayer Cousin, nämlich losflitzen und in ein Taxi springen und dem Fahrer sagen, dass sie zum Flughafen will, schnell, schnell, schnell, und dann hinausstürzen und davonrennen, ohne für die Fahrt zu bezahlen, und durch den Flugsteigschalter brechen, ohne sich um die Proteste des Flughafenpersonals zu kümmern, und im Zickzack über das

Vorfeld flitzen, um den Beamten der Passkontrolle zu entkommen, und sich die Liebe ihres Lebens schnappen, just als sie – beziehungsweise er – die Gangway hinaufstieg, um die Maschine zu besteigen, wandte sich Belle zu Eddie, zog ihn an sich und küsste ihn, bis ihm fast die Luft ausging. Aber das störte ihn nicht weiter, und er erwiderte ihren Kuss.

„Kannst du dir vorstellen, wie geplättet ich war, als ich dich da auf der Leinwand gesehen habe, wie du, mit Verlaub, eine ganze Nummer mit keiner Geringeren als der großen Helen hingelegt hast?", sagte sie später zu ihm. „Ich hab meinen Augen nicht getraut! Du hast nichts davon gesagt, du Gauner! Ich frag mich, was du mir sonst noch alles verheimlichst. Ich hab gespürt, wie du im Laufe des Films immer ungeduldiger wurdest. Wusstest du nicht, wann ‚Black and White' kommen würde?"

„Ich hatte nicht die leiseste Ahnung. Und als die Nummer einfach nicht kommen wollte, dachte ich, das wär mal wieder mein typisches Pech und die hätten sie einfach rausgeschnitten. Wer spart sich in einem Hindi-Film eine Gesangs-und-Tanz-Sequenz schon für die letzten zehn Minuten auf?"

„Du warst irre, und du hast absolut umwerfend ausgesehen. Ich sag das nicht etwa, weil mich die fragliche Person in irgendeiner Weise interessieren würde, woher denn auch?" Sie lächelte und hob neckisch ihre Augenbrauen. „Aber es war eine klasse Vorstellung."

Eddie verzog das Gesicht. „Hey, kann es wirklich sein, dass du meine Wenigkeit lobst?"

Sie gab ihm einen langen, glücklichen Kuss.

„Und dieser Typ aus deinem Haus, ja, jetzt fällt mir wieder ein, wie er heißt, wie könnte ich den Namen vergessen, Ravan, wie kommt's, dass er auch in der Szene mit dir und Helen war?"

„Frag mich was Leichteres. Er war eben zufällig grad da."

„Ich sag dir was, er ist gut. Er hat Stil, und mir gefällt sein Sinn für Humor. Er überzieht überall nur ein kleines bisschen, er übertreibt es nicht, er parodiert nur ganz leicht. Und ihr beide seht sehr gut zusammen aus. Man könnte meinen, ihr wärt schon euer Leben lang zusammen. Ihr scheint die Bewegungen des anderen immer vorauszusehen und geht dagegen an. Man spürt eine gewisse Rivalität und Härte und gleichzeitig gegenseitigen Respekt, und ihr überschreitet nie die Grenze."

„Wow, du scheinst dich ja in den Typen verknallt zu haben."

„Aber total. Ich hab vor, ihn zu vernaschen. Ich wusste gar nicht, dass du einen weißen Dreiteiler hast. Wo hast du ihn machen lassen?"

„Der gehört nicht mir."

„Wo hast du ihn dann her?"

„Hey, was glaubst du wohl, wozu Filmstudios eine Kostümabteilung haben?"

Sie gingen zu ihr. Mr McIntyre nuschelte Eddie irgendwas zu, doch Belles Mutter weigerte sich, ihn zu begrüßen. Sie hatte ihn schon so lange nicht mehr gesehen, dass sie gehofft hatte, ihre Tochter hätte endlich Vernunft angenommen.

„Ich dachte, du und Dad wärt heute Abend zum Essen bei den O'Haras."

Daphne McIntyre bedachte Belle mit einem finsteren, missbilligenden Blick. „Ich hatte keine Ahnung, dass du Gesellschaft haben würdest."

Belle lächelte neckisch. „Na, jetzt weißt du's."

Und diesmal schlief Belle mit Eddie, und sie machten es richtig, mit allem Drum und Dran, und es ergab sich ganz von selbst, und es war ihr Geschenk für ihn.

Ein Statist, der Superstar wurde, und zwei Busschaffner

Eine kurze Geschichte der Statisten, die es auf die andere Seite schafften.

Vergegenwärtigen Sie sich nur das Genie des namenlosen Inders, der mit einem einzigen Bravourstreich das Los der Statisten änderte, indem er sie in „Junior Artists" umbenannte. Seitdem ist es jedoch auf dem Subkontinent nicht mehr möglich, das Wort „artist“ ohne Anfügung des Buchstabens „e“ zu verwenden. Ein „artiste“ mit einem „e“ am Hintern ist ja viel eleganter, französischer, eindrucksvoller und bedeutender, auch wenn selbst ein weiteres Dutzend „e's“ nichts daran ändern kann, dass sein Los absolut das gleiche geblieben ist – und alle ihn sowieso nach wie vor einen „Statisten“ nennen.

Jetzt standen Statisten sämtliche Möglichkeiten offen. Ihr Schicksal mochte genau dasselbe sein, sie mochten denselben Hungerlohn verdienen wie zu der Zeit, als sie nur Statisten gewesen waren, sie mochten ebenso schlecht behandelt werden, sie mochten nach wie vor bedeutungslose Nullen sein wie schon immer, aber worüber beklagten sie sich? Sie waren „artistes“, was konnten sie mehr verlangen?

Statist zu sein war kein schwieriger Balanceakt, es war ein unmöglicher. Aber kein Statist hätte jemals zugegeben, dass er enttäuscht oder frustriert war. Jedem Statisten war peinlich bewusst, dass er niemals Statist gewesen wäre, wenn er es zum Schauspieler gebracht hätte. Denn jeder Statist wusste, dass es letztlich eine Frage von Tagen war, bis er es zum Schauspieler bringen würde. Statist zu sein bedeutete, sich fortwährend in einem vorläufigen Zustand zu befinden. Schließlich musste man nur etwas Geduld haben, ein bisschen länger durchhalten, und dann konnte sich alles, sein Los und sein ganzes Leben, von Grund auf ändern.

Wenn es so etwas wie die Erbsünde gibt, dann ist es die Hoffnung. Die Schutzheilige der Hoffnung aller Statisten beiderlei Geschlechts ist Mumtaz. Mumu, wie die Millionen Fans sie liebevoll nannten, begann ihre Filmkarriere, zusammen mit ihrer älteren Schwester Mallika, im Alter von zwölf. Der Kinderstar, der in den Sechzigerjahren die Leinwand beherrschte, war Daisy Irani. Frühreif und leicht unausstehlich, war sie vielleicht der erste Kinderstar überhaupt, gleich welchen Geschlechts. Es war fast unvorstellbar, einen Film ohne Daisy zu drehen, und erwachsene Schauspielerinnen

fürchteten sie, weil sie ihnen eine Rolle nach der anderen vor der Nase wegschnappte.
Anders als Daisy Irani hatte Mumu keinen leichten Anfang. Sie war zunächst ein Statistenkind (oder vielleicht besser gesagt, eine Kind-Statistin), das mit fünf in „Sanskar" debütierte, dem eine Unzahl weiterer vergessbarer Filme folgte. Ihr erster Film als Erwachsene, „Gehra Daag", in dem sie eine Minirolle als Schwester des Helden Rajendra Kumar hatte, kam 1963 in die Kinos. Ihr nächster Film bedeutete für sie den Durchbruch. Sie bekam die weibliche Hauptrolle neben dem Muskelmann Dara Singh in „Daulad".
Singh war schon für sich genommen ein Phänomen. Als regelmäßiger Teilnehmer an Wrestling-Turnieren während der Sechziger- und Siebzigerjahre hatte er mehrmals die Weltmeisterschaft gewonnen. Dass er zum Film ging, erschien bizarr, doch bei Licht betrachtet, war das die natürlichste Sache der Welt. Konnte es für einen Schauspieler eine bessere Ausbildung geben als das Schmierentheater des Wrestlings, wo alles von vornherein festgelegt war und den Akteuren dennoch so viel Können abverlangt wurde, dass Hunderttausende Fans auf den Quatsch hereinfallen würden? Welcher Method-Schauspieler oder Actors'-Studio-Eleve hätte schon vor dem kritischen Blick bestehen können, dem Dara Singh, King Kong, das Phantom, Spiderman und andere Superhelden unterworfen wurden?
Als es darum ging, die Geliebte eines Helden zu spielen, der außer einem tollen Körperbau und zentnerweise Muskeln kaum etwas zu bieten hatte, achtete Mumu darauf, den Regler ihrer Intelligenz möglichst weit herunterzudrehen. Sie wurden das Traumpaar des Jahrtausends. Mumtaz war in sechzehn Filmen Daras „Angebetete" – um eine bei indischen Filmkritikern beliebte Wendung zu gebrauchen. Es war ein heroisches Unternehmen und zudem eines, dem legendäre Liebespaare wie Raj Kapoor/Nargis und Spencer Tracy/Katherine Hepburn nicht das Wasser reichen konnten.

Die Filme waren für die tiefste Provinz gedreht worden, für das mythische Hinterland des Subkontinents, in dem das Publikum Geldstücke an die Leinwand warf, wenn sich ein spärlich bekleidetes Tanzmädchen, egal wie mies, gesanglich und anderweitig produzierte und ihre eingezwängten Titten ungeduldig einem Versagen der Korsage entgegenlechzten. Sechzehn Rollen als geistige Blondine in hirnlosen Bumm-und-Ballerfilmen müssen ihren Tribut gefordert haben, doch Mumtaz schaffte es, sich den göttlichen Funken zu bewahren. Sie sprühte vor Temperament, sie war eine Mischung aus leicht entflammbarem Pepp, Intelligenz und spitzbübischem Humor. Was Mumtaz ins Rampenlicht katapultierte, war eine kleinere Rolle als Vamp in „Mere Sanam", in dem sie zu „Yeh hain reshmi zulfon ka andhera", einem von O. P. Nayyars aufreizendsten Songs, performte. Schon bald wurde sie neben Superstar Rajesh Khanna in „Do Raaste" besetzt. Danach gab es kein Zurück mehr. Mumu spielte mit jedem namhaften männlichen Star jener Zeit, darunter Shashi Kapoor, Dev Anand und Dilip Kumar, und heimste mit „Brahmachari" den Filmfare Award als beste Nebendarstellerin und mit „Khilona" den Preis als beste Hauptdarstellerin ein. Paradoxerweise war ihre denkwürdigste Rolle die als sexy Dummchen in Shridhars Film „Pyar Kiye Jaa". Nur eine Schauspielerin mit einer gewaltigen Menge Intelligenz und Selbstvertrauen konnte den Mut aufbringen, eine Rolle zu parodieren, die sie in sechzehn Filmen mit Dara Singh bis zur Vollkommenheit entwickelt hatte. Wie bei fast allen indischen Schauspielerinnen fand ihre Karriere ein jähes Ende, als sie heiratete und Bollywood verließ.
Es gibt aber auch andere, weniger bekannte Möglichkeiten, um zum Film zu kommen. Busschaffner in einer der großen Städte zu werden, wäre durchaus einen Versuch wert. Nehmen Sie nur den Fall Badruddin Jamaluddin Kazis. Badruddin kam als Kind samt Familie nach Bombay, als sein Vater seinen Job in einer Spinnerei in Indore, Madhya Pra-

desh, verlor. Als Badruddin fünfzehn wurde, hatten die Stadt und die Armut bereits fünf Angehörigen das Leben gekostet, und er musste seinem Vater beim Unterhalt der Familie helfen. Nach etlichen anderen Jobs wurde er dann Schaffner beim städtischen Dienstleistungsunternehmen Bombay Electric Support and Transport, besser bekannt als BEST.
Badruddin war ein acht Stunden am Tag, sechs Tage die Woche auftretender, fahrender Stand-up-Comedian, der seine Fahrgäste mit launigen Anekdoten, Imitationen, Witzen und Kommentaren über die tägliche Plackerei, Politik, Korruption, Cricket, liebeskranke Jugend und das Leben im Allgemeinen unterhielt. Dabei machte er die unwahrscheinlichste Bekanntschaft, die man sich vorstellen kann. Wie viele Autoren, die in der Filmindustrie arbeiteten, war der Schauspieler und Drehbuchautor Balraj Sahni ein überzeugter Marxist, aber selbst das reicht nicht als Erklärung dafür, dass er an dem Tag in einem BEST-Bus saß. Sagen wir einfach, es war eine glückliche Fügung. Man schrieb das Jahr 1951: Er arbeitete gerade mit seinem Freund, dem Schauspieler und Regisseur Guru Dutt, am Drehbuch für den Film „Baazi" und erzählte ihm von Badruddin.
Badruddin geht, Johnny Walker kommt. Guru Dutt war von der Probeaufnahme, in der der Schaffner einen Betrunkenen spielte, so begeistert, dass er ihm den Künstlernamen Johnny Walker verlieh. Johnny wurde zum festen Inventar in Guru Dutts Filmen. Vielleicht betrachtete ihn Dutt als Maskottchen, denn er sorgte dafür, dass Johnny in praktisch allen seinen Filmen eine Rolle bekam – selbst wenn das Drehbuch nichts dergleichen vorsah. Insgesamt trat der Komödiant in dreihundert Filmen auf. In zwanzig spielte er die Hauptrolle, und einer davon war sogar nach ihm benannt: „Johnny Walker". Nebenbei bemerkt war Walker, obwohl er häufig den Säufer spielte, Abstinenzler.
Das müssen unschuldige Zeiten gewesen sein. Walkers Repertoire war begrenzt, das Publikum jedoch liebte ihn. Er

hatte charakteristische Manierismen, aber ein bescheidenes komisches Talent. Anders als Chaplin, Buster Keaton oder Mehmood, über die sich das einfache Volk ebenso amüsieren konnte wie die akademisch gebildete Intelligenz, bediente Johnnys Komik gezielt die „paanch-anna-valas“, wie zu jener Zeit, als es wirklich nicht mehr als fünf Annas kostete, sich einen Film anzusehen, die Leute auf den billigen Plätzen genannt wurden. Sein stereotypes Näseln, das als Zeichen von Esprit und Humor galt, wurde nach den ersten sechzig Sekunden vorhersehbar und unerträglich. Doch seine lange Filmlaufbahn ist indes zum Teil Männern wie S. D. Burman und O. P. Nayyar zu verdanken, die unvergessliche Melodien für Johnnys Songs komponierten. Bombay wird nie etwas anderes sein als die Lobeshymne, die Johnny im Film „CID“ sang: „Yeh hai Bombay meri jaan.“ Und es ist schlicht unmöglich, diese einzigartige Chowpatty-Beach-Erfahrung zu machen, bei der einem Öl auf die Kopfhaut gegossen wird und der Kopf massiert, geknetet, gemanscht, gemetzelt und geknackt wird, bis man hirntot und in einem Zustand höchster Seligkeit und Weltvergessenheit geraten ist, ohne dass Johnny dazu „Sar jo tera chakaraye“ singt.
Doch für alle Statisten, die gern Schauspieler werden möchten, gibt es sogar eine noch inspirierendere Geschichte: die epische Mär von Shivaji Rao Gaikwad. Der Name ist Maratha pur, und dasselbe gilt für seine Abstammung. Seine Mutter hieß passenderweise Jijabai, ebenso wie die Mutter des sagenumwobenen Herrschers von Maharashtra, seines Namensvetters Shivaji. Sein Vater war Ramoji Rao Gaikwad, wieder ein typischer Marathen-Name. Damit enden jedoch seine Beziehungen zu Maharashtra, denn Shivaji wurde in Bangalore geboren – und damit in einem anderen Staat. Seine Mutter starb, als er fünf war, und wie Badruddin hatte er keine andere Wahl, als jede Arbeit anzunehmen, die er bekam, einschließlich die eines Kulis. In einer Hinsicht hatte er allerdings Glück. Nach der Grundschule kam er auf

die Ramakrishna Mission School, wo er eine höhere Ausbildung abschloss. Eine Zeit lang pendelte er auf der Suche nach Arbeit zwischen Bangalore und Madras. Zuletzt jobbte er als Busschaffner bei den Städtischen Verkehrsbetrieben von Bangalore. Nächste Haltestelle war die Madras Film School, mit freundlicher Unterstützung eines seiner Freunde. 1975 bekam Shivaji Rao Gaikwad seine erste Chance mit einer kleinen, aber wichtigen Rolle als Krebspatient in K. Balachanders „Apoorva Raagangal". Wie im Falle Badruddins war es der Regisseur, der dem Debütanten den Künstlernamen aussuchte: Rajinikanth.

In den nächsten paar Jahren spielte Rajini immer den Mann im Schatten, den Schurken, den Typen, dem man bei Tageslicht nicht begegnen möchte, und erst recht nicht bei Nacht. Es war der Regisseur S. P. Muthuraman, der ihm ein neues Image verpasste und ihm den Weg zum Publikumsidol ebnete. Seine erste Heldenrolle hatte Rajinikanth in „Bhairavi". Allein mit Muthuraman würde er noch fünfundzwanzig Filme drehen. Keine Achterbahn könnte die Aufs und Abs von Rajinikanths Filmschicksalen nachvollziehen, seine meteorhaften Aufstiege und seine abgrundtiefen Abstürze. Auf der Leinwand ist er ein Liebhaber gewesen, ein Superhirn, ein Weltverbesserer, ein Gangster, ein sich selbst aufopfernder Märtyrer, ein Mafiaboss, ein Heiliger, und Gott allein weiß, wie viele weitere charismatische Persönlichkeiten. Doch keine Fiktion kann mit der Realität mithalten, wenn die Hauptperson Rajinikanth ist. Im wirklichen Leben ist er Schauspieler, Produzent, Drehbuchautor, Sänger, Philosoph, Spiritualist und Philanthrop. Er hat in tamil-, telugu-, kannada-, hindi-, malayalam-, bengali- und englischsprachigen Filmen mitgespielt (interessanterweise allerdings in keinem auf Marathi, seiner theoretischen Muttersprache). Seine Filme sind ins Japanische und Deutsche synchronisiert worden. Bei der letzten Zählung war er in über hundertfünfundsiebzig Filmen zu sehen. Er war zweifellos der höchstbezahlte Schau-

spieler der indischen Filmindustrie, als er im Jahr 2009 für „Sivaji, the Boss", 260 Millionen Rupien bekam, brach dann jedoch seinen eigenen Rekord, indem er 2010 für „Enthiran" eine Gage von 450 Millionen einsackte.
Wie kann man auch nur anfangen, über Rajinikanth zu sprechen, oder die Gewaltigkeit der Rolle erfassen, die er in der Vorstellungskraft der Tamilen spielt? Man hat keine andere Wahl, als sämtliche Hemmungen über Bord zu werfen, alle Gelübde, die man vor sich selbst abgelegt hat, die Worte, Phrasen und Klischees, die Werbefuzzis und Plakatdichter Tag für Tag missbrauchen, nie selbst in den Mund zu nehmen, denn nichts weniger als das kann diesem Phantasiegeschöpf, das jedes Vorstellungsvermögen sprengt, jemals gerecht werden. Er ist schon über sechzig, aber er ist noch immer leichtfüßiger und schneller als jeder, der auch nur ein Drittel seines Alters zählt.
Er ist ein Phänomen. Er steht am jenseitigen Ende der Hyperbel; er ist übergeschnapptes und durchgeknalltes südindisches Kino in seiner bizarrsten Ausprägung. Aber dass Sie sich nicht täuschen: Er ist kein Superstar, ja, nicht einmal ein Megastar – er ist eine Galaxie für sich. Er ist seit fast vierzig Jahren im Filmgeschäft, und man hat den Eindruck, als würde er sich erst warmlaufen. Er ist eine Ein-Mann-Armee; er ist ein Naturereignis, eine höhere Gewalt. Nichts kann ihn aufhalten. Es hat nie jemanden wie ihn gegeben, und höchstwahrscheinlich wird er nie einen Konkurrenten haben. Er ist wirklich und wahrhaftig einmalig in seiner Art. Seinem Publikum ist es völlig egal, dass er kaum noch eigene Haare auf dem Kopf hat und die lächerlichsten Perücken trägt, die man sich vorstellen kann; dass seine Schauspielkunst von einem anderen Stern stammt und aus einem Sortiment von Manierismen, Schrullen und absurden Absonderlichkeiten besteht, die nicht das Allergeringste mit dem Kontext, der Situation und dem Film zu tun haben, in dem er gerade agiert.

Wenn er sich eine Zigarette ansteckt, schlägt das Streichholz einen dreifachen Salto, entzündet den Tabak und schwebt so lange in der Luft, bis Rajinikanth dem Zuschauer einen vernichtenden Blick zugesandt hat, in etwa von der Art: „Mach mir das erst mal nach, Junge!" Rajini, der eine Münze waagrecht hin und her wirft, bis sie endlich in seine Brusttasche fällt; Rajini, der sich die Sonnenbrille rund um den Kopf schiebt; Rajini, der verschwindet, nachdem er den Schurken hinter Gitter gebracht hat; alles, aber auch alles, was Rajini tut, ist Stil pur. Aber das, wodurch er jeden anderen Schauspieler turmhoch überragt, ist seine Fähigkeit, den emotionalen Gehalt seiner Filme so weit zu übersteigern, dass die Zuschauer sich jeden Augenblick, in dem er auf der Leinwand zu sehen ist, wie in einem Drogenrausch befinden. Das ist Leben in Höchstspannung, bis zur Weißglut aufgeheizt und ständig kurz vor der Kernschmelze. Stets taumelt man am Rande des Abgrunds, schwankt von einer lebensbedrohlichen Situation zur nächsten. Ah, die Cliffhanger-Qual und -Ekstase des Ganzen! Das ist das wahre Leben! Oder zumindest das wahre Leben, wie es sein sollte.

Es gibt Hunderte von Rajini-Witzen, die auf seine Kühnheit, seinen Stil, seine Allmacht und seine unüberwindliche Körperkraft abheben. „Die Evolution ist ein Märchen; sie ist lediglich eine Liste von Lebewesen, die Rajinikanth am Leben gelassen hat." „R. kann dich mit einem Schnurlostelefon erdrosseln." „Er bringt selbst Zwiebeln zum Weinen." „R. geriet mal in eine Messerstecherei. Das Messer hat verloren." „Es gibt keine Massenvernichtungswaffen im Irak; Rajinikanth lebt in Chennai." „Er nimmt keine Duschen; er nimmt nur Blutbäder."

Man könnte beliebig weitermachen. Die schlauen Collegejungs bilden sich vielleicht ein, sie würden sich damit auf Rajinis Kosten amüsieren. Doch die Angeschmierten sind sie selbst.

18

Pieta wartete darauf, dass Ravan ins Taxi einstieg, und setzte sich dann neben ihn. Sie konnte ihre Wut kaum beherrschen. „Worauf warten Sie noch? Ich hab nicht den ganzen Tag Zeit!"

Ravan hatte sich so lange vor Sorge verzehrt, dass dort, wo normalerweise das Herz ist, bei ihm nur noch ein Loch war, und er hatte sich die Gedärme (jeweils von beiden Enden) um elf Zentimeter pro Tag verbrannt und sein Gehirn in pürierten Brei verwandelt. Und da stand nun diese Frau, die in seinem Körper und seinem Geist solches Chaos angerichtet hatte, aus unerfindlichen Gründen mit ihm auf Kriegsfuß. Ihm ging allmählich auf, dass die Art von Liebe, die nur in eine Richtung läuft, wahrscheinlich die ernüchterndste Erfahrung im Leben überhaupt ist. Sie sagte einem klipp und klar, dass man keines zweiten Blickes würdig war, dass man es nicht verdiente, geliebt zu werden. Sie machte es ihm unmöglich, sich selbst zu mögen. Und das Schlimmste daran war, dass er kaum etwas unternehmen konnte, um die Situation zu ändern, da sie untrennbar mit ihm verbunden war.

Er wusste selbst nicht genau, weshalb, aber diese Selbstverachtung beeinträchtigte ihn zunehmend bei der Schauspielerei. Er hatte das Gefühl, die Grundvoraussetzung fürs Schauspielern sei, sich – unter Umständen maßlos – selbst zu mögen. Ravans Schauspiellehrer Krishna Kumar hatte gesagt, ein Schauspieler versuche stets, sich in andere Personen zu flüchten, und inwieweit es ihm gelinge, sei das Maß seiner künstlerischen Größe. Ravan sah das ein wenig anders. Er war der Meinung, ein Schauspieler müsse sich selbst kennen und in der eigenen Person tief verwurzelt sein, um sich in das Denken und Fühlen anderer

Menschen hineinwagen zu können. Menschen, die man zwar mochte, aber nicht verstand. Oder Menschen, die so verabscheuungswürdig waren, dass sie einen – war man nicht wirklich fest in sich verankert – auf kaum spürbare, aber umso gefährlichere Weise von innen her verändern und vergiften konnten.

Aber was sollte er tun: auf die Knie fallen und Pieta anflehen, ihn auf der Stelle zu mögen, weil sie dabei war, ihn und seine Aussichten auf eine große Schauspielkarriere kaputt zu machen?

„Wo wollen Sie hin?"

„Nach Churchgate, Nähe K. C. College."

Ravan ließ den Motor an und fädelte sich in den Verkehr ein.

„Sie sind wirklich ekelerregend! Wie konnten Sie Ihre Mutter nur so erniedrigen? Sie vorbeizuschicken, damit sie Ihretwegen um meine Hand anhält! Nicht, dass das die geringste Aussicht auf Erfolg hätte, in tausend Jahren nicht! Und nicht nur für Sie: Ich bin mit den Männern und der Ehe endgültig fertig. Aber wenigstens hätten Sie den Mut aufbringen können, selbst zu kommen und meiner Mutter gegenüberzutreten! Sie sind ein erbärmlicher Wurm!"

Ihr Redeschwall war nicht zu bremsen. Ravan verstand überhaupt nur die Hälfte von dem, was sie fauchte.

„Sie werden mir wahrscheinlich nicht glauben, aber ich hatte keine Ahnung, dass meine Mutter zu Ihnen wollte."

„Lügen! Alles Lügen!"

„Ich würde Sie niemals anlügen", sagte Ravan leise. Pieta fragte sich, warum er ihr etwas so offenkundig Unwahres erzählte, und wurde gleichzeitig das dumme Gefühl nicht los, dass er es ehrlich meinte.

„Was habe ich mit Ihnen zu schaffen, dass Sie mich nicht anlügen würden? Sie bedeuten mir nichts! Sie kommen in meinem Leben absolut nicht vor! Tun Sie also nicht so, als hätten wir eine Beziehung, indem Sie behaupten, Sie würden mich nie anlügen!" Sie lachte, ein sprödes Lachen voller Verachtung. „Denken Sie darüber nach. Gibt es einen größeren Lügner als den, der behauptet, er würde nie lügen? Bilden Sie sich etwa ein, Sie könnten mich, nur weil ich ein Mal hilflos war, jetzt erpressen? Es wäre viel besser gewesen, wenn ich gestorben wäre, aber nein, Sie mussten ja unbedingt mit Ihrem Samaritertum daherkommen und alles ruinieren! Ich hasse Sie, oh, wie ich Sie hasse!"

„Nein, Sie hassen mich nicht", sagte Ravan so leise, dass sie seine Worte kaum verstand. „Sie hassen sich selbst. Wenn Sie doch nur vergeben und vergessen könnten!"

„Erzählen Sie mir nicht, was ich fühle oder denke! Wenn Sie so gescheit sind, wie kommt es dann, dass sie noch immer Taxifahrer sind?"

„Wenn ich gescheit wäre, hätte ich Ihnen gesagt, dass ich für Ihr Kind sorgen würde. Und dann würden Sie sich nicht so sehr verachten. Jetzt werde ich den Rest meines Lebens mit dem Bewusstsein verbringen müssen, Sie und das Kind im Stich gelassen zu haben."

„Oh, Sie Heuchler! Bilden Sie sich bloß nicht ein, ich würde auf Ihr selbstgerechtes Gewäsch reinfallen! Hätten Sie neun Monate lang für mich gesorgt? Und wären Sie meiner Mutter gegenübergetreten?"

„Ja, das hätte ich und wäre ich."

„Ich wette, Sie glauben nicht einmal selbst an Ihre Lügen, Ravan! Ist Ihnen noch niemals der Gedanke gekommen, dass ich den Menschen, mit dem ich zusammenleben soll, wenn ich ihn schon nicht liebe, vielleicht doch wenigstens mögen sollte? Und da wir hier sowieso nur eine akademische Diskussion führen – was glauben Sie, wo das Baby, ich und Sie jetzt wohnen würden?"

Ravan wagte nicht, sie anzusehen. Sie hatte natürlich recht. Er hatte sich fortreißen lassen und nicht gründlich nachgedacht.

„Alles nur heiße Luft. Sie sind nicht besser und nicht schlechter als jeder andere Mann. Männer sind sowieso alle gleich: Sie nehmen und verschwinden. Sie stehen nie für ihre Handlungen ein. Halten Sie an! Ich ertrage es nicht, noch länger neben Ihnen zu sitzen!"

„Bitte, lassen Sie sich bis nach Churchgate fahren!"

„Verstehen Sie kein Englisch? Ich will aussteigen, jetzt!"

Ravan fuhr an den Straßenrand und ließ sie raus. Sie entfernte sich wütend, machte dann kehrt und kam zurück. „Wie viel schulde ich Ihnen?“

„Nichts.“

„Keine Gefälligkeiten bitte!“ Sie schaute aufs Taxameter und zahlte den Betrag.

Ravan erinnerte sich an den ersten Rat, den Bashir Akhtar ihm gegeben hatte. Damals hatte er dieses Gerede von den Gängen des Lebens als dummes Geschwätz abgetan. Wenn er heute den richtigen Gang eingelegt und die richtigen Worte und den richtigen, beruhigenden Ton gefunden hätte, dann wäre Pieta bereit gewesen einzusehen, dass Ravan – egal, welche Erfahrungen sie mit anderen Männern gemacht hatte – vielleicht doch meinte, was er sagte, und ihr beweisen würde, dass er anders war.

In Indien gibt es nur ein Kriterium, um zu beurteilen, ob ein Filmsong ein Superhit ist: Der Film zieht ein „Wiederholungspublikum“ an. Die Leute sehen sich denselben Film immer wieder an. „Apne Dil ki Suno“ war zwar nicht gerade fünfundzwanzig Wochen am Stück ausverkauft, wie Eddie gehofft hatte, aber Helen-jis Auftritt wurde als ein Wendepunkt im Hindi-Film-Tanz bewertet. Als Eddie sich den Streifen zum sechsten Mal ansah, sangen beim Soundtrack von „Black and White“ schon Hunderte Zuschauer mit. Der Song lief beim Radiosender Vividh Bharati über ein Jahr lang fast am laufenden Band.

Ravan und Eddie waren in den CWD-Chawls in aller Munde. Sie waren sofort eine Sensation; nichts weniger als Helden. Kleine Jungen und Mädchen folgten ihnen auf Schritt und Tritt. Sie wollten auf ihren nächsten Dreh mitgenommen werden. Und natürlich wollten sie, dass die beiden jungen Superstars sie ins Filmgeschäft einführten. Tamhane Senior, der Justizangestellte, war der Erste, der Ravan seine Glückwünsche aussprach.

„Ravan Pawar, mein Freund“, rief er mit seiner hohen näselnden Stimme. „Wie geht es Ihnen? Erinnern Sie sich, wie ich Sie früher immer zum Markt genommen habe, frühmorgens, oder einfach mit Ihnen spazieren gegangen bin? Und wie ich mit Ihnen im Park war, weil sie auf der Schaukel wie ein Vogel fliegen wollten? Schon damals waren Sie ein Held! Jeden Tag, den Gott werden ließ, haben Sie mich vollgeschissen und vollgepisst! Fragen Sie Ihre Mutter! Und schauen Sie sich an, was nun aus Ihnen geworden ist! Ein Leinwandheld! Auf dem ‚Filmfare'-Heft des nächsten Monats wird man Sie, wie man hört, auf dem Cover sehen. Es gibt Gerüchte, dass jede Heldin des Hindi-, Tamil- und Telugu-Films Sie bedrängt, mit ihr ins Bett zu gehen. Doch Sie beweisen beispielhafte Selbstbeherrschung und schlafen jede Nacht lediglich mit sechs von ihnen auf ein Mal. Die Übrigen müssen warten, bis sie dran sind. Stimmt das? Machen Sie doch diesen alten Mann mit einer von ihnen bekannt. Sie wird es nicht bereuen" Er kicherte. „Wie wär's, wenn Sie uns vier Eintrittskarten für die Galerie spendieren? Wir werden jedem im Kino erzählen, dass wir Sie persönlich kennen und Sie uns die Karten geschenkt haben. Und wir werden sagen, dass es ein großartiger Film ist, selbst wenn er furchtbar sein sollte."

Violet war die Einzige, die die Wahrheit wusste. Dieses Lied, „White or Black" oder umgekehrt, wie auch immer es heißen mochte – sie musste es, ob sie wollte oder nicht, Tag und Nacht über sich ergehen lassen, da es aus jedem Radio in den Chawls plärrte –, konnte nur wieder eine der krummen Touren ihres Sohnes sein. Sie wusste nicht genau, was er da abgezogen oder wie er damit Erfolg gehabt hatte, aber sie war nicht gewillt, darauf reinzufallen. Maria-Augusta hatte den Film schon zwei Mal gesehen und war so dumm gewesen, beim dritten Mal auch Karten für Violet und Pieta zu kaufen. Violet weigerte sich mitzugehen. Sich einen Hindi-Film ansehen war schlimm genug, aber einen, in dem ihr Sohn mitspielte: nein, nein und nochmals NEIN!

In der Statistengewerkschaft hatten Ravan und Eddie jetzt nur noch Kumpel. Wer weiß, sagten sich die Kollegen, Glück kann auch ansteckend sein. „Ihr gottverdammten Glückspilze, wie habt ihr das nur hingekriegt, die ganze Gesangsnummer mit Helen-ji zu bekommen? Man muss sich das vorstellen, nur ihr beide! Da war doch sicher etwas schwarze Magie im Spiel, dass ihr an so eine Gelegenheit gekommen seid!" Ravan reagierte darauf nur mit einem Lächeln und einem Achselzucken, aber Eddie war mitteilsamer. Er zeigte sich großzügig und war bereit, der Königin des Tanzes für ihre Freundlichkeit und Geduld zu danken.

„Es gibt eben niemand wie sie, so einfach ist das." Eddie wurde nicht müde, über seine neue Entdeckung zu reden. „Sie ist die Allerbeste der Besten, und sie hätte uns auch wie ..." – um ein Haar hätte er das Unwort „Statisten" gebraucht, aber er riss sich im letzten Moment zusammen – „wie Dreck behandeln können, aber sie ist eine wahre Königin. Ihr hättet sehen sollen, wie sie sich uns gegenüber verhalten hat: wie von Gleich zu Gleich. Genauso war es mit den Beleuchtern, den Tontechnikern, dem Kameraassistenten und dem Regisseur. Immer höflich, und wisst ihr was? Eine bessere Tanzlehrerin als sie kann man gar nicht kriegen. Und jetzt kommt das echt Unglaubliche: Sie hat sich Vorschläge von zwei absoluten Grünschnäbeln angehört. Ravan und ich waren zu dem Zeitpunkt ja nicht mal offiziell Tänzer!"

In Akram-bhais und Jalaluddins Verhalten Eddie und Ravan gegenüber war jetzt eine deutliche Veränderung zu bemerken. Sie behandelten sie freundlich und mit weit größerem Respekt. Die beiden jungen Männer würden es vielleicht nie zum Liebling des Bosses bringen, aber sie hatten wohl einen so nachhaltigen Eindruck hinterlassen, dass die Gewerkschaftsoberen sie nun ernst nehmen mussten. Eddie hatte zu seiner Sonnenseite zurückgefunden. Er zweifelte nicht daran, dass „Black and White" seiner Pechsträhne ein für allemal ein Ende bereiten würde. Die übrigen Statisten sprachen von ihm und Ravan, als seien sie ein Duo, aber Eddie wusste es besser. Er war Ravan dankbar, dass er ihm den weißen Anzug geliehen hatte, dem er das Engagement verdankte, aber dafür, dass sich ihre Wege je wieder kreuzen würden, sprach in seinen Augen eher wenig. Ihm war Größeres, viel Größeres bestimmt. Anfangs würde es etwas schwierig sein, Ravan klarzumachen, dass sie zwei ganz verschiedene Sorten von Mensch waren. Nein, nicht lediglich Sorten, sie gehörten völlig unterschiedlichen Spezies an. Eddie würde natürlich, sollten sie sich einmal zufällig über den Weg laufen, freundlich sein – distanziert freundlich, genau wie Helen-ji –, aber wenn Ravan sich einbildete, sie könnten jemals Freunde sein, dann hatte er sich gewaltig geschnitten.

Ravan beobachtete Eddie, als sei er ein Geschöpf von einem anderen Stern. Tatsächlich fühlte er sich nicht bloß von Eddie abgeschnitten, sondern von allem, was rings um ihn geschah. Er konnte alles sehen, alles hören; er schaffte es sogar, den Eindruck zu erwecken, als nehme er an allem aktiv teil; doch er war anderweitig beschäftigt. Die Angst war zurück. Ob er Taxi fuhr, an Pieta dachte, im Gewerkschaftsbüro in Saat Rasta, irgendwo auf dem Set oder zu Hause herumstand oder -saß, er wartete nur darauf, dass Drei Komma Eins wieder aus der Versenkung auftauchte. Mittlerweile wusste Ravan, wie das Denken des „Hundert-Gänge-Mannes" funktionierte; alles, was er tat, hatte den einen Zweck, ihn, Ravan, zu verunsichern, ihn im Ungewissen zu lassen, ihn aus dem Gleichgewicht zu bringen. Ravan war klar, dass Bashir-bhai Psychospielchen mit ihm trieb, aber das änderte nichts an der Sache. Er war ständig überspannt, unentwegt ein wenig neben der Kappe. Er mochte mitten in einem Dreh sein oder im Bett liegen und schlafen, stets hatte er ein Auge offen und ein Ohr gespitzt und wartete darauf, dass der Mafioso ihn mit dieser zusätzlichen Stelle hinterm Komma überrumpelte.

Eddie hatte es keineswegs eilig, einen der gelegentlichen Aufträge, die Akram-bhai ihm zuschanzte, anzunehmen. Ihm war klar, es musste sich mittlerweile längst bis zu den bedeutenden Choreographen und Dance Directors herumgesprochen haben, dass es einen Neuen in der Branche gab – und einen sehr talentierten noch dazu. Er hatte ein Interview mit der Königin des Tanzes höchstpersönlich gelesen. Man hatte sie gefragt, wie es sein konnte, dass ihre Darbietung in „Black and White", nachdem sie fast zwei Jahrzehnte an der Spitze war, als ein Meilenstein ihrer tänzerischen Laufbahn bezeichnet wurde. Sie hatte weder Eddie noch Ravan namentlich erwähnt, aber ihre Antwort war ehrlich gewesen und traf die Sache auf den Punkt. Egal, wie gut sie war, hatte sie gesagt, in all den Jahren hatten ihre Tanzpartner sie einfach immer hängen lassen. Sie hatten keinerlei Sinn für die Melodie und die ihr innewohnenden rhythmischen Kräfte gehabt. Sie waren Marionetten gewesen, wohlmeinende und enthusiastische Nullen ohne Gefühl für den Tanz. In dem Moment, in dem sie Partner bekam, die begriffen, dass Tanz ein Gespräch durch das Mittel der Bewegung war, musste es eine qualitative Veränderung der Dynamik geben. Und eben das war bei „Black and White" geschehen.

Eddies Instinkt behielt recht. Drei Wochen, nachdem „Apne Dil ki Suno" in die Kinos gekommen war, ließ Nagma Rani, die gefragteste Choreographin in der Branche, Akram-bhai wissen, dass sie Ravan und Eddie sprechen wollte. Sie traf sich mit ihnen am nächsten Abend in den Rajkamal Kalamandir Studios. Anders als andere Choreographinnen und Choreographen hielt sie viel davon, ihre Künstler ins Vertrauen zu ziehen und ihnen die Story des Films zu erzählen, damit sie sich eher vorstellen konnten, was von ihnen erwartet wurde. Im Hindi-Filmgeschäft war sie eine Institution. Im Laufe der Jahrzehnte hatte sich die Filmmusik gewandelt, und das Gleiche galt natürlich für den Tanz. Die traditionell singende und tanzende Tavaif war praktisch von der Leinwand verschwunden, und an ihre Stelle waren der Vamp und die Gangsterbraut getreten; die Tanzsequenzen waren gewagter, oder wenn man die Dinge beim Namen nennen will, anzüglicher und schamloser geworden.

Nagma Rani aber hatte jeden Wandel der Mode überlebt. Man hätte die Dame nicht einmal in einer Menschenmenge von siebeneinhalb Millionen übersehen können. Ihr Haar brannte wie ein unlöschbarer Waldbrand. Sie färbte es so knallig mit Henna, dass man es noch auf Meilen Entfernung knistern hörte. Für ihren gesamten Tageszigarettenverbrauch benötigte sie ein einziges Streichholz, am frühen Morgen. Danach setzte eine Kettenreaktion ein: Der verglühende Stummel der vorherigen Zigarette entzündete die folgende. Sie hatte eine knurrige Reibeisenstimme, und ihr Wortschatz konnte mitunter undamenhaft und äußerst farbig sein. Ihr Sinn für schrägen Humor, ihre Nüchternheit und ihre Wertvorstellungen hatten etwas beruhigend Altmodisches. In der Branche besaß sie den Ruf einer unbarmherzigen Leuteschinderin. Ihre Philosophie lautete, es sei besser, sich totzuüben, als mit der Erinnerung an eine mittelmäßige Leistung zu überleben.

Sie wollte Ravan und Eddie für einen Film haben, den Trilok Movies produzierte. Die Studios hatten sieben *silver jubilees* hintereinander eingestrichen, und „Zameen Asmaan", wie der neue Film hieß, sollte ein noch größerer Blockbuster werden. „Zameen Asmaan" präsentierte gleich zwei männliche Hauptdarsteller, die Superstars Rustom Khan und Kumar Kapoor, die zwei vom Schicksal getrennte Zwillingspaare spielten. Infolgedessen gab es vier Heldinnen. Jeweils ein Zwilling wächst bei einem millionenschweren Ehepaar auf und die beiden anderen bei armen Kleinbauern, die auf den Gütern des Großgrundbesitzers *Thakur* Shivshankar ein wahres Sklavendasein fristen. Dieser ist der neue Typ des modernen indischen Politikers: raffgierig, korrupt und ohne alle Skrupel, wenn es darum geht, jeden, der ihm im Weg steht, zu eliminieren. Als Dreingabe ist er der Boss einer landesweit operierenden Bande von Waffen- und Drogenhändlern. Als die Zwillinge sich nach vielen humorigen Verwechslungen endlich wiederfinden, kommt es zu einer letzten Konfrontation mit Thakur Shivshankar in Form eines – den Höhepunkt des Films bildenden – Tanzwettstreits, der auf Mauritius gedreht werden sollte. Es war das allererste Mal, dass eine Tanzsequenz in dieser Location aufgenommen werden würde.

Der Thakur hat zwei der besten Nachtklubtänzer von Großbritannien engagiert, damit sie gegen die Zwillinge antreten. „Jetzt ja keine blöden Fragen!", unterbrach Nagma Rani ihre Erzählung, um etwaigen Witzen vonseiten Ravans oder Eddies zuvorzukommen. „Warum ein Tanzwettstreit? Weil es ein Hindi-Film ist und der Produzent eine richtig rattenscharfe Nummer braucht – und Gott sei Dank, dass es so ist, denn andernfalls säße ich auf der Straße, und ihr ebenso. Natürlich wissen der Thakur und seine

Handlanger nicht, dass sie es mit Zwillingen zu tun haben. Die zwei Einzel-Zwillinge wechseln sich dauernd ab, sodass, während zwei von ihnen gegen die angeheuerten Profis antanzen, die zwei anderen das unterirdische Waffen- und Munitionslager verdrahten können, um es in die Luft zu sprengen. Es heißt vier gegen Thakur Shivshankars vierhundert. Dreimal dürft ihr raten, wer den Tanzwettstreit gewinnt. Und ob die Vier den Kampf gegen den mächtigen Großgrundbesitzer überleben.

Ihr seid die professionellen Tänzer, die der Thakur engagiert. Die Tanzsequenz ist lang, neun Minuten, um genau zu sein, und sie besteht aus mehreren komplexen Abschnitten. Die Proben beginnen morgen früh um neun, nicht zwei Minuten nach neun. Filme werden Szene für Szene zusammengeschnitten. Aber das ist nicht meine Arbeitsweise. Sobald euch die Struktur des Tanzes klar ist, drehen wir jeden Abschnitt der Nummer in einem durch. Um elf gehen wir zur Kostümschneiderei, damit sie eure Maße nehmen, und dann erfahrt ihr, wann die Anproben sind."

Als Ravan an dem Abend heimkam, reichte ihm Parvati-bai ein Kuvert.

„Was ist das?", fragte er, als er es zögernd entgegennahm.

„Woher soll ich das wissen? Du bist derjenige, der zur Schule gegangen ist!"

„Wer hat das gebracht?"

„Es lag im vorderen Zimmer auf dem Fußboden."

Was es auch war, es verhieß nichts Gutes. Ravan musterte es argwöhnisch, drehte es immer wieder herum, als könnte er den Inhalt erkennen, ohne es öffnen zu müssen. Vorn stand sein Name darauf, aber ohne Nachname.

„Willst du das nicht aufmachen? Dein Vater hat gesagt, da stünde dein Name drauf."

Ungeschickt riss er den Umschlag auf. Das Blatt darin war dreimal gefaltet. Parvati-bai wich ihm nicht von der Seite.

„Was steht da drin?"

„Ich hab keine Ahnung. Warum bist du so neugierig?"

„Weil heute ein ganz besonderer Tag ist. Wir haben noch nie einen Brief bekommen. Vielleicht bieten sie dir eine Rolle in einem Film an!“

Ravan faltete den Brief auseinander und las ihn schweigend. Er war in Hindi geschrieben, in einer Handschrift, so klar und sauber wie seinerzeit die der älteren Lehrer in Ravans Schule. Jedes Schriftzeichen des *devanagari*-Alphabets war wie ein vollkommen geschliffener schwarzer Diamant, makellos und rein, das „m“ jedes Mal mit vollkommenen rechten Winkeln gezeichnet, die „i“ zart und fein und die Bogen der langen „i“ wie vollkommene Halbkreise gezogen. Aber es gab noch weitere Indizien, die das Alter des Schreibers verrieten – oder vielleicht der Lehrer, die ihn in seiner Kindheit unterrichtet hatten. Statt mit den neumodischen Punkten, die das Hindi vom Englischen übernommen hatte, schlossen die Sätze mit den traditionellen senkrechten Balken. Das Hindi selbst wies eine überdurchschnittlich starke Urdu-Komponente auf, und Ravan stolperte immer wieder über eine ungewohnte Vokabel oder Wendung.

Salam alaikum.

Ich bin blind gewesen. Ich vermochte nicht, das Offenkundige zu sehen. Ich habe dir nicht vertraut, obwohl du der Mensch warst, den Allah, Friede sei mit Ihm, entsandt hatte, damit er mir durch eine Situation half, die mein Ende hätte bedeuten können. Ich hätte es gleich erkennen müssen. Keine irdische Macht konnte dir etwas anhaben, weil der Allmächtige dich beschützte. Ich erinnere mich an jenen ersten Tag, an dem du mit dieser besonderen Lieferung im Kofferraum deines Taxis fuhrst. Ich dachte, du tätest alles in deiner Macht Stehende, um gefasst zu werden. Ich erkannte nicht, dass Allah mich eines wissen ließ: Solange du da warst, würde alles gut sein und würde ich nichts zu befürchten haben. Ich konnte nicht glauben, dass die Polizei, obwohl du wie ein Verrückter gefahren warst und viele tödliche Unfälle hättest verursachen können, anstatt dir den Führerschein auf Lebenszeit abzunehmen und dich ins Gefängnis zu stecken, dich tatsächlich ins Krankenhaus begleitete und dich dann laufen ließ. Am nächsten Tag noch einmal das Gleiche, aber noch immer erkannte ich das Offensichtliche nicht: dass du mein Glücksbringer bist.

Erst als du mich vor meinen eigenen Adjutanten gerettet hast, ging mir auf, dass Allah, Friede sei mit Ihm, mir etwas zu sagen versuchte. Wärst du an dem Morgen in Colaba nicht zu meiner Rettung gekommen, hätte ich den Rest meines Lebens hinter Gitter verbracht. Ich weiß, dass Allah jeden meiner Schritte begleitet. Seit ich erwachsen bin, ist kein einziger Tag verstrichen, an dem ich nicht fünfmal am Tag Namaz *verrichtet oder während des Ramadans nicht das strengste Fasten beachtet hätte. Keine Speise, kein Wasser. Ich gestattete mir nicht einmal, meinen eigenen Speichel zu schlucken. Und wenn die Nacht hereinbrach, habe ich es von jeher abgelehnt, mich an Kebab, Biryani, Bratfisch, geschmortem Hammel, Reispudding, Halwa oder einer sonstigen Leckerei gütlich zu tun, und erwies Allah Myaan dadurch, dass ich den ganzen Tag faste, einen Gefallen. Ich faste während des Ramadans, weil der Mensch dem Allmächtigen keine größere Ehre erweisen kann, als Seine Gebote zu befolgen und so zu zeigen, wie dankbar er für Seine Freigebigkeit und Seine Barmherzigkeit ist. Als ich endlich ein sicheres Versteck erreicht hatte, fastete ich zwei Wochen und nahm ein dreimonatiges Schweigegelübde auf mich, um mich der ununterbrochenen Kontemplation und dem Gebet hingeben zu können. Ich gelobte, wenn meine Leiden und Prüfungen erst vorüber wären, solange es meine Kräfte zuließen, jedes Jahr meines verbleibenden Lebens die Hadsch nach Mekka zu unternehmen.*

Für meine Feinde bin ich jetzt vom Antlitz der Erde verschwunden, doch sie kennen mich nicht so, wie du mich kennst. Ich habe ein Elefantengedächtnis. Ich habe es nicht eilig zurückzukommen. Das hier ist ein großes Land, und ich beabsichtige, es Stück für Stück in meine Gewalt zu bringen. Wenn die Zeit reif ist, werde ich zurückkehren. Sie werden mir nicht entkommen. Eher könnten sie ihren eigenen Schatten abschütteln als mich. Sei gewiss, dass ich mich ihrer annehmen werde. Wie Allah, Friede sei mit Ihm, vergesse ich keine Beleidigung oder Untat. Doch anders als Er kenne ich keine Vergebung.

Vergiss nicht, du bist mir noch immer etwas schuldig.

Khuda hafiz

Parvati-bai stand noch immer neben Ravan, als er mit der Lektüre des Briefes fertig war.

„Was steht da?“ Ihre Stimme zitterte vor Anspannung.

„Wo?“ Ravan stellte sich dumm.

„Im Brief.“

„Ach so, den meinst du.“

„Ja. Den Brief.“

„Was ist damit?“

„Von wem ist der?“

„Von der Taxifahrergewerkschaft.“

„Und was sagt er?“

„Es geht darin um technische Angelegenheiten, Maa. Würdest du doch nicht verstehen.“

Parvati-bai sah ihren Sohn mit neu erwachtem Respekt an. Wenn Ravan einen Brief bekam, und dazu noch einen „technischen“, musste er wirklich eine wichtige Person sein.

Insgesamt würden Eddie und Ravan in Nagma Ranis Tanzsequenz elf Kostümwechsel haben. Der Dreh war für drei Arbeitstage eingeplant, mindestens zwei Schichten pro Tag, vielleicht auch mehr, weil der Film bereits in sechs Wochen, zum Holi-Fest, landesweit in die Kinos kommen sollte. Um ihre Pässe und Visa würde sich Trilok Movies kümmern.

Die Tanznummer mit Helen war ein purer Glücksfall gewesen. Diesmal lag die Sache allerdings anders; man wollte sie haben, weil sie gut waren. Und auch in anderer Hinsicht war dies ein Bruch mit der Vergangenheit. Bis dahin war Karjat der äußerste Rand von Ravans Horizont gewesen, und Eddie war noch nie weiter als bis zur Endstation der Western Railway gekommen, um den Fusel für Mrs Fernandes abzuholen. Jetzt fuhren sie zum ersten Mal ins Ausland, ins richtig ausländische Ausland. Im Flugzeug hatte Nagma Rani minutenlang zugeschaut, wie Ravan mit dem Sicherheitsgurt kämpfte, und ihm dann wortlos gezeigt, wie man sich anschnallte. Es war ihm peinlich gewesen, aber sie zuckte nur die Schultern. „Nicht nur mich, bestimmt auch unsere zwei Helden Kumar Kapoor und Rustom Khan hat man irgendwann in die Mysterien des Sichanschnallens einweihen müssen." Er fand sie nett.

Der Set war schon am Strand aufgebaut, und die erste Kostümprobe mit Rustom Khan, Kumar Kapoor und ihren vier Heroinen, Ravan und Eddie und einer Truppe sechzig weiterer Statisten begann nur eine Stunde nach dem Einchecken im Mauritius Grand Hotel. Nachmittags um vier waren zwei Einstellungen bereits im Kasten. Die dritte war kompliziert: Ravan und Eddie befinden sich mitten in einem sehr akrobatischen Tanz mit zwei der Heldinnen. Gerade wenn sie ihre Partnerinnen hoch in die Luft werfen, zoomt die Kamera auf die zwei Superstars, die wie auf Kufen über die hochglanzpolierte Tanzfläche gleiten. In einem heiklen Manöver, das genauestes Timing verlangt, fangen die beiden Helden die Mädchen auf, die in Zeitlupe wie Schneeflocken niederschweben. Die Sequenz musste in einer einzigen flüssigen Bewegung durchgezogen werden, aber es klappte einfach nicht. Die anderen hatten den Dreh inzwischen raus, doch Rustom Khan verpatzte ständig denselben Schritt. Er hatte nicht bloß Schwierigkeiten, das Gleichgewicht zu halten, sondern er hatte seine Partnerin Sapna-ji schon vier Mal fallen lassen.

„Ich zeig es Ihnen", bot Eddie hilfsbereit an. „Ich habe lange den gleichen Fehler gemacht, bis ich an einen Hund dachte, der seinem eigenen Schwanz hinterherjagt. Da Sie, indem Sie Ihre Freundin auffangen, nach links herumwirbeln müssen, sollten Sie darauf achten, dass in dem Moment, in dem Sie ihr um die Taille fassen, Ihr ganzes Gewicht auf der linken Fußspitze ruht. Das gibt Ihnen den nötigen Schwung, um die Drehung zu machen, und Sie werden nicht stürzen."

„Nennst du mich einen Hund, du Scheiß-Statist?"

Der gesamte Set erstarrte zur Salzsäule. Es war nur noch das leise Rauschen zu hören, mit dem das Meer seine azurblauen Seiten umblätterte, jede mit einem eigenen schaumweißen Rand. Einzig Eddie schien nicht zu bemerken, welche Wendung das Gespräch genommen hatte. Oder vielleicht doch?

Er lachte gutmütig und ließ sich nicht provozieren. „Nein, Mann, nein; natürlich nicht. Ich sagte nur, ich hab's selbst erst richtig hingekriegt, als ich mir vorgestellt habe, wie Hunde ihrem eigenen Schwanz hinterherjagen."

Rustom Khan schien nicht recht zu wissen, wie er auf jemanden reagieren sollte, der es ablehnte, sich auf einen Streit einzulassen. Er rief den Regisseur, Trilok Parmanand. Er verlangte, ihn unter vier Augen zu sprechen. „Teepause!", brüllte der Regisseur.

„Da, sie schaut mich schon wieder an. Schau doch, schau!", sagte Eddie zu Ravan.

Sie saßen isoliert im Niemandsland. Die Stars hätten sich ums Verrecken nicht mit ihnen sehen lassen, und die anderen Statisten behandelten sie wie Aussätzige aus Angst, ihr Schatten könnte sie berühren und sie ebenfalls in Schwierigkeiten bringen. Es war besser, von Pechvögeln Abstand zu halten.

„Wer schaut dich an?" Ravan stellte sich dumm.

„Sapna-ji. Sapna Sahani."

„Sie hat schon so gut wie jedes männliche Wesen hier abgecheckt."

„Glaubst du etwa, das bilde ich mir nur ein? Da, sie hat mir gerade zugelächelt, das musst du doch gesehen haben!"

„Kann ja sein, na und? Vielleicht ist sie auf dich scharf. Vielleicht ist sie in dich verknallt. Als Nächstes erzählst du mir, sie hat diesen Kugelschreiber rausgeholt, um dir ein Liebesbriefchen zu schreiben!"

„Mach dich nur über mich lustig. Du wirst noch alles zurücknehmen!"

„Liebend gern. Ich frag mich, was dieser Rustom Khan für eine Nummer abzieht. Ich hoffe bloß, wir sind noch im Geschäft."

„Was kann er schon tun? Es ist zu spät, um die Story noch zu ändern. Die Produktion ist zeitlich so knapp kalkuliert, dass er sich am besten zusammenreißen sollte. Wenn's hart auf hart kommt, wird Nagma Rani den Tanz eben so ändern müssen, dass er sich nicht jedes Mal mit Sapna-ji auf die Schnauze legt."

„Vielleicht hast du recht." Eine der Statistinnen am anderen Ende des Sets kam jetzt auf sie zu, und Ravan hielt es für empfehlenswerter, sich weitere Äußerungen über den Superstar zu verkneifen.

„Hallo. Stör ich? Ich kann auch wieder gehen."

„Nein, bleiben Sie doch", entgegnete Ravan. „Wir tauschen uns nur über Fragen von Leben und Tod aus, über das Schicksal der Welt, und natürlich darüber, wie Eddie und ich letztere retten werden."

„Oh, in dem Fall bin ich fehl am Platz!"

„War bloß ein Witz."

„Ich bin nur gekommen, um Ihnen zu sagen, dass Rustom Khan eine linke Bazille ist. Er ist stinkig, weil er befürchtet, Sie könnten ihn ausstechen."

„Das ist ... das ist unheimlich nett von Ihnen. Aber ich weiß nicht, ob es für Sie so günstig ist, sich zusammen mit uns sehen zu lassen."

„Darum mach ich mir keine Sorgen. Ich werde nie was anderes als eine Statistin sein. Aber Sie beide sind anders. Sie sind die besten Tänzer, die ich jemals gesehen habe. Ich kann das beurteilen, ich habe jahrelang Tanzunterricht genommen."

„Danke, durch Sie ist unser Tag gerettet!"

„Ich heiße Asmaan."

„In dem Fall bin ich Zameen, und dieser Film, den Trilok Parmanand gerade dreht, handelt offenbar von uns beiden. Über Himmel und Erde, wie unsere beiden Namen lauten. Komm, Asmaan, lass uns", Ravan stand auf und streckte die Hand theatralisch zum Meer aus, „der herzlosen menschlichen Gesellschaft den Rücken kehren und uns in die Unendlichkeit des Horizonts stürzen!" Er hatte nicht erwartet, dass sie so schnell auf sein parodistisches Hindi-Film-Geschnulze eingehen würde, doch Asmaan war ihm eins voraus. Sie ergriff seine Hand, legte sich das andere Handgelenk an die Stirn, als sei sie eine Filmheldin aus den Fünfzigerjahren, und warf sich in Pose. „Ja", hauchte sie, „ja! Lass uns dort verschwinden, wo Himmel und Erde am Horizont ineinander verfließen!“ Sie tanzte mit ihm gut fünfzig Meter dem Sonnenuntergang entgegen, löste sich und kehrte zu den anderen zurück.

Während die Statisten und die Filmcrew klatschten und pfiffen, zog Sapna-ji am anderen Ende der Tanzfläche ihre eigene Show ab. Was in ihrem speziellen Fall bedeutete, selbst die belangloseste Tätigkeit auf die spektakulärste Weise zu verrichten. Sie war umwerfend. Sie tat alles für ihr Publikum – ob real oder eingebildet. Sie war eine Primadonna, eine Diva, die niemals die Maske fallen ließ. Sie schmückte sich und warf sich in Schale, sie stolzierte herum, sie war ein farbenprächtiger Paradiesvogel, ein exotisches Wundertier aus einer anderen Welt. Jede Bewegung, jede Geste war einstudiert und geprobt worden, wie auch das behutsame Hinabgleitenlassen ihres Pallu aus durchscheinendem Georgette, als sei er eine Wasserhaut, die sich sanft, unendlich sanft um den glattesten italienischen Marmor schmiegte, um ihre prachtvolle Brustwehr zur Geltung zu bringen. Falls sie, wie gewisse gehässige Filmklatschkolumnisten andeuteten, tatsächlich über ihre besten Jahre hinaus war, so ging sie gewiss nicht sang- und klanglos unter. Nein, ein Abstieg kam für sie überhaupt nicht in Frage. Sie hatte mehr Energie, Zielstrebigkeit und Entschlossenheit als ein zwanzigjähriges Starlett, das sich gerade nach oben kämpfte.

Sapna-ji gähnte. Sie wollte der Welt kundtun, dass sie sich langweilte. Sie vollführte ein paar Streckübungen, beugte sich hinunter, bis sie mit den Handflächen ihre Fußspitzen berührte, und schlenderte dann ein bisschen umher. Als sie an ihm vorbeikam, dachte Eddie, sie würde vielleicht ein paar Worte mit ihm wechseln, aber sie war genauso hochmütig und abweisend wie die anderen Stars. „Hey“, sagte Ravan zu Eddie, als der sich auf den Stuhl neben ihm plumpsen ließ. „Du hast ein Stück Papier fallen lassen, Eddie. Wer weiß, das könnte ein Briefchen von Sapna-ji sein, in dem sie dir Zeit und Ort für ein heimliches Stelldichein mitteilt.“

„Du bist ganz schön frech heute.“

Bevor Ravan darauf etwas erwidern konnte, ertönte eine Lautsprecherdurchsage.

„Eddie Coutinho und Ravan Pawar bitte sofort in die Regie!"

Trilok Parmanand war im improvisierten Büro nicht zu sehen, dafür aber Nagma Rani. Sie war ungewohnt kurz angebunden und angespannt. „Hier ist eure Gage in bar, der volle Betrag, dazu ein Bonus von zweihundert Rupien pro Kopf. Unterschreibt diese Quittungen. Euer Flug geht in einer Stunde. Holt eure Sachen aus den Zimmern, ein Wagen bringt euch zum Flughafen. Stellt keine Fragen. Und keine Diskussionen. Die bringen nichts."

„Aber warum schmeißt man uns raus? Sie schulden uns eine Erklärung!" Etwas in Nagma Ranis Ton hätte Ravan warnen sollen, aber er war in Streitlaune. Eddie war vernünftiger. Er hatte die Quittung bereits unterschrieben.

„Ich werde dir sagen, warum: weil du kein Star bist, sondern ein Statist. Und Statisten gibt's wie Sand am Meer. Und weil ich nur eine Choreographin bin, und das bedeutet, ich bin nichts, ein Niemand. Also, ob es dir schmeckt oder nicht, Ravan Pawar, du wirst es schlucken müssen. Verzieh dich, oder du verpasst noch deinen Flug, und dann musst du dein Ticket aus eigener Tasche zahlen."

Aufgeregt, wie er wegen der Aussicht gewesen war, eine frühe Morgenmaschine zu nehmen und ins Ausland zu fliegen, hatte Ravan vergangene Nacht kein Auge zugetan. Wenn die Maschine abhob, würde die Sonne den ersten Ritz in die Dunkelheit brechen, wie ein Vogeljunges, das seine Eierschale sprengt, und er hatte vor, kein Auge von der Fensterscheibe zu wenden, um sich jeden Augenblick der Reise einprägen zu können. Doch als die Motoren aufheulten, war sein Kopf auf seine rechte Schulter gefallen und dort geblieben, bis Nagma Rani ihn bei der Landung auf Mauritius geweckt hatte. Es war noch immer Morgen. Er sah nach draußen und glaubte, noch immer zu schlafen. Ein smaragdgrünes Meer, so durchsichtig wie Luft? Klar, warum nicht gleich ein violettes oder blutrotes? Aber auch während der Fahrt zum Hotel blieb es smaragd- und türkis- und aquamarinfarben. Wie konnte Wasser so überwältigend schön sein? Wie konnte es ein Mensch ertragen, im Angesicht von etwas so Schönem und Unberührtem zu leben? In Bombay war das Meer immer grau, und während des Monsuns wurde es noch grauer und schlammiger. Als sie sich für den ersten Take vorbereiteten, hatte er beschlossen, wie spät es am Abend auch werden sollte, am nächsten Morgen in aller Frühe zum Strand zu gehen und zu erleben, wie der Ozean von den ersten Strahlen der Sonne erhellt wurde.

Stattdessen war er nun auf dem Rückflug und konnte es nicht ertragen hinauszuschauen. Er warf einen Blick auf Eddie, der neben ihm saß. Er schlief tief und fest, auf den Lippen ein leichtes Lächeln, das von einem gleichmäßigen leisen Schnarchen begleitet wurde. Seit dem Moment, als diese Asmaan herübergekommen war, um ihnen zu gratulieren, hatte er sich merkwürdig verhalten – oder vielleicht hatte es auch erst später angefangen, nachdem Nagma Rani ihnen gesagt hatte, sie seien aus dem Film raus und müssten umgehend abreisen. Was zum Teufel war los mit ihm? Wusste er nicht, wie viel auf dem Spiel stand? Das war die Chance gewesen, für die jeder Statist seine Seele verkaufen würde; höchstwahrscheinlich war das die letzte Gelegenheit für sie gewesen, in die andere Welt, in der Schauspieler lebten und arbeiteten, hinüberzuwechseln, und sie hatten sie verbockt. Aber Eddie wirkte so, als sei ihm das völlig gleichgültig.

Die gestrichene Tanzsequenz oder der Verlust solch einer großartigen Gelegenheit spielten für Eddie keine Rolle mehr. Er hatte es von Anfang an gewusst. Er war für Höheres bestimmt. Ravans und sein Weg würden sich niemals wieder kreuzen. Die Schicksalswende zeichnete sich bereits ab. Paradox war es allerdings schon, dass er auch diese zweite Chance Ravan verdankte. Wäre Ravan nicht gewesen, hätte er den Zettel, den Sapna-ji in seinen Schoß hatte fallen lassen, gar nicht bemerkt! Eddie hatte das Briefchen, seit er es aufgehoben hatte, kaum weniger als tausendmal durchgelesen. Als er es zum ersten Mal öffnete, war er besonders vorsichtig gewesen. Es war mehrfach gefaltet gewesen, wie die Papierblättchen, in denen homöopathische Pulver eingepackt werden. Als man sie in die Regie gerufen hatte, war er bewusst hinter Ravan zurückgeblieben. Sobald sie dann im Flugzeug waren, hatte er sich, jedes Mal wenn er zur Toilette ging, aufs Klo gesetzt und es immer und immer wieder durchgelesen. Er war Schauspieler und Sänger. Er konnte Hunderte von Textzeilen mit nur einem Blick auswendig lernen. Natürlich kannte er den Inhalt des Briefes bereits nach einmaligem Durchlesen Wort für Wort, aber es war nicht dasselbe, wie das feste Papier zu spüren, die feine glatte Oberfläche, so vollkommen wie Belles Haut, die flachen Furchen und Winkel der Falze, den schweren Blumenduft des Parfüms, das von der Hand der Schreiberin aufs Papier übergegangen sein musste, Sapna-jis kräftige, entschlossene Handschrift, die zu verstehen gab, dass sie keinerlei Widerwort dulden würde.

Coutinho,

ich ziehe Sie für die Hauptrolle eines Films in Betracht, den mein Mann und ich produzieren.

Rufen Sie mich an, sobald Sie zurück sind, und vereinbaren Sie einen Termin für eine Probeaufnahme. Die Telefonnummer lautet 6510037. Protzen Sie mit der Sache nicht herum wie alle Statisten, die gern Schauspieler werden möchten und sich offenbar dazu gedrängt fühlen.

S.

Eddie küsste das Blatt, er atmete dessen Duft, er drückte es an die Brust, er schmachtete es an, er gelobte, es einzurahmen. Es würde ihm zu gegebener Zeit Gott weiß wie viele hunderttausend Rupien einbringen. Eines Tages würde es auch hier in Bombay eine Hall of Fame geben, wie in Hollywood, und dieses Briefchen würde darin an prominenter Stelle als Erinnerung an den Wendepunkt seiner Laufbahn ausgestellt werden: Eddie Coutinho, der erste katholische Superstar der Hindi-Filmindustrie.

Nicht nur Akram-bhai und Jalaluddin-bhai, alle in der Statistengewerkschaft wussten Bescheid über den schmachvollen Niedergang, den Ravans und Eddies aufstrebende Karriere auf Mauritius erfahren hatte. Jeder Statist kannte den vollständigen Ablauf der Ereignisse, der damit begonnen hatte, dass Rustom Khan beim allerersten Take der dritten Einstellung des Tages ausgerutscht und Sapna-ji deshalb auf ihrem Allerwertesten gelandet war. Sie waren hochgradig darüber erfreut, dass Rustom Khan, dieser widerwärtige Mensch (sie bevorzugten natürlich einen anderen, plastischeren Terminus, der allerdings ebenfalls auf -sch auslautete), endlich bloßgestellt worden war und jetzt jedermann wusste, dass er zwei linke Beine hatte und eines davon in einem Klumpfuß endete.

Doch Ravan erkannte schnell, dass die Geschichte sie weniger wegen der darin vorkommenden Stars als wegen Eddie und ihm selbst interessierte. Ihre Kollegen waren innerlich gespalten und von zwei gleichermaßen starken wie widersprüchlichen Impulsen getrieben. Sie wünschten sich inständig, dass Ravan und Eddie endlich den Fluch brächen, der auf den Statisten lastete, dass sie die steinerne, stählerne Beton- und Titanmauer durchbrachen, die Schauspieler von den Statisten trennte: eine Barriere, die undurchdringlicher, starrer und unerbittlicher war als das Klassen- oder Kastensystem in diesem Land. Sie waren bereit, ihre Ehre, ihre ganze Persönlichkeit und die Summe ihrer Bestrebungen für diese zwei Kollegen in die Waagschale zu werfen. Wenn die es schafften, wären all ihre Bemühungen und ihr Glaube nicht vergebens gewesen. Wenn R&E es schafften, dann konnten sie es auch.

Und dennoch gab es nichts auf Erden, wonach es sie mehr verlangt hätte, als dass Ravan und Eddie wieder und wieder scheitern mochten. Sie selbst warteten seit Ewigkeiten auf jenes ungreifbare Ding namens „Chance“, warteten darauf, Schauspieler, Stars zu werden, zu den neuen Rustom Khans, um dann selbst zickig, kleinlich und rachsüchtig zu sein und den Regisseur zu erpressen und ihm befehlen zu können, irgendwelche blöden, aufgeblasenen Statisten, die sich für wer weiß was hielten und die verdammte Frechheit besaßen, besser als sie zu tanzen, vor die Tür zu setzen. Ravan und Eddie waren keinen Strich besser oder schlechter als sie. Sie besaßen keinen Extra-Schwengel, kein zweites Paar Augen am Hinterkopf (wenngleich Ravan eine Dämonin als Mutter haben musste, denn wer sonst hätte seinem Sohn einen solchen Namen gegeben?), noch waren sie himmlische Wesen, die beide Geschlechter zugleich beglücken konnten.

Warum also, warum sollten diese beiden die Auserwählten sein, die geradewegs ins Paradies katapultiert wurden, zu Göttern der Leinwand gesalbt? Was auch immer geschehen würde, die übrigen Statisten hätten ihre Seele verkauft, um sicherzustellen, dass Ravan und Eddie es nicht schafften. Und anschließend wären sie gern bereit gewesen, sie ihr Leben lang zu bedauern. Mochte die Pest sie dafür holen, dass sie gescheitert waren! Sie hatten es nicht anders verdient. Wie konnte man auch nur das geringste Mitleid mit ihnen haben?

Glücksbringer,

seit ich Bombay verließ, hat mich wenig anderes beschäftigt als die Frage, wo ich vom rechten Weg abgeirrt bin. Ich hatte mir viel darauf eingebildet, ein vorsichtiger Mann zu sein. Ich schlich mich unter die Haut, in den Kopf meiner Gegner ein, sodass ich sie besser kannte als sie sich selbst. Ich kalkulierte jeden einzelnen Faktor ein. Ich plante nicht lediglich zwei oder fünf Züge voraus, ich wusste noch meinen zehnten Zug.

Ich machte einen Fehler. Er kostete mich beinahe das Leben. Ich vermochte es nicht, meine Feinde von meinen Freunden zu unterscheiden. Ich vergaß meinen eigenen Wahlspruch: Nimm nie etwas als gegeben an und vertraue niemandem – am wenigsten deinen eigenen Leuten. Es versteht sich von selbst, dass weder ich noch meine neuen Feinde einen bestimmten unvorhergesehenen Umstand wahrnahmen: dich. Ich hatte Glück; sie nicht.

Sie haben zwei Fehler gemacht. Es ist unerlässlich, dass ein Führer Arbeit delegiert, er muss jedoch auch wissen, dass er etwas wirklich

Wichtiges grundsätzlich selbst erledigen muss. Die Idioten haben es der Polizei überlassen, ihren Job zu erledigen. Zweitens haben sie das Wichtigste überhaupt vergessen: niemals halbe Sachen machen. Selbst wenn sie erfolgreich gewesen wären, hätten sie bestenfalls erreicht, dass ich ins Gefängnis komme – von wo aus ich es immer noch geschafft hätte, sie bis auf den letzten Mann auszumerzen. Sie haben aus all den Jahren unter mir nichts gelernt. Sie hätten mich töten müssen – und sich anschließend mindestens hundertmal vergewissern, dass ich es auch wirklich bin.

Jetzt können sie sich nur noch fürchten, solange sie leben. Sie wissen, dass sie einen langsamen, unvorstellbar qualvollen und brutalen Tod erleiden werden. Und sie wissen außerdem, dass kein Angehöriger ihrer Familie und Sippe, gleich wie entfernt er oder sie mit ihnen verwandt sein mag, überleben wird. Mag sein, dass ich gegen die Mehrheit von ihnen keinerlei Groll hege; mag sein, dass sie unschuldig sind. Doch das ist irrelevant. Denn vergiss nicht, dass Mütter, Schwestern und Ehefrauen, Großeltern, gleichgültig wie alt, Brüder, Eltern, Neffen und Nichten, Enkel und deren Kinder die Fackel der Rache am Leben erhalten werden. Und das Gleiche gilt für Freunde und Fahrer und Handlanger. Die ganze Familie, wenn nötig die ganze Sippschaft, wird ausgemerzt werden müssen.

Wenn sie nur ein bisschen Grips hätten, würden sie Massenselbstmord begehen. Sie werden es nicht tun. Ich werde auf sie warten.

Khuda hafiz

P. S. Vergiss nicht, ich werde denselben Fehler nicht noch einmal begehen.

P. P. S. Wie ich höre, zahlst du brav deine Raten. Klug von dir.

19

Es war eine Woche her, dass Sapna-ji wieder zurück war, dann waren es zehn Tage, und schon bald waren drei Wochen verstrichen, aber Eddie hatte es noch immer nicht geschafft, mit ihr zu sprechen. Er rief sie mindestens zwei Mal am Tag an. Normalerweise war die Nummer besetzt, und er brauchte fünfzehn Minuten bis vierundzwanzig Stunden, bisweilen auch zweieinhalb Tage, um durchzukommen, und dann war es immer entweder ihr Sekretär oder einer ihrer Lakaien, der sich meldete. Auf die Domestiken war wenigstens Verlass. Sie sagten, Madam-ji sei nicht zu Hause oder sie sei gerade „bisi", versicherten ihm, sie würden ihr ausrichten, dass er angerufen hatte, und sich zurückmelden. Was sie niemals taten. Wie sollten sie auch, sie wussten ja nicht mal, wie er hieß. Der Sekretär hingegen war weit professioneller. Sobald Eddie seinen Namen genannt hatte, fragte er stets: „Um was geht es bitte?" Wenn er sagte, Sapna-ji habe ihn gebeten, sich mit ihr in Verbindung zu setzen, lautete seine nächste Frage: „In welcher Angelegenheit?" Die richtige Antwort hätte gelautet: „Das geht Sie einen Dreck an", aber nur ein Idiot würde es wagen, den Sekretär eines Stars vor den Kopf zu stoßen. Eddie hatte versucht, ihm zu erklären, Sapna-ji habe ihn brieflich aufgefordert, sich wegen einer Probeaufnahme bei ihr zu melden, worauf der Mann sagte: „Natürlich, wir rufen Sie an, sobald der Termin feststeht." Eddie wusste, dass das nur Gewäsch war, aber selbst wenn der Sekretär es ernst gemeint hätte – welche Telefonnummer hätte Eddie ihm schon geben können? Die von der Statistengewerkschaft vielleicht? Da wäre der Sekretär bestimmt begeistert gewesen. Also sagte Eddie lediglich, er würde zurückrufen.

Eddie schwor sich, dass er nie wieder versuchen würde, Sapna-ji zu erreichen, aber er fand doch immer wieder die eine oder andere Ausrede, um ihre Nummer zu wählen. Wie hätte es auch anders sein können? Das wäre das Ende seiner einzig verbliebenen Hoffnung gewesen, aus der Statistenfalle auszubrechen. Doch dann wendete sich sein Glück. Eines Abends meldete sich eine Frau am Telefon. Er wusste gleich, dass es Sapna-ji war. Ihre Stimme hatte den Klang einer Hochlandwüste: Sandstürme, eine trockene Leere und extreme klimatische Bedingungen. Vielleicht war dies der Grund, warum sie es nie bis ganz nach oben geschafft hatte. Die meisten indischen Männer haben Probleme mit Frauen mit einer tiefen Stimme.

„Wir waren zusammen beim Dreh von ‚Zameen Asmaan', und da haben Sie mir einen Brief geschrieben, ich sollte Sie anrufen, weil Sie mir eine Rolle in einem Film geben wollten." Er schaffte es, die dreißig Worte zu einem einzigen zu komprimieren.

„Wer immer Sie sein mögen – platzt Ihnen gerade die Blase? Ist die Polizei hinter Ihnen her?"

Eddie konnte kaum glauben, dass eine Frau so zu einem Unbekannten redete, und dazu noch am Telefon. „Verzeihung? Ich hab Sie nicht ganz verstanden."

„Was soll die Hetze?"

„Ich hatte Angst, Sie würden auflegen."

„Tu ich auch ... nachdem Sie wiederholt haben, was Sie zu sagen hatten, es wäre jedoch hilfreich, wenn Sie den einzelnen Wörtern etwas mehr Luft zum Atmen ließen."

„Wir waren zusammen beim Dreh von ‚Zameen Asmaan', und da haben Sie mir einen Brief geschrieben, ich sollte Sie anrufen, weil Sie mir eine Rolle in einem Film geben wollten."

„Eine äußerst glaubwürdige Geschichte. Und nicht mal sonderlich einfallsreich. Aber egal, kommen Sie vorbei, und wir werden ja sehen, ob Sie eine Probeaufnahme wert sind. Morgen um halb zehn. Versuchen Sie nicht, witzig zu sein und mich am frühen Morgen zu wecken. Wenn ich nicht gerade drehe, sind meine Uhrzeiten immer p. m., also nach Mittag."

Eddie hatte eine halbe Stunde in einem Vorzimmer gewartet, die Sorte, die man vom Arzt kennt, nichtssagend und funktional. In der Raummitte stand ein niedriger runder Tisch, auf dem ein paar Filmzeitschriften herumlagen, und an der Wand blubberte ein gut ausgeleuchtetes Aquarium. Sieben Goldfische schwammen wie bekifft zwischen einem Miniaturtaucher und einem widerwärtigen Gummi-Oktopus hin und her und schnappten mit scheinbar zahnlosen Mäulchen nach Wasser. Der achte döste, fast an der vorderen Glaswand klebend, auf dem kiesigen Grund. Von Zeit zu Zeit öffnete er ein Auge, bedachte Eddie mit einem verächtlichen Blick und schlief wieder ein. Von Sapna-ji war nichts zu sehen. Falls er – nein, nicht falls –, sobald er ein Star war, gab es eines, was er niemals tun würde, nämlich Leute warten lassen. Er hatte furchtbaren Durst, aber wen hätte er schon um ein Glas Wasser bitten können?

Ein säuerlich dreinblickender Lakai öffnete eine Tür an der hinteren Wand des Zimmers und verkündete: „Madam-ji wird Sie jetzt empfangen." Er führte Eddie in einen riesigen, höhlenartigen Raum. Dort sah es genau so aus, wie Eddie es sich immer bei einem Star zu Hause vorgestellt hatte. Die Beleuchtung war nachtklubmäßig schummerig, und es dauerte etwas, bis sich Eddies Augen darauf einstellen konnten. Der ovale Salon war so groß wie zwei Tenniscourts. Am hinteren Ende war eine Treppe, die sich auf halber Höhe teilte und in verschiedene Richtungen weiterging. An den Wänden stand alle paar Meter eine lebensgroße nackte griechische Göttin auf einem Podest, sich abwechselnd mit ebenso hohen chinesischen Vasen. Der Kronleuchter, der von der schwindelerregend hohen Decke hing, erblühte wie eine bösartige Blume, die nur den rechten Augenblick abwartete, um einen mit ihren tausend rosafarbenen Blütenblättern und goldfarbenen Ranken zu verschlingen. Es standen ein Dutzend niedrige Tische herum, mit verschnörkelten Lampen darauf, und doch atmete der Raum die dumpfe Atmosphäre eines Verlieses. Vielleicht lag das an den schweren violetten Samtvorhängen, die nie einen Sonnenstrahl oder etwas frische Luft hereinließen.

An den Wänden hingen in barocken Goldrahmen zweieinhalb Meter hohe Ganzkörperporträts von Sapna-ji. Sapna-ji als Rani von Jhansi, hoch zu Ross, das Schwert in der Hand und ihr Adoptivsohn dahinter an ihr festgebunden, wie sie gegen die Streitmacht der britischen East India Company in die Schlacht zieht; Sapna-ji als Flying Ranee, die tollkühne Königin, die auf einem Seil über eine viertausend Meter tiefe Schlucht im Himalaya tanzt; Sapna-ji als achtarmige Jai Bhavani Mata, die, den grollenden Löwen an ihrer Seite, Shivaji Maharaj ihr legendäres Schwert überreicht; Sapna-ji als Lady Jane Tarzan, die sich in einem – an allen richtigen Stellen zerrissenen – gefleckten Gepardenfell-Bikini über einen reißenden Fluss hinweg von einem Baum zum anderen schwingt; Sapna-ji als Madame Justitia, mit verbundenen Augen, in der einen Hand eine Waage, in der anderen ein Schwert. Es gab noch vierzehn weitere von der Sorte. Es waren Erinnerungen an Filme, in denen sie gespielt hatte, und sie starrten auf jeden Besucher herab, damit er sich noch bedeutungsloser fühlen mochte. Am jenseitigen Ende des Raums prangte die leibhaftige Sapna-ji selbst, in einem hellrosafarbenen Organza-Morgenrock auf einer Chaiselongue ausgestreckt, einen großen Drink in der Hand und einen winzigen Pekinesen auf dem Schoß.

Der Hund hatte den Kopf in einem Winkel von 110° in den Nacken gelegt und blickte schmachtend zu seinem Frauchen empor, während er ihren Halsansatz mit hektischen Zungenstrichen ableckte. Sapna-ji revanchierte sich derweil mit Küssen. In dem Moment, als die Kreatur bemerkte, dass ein Fremder den Raum betreten hatte, unterbrach sie ihre amourösen Aktivitäten und rastete völlig aus. Sapna-ji nahm das wütende Gekläff erstaunlich gelassen hin. Ihre Kehle war im Fell des Hundes vergraben, und sie flüsterte ihm zärtliche Worte ins Ohr.

„Mein Baby, mein geliebter Chi-Chi, du Liebe meines Lebens! Ja, schmus mit Mama! Sie liebt dich wie nichts auf der Welt, nicht einmal deinen Papa! Du bist mein Ein und Alles! Sollte dir je etwas zustoßen, werde ich deinen Scheiterhaufen besteigen und eine *sati* werden. Ich könnte es nicht ertragen, ohne dich zu leben!“

Und der kleine Knirps mit der Mörderstimme wurde noch aufgeregter und jaulte und fuhr seine Männlichkeit aus, als sei sie eine rote Rakete, die auf der Militärparade am Tag der Republik in Delhi vorgeführt wird.

Mutter, Geliebter, Bruder, Schwester, Freund, Führer, Vertrauter ... Eddie erinnerte sich an einen Sanskrit-Vers, den Lele Guruji ihm und seinen Mitschülern in der Sabha beigebracht hatte: „Du bist mein Vater und meine Mutter, Du bist mein Bruder und mein Freund, Du bist ..." – aber das war ein Gebet an Gott gewesen. Vielleicht dachten Hundefanatiker an ihre Lieblinge ja in ähnlichen Kategorien.

Endlich schaute Sapna-ji auf. „Was haben wir denn da? Eine regenbogenfarbene Geburtstagstorte. Also, das nenne ich wahrlich todschick! Flaschengrüne Schlaghose, weißes Hemd mit Rüschenmanschetten, türkisblauer Schlips, paisley-gemusterte Brokatweste und violettes Jackett!" Und wieder dieses Lachen, hart, grausam, schadenfroh. „Wie heißt du, Geburtstagskind?" Eddie zuckte zusammen, als sei ihm ein Messer in die Kehle gerammt worden.

„Eddie Coutinho. Erinnern Sie sich nicht? Wir haben miteinander getanzt."

„Erwartest du, dass ich den Namen von jedem Statisten auswendig lerne?"

Sie war gut. Sie wusste genau, was seine verwundbarste Stelle war, und drehte das Messer zur Sicherheit noch ein bisschen herum. Sie hatte etwas Gemeines an sich, gepaart mit eiskalter Berechnung. Diese Kombination beschwor ein bizarres Bild in Eddie herauf: Eine öffentliche Steinigung stand unmittelbar bevor, und Tausende von Schaulustigen hatten sich eingefunden. Der für die Abwicklung der Sache zuständige Richter fragte die Menge, wer den ersten Stein werfen würde. Die Männer scharrten unsicher mit den Füßen, und die Frauen schauten zu Boden. Nur eine Hand hob sich. Es war Sapna-jis Hand. Sie verplemperte keine Zeit damit, auf den Segen des Richters zu warten. In ihrer erhobenen Hand war ein Stein, und noch ehe die Menge, der

Richter oder das Opfer begriffen, was da geschah, hatte sie gezielt und Eddies Kopf wie einen Granatapfel aufgeknackt.

„Glaubst du, du bist zu einer Probeaufnahme hier?"

Eddie fingerte an seiner Krawatte herum. „Ich dachte, es wäre besser, für alles vorbereitet zu sein."

„Um elf Uhr nachts? Phantasie hast du ja, das muss man dir lassen, Coutinho. Es gibt hier keinen Laufsteg und auch keine Modenschau, okay? Nein, setz dich nicht. Wir gehen nach oben."

„Wegen der Rolle in dem Film – wann können wir uns darüber unterhalten?"

„Später vielleicht."

„Wie soll er heißen?"

„Der letzte Tango in Bombay."

„Wow, das klingt wie ein Hollywoodfilm! Ist er auf Englisch?"

„Hindi und Englisch. Die Rolle von Brando haben wir noch nicht besetzt."

„Brando? Ach so, Marlon Brando natürlich." Eddie versuchte, seine Ahnungslosigkeit zu überspielen. „Und wer ist die Hauptdarstellerin?"

„Ich natürlich. Wer sonst käme denn mit Maria Schneiders Rolle zurande?"

„Das stimmt. Marias Rolle ist echt hart. Sehr schwierig."

„Nicht für mich. Mein Mann meint, ich werde dafür den Oscar als beste Hauptdarstellerin bekommen."

Eddies Augen glänzten anbetend. „Ja klar, das werden Sie bestimmt. Da bin ich mir sicher."

„Hast du vor, die ganze Nacht lang zu schwatzen, Coutinho?"

„Nein, natürlich nicht. Ich sollte jetzt wohl gehen."

Der rosa Organza an Sapna-ji schillerte, als sie mit Chi-Chi in den Armen und dem Drink in einer Hand die Treppe hinaufging. Was sollte er tun, gehen? Sapna-ji schaute über die Schulter zurück, und Eddie verstand den Wink und folgte ihr in ihr Schlafzimmer.

Dort blieb er verwirrt und verlegen stehen.

„Dann wollen wir mal sehen, was du zu bieten hast, Brando."

„Ich ... ich verstehe, glaub ich, nicht ganz."

„Klar tust du das."

„Und Ihr Mann?"

„Ach, der knutscht sicher gerade mit irgendeiner Statistin herum. Sonst noch Fragen?" Sie kräuselte die Lippe, und ihre Stimme war lauernd vor Ungeduld. „Du willst Brandos Rolle haben und bei mir den Schamhaften spielen?"

„Nein, natürlich nicht. Ich werde alles tun, was Sie verlangen. Alles, was die Rolle erfordert."

„Worauf wartest du also? Zieh dich aus!"

Eddie nahm seine Krawatte ab, warf Jackett und Weste auf den Fußboden, zog seinen Gürtel aus den Schlaufen, knöpfte sein Hemd auf; streifte es schwungvoll ab und schleuderte seine Mokassins von sich. Sie verfolgte jede seiner Bewegungen, während sie einen tiefen Schluck aus ihrem Glas nahm und sich eine Zigarette ansteckte. Er zog das Unterhemd aus und nahm dabei eine Pose ein, die seine Muskulatur zur Geltung bringen würde. Sie ließ ihn nicht aus den Augen, aber ihre Lippe kräuselte sich spöttisch. Jetzt war Eddie der Mut ausgegangen, und er schien seine Hand nicht dazu überreden zu können, den Reißverschluss der Hose zu öffnen. Er atmete erneut tief ein und blähte seine Brust, aber ihm war klar, dass ihm die Optionen längst ausgegangen waren. Dann war es passiert. Die Hose bildete ein Häufchen um seine Füße, und er sah sie triumphierend an.

„Erzähl mir jetzt nicht, dass deine Manneskraft die doppelt verstärkte Front deiner Unterhose sprengen wird. Ich würde vorschlagen, du legst das Feigenblatt auch noch ab, bevor du ins Bett kommst."

Hatte er richtig gehört? Hatte sie „ins Bett kommst" gesagt? Und falls ja, gehörte das irgendwie mit zum Film? Oder war das etwas anderes?

„Würdest du dich weniger unbehaglich fühlen, wenn ich einen Teil meiner Garderobe ablege?" Sapna-ji wartete die Antwort nicht ab. Sie zog bereits an einem Ende ihres schmalen Gürtelbands und schlüpfte aus ihrem fließenden rosa Morgenmantel, unter dem ein hautenges rosa Negligé sichtbar wurde, dessen Dekolleté ihren Brüsten alle Ehre machte.

„Meinen Sie, es wäre möglich, das Licht etwas zu dimmen?"

„Ja, das ist möglich, aber ich ziehe es vor, mir die Ware anzusehen, bevor ich mich so oder anders entscheide."

Es war peinlich, wie sehr seine Gedanken im Widerspruch zur unbestreitbaren Tatsache des zunehmenden Aufruhrs in seinen unteren Regionen standen. Sein Geist beschwor Bilder von seiner Mutter und Pater Agnello D'Souza herauf und ihrer beider Entsetzen über die Dinge, die er gleich tun würde. Flüchtig dachte er auch an Belle und wie treu sie zu ihm gestanden hatte, wie sie über seine Launen und kindischen Allüren hinweggesehen und ihn durch all seine Höhen und Tiefen begleitet hatte. Er wünschte sich, er könnte jetzt bei ihr sein und sie dafür entschädigen, wie oft er all das für selbstverständlich genommen hatte.

Eddie hakte beide Daumen in das Gummiband seiner Unterhose und streifte sie gerade hinunter, als Chi-Chi wie eine Kanonenkugel angeschossen kam und mit seinen Dracula-Beißerchen um ein Haar seine Kronjuwelen erwischte. Das verdammte Vieh hätte zwei saftige Waden, stramme Oberschenkel und makellos geformte Knöchel zur Auswahl gehabt, aber nein, es schnappte direkt nach Eddies Schwanz, als habe es langjährige Übung darin, und hätte ihn um ein Haar abgebissen, wenn Eddie ihn nicht im letzten Moment mit beiden Händen bedeckt hätte, sodass der Hund sein rechtes Handgelenk erwischte. Der Schmerz war so durchdringend und unerwartet, dass er den Arm reflexartig hin und her schlenkerte. Eigentlich hätte Chi-Chi mit dem Anstrich der gegenüberliegenden Wand verschmelzen müssen, aber das winzige Dingelchen mit dem Kettensägengebiss hing und baumelte weiterhin an seiner Hand. Eddie hätte durchaus eine Idee gehabt, wie er mit dem Köter verfahren sollte: ihm den Kopf abbeißen und ihm anschließend jeden einzelnen Zahn ohne Anästhesie herausreißen.

Sapna-ji konnte offenkundig seine Gedanken lesen, denn sie schrie durchdringend: „Hör auf, Chi-Chi! Lass seine Hand los!"

Chi-Chi aber hatte aber zu viel Spaß, um Frauchen zu gehorchen. Er wartete, bis sie einen Schritt von ihm entfernt war, als glaubte er, ungeschoren davonzukommen, wenn er ihr einfach in die Arme sprang, ihr das Gesicht ableckte und seine gewohnte Kriechernummer abzog. Doch Sapna-ji packte ihn beim Schlafittchen und schüttelte ihn wie ein Fieberthermometer, während der Hund unablässig keckerte und jaulte. „Von mir erwartest du, dass ich Freudensprünge mache, wenn du der erstbesten Hündin, die dir über den Weg läuft, die Nase, ganz zu schweigen deine Rute in den Hintern schiebst. Aber du hältst es nicht aus, wenn Mama einen anderen Mann auch nur anguckt!

Und du, Coutinho, mach nicht so eine wehleidige Miene, als sei dir dein wichtigstes Stück abgebissen worden! Das sind nur ein paar Kratzer, nichts weiter. Geh ins Bad und wasch dir die Hände." Sie zeigte auf die entsprechende Tür. „Erzähl mir jetzt nicht, du könntest kein Blut sehen! Ich versichere dir, du wirst nicht daran sterben. Chi-Chi ist gerade erst gegen Tollwut und Staupe geimpft worden."

Eddie versuchte, wieder in seine Hose zu steigen, aber Sapna-ji kickte sie weg. Als er aus dem Badezimmer zurückkam, lag sie schon im Bett und flehte Chi-Chi an, ihr zu verzeihen. Sie tätschelte und streichelte den Hund und erzählte ihm weiteren Schwachsinn, er sei doch der Einzige, der sie liebte, und überhaupt ihr einziger Daseinszweck.

„Und, worauf wartest du jetzt noch?"

Eddie pellte sich die Unterhose ab, bedeckte seine Geschlechtsteile für den Fall, dass Chi-Chi wieder Appetit bekommen sollte, und versuchte, ins Bett zu flitzen.

„Hör auf mit dem Theater, er beißt schon nicht!" Sie musterte ihn und wandte sich dann ab. „Ich hab schon bessere gesehen. Jetzt hol dir einen runter und komm dann wieder."

„Was?" Eddie musste sich verhört haben. „Wie war das bitte?"

„Du hast mich schon verstanden. Geh dir einen runterholen und komm dann wieder her."

Diesmal wurde Eddie ernstlich wütend. „Und warum?"

„Darum. Weil ihr Kerle alle gleich seid: rein, spritz, raus. Weil ihr euch nicht beherrschen könnt und schneller fertig seid als ein Karnickel. Das ist die einzige Möglichkeit, euch zu bremsen."

„Mach ich nicht!"

„Warum klingt das jetzt so vertraut? Verplemper nicht meine Zeit!"

Eddie konnte es noch immer nicht fassen. „Sie wollen, dass ich es mir zuerst selbst mache?"

„Ja", sagte sie entnervt, „und versuch bloß nicht mich zu verarschen!"

Als Eddie zu ihr ins Bett stieg, war er äußerst mies drauf. Er musste diesem Frauenzimmer ein, zwei Dinge über Edward Coutinho klarmachen. Niemand konnte ungestraft mit ihm so reden, wie sie es getan hatte. Er würde sich Sapna-ji so vornehmen, dass sie ihn anbetteln würde aufzuhören. Er hatte in Belle McIntyre eine gute Lehrmeisterin gehabt, und an Übung hatte es ihm im Laufe der Jahre wahrlich nicht gefehlt. Sapna Sahani, Lady Jane Tarzan und fliegende Rani, ich werde dich auf den Boden der Tatsachen zurückholen! Was immer die Klatschmagazine über ihr Verfallsdatum lästern mochten, sie hatte einen nahezu perfekt erhaltenen Körper und schlichtweg umwerfende Möpse. Er nahm sich ihrer an und anschließend, in aller Ruhe, Zentimeter für Zentimeter, den Rest von ihr, aber er merkte, dass Sapna-ji sich alle Mühe gab, ihm zu widerstehen. Es ging jetzt nicht mehr um Liebe oder Sex, es war zu einer Art Wettstreit ausgeartet, zu einer Ehrensache, zum Bloß-nicht-Nachgeben, dazu, ihn aufzugeilen. Aber langsam, fast unmerklich, wendete sich das Blatt, und ihr Kampfgeist verließ sie. Sie keuchte, seufzte, stöhnte und flehte ihn an, doch herein, herein, hereinzukommen, er aber wollte die Sache endlos in die Länge ziehen, und erst, wenn sie am Ende ihrer Kräfte und ihre Widerstandskraft völlig gebrochen wäre, würde er ihr eine lustvolle Strafe verabreichen.

Und dann geschah es. Seine Männlichkeit gab ihren Geist auf. Er sah voller Grauen an sich hinunter. Das Ding war spurlos verschwunden.

„Was ist los? Spielst du irgendwelche Spielchen mit mir?" Dann schaute sie ebenfalls hinunter und schrie: „Was ist mit deinem Schwanz passiert?" Es lag so viel Verachtung in ihrer Stimme, dass Eddie die Ursache seiner grausamen Demütigung hätte aufschlitzen, abhacken und pürieren können. Sie lüpfte seinen verschrumpelten Penis und stimmte melodisch an: „Sag mir, wo dein Dingsbums ist, wo ist es geblie-hi-ben? Sag mir, wo dein Dingsbums ist? Was ist geschehn? ..."

Sie fand das Ganze irrsinnig komisch und lachte. Sie lachte. Und lachte.

„Geh nach Hause, Brando. Geh zu deiner Mami und bleib dort. Dieser Tango ist nichts für dich."

Eddie sah seine Zukunft, die nach so vielen Fehlstarts endlich in Gang zu kommen schien, wieder einmal abstürzen.

„Bitte, lassen Sie mir nur ein wenig Zeit! So was ist mir noch nie passiert!"

„Zieh dich an, Coutinho." Sie wälzte sich aus dem Bett. „Blödes Arschloch. Du hast mir den ganzen Abend versaut!"

Er zog Hemd und Hose an, stopfte die Krawatte in die Gesäßtasche, schwang sich Weste und Jackett über die Schulter und warf Sapna-ji einen letzten Blick zu in der Hoffnung, dass sie es sich doch noch anders überlegen würde. „Gute Nacht."

Sie würdigte ihn keiner Antwort.

Eddie nahm den Daumen nicht von der Klingel. Als der Hausdiener endlich aufmachte, stieß Eddie ihn so ungestüm beiseite, dass der Mann hinfiel. Er stürmte die Treppe hinauf in Sapna-jis Schlafzimmer und schloss die Tür ab.

„Du? Du schon wieder? Wer hat dich hereingelassen?" Eddie war zu sehr damit beschäftigt, sich auszuziehen, um ihr antworten zu können. „Ich dachte, ich hab dir gesagt, du sollst nach Hause gehen!"

Eddie zog Sapna-ji das Nachthemdchen über den Kopf, während sie brüllte, er solle verschwinden. Jetzt saß er rittlings auf ihr und konnte ihr Gesicht durch die durchscheinende Seide sehen. Sein Glücksbringer funktionierte wieder wie eine Eins, und sie stemmte sich ihm entgegen.

„Wo warst du die ganze Zeit? Unterwegs? Oder bist du von zu Hause zurückgekommen?"

Der Hausdiener klopfte an die Tür und sagte, er habe den Wachmann gerufen, damit er den Eindringling hinauswirft.

„Geht ins Bett, beide! Inkompetente Idioten!"

Eddie war noch nie so gedemütigt worden wie an dem Abend, aber jetzt hatte er jede Menge Zeit, um sich doppelt und dreifach zu revanchieren.

„Noch mal?", fragte Sapnaji ungläubig. „Es ist schon früher Morgen, Coutinho."

„Spielt das eine Rolle? Und nebenbei gesagt, heiße ich Eddie."

„Wirst du denn überhaupt nie müde?"

„Ich dachte, du hättest was gegen Rein-spritz-raus-Männer."

„Du hast mich restlos überzeugt. Mein Mann kann jeden Augenblick heimkommen."

„Wie steht es mit der Rolle? Bin ich im Rennen?"

„Darüber reden wir morgen. Oder heute Abend, wenn du wieder da bist. Sagen wir halb elf."

„Was ist los?", fragte Ravan Eddie, nachdem er das Taxi vor dem Chawl abgestellt hatte. „Hab dich schon seit einer ganzen Weile nicht mehr bei der Gewerkschaft gesehen."

„Was habe ich dort auch verloren?", sagte Eddie lässig. „Mit dem Laden hab ich nichts mehr am Hut."

„Bloß weil Rustom Khan, der Blödmann, uns rausgeschmissen hat?"

„Wer schert sich schon um den?", sagte Eddie achselzuckend. „Ich steh kurz davor, für meinen ersten Film zu unterschreiben."

Ravan fiel die Kinnlade einen guten Meter runter. „Wirklich? Das ist ja irre! Glückwunsch! Du bist schon eine Nummer, Eddie. Wie heißt der Film? Wer produziert ihn?"

„Es ist ein Remake des phantastischen französischen Films ‚Der letzte Tango in Paris'. Im Original spielten Marlon Brando und Maria Schneider die Hauptrollen. Ich werde Brandos Rolle übernehmen."

„Brandos Rolle? In deinem allerersten Film? Wovon handelt er denn?"

„Ach, es ist ein Film über den Tanz. Kannst du dir Brando als Tänzer vorstellen? Absolut sagenhaft! Samba, Mambo, Jive, Tango, nenn irgendeinen beliebigen Tanz, Brando tanzt ihn wie kein anderer! Deswegen hat Sapna-ji mich auch ausgesucht. Sie ist der festen Überzeugung, dass kein anderer indischer Schauspieler dieser Rolle gerecht werden kann." Eddie kam der leise Verdacht, dass er es mit seinem ganzen Gerede über das Tanzen vielleicht ein bisschen übertrieben hatte. „Ich meine Tanzen als Metapher für das Leben. Aber es ist gleichzeitig auch eine großartige Liebesgeschichte. Stell dir nur Brando und Schneider zusammen vor!"

„Ich weiß nicht, wer diese Schneider ist. Ist der Film hier gelaufen? Der Titel kommt mir nicht bekannt vor."

„Die Tanzsequenzen, ganz zu schweigen von den Sexszenen, waren unseren Zensoren einfach zu heiß. Aber das ist auch der Grund, warum Sapna-ji und ihr Mann, die den Film gemeinsam produzieren, mich für die Rolle haben wollen."

„Ich hatte keine Ahnung, dass Brando gut tanzen kann. Spielt Sapna-ji auch mit?"

„Darauf kannst du wetten! Wer im Hindi-Film könnte diese Rolle sonst bewältigen? Ich treffe mich gleich mit ihr zu einer Besprechung in ihrem Haus in Pali Hill."

„So spät?"

„Von welchem Planeten kommst du eigentlich, Ravan?" Eddie konnte kaum glauben, dass Ravan so unbeleckt war. „In der Hindi-Filmindustrie wird alles Geschäftliche, das richtige Business, grundsätzlich nach neun Uhr abends abgewickelt."

„Woher sollte ich das wissen? Alles Gute, Eddie. Ich werde am allerersten Tag, in der allerersten Vorstellung im Kino sein. Ich kann es nicht erwarten, den Film zu sehen!"

Assalam alaikum,

Glücksbringer.

Wie entsetzlich dieses Exil ist! Ich bin am Ende der Welt, fern von zu Haus. Die Temperatur sinkt nicht unter fünfzig Grad, und meine Haut ist ebenso ausgedörrt und rissig wie dieses unfruchtbare Land. Ich sehne mich nach der Zivilisation. Ich lechze nach kultivierter Unterhaltung und Gesellschaft. Ich sehne mich danach, einen Film in einem dieser eleganten Kinos wie dem Metro oder Regal zu sehen, anstatt mir einen alten Streifen anschauen zu müssen, der alle zweieinhalb Minuten reißt. Jedes Mal, wenn der Projektor seinen Geist aufgibt, muss man ihm gut zureden und ihn streicheln und per Hand wieder anwerfen.

Ich vermisse meine Stadt, obwohl ich nicht in ihr geboren wurde. Das ist das Wunderbare an Bombay. Anfangs ist man davon überzeugt, Bombay sei ein brutaler Ort, ja, die unmenschlichste Stadt im ganzen Land. Die Wahrheit aber ist, dass diese Stadt am Meer den Charakter der Menschen auf die Probe stellt. Sie wartet und beobachtet einen. Sie will herausfinden, ob man den Mumm, die Geduld und die Kraft hat, hart zu werden und nicht zu jammern; ob man bereit ist, das Gute mit dem Bösen zu nehmen; aber vor allen Dingen, ob man fähig ist, sich zu verändern und sich neu zu erfinden. Übersteht man jedoch diese Feuerprobe unbeschadet, dann nimmt diese Stadt einen nicht nur mit offenen Armen auf und legt einem ihre Schätze zu Füßen, sie bietet einem auch jede Gelegenheit, zu ihrem Herrn zu werden.

Wie leicht könnte man vergessen, dass ich in einem Mittelding zwischen Dorf und Kleinstadt zur Welt gekommen bin, wo es kein Kino gab und wohin sich keine Theatertruppe je verirrte. Mein Vater war Lehrer. Arithmetik, Algebra und Geometrie, das waren seine Fächer. Er war ein gestrenger Zuchtmeister von der alten Schule, dessen unerschütterlicher Grundsatz „Wer mit der Rute spart, verzieht das Kind" lautete. Er rationalisierte seine sadistische Ader mit dem Argument, die einzige Sprache, die Kinder verstehen, seien körperliche Strafen. Es war für ihn eine Frage des Prinzips, zwischen seinen Schutzbefohlenen im Klassenzimmer und den eigenen Kindern keinen Unter-

schied zu machen. Als ältester Sohn war ich der Auserwählte; damit meine ich, auserwählt als sein Lieblingsopfer.

Ich war in der neunten Klasse, als ich entschied, dass es reicht, und von zu Hause ausriss und in der Stadt landete, die schließlich meine Adoptivheimat werden sollte. Zunächst arbeitete ich als Kuli im Großmarkt von Byculla. Es war echte Knochenarbeit, diese schweren Säcke zu schleppen, und kein großer Fortschritt gegenüber meinem Elternhaus, da ich jedes Mal, wenn ich einen Sack Zwiebeln fallen ließ oder dabei erwischt wurde, wie ich eine Tomate aus dem Lager aß, einen Tritt in den Hintern oder eine Tracht Prügel bekam.

Aber dank meinem Vater war ich gut in Rechnen, und schon nach wenigen Jahren führte ich meinem Chef die Bücher. Es war eine wertvolle Lehrzeit. Ich lernte, dass es immer zweierlei Bücher gibt: die für das Finanzamt und die, die den eigentlichen Sachverhalt widerspiegeln. Da ich es nicht erwarten konnte, vom bloßen Buchhalter zum selbstständigen Geschäftsmann aufzusteigen, brachte ich mir bei, in Blitzgeschwindigkeit kopfzurechnen, und bot bald auf den Versteigerungen von Zwiebeln, Kartoffeln und später sogar von Grundnahrungsmitteln wie Linsen, Reis und Weizen mit.

Da lernte ich die wichtigste Lektion meines Lebens: Angebot und Nachfrage. Wenn Letztere größer ist als Ersteres, kann der Verkäufer alles verlangen, was der Markt hergibt. Das ist das magische „Mantra", wie ihr Hindus es nennt; dort ist das Geld zu holen, und daraus stammen die meisten Vermögen. Wie du dir sicherlich vorstellen kannst, war ich schon auf dem besten Weg, meine einzigartige Formel zu entdecken und damit die Dynamik des Geldverleihs zu ändern – und natürlich mir meinen Namen „Drei Komma Eins" zu verdienen. Nach einiger Zeit machte ich mich selbstständig – und sah mich fast augenblicklich mit der Aussicht auf Bankrott konfrontiert. Denn das Kreditgeschäft kann nur funktionieren, wenn die konstante – allerdings selten ausgesprochene – Drohung schrecklicher Folgen in der Luft hängt. Und damit das klar ist: nicht nur die heiße Luft aus Rhetorik und leeren Worten, sondern die Praxis extremer Gewaltanwendung, wann immer ein Geschäftspartner seinen Teil der Abmachung nicht einhält.

Damit hat alles angefangen. Es war nicht geplant, doch es war vorbestimmt. Vorbestimmt durch nichts Geringeres als die Hand Allahs. Und dieselbe Hand wird auch meine Rückkehr in die Wege leiten.

Beherzige meine Worte, Glücksbringer, wenn du nicht zu Schaden kommen willst.

Khuda hafiz

P. S.: Dir ist mit Sicherheit schon der Gedanke gekommen, dass es eine gute Idee sein könnte, diese Briefe aufzubewahren. Vielleicht für irgendein staatliches Archiv, vielleicht um sie einst deinen Enkelkindern zeigen zu können. Oder weil sie sich vielleicht irgendwann als nützliches Belastungsmaterial erweisen könnten. Wie seltsam, die gleichen Gedanken sind auch mir gekommen, als ich dir den allerersten Brief geschrieben habe! Doch ich bin zuversichtlich, dass dir die Konsequenzen einer solchen Handlungsweise wohl bewusst sind. Außerdem weiß ich, dass du nie etwas Derartiges tun wirst. Schließlich bist du mein Glücksbringer.

Und doch bin ich nun einmal ein vorsichtiger Mensch. Und ich brauche einen Fehler nicht zwei Mal zu machen, um daraus klug zu werden. Wenn du dir die ersten zwei Briefe noch einmal ansiehst, wirst du feststellen, dass das Papier noch immer in bestem Zustand ist, und vollkommen weiß. Wenn du möchtest, kannst du mir darauf sogar antworten.

„Wo sind Sie die ganze Zeit gewesen?“ Die Frau sprach Ravan in Andheri an, als er gerade in den Zug einsteigen wollte. Ihr Gesicht kam ihm bekannt vor, aber er konnte sich weder an ihren Namen erinnern noch daran, wo er sie gesehen haben sollte. „Ich dachte schon, Sie und Eddie hätten den Beruf gewechselt.“

Ravan versuchte, seine Verwirrung mit einem diffusen Lächeln und einem unverbindlichen Hallo zu bemänteln. Doch sie durchschaute ihn. „Sie erinnern sich nicht an mich, stimmt's, Ravan?“

Gleich würde sie ihm erzählen, wie seine und Eddies Mutter hießen, und ihn anschließend mit einigen biographischen Details beglücken wie zum Beispiel, wie oft er beim Mittelschulabschluss durchgerasselt war und wie das genaue Kennzeichen seines Taxis lautete.

„Tut mir leid, nein", gestand Ravan.

„Wir haben uns in Mauritius kennengelernt, als dieser hirnlose Star sich von Ihnen beiden bedroht fühlte und Sie nach Bombay zurückverfrachtet wurden." Kein Wunder, dass Ravan sich an diesen Tag und die missglückte Auslandsreise nicht mehr erinnerte! Offen gesagt, wäre es ihm lieber gewesen, wenn die Dame auch kein so gutes Gedächtnis gehabt hätte. Sie stieg in dasselbe Abteil ein wie er. „Also, wie kommt es, dass ich weder Eddie noch Sie seither gesehen habe?"

„Eddie hatte eine Zeit lang anderweitig zu tun, aber inzwischen ist er wieder da. Man kann leider nicht sagen, dass wir allzu viele Jobs angeboten bekommen hätten."

„Wirklich? Woran liegt es?"

„Wer weiß. Vielleicht passten den Bossen unsere Nasen nicht, vielleicht wirkten wir zu eingebildet. Aber es lag nicht daran, dass wir uns nicht bemüht hätten, das kann ich Ihnen versichern."

„Na, dann müssen wir einfach einen anderen Ausweg finden."

„Es ist mir wirklich unangenehm, aber ich erinnere mich leider nicht an Ihren Namen."

„Wollen Sie die längere oder die kürzere Version? Die blumige Fassung, die bei Liebhabern der Urdu-Lyrik als Poesie durchgeht, oder die einfache, direkte?"

Ihre Augen blitzten, und ihr Lächeln funkelte schelmisch.

„Das volle Programm."

„Du kannst mich allzeit sehen, und doch bin ich nur Blendwerk. Grenzenlos bin ich und vollkommen unermesslich. Ich bin schwarz und eine Million Schattierungen von Blau und jegliche Farbe des Regenbogens, und dennoch bin ich durchsichtig und farblos. Ich bin mit der Erde vermählt, doch begegne ich ihr nur am Horizont. Man kennt mich unter vielen Namen, und doch bin ich nur das, was gar nicht ist. Ich bin Asmaan, der Himmel."

„Wow, das nenne ich einen Wolkenbruch aus Worten!"

Es war seltsam, aber kurz nach dieser Begegnung mit Asmaan begann Ravan mehr Aufträge zu bekommen. War das reiner Zufall, fragte er sich, oder hatte sie irgendetwas damit zu tun?

Asmaan machte keinen Hehl daraus, dass sie, wann immer sie beim selben Dreh beschäftigt waren, lieber mit Ravan zusammensaß als mit den Frauen. Sie war es, die Ravan den Tipp gegeben hatte, wenn Eddie und er mehr Aufträge wollten, könnte es nicht schaden, dem Boss der Gewerkschaft zum Geburtstag ohne viel Aufhebens eine Flasche Scotch zu schenken, und auch seinen Assistenten nicht zu vergessen. Ravan befolgte ihren Rat, und wenn er auch nicht gerade in Aufträgen schwamm, so ging es ihm doch nicht allzu schlecht.

Asmaan erinnerte Ravan an seinen Kindheitsschwarm Tara. Wie sie war Asmaan von einer unbändigen Lebhaftigkeit und immer hilfsbereit. Und genau wie sie, hatte Asmaan keinen Mangel an Geschwistern: sechs Schwestern und einen Bruder. Aber anders als Tara war Asmaan eine grandiose Erzählerin und konnte Ravan stundenlang unterhalten. Wenn man ihre gesamte Sippschaft zusammenrechnete, hatte sie siebenundvierzig leibliche und angeheiratete Tanten und Onkel, dreiundneunzig Neffen und Nichten, und jetzt, wo diese angefangen hatten zu heiraten, gab es nach letztem Zählstand dreiunddreißig Enkelkinder.

Es war unmöglich zu sagen, ob sie sich Geschichten ausdachte oder reale Begebenheiten wiedergab, aber das spielte gar keine Rolle, da sie die Fähigkeit hatte, einen, selbst wenn sie die schaurigsten oder traurigsten Dinge erzählte, zum Lachen zu bringen. Wenn sie nicht gerade Ravan mit Geschichten beglückte, kritzelte sie in einem schwarz linierten Heft herum, das sie in einem verschließbaren Fach ihrer Handtasche verwahrte. Wie sie sagte, schrieb sie an einem Drehbuch über eine große Familie. Ihr einziges Problem war, genug Material für rund sieben Generationen zu haben. Sie erklärte, dass ihr Skript sich nicht auf die üblichen Schurken konzentrierte: Schwiegermutter, Tochter und Schwiegertochter oder das schwarze Schaf der Familie. Es handelte von indischen Müttern und ihren Söhnen. Sie behauptete unmögliche Dinge, wie zum Beispiel, dass alle indischen Mütter längst ihre Männer verlassen und ihre Söhne geheiratet hätten, wenn die indische Gesellschaft derlei gestatten würde.

Ihr Vater war seit einiger Zeit nicht einsatzfähig. Seit seinem Schlaganfall lag die heimische Kinderproduktion danieder. Positiv hingegen war, dass er sich mit allerlei potenzfördernden Stimulanzien abfüllte, wie Erdpech, Spanischen Fliegen und pulverisierten Tigerhoden, die so tierisch rochen, dass jedes Mal, wenn er die Flasche entstöpselte, die Nachbarn sich wie Lemminge vom Balkon stürzten und nie mehr gesehen wurden. Er stopfte so viel Knoblauch in sich hinein, dass es gereicht hätte, der gesamten männlichen Bevölkerung des Landes blaue Hoden zu bescheren, und in dem Augenblick, in dem nachts das Licht ausgeschaltet wurde, schnappte er sich seine Frau und ließ sich von ihr das Organ wiederbeleben. Doch sein Gesundheitszustand machte rapide Fortschritte, und durfte man Asmaan Glauben schenken, würde er wahrscheinlich schon bald wieder voll diensttauglich sein.

Asmaans Bruder, Yaqub, war zwar der älteste Sprössling, hielt es aber für unter seiner Würde, irgendeinen Beruf zu ergreifen. Seine Mutter war total in ihn vernarrt und bediente ihn von vorne bis hinten. Sie behauptete, er sei schwächlich und esse nicht richtig, obwohl er einen äußerst gesunden Appetit hatte und täglich stundenlang in einem teuren Fitnessstudio trainierte. Sie warf Asmaan vor, sie nehme nicht genügend Rücksicht auf Yaqub. Hatte sie denn überhaupt nur eine Ahnung, welches Glück es bedeutete, einen so liebevollen und redlichen Bruder zu haben? Kam ihr je in den Sinn, dass er den Familiennamen weitertragen würde, und nicht etwa Asmaan oder ihre Schwestern? Sollte sein Vater – was Gott verhüten möge! – einmal diese Welt verlassen, fiele die Bürde, für seine Mutter und Schwestern zu sorgen, auf seine Schultern. Asmaan war die älteste Tochter. Sie sollte ihren Schwestern ein Vorbild sein und sich um seine Bedürfnisse kümmern. Stattdessen flitzte sie jeden Morgen in aller Frühe zur Film City oder in irgendein Studio. Der arme Yaqub, er war ein so guter Junge, nie hörte man von ihm ein Wort der

Klage! Hatte Asmaan ihren Bruder in all den Jahren auch nur ein Mal gefragt, was er gern zum Abendessen haben wollte, oder ihm zum Geburtstag Biryani oder Reispudding gekocht? Hatte sie es nur ein einziges Mal für nötig befunden, ihm seine Sachen zu bügeln oder ihm ein Hemd zu kaufen?

Yaqub war der einzige Sohn der Familie. Es war nur dieses eine Mal, dass Asmaans Mutter ihren Job getan und ihr Dasein gerechtfertigt hatte. Danach war sie kläglich gescheitert: Man stelle sich nur vor, sieben Töchter hintereinander! Die jüngste Schwester war erst drei, während sich die zweitälteste im ersten College-Jahr befand. Asmaan war also die Einzige, die Geld nach Hause brachte. Sie zog jeden Morgen um sieben Uhr los, egal ob sie einen Auftrag hatte oder nicht – obwohl sie es eigentlich fast jeden Tag schaffte, einen Job zu bekommen. Es war ein Rätsel, wie es ihr gelang, immer heiter und vergnügt zu sein, aber Ravan ahnte auch, dass sie ihre gute Laune wie einen Panzer einsetzte. Sie benutzte sie, um die Aufmerksamkeit von sich abzulenken – und vielleicht auch, um sicherzustellen, dass, wie viel auch von ihrer Familie die Rede sein mochte, ihr eigener, privater Bereich nicht verletzt würde.

20

„Du hast dir ja echt Zeit gelassen, Ravan! Ich warte schon seit einer halben Stunde auf dich!“ Eddie saß auf dem Treppenabsatz des vierten Stockwerks, das Gesicht schmerzverzerrt.

„Die Sonne ist heute scheinbar im Westen aufgegangen. Dich so früh am Morgen zu sehen? Ich war die ganze Zeit hier. Du bist derjenige, der sich die letzten sechs Wochen nicht hat blicken lassen, Brando.“

„Nenn mich nie wieder so! Warum lässt du mich eigentlich so lange warten?“

„Ich bitte um Vergebung, Coutinho-sahab“, sagte Ravan ehrerbietig. „Es wird nicht wieder vorkommen.“

„Lass diesen Scheiß, Ravan! Siehst du nicht, dass ich Schmerzen habe?“

„Woher zum Teufel hätte ich wissen sollen, dass du auf mich wartest, Coutinho?“

„Eddie, ich heiße Eddie. Wage es ja nicht, mich bei meinem Nachnamen zu nennen!“, stöhnte Eddie.

„Von was für Schmerzen redest du? Wenn es so dringend war, warum bist du nicht direkt zu uns gekommen, statt hier zu warten? Meine Mutter kocht den knallhärtesten Masala-Tee der ganzen Stadt. Ist der ‚Letzte Tango‘ also abgedreht?“

„Ich kann nicht stehen, ich kann nicht sitzen, ich kann nicht schlafen, ich kann nicht denken.“

„Muss diese tolle Brando-Rolle sein, die dich so aufgedreht hat. Hast du ein Schwein, Mann!“

Eddie wusste nicht so recht, ob Ravan ihn verscheißerte. „Du Mistkerl! Mein Penis ist zur Größe einer Aubergine angeschwollen, vielleicht sogar noch dicker, und du findest das zum Lachen?“

„Eddie-ji, das ist alles nur ein Sapna, ein Traum, den du zusammen mit Sapna-ji träumst."

„Es tut so höllisch weh, dass ich nicht mal pissen kann! Und wenn doch, fühlt es sich an, als würde ich Glasscherben pinkeln!"

„Na, na, Eddie-ji, jetzt ist es aber genug mit den schmutzigen Wörtern!"

„Ich halt's nicht mehr aus!" Eddies Stimme kam gequält und wie gequetscht heraus. Seine Augen waren voller Tränen, die er zurückzuhalten versuchte. „Tu etwas, Ravan, bitte!"

Irgendetwas stimmte ernsthaft nicht. Er sah wie ausgeblutet aus, und sein Gesicht und sein Hemd waren schweißnass. Es war schon unheimlich, dachte Ravan, wie er die Coutinhos, zumindest die jüngere Generation anzog, wenn es ihnen schlecht ging. Jetzt konnte er nur noch hoffen, dass es sich als nicht so schlimm wie beim letzten Mal erweisen würde. Er half Eddie hoch und stützte ihn, bis sie das Erdgeschoss erreicht hatten, dann forderte er ihn auf zu warten, während er das Taxi holte.

Eddie war zu sehr geschwächt, um sich zu erinnern, was seine Großmutter ihm einmal erzählt hatte: dass er im Leichenwagen seines Vaters direkt vor dem J. J. Hospital zur Welt gekommen war, genau da, wo sie sich jetzt befanden. In der Ambulanz legte er sich kraftlos auf die Bank, während Ravan herumrannte und die Anmeldeformulare ausfüllte. Doch das war erst der Beginn einer langen Wartezeit. Eddie hatte gedacht, er würde als Erster drankommen, da er und Ravan schon um sieben da gewesen waren, aber es standen bereits sieben andere an, und bald würden vierzig und mehr Patienten im Warteraum von Facharzt Dr. Bharucha sitzen.

Jeder wusste, dass es für einen unbezahlt arbeitenden Facharzt sträflich war, nicht wenigstens eine halbe Stunde zu spät zur Sprechstunde in einer Sozialklinik aufzutauchen. Das Mindeste, was man von ihm erwarten konnte, wenn er sich den Respekt von Patienten und Mitmedizinern verdienen wollte, war, sich um zwei Stunden zu verspäten. Viele Ehrenamtliche gingen lieber auf Nummer sicher und ließen sich, um ihren Status zu wahren, überhaupt nur jeden zweiten Tag blicken. Dr. Mehli Bharucha war ein gewissenhafter Arzt. Er verspätete sich lediglich um fünfunddreißig Minuten.

„Wann haben die Schmerzen und das Brennen angefangen?", fragte der Arzt, während er Eddies Puls und Blutdruck prüfte und seine Brust abhorchte.

„Vor zwei Tagen. Gegen elf Uhr vormittags. Bis dahin ging es mir hervorragend." Eddie wartete darauf, dass die jungen Leute in weißen Kitteln, die hinter Dr. Bharucha herumlungerten, endlich das Weite suchten. Die Sache ging nur ihn und den Arzt etwas an. Er war kein Ausstellungsstück auf einer Monstrositätenschau. Aber die Gruppe machte keine Anstalten zu verschwinden, und Dr. Bharucha schien sich nicht an ihrer Anwesenheit zu stören. Herr im Himmel, das waren zweiundzwanzig Leute! Und zwar ungelogen, er hatte sie gezählt, und einige davon waren Frauen, junge Frauen.

„Machen Sie sich bitte unten frei", sagte Dr. Bharucha.

Kannst du dir abschminken, Herr Doktor, nicht ums Verrecken. Eddie würde ganz gewiss nicht seine unschätzbaren Erbstücke vor dieser buntscheckigen Menge zur Schau stellen. Er kam aus einer alten aristokratischen Familie in Goa, die einst die zweitgrößte Reisproduzentin der indischen Westküste gewesen war und hektargroße Mango-, Cashew- und Kokosnussplantagen sowie drei Manganbergwerke besessen hatte. Er konnte, nein, er würde dem Arzt unter keinen Umständen gehorchen. Was würde seine Mutter sagen? Er zog die Hose aus.

„Jetzt die Unterwäsche."

„Was?" Eddie hatte sich mit Sicherheit verhört. „Ihre Unterhose, bitte." Dr. Bharucha wiederholte es noch einmal. Der alte Schmutzfink. Es waren doch Leute da, junge Leute; sie würden schockiert sein. Das hier waren nicht die USA oder Großbritannien, wo die Frauen keinerlei Scham kannten und fingerbreite Minis trugen, die gerade mal ihren Schoß bedeckten, und ohne einen Faden am Leib am Strand lagen, um braun zu werden. Selbstverständlich gab es Millionen von Indern, Katholiken nicht ausgeschlossen, die liebend gern ihre braune, dunkelbraune, hellbraune oder schwarze Haut abgelegt und gegen den hellen Teint der Ausländer eingetauscht hätten; alles, absolut alles, nur um weiß zu sein. Es war zwar kaum zu glauben, aber er hatte gelesen, dass in einem Münchner Park namens „Englischer Garten" Männer und Frauen und sogar ihre Kinder nackt im Gras lagen, während der Rest der Bevölkerung dieses Sodom und Gomorrha an ihnen vorbeispazierte, als sei das für Deutsche das Normalste auf der Welt. Das hier war jedoch Bombay/Indien, Doc, wo er, Eddie Coutinho, sofort gelyncht werden würde, wenn die Eltern dieser Studentinnen und Studenten erfahren sollten, dass es einen Mann gab, einen rabiaten und rasenden Exhibitionisten, der in der Ambulanz eines staatlichen Krankenhauses, ja, des bereits im neunzehnten Jahrhundert erbauten, altehrwürdigen J. J. Hospitals, nicht nur die Hose, sondern auch den Slip hatte fallen lassen! Ein Glück, dass er seine neue VIP-Unterhose anhatte und nicht seine alte von Liberty, die an mehreren strategischen Stellen Löcher aufwies.

Die VIP bildete jetzt eine Pfütze um seine Knöchel, und Dr. Bharucha hatte Eddies Mitglied des Königlichen Ordens der geschwollenen Schwänze mit dem Ende seines rot-schwarzen Bleistifts (mit weicher 2B-Mine) angehoben, mit Verlaub, als sei es irgend ein ekliger magentafarbener glitschig-wimmliger Wurm, der nur zur Regenzeit auftauchte – und das auch noch vor allen Leuten. Was machte er bloß? Er hatte sich tief hinuntergebeugt, und Eddie fragte sich, ob er ihm einen runterholen wollte, aber der Lustmolch drehte sein Glied mal so und mal so herum und sagte: „Etwas mehr Licht bitte, und ein Vergrößerungsglas", und: „Beachten Sie bitte diese fleckige Stelle und das violette Ödem unter dem Präputium." Was um Gottes Willen lief da eigentlich ab? Das war sein Schwanz, und es wäre ihm selbst peinlich gewesen, ihn sich so genau anzuschauen, selbst in der Abgeschiedenheit des Badezimmers, dieser schamlose Arzt jedoch redete und redete, und die Studenten schrieben eifrig mit, als hätten sie selbst nichts Entsprechendes in der Hose. Warum begnügten sie sich damit, warum machten sie nicht gleich Fotos und vergrößerten sie und plakatierten damit den Hauptbahnhof?

„Untersuchen Sie nun den Patienten nach charakteristischen Symptomen und seien Sie so gut, mich an den Früchten Ihrer unerschöpflichen Gelehrsamkeit teilhaben zu lassen“, sagte Dr. Bharucha zu seinen Studenten. „Ich werde Ihnen, wie stets, für Ihre Diagnose zu ewigem Dank verpflichtet sein.“

Mayday, Mayday, hol mich hier bitte einer raus, wer es auch sei! Was jetzt passierte, war die absolute, totale, schwindelerregende, um-keinen-Preis-mehr-hinzunehmende und schlichtweg untragbare Grenze. Wussten die denn nicht, dass er heute früh, bevor er ins Taxi einstieg, zwei Aspirin hatte schlucken müssen, so säuisch weh hatte das getan; wo zum Teufel war dieser Ravan Pawar, man musste ihn schleunigst retten, denn jetzt standen sie alle Schlange, um sich seinen Ding Dong anzuschauen, sein Geschützrohr, seinen ganzen Stolz und angeblichen Einstieg in Sapna-ji und „Zuperstar“-Status in Hindi-Filmchen, sein Elend und Verderben, sein Lied und seine Litanei, seine längst überfällige Strafe, seine Friedenspfeife, seinen Aufstand und Fall, sein Inferno und seine Ekstase, seine Sonde und sein Sehrohr, seinen Luststab und Flaggenmast, seine Zimtstange, seine chinesische Folter, seine Vergeltung Gottes, seine Sünde, sein Verbrechen, seine Nemesis, seine Zeit der Abrechnung, seinen Tag des Gerichts. Er hätte einen Zettel daran kleben sollen: Achtung! Vorsichtig behandeln! Nicht, dass die das groß gekümmert hätte.

Oh nein. Neineineineinein! Eine der jungen Frauen kam auf ihn zu. War er erst mal ein Star, würde sie ein Interview geben und der Presse erklären: „Ja, ich bin mit Eddie Coutinho aufs Engste bekannt. Ich habe sein geschwollenes Organ fünfunddreißig Sekunden lang in der Hand gehalten.“ Ah, du schamloses Luder, die drei anderen Frauen hatten wenigstens den Anstand oder die Wohlerzogenheit gehabt, nur den Hals zu recken, während die Jungen seine Wurst wie in der Pfanne hin und her drehten. Aber die verkommene Metze nahm das Ding zwischen Daumen und Zeigefinger und fragte: „Was würden Sie sagen, wie viel beträgt der Unterschied zwischen dem normalen Umfang Ihres Gliedes und dem jetzigen, in diesem geschwollenen Zustand?“ Noch während sie ihn ausfragte, hatte Eddie das Gesicht abgewandt. Sie mochte keine Ahnung von Schicklichkeit haben, aber er war praktizierender Katholik – auch wenn er zugeben musste, dass er die letzten sechs Wochen weder zur Kommunion noch zur Beichte gegangen war. Heilige Mutter Gottes! Was für eine Antwort erwartete sie von ihm? „Bei der letzten, am heutigen Morgen erfolgten Messung betrug die Zirkumferenz meines Pimmels das 2,7-fache des durchschnittlichen Wertes“?

„Wann hatten Sie das letzte Mal Geschlechtsverkehr, Mr Coutinho?“, fragte Dr. Bharucha, während seine Studenten die Reflexe des Patienten prüften und seine Genitalien manipulierten.

„Noch nie, Herr Doktor. Das habe ich noch nie gemacht.“

„Wie oft pro Nacht?“

„Aber ich bin doch gar nicht verheiratet, Herr Doktor!“ Eddie war schockiert darüber, dass der Arzt seine Jungfräulichkeit in Zweifel ziehen konnte.

„Die Vorhaut ist völlig wundgerieben, und Sie sagen, Sie hätten es nie getan. Habe ich Sie richtig verstanden?“

„Ich schwör’s Ihnen, ich schwör, das ist die Wahrheit!“

„Soll ich das dann also so verstehen, dass Sie mit Männern Verkehr hatten?“

Oh, er hätte den Arzt erschlagen können, aber die Schmerzen brachten ihn um. Wie konnte er so etwas auch nur entfernt in Betracht ziehen? „Aber ich bin Katholik, Herr Doktor! Homosexualität wird von der Kirche absolut nicht geduldet!“

„Dann hatten Sie also keinen sexuellen Kontakt zu Männern.“ Der Arzt legte eine Kunstpause ein, um den nächsten zwei Wörtern besonderen Nachdruck zu verleihen. „Oder Frauen.“

„Bei uns zu Hause gibt es nur meine Mutter, meine Großmutter und meine Schwester.“

„Und die Knutschflecken an Ihrem Hals sind ganz von selbst erschienen, wie Stigmata, richtig?“

„Ja. Ja, genau, Herr Doktor. So muss es passiert sein!“

„Na, dann ist ja alles in bester Ordnung. Sie können nach Hause gehen."

Eddie war erleichtert, nach Hause gehen zu dürfen, aber natürlich nur mit einem Rezept für etwas Ultrawirksames, das seiner Qual ein Ende bereiten würde.

„Sie können sich wieder anziehen und gehen."

Als Eddie die Füße zaghaft auf den Boden setzte, bohrte sich ein Korkenzieher aus Schmerz in ihn hinein. Vielleicht hatte er sich ja verhört. Wie sonst konnte Dr. Bharucha ihn fortschicken, ohne ihn behandelt zu haben? Auch die Studenten schauten verdutzt drein.

„Verschreiben Sie mir denn nichts, Herr Doktor?" Eddies Stimme zitterte.

„Wozu, Mr Coutinho? Da Sie keinen Geschlechtsverkehr hatten, können Sie sich auch nichts geholt haben. Es muss alles Einbildung sein."

„Tun Sie mir das nicht an, Herr Doktor, bitte! Der Schmerz bringt mich um! Es tut so weh, dass ich nicht mal pinkeln kann!"

„Aber lügen können Sie noch ganz gut."

Eddie brachte keine Antwort mehr heraus. Ihn hatte offenbar die Schwanzflosse eines Wals niedergestreckt. Als er wieder zu sich kam, lag er auf dem Fußboden. Er versuchte, sich hochzustemmen, brach jedoch wieder zusammen. Einer der Studenten streckte die Hand aus, um ihm aufzuhelfen, aber der herzlose Arzt bedeutete ihm mit einem erhobenen Zeigefinger und ungerührter Miene, sich nicht einzumischen.

„Ich geb's ja zu, ich habe mit einer Frau geschlafen! Ich hab alles, absolut alles getan, was ich nicht hätte tun dürfen! Unternehmen Sie etwas, Herr Doktor! Bitte! Geben Sie mir etwas gegen diese fürchterlichen Schmerzen!" Mit Hilfe von ein paar Studenten hob ihn Dr. Bharucha hoch und legte ihn auf den Untersuchungstisch. Der Wal war offenbar zurückgekehrt, denn die Welt schwankte wieder um Eddie.

Dr. Bharucha wandte sich an den Assistenzarzt. „Der Mann gehört ins Bett."

„Tut mir leid. Die Venerologie ist vollkommen überfüllt, da ist nicht mal mehr auf dem Fußboden Platz."

„Ich werde mit dem Verwaltungschef reden und zusehen, dass er in die Lungenabteilung aufgenommen wird. Er braucht sofortige Behandlung."

Im J. J. Hospital war von 16.00 bis 19.00 Uhr Besuchszeit, und Ravan schaffte es gerade mit Müh und Not, um fünf vor sieben da zu sein. Als Eddie ihn sah, leuchtete sein Gesicht auf. Er war allerdings viel zu schwach, um sich aufzurichten, und außerdem hing er am Tropf. Er winkte Ravan matt heran.

„Wie geht's, mein Freund? Ich hab dir ein wenig Obst mitgebracht." Ravan stellte eine braune Papiertüte auf den Nachttisch und setzte sich zu Eddie aufs Bett. „Freund", das war ein Wort, das Eddie sich bis vor ein paar Tagen, vielleicht sogar noch gestern Abend, empört verbeten hätte. Jetzt griff er lediglich nach Ravans Hand.

„Was machen die Schmerzen?"

„Kommen und gehen." Seine Stimme war nicht sehr kräftig, und Ravan musste sich vorbeugen, um ihn zu verstehen. „Man braucht nicht in die Hölle, um für seine Sünden zu büßen."

Ravan hatte keine Ahnung gehabt, dass Schmerzen einen so schnell zum Philosophen machen konnten. Eines war klar: Die Schmerzen mussten extrem gewesen sein, denn Eddie sah bleich und aufgedunsen aus. Seine Augenränder waren rot, die Lippen trocken und rissig und sein Gesicht war aschfahl. „Meine Mutter spricht schon seit wer weiß wie lange nicht mehr mit mir, aber wenn ich heute Abend nicht nach Hause komme, rastet sie aus. Dann geht sie zur Polizei, die sie nicht ausstehen kann. Und Belle lässt sich von mir scheiden, sobald sie von der Sache erfährt."

Ravan hatte den Eindruck, dass Eddie anfing zu delirieren.

„Ich wusste gar nicht, dass ihr verheiratet seid."

„Sind wir auch nicht. Aber jetzt verlässt sie mich bestimmt."

Die Schwester kam, um Eddies Temperatur zu messen, und schnauzte Ravan an.

„Runter vom Bett! Und außerdem ist es schon nach sieben. Sie müssen gehen."

„Nur noch fünf Minuten, Schwester", bettelte Eddie, als Ravan von seinem Bett aufstand. „Bitte."

„Ihre Temperatur steigt, Mr Coutinho. Ich hole jetzt Dr. Bharuchas Assistenten. Wenn Ihr Freund dann immer noch da ist, ruft er den Wachmann und verbietet Ihnen, überhaupt noch Besuche zu empfangen."

„Keine Sorge, Schwester, wenn der Assistenzarzt kommt, bin ich längst weg."

„Wie soll ich meiner Mutter noch ins Gesicht sehen? O Gott, Pater D'Souza wird mich exkommunizieren! Und was wird nur aus Pieta werden?"

Ravan tat sich schwer, mit Eddies verschiedenen Gedankensträngen Schritt zu halten. Und er stolperte über das Wort „exkommunizieren". Was immer es bedeuten mochte – es verhieß nichts Gutes. „Wer soll denen schon erzählen, dass du im Krankenhaus bist?"

„Der Arzt sagt, ich muss wenigstens eine Woche hier bleiben."

„Ich kann deiner Mutter, sobald ich wieder zu Hause bin, ja erzählen, du musstest ganz kurzfristig zu einem siebentägigen Dreh für den ‚Letzten Tango in Bombay' aus der Stadt."

„Ravan, du bist ein Genie! Das ist eine glänzende Idee! Sie ist keine Frau. Sie ist der leibhaftige Teufel!"

„Von wem redest du? Deiner Mutter?"

„Stell dich nicht blöd! Ich meine Sapna-ji."

„Wie kannst du über die Dame nur so reden!" Ravan schüttelte in gespielter Empörung den Kopf. „Sie ist eine Göttin, unsere Sapna-ji! Ein Traum von einem Mädchen, wie ihr Name bereits verrät. Wenn ich mich recht erinnere, Brando, wollte sie dir eine Rolle in dem Film beschaffen."

„Halt die Klappe, du Klugscheißer. Du musst mir nicht auch noch Chilis ins Gewissen reiben!" Eddie schloss die Augen. „Aber du hast recht. Ich verdiene es, alles, was du sagst. Und erzähl es bloß nicht weiter, meine Mutter kann eine ziemliche Pest sein."

Die Krankenschwester kam wieder. „Was, Sie sind noch da?"

„Nein, bin ich nicht. Das ist nur mein Schatten. Er ist sehr eigensinnig und folgt mir nicht immer. Bis morgen, Eddie."

„Sprich besser nicht mit meiner Mutter. Du weißt es vielleicht nicht, aber sie mag dich nicht besonders."

Was du nicht sagst, dachte Ravan, da wäre ich nie drauf gekommen!

„Versuch es mit Pieta oder Oma."

Bereits am dritten Tage kreischte Eddie nicht mehr jedes Mal das ganze Krankenhaus zusammen, wenn er pinkeln musste. Er war nach wie vor schwach, aber er spürte, dass er der Star der Station war. Alle schienen ihn zu kennen und verfolgten seine Besserung mit brennendem Interesse. In den Augen seiner Bettnachbarn war er eine exotische Kreatur. Er war keiner von ihnen. Er litt nicht an etwas so Einfallslosem wie Bronchitis, Asthma, Emphysem oder Lungenentzündung; er hatte etwas, auf das die Schwestern nur dunkel anspielten. Es war etwas Unaussprechliches, Namenloses, das sich nur mit zwei Anfangsbuchstaben umschreiben ließ: V. D. – venereal disease, Geschlechtskrankheit. Zu seiner Rechten lag der bebrillte Mr Sathe, der einen blechern kratzenden Husten hatte und sich ständig zu räuspern versuchte, als sei seine Kehle mit einer dünnen Membran von Kaugummi ausgekleidet. Das Bett zur Linken wurde vom zänkischen Mr Peter Alvares eingenommen, der der festen Überzeugung war, das Pflegepersonal sei dafür verantwortlich, dass er im Krankenhaus lag. Jedes Mal, wenn er eine Krankenschwester sah, rief er sie zu sich und beschwerte sich über das abscheuliche Essen, den klappernden Deckenventilator oder die anderen Patienten, deretwegen er vernachlässigt wurde; und überhaupt würden sie alle versuchen, ihn zu vergiften. Er habe Beweise, unwiderlegliche Beweise für die Mordversuche, die täglich gegen ihn unternommen wurden, und er würde sie dem Premierminister von Indien und dem Papst nach Rom schicken, samt der Bitte, unverzüglich Maßnahmen zu ergreifen und das gesamte Personal des J. J. Hospitals auf die Straße zu setzen.

„Was fehlt Ihnen, Mr Coutinho?", fragte Mr Sathe besorgt.

„Ach, es ist nichts. Nur ein bisschen Fieber."

„Tatsächlich, das ist alles? Ich hatte keine Ahnung, dass man von Fieber jedes Mal so brüllen muss, wenn man sich zum Pissen hinter die Trennwand begibt."

Eddie produzierte sein entwaffnendstes Lächeln und machte dazu ein schuldbewusstes Gesicht. „Es tut mir wirklich leid, Sie und die anderen so zu belästigen, aber ich leide an Verstopfung. Es wird bald besser, ich kann Sie beruhigen."

„Ja, ich verstehe. Das ist also das Problem." Eddie nickte heftig. „Sie glauben offenbar, ich nuckel noch an der Brust meiner Mutter und schlucke deswegen jedes Märchen, das Sie mir auftischen."

Eddie wand sich verlegen und wusste nicht, was er darauf entgegnen sollte. „Ich verstehe Sie, glaube ich, nicht ganz."

„Wird schon alles wieder gut. Nur noch eine Woche, und das Ding fällt ganz von selbst ab."

Eddies erste und unmittelbare Reaktion war, sich automatisch in den Schritt zu fassen. Er vergewisserte sich instinktiv, ob sein Schwengel noch da war, um augenblicklich vor Schmerz aufzuschreien.

„Also, jetzt mal Klartext. Wie sind diese Weiber? Rattenscharf, was? Was haben die denn so alles gemacht?", mischte sich Peter Alvares ins Gespräch ein.

„Von was für Weibern reden Sie?"

„Na, jetzt ist's aber gut! Man holt sich doch keinen Tripper dadurch, dass man mit seiner Frau schläft oder mit seiner Mutter! Wie oft haben Sie es gemacht, wenn Sie bei denen waren?", konterte Sathe.

„Sie haben eine schmutzige Phantasie! Wie können Sie so furchtbare Dinge über meine Mutter sagen? Und zu Ihrer Information: Ich bin nicht verheiratet!"

„Ist ja Wahnsinn. Ihre Freundin scheint ja ne richtige Professionelle zu sein", meldete sich Peter Alvares wieder zu Wort. „Wie viel nimmt sie denn pro Nummer?"

„Jetzt zieren Sie sich nicht so! Raus mit der Sprache!", drängte Sathe. „Wir sind Männer von Welt. Erzählen Sie uns doch von Ihren Abenteuern. Sind Sie zur Foras Road gegangen?"

„In Colaba sind die Puppen weit hochwertiger." Mr Alvares wollte nicht als weniger kompetent dastehen. „Wussten Sie, dass die Chinesinnen keinen senkrechten, sondern einen waagerechten Schlitz haben? Aber wirklich heiß sind die weißen Nutten. Die können von uns Braunhäutigen gar nicht genug kriegen – auch wenn sie uns jederzeit für einen schwarzen Schwanz fallen lassen würden, die Fotzen."

Zum ersten Mal, seit er im Krankenhaus war, hatte Eddie das Gefühl, dass nicht er, sondern Sathe, Alvares und all die anderen Patienten, die so gierig ihr Gespräch belauschten, die eigentlichen kranken Perverslinge waren. Sapna Sahani hatte ihm dieses Andenken hinterlassen. Er verfluchte sie jedes Mal, wenn ihm die glühende Lava durch die Harnröhre floss, aber nie hätte er sich vorstellen können, über sie – oder eine beliebige andere Frau – mit solch zynischer Geilheit zu reden. Er dachte an Belle und ihren Vater und ihre schlüpfrigen Sprüche, und ihm ging auf, wie harmlos und unschuldig sie in Wirklichkeit waren. Schlagartig begriff er, dass Männer wie Sathe und Alvares Frauen hassen mussten. Sie redeten zwar ständig über sie, und ihre Neugier und Phantasie gingen dabei immer wieder mit ihnen durch, aber in Wirklichkeit fürchteten sie sich vor ihnen. Wenn sie gekonnt hätten, würden sie sie zum Burkatragen verurteilen, oder noch besser sie einsperren, und all das aus ihrer eigenen Angst und Unsicherheit.

„Wie geht's dem Patienten?"

Eddie segnete Ravan dafür, dass er genau in diesem Augenblick auftauchte. Er besuchte ihn täglich, und weil Eddie das fade Krankenhausessen nicht ausstehen konnte, schmuggelte sein Taxi fahrender Freund ihm manchmal einen Teller Kebab oder Hähnchen-Tikkas von Bade Miyan herein oder bat seine Mutter, für Eddie etwas Besonderes zu kochen.

„Der Patient kann's nicht erwarten, nach Hause zu gehen."

„Was ist los? Du wirkst heute etwas niedergeschlagen."

„Das hier ist nicht gerade der vergnüglichste Aufenthaltsort. Wie geht's Mama? Und Pieta?"

„Gesehen habe ich sie das letzte Mal, als ich ihnen ausgerichtet habe, du hättest wegen eines Drehs die Stadt verlassen. Deine Schwester sah erst mal etwas überrascht aus, hat dann aber die Achseln gezuckt und nur gesagt: ‚Diese Filmleute!'"

„Was sollte das denn bitte heißen?"

Ravan erinnerte sich an den Abend, an dem er Pieta gesehen hatte. Die Treppe zu den Coutinhos hinaufzusteigen war ihm schwieriger erschienen, als den Everest zu erklimmen. Aber er hatte Eddie nun einmal sein Wort gegeben und, was noch wichtiger war, er wusste, welche fürchterlichen Sorgen sich seine eigene Mutter gemacht hätte, wenn ihr Sohn abends nicht heimgekommen wäre.

Er hatte gehofft, Eddies Großmutter würde die Tür öffnen, aber es war nicht sein Glückstag. Andererseits war er dankbar dafür, dass es nicht Mrs Coutinho war. Pieta war zunächst ziemlich perplex, als sie ihn sah, dann erstarrten ihre Züge zu einer feindseligen Maske.

„Was wollen Sie?" Ihre Stimme war hart und kalt.

Ravan zuckte bei ihrem Ton innerlich zusammen, tatsächlich aber war die Antwort so einfach, dass er nicht begriff, wie sie überhaupt fragen konnte: Er wollte Pieta, er wollte sie mehr als alles andere auf der Welt – na ja, vielleicht ausgenommen Erfolg beim Film. Er wollte sie zur Frau haben.

„Eddie hat mich gebeten, Ihnen etwas auszurichten."

„Und zwar? Ist was passiert?"

„Nein, nein. Aber es hat eine Änderung im Drehplan gegeben, und er musste, zusammen mit ein paar anderen, sofort abreisen."

„Wohin?"

Darüber hätte Ravan besser früher nachdenken sollen, anstatt jetzt ein dummes Gesicht machen zu müssen. Was sollte er sagen? Indien war ja weiß Gott ein großes Land, der einzige Ort allerdings, der ihm in diesem Moment einfiel, war Kaschmir. Er wünschte, ihm wäre ein glaubwürdigerer Erholungsort eingefallen, aber wenn er noch länger gezögert hätte, wäre sie bestimmt argwöhnisch geworden.

„Nach Kaschmir."

„Kaschmir?"

„Ja, hab ich doch gesagt."

„Da muss er doch hinfliegen!"

„Um all so was kümmert sich die Produktionsfirma."

Gott, er hasste es, Pieta anlügen zu müssen! Warum hatten nicht Mrs Coutinho oder die Großmutter aufmachen können?

„Aber dort wird es sehr kalt sein!"

„Es gibt Kamine in den Zimmern. Und außerdem haben sie jede Menge Wollsachen gekauft."

„Diese Filmleute!" Sie schüttelte den Kopf und gab offenbar den Versuch auf, sie verstehen zu wollen. „Was soll's, sie werden schon auf ihn aufpassen. Was ist mit Ihnen, weshalb sind Sie nicht dabei?"

„Ich kann nicht einfach so weg, wann es mir passt, ich fahre ja Taxi."

Ravan war bereits am Treppenabsatz, als sie sagte: „Danke. Danke, dass Sie raufgekommen sind, um es auszurichten."

Das war ein Tiefschlag, völlig unnötig. Jetzt würde er sich die ganze Nacht und den Rest seines Lebens schuldig fühlen, weil er jemanden, den er so sehr liebte, angelogen hatte.

„Ich weiß nicht", sagte Ravan zu Eddie. „Wahrscheinlich meinte sie, dass die Leute beim Film rücksichtslos sind, einfach von einem verlangen, dass man Knall auf Fall wegfährt, ohne seinen Angehörigen Bescheid sagen zu können."

„Danke, Ravan. Du hast was gut bei mir. Und richte deiner Mutter bitte aus, dass der Garnelen-Curry köstlich war."

„Vergiss bloß nicht, dass du in Kaschmir, nicht in Karjat warst."

„Keine Angst."

„Es ist schon nach sieben. Ich muss weg, bevor die Schwester kommt und mich zusammenstaucht."

„Wann kommst du morgen?"

„Morgen kann ich nicht. Einer der anderen Fahrer hat frei, und ich muss eine Doppelschicht fahren." Eddie machte aus seiner Enttäuschung keinen Hehl. „Na, mal sehen. Ich schau morgen kurz mit etwas Leckerem aus dem Moti Mahal vorbei. Und am Abend danach können wir so viel reden, wie du möchtest, dann bin ich nicht so in Hetze."

Aber es war noch nicht einmal halb zwei, als Ravan am nächsten Tag in die Lungenstation gestürmt kam. Der Himmel draußen hing tief und grollte lautstark.

„Hey, was ist los? Ich hatte dich erst abends erwartet!", begrüßte ihn Eddie. „Gute Neuigkeiten. Der Arzt sagt, ich mache gute Fortschritte. Wenn es so weitergeht, bin ich in zwei Tagen draußen."

„Dafür sind deine Mutter und Pater D'Souza in drei, höchstens fünf Minuten hier!"

„Du hast mich verpfiffen! Und dabei hab ich dir vertraut. Ich wusste es, ich wusste es, du bist nicht mein Freund!"

„Dein Traummädchen, Sapna-ji, ist gestern Abend auf der Suche nach dir zu euch gekommen. Muss ja wahre Liebe sein!"

Eddie war jetzt ganz Ohr. „Es kann nur um den ‚Letzten Tango' gehen! Die Geldgeber haben sich wohl endlich entschlossen! Hat sie dir den Drehplan gegeben?"

„Du kapierst es wohl nie, was? Wenn es einen letzten Tango gibt, dann tanzen ihn Mr und Mrs Sapna Sahani bereits. Jeder in der Branche weiß das, nur du nicht! Sapna-jis Mann hat einen Flop nach dem anderen gelandet und steckt bis über beide Ohren in Schulden. Sie müssen sogar ihr Haus verkaufen!"

„Du hast meine Frage noch nicht beantwortet."

„Sapna-ji wollte wissen, warum du seit einigen Tagen nicht mehr bei ihr warst. Sie ist völlig verzweifelt ohne dich."

„Aber sie weiß nicht, wo ich gerade bin. Wie sollte sie es meiner Mutter sagen?"

„Weil deine Mutter mit Sapna-ji zu uns gekommen ist und mich beschuldigt hat, dich entführt zu haben. Du weißt ja noch, ich hab deiner Familie erzählt, du seiest wegen eines Drehs nach

Kaschmir gefahren! Und Sapna-ji hat ihr gesagt, das wäre Blödsinn, denn sie hätte sich bei der Statistengewerkschaft erkundigt, und du wärst seit Tagen dort nicht aufgekreuzt. Deine Mutter hat gedroht, zur Polizei zu gehen und mich anzuzeigen, und Sapna-ji war richtig scharf darauf, sie weiter anzustacheln. Mir war klar, dass deine Mutter es ernst meinte, und ich hatte keine andere Wahl, als mit der Wahrheit rauszurücken. Es tut mir leid."

Eddie rollte sich auf die Seite, stellte die Füße auf den Boden und stand auf.

„Wo willst du hin?", fragte Ravan.

„Der Arzt sagte, ich sollte langsam wieder anfangen zu gehen."

Wie alle männlichen Patienten in dem Krankenhaus trug Eddie Sachen, die entweder zwei Nummern zu klein oder zu groß waren. Momentan hatte er eine kragenlose weiße Krankenhausjacke an, die vorn nicht geknöpft, sondern mit jeweils vier kurzen Schnüren zugebunden wurde. Natürlich knoteten die meisten Patienten nicht die richtigen Schnüre zusammen, wodurch das Kleidungsstück grundsätzlich schief saß und die eine Schulter hochgeschoben war und die andere herunterhing. Die Hose – mexikanischer Bauernstil – reichte Eddie kaum bis zu den Waden, und da die Kordel fehlte, wurde sie von Sicherheitsnadeln oder einer Kombination aus Willenskraft und einer Hand hochgehalten.

„Soll ich dir helfen?"

„Ich glaub, ich komm schon klar."

Eddie schleppte sich mühsam den Mittelgang entlang, der die vier Bettreihen teilte. Als er sich ein wenig sicherer auf den Beinen fühlte, ging er hinaus auf den Balkon. Der Himmel sah wie geprügelt aus, grau-violett, und wurde von Sekunde zu Sekunde dunkler. Der Gott des Alten Testaments musste stinksauer sein, denn man hörte ihn wüten und toben. Die Himmelssphären bebten unter seinem schweren Tritt; er demolierte himmlische Paläste, zerschmetterte Dämme und Staubecken und schleuderte einen Blitzstrahl nach dem anderen, mit denen gewaltiger Donner einherging, um klarzustellen, wer da oben der Boss war. In Bombay hatte der Monsun immer etwas Apokalyptisches, und dieses Mal rollte er mit der kompletten Palette von Pomp, Einschüchterung und Verdammnis heran. Eddie fand, das sei wohl der passendste Soundtrack, um das Sechste Gebot zu übertreten und die Folgen – Jehowas Zorn – zu erdulden.

Die Ampeln unten an der Kreuzung waren offenbar ausgefallen, denn Autos, Laster, Motorräder, Handkarren, Kühe, ein einsamer Elefant mit seinem *mahaut*, Fahrräder, Taxis und Busse stauten sich auf ein paar Kilometer Länge. Eddie hätte schwören können, dass auch die Tiere angefangen hatten zu hupen, um sich nicht ausgeschlossen zu fühlen.

Dort oben, auf dem Dach des Gebäudes am Rande der Hauptverkehrsstraße, die von Nord nach Süd verlief, war die jährliche internationale Krähenkonferenz in vollem Gange, und tausend zerfledderte, bis auf die Haut durchnässte Vögel pöbelten sich – im Ernst oder vielleicht auch nur zum Spaß – gegenseitig an und amüsierten sich königlich. Wenn er auf der Hauptstraße nach rechts abbog, die Byculla-Brücke überquerte, dann wieder rechts abbog und gute zwanzig Minuten geradeaus marschierte, würde er seine Schule erreichen, St. Sebastian, und ein Stückchen weiter sein Zuhause, CWD-Chawl Nr. 17, von dem er gehofft hatte, dass es einst eine Pilgerstätte für alle Liebhaber des Hindi-Films werden würde.

Böge er dagegen noch vor der Brücke rechts ab, würde er zur Eisenbahnersiedlung kommen, wo Belle und ihre Eltern wohnten. Ach Belle, Belle, Belle, wie konnte ich dir das nur antun? Er hatte sie schon einmal enttäuscht, und sie war mit einem Lachen darüber hinweggegangen, aber dieses Mal wusste er, dass er die Grenze überschritten hatte und sie ihm nie verzeihen würde.

In all den Jahren hatte Eddie versucht, sich einzureden, dass Belle, so sehr er sie auch mochte, nicht die richtige Frau für ihn war. Jetzt stand er kurz davor, sie zu verlieren, und ihm wurde klar, wie schief er damit gelegen hatte.

Er hatte sich nie vorstellen können, dass er den elenden überfüllten Chawl, der sein Zuhause war, den ununterbrochenen Verkehrslärm, die Staus, die schweißgetränkten Nahverkehrszüge, in die nur ein Geisteskranker einsteigen konnte, vermissen würde; ja, selbst Saat Rasta und der Innenhof der Statistengewerkschaft würden ihm fehlen, und der Mann vom vierten Stock, der an seinem Bett saß. Oh, wie er diese Stadt liebte, ihr hektisches Tempo und ihre endlosen Adrenalinschübe! Jetzt würde er nicht einmal mehr die Möglichkeit haben, Belle zu gestehen, dass sie trotz seiner unverzeihlichen Affäre mit Sapna Sahani immer die einzige Frau in seinem Leben sein würde. Aber das würde sie ihm niemals abnehmen.

Er war nicht in allerbester Verfassung, und die nasse, glitschige Brüstung reichte ihm bis an den unteren Rippenbogen, aber schließlich gelang es ihm, wenn auch mühsam, sich hinaufzustemmen. Ein Taxi fuhr gerade durch das Krankenhaustor und hielt direkt unter dem Balkon. Es regnete Katzen, Hunde, Rhinozerosse und Elefanten, aber es bestand keinerlei Zweifel, dass es seine Mutter war, die da ausstieg, während Pater Agnello D'Souza den Fahrer bezahlte.

„Eddie!" Ravans Stimme war sehr laut und eindringlich, und plötzlich starrte ihn die ganze Station an. „Um Gottes Willen, was machst du da?"

Sein Todfeind und neu gewonnener Freund lief jetzt auf ihn zu. Eddie blieb nicht mehr viel Zeit. Er richtete sich auf und breitete die Arme zum Abflug aus. Unglücklicherweise rutschte seine Hose gerade in dem Moment runter, als seine Mutter hinaufschaute. Selbst aus der Entfernung konnte er das Entsetzen in ihrem Gesicht erkennen und sehen, dass sie die Augen schmerzvoll schloss, als habe sie jemand geschlagen. Eddies Hände schossen nach unten, um die Hose wieder hochzuziehen.

„Tu's nicht, Eddie, bitte, tu's nicht! Es wird sich alles wieder einrenken!", flehte Ravan ihn an.

Dummer Kerl, was sollte sich wieder einrenken? Hatte der Typ auch nur die leiseste Ahnung, wie seine Mutter reagieren würde, sobald sie erfuhr, dass er mit irgend so einer Filmschauspielerin geschlafen hatte? In ihren Augen gingen nur gefallene Mädchen

(Wörter wie „Hure“ oder „Prostituierte“ nahm sie gar nicht in den Mund) zum Film. Aber man stelle sich erst mal ihre Reaktion vor, wenn sie hören würde, dass er sich bei der Dame einen Tripper geholt hatte! Nein, das war nicht auszudenken!

Peter Alvares war der Einzige, der seine Zwangslage nachzuvollziehen schien. Er brüllte von seinem Bett aus: „Tun Sie’s, Eddie, tun Sie’s! Sie haben eine Todsünde begangen. Sie verdienen es, in der Hölle zu schmoren!“

„Komm nicht näher! Nicht einen Schritt näher, Ravan! Wie würdest du es finden, wenn deine Mutter erführe, dass du dir eine Geschlechtskrankheit eingefangen hast, und das auch noch, weil du mit irgendeinem alternden Filmstar geschlafen hast?“

„Wie soll deine Mutter denn rauskriegen, dass du eine Geschlechtskrankheit hast? Du liegst doch auf der Lungenstation.“

Es dauerte einen Moment, bis Eddie begriff, was Ravan gerade gesagt hatte. „Jesus Maria, daran hatte ich gar nicht gedacht!“

„Verplempern Sie keine Zeit, Eddie!“, stachelte Peter Alvares ihn weiter an. „Ihre Mutter kann jeden Moment hier sein!“

„Hören Sie auf damit, Mr Alvares!“ Überraschenderweise war es Eddies anderer Bettnachbar, Mr Sathe, der Peter Alvares zurechtwies. „Sie spielen mit einem Menschenleben!“

„Er wird alle Ewigkeit in der Hölle schmoren. Da kann er doch wenigstens seiner Mutter den Schmerz ersparen, die Wahrheit zu erfahren!“

Ravan half Eddie herunterzusteigen. Am anderen Ende des Krankensaals tauchte Mrs Coutinho auf, die, von Pater D’Souza am Ellbogen gehalten, gerade zur Tür hereinkam. Violet ließ den Blick verwirrt über die Reihen von Betten und Gesichtern gleiten. Als sie Eddie endlich sah, kam sie ihm entgegen und nahm das Gesicht ihres Sohnes in beide Hände. „Eddie, Eddie“, flüsterte sie. „Warum hast du mir nicht gesagt, dass du im Krankenhaus bist?“

Ihre Reaktion war so unerwartet, so unvereinbar mit der Kälte, mit der sie ihn sonst behandelte, dass Eddie sie, ohne zu überlegen, in die Arme nahm und sie bei dem Namen nannte, den er seit vielen Jahren nicht mehr benutzt hatte: „Mama!“

Plötzlich stieß Violet ihn zurück. Und dann schlug sie ihm zu seiner Verblüffung mit der flachen Hand ins Gesicht. Eddie hätte nicht sagen können, was mehr weh tat: die brennende Wucht der Ohrfeige oder die Tatsache, dass seine Mutter ihn vor sämtlichen Schwestern und Patienten der Station gedemütigt hatte.

„Was hast du da auf dem Balkon getrieben? Schäm dich! Sag es mir!“ Doch dann fiel ihr Blick auf Ravan Pawar, und sie verlor den Faden. „Was tut dieser Mann hier? Weißt du, dass er uns einen Haufen Lügen erzählt hat, als du schwer krank warst und ins Krankenhaus musstest?“

Was sollte er nur mit seiner Mutter machen, fragte sich Eddie, während er sich die Backe rieb. Sie hielt es einfach nicht für nötig, sich bei ihren Bemerkungen um Höflichkeit oder Diplomatie zu bemühen. Und selbst nach so vielen Jahren kam sie nicht auf die Idee, dass Ravan sie keineswegs aus eigenem Antrieb besucht hatte, sondern ihr Sohn ihn dazu angestiftet haben könnte.

„Glauben Sie bloß nichts von dem, was Ihr Sohn Ihnen –“ Peter Alvares hielt es tatsächlich für seine Pflicht, Mrs Coutinho über Eddies Ausschweifungen aufzuklären, aber bevor er ausreden konnte, hatte Ravan ihm in die rechte Kniekehle getreten. Das war keine klassische Taekwondo-Technik, einfach nur etwas, was jeder Schuljunge beherrscht. Strategisch platziert und mit genau dem richtigen Schwung ausgeführt, bewirkte der Tritt, dass Peter Alvares' Bein einknickte und der Mann zusammenklappte, als wollte er Violets beschuhte Füße küssen. Mrs Coutinho bedachte die Extravaganzen des Mannes mit einem missbilligenden Blick und rückte von ihm ab, während Ravan sich hinunterbeugte, um dem Gestürzten aufzuhelfen.

„Alles in Ordnung, Mr Alvares?“, fragte er beflissen und zischte dann: „Halten Sie ja das Maul! Noch ein Wort, und ich breche Ihnen das Genick!“

„Ich wollte nicht, dass du in Panik gerätst, Mama.“

„Was, wenn dir etwas zugestoßen wäre?“ Pater Agnello D'Souza hatte eine ganze Reihe dringender Fragen, die er Eddie stellen musste, und seine Stimme dröhnte, als donnerte er von der Kanzel auf seine St.-Sebastian's-Gemeinde herab. „Was, wenn etwas passiert wäre und deine Familie dich gebraucht hätte? Was, wenn dein Leben in Gefahr gewesen wäre? Was, wenn –"

„Gott bewahre!", fuhr Violet den Priester an. „Verflucht sei, wer meinem Sohn Böses wünscht!"

Pater D'Souza schaute erschüttert drein. Er konnte es nicht fassen, dass Violet Coutinho – nachdem er sie all die Jahre, während sie ihre vaterlosen Kinder, besonders diesen nichtsnutzigen Sohn, unermüdlich unterstützt hatte – glauben konnte, er hätte etwas anderes als das Wohl ihrer Familie im Sinn. Er erwartete nicht, dass sie ihm täglich zu Füßen fiel und beteuerte, wie viel sie ihm schuldete, doch wenigstens ein Fünkchen Dankbarkeit wäre nicht fehl am Platz gewesen. Eddie warf seiner Mutter einen besorgten Blick zu. War mit ihr alles in Ordnung? Irgendetwas stimmte nicht mit ihr, auch wenn ihm nicht ganz klar war, was. In der einen Minute knallte sie ihm eine, und in der nächsten belegte sie jeden, der ihm Böses wünschte, mit einem Fluch.

Violet hatte sich schon seit Langem gesagt, dass ihr Sohn für sie tot war und es keine Rolle mehr spielte, was aus ihm wurde. Jetzt allerdings wurde ihr bewusst, dass, auch wenn sie damals jedes Wort wirklich ernst gemeint hatte, manche Behauptungen besser nicht auf die Probe gestellt werden sollten. Sie nahm den verletzten Blick in den Augen des Priesters wahr und begriff, die Sache schleunigst wieder ausbügeln zu müssen.

„Tut mir leid, Pater. Ich hoffe, Sie haben nicht geglaubt, ich hätte Sie gemeint."

Pater Agnello D'Souza war absolut sicher, dass Violet Coutinho sehr wohl ihn gemeint hatte und nicht zögern würde, ihn zu verfluchen, wenn sie das Gefühl haben sollte, er stelle eine Bedrohung für ihren Sohn dar. Aber eine Entschuldigung aus dem Mund von Eddies Mutter war ein so einmaliges Ereignis, dass es unklug gewesen wäre, sie nicht anzunehmen.

„Wie konntest du deine Mutter nur so im Ungewissen lassen?" Eddie durfte auf keinen Fall vergessen, ihm, Pater D'Souza, Rede und Antwort zu stehen.

„Was hast du denn? Ist es etwas Ernstes?", fragte Eddies Mutter ängstlich. „Du kamst unter so unglückseligen Umständen zur Welt", hier warf sie Ravan einen giftigen Blick zu, „dass es mich nicht wundern würde, wenn dein Herz damals einen Schaden davongetragen hätte."

Nein, nicht das Herz. Jetzt musste er aufpassen. Was immer er hatte, musste zwar ernst sein, aber nicht so ernst, dass seine Mutter in Panik geriet und anfing, die Ärzte auszufragen. Am sichersten würde ein goldener Mittelweg sein, etwas wie das, was Mr Sathe hatte. Wie hieß das noch mal? Verdammt! Doch, ja, das war's. Klang ziemlich übel, war aber nicht ganz so schlimm.

„Pleuritze, das hab ich."

„Pleuritze?" Violet Coutinhos Stimme war brüchig geworden. „Was ist das?"

Ravan bemerkte, dass Sathe den Kopf schüttelte, und ging an sein Bett.

„Pleuritis. Nicht Pleuritze", sagte Sathe leise.

Eddie sah zu seiner Erleichterung, dass seine Mutter nicht ihn, sondern Pater Agnello Erklärung heischend anschaute. Dem Priester lag viel daran, seine Autorität zurückzugewinnen, und nickte weise.

„Pleuritze? Hmmm. Hmmmmmmm."

Sathe versuchte krampfhaft, Eddies Aufmerksamkeit auf sich zu lenken, während er gleichzeitig lautlos das Wort „Wasser" artikulierte.

„Wasser ... Wasser sammelt sich an."

„Wasser? Wo?", fragte Violet, jetzt panisch.

Oh heiliger Herrgott, in was hatte er sich nur hineingeritten? „Im Kopf."

Ravan sah, dass Sathe die Augen verzweifelt zusammenkniff und sich mit der rechten Hand gegen die Stirn klatschte. „Stimmt was nicht?", flüsterte er.

„Nichts stimmt! Pleuritis, nicht Pleuritze. Und die Flüssigkeit sammelt sich in der Brust an, nicht im Kopf."

„Oh, nein! Und was passiert jetzt?", stöhnte Violet.

Um Eddie zu sagen, dass er von der Pleuritze auf die Pleuritis umsteigen sollte, entschied Ravan, war es jetzt zu spät. „Du solltest dich hinlegen, Eddie, und ruhen." Ravan schüttelte Eddies Kissen auf und strich das Laken glatt.

„Sag diesem Mann, dass er aufhören soll, sich in unser Gespräch einzumischen!"

„Das Wasser ist in der Brust", flüsterte Ravan Eddie ins Ohr, während er Mrs Coutinho liebenswürdig zulächelte.

„Inzwischen haben sie das Wasser vom Gehirn in die Brust runtergeholt, Mama."

Sathe befand, es sei an der Zeit, die Sache selbst in die Hand zu nehmen und Eddie davor zu bewahren, sich noch tiefer in den Schlamassel zu reiten.

„Kein Grund zur Sorge, gnädige Frau. Die Medikamente trocknen die Flüssigkeit aus, und Ihr Sohn ist bald wieder gesund."

Violet beäugte Mr Sathe mit Argwohn. Sie schätzte es nicht, wenn sich ein Fremder in ihre Privatangelegenheiten einmischte. „Wer ist das?"

„Das ist Mr Sathe. Er hat eine doppelte Pleuritze. Im Kopf und in den Nieren."

Violet Coutinho bekreuzigte sich und kniete nieder. Pater D'Souza tat es ihr nach, und Eddie schloss sich den beiden an. Während die übrigen Patienten den Coutinhos und ihrem Priester wortlos beim Beten zuschauten, murmelte Peter Alvares verächtlich: „Hüte dich, Eddie Coutinho, du kannst deine Familie zum Narren halten und selbst diesen dummen leichtgläubigen Padre, aber unser Herr lässt sich nicht täuschen! Deine schändlichen Geheimnisse werden ans Tageslicht treten, gleichwie dein Samen schamlos vergossen worden ist!"

„Lieber Herr Jesus", intonierte der Priester feierlich, „wir danken dir, dass du unseren Sohn Eddie von dieser schrecklichen Krankheit, der Pleuritze, errettet und sie vom Kopf hinunter in die Brust gebracht hast! Greife, wir flehen dich an, das Leiden noch grimmiger an, auf dass Eddies Brust ebenfalls frei werde und er gänzlich genesen möge!"

Alle drei bekreuzigten sich, und Violet und Eddie standen auf.

„Wo bekommst du dein Essen her?“, erkundigte sich Violet.

Zwei Stimmen kollidierten im Luftraum. Eddies hatte als Erste abgehoben. „Ravans Mutter schickt meistens was –“

„Das Krankenhaus sorgt für die Verpflegung“, stieß Ravan eine Sekunde später hinzu.

„Seine Mutter? Sie schickt dir Essen?“

Das Gewitter wütete nach wie vor, der Regen prasselte mit unverminderter Kraft herunter, und Violets Entdeckung von Eddies endgültigem Verrat hätte zum krönenden Höhepunkt des Nachmittags werden können. Doch Pater Agnello D'Souza war gerade dabei, einen apoplektischen – oder vielleicht treffender: apokalyptischen – Anfall zu bekommen. Er hatte nach dem Gebet die Augen geöffnet und starrte nun auf das Diagnose- und Behandlungsblatt eines gewissen Edward Coutinho, das am Fußende des Eisenbetts hing.

„Von wegen Pleuritze!“, donnerte er. „Ihr Sohn hat eine venerische Krankheit, Mrs Coutinho!“

„Pater Agnello, sind Sie verrückt geworden? Ein Priester muss sich weitaus verantwortungsvoller als ein Laie verhalten, wenn er seine Gemeinde führen soll. Ich untersage Ihnen, derart gemeine und unbegründete Anschuldigungen gegen meinen Sohn vorzubringen!“

„Der Herr ist mein Zeuge, dass ich die Wahrheit sage! Sehen Sie auf Eddies Krankenblatt, und Sie werden begreifen, was er getan hat.“ Dann wandte sich der Priester mit vor gerechtem Zorn glühendem Antlitz zu Eddie. „Als ein Mann, der seit dreißig Jahren Priester ist, hatte ich angenommen, bereits Zeuge der tiefsten Abgründe deiner Verkommenheit gewesen zu sein und die schamlose Verlogenheit zu kennen, die dir seit frühester Kindheit zu eigen ist! Doch ich habe mich getäuscht, Edward Coutinho, erbärmlich getäuscht! Du bist der fleischgewordene Luzifer!“

„Eddie, oh Eddie! Wann wirst du endlich aufhören, deine Mutter zu quälen?“ Violet gab sich nun ganz der Verzweiflung hin. „Heilige Mutter Gottes, du kennst den Schmerz, einen Sohn zu verlieren! Hab Erbarmen mit einer Mutter und errette mein Kind, und sei es auch längst nicht mehr der Rettung würdig!"

„Ich habe Unrecht getan, Mama, und ich büße dafür, hier und jetzt." Eddie schien zu sich selbst zu sprechen. „Ich bedaure, dir so viel Kummer und Schmerz bereitet zu haben. Nicht nur dir, sondern unserer ganzen Familie: Pieta, Oma und Belle."

„Dieses Weibsstück Belle gehört nicht zu unserer Familie und wird es niemals tun!"

„Für mich schon. Auch wenn ich befürchte, dass ich sie ebenfalls verloren habe."

„Sei versichert, Eddie, ebenso sicher, wie unser Herr im Himmel ist, wirst du die ewigen Qualen der Hölle erdulden!", dröhnte Pater D'Souzas Stimme durch die Lungenstation.

„Genug, Pater. Mein Gewissen ist mein Zeuge, dass ich Ihn um Vergebung angefleht habe, bis ich heiser wurde. Ich habe Jesus gelobt, liebend gern jede Strafe auf mich zu nehmen, die er für angemessen hält. Vielleicht wird er ja nicht so streng wie Sie sein und mich nicht aufgeben."

„Erwartest du, dass ich dir nach dieser Sache noch vertraue?", fragte Belle mit einer Stimme, die so trostlos war wie eine zerbombte Stadt, deren Einwohner alle umgekommen waren und in der kein einziger Vogel mehr piepste.

Ravan hatte sie von ihrem Büro abgeholt und zum J. J. Hospital gefahren. Da die Katze nun aus dem Sack war, wollte Eddie unbedingt, dass sie die Wahrheit von ihm und nicht von jemand anderem erfuhr. Die Sonne war bereits untergegangen, aber am Himmel verweilte noch immer ein melancholisches Licht, wie eine beschädigte Erinnerung. Wogen von roten Wolken prallten gegen die schrillen Gelbtöne des dunkler werdenden Horizonts. Eddie und Belle standen auf dem Balkon der Lungenstation wie zwei Menschen, die nicht mehr wussten, was sie in irgendeinem fernen anderen Leben zusammengeführt hatte. Es hatte bereits vor Stunden aufgehört zu regnen, dennoch klangen die Verkehrsgeräusche immer noch gedämpft herüber. In der Station waren die Lampen eingeschaltet worden, aber sie wirkten blass gegenüber dem Zwielicht von draußen.

„Nein."

„Wozu hast du mich dann holen lassen?"

„Weil du das Schlimmste von mir hören solltest und nicht von irgendjemand anderem."

„Aber wenn deine Mutter es nicht herausgefunden hätte, dann hättest du es mir auch nicht gesagt, habe ich recht?"

Eddie versuchte, ihre Hand in die seine zu nehmen, aber Belle zuckte zurück, als halte er ihr eine Handvoll Maden hin. Vielleicht war es ein Fehler gewesen, Belle kommen zu lassen. Wie sollte er diese Frage nur beantworten? Verdammt sollte Sapna-ji sein, dass sie ihn in eine solche Situation gebracht hatte! Jetzt würde Belle immer etwas in der Hand haben, das sie ihm um die Ohren hauen konnte! Zum ersten Mal musste Eddie zugeben, sich überhaupt nicht verändert zu haben. Er war nach wie vor nicht bereit, die Verantwortung für seine Situation zu übernehmen. Stattdessen redete er sich weiterhin ein, es könnte ein „immer" und eine Zukunft für sie beide geben. Er erkannte, dass dieses Ding namens Wahrheit bisweilen wie das Rad eines Wagens war, das sich im Schlamm festgefahren hatte. Je mehr Gas man gab, desto tiefer wurde die Furche. Weder Belle noch er würden da je wieder herauskommen.

„Ja", antwortete er widerwillig.

„Wer weiß, vielleicht wären wir alle ohne die Wahrheit besser dran." Es war seltsam, so etwas ausgerechnet von Belle zu hören, der nichts jemals so wichtig gewesen war, wie die Wahrheit zu sagen. „Gott allein weiß, wie lang du mich angelogen, mit wie vielen Frauen du geschlafen hast!"

„Du hast zwar keinen Grund, mir zu glauben, aber es hat keine andere gegeben."

„Ich glaube, das Beste ist, wenn wir uns nicht mehr sehen."

„Das weiß ich."

„Was willst du damit sagen?"

„Dass du mich nie wiedersehen wirst."

„Wolltest du mir deswegen die Wahrheit sagen? Damit ich dich nie wiedersehen will und du mich los bist?"

Bei jeder anderen Gelegenheit hätten Belles logische Volten und Winkelzüge Eddie, wie schon so oft, verblüfft. Heute jedoch spielte es keine Rolle, welche Zusammenhänge sie herstellte.

„Ich liebe dich, Belle."

Auf dem Balkon war es inzwischen stockfinster, aber Eddie bemerkte trotzdem die Verletztheit in ihren Augen. Er hätte sich die Eingeweide herausreißen mögen, nur um nicht den Ausdruck des Schmerzes sehen zu müssen, den er ihr bereitet hatte. Wenn es hart auf hart kam, war es stets Belle, die standhielt und nicht die Nerven verlor. Jetzt aber sah sie vollkommen hilflos aus, brach regelrecht vor seinen Augen auseinander.

„Warum dann, Eddie, warum?"

„Was würde es nützen, es dir zu erklären?"

„Wie kann man jemandem weh tun wollen, den man liebt?"

„Wollte ich nicht. Ich wollte nur Schauspieler werden. Ich hatte alles versucht und war gescheitert. Ich war vollkommen verzweifelt und bereit, alles, absolut alles zu unternehmen, um Erfolg zu haben."

„Liebst du sie, diese Sapna-ji, mit der du geschlafen hast?"

Eddie fand schon die bloße Vorstellung abstoßend. „Nein. Kein bisschen."

„Und trotzdem hast du mit ihr geschlafen?", fragte Belle erstaunt. „Weil du dir so sehr wünschtest, Schauspieler zu werden?"

„Ich war ein Idiot. Ich hätte wissen müssen, dass man nicht dadurch Schauspieler wird, indem man mit jemandem schläft."

„Eddie?"

„Ja?"

„Nichts."

„Sag es. Wie weh es auch tut, es wird nichts im Vergleich zu dem sein, was ich getan habe."

„Willst du mich so sehr, wie du Schauspieler werden willst?"

„Willst du wissen, ob mir mehr daran liegt, Schauspieler zu werden, als an dir?"

„Ja, aber das ist eine unfaire Frage."

Eddie hatte das Gefühl, sich in eine dunkle Ecke zurückgezogen zu haben, aus der er keinen Weg herausfand. „Wenn du mir diese Frage vor ein paar Wochen gestellt hättest, wäre sie mir völlig lächerlich erschienen. Wie kann man die zwei Dinge vergleichen? Und warum sollte ich mich überhaupt zwischen einem von beidem entscheiden müssen? Aber genau darauf ist es hinausgelaufen, ohne dass es mir bewusst war. Wohl oder übel habe ich mich gegen dich und für meine Schauspielerlaufbahn entschieden. Wie sich herausstellt, habe ich beides verloren, doch darauf kommt es gar nicht an – was zählt, ist die Frage: Würde ich noch einmal so handeln? Ich glaube nicht, aber die Wahrheit ist: Ich weiß es einfach nicht."

Zwei Tage waren seit Belles Besuch vergangen, und es war klar, dass er sie nie wiedersehen würde. Warum hatte ihm Ravan bloß ausreden müssen, am Abend des Gewitters vom Balkon zu springen! Dann würde er jetzt nicht auf seinem Krankenhausbett sitzen und sich mit dem nutzlosesten aller Gefühle abquälen, dem Bereuen. Er hatte es satt, sich an die Brust zu schlagen und ständig dieselben Gedanken durchzukauen. Es änderte sowieso nichts. Er wäre bereit gewesen, jede Form von Buße auf sich zu nehmen, täglich tausend Ave Marias aufzusagen, sich zu geißeln, zu fasten. Aber auch das hätte Belle nicht zurückgeholt. Er erschöpfte sich in Selbstvorwürfen, bis er endlich einschlief.

Als er die Augen öffnete, stand sie neben seinem Bett. Er brauchte sie gar nicht erst anzuschauen, um zu wissen, dass ihre Rückkehr nichts Gutes verhieß. Das letzte Mal hatte sie unter Schock gestanden. Jetzt hatte sie Zeit gehabt, über seine Perfidie nachzudenken, und war zurückgekommen, um ihn wegen seines Verrats nach Strich und Faden zur Schnecke zu machen. Er kannte niemanden, der eine so scharfe Zunge wie Belle hatte – nicht einmal seine Mutter. Und es hatte einen guten Grund, wenngleich keinen besonders erfreulichen, wenn man das Objekt ihres Zorns war: Sie hatte keine Angst vor der Wahrheit.

„Ich hab über das nachgedacht, was du neulich gesagt hast.“ Eddie wartete gespannt darauf, dass sie weiterredete, aber die Pause zog sich so sehr in die Länge, dass er zu dem Schluss gelangte, sie habe kein Interesse mehr, mit ihm zu sprechen; ja, nicht einmal, ihn zur Schnecke zu machen. Jetzt verdammte sie ihn mit einem Flüstern zum Höllenfeuer: „Ich habe noch nie etwas so sehr gewollt, dass ich dafür jeden Preis gezahlt hätte – und sogar den Menschen aufzugeben, den ich am meisten liebe.“

„Ich erwarte nicht, dass du mir glaubst nach all dem, was ich getan habe, aber ich glaube, ich habe vielleicht meine Lektion gelernt. Ich kann nicht riskieren, den Menschen zu verlieren, der mir im Leben am meisten bedeutet.“

„Dann wäre Eddie nicht mehr Eddie. Weißt du, warum Menschen wie ich Selbstbeherrschung, Maßhalten, den goldenen Mittelweg schätzen? Weil das unsere einzige Möglichkeit ist, unsere Mittelmäßigkeit zu verbergen, unsere Unfähigkeit, etwas bis zum Ende durchzuziehen.“

„Was meinst du damit?“

„Ich beneide dich, Eddie. Ich will nicht das Beste in dir zerstören.“

„Ach, Belle, ich weiß nicht, wie du es schaffst, aber du hast die Gabe, mich in den Wahnsinn zu treiben. Ich weiß um alles in der Welt nicht, was du mir zu sagen versuchst. Erzählst du mir gerade, mit Sapna-ji zu schlafen sei eines der besten Dinge gewesen, die ich je getan habe?“

„Vielleicht meine ich, dass du ein Getriebener bist. Vielleicht weiß ich auch gar nicht, was ich meine. Wie auch immer.“

Sie war schon an der Tür, als Eddie ihr nachrief: „Belle!“ Sie drehte sich um. „Werde ich dich wiedersehen?“

„Ich wünschte, ich wüsste es. Niemals.“ Sie hielt kurz inne, wie um ihr Werk zu prüfen. „Aber ‚nie‘ ist so entsetzlich lang, ich weiß nicht, ob ich das aushalte. Ich sag’s dir morgen.“

21

Glücksbringer,

Bombay war schon meine Mätresse, lange bevor ich mir eine Ehefrau zulegte. Eine Zeit lang ließ ich mich von der Frau, die meinen Nachnamen annahm, ablenken. Als sie meinen Sohn und später eine Tochter gebar, war ich so erfreut, dass ich ihr bereitwillig jeden noch so nichtigen Wunsch erfüllte. Ich brauchte eine Weile, um zu begreifen, dass meine Frau meinte, ihre Schuldigkeit getan zu haben, und sich langsam, aber sicher in eine Xanthippe und Nörglerin verwandelte, die ständig nach irgendwelchem albernen Schmuck und neuen Kleidern verlangte. Ich erkannte, dass der Gier eines Weibes keinerlei Grenzen gesetzt sind. Jedes Lied, das sie singt, hat nur zwei Worte: Ich will, ich will, ich will. Je mehr man hat, desto mehr braucht man.

Da gelangte ich zu dem Entschluss, mir eine Mätresse aus Fleisch und Blut zuzulegen, wie sich das für jeden richtigen Mann gehört. Beim Wort „Mätresse" denkt man in aller Regel an eine erwachsene, reife Frau. Die Frau, die ich mir zulegte, war eher ein Mädchen als eine Frau. Sie war siebzehn, vielleicht achtzehn; ein süßes Püppchen, das genau wusste, was es vom Leben erwartete: Sie wollte Schauspielerin werden. Ihr Ziel war, die erfolgreichste Schauspielerin in der Branche von deren Platz zu verdrängen. Es klang wie das übliche Hirngespinst jedes indischen Teenagers. Doch das war es nicht. Sie war ehrgeizig und sie war zielstrebig. Man sollte nicht glauben, dass jemand schon in so jungen Jahren so berechnend und skrupellos sein kann. Ich jedenfalls habe es nicht geglaubt, aber ich brauchte nicht lang, um zu erkennen, wie naiv ich gewesen war.

Sie spürte schnell, wie sehr ich ihr verfallen war, und beschloss, mich zum Instrument ihres Ehrgeizes zu machen. Sie würde keine verdammte Idiotin wie andere indische Schauspielerinnen sein und eine erfolgreiche Laufbahn für die Ehe aufgeben. Und was Kinder anbelangte, so würden diese, wenn überhaupt, erst dann kommen, wenn sie von Platz eins wieder abgestiegen wäre.

Was hat es mit dem Sex auf sich, dass ein Mann, wenigstens während der ersten Wochen oder Monate mit einer Frau, den Kopf verliert und jegliches Denken seinem Glied überlässt? Sie spielte mit mir: Nennen wir es die extreme Heiß-Kalt-Behandlung. Ich war wie ein Jo-Jo, immer auf und ab, auf und ab. Ich konnte nicht mehr schlafen, ich wurde übellaunig und reizbar. Ich verlor das Interesse an meinen Geschäften und ich ließ es an meiner Familie aus.

Ehe ich mich's versah, stellte mich die Schlampe vor eine Alternative. Entweder ich brächte sie zum Film, oder sie würde sich anderweitig umsehen. Es wäre mir selbst in meinen zynischsten Momenten nicht in den Sinn gekommen, dass eine Frau die Kühnheit besitzen könnte, mir ein Ultimatum zu stellen. Ehrlich gesagt, hatte ich überhaupt nichts anderes im Sinn, als mich tief in ihrem gemütlichen Nest zu vergraben und dort für immer zu bleiben. In meiner Vernarrtheit versprach ich meiner Geliebten, mochte kommen, was wolle, einen Film mit ihr als Hauptdarstellerin zu finanzieren und zu produzieren.

Ich hatte von diesem Metier nicht die blasseste Ahnung, doch ich begann, mich wie ein Filmmogul aufzuführen, während ich in Wirklichkeit nur die Hausbank war. Und das Geld rann mir nur so durch die Finger wie das Wasser über die Kante der Niagarafälle. Wir waren zwar jetzt ein Paar, die angehende Schauspielerin und ich, doch sie führte sich bereits wie eine Primadonna auf, bekam Wutanfälle, schmollte und gab sich unnahbar.

Zu meinem Erstaunen war der Sex immer noch gut; ja besser als gut, um ehrlich zu sein. Die Frau war die geborene Verführerin. Damit meine ich, dass ich nie geglaubt hätte, Sex könnte so explosiv und unvorhersehbar sein. Aber das war nicht alles: Sie war imstande, die Temperatur des Geschlechtsakts bis zu einem Punkt zu erhöhen, an dem die äußerste Grenze erreicht zu sein schien, und doch weiterzumachen, bis ich es nicht mehr ertrug und jede Beherrschung verlor, und selbst dann war sie noch nicht mit mir fertig. Ich stand völlig in ihrem Bann; was immer ich durch sie erlitt, war die Sache wert.

Eines Morgens wachte ich mit der absoluten Gewissheit auf, sie niemals, weder jetzt noch in absehbarer Zeit, aufzugeben. Paradoxerweise wurde mir im selben Augenblick bewusst, dass ich ihr unter keinen Umständen gestatten würde, Schauspielerin zu werden. Was war mit mir los? Wie hatte ich nur so schwach werden und keinen klaren Gedanken mehr fassen können? Hatte ich den Verstand verloren? Keine Frage, ich war mit absoluter Sicherheit übergeschnappt. Nicht nur die anderen Mafiabosse – selbst meine niedrigsten Soldaten und Handlanger würden mich auslachen!

Wie konnte ich ihrer geplanten Filmlaufbahn ein Ende bereiten und sie endgültig an mich binden? Sie war viel zu vorsichtig und weigerte sich, mit mir zu schlafen, außer ich benutzte ein Kondom, selbst an den sicheren Tagen. Es dauerte eine Weile, aber ich fand einen Weg. Wir hatten schon mindestens sechs oder sieben Dutzend Ideen für einen Film durchgesprochen, aber ich spielte weiter auf Zeit, beharrte darauf, dass keine der Storys wirklich um die Heldin kreiste. Ich erklärte, einen bahnbrechenden Film drehen zu wollen, der die Leinwand regelrecht in Brand setzen würde, dass die Qualität keinesfalls leiden dürfe und Geld keine Rolle spielen würde. Ich setzte mich sogar mit drei Hollywood-Regisseuren in Verbindung. Als ich sie so weit in Sicherheit gewiegt hatte, dass sie mir zu vertrauen begann, fing ich an, die Spitze der Kondome mit einer Nadel anzustechen.

Sie war jung und gesund. Binnen acht, neun Wochen setzte ihre Periode aus.

„Du Scheißkerl, du Bastard! Du hast mich geschwängert!" Jetzt kommt's, dachte ich, sie hat das mit dem Loch im Kondom herausgefunden, aber ich hätte mir keine Sorgen zu machen brauchen. „Ich weiß nicht, wie du das fertiggebracht hast, aber du hast mich geschwängert, du verdammter Mistkerl!"

Ich ließ sie schreien und wüten. Ich stand wortlos da, bis sie all ihre Galle und Wut ausgewürgt hatte. Als sie fertig war, setzte ich mich hin und sprach nur zwei Sätze: „Ich habe jedes Mal ein Kondom getragen. Ich wollte es nicht, aber du hast darauf bestanden."

„Und was hat es genützt? Ich bin schwanger!" Sie war noch immer in Kampfstimmung.

„Das ist schlicht unmöglich, bei all den Sicherheitsvorkehrungen, die wir getroffen haben, einfach unmöglich."

„Ist es nicht!" Sie stampfte mit dem Fuß auf. „Ich hab einen verdammten Fötus im Leib!"

„Vielleicht ist dies ein Zeichen des Allmächtigen. Vielleicht sagt er uns damit etwas Wichtiges. Bei uns Muslimen ist Empfängnisverhütung verboten. Allah will, dass wir die Menschheit mehren und nicht mindern."

Sie sah mich an, als sei ich ein Wesen aus einer anderen Welt, das in einer unbekannten Sprache zu ihr redete, und flüsterte dann etwas. Ich kann nicht genau sagen, warum, aber ich war plötzlich wachsam und auf der Hut.

„Verzeihung. Das habe ich eben nicht verstanden."

„Ich danke meinen Sternen dafür, dass ich keine Muslimin bin und keine absurden Regeln und Vorschriften befolgen muss! Ich werde Schauspielerin werden, und ich werde nicht zulassen, dass irgendetwas zwischen mich und meine Karriere tritt. Ich habe übermorgen einen Termin für eine Ausschabung."

Die arme Frau hatte keine Ahnung, mit wem sie es zu tun hatte. In mir war nur der Gedanke, mir würde zu gegebener Zeit ein zweiter Sohn, wohlgenährt und unversehrt, geboren werden. Ich brauchte keinerlei Zwang anzuwenden; ich ließ nur beiläufig die Bemerkung fallen, dass – sollte meinem Sohn (ich war mir sicher, dass es ein Sohn werden würde) etwas zustoßen – dasselbe Schicksal auch sie ereilen würde.

Ich bekam meinen Willen. Ich hatte gewonnen.

Ich war damals viel jünger, und mir war nicht klar, dass eine Niederlage zuweilen besser ist als ein Sieg.

Aber das ist eine andere Geschichte, und ich werde sie dir zu einer anderen Gelegenheit erzählen.

Khuda hafiz

Das Gedächtnis, da war Ravan sich sicher, war der unzuverlässigste Archivar überhaupt. Bashir Akhtar hatte ihn terrorisiert, ihn misshandelt und verprügelt, bis sein Gesicht und sein Körper eine einzige zerbrochene und blutige Masse waren und selbst seine eigene Mutter ihn nicht erkennen konnte. Seit seiner allerersten, vorzeitig abgebrochenen Fahrt nach Panvel wusste Ravan, dass Drei Komma Eins sein Verhängnis war und er ihn nie wieder loswerden würde. Und dennoch ähnelte seine Erinnerung an Bashir-bhai schon wenige Monate, nachdem der Gangster von seinen ehemaligen Leutnants verraten worden und in den Untergrund gegangen war, einem Farbfoto, das zu lange im Sonnenlicht gelegen hatte: Man konnte kaum noch ausmachen, wer wer war, und alle Details verblassten.

Die ersten drei Briefe waren kurz gewesen und in rascher Folge angekommen, und dann: Schweigen. Die Hoffnung und deren Cousine, die Vergesslichkeit, hatten eingesetzt, und Bashir-bhai verschwand allmählich mehr und mehr aus dem Gedächtnis. Doch jetzt war der vierte Brief eingetroffen. Er war nicht nur länger, sondern auch sehr persönlich und enthielt durchaus intime Details. Ravan hätte ein Gefühl von unvergleichlicher Macht verspüren sollen – Macht über einen Mann, der sein Leben vergiftet hatte –, denn durch diese Schreiben begann sich ein Muster abzuzeichnen: Drei Komma Eins benutzte ihn als eine Art Beichtvater. Der Mann war der Boss einer riesigen Mafia-Organisation gewesen, doch in seinem Verhältnis zu seiner eigenen Frau wirkte er nahezu hilflos. Aber was nützte Ravan diese Information? Bestand auch nur die geringste Aussicht, dass er mit diesen Briefen zur Polizei gehen würde? Wie Bashir Akhtar selbst zu verstehen gegeben hatte, scheute er sich nicht, sich all das von der Seele zu schreiben, weil er sicher war, dass Ravan es nie wagen würde, ihn zu verraten. Und trotz dieser Gewissheit hatte er sich, wie es seine Art war, zusätzlich abgesichert und dafür gesorgt, dass nichts Belastendes auf dem Papier zurückbleiben würde: Bereits Minuten nachdem sie dem Licht ausgesetzt worden war, begann die Tinte wie Ravans Erinnerung zu verblassen.

Doch das dicke – oder besser gesagt, spitze – Ende kam immer im Postskriptum: Es kündigte unmissverständlich an, dass Drei Komma Eins morgen, in einigen Jahren oder vielleicht auch erst in einem Jahrzehnt wieder da sein würde. Und dann würde er unvermutet wieder im Fond des Taxis sitzen und Ravan mitteilen, dass die Ware im Kofferraum lag und nach Panvel oder zur Residenz des Gouverneurs gefahren werden musste.

Ravan lächelte über die Paradoxie seiner Beziehung zu dem untergetauchten Mann. Er war vielleicht nicht Bashir-bhais größter Fan – ganz im Gegenteil –, doch gab es trotzdem niemanden, der dem Gangster so treu ergeben gewesen wäre. Wie eine gute hinduistische Ehefrau würde Ravan brav auf ihn warten, egal wie spät es auch werden mochte.

Im Mehboob Studio war für den nächsten Tag das Ende der Welt, die Apokalypse, der Höhepunkt des *kaliyug* anberaumt. Die Endschlacht zwischen Gut und Böse stand bevor. Doch die Guten schienen den Kampf gegen den grausamsten und gemeinsten Mann, der je auf Erden gewandelt war – einen Mann, gegen den Hitler, Stalin, Mao und Idi Amin wie wahre Unschuldslämmer erschienen –, bereits verloren zu haben. Wer war dieser Satan, dieses Monstrum, dieser Teufel in Menschengestalt? Es war kein anderer als der kleinste, aber auch zugleich gefährlichste und böseste Schurke, den es jemals gegeben hatte, ein Zwerg namens Bonzai. Ah, fürchte um dein Leben! Nimm deine Frau, Geliebte, Eltern und Kinder und fliehe zum fernen Pluto und bete; bete zu deinen Göttern, dass sie dich beschützen mögen! Noch besser, verlasse das Sonnensystem und verschanze dich in einem Bunker im exakten Mittelpunkt der Milchstraße. Und doch ist dann immer noch nicht gesagt, dass du vor Bonzai wirklich sicher sein wirst.

Der Zwerg hasste jeden, der größer war als er, aber vor allem hasste er seine eigene Spezies. Sein ganzes Sinnen und Trachten war darauf ausgerichtet, sich an der Welt für den üblen Streich zu rächen, den ihm das Leben, die Menschheit und Gott gespielt hatten. Bonzai war so gewissenlos und niederträchtig, dass seine größte Freude darin bestand, Familie, Freunde und Vaterland zu verraten. Doch er hatte noch weit größere Pläne: Sein monumentaler Ehrgeiz war, sämtliche Bewohner des Subkontinents und danach die des gesamten Abendlandes an die von seinem Samen gezeugte Überrasse zu verkaufen, die entschlossen war, das Universum zu erobern, und Sklaven für ihre weit gestreuten Kolonien in fernen Galaxien brauchte.

Es gab nur einen einzigen Mann, der die Menschheit vor dem drohenden Aussterben bewahren konnte. Sein Name war Bharat. Unglücklicherweise machte er gerade eine tiefe Krise durch und hatte seinen ganzen Mut verloren. Da hatten sich zum ersten Mal in der Geschichte des Universums sämtliche Superhelden der Jetztzeit – und einige aus der Antike und Frühgeschichte – zusammengefunden, um ihn anzuflehen, sie und den Rest der Menschheit zu retten. Superman war da, ebenso Captain Marvel, Batman und Robin, Superwoman, Spiderman, Agent 007, Catwoman, Flash Gordon, Herakles, König Artus, Samson und David, und sie würden alle gleich in Gesang ausbrechen und Bharat erklären, dass jeder Einzelne von ihnen versucht hatte, den verkommenen Bonzai zu besiegen, jedoch kläglich gescheitert war, weswegen er nun ihre letzte Hoffnung sei.

Wird Bharat sich aus seiner Depression befreien? Wird er aufhören, sich in seiner Melancholie zu suhlen, seine Niedergeschlagenheit überwinden, sich aufraffen und sich zum Kampf gegen den abscheulichen Zwerg stellen?

Man braucht kein Genie zu sein, um zu erraten, dass der Film nach seinem Helden, Bharat, genannt war. Doch da „Bharat" der Hindi-Name für Indien war und außerdem das große altindische Epos *Mahabharata* anklingen ließ, zielte die ehrgeizige Metapher darauf ab, die Hoffnungen, Träume und patriotischen Strebungen jedes Inders zum Ausdruck zu bringen. Die Produktionsfirma hatte in jeder Zeitung des Landes ganzseitige Anzeigen geschaltet und den Trailer herausgegeben, bevor überhaupt die erste Filmrolle in der Dose war. „Bharat" wurde als die größte Show der Welt beworben. Der teuerste Film, der je gedreht wurde! Die großartigste internationale Starbesetzung! Nie zuvor! Niemals wieder! Spannung bis zum Abwinken! Todesmutige Stunts!

Packendste Abenteuer! Kommt alle! Staunt über das neunte Weltwunder!

Ravan lag wie erschlagen im Gras. Das Captain-Marvel-Kostüm war ihm viel zu klein. Er konnte die Arme nicht heben; die Schweißflecken unter seinen Achselhöhlen breiteten sich wie Springfluten aus, und wäre nicht Asmaan neben ihm gesessen, er hätte sich die wundgeriebenen Genitalien gekratzt, bis der gepflegte grüne Rasen vor dem Mehboob Studio blutbesudelt gewesen wäre. Eddie hatte da mehr Glück. Er war die ganze Nacht auf gewesen und hatte schon längst schlapp gemacht. Seine Kinnlade hing schlaff herunter, und die schwarze Batman-Maske war ihm bis zum Adamsapfel hinuntergerutscht.

Violet mochte die ironischen Implikationen nicht erkennen, aber Sapna-ji hatte, ohne es zu wissen, einige grundlegende Veränderungen in Eddie in Gang gesetzt. Er hatte seine Filmlaufbahn zwar nicht aufgegeben, dafür hatte er wieder zwei Berufe: Der einzige Unterschied bestand darin, dass sein Zweitjob nicht der in einem Auntie-Lokal war. Er machte eine Lehre als Automechaniker, und jedes Mal, wenn er ein Engagement in einem Film hatte, schob er in der Werkstatt zum Ausgleich Überstunden. Da sich die Beziehungen zwischen Mutter und Sohn seit ihrem Besuch im J. J. Hospital noch weiter verschlechtert hatten, war es schwer zu sagen, ob Violet annahm, Eddie fahre wieder auf seiner gewohnten verlogenen Schiene und arbeite in Wirklichkeit als Bordellaufseher oder als Handlanger eines Zigaretten-und-Paan-Verkäufers, der gleichzeitig ein kleines Zahnrädchen in einer internationalen Drogenbande war.

Belle hätte Violet sagen können, dass ihr Sohn tatsächlich ein anderer Mann geworden war. Sie war nicht so dumm zu glauben, dass die Veränderung von Dauer sein würde, aber es war eine neue Erfahrung für sie, wenn sie aus dem Büro kam, Eddie mit einer langstieligen Rose oder einem riesigen Luftballon auf sie warten zu sehen. Das waren alberne Gesten, und billige dazu, aber sie machten ihr Freude. An manchen Wochenenden rief Eddie an und bat sie, hinunter auf die Straße zu kommen, und fuhr dann mit einem rassigen Jaguar, einem gediegenen Mercedes oder einer protzigen Chevrolet Corvette vor. Erst sträubte sie sich immer einzusteigen, aber er lachte sie aus. „Hey, hast du eine Ahnung, was die Tochter deines *dhobis* gestern Abend anhatte? Eines deiner Abendkleider aus Seidencrêpe. Stell dir einfach vor, ich wär ein Auto-Dhobi. Die Besitzer gehen garantiert wie selbstverständlich davon aus, dass ein Automechaniker wie ich, wenn ein solcher Wagen in der Werkstatt steht, sein Mädchen zu einer Spritztour einlädt."

Belle hatte versucht, Eddie davon zu überzeugen, dass er sich noch zwei weitere Jahre Zeit nehmen sollte, um Schauspieler zu werden, und so lange keine andere Arbeit annehmen, aber Eddie war eisern geblieben. Er hatte sie zurückgewonnen, und diesmal würde er keine Risiken eingehen. In zwei, höchstens drei Jahren wäre er ein fertiger Kfz-Mechaniker. In Indien mussten Autos zwangsläufig neun Leben haben, da sie nie verschrottet wurden. Selbst die luxuriösesten Schlitten, die sie in die Werkstatt bekamen, waren abgelegte Teile der saudiarabischen Botschaft oder des deutschen Konsulats. Gute Mechaniker waren nicht leicht zu bekommen. Eddie beabsichtigte, besser als gut zu werden, und baute darauf, jede Menge Privataufträge zu bekommen. Dann würde Belle ihre Stellung aufgeben und wieder anfangen können zu singen oder einfach eine feine englische Lady sein, beziehungsweise „Mem", wie die Anglo-Inder sie nannten. Bis dahin würde er genug verdienen, um eine kleine Wohnung in einem Vorort mieten und sie heiraten zu können. Falls er es in der Zwischenzeit im Film zu etwas bringen sollte – na, dann würde Belle eben einen Star als Mann haben, und sie würden nie in einer regnerischen Nacht mit ihrem flotten Porsche liegen bleiben – einfach deshalb, weil sie einen der besten Kfz-Mechaniker überhaupt am Lenkrad haben würde.

Wenigstens fünfundsiebzig weitere Statisten und Statistinnen saßen oder lagen ausgestreckt auf dem Rasen, oder lümmelten auf den hölzernen Parkbänken. Es war drei Uhr nachmittags, und sie hatten schon vier Proben für das erste Take des Tanzes hinter sich, in dem sie Bharat anflehten, die Menschheit zu retten, aber alles noch ohne Kamera. Sie hatten den ganzen Tag lang Karten gespielt, Betel gekaut, genörgelt, gequengelt und gezankt. Sie beklagten sich über die Qualität der Verpflegung, sie meckerten über das miese Blatt, dass das Schicksal ihnen ausgeteilt hatte, sie stöhnten, sie knurrten, sie jammerten und jaulten, wie wenig man ihre Arbeit achtete, wie respektlos die Produzenten, Regisseure und Stars sie behandelten. Sie strickten Pullover und Schals, häkelten, und zwar nicht nur die Frauen, sondern auch einige der Männer. Sie zockten, sie lasen Zeitung, sie redeten über Politik, sie verlangten, dass die Filmbranche offiziell als Industriezweig anerkannt würde, sie stritten sich, wie das Land regiert werden sollte, sie gingen sich gegenseitig auf die Nerven, wurden gelegentlich sogar handgreiflich; sie hörten sich das Cricketspiel an, sie redeten über die große Chance, die sie bald bekommen würden, sie dösten ein, sie schnarchten, sie rauchten, sie flirteten, sie langweilten sich, sie redeten davon, den Beruf zu wechseln, und wussten, dass sie das niemals tun würden. Und sie tratschten. Niemand hätte mit Sicherheit sagen können, ob die Filmzeitschriften ihren Klatsch, Tratsch, Schmutz, Schund, ihre Skandalgeschichtchen und Bösartigkeiten direkt vom Hersteller in den Studios bezogen oder ob es andersrum war.

Eddie fing im Schlaf an zu schreien. Er war schweißgebadet und bemühte sich, die Augen zu öffnen, doch ohne Erfolg. „Nehmt den Deckel ab! Ich brauch Luft! Ich kann nicht atmen!“ Er hatte diesen Albtraum jedes Mal, wenn er in den nicht enden wollenden Pausen zwischen den Drehs ein Nickerchen machte. Jeden Tag nahm er sich vor, nicht einzudösen, aber er konnte nichts dagegen machen; der Kopf kippte ihm auf die Schulter oder auf die Brust, und er war weg, bis er bemerkte, dass er lebendig begraben war, in einem Sarg sechs Fuß unter der Erde. Ravan hätte ja gern den Deckel gehoben und ihn befreit, aber irgendwie war ihm das doch zu viel Mühe. Außerdem mochte Eddie lebendig begraben sein, aber das entscheidende Wort dabei war „lebendig“, während er selbst schon tot war. Und außerdem würde Asmaan, die unter angeborener Hilfsbereitschaft litt, ohnehin zu Eddies Rettung eilen.

„Wach auf, Eddie, wach auf!“ Asmaan sprach leise, um Eddie nicht zu erschrecken, und strich ihm über das Haar, um ihn zu beruhigen. „Du bist nicht in einem Sarg eingeschlossen, und da ist gar kein Deckel über deinem Kopf!“

Eddie öffnete widerstrebend die Augen und lächelte matt, als er Asmaan sah, die ihm mit ihrer *orhni* die Stirn abwischte.

„Ich hasse diesen Job! Für jede Minute Arbeit, die wir leisten, verbringen wir vierhundertneunundsiebzig Minuten mit rein gar nichts. Oh Gott, ich langweile mich, langweil mich zu Tode, langweil mich grün und schimmlig, langweil mich dumm und dämlich: Ich langweil mich, langweil mich, langweil mich!“

Da geschah etwas Seltsames: Die immer fröhliche, gut gelaunte Asmaan ging mit lodernden Augen wie eine Natter auf Eddie los. Sie erhob die Stimme nicht, doch ihre unterdrückte Wut war trotzdem nicht zu überhören.

„Nein, tust du nicht! Das tust du ganz bestimmt nicht! Kinder langweilen sich. Mein verzogener Bruder, der sich von mir aushalten lässt, langweilt sich. Alle übrigen Statisten und Statistinnen langweilen sich. Aber nicht du, nicht Ravan und nicht ich! Wir werden uns niemals langweilen, weil wir keine hirnlosen Dummköpfe sind! Langeweile ist nichts anderes als Sichgehenlassen!

Habt ihr mitbekommen, dass es vor zwei Wochen ein Raj-Kapoor-Festival gab? Natürlich kannte ich alle Filme schon, aber hey, wer würde sich die Chance entgehen lassen, sich Raj-sahabs Klassiker noch einmal anzusehen, richtig? Als ich aber diesmal ‚Barsaat‘ und dann ‚Awaara‘ sah, musste ich regelrecht kotzen. Seine Helden sind wie Wasserbüffel, die sich im schlammigen Sumpf des Selbstmitleids suhlen. Hört euch doch nur den Song ‚Awaara hoon‘ an! Die Melodie mag ja toll sein, aber der Text ist ein einziges Geseire. Ach, ich Armer, ach, ich Armer ist der ständige Refrain.

Jetzt hab ich einen Text für Raj-sahab. Er wird ihn zwar nie zu hören bekommen; aber ihr schon.

Ro le, ro le
Wein dir das Herz aus dem Leib,
Na los, wein dir das Herz aus dem Leib!
Nur zu, Schätzchen, wein dir das Herz aus dem Leib!
Sanft, ach, ganz leise ...

Wein mir eine Pfütze,
Wein mir einen Fluss.
Weine mir einen Ozean
Und die Sintflut dazu!

Lass deine Wäsche
In der Tränenflut waschen!
Und nicht nur deine
Die der ganzen Stadt!

Wehe mir, ach, wehe mir!
Tu dir doch selbst einen Gefallen:
Wozu noch lange zögern,
Mein armer kleiner Schatz?

Schneid dir die Adern auf,
Schlinge um den Hals,
Verpass dir den Goldnen Schuss
Oder mach Harakiri!
Ro le, ro le

Am nächsten Tag brachte Ravan die *bulbul tarang* mit.

„Was ist los? Ich wusste gar nicht, dass du ein Musikinstrument spielen kannst!"

„Ich zupfe nur ein bisschen herum", wiegelte Ravan verlegen ab. „Schau mal, ob du deinen Song wiedererkennst, Asmaan."

Am Anfang war er noch ein bisschen zittrig, aber schon bei der Wiederholung der ersten Strophe hatte sich seine Stimme gefestigt. Die Reime des Urdu-Textes und der Rhythmus waren so vollkommen miteinander verschmolzen, dass man unmöglich still sitzen konnte. Eddie griff sich einen leeren Farbeimer und startete eine zuckende, synkopierte Percussion-Begleitung, die Ravans Song mit Höllentempo vorantrieb. Asmaan saß ihnen mit einem Gesichtsausdruck gegenüber, als habe sie sich zu viel von irgendeiner Designer-Droge reingezogen und sei jetzt völlig zugeknallt. Sie sah hirngeschädigt aus, ihre Kinnlade hing herunter, und ihr Mund versuchte erfolglos, Luft zu schnappen. Einige Statisten hockten sich ins Gras und begannen im Takt zu klatschen. Der erste Regieassistent des Films, ClickClick Kapil, kam vom Set herübergeschlendert und fing an, getreu seinem Spitznamen, Ravan und Eddie bei ihrer Jam-Session zu knipsen.

„Und, was meinst du?“, fragte Ravan, als er mit dem Song fertig war. „Was ist los?“

„Du hast meinen Song vertont?“

„Tut mir leid, ich hätte dich um Erlaubnis fragen müssen.“

Asmaan stand auf, ging hinüber und nahm Ravan fest in die Arme. Sie war eher von der schmalen, drahtigen Sorte, aber sie stemmte Ravan, dem das schrecklich peinlich war, leibhaftig vom Boden.

„Du hast meinen Song vertont?“, sagte sie noch einmal in ungläubigem Ton. „Sing es noch einmal. Bitte. Und du, Eddie, wieso hat mir keiner von euch beiden gesagt, dass ihr so gute Musiker seid?“

„Das war in unserem früheren Leben. Jetzt wollen wir nur noch Schauspieler sein.“

„Sing meinen Song noch einmal. Bitte!“

„Alle auf den Set!“, gellte das Scriptgirl über den Lautsprecher.

22

Als Kind war Ravan fasziniert von der Flexibilität des dreidimensionalen Raums. Er konnte ihn manipulieren, formen und kneten, wie immer er wollte, als sei er aus Lehm. Anders als in den meisten Wohnungen in den CWD-Chawls, in denen durchweg sechs- bis vierzehnköpfige Familien hausten, wohnten in seiner nur drei Personen, ihn selbst eingeschlossen. Dennoch hatte er bisweilen das Gefühl, dass selbst drei zu viel waren. Zwar lag sein Vater meist reglos auf seinem Bett, doch schien er den gesamten Raum, jeden Kubikzentimeter davon einzunehmen. Also schloss Ravan einfach die Augen und blähte das Zimmer auf, bis der Himmel die Decke war und die Wände immer weiter zurücktraten und entschwebten, um schließlich hinter dem Horizont zu verschwinden. Er konnte sein Klassenzimmer in einen Globus oder eine Sanduhr verwandeln oder es wie einen Handschuh umstülpen. Wenn es draußen regnete und er für die Taekwondo-Stunde am nächsten Tag üben musste, schob er nur die Zimmerdecke beiseite und verwandelte sein Zuhause in eine geräumige offene Terrasse. Er sprang in die Höhe, kickte und wirbelte so schnell herum wie das Auge eines Hurrikans und vollführte dreifache Saltos in der Luft. Als sein Vater seine Mätresse Lali ins Haus geholt hatte, war Ravan in die Küche geschlüpft und hatte die Wände des vorderen Zimmers so schlagartig zusammenkrachen lassen, dass sein Vater und dessen Mätresse zu Staub zerkrümelt waren.

Seit Ravan Statist war, verfolgte ihn die gebrochene Geometrie, oder besser gesagt: die Verlogenheit und Doppelzüngigkeit des Raums. Fata Morganas traten nicht nur in der Wüste auf, sie waren die Quintessenz des Kinos. Noch vor Jahren hatte er, wenn er einen Film sah, bedingungslos an die dreidimensionale Realität und die Körperlichkeit des bewegten Bildes geglaubt. Keinen Augenblick lang hatte er an der materiellen Echtheit des riesigen Palastes gezweifelt, in dem die Heldin wohnte, deren Schlafzimmer allein größer als der Victoria-Terminus-Bahnhof war; an der Wirklichkeit des Zuges, der, wenn die Brücke zusammenbrach, dreitausend Fuß tief in die Flussschlucht stürzte; oder der des Helden, der aus einem Flugzeug sprang, um die Heldin von einer Bande von Banditen zu erretten, und sich dann sieben, oder manchmal siebzehn von der Sorte ganz allein vornahm und zu Brei prügelte; oder der Hanumans, der den Berg Dronagiri mit der Heilpflanze Sanjivani auf der flachen Hand im Flug herantrug, um *Lakshmans* Leben zu retten. Jetzt lachte er über seine kindische Leichtgläubigkeit. Und doch ... und doch ließ sich nicht bestreiten, dass es ein falsches Lachen war, ein Lachen, das das zynische Wissen um Tricks und Technik des Mediums jederzeit wieder gegen die tröstliche Illusion eingetauscht hätte.

Jetzt war er ein Insider, wenn auch kein Held, sondern nur ein Statist. Er hatte die ganze Klempnerei aus nächster Nähe miterlebt und an dem großen Schwindel mitgewirkt, der das Kino letztlich war: Er kannte die Sperrholz-Paläste, die zinnenbewehrten Mauern einer Festung, die nur aus Pappmaché bestand, die Zimmer mit zwei oder drei, aber niemals vier Wänden. Das Objektiv war ein Sklave und ein Jasager in den Händen eines guten Kameramanns. Es trug bereitwillig Scheuklappen, wann und wo es der Regisseur wünschte; und da es ein begrenztes Gesichtsfeld hatte, konnte es nur das aufs Zelluloid bannen, was das Publikum sehen sollte, und nicht die Schlangengrube von Kabeln und Drähten, das Pandämonium aus Scheinwerfern, Reflektoren, Kameraschienen, Galgen, Klappen und Crewmitgliedern. Ja, Kino war Illusion, weiter nichts, aber Ravan kam rasch darüber hinweg. Was ihn wirklich faszinierte, war die Komplizenschaft der Vorstellungskraft, ihr Bedürfnis zu glauben, allem Anschein zum Trotz. Man hatte es mit einer Art gebrochener Geometrie mit zweieinhalb Dimensionen zu tun. Die Fakten spielten eigentlich gar keine Rolle. Der Geist gleicht in diesem Punkt der Natur: Er duldet kein Vakuum. Er füllt die Leerstellen aus und vervollständigt das Bild. Er lechzt nach einer dreidimensionalen Welt und stürzt Hals über Kopf hinein, wo er besser daran getan hätte, abzuwarten und zu beobachten.

Es dauerte eine Weile, bis Ravan den nächsten Schritt tat und den Zusammenhang herstellte, aber irgendwann im Laufe seiner Filmkarriere begriff er, dass die Metapher der gebrochenen Geometrie ebenso sehr auf das Leben wie auf das Kino zutraf. Die Wirklichkeit war lediglich das, was die eigenen Wahrnehmungen daraus machten. Was man über seine Freunde, Eltern, seine Frau, Geliebte, Kinder und Kollegen zu wissen glaubte, war nicht viel mehr als die Pappfassaden von Kulissenhäusern, bei denen man augenblicklich davon ausging, dass dahinter sich Wohnzimmer, Küchen, Toiletten, Schlafzimmer verbargen und vor allen Dingen reale Menschen lebten, mit Berufen, Ehepartnern, Kindern und dem kompletten Spektrum von Freuden, Krisen und Sorgen. Er hatte gelernt, dass der wahre Betrüger nicht die Leinwand war, sondern der eigene Geist.

Die Wahrheit ist, Menschen sind undurchschaubar. Sie sind Rätsel, Geheimnisse, Mysterien und Sphinxe, und egal, was man sich vormacht, sie werden es immer bleiben.

Was wusste Ravan schon über die einsame Frau, mit der er all die Jahre verbracht hatte? Was dachte sie über ihr Leben und den Mann, den sie als ihren Ehemann bezeichnete und der Ravans Vater war? Eines war klar, Ravan war der Sohn seiner Mutter und nicht seines Vaters. Weder Parvati-bai noch er hatten Freunde – es sei denn, er wollte Drei Komma Eins als einen solchen betrachten. Er war froh, nicht mehr so isoliert zu sein, wie er es lange Jahre gewesen war. Eddie und er verbrachten neuerdings viel Zeit miteinander. Aber wenn er ehrlich sein sollte, hätte er nicht beschwören können, dass Eddie sich gern als sein Freund hätte bezeichnen lassen. Und Ravan selbst – wollte er vielleicht nur deshalb sein Freund sein, weil er sich nach Vergebung sehnte? Aber was immer die Natur ihrer Beziehung auch sein mochte, über Eddie konnte er nur so viel sagen: Der Mann hatte musikalisch wirklich was drauf, man konnte sich gut mit ihm unterhalten, und er hatte eine Freundin, die er betrogen hatte, wodurch er seine Liebe zu ihr wiederentdeckt hatte. Doch wenn man tiefer gegraben hätte, wäre er überfragt gewesen.

Vielleicht war es gut so, dass Pieta nichts für ihn übrig hatte. Nein, das stimmte nicht. Er hätte alles getan, ihren Vater wieder zum Leben zu erwecken, wenn er gekonnt hätte, um sie dazu zu bringen, sich in ihn zu verlieben. Doch Pieta war und blieb ihm ein Rätsel. Er war Zeuge einer der kritischsten Situationen in ihrem Leben gewesen, und dennoch wusste er rein gar nichts von ihr. Er konnte nicht einmal mit Sicherheit sagen, ob sie einen Freund hatte oder nicht. Aber falls ja, warum hatte sie im Moment der Krise Ravan gebraucht? War sie noch immer mit ihrem Freund zusammen? Ravan hätte ihr gern ein Geschenk gemacht, um ihr zu zeigen, dass sie ihm nichts schuldete, aber er wusste, dass sie es ihm sofort vor die Füße geschmissen hätte. Und überhaupt – was hätte er ihr schon schenken können? Er hatte keine Ahnung von Pieta, was ihr gefiel und was nicht. Er wusste, dass sich, anders als bei den Filmsets, hinter den Fassaden von Pieta und Eddie, die er sah, wirkliches Leben abspielte, das er aber beim besten Willen nicht ergründen konnte.

Und was war mit Asmaan, die sich mit Eddie und ihm angefreundet hatte und jederzeit bereit war, ihnen zu helfen, wenn sie in der Klemme steckten, selbst aber nie etwas für sich verlangte? Es waren Gerüchte im Umlauf, sie sei nur deshalb selten ohne Arbeit, weil sie den Gewerkschaftsbossen immer wieder mal gefällig sei. Vielleicht stimmte das ja. Schließlich ist es nicht leicht, eine zehnköpfige Familie zu ernähren, wenn man nur ab und zu etwas verdient. Vielleicht war es ebenfalls ihr zu verdanken, dass Eddie und er neuerdings mehr Aufträge bekamen.

Asmaan war ein einziger nicht einzudämmender Redefluss. Sie konnte einen stundenlang unterhalten, während man darauf wartete, dass der Regieassistent endlich schrie: „Kamera bereit. Action!“ Sie wirkte arglos, und schon bald gelangte man zu der

Überzeugung, sie sei ein offenes Buch und man wisse alles über sie, ihre Familie und ihr Leben. Und dann zog sie sich urplötzlich in ihr Schneckenhaus zurück, wurde übellaunig und sprach kein Wort mehr. Bestand sie in Wirklichkeit aus zwei verschiedenen Personen? In letzter Zeit, seit Ravan ihren Songtext „Ro le, ro le“ vertont hatte, zeigte sie eine neue Eigenart. Sie hatte angefangen, alle acht, zehn Tage ein neues Gedicht anzubringen. Und Eddie und Ravan vertonten es und unterhielten damit die übrigen Statisten.

Aber die anderen mal außer Acht gelassen – war er denn imstande, hinter die Pappsilhouette namens Ravan zu schauen? Würde er sein Leben lang Taxi fahren? Glaubte er ernsthaft, dass er einmal ein Held und ein Star sein würde? Er hatte seine Mutter ausgelacht, weil sie wollte, dass er heiratete oder sich wenigstens eine Freundin zulegte. Aber in Wirklichkeit war er selbst der Clown. Pieta hatte mehr als deutlich gemacht, dass sie nichts mit ihm zu tun haben wollte und auch nie gewollt hatte, und dennoch klammerte er sich weiter an die lachhafte Idee, er müsse immer in ihrer Nähe bleiben für den Fall, dass sie ihn einmal brauchen sollte. Vielleicht war es einfach so, dass er unfähig – oder besser: nicht bereit – war, den Vorhang vor ihr runterzulassen. Das Schicksal hatte ihm tatsächlich einen miesen Streich gespielt. Er hatte Pietas Glücksbringer sein wollen, der Talisman, den sie am Hals tragen und niemals ablegen sollte, der eine, an den sie in guten wie in schlechten Zeiten denken würde. Stattdessen, mochten die Götter sich seiner erbarmen, war er zum Glücksbringer von Drei Komma Eins geworden!

Aber er kam nicht los davon, trotz aller gegenteiliger Beteuerungen tat er weiterhin so, als seien er und Pieta ein Paar. Ravan wurde zwischen zwei widersprüchlichen Impulsen hin- und hergerissen, die beide von der Tatsache herrührten, dass er in Pietas Welt schlichtweg nicht vorkam. Doch was, nur mal rein theoretisch, wenn er Katholik gewesen wäre? Hätte sie ihn dann mit anderen Augen betrachtet? War es möglich, dass sie in dem Fall ihren Standpunkt neu überdacht hätte? Verdammt, er war unmöglich! Er würde sich weiter etwas vormachen, bewusst oder unbewusst falsch abbiegen, Umwege machen, jede noch so finstere Seitengasse entlangtrotten, vielleicht sogar mal querfeldein laufen und früher oder später doch wieder bei seinen Hirngespinsten über Pieta landen. Wann würde er endlich der Wahrheit ins Auge sehen? Pieta würde sich nie für ihn interessieren. Niemals. Wenn er das berühmte neue Kapitel aufschlagen und von vorn anfangen wollte, dann musste er die Vergangenheit restlos und total ausmerzen und ausradieren. Die Katholiken hatten den Dreh raus. Sie beichteten. Und mit jeder Beichte war alles ungeschehen gemacht, und sie standen wieder ganz am Anfang. Aber selbst das wäre nicht genug. Er würde etwas weit Drastischeres unternehmen müssen.

„Heute Morgen, als ich gerade aus dem Haus gehen wollte, ratet mal, was mich mein Vater da gefragt hat?", sagte Asmaan. „Es ist ein bisschen schwer zu verstehen, was er sagen will, besonders morgens, wenn seine Zunge noch träger ist als normal, und ich musste ihn bitten, es zu wiederholen. So was kann ihn richtig in Rage bringen, aber ich habe es geschafft, ihn mit einer Tafel Schokolade zu besänftigen, die er liebt, aber eigentlich gar nicht essen darf. Er fing ganz harmlos an; vielleicht hat er mich deshalb so überrumpelt. ‚Töchterchen', sagte er, ‚ich will doch hoffen, dass du fünf Mal am Tag Namaz verrichtest und dich nicht wegen deiner Arbeit davon abhalten lässt.'

Ich hätte große Lust gehabt, ihn zu fragen, ob er das gemacht hat, als er noch am Hafen arbeitete. Und wenn es ihm auf einmal so wichtig ist, dass ich Namaz verrichte, wie kommt es, dass weder er noch sein einziger Sohn, noch sonst jemand im Haus sich darum schert? Aber ich bin eine listige kleine Hexe und weiß, wann ich besser den Mund halten sollte. Ich antwortete: ‚Ja, Papa. Ich bete regelmäßig fünf Mal am Tag.'

Vielleicht glaubte er mir, vielleicht auch nicht, aber er war noch nicht ganz fertig. Er kratzte sich mit seiner funktionierenden Hand am Hodensack, sah mich unschuldig an und erklärte mir, er habe meine Mutter aufgefordert, mir zwei schwarze Burkas zu besorgen. Von morgen an dürfe ich nur unter der Bedingung vor die Kamera treten, dass man mir erlaubt, die Kleidung zu tragen, die der Prophet selbst empfohlen hat. Ich habe ihn zuckersüß angelächelt und versprochen, dass ich mein Bestes tun würde, auch wenn das ein bisschen schwierig werden könnte. Doch er hatte ein noch zuckersüßeres Lächeln parat und sagte, dass ab morgen mein Bruder Yaqub mich zu allen Drehs begleiten würde, damit Regisseur und Produzent kapierten, dass ich aus einer *pak*-Familie komme und niemand sich an meiner jungfräulichen Reinheit vergreifen dürfe.

Das ist allerdings noch nicht das Ende der Geschichte. Mein Bruder war nämlich etwas anderer Meinung. ‚Von wem reden Sie?', fragte er Papa aggressiv. ‚Von dieser Hure, die für jeden Dahergelaufenen die Röcke hebt, von den Stars bis hin zu den Beleuchtern und den Sweepern auf dem Set? Sie ist eine Schande für unsere Familie, weil Sie nicht so vernünftig waren, sie an die Kandare zu nehmen! Wenn Sie die Ehre unserer Familie wiederherstellen und Ihre übrigen Töchter an den Mann bringen wollen, haben Sie keine andere Wahl, als dieses Miststück zu steinigen und ihren Kadaver den Geiern zum Fraß hinzuwerfen!'

Und während er lautstark die Ehre der Familie verteidigte, blickte Mama dieses Alphamännchen, das sie geschlagene neun Monate unter ihrem Herzen getragen hatte, anbetend an. Doch jetzt kommt der Teil, den ich am besten finde. Er wandte sich zu mir und sagte: ‚Gib mir siebzig Rupien, Asmaan. Ich muss einem Freund ein Geburtstagsgeschenk kaufen.'

Also, meine lieben Freunde, ich schlage vor, dass ihr heute noch eure Augen an meiner unvergleichlichen Schönheit weidet, denn ab morgen wird Bollywood die erste Burka tragende Statistin der Welt kennenlernen!"

Ravan und Eddie wussten nicht, wie sie reagieren sollten. Asmaan sah die beiden mit theatralischer Betroffenheit an. „Reingefallen, oder? Sagt nur nicht, dass ihr mir diese rührselige Geschichte abgekauft habt! Die ist für das Drehbuch, an dem ich zusammen mit Yaqub arbeite. Nicht schlecht, was? Wenn die bei zwei hartgesottenen Zynikern wie euch gewirkt hat, dann kann sie nur ein Kassenschlager werden!"

Schon im nächsten Moment war das schelmische Funkeln in ihren Augen verschwunden.

„Bringt mir Taekwondo bei. Bringt mir bei, wie ich mich verteidigen kann."

Machte sie Witze? Oder meinte sie es ernst? Ravan und Eddie sahen sie verwirrt an; sie wollten nicht tiefer in ihr Privatleben eindringen, doch zugleich waren sie unsicher, ob sie sie erneut auf den Arm nahm.

„Ich zahle dafür, Herrgott! Wenn ihr euch sträubt, kann ich auch in einen richtigen Kurs gehen!"

„Ravan macht Taekwondo. Ich fahre mehr auf der traditionellen indischen Schiene, Kalaripayattu, Malkhamb."

„Na und, kann ich nicht beides lernen?"

Es dauerte nicht lange, bis sich herumgesprochen hatte, dass Eddie und Ravan Asmaan in Kampfsport unterrichteten. Schon bei der vierten Übungsstunde hatten sich weitere achtundzwanzig Statisten dem Training angeschlossen, und die Zahlen stiegen, da es zuletzt zwingend notwendig geworden war, dass Leinwandhelden in erster Linie Stuntmen und, wenn überhaupt, nur nebenher Schauspieler waren. Keine Kämpfe, kein Film; so einfach und schlicht lautete die Gleichung. Mutter und Vater dieser neuen Art von Film war Bruce Lees „Der Mann mit der Todeskralle", und der Sammelbegriff für jede Action-Sequenz, in der gedroschen, geboxt, gesprungen und gekickt wurde, war seitdem „Kung-Fu". Niemand in der Hindi-Filmbranche hatte geglaubt, dass „Der Mann mit der Todeskralle" nicht nur fast jeden Besucherrekord für einen ausländischen Film in Indien brechen, sondern auch zur absolut unerlässlichen Zutat für die einheimische Kost werden würde. Wie chinesisches Essen, war er gekreuzt und bastardiert worden, bis es als nichts anderes durchgehen konnte als ein zu hundert Prozent indischer Beitrag zur Filmkunst.

In großer Eile musste ein neuer Name für die Tätigkeit der Männer erfunden werden, die die Stunts entwarfen, choreographierten und leiteten. Die Lösung war einfach: Die neue Kategorie wurde „Kämpfe" genannt und kam im Abspann gewöhnlich irgendwo zwischen „Drehbuch" und „Musik". Die ersten Meister waren durch einen seltsamen Zufall fast durchweg Südinder, mit Namen wie Shetty, Devgan, „Sandow" Chinappa Devar. Das Qualitätsspektrum der Stunts reichte von gekonnt über schlecht bis zu unsäglich, was jedoch niemanden zu stören schien. Das Blut von überzeugender Unechtheit floss in Strömen. Die Klangeffekte waren ohrenbetäubend, und das Publikum war dankbar, besinnungslos geprügelt zu werden, während der sozial benachteiligte Held mit den hundertsechsundsiebzigtausenddreihundertfünfundvierzig Schurken todesmutig den Kampf aufnahm und daraus siegreich hervorging.

Seltsamerweise nahmen ebenso viele Frauen wie Männer an Ravan und Eddies Übungsstunden teil. Wann immer ClickClick Kapil eine freie Minute hatte, kam er mit seiner Kleinbildkamera hinzu und schoss Fotos. Wenn Ravan oder Eddie einen besonders komplexen Bewegungsablauf vorführten, schloss er einen Motor Drive an seine Kamera an und ließ es nur so rattern, bis er die ganze Sequenz fast wie einen Film aufs Zelluloid gebannt hatte. Einmal hatte Jeetendra, ein B-Superstar, einige Minuten bei ihnen mitgemacht, aber der richtige Knaller war gewesen, als Dharmendra – oder Garam-Dharam, wie ihn die Klatschzeitschriften titulierten – eines Nachmittags aufkreuzte, sich zu den anderen stellte und die gesamte Trainingsstunde absolvierte.

An den Tagen, an denen Eddie unterrichtete, gesellte sich Ravan zu dessen Schülern, und umgekehrt. Ravan fragte sich, warum er nicht schon früher auf diese Idee gekommen war. Eddies Bewegungen zu folgen, bedeutete, eine ganz neue Sichtweise auf die Welt zu entwickeln, und natürlich würde es die Bandbreite seiner eigenen Kampftechniken erweitern. Die zwei Künste waren grundverschieden und zugleich doch sehr ähnlich. Bei beiden ging es darum, den Körper zu zügeln und sich aufs Äußerste zu konzentrieren, so wie das Sonnenlicht durch eine Linse gebündelt wird, um Feuer zu erzeugen. Aber all diese eingeübte Präzision hatte noch ein höheres Ziel: über die Kontrolle des Körpers hinauszugehen und zur Kontrolle des Geistes zu gelangen. Es machte Ravan wütend, dass seine neuen Schüler Taekwondo und Eddies Kalaripayattu mit Kung-Fu in einen Topf warfen. Waren sie nicht stolz darauf, was sie machten? Sahen sie nicht den Unterschied zwischen diesen drei Kampfkünsten, deren jeweiliger Zugang zur Kunst der Selbstverteidigung so grundsätzlich verschieden war? Eddie war diesbezüglich nicht toleranter, aber er hatte sich mit der Tatsache abgefunden, dass keiner seiner Schüler, egal ob Hindu, Muslim oder Christ, je etwas von einer uralten südindischen Schwertkampfkunst gehört hatte.

Ab und an holte Asmaan nach den Trainingsstunden mit Eddie und Ravan ihr Heft oder ihren Notizblock heraus und las ein Gedicht vor, das sie bereits vor Wochen oder auch nur einen Tag zuvor geschrieben hatte. Sie sagte immer, es sei für das unendliche Drehbuch, an dem sie arbeite. Die Texte waren in der Regel lustig: ironisch, zynisch oder schlicht witzig, aber oft mit einer boshaften Pointe. Manchmal vertonte Eddie ein Gedicht, das ihm besonders gefallen hatte, und zu anderen Gelegenheiten schrammelte Ravan auf seiner Bulbul Tarang herum und holte ein, zwei Melodien heraus, und dann jammten sie einfach drauflos. Einmal, spätabends, sie hatten gerade eine Pause während des Drehs einer Tanzsequenz auf dem Strand von Malwan, sah Asmaan die beiden mit einem geheimnisvollen Lächeln an.

„Sagt ihr mir, was ihr davon haltet?“

„Wovon?“, fragte Eddie.

„Von einer Sache, an der ich vor ein paar Monaten mal herumprobiert habe.“

Diesmal hatte sie weder Heft noch Notizblock, nicht einmal ein Blatt Papier dabei, von dem sie hätte ablesen können. Sie hatte alles auswendig gelernt. Und anders als ihre bisherigen Gedichte, die sie souverän und munter vortrug, lieferte sie dieses mit einer tonlosen Stimme ab, wie ein Gebet, ein Gebet, das, je weiter es fortschritt, desto düsterer klang.

„Es heißt ‚Tera kya hoga Bhagvaan'."

Was wird nur aus dir werden, Herr?
Wer wird einen Gedanken noch an dich verschwenden?

Du bist unser Heil und unsre Zuflucht
Du bist das Licht und
Alles, was recht ist.
Du bist dies, du bist das.
Du bist der Spender von allem, was gut ist,
Und der Beseitiger von allen Hindernissen.
Du bist allmächtig, allerbarmend,
allmitleidig, allfreigebig.
Du bist unsre allvermögende Kummerkastentante,
Du bist der Größte, die Nummer eins,
Du bist der Ein- und Einzige,
Der Boss der Bosse, der Obermacker,
Generaldirektor des Kosmos,
Der große dicke Frieden stiftende Schnuller am Himmel.
Wie kommt's, dass dir die Ohren noch nicht abgefallen sind
Von all den Lobeshymnen,
Oder ist es nur Geschwafel,
Rund um die Uhr, Jahr für Jahr?
Vielleicht sind sie's ja doch,
Und du bist taub geworden.
Und dein Hirn zu Mus.

Wir bringen dir Blumen dar,
Kleiden dich in Gold und Diamanten,
Schmücken dich mit Rubinen und Smaragden.
Wir kreuzigen dich und
Krönen dich zum Schah-in-Schah,
Zum Kaiser der drei Welten.

Aber wie du besser weißt als jeder andere,
Gibt es keine Gratisgeschenke.
Es ist ein simpler Kuhhandel,
Gefälligkeit gegen Gefälligkeit
Auch wenn du nie um welche bittest.

Schenk mir einen Sohn.
Schenk mir einen Wagen.
Schenk mir eine Sechszimmerwohnung.
Miss Universum als Gemahlin.
Schenk mir einen Riesenpimmel
Vom Boden bis zum Himmel
Schenk mir einen Palast.
Schenk mir einen Jumbo-Jet, ganz für mich allein.

Blas meine Möpse auf.
Verpass mir den perfekten Knackarsch.
Mach mich sexy.
Mach mich elfengleich.
Mach mich zu jedes Mannes Mädchentraum
Mach mich zum Sterben schön.
Mach mich zu Miss Universum.
Mach mich zum neusten
Ober-super-hyper-Star am Firmament.

Was wird nur aus dir werden, Herr?
Wer wird einen Gedanken noch an dich verschwenden?

Hörst du überhaupt zu, Mann?
Was ist bloß los mit dir?
Noch nie was von Fairness gehört?
Mein Nachbar wird drei Mal befördert,
Ich bleib da, wo ich bin.
Ich krieg vier Töchter,
Er zeugt drei Söhne.

Ich fahr eine Vespa,
Er lässt sich im Ambassador
Durch die Gegend kutschieren.
Ich bet fünf Mal am Tag.
Und er? Nur dann, wenn er
Sich die Mandeln rausnehmen lässt.

Was wird nur aus dir werden, Herr?
Wer wird einen Gedanken noch an dich verschwenden?

Was beklagst du dich, Herr?
Haben, haben, haben!
Das ist alles, was sie seit ihrer Kindheit kennen,
Wie Vogeljunge
Mit aufgerissnem Schnabel.
Die armen Knirpse
Wissen's halt nicht besser.
Wie dem auch sei, sie werden groß
Und füttern ihre eignen Jungen.
Männer und Frauen,
Je mehr sie haben,
Desto mehr wollen sie.
Und den Schnabel reißen sie noch auf
Wenn sie sechs Fuß
Unter dem Rasen liegen.

Was wird nur aus dir werden, Herr?
Wer wird einen Gedanken noch an dich verschwenden?

Deine Chance hast du gehabt,
Du hattest alle Zeit der Welt.
Hättest uns schließlich anders machen können.
Doch du warst zu beschäftigt
Mit deinem Gottgetue:
Schenkst uns den freien Willen zum freien Killen,

Erschaffst das Universum in sechs Tagen
Und nimmst dir dann den siebten frei.
Was für ein blöder Quatsch:
Allmächtig, und braucht 'nen Ruhetag!

Was wird nur aus dir werden, Herr?
Wer wird einen Gedanken noch an dich verschwenden?

Wie steht's mit dir, Herr?
Wie hältst du's mit dir selber aus?
Sag: bist auch du denn nach dem Bilde
Der Krone deiner Schöpfung konstruiert?
Und trotzdem scherst du dich einen Dreck um alles?
Siehst du sie nicht,
Die verhungernden Kinder?
Hörst du ihn nicht,
Den stummen Schrei der Bäume
Während die Regenwälder
Zu Wüsten werden?
Ist dir die Zunge abgefault,
Dass du nicht einmal piep mehr machst,
Wenn sie in deinem Namen
Massen- und Völkermorde inszenieren?
Deine Schöpfung in den Abgrund treiben?

Was wird nur aus dir werden, Herr?
Wer wird einen Gedanken noch an dich verschwenden?

Ich hoff, es geht dir gut, Herr
In deiner goldnen Einsamkeit.
Manchmal, da frag ich mich:
Was treibst du für ein Spiel?
Was ist dein Plan?
Was ist dein Glaube?
Was ist dein Dharma?

Was wird nur aus dir werden, Herr?
Wer wird einen Gedanken noch an dich verschwenden?

Es war unheimlich, wie trügerisch schlicht und leichtfüßig Asmaans Urdu-Verse klangen. Sie gingen glatt von der Zunge und ins Ohr und hatten eine Umgangssprachlichkeit, die darüber hinwegtäuschte, wie kunstvoll sie tatsächlich gebaut waren. Nur weil sie ständig darüber nachdachten, wie Asmaans Texte sich vertonen lassen könnten, bemerkten Eddie und Ravan überhaupt die unaufdringlichen Binnenreime und das anspruchsvolle Versmaß. Normalerweise ging ihnen Asmaans Sprachbeherrschung und ihr Rhythmusgefühl erst beim zweiten oder dritten Durchlesen auf und dann erahnten sie, wie viel Aufwand und Kunstfertigkeit es gekostet haben musste, das Resultat so kunstlos und improvisiert klingen zu lassen.

„Und, wie lautet der Urteilsspruch?“, fragte Asmaan.

Weder Ravan noch Eddie hatten die leiseste Ahnung, wie sie reagieren sollten. Gott war niemand, an den sie allzu oft dachten. Eddie ging, wenn er in der Stadt war, sonntags zur Messe. Aber der Allmächtige war so etwas wie der eigene Nachname. Man wurde nicht gefragt, man erbte ihn einfach. Parvati-bai ging regelmäßig in den Tempel, sobald sie die Mahlzeiten für ihre Kunden abgefüllt und auf den Weg gebracht hatte, aber sie zwang ihren Sohn nicht, es ihr nachzutun. Wenn und falls die Umstände es erforderten, war Ravan durchaus imstande, eine multikonfessionelle Orgie zu veranstalten, wie er es getan hatte, als Pieta dem sicheren Tod entronnen war, aber ansonsten ließ man den Großen Papa da oben sein Ding allein durchziehen – wie er das mit einem selbst ja schließlich auch tat. Aber heute stimmte etwas mit Asmaans Lied nicht ganz. Sie hätten selbst nicht genau sagen können, was es war, aber Eddie hatte das mulmige Gefühl, dass die Worte den Ruch von Gotteslästerung hatten. Asmaans Texte waren immer bissig, mitunter so bissig wie ein Barrakuda, aber sie waren nie offen konfrontativ, mit Sicherheit nicht, wenn sie von Gott sprach.

Eddie atmete auf, als Ravan antwortete, weil er selbst nicht wusste, was er hätte sagen sollen. „Es ist vom Grundton her ein bisschen anders als deine sonstigen Gedichte."

„Keine diplomatischen Sprüche, Ravan. Nur die ungeschminkte Wahrheit."

„Tja, ich weiß nicht, wie andere darauf reagieren werden."

„Ich will wissen, was du meinst, nicht irgendjemand anders!"

Ravan begriff, dass er sich nicht würde herauswinden können. „Zu Beginn machst du dir Gedanken um Gott, und darum, wie sehr wir Menschen ihm zusetzen. Du bemitleidest ihn, weil er dazu verdammt ist, den ganzen Tag Kriechern und Lobhudlern zuhören zu müssen; dann drehst du jedoch Knall auf Fall den Spieß um und machst ihn für alles Unheil auf dieser Welt verantwortlich."

„Wer sollte es denn sonst sein? Nennen wir ihn nicht den Allmächtigen?"

„Ich dachte, du seist gläubig."

„Manchmal glaube ich, und dann wieder weiß ich nicht, woran ich glauben soll. Also versuche ich lediglich, ihm meinen Standpunkt klarzumachen. Dürfte ja wohl am besten sein, jemandem, der angeblich allwissend ist, reinen Wein einzuschenken."

„Du bist ja ganz schön unverschämt", meldete sich nun Eddie zu Wort.

„Er doch wohl auch, oder? So, wie er uns behandelt. Er ist keineswegs immer barmherzig. Er kann ebenso gleichgültig und gefühllos sein – das heißt, wenn Er nicht gerade strafend und rachsüchtig ist. So zumindest sieht Ihn eine der Personen in meinem Drehbuch."

Ging das schon wieder los! Manchmal hatte man den Eindruck, dass sie in eigener Sache sprach, ihre eigenen Ansichten äußerte, und schon in der nächsten Minute schrieb sie die Idee einer der Personen in ihrem Drehbuch zu. In solchen Augenblicken traute Eddie ihr nicht. Es war, als hätte sie sich dabei ertappt, zu viel über sich selbst zu verraten, und würde versuchen, einen Rückzieher zu machen, um die Sache zu vertuschen.

Doch es war egal, was er von Asmaans eventuellem Ketzertum hielt – er wusste, dass er der Herausforderung, die „Tera kya hoga" darstellte, unmöglich würde widerstehen können. Schon am nächsten Tag wollte er anfangen, sich darüber den Kopf zu zerbrechen, wie er dieses tückische Gedicht am besten vertonen könnte. Und irgendwann würde er eigene Wünsche zurückstellen und Stunden und Tage darauf verwenden, die perfekte Melodie dafür zu finden. Vielleicht könnten er und Ravan gemeinsam daran arbeiten.

23

Pater Agnello D'Souza hatte schon beinahe alle Lichter in der St. Sebastian's Church ausgeschaltet und war soeben dabei abzuschließen, als zu seinen Füßen etwas angekrochen kam. „Ich bin ein Mörder, Vater", flüsterte eine gequälte Stimme vom Boden herauf. Vor Angst schlotternd machte Pater Agnello einen Satz nach hinten.

„Bitte töten Sie mich nicht, ich flehe Sie an! Ich bin ein Mann Gottes! Ich bin unschuldig!"

Doch die Sache wurde noch vertrackter. „Ich habe nicht nur einen unschuldigen Mann getötet, ich habe seine ganze Familie ins Unglück gestürzt. Ich habe seine Frau zur Witwe gemacht, das Leben seiner Kinder zerstört. Aber das ist noch nicht alles. Ich habe ihr kostbarstes Gut vernichtet, ihre Fähigkeit, auf ein besseres Leben zu hoffen. Wäre er nicht gestorben, würden sie jetzt nicht in einem Chawl leben, sondern in einer großen schönen Wohnung in Santa Cruz oder vielleicht sogar Malabar Hill. Sie hätten einen Ambassador und einen Fahrer für das Familienoberhaupt und einen Fiat für die Kinder."

Ravan hatte die Familie Coutinho seit seiner und Eddies Kindheit aufmerksam studiert, und Eddie hatte in aller Öffentlichkeit erklärt, Ravan sei der Mörder seines Vaters. Sie wohnten in einem Chawl, da spielte es gar keine Rolle, ob man Bescheid wissen oder lieber ahnungslos bleiben wollte. Man war mit sämtlichen Bewohnern der eigenen Etage und des gesamten Gebäudes wie mit unsichtbaren Fäden verbunden. Ob es einem passte oder nicht, man erlebte das Leben der anderen genauso mit wie das eigene. Ravan hatte nicht bewusst spioniert, aber er wusste über die Coutinhos vermutlich mehr als sie selbst. Er war ihr stummer Chronist und Anekdotensammler. Wie oft hatte er gehört, dass die Kinder, wäre er nicht gewesen, die Cathedral School besucht und die Eignungstests für die Hochschule abgelegt hätten und nach Cambridge oder Oxford gegangen wären! Pieta wäre jetzt Betriebsärztin bei ihrer Firma und Eddie Flugkapitän bei Air India und würde durch die ganze Welt fliegen, anstatt in dieser Stadt als Statist zu versauern.

Seit seiner Kindheit sah Ravan Pater Agnello D'Souza seine Schäfchen im CWD-Chawls-Komplex besuchen. Geburten, Hochzeiten, Todesfälle, er war ständig da. Aber das Band zwischen den Coutinhos und ihm war anderer Natur. Er gehörte zur Familie, schlicht und einfach. Eddies Mutter war von Pater D'Souza abhängig. In großen wie in kleinen Dingen: Wenn sie geistlichen Beistand brauchte, Verständnis, moralische Unterstützung, einen Sandsack zum Abreagieren und einen persönlichen Briefträger zum lieben Gott. Er war Priester, Beichtvater und geistlicher Führer. Er war der gute Hirte. Ravan hatte das Gefühl, den Priester schon sein Leben lang zu kennen.

Der junge Büßer kam jetzt richtig in Fahrt. Er hatte ausgezeichnete Lehrmeister gehabt: Madan Kamble, den Mann, der auf der Marathi-Bühne die Frauen mit seiner Spezialität, Frauenrollen besser zu spielen als jede Frau, reihenweise hingerissen hatte und Schlagzeuger bei der New India Brass Band gewesen war; und Eddies Mutter, Violet, deren Worte und Redewendungen er auswendig wusste und vollkommen natürlich wiedergeben konnte. Kambles Stil war rhetorisch, während Violets Äußerungen unmittelbar aus den ewig bitteren Wassern ihres Herzens strömten. Die Seligkeit, sich die Schuldlast eines ganzen Lebens endlich von der Seele sprechen zu können, die Aussicht auf Vergebung und ein gebannt lauschendes einköpfiges Publikum setzten in Ravan eine Flut von Emotionen frei.

Irgendwie kam Pater Agnello die Geschichte, die er da hörte, vertraut vor, und er schaltete schnell ein paar zusätzliche Lichter ein, um den Mann, der vor ihm auf dem Fußboden lag, besser sehen zu können. Allzu hell wurde es in der Kirche zwar auch dann nicht, aber Pater Agnello erkannte ihn sofort. Es war dieser Hindu-Junge aus Violet Coutinhos Chawl. Warum war er nach so vielen Jahren gekommen, um sein Verbrechen zu beichten? Pater Agnello hatte ohnehin keine Ahnung, wie er den Fall beurteilen sollte. Wie hätte Jesus die Sache betrachtet? Er schien der Meinung gewesen zu sein, Kinder seien unschuldige Geschöpfe und sie sollten, wie die Sanftmütigen, das Erdreich besitzen. Aber das war vor fast zweitausend Jahren gewesen. Vielleicht hätte Jesus die Angelegenheit heute anders gesehen – besonders, wenn er Eddie als Kind und als Erwachsenen kennengelernt hätte. Außerdem, selbst wenn das Kind Ravan unschuldig gewesen sein sollte, so änderte das nichts an der Tatsache, dass Violets Mann und Pietas und Eddies Vater tot war. Wer war denn dafür verantwortlich, wenn nicht das Kind? Schließlich hatten selbst Unfälle Ursachen.

Aber Pater Agnello war ein guter Mensch und er empfand Mitleid mit Ravan. Er wünschte, die Seelenqualen des jungen Mannes zu lindern. Der Herr, da war er sich sicher, hätte es auch nicht anders gewollt. Und da gab er eine rätselhafte Äußerung von sich, die zukünftige Generationen auf kontroverse Weise auslegen und über die sie sich ebenso erbittert streiten würden wie frühere über den Koran, die Tora oder die Bibel, ohne je zu einer Einigung zu gelangen. „Wer Vergebung sucht, mein Kind“, sagte er, „muss zuerst selbst vergeben.“

Aber wem sollte vergeben werden? Violet? Victor, der ohne sich etwas dabei zu denken, dem kleinen Ravan von der Straße aus zugerufen hatte? Eddie, der in aller Öffentlichkeit verkündet hatte, Ravan habe seinen Vater getötet? Oder Ravan selbst, weil er solches Unheil über die Familie Coutinho gebracht hatte?

„Ich will eine umfassende Beichte ablegen, Vater, und von meiner Schuld befreit werden.“

„Nur Katholiken können durch die Beichte geläutert werden.“

„Dann will ich Katholik werden!“

„Das ist nicht so einfach, mein Sohn. Du musst an unseren Herrn Jesus Christus glauben und daran, dass er sich für die

Menschheit – das heißt, für dich und mich – am Kreuz geopfert hat. Du musst Katechismusunterricht nehmen, um die Grundbegriffe des katholischen Glaubens und der Kirche zu lernen. Du musst beweisen, dass du das echte Verlangen verspürst zu konvertieren. Erst dann kannst du getauft und in die Gemeinde unseres Herrn aufgenommen werden."

„Ja, ich werde alles tun, was Sie verlangen! Pater, mein innigster Wunsch ist, Priester und ein Apostel Christi zu werden!"

„Halleluja!" Pater Agnello war im siebten Himmel. „Gepriesen sei der Herr! Jesus hat dich bereits errettet!" Der Priester besiegelte Ravans neue Inkarnation mit einem Geschenk. „Nimm diese Bibel. Studiere sie Wort für Wort, koste sie aus, erfasse ihre Bedeutung und lebe gemäß ihren Lehren – insbesondere denen im Neuen Testament. Komm jeden Montag und Donnerstag nachmittags um sechs Uhr in die Kirche, und ich werde dich persönlich auf den Weg zu Gott führen!"

Es ist fraglich, ob Pater Agnello begriff, welch elektrisierende Wirkung er auf Ravan hatte. Er hatte sich für Ravan bei Jesus verwendet, und der junge Hindu würde auf der Stelle anfangen, den Rest der Menschheit zu erretten. Von nun an würde sich der Jünger in allem nach dem Vorbild des Geistlichen richten. In den nächsten Wochen befolgte Ravan den Rat des Priesters. Er verschlang die Bibel förmlich, in großen Stücken. Er las sie immer und immer wieder, bis er ganze Abschnitte auswendig wusste. Sobald das Taxifahren ihm ein paar Minuten Zeit ließ, zückte er das heilige Buch und versenkte sich darin. Seine Englischkenntnisse verbesserten sich dadurch rasant. Er konnte bald zu jeder passenden und unpassenden Gelegenheit aus der Bibel zitieren, und tat es auch. Jedes Mal, wenn er in dem einen oder anderen Evangelium die Passionsgeschichte erreichte, füllten sich seine Augen mit Tränen, und seine Stimme brach. Ach, welch ein tragisches Schicksal hatte dieser Sohn Gottes um der Menschheit willen doch erduldet! Die Hochachtung allerdings, die er Pater Agnello entgegenbrachte, stellte ihn nun vor eine weitere, nur logische Entscheidung. Sollte er sich beim größten Kostümverleih der Hindi-Filmbranche, Maganlal Dresswala, einen Priesterrock mieten, oder sich doch lieber einen maßschneidern lassen? Denn schließlich würde er ihn nicht für einen eintägigen oder einmonatigen Dreh irgendeines dämlichen Hindi-Films brauchen, sondern ein Leben lang.

„Ich habe eine gute Nachricht für Sie." Ravan drehte sich auf seinem Sitz um und sprach mit gütiger Stimme den ersten Fahrgast des Tages an, der ihm gerade erklärt hatte, er wolle zum Ballard Estate. „Jesus kann Sie erretten!"

„Errette deinen eigenen Arsch, mein Freund. Mach dir um mich keinen Kopf."

„Ehe man Gott um Vergebung bitten kann, muss man selbst vergeben."

„Es gibt nichts zu vergeben, du Schwachkopf! Ich kenn dich nicht mal!"

Ravan blickte ihn mit unendlichem Erbarmen an. „Und dennoch vergebe ich Ihnen, mein Sohn."

„Halt deine Fresse! Ich hab einen Riesenkater von der Sauftour letzte Nacht und ich kann keinen blöden Wichser brauchen, der mir gleich am frühen Morgen eine Moralpredigt hält!"

„Was könnte es für einen besseren Zeitpunkt geben, um ein hassenswertes Laster aufzugeben, als genau den Augenblick, in dem es zu einer unerträglichen Heimsuchung wird? Wende dich Jesus zu, mein Freund, und er wird dich in deiner dunkelsten Stunde begleiten!"

„Anhalten! Sofort anhalten!" Der Fahrgast sah sich Ravan zuerst flüchtig, dann noch einmal genauer an. „Was tut ein Scheißpriester am Steuer eines Taxis? Ich sollte dich anzeigen!"

Den Rest des Tages erging es Ravan nicht viel besser. Mehrere potenzielle Fahrgäste weigerten sich einzusteigen, sobald sie sahen, dass der Taxifahrer eine Soutane trug. Die wenigen, die es doch taten, schauten gelangweilt aus dem Fenster und gähnten, sobald er darüber zu salbadern begann, welche Wunder Jesus in ihrem Leben zu wirken imstande sei. Es war, gelinde gesagt, entmutigend. Er versuchte, die unsterblichen Seelen seiner Fahrgäste zu retten, und die Undankbaren waren einfach nicht interessiert! Aber er würde keinesfalls aufgeben; oh nein, ganz gewiss nicht! Pater D'Souza hatte doch gesagt, was geschehen würde, wenn Jesus die Menschheit aufgäbe! Trotzdem würde er während der Schicht keine Soutane mehr tragen, da sie die Leute davon abzuschrecken schien, in sein Taxi einzusteigen.

Als Eddie am Abend Ravan sah, starrte er ihn verdutzt an.

„Bist du das, Ravan?" Er stand vor ihm und war sichtlich abgeneigt, seinen Augen zu trauen. „Was machst du in einer Soutane? Probst du eine Nummer mit tanzenden katholischen Priestern oder was?"

„Nein. Das ist nicht für einen Dreh."

„Was dann? Du hast keine Ahnung, wie sehr du dem Priester ähnelst, den ich seit meiner Kindheit kenne!" Eddie lachte. „Der arme Mann, ich bin all die Jahre das Kreuz gewesen, das er zu tragen hatte! Obwohl ich sagen muss, dass er dafür mein Kreuz gewesen ist. Ich meine den Priester von St. Sebastian's, Pater Agnello D'Souza. Aber natürlich, du kennst ihn ja vom Sehen. Er war an dem Tag mit meiner Mutter im Krankenhaus."

„Ich bin stolz, ihm zu ähneln!", sagte Ravan trotzig.

„Du kennst ihn?"

„Ja. Er hat mir den Weg zu Jesus gewiesen und hat mich errettet. Ich nehme Katechismusunterricht bei ihm."

„Wieso trägst du eine Soutane? Hat Pater Agnello dir nicht gesagt, dass nur Priester das dürfen?"

„Stimmt nicht! Laienbrüder tragen ebenfalls den Rock!", sagte Ravan selbstgefällig.

„Schon, aber du bist noch nicht mal Katholik."

Das nahm Ravan kurz den Wind aus den Segeln. „Ich bin katholisch im Geiste, das ist mehr, als du von dir behaupten kannst."

Die Auseinandersetzung endete mit einem Patt. Es war der erste Krach, den sie bislang gehabt hatten, und er hinterließ bei beiden ein unbehagliches und unsicheres Gefühl. Ravan hatte gedacht, sein Entschluss, zum Katholizismus zu konvertieren, würde ihn Eddie näherbringen; stattdessen schien die Folge zu sein, dass sein neuer Freund ihn mit Argwohn betrachtete. Sie gingen zwar weiter zusammen in die Studios, aber sie sprachen kaum mehr miteinander. Ravan war sich bewusst, dass in ihrer noch jungen Freundschaft ein unsichtbarer, aber spürbarer Riss entstanden war. Ihm wäre etwas Drastischeres lieber gewesen, ein offener und sichtbarer Konflikt: Dazu hätte er Stellung beziehen können, man hätte reden, zu einem für beide Seiten annehmbaren Kompromiss gelangen und nach und nach die Sache so flicken können, dass die Beziehung dadurch stabiler und belastbarer geworden wäre. Aber so wie die Dinge nun zwischen ihnen lagen, würde eine falsch verstandene harmlose Bemerkung, der geringste Druck an der falschen Stelle ausreichen, um den Haarriss zu einer tiefen Kluft werden zu lassen, und er würde wieder freundlos und allein sein.

Als Ravan beschloss, jeden Sonntag zur Messe zu gehen, hatte er geglaubt, die katholische Gemeinde würde ihn mit offenen Armen willkommen heißen, ihn vielleicht in einer Prozession durch Mazagaon führen, um zu feiern, dass Jesus Sein Licht auf ihn geworfen und eine weitere Seele errettet hatte. Stattdessen merkte er, dass sie sich in seiner Gegenwart unbehaglich fühlten. Sie waren nicht direkt feindselig, aber distanziert. Er war offensichtlich nach wie vor der Paria und Außenseiter. Es machte den Eindruck, als nähmen sie es ihm übel, wenn er in ihr Revier eindrang.

Seltsamerweise verhielt sich auch Pieta irgendwie anders. Er hatte das Gefühl, dass sie ihn mied. Er konnte sich zwar nicht erinnern, wann sie zuletzt ein Wort miteinander gewechselt hatten, aber wenigstens hatte sie ihm in die Augen geschaut, wenn sie zufällig im Treppenhaus aneinander vorbeigingen oder sich auf der Straße über den Weg liefen. Jetzt wandte sie ihren Blick ab – wie schuldbewusst, oder schlimmer noch, als könnte sie seinen Anblick nicht ertragen. Als er ihr zum ersten Mal in seinem Priesterrock begegnete, hatte sie ihn ungläubig angestarrt, als habe sie eine Erscheinung. Sie stand sichtlich kurz davor, etwas zu sagen, entschied sich aber im letzten Moment anders. Er konnte nicht sagen, warum, aber er war sich fast sicher, dass es etwas sehr Missbilligendes und Ablehnendes gewesen wäre.

Seine eigenen Leute behandelten ihn wie einen Verräter. Die Mitglieder der Sabha und des Sangh drohten, es werde „Konsequenzen" haben, falls er sich nicht besinne. Über die spezifische Natur dieser Auswirkungen ließen sie sich nicht weiter aus. Eine Abordnung beider Organisationen suchte Parvati-bai auf und empfahl ihr nachdrücklich, ihren Sohn zur Ordnung zu rufen, da sie andernfalls „spontane Aktionen" ihrer Mitglieder nicht würden ausschließen können.

Glücksbringer,
mögest du im Schatten Allahs wandeln.

Ich habe mich oft gefragt, was aus mir geworden wäre, wenn mein Vater mich nicht eines Tages bewusstlos geprügelt hätte und ich nicht ausgerissen wäre. Es wird dir schwerfallen, das zu glauben, aber noch heute wäre ich am liebsten entweder ein Mullah oder ein Dichter.

Der Koran ist von jeher mein Lehrer und Führer gewesen. Ich kann mich nicht erinnern, wie oft ich das Heilige Buch schon vollständig abgeschrieben habe, um die Bedeutung und die Tiefe der Worte Allahs zu fassen und um meine Handschrift zu vervollkommnen. Ich kenne den Koran auswendig und könnte ihn im Schlaf rezitieren. Noch heute setze ich mich, wenn ich unter schwerem Druck stehe, mit Feder und Papier hin und schreibe meine Lieblingssuren auf. Kannst du dir etwas Bewegenderes und Schöneres denken als das Wort Gottes? Ich muss gestehen, dass ich manchmal zutiefst neidisch auf den Propheten bin. Stell dir mal vor: Es ist Nacht in der Wüste. Es herrscht absolute Stille. Der weiche Sand ist vom Wind modelliert, und die Sterne wagen nicht einmal zu blinzeln, um seine Vollkommenheit nicht zu stören. Der Engel Gabriel steigt zur Erde herab und sucht den Propheten auf. Er spricht zu ihm. Er tut dies nicht nur einmal, sondern dreiundzwanzig Jahre lang jede einzelne Nacht. Vergiss nicht, er ist lediglich der Übermittler. Was er vorträgt, sind die Worte des Allmächtigen selbst. Allein die Vorstellung erfüllt mich mit Ehrfurcht und

Dankbarkeit, und ich weiß, dass es keine bessere Art zu sterben gibt als mit Seinen Worten auf den Lippen.

Der Koran ist wahrhaft unvergleichlich. Wenn ich einst dem Schöpfer von Angesicht zu Angesicht gegenüberstehe und Er mich fragt, was ich im Himmel tun möchte, werde ich Ihm sagen: Dein Lob will ich singen in vollendeten Versen.

Khuda hafiz

P. S. Ich brauche dich nicht daran zu erinnern, dass ich jedem, der mich enttäuscht, das Leben zur Hölle auf Erden machen kann.

Parvati-bai hatte immer geglaubt, sie kenne Ravan wie keinen anderen Menschen, aber in letzter Zeit war sie da nicht mehr so sicher. Die einfache, hart arbeitende Frau hatte keine Ahnung, was neuerdings in ihren Sohn gefahren war. Eines Morgens hatte er, statt in seine kakifarbene Taxifahreruniform zu schlüpfen (nicht alle Taxifahrer hielten sich an diese amtliche Vorschrift, obgleich der unausrottbare Mythos lautete, Kaki sei selbstreinigend, oder zumindest sehe man den Schmutz darauf nicht so leicht), einen nigelnagelneuen katholischen Priesterrock angezogen.

„Was ist das?", hatte sie ihn gefragt.

Seine Antwort war aufschlussreich und erschöpfend gewesen: „Nichts."

Nichts, wie Mütter und Ehefrauen im Lauf der Jahrhunderte herausgefunden haben, ist der ultimative Abschluss jeder Debatte. Jegliches Ding endet, schließt, hört auf mit nichts. Gespräche, metaphysische Fragen, Leiden, Schmerz, Freude, Gott, alles wandelt sich in Schweigen und die Unendlichkeit der Leere, wenn es mit *shunya*, dem Nichts, konfrontiert wird. Es gibt nichts, was über das Nichts hinausginge.

Entnervt wandte sie sich an ihren Ehemann. „Haben Sie Ihren Sohn gesehen, Mister?"

Wie ein *phulka*, der über dem Feuer gewendet wird, rollte sich Shankar-rao, ohne die Augen zu öffnen, rasch auf die andere Seite, das Gesicht zur Wand.

Parvati-bai wusste, dass Ravan bereits in seiner Kindheit durch das Wissen traumatisiert worden war, dass sein Sturz vom vierten Stock zu einem bedauerlichen Unfall geführt hatte. Eddies Vater hatte das Kind gerade noch rechtzeitig aufgefangen, aber vielleicht hatte der Schock des Sturzes ausgereicht, um das Gehirn ihres Sohnes zu schädigen. Keine Mutter hätte mehr tun können, um ihr Junges zu behüten und zu beschützen, als sie. Sie hatte ihr Möglichstes getan, um ihm ein bisschen Sinn und Verstand einzubläuen; sie hatte sogar versucht, ihm den Unsinn mit der Wahrheit auszutreiben, und ihm gesagt, es sei nicht seine Schuld gewesen – aber alles umsonst. Im Laufe der Jahre war er immer introvertierter und grüblerischer geworden. Er hinterfragte alles: alles, was er dachte, tat oder sich vorstellte. Den Kern seines Wesens machten Zweifel und Schuldgefühle aus.

Er hielt sich verantwortlich dafür, was damals, in seiner frühesten Kindheit geschehen war. Wenn es möglich gewesen wäre, hätte er sich für jedes Übel der Welt schuldig gefühlt. Vielleicht tat er das sogar. Ständig wägte er alles ab, griff auf etwas zurück, was er vor Jahren gesagt oder getan hatte, und versuchte, dessen Auswirkungen nachträglich zu verändern oder umzubiegen, als könnte er die Vergangenheit beeinflussen. Er hatte kein Selbstvertrauen, außer in zwei Bereichen: in der Musik und im Taekwondo. Doch seine Hypersensibilität schien völlig nutzlos, wenn er darauf achten sollte, was sich direkt vor seiner Nase abspielte.

Es war schwer für Parvati-bai, mit ansehen zu müssen, wie ihr Sohn sich quälte. Sie selbst hatte sich den Luxus der Selbstbetrachtung nie leisten können. Immer und immer wieder hatte sie Ravan gesagt, dass seine Selbstvorwürfe und Selbstgeißelungen ihm absolut nichts einbrächten. Er war ein guter Junge; er hörte ihr zu. Doch sie ahnte, dass er nichts daran ändern konnte. Er war das Opfer, nicht der Gestalter seines Schicksals.

„Überlegst du dir ernsthaft, die Religion zu wechseln?", fragte sie Ravan, als sie sah, wie er das Priestergewand anzog.

„Ich überlege es mir nicht. Ich habe Jesus gefunden, und in meinem Herzen bin ich bereits Katholik. In ein paar Monaten, wenn meine Studien bei Pater Agnello abgeschlossen sind und er mich für würdig befindet, ein wahrer Jünger Jesu zu sein, werde ich getauft."

„Tief in dir drin, verspürst du da wirklich den Ruf von diesem Jesus?"

„Ja, das tue ich. Sobald die Kirche mich aufgenommen hat, werde ich das Keuschheitsgelübde ablegen und Priester werden."

Parvati-bai blieb eine Weile stumm. Dann sagte sie etwas, was ihren Sohn hochgehen ließ: „Geht es um dieses Mädchen über uns? Hoffst du, sie zu gewinnen, indem du zu ihrer Religion übertrittst?"

„Wie kannst du nur etwas so Oberflächliches denken? Zu unserem Herrn Jesus Christus zieht es mich hin – nicht zu dem ‚Mädchen über uns', wie du sie nennst!"

Parvati ignorierte den Ausbruch ihres Sohnes. „So kannst du sie nicht erobern, Ravan. Sie ist viel zu gescheit, um anzunehmen, du würdest so etwas tun, um ihr deine Liebe zu beweisen."

Als Eddie eines Abends spät von der Arbeit heimkam, wartete Belle auf ihn.

„Was tust du hier um diese Uhrzeit? Ist alles in Ordnung?" Eddie wurde die Dämlichkeit seiner Frage noch im selben Augenblick klar. Was sollte sie zu so später Stunde wohl vor seinem Haus tun, wenn nicht wirklich etwas ganz und gar nicht in Ordnung war?

„Mit mir ist alles okay."

„Nein, ist es nicht." Es war weit und breit niemand zu sehen. Er nahm sie in seine Arme und gab ihr einen langen Kuss. „Sollen wir irgendwohin, wo wir in Ruhe reden können? Chowpatty Beach?"

„Nein, setzen wir uns einfach hier auf die Treppe."

Sie klang erschöpft und gereizt und legte den Kopf auf seine Schulter. Eddie musste am nächsten Morgen spätestens um acht zu einem Dreh im Nationalpark in Borivali sein, aber er wollte sie nicht drängen.

„Ich stelle dir jetzt eine blöde Frage. Wirst du sie mir ehrlich beantworten?"

„Sapna-ji hatte irgendwie auch ihre guten Seiten. Durch sie habe ich begriffen, wie sehr ich dich liebe. Und ich hab mir eines geschworen: Ich werde dir nie wieder Lügen erzählen, nicht einmal Notlügen."

„Willst du mich heiraten, Eddie?"

Eddie lächelte. „Falsche Frage. Richtig müsste es heißen: Wer außer dir wäre verrückt genug, mich heiraten zu wollen?"

„Eddie?"

Er war schon im Begriff, ein bisschen weiterzuwitzeln, aber etwas in ihrem Ton ließ ihn in sich gehen.

„Ja, ja und noch mal ja ... wenn du mich noch haben willst, trotz allem, was ich getan habe."

„Ich habe mich erkundigt. Die schnellste Art zu heiraten ist, aufs Standesamt zu gehen."

Eddie war verwirrt. „Warum sollten wir standesamtlich heiraten? Wir werden in der Kirche heiraten, sobald der richtige Zeitpunkt gekommen ist."

„Der einzige richtige Zeitpunkt ist jetzt. In zwei Monaten verfrachten mich meine Eltern nach London. Sobald wir heimlich geheiratet haben, können sie das nicht mehr."

„Sie schlagen doch schon Gott weiß wie lange blinden Alarm. Wie oft hast du mir das schon erzählt?"

„Ja, hab ich. Aber diesmal ist es ernst. Sie haben schon mein Ticket gekauft und mit einer älteren Dame vereinbart, dass ich bei ihr wohnen werde, in Balham."

„Wo ist das?"

„In Südlondon."

„Das ist schon okay. Noch ein Jahr, und ich bin fertiger Kfz-Mechaniker und verdiene ordentliches Geld. Ich werde nebenher noch schwarz arbeiten, und in spätestens fünfzehn Monaten habe ich eine kleine Wohnung gemietet. Dann kommst du zurück, und wir heiraten. Versprochen. Ist doch toll, ich werde eine London-Heimkehrerin als Frau haben!"

„Ich traue der großen Entfernung nicht, Eddie. Und der Zeit traue ich noch weniger. Vielleicht werde ich mich irgendwann einsam fühlen, so einsam, dass ich zu jedem beliebigen Mann, der lieb zu mir ist, Ja sage, selbst wenn ich mir nichts aus ihm mache. Dir könnte es genauso gehen, wer weiß."

„Du wirst mir entsetzlich fehlen, aber ich gebe dir mein Wort, ich werde auf dich warten."

„Ja, vielleicht. Aber lass es uns nicht auf einen Test ankommen. Das ist die Sache nicht wert. Meine Eltern sind darauf versessen, dort hinzuziehen, nicht ich. Meine Heimat ist hier. Lass uns jetzt heiraten, spätestens in zwei Wochen."

„Wo sollen wir dann wohnen, Belle? Meine Wohnung ist zu klein, du würdest es unerträglich finden. Meine Mutter wird dir auch keinen besonders herzlichen Empfang bereiten. Und deine Eltern werden nie im Leben akzeptieren, dass ich mich bei euch einquartiere."

„Wir können uns was am Stadtrand mieten. Ich hab gehört, für eine Kaution von ein paar Tausend bekommt man in Goregaon eine Zweizimmerwohnung."

„Hast du schon mal eine dieser Bruchbuden gesehen, Belle? Das sind Rattenlöcher, noch viel schlimmer als da, wo ich wohne. Du würdest es keinen Tag aushalten."

„Wenn wir zusammen sind, schon. Alles ist besser als wegzugehen."

„Wo werden wir das Geld dafür herbekommen?"

„Sag Ja, Eddie. Bitte, sag Ja."

Eddie sah Ravan vor dem Irani Café Light of India auf ihn warten und runzelte die Stirn. Er hatte angenommen, Pawar (wie er Ravan nannte, wenn er auf ihn stinkig war) hätte die saublöde Priester-Inkarnation abgestreift. Dem war offenbar nicht so. Heute, nach zweieinhalb Monaten, erschien er wieder in seinem klerikalen Gewand. Jemand sollte in der Lage sein, den Scharlatan seines Amtes zu entheben und zur Vernunft zu bringen. Bis vor ein paar Monaten war mit ihm alles in Ordnung gewesen; sie waren besser miteinander ausgekommen, als beide es sich jemals hätten vorstellen können. Obwohl sie so lange als Nachbarn in nächster Nähe gewohnt hatten, war es für sie all die Jahre unvorstellbar gewesen, sich zu grüßen oder sich gar ein frohes neues Jahr zu wünschen. Doch als der Zufall sie zusammengebracht hatte, war ihnen rasch aufgegangen, dass sie nichts gegeneinander hatten. Wie unterschiedlich ihr jeweiliger musikalischer Werdegang und ihre Vorbilder auch waren, so schienen sie doch eine gemeinsame musikalische Sprache zu sprechen.

Dann hatte Ravan beschlossen, dem Rest der Menschheit Jesus nahezubringen und sie auf diese Weise zu erretten. Eddie war nicht unglücklich, dass Jesus in Ravans Leben getreten war. Aber es störte ihn, dass er so von seiner Tugendhaftigkeit durchdrungen war und einem mit seinem frömmelnden Gerede ständig auf den Sack ging. Nein, er konnte gern darauf verzichten, auf Schritt und Tritt gerettet zu werden.

„Was plagt dich, Eddie?“, fragte Ravan mit salbungsvoller Stimme, die er sich neuerdings für derlei Anlässe zugelegt hatte. „Ich sehe doch, dass deine Seele in Bedrängnis ist.“

Eddie sah ihn säuerlich an. „Willst du wirklich, dass ich dir mein Herz öffne, Ravan?“

„Aber natürlich. Ich bin dein Freund. Der wahre Freund zeigt sich erst in der Not.“

„Was mich quält, Ravan, bist du. Seit du dich aufgemacht hast, jedermanns Seele zu retten, bist du absolut unerträglich.“

„Ich vergebe dir, Eddie. Es ist so viel Kummer und Leid in deinem Herzen, dass du nicht weißt, was du sagst.“

„Mag sein, dass ich so unglücklich bin wie nie zuvor, und vielleicht habe ich mir mein Unglück selbst zuzuschreiben. Aber eines kannst du mir glauben: Es ist nichts verglichen mit den Qualen, die mir deine Pseudopredigten bereiten.“

„Setze dich mit unserem Herrn in Verbindung, Eddie. Sprich zu ihm. Ich tue das andauernd. Du brauchst kein Telefon, um Ihn an die Strippe zu bekommen. Er ist rund um die Uhr bereit. Er wird dich durch diese stürmischen Zeiten führen!“

„Weißt du, zu was du geworden bist, Ravan? Zu einem Vollzeit-Papagei, einer Parodie von Pater Agnello, der, auch wenn er ein guter Mensch ist, selbst schon als Parodie daherkommt."

Eddie war zugleich zornig und verzweifelt und er fühlte sich im Stich gelassen. Wäre Ravan noch der Alte gewesen, statt dieses unerträgliche selbstgerechte Pfaffengehabe an den Tag zu legen, hätte Eddie seine Seele vor ihm entblößt. Dem stillen Ravan von früher hätte er erzählt, wie groß seine Verzweiflung war. Er hatte Belle verloren, oh Gott, er hatte Belle verloren! Wie hatte das passieren können? Lag es daran, dass er sie betrogen hatte? Sie hatte ihm verziehen, aber das Schicksal offenbar nicht. Trotz seiner ehrlichen Absichten, obwohl er, zugegebenermaßen recht spät, erkannt hatte, wie viel Belle ihm bedeutete, trotz der Tatsache, dass er sich geändert hatte und Belle und er sich so nah wie nie zuvor standen, hatte er sie verloren. Was sollte er bloß tun? Und zu deiner Information, Pawar, ich hab unseren Herrn in den letzten Tagen häufiger angeklingelt als im ganzen Leben zuvor. Aber es nimmt keiner ab. Unser Herr hat mit Sicherheit Dringenderes zu tun, als sich über mich den Kopf zu zerbrechen.

Unmittelbar nach seiner Entlassung aus dem Krankenhaus hatte Eddie beschlossen, das, was Belle seinetwegen ausgestanden hatte, wiedergutzumachen. Er würde keinerlei Versprechungen machen; sein Verhalten und sein Handeln sollten für sich stehen. Sie würde nie wieder Anlass haben, ihre Entscheidung zu bereuen. In den vergangenen Monaten hatte Belle Eddie mehr als einmal lachend erzählt, dass ihre Mutter über seine Veränderung beunruhigt war. Warum war er so gedämpft? Warum hatte er aufgehört, zu den unmöglichsten Zeiten vorbeizukommen, als habe er nichts Besseres zu tun? Lag es vielleicht daran, dass er jetzt wirklich etwas Besseres zu tun hatte? Belle fragte sich, ob ihre Mutter sich deshalb Sorgen machte, weil er sich nicht mehr von ihrer Tochter aushalten ließ, was letztlich für sie bedeutete, dass er es allmählich ernst mit ihr meinte?

Ziemlich spät erkannte Eddie, dass Mrs McIntyres Ängste in Bezug auf ihn eine Reihe von Entscheidungen in Gang gesetzt hatten. Wenn er es wirklich ernst mit ihrer Tochter meinte, konnten sie und ihr Mann sich nicht länger leisten, Zeit zu verplempern. Nach jahrelangem Zögern hatten sie rasch gehandelt und seine klug durchdachten Pläne durchkreuzt. Heiraten hatte zwar durchaus dazu gehört, jedoch erst in einem Jahr, nicht jetzt. Es machte ihn wütend, dass Belle von ihrer Mutter zu etwas gezwungen wurde, was sie absolut nicht wollte. Gleichzeitig fand er, dass Belle ein wenig hysterisch reagierte. Sie hätte ein fremdes Land gesehen, dort eine Arbeit gefunden, und das Jahr wäre vergangen, ehe sie es auch nur gemerkt hätte. Was sie mit ihrer Bemerkung über das Sicheinsamfühlen und Jemanden-Kennenlernen gemeint hatte, war ihm nicht ganz klar. Eines war allerdings sicher: Ihre Ehe hätte eine dieser Wohnungen in den entlegenen Vororten, die sie erwähnt hatte, nicht überlebt.

Am Tag darauf, nachdem sie ihm erzählt hatte, ihre Eltern wollten sie nach England schicken, war er zu ihr gegangen.

„Nur herein, Eddie, nur herein!" Mrs McIntyre hatte ihn mit übertriebener Wärme und schlecht verhohlener Bosheit begrüßt. „Belle hat Ihnen bestimmt gesagt, dass sie nach London geht. Wir freuen uns alle so für sie!"

„Ja. Aber freut sie sich auch?"

Am Abend waren Belle und er am Marine Drive entlang spazieren gegangen. „Lass uns heiraten, Belle." Eddie nahm ihre Hand und steckte ihr einen dünnen Goldring an den Finger.

„Ach, das solltest du nicht!" Sie nahm ihn fest in die Arme und küsste ihn, ohne sich darum zu kümmern, ob ihr die Bombayer Polizei eine Anzeige wegen unsittlichen Benehmens verpassen würde. Vielleicht hoffte sie ja sogar, festgenommen und angeklagt zu werden, dann wäre sie vorbestraft und dürfte das Land nicht verlassen. „Du hast deine Meinung geändert?"

„Nicht die Meinung geändert; nur den Stichtag um ein Jahr vorverlegt."

Gleich am nächsten Tag gingen sie zu einem Immobilienmakler, dessen Namen Belle von einem ihrer Bürokollegen hatte.

„Wie viel können Sie anlegen?", fragte der Makler. Er war ein fetter Mann, der sich ständig mit einem zusammengefalteten Taschentuch über die Stirn wischte und anschließend energisch die Achselhöhlen rieb in der vergeblichen Hoffnung, sie trocken zu bekommen. Grinste er Belle anzüglich an? Eddie war sich nicht sicher. Vielleicht war er überempfindlich und beargwöhnte etwas, dessen sich der Mann überhaupt nicht bewusst war.

Realistisch betrachtet, überhaupt nichts, hätte Eddie gern erwidert, ahnte aber, dass diese Art von Humor nicht gut angekommen wäre.

„Können wir nicht einfach nur eine Wohnung mieten?"

„Aber ganz gewiss. Nur, eine Kaution werden Sie auch hierfür bezahlen müssen."

„Auf wie viel würde das kommen?"

„Zwischen fünf- und achttausend für eine Zweizimmerwohnung."

Eddie sah Belle an, damit sie ein Gegenangebot machte. Was spielte es schon für eine Rolle, ob der Makler vierzehn- oder vierhunderttausend sagte? Sie hatten das Geld sowieso nicht.

„Dreitausendsiebenhundert", sagte Belle.

Er hatte einen runden Betrag erwartet, etwas wie drei- oder viertausend. Woher hatte sie diese genaue Summe?

„Oh." Der Makler klang enttäuscht. „Ich hatte auf einen höheren Betrag gehofft, dann hätte ich Ihnen bessere Wohnungen zeigen können."

„Geht uns genauso. Aber wir haben nicht mehr."

Der Makler zeigte ihnen drei Einzimmerwohnungen: eine in Kandivali, eine andere in Antop Hill und die letzte in Thana. In allen dreien gab es nur Gemeinschaftsklos für jede Etage.

„Wie steht's mit der Wasserversorgung?"

„Rund um die Uhr."

„Vierundzwanzig Stunden am Tag?"

„Selbstverständlich. Wozu bräuchte man sonst Wasserhähne?" Der Makler sah Belle an und erkannte, dass er ein bisschen zu dick aufgetragen hatte. „Ich möchte nicht unhöflich sein, aber was erwarten Sie bei dem Preis? Ich will ehrlich sein, das ist keine Wohnung für Leute wie Sie."

„Es wäre nur für ein Jahr. Was meinst du, Eddie?"

„Wenn es für dich okay ist, bin ich dabei."

„Welche von den dreien?"

Eddie lächelte. „Das überlass ich dir, Belle."

„Bis wann müssen wir Ihnen Bescheid geben?"

„Je eher desto besser. Wir sind hier in Bombay, es gibt mehr als genug Interessenten."

„Wir melden uns so bald wie möglich."

„Keine Garantien – ich kann versuchen, Ihnen eine der Wohnungen zu reservieren, aber nur wenn Sie mir sagen, welche."

Belle sah Eddie hilfesuchend an, doch er lächelte lediglich und zuckte die Achseln. Was konnte er schon sagen? Viel Auswahl gab es nicht. Die eine war so gut oder schlecht wie die andere.

„Die dritte." Doch als sie schon gehen wollten, änderte Belle ihre Meinung. „Nein, sagen wir die erste. Wenn wir den Zug in die umgekehrte Richtung nehmen, ist die nächste Station Borivali. Von Borivali gehen viele Vorortzüge ab. Das würde uns das Leben deutlich erleichtern. Wir sagen übermorgen Bescheid."

„Wie bist du gerade auf dreitausendsiebenhundert gekommen?", fragte Eddie auf dem Weg zurück.

„Das ist die Summe, die ich von meinem Gehalt beiseitelegen konnte. Tatsächlich sind es, glaub ich, hundertfünfundzwanzig weniger, aber ich hoffe, dass ich diesen Monat etwas mehr sparen kann und dann auf diesen Betrag komme. Ich dachte, mit etwas Glück schießt dir deine Werkstatt etwas vor."

„Da habe ich meine Zweifel. Die Firma gibt Lehrlingen grundsätzlich keine Darlehen."

„Versuchen kostet nichts. Das Schlimmste, was dein Chef tun kann, ist Nein sagen. Mehr nicht."

„Wann soll ich das Aufgebot bestellen?"

„Das mache ich morgen selbst, das Standesamt ist ganz bei uns in der Nähe."

Am nächsten Tag kam Eddie in der Mittagspause in Belles Büro. „Ich hab gute Nachrichten", sagte er, als sie im Lift hinunterfuhren. „Ich habe mit dem Leiter der Abendschicht gesprochen. Er sagte, ich wäre ein guter Arbeiter und er würde den Chef bitten, mir einen Vorschuss von tausend Rupien zu geben. Ich habe mit Pieta gesprochen, und sie hat sich bereit erklärt, mir weitere tausend zu leihen. Ich glaube, wir kriegen das hin."

Belle sagte: „Das ist toll! Gehen wir eine Tasse Kaffee trinken."

„Sollen wir ins Pyrke's?"

„Etwas Ruhigeres wäre vielleicht besser."

„Wie wär's mit dem Volga?"

„Ja, aber da ist jetzt auch Lunch-Zeit. Aber gut, dort wird es ruhiger sein als im Pyrke's."

„Möchtest du etwas essen?", fragte sie ihn zerstreut, nachdem sie Kaffee bestellt hatte. Er schüttelte den Kopf. „Was ist los, Belle? Irgendetwas stimmt nicht mit dir, du verschweigst mir was."

„Du hattest absolut recht, Eddie."

Er lächelte. „Das ist das erste Mal überhaupt, dass du so etwas sagst. Es stimmt wirklich was nicht mit dir!"

„Du hast versucht, mir etwas Vernunft einzubläuen, aber ich wollte ja nicht hören. Es tut mir leid, Eddie, erst machst du wegen mir das ganze Tamtam mit dem Makler mit und ich bring dich dazu, um ein Darlehen zu bitten, und dann lass ich dich hängen. Ich ... ich klinge wie ein Snob, wenn ich das sage, aber ich halte die Vorstellung nicht aus, vor einer Gemeinschaftstoilette anstehen zu müssen. Und als wär das nicht schon schlimm genug, müsste ich in Bandra auf die Harbour-Linie umsteigen, wenn wir die Wohnung in Kandivali nehmen. Wenn wir uns für das Zimmer in Thana entscheiden, müsste ich zuerst den Bus nehmen, um zum Bahnhof zu kommen, und dann zusammen mit tausend anderen Frauen eine lang Stunde im Waggon gequetscht stehen, bevor ich V. T. Station erreiche, und dann hätte ich noch zehn Minuten bis zum Büro zu laufen.

Ich hasse mich dafür, dass ich dir das antue, aber ich habe das Gefühl, es ist besser, dir jetzt reinen Wein einzuschenken, als zuzusehen, wie unsere Ehe und vielleicht sogar unsere Zuneigung und Liebe vor die Hunde gehen. Es würde damit enden, dass wir uns gegenseitig hassen."

In diesem Moment wurden Eddie zwei Dinge gleichzeitig bewusst. Er war unglaublich erleichtert, nicht gezwungen zu sein, in eine dieser Wohnungen in Kandivali, Antop Hill oder Thana ziehen zu müssen. Gleichzeitig hätte er auf die Bibel schwören können, dass Belle ihn belog. Sie hätte, ohne zu murren, in einem dieser Löcher gehaust, bis sie es sich eben hätten leisten können, in eine bessere Bleibe zu ziehen. Dass sie jetzt einen Rückzieher machte, hatte nur einen einzigen Grund: Sie wusste, dass er es nicht ertragen hätte. Wenn einer von ihnen ein Snob war, dann er. Er war in einem Chawl geboren und hatte sein ganzes Leben lang dort gewohnt. Gemeinschaftsklos und öffentliche Wasserhähne waren für ihn nichts Ungewohntes, aber so weit wegzuziehen, nur um in einem weiteren Chawl zu wohnen, hätte all seine überzogenen Träume von einem besseren Leben zunichte gemacht.

Er erinnerte sich an ein Sprichwort, das Großmutter ihm und Pieta oft vorsagte: „Greif nach den Sternen, und du erreichst vielleicht den Wipfel des Baums." Er hatte tatsächlich nach den Sternen gegriffen, nach dem Star-Sein gestrebt und hatte als Statist geendet. Wie seine Mutter, die ihr halbes Leben davon geträumt hatte, in eine große, komfortable Wohnung umzuziehen, hatte auch Eddie den Wunsch, in ein Apartment mit Balkon im elften Stock aufzusteigen, doch wäre da nicht Belle gewesen, hätte er ein Wohnloch gegen ein anderes getauscht und wäre, wer weiß, nie wieder dort rausgekommen.

„Dann lass uns heiraten! Danach können dich deine Eltern nicht mehr zwingen, nach London zu gehen."

„Stimmt. Aber meine Mutter würde mich sicherlich aus dem Haus werfen. Und wo sollte ich dann hingehen?"

Darauf hatte Eddie keine Antwort. Er hätte Belle gerne aufgefordert, zu ihm zu ziehen. Aber es war die Wohnung seiner Mutter, nicht seine, und während Großmutter und Pieta sie mit offenen Armen aufnehmen würden, hätte Violet mehr als deutlich zu verstehen gegeben, dass Belle dort nicht erwünscht war.

Eddie hatte ihn an dem Morgen, als sie beide auf dem Weg zu den Rajkamal Studios waren, einen Papagei und eine Parodie genannt. Er würde ihm schon zeigen, dass er alles andere war als das. Heute würde Eddie alles zurücknehmen müssen. Das Taxi würde zwar Ravans Hauptkanzel bleiben, aber er beabsichtigte, eine zweite Front zu eröffnen. Nach diesem einen Mal hatte er die Soutane im Taxi nicht mehr getragen, allerdings nur, weil er begriffen hatte, dass seine Erfolgsquote höher ausfallen würde, wenn er zu großen Menschenmengen sprach, statt zu versuchen, seine Fahrgäste einzeln zu bekehren. Anfangs hatte er überlegt, Jesus zur Statistengewerkschaft in Saat Rasta zu tragen, aber das wäre kurzsichtig gewesen. Auf diese Weise hätte er lediglich einen geringen Teil der Menschheit retten können.

Gescheiter würde es sein, wenn er zu einem Studio ging, in dem gerade eine Sing-und-Tanz-Szene mit männlicher und weiblicher Besetzung gedreht wurde, hier könnte er nicht nur zwei Fliegen mit einer Klappe schlagen, sondern vielleicht sogar zweihundert Fliegen auf einen Schlag retten.

Heute war der große Tag. Eddie, Asmaan und er waren zusammen mit hundert weiteren Statisten und Statistinnen zu einem Zwei-Tage-Dreh in den Rajkamal Kalamandir Studios engagiert worden. Ravan hatte die Operation bis ins kleinste Detail durchdacht. Er hatte seine Ansprache vorbereitet und sie im Taxi vor dem Spiegel einstudiert. Sie würde als eines der bewegendsten Zeugnisse der Macht unseres Herrn, die Menschheit zu retten, in die Geschichte des katholischen Glaubens eingehen. Eines war dabei so sicher wie das Amen in der Kirche: Statisten wie Statistinnen würden spätestens, wenn er zum Abschluss gelangte, in Tränen aufgelöst sein. Viele, vielleicht die meisten von ihnen, würden noch am selben Tag ihren Weg zu Jesus suchen.

Wie immer waren die Statisten längst geschminkt und eingekleidet, während die Stars noch in der Maske saßen. Genau diesen Augenblick wählte Ravan, um zum Kreis seiner Kollegen zu sprechen.

„Ihr fragt euch bestimmt, warum ich in einem Priesterrock vor euch stehe. Ich will es euch sagen. Vor einigen Monaten stand ich vor Jesus Christus, so nackt wie an dem Tag, als ich zur Welt kam. Leiblich war ich durchaus angezogen, so wie ihr und jeder andere auch, und ich war sicher, ich könnte Ihm sozusagen die Mütze über die Augen ziehen. Hatte ich das schließlich nicht auch mein Leben lang mit meiner Mutter, meinem Vater, meinen Freunden und jedem sonst auf der Welt getan? Ja, wahrhaftig, ich war überzeugt, Gott verschaukeln und reinlegen zu können! Schließlich war er Millionen Lichtjahre entfernt; er hatte noch den Rest der Menschheit, um den er sich kümmern musste. Wie hätte er denn wissen können, was ich da so trieb?" Ravan sah, dass Eddie die Menge verließ. Pech für ihn, wenn er nicht gerettet werden wollte! Wie Pater Agnello Ravan erklärt hatte, genügte es nicht, als Katholik geboren worden zu sein. Man musste auch dem Weg des Herrn folgen.

„Die Wahrheit ist: Verschaukelt und getäuscht habe ich nur mich selbst! Denn Jesus mag jenseits des fernsten Sterns im Universum wohnen, aber Er durchschaut einen. Er hat einen Röntgenblick. Und jetzt kommt das Erschreckende und zugleich das Ermutigendste: Er kann uns alle gleichzeitig durchschauen. Ja, er kann genau in diesem Augenblick euch und mich erkennen. Er späht in eure Herzen und in meines; in euer Gewissen und in meines. Stellt euch nur vor – jede unserer Sünden ist ein offenes Buch für Ihn!"

Ravan blickte auf seine Gemeinde und bemerkte eine Unruhe in der Menge. Verflucht, natürlich musste genau in dem Moment, in dem sie ihm buchstäblich an den Lippen hingen, ein Eindringling auftauchen und Unruhe stiften! Der Rüpel stieß die Leute beiseite und ging geradewegs auf Asmaan zu. Doch Ravan würde sich nicht von irgendeinem hergelaufenen Spielverderber entmutigen oder aus dem Konzept bringen lassen. „Ich stehe vor euch, ein demütiger Sünder", fuhr er mit erhobener Stimme fort,

„der das Glück hatte, von Jesus Christus errettet zu werden! Und nun möchte ich auch euch, meine Freunde, erretten! Ich bitte um nicht mehr als fünf Minuten."

Die fünf Minuten, um die er gebeten hatte, bekam Ravan allerdings nicht. Der Eindringling zerrte Asmaan bei den Haaren aus der Menge. Es geschah so schnell, dass Ravan meinte, er bilde es sich nur ein. Der Mann ohrfeigte Asmaan immer wieder und schrie auf sie ein. „Ich hab dir nicht nur ein Mal, sondern Dutzende Male eingeschärft, mit dem Gehure aufzuhören! Aber du dachtest, dein Bruder macht nur Sprüche! Jetzt weißt du es besser! Wenn du noch ein einziges Mal aus der Reihe tanzt, mein Wort darauf, dann bist du tot!"

Der Bruder verdrehte Asmaan den Arm, bis sie wie ein Taschenmesser zusammenklappte, und trat ihr dann heftig gegen die Brust. Die übrigen Statisten und Statistinnen schauten mit sprachlosem Entsetzen zu. „Aufhören!", schrie Ravan und öffnete die unteren Knöpfe seines Priesterrocks, während er auf den Mann zustürmte.

Ravan konnte nicht glauben, wie blind er und Eddie gewesen waren. Hatten sie wirklich geglaubt, Asmaan schreibe an einem Drehbuch? Selbst ein Idiot hätte hinter all ihren lustigen, überdrehten Sprüchen erkennen müssen, dass sie von ihrem eigenen Leben sprach. Der einzige Grund, warum sie an ihrer Geschichte vom Drehbuch festhielt, an dem sie angeblich zusammen mit ihrem Bruder arbeitete, war, dass sie sich für ihre Familie schämte. Sie hätten es besser wissen sollen; sie kamen ebenfalls aus den Chawls, wo sich nichts verbergen ließ. Wie hatten sie nicht sehen können, dass Asmaan deswegen Selbstverteidigung lernen wollte, weil sie wusste, wie sehr sie in Gefahr war? Anstatt ihr einen Crashkurs in aggressiver Selbstverteidigung zu geben, hatten sie mit ihr bei Null angefangen. Bei dem Tempo wäre sie, mit Glück, in drei, wahrscheinlich eher in fünf Jahren imstande, sich Angreifer vom Leib zu halten.

Ravan war kein Zwerg, aber sein Gegner war gut eins fünfundachtzig groß und gebaut wie eine Planierraupe. Er war sichtlich stolz auf seine überdimensionale Muskulatur und hatte seine Ärmel hochgekrempelt, um sie besser zur Geltung zu bringen. Als er den Priester näherkommen sah, hielt er Asmaans Kopf zwischen seinen Händen und rammte ihr das Knie ins Gesicht, dann wartete er auf Ravan, den Kopf leicht nach vorn gebeugt, die Füße auseinander, aber fest auf der Erde. „Ich warne dich, misch dich nicht in eine Privatangelegenheit zwischen Bruder und Schwester ein! Du wirst es bereuen!"

Ravan vermutete, dass die Strategie von Asmaans Bruder (wie zum Teufel hieß der Kerl noch mal?) darin bestand, seinen Gegner zu packen und ihm einen kräftigen Stirnstoß ins Gesicht zu verpassen, um ihn zu desorientieren, ihn anschließend in die Luft zu stemmen, ihn wie einen Heli-Rotor herumzuwirbeln und schließlich auf den Boden zu schmettern. Ravan war nur noch einen halben Meter von ihm entfernt, als er abhob. Der Priester in spe flog höher und höher und höher, vollführte im Scheitelpunkt seines Sprunges eine halbe Drehung und begann – seine Soutane ausgebreitet wie das Gewand eines tanzenden Derwisches – den Abstieg hinter dem Rücken des Bruders. Ja, Yaqub, so hieß er! Yaqub stand mit gekrümmten Schultern da und wartete darauf, dass Ravan vor ihm landete, um ihn mit der vollen Wucht seines Kopfstoßes zu zermalmen. Ravan brauchte nichts weiter zu tun, als Yaqubs aufgestaute, nach vorwärts gerichtete Energie gegen ihn selbst einzusetzen, indem er ihm von hinten einen Stoß mit der Fußspitze verpasste. Yaqub ging wie ein Erdrutsch zu Boden und blieb reglos bäuchlings liegen. Als er wieder zu sich kam, hielt Ravan ihn mit dem Knie am Boden fixiert, während er mit beiden Händen seinen rechten Arm packte und abrupt nach hinten verdrehte. Ein Knirschen war zu hören, als der Oberarmknochen fast aus der Gelenkkapsel sprang, und Yaqub vor Schmerz das Bewusstsein verlor.

Ravan hatte achtzig Sekunden gebraucht, um den Mann außer Gefecht zu setzen. Yaqub keuchte und gab schauerliche Geräusche von sich. „Ich habe Beziehungen!", sagte er. „Beziehungen zu Leuten, mit denen keiner, der seine fünf Sinne beisammen hat, sich würde anlegen wollen! Ich rede mit *Chhote-bhai*, und er macht dich fix und fertig! Du wirst den Tag verfluchen, an dem du geboren wurdest! Du wirst nach deiner Mutter schreien, nach deinem Gott, du wirst Bhai-sahab um Gnade anflehen, um dein Leben betteln, aber es wird dir nichts nützen!"

Ravan hörte dem Mann aufmerksam zu und schaute dann zu Eddie hinüber, der irgendwo Wasser geholt hatte und dabei war, Asmaans blutverschmiertes Gesicht mit einem feuchten Tuch abzuwischen. „Yaqub hat mir richtig Angst gemacht, Eddie. Ich hatte keine Ahnung, dass er so tolle Connections hat. Ich piss mir schon jetzt in die Hose. Sag ihm bitte, wenn Bhai-sahab, wer immer das sein mag, nach seiner Pfeife tanzt, werden seine Schläger bestimmt kommen und mich ins Jenseits befördern." Ravan sah sich wehmütig um, als sei es sein letzter Blick auf diese Welt. „Doch sollte Yaqub seine Schwester noch ein einziges Mal anrühren" – hier atmete Ravan tief ein –, „und wenn auch nur im Überschwang brüderlicher Zuneigung, werde ich aus dem Totenreich zurückkehren und dafür sorgen, dass er mich dorthin zurückbegleitet."

Eddie kam herüber und kauerte sich neben Yaqub. „Lieber Freund, du tätest besser daran, den Priester ernst zu nehmen. Er hat eine direkte Leitung zu Gott. Glaub mir, mag Bhai-sahab auch auf deiner Seite sein, Gott ist es nicht. Der Allmächtige hält zu meinem Freund. Und es wäre ja möglich, nur rein theoretisch, dass der liebe Gott ein Quäntchen mächtiger ist als dein Bhai."

Dieses Gespräch um zwei Ecken zwischen Yaqub, Eddie und Ravan hatte einen unerwarteten Nebeneffekt. Niemand, mit Sicherheit nicht Yaqub, hatte zwischen den zwei Statisten vermittelt, es war kein Waffenstillstand erklärt worden und die beiden hatten keinen Augenblick Zeit gehabt, die Friedenspfeife zu rauchen. Trotzdem verließen Eddie und Ravan, nachdem für den Tag abgedreht war, Rajkamal Kalamandir und machten sich auf den Heimweg ohne eine Spur von Spannungen oder Feindseligkeit, die noch am Morgen zwischen ihnen geherrscht hatten.

„Das sind sie! Schnappt sie euch! Lasst sie nicht entkommen!", brüllte Yaqub von der anderen Straßenseite aus, wo er Wache gehalten hatte. Da waren sieben Männer mit Stöcken und Eisenstangen, Asmaans Bruder nicht mitgerechnet. Ein Blick auf sie, und Ravan und Eddie wussten, dass pure, unverfälschte Feigheit das Gebot der Stunde war. Ohne sich anzuschauen, nahmen sie die Beine in die Hand. Zu spät. Sie kamen keine zwanzig Meter weit. Der Ausgang stand nicht einen Augenblick in Zweifel. Das war kein Kung-Fu-Streifen aus Hongkong, kein Ketchup-Splatter-Hindi-Film, keine James-Bond-Phantasie. Ravan und Eddie wurden getreten, geschlagen, geprügelt, vertrimmt und verdroschen, aber sie gingen keineswegs untätig in den Untergang.

Sie hatten noch nie zusammen trainiert, aber sie waren geübte Spieler und jeder auf seinem jeweiligen Gebiet so gut, dass sie sich intuitiv verständigten. Sie verwandelten sich in wirbelnde Tornados, sie zogen sich in sich zusammen, um sogleich wie Schweizer Offiziersmesser mit neunzehn tödlichen Werkzeugen auseinanderzuschnellen. Sie führten einen Tanz auf, der jahrhundertelang choreographiert, aber niemals geprobt worden war. Sie kämpften um ihr Leben.

Der erste Regieassistent des Films, ClickClick Kapil, der an der Bushaltestelle vor dem Mehboob Studio gewartet hatte, rannte zum Polizeiposten an der Ecke, aber das war gar nicht nötig. Fünf von den Feinden lagen bereits auf den Brettern, und das Gleiche galt für Eddie und Ravan. Doch wenigstens waren sie an diesem Abend zu dem geworden, wonach sie sich all die Jahre gesehnt hatten. Sie waren Helden, und zwar keine der Leinwand, sondern echte, die für die gute Sache kämpften.

„Genug herumgespielt!", brüllte Yaqub seinen Leuten zu. „Macht endlich Schluss mit den Scheißkerlen!"

Es ergab wenig Sinn, zwei so gut wie tote Männer noch zu töten, aber die Messer waren gezückt, und Ravan und Eddie blieb nicht mal die Zeit, ein letztes Gebet zu sprechen, als abrupt ein schwarzer Dodge bremste und ein bulliger Mann in schimmerndem grünem Hemd, schwarzer Hose und Sonnenbrille ausstieg.

„Was tun Sie denn hier, Chhote Bhai-sahab?“, fragte Yaqub erschrocken.

„Was glaubst du, was du hier tust, Yaqub?“, konterte der Mann mit der Sonnenbrille. „Salmaan hat mir gesagt, du hättest sieben unserer Männer für eine private Racheaktion mitgenommen. Du verdammter Schwachkopf! Hast du mich um Erlaubnis gefragt, bevor du beschlossen hast, ein Held zu sein und diesem Pawar eine Lektion zu erteilen? Hast du überhaupt eine Ahnung, wer er ist?“ Chhote-bhai, wer immer er sein mochte, legte eine Kunstpause ein, um die Spannung, die sich aufgebaut hatte, noch um einen Dreh höherzuschrauben. „Er ist *Bade-bhais* Glücksbringer!“

„Sie machen Witze, ja?“ Yaqub lachte theatralisch.

„Arschloch, seh ich so aus, als würde ich Witze machen?“

„Woher hätte ich das denn wissen sollen, Boss?“ Yaqubs Großspurigkeit war restlos verflogen.

„Von dir wird nicht erwartet, dass du irgendetwas weißt, du dummer Dreckskerl! Deshalb bin ich dein Boss! Damit ich dir genau sage, was du zu tun und was du zu lassen hast!“ Eine Polizeisirene unterbrach Chhote-bhai. „Verfrachte deine Männer in Taxis und verschwinde, bevor die Polizei hier ist! Wenn du erwischt wirst, bist du auf dich gestellt.“

Der Mann stieg rasch in seinen Dodge, und der Wagen brauste davon.

24

Als Pieta das Krankenhaus erreichte, war es fast zehn. Jemand, der sich ClickClick nannte, war kurz vor acht Uhr abends zum Chawl gekommen und hatte die Familie informiert, Eddie und Ravan seien in eine Schlägerei geraten und ins Cooper Hospital in Juhu gebracht worden.

„Sie brauchen uns die schlechte Nachricht nicht bröckchenweise zu verabreichen", sagte Violet. „Sagen Sie uns einfach die Wahrheit."

ClickClick schaute verdutzt. „Wie bitte?"

„Ich wusste es! Ich habe Eddie nicht nur ein Mal, sondern unzählige Male vor dem Umgang mit diesem Jungen aus dem vierten Stock gewarnt! Erst hat er Victor erwischt und jetzt hat er mir meinen Sohn genommen."

ClickClick blickte noch verwirrter drein. „Niemand hat Ihnen ihren Sohn genommen, gnädige Frau. Er und Ravan sind verletzt, das ist alles."

Violet war nicht überzeugt. Als sie das letzte Mal ins Krankenhaus gegangen war, in der Annahme, ihr Sohn liege in den letzten Zügen, hatte sich die Sache darüber hinaus als weit schlimmer entpuppt.

Pieta gelang es nicht, den Nachtpförtner davon zu überzeugen, dass sie die Schwester eines der Patienten auf der Trauma-Station war. Schließlich begriff sie, hier ihre Zeit zu vergeuden. In dieser Stadt gab es eine einzige Möglichkeit zu beweisen, dass man zu irgendjemandem in einer engeren Beziehung – als Frau, Schwester, Bruder, Mutter, Tochter, Vater oder Freund – stand: etwas Geld in Umlauf zu bringen. Als sie endlich die Station erreichte, musste sie sich am Türpfosten festhalten. Einige Patienten stöhnten und ächzten; ein paar brüllten aus Leibeskräften, während andere weinten oder Gott anriefen, er möge ihnen beistehen. So hatte die Leiterin ihrer Klosterschule, Schwester Theresa, die Hölle beschrieben: verlorene Seelen, die gepeinigt schrien und den Allmächtigen um Vergebung anflehten, obwohl es für Reue längst zu spät war. Doch das Schlimmste kam erst noch. Die Intuition ihrer Mutter war richtig gewesen. Als sie sich dem Bett ihres Bruders näherte, sah sie, dass der Körper vollständig mit einem weißen Laken bedeckt war.

„Wann ist er ...?"

„Ihm geht's ausgezeichnet. Die spielen hier alle gern Theater, um Mitleid zu erregen", sagte die Nachtschwester mürrisch und zog Eddie das Laken vom Gesicht. Es war zum Platzen geschwollen, und sein ganzer Körper war mit violetten Blutergüssen übersät. Neben dem rechten Ohr war er genäht worden, und er hatte drei gebrochene Rippen.

„Ich hab dich kommen sehen und dachte, du kriegst Angst, wenn du mich so siehst. Du hättest nicht kommen sollen."

Pieta hielt Eddies Hand und fragte sich, wie sie wohl in der Nacht ausgesehen hatte, als Ravan sie fünf Treppen hinunter zu seinem Taxi getragen hatte, nachdem sie ausgeweidet worden war. Eddie rollte sich auf die Seite.

„Kann ich etwas für dich tun?", fragte Pieta.

„Nein. Ich will nur aufs Klo."

Sie versuchte, ihn zu stützen, aber er verlor das Gleichgewicht und fiel wieder zurück aufs Bett. Sie wohnten zusammen in einem Raum, und „Intimsphäre" war für sie etwas, das sich größtenteils im Kopf abspielte, etwas, das sie sich gezwungenermaßen einbilden mussten, wann immer sie sich umzogen, sich wuschen oder es sie an einer peinlichen Körperstelle juckte. Und dennoch klammerten sie sich verbissener daran, als wenn sie allein in einem gottverlassenen Herrenhaus auf einem Hügel gewohnt hätten. Sie wünschte sich, sie hätte ihn ohne Umschweife fragen können, ob sie ihm helfen sollte, zur Toilette zu gehen, oder den Hilfspfleger bitten, eine Bettpfanne zu bringen, aber sie hatte Hemmungen, über Dinge zu reden, die mit Körperfunktionen zu tun hatten.

Sie fühlte sich ihrem Bruder so nah, als sei sie an sein Nervensystem angeschlossen. Sie zuckte gequält zusammen, als der Schmerz der gebrochenen Rippen in seine Brustmuskeln hinaufzüngelte und sie sich verkrampften und ihm den Atem nahmen. Als die Wirkung der Schmerzmittel bei ihm nachzulassen begann, pochte es auch in ihrem Kopf. Sie wusste, dass er auf die Toilette wollte, um stöhnen und schreien zu können, ohne sich darum sorgen zu müssen, wie sie darauf reagieren würde. Es wäre eine Erleichterung für ihn gewesen, wenn sie gegangen wäre.

„Soll ich die Schwester rufen?“, fragte Pieta. Wieder schüttelte er den Kopf.

Eddie wälzte sich auf die Seite, stand auf und schleppte sich schlurfend in Richtung Toilette. Pieta fragte ihn, was er am nächsten Tag gern zu Mittag haben wollte; vielleicht würde seine Mutter es ihm vorbeibringen. Sie selbst würde am Abend mit seinem Lieblingsgericht, Schweinefleisch-*vindaloo*, wiederkommen. Sie öffnete ihre Handtasche, um ihm etwas Geld dazulassen, als sie zischelnde, wispernde Geräusche hörte, als ob verlorene Seelen aus der Vorhölle versuchten, eine Botschaft zu übermitteln. Ihr gruselte an diesem Ort.

„Wo ist denn dein Freund Ravan?“, fragte sie, als ihr Bruder zurückkam.

Eddie zeigte auf das nächste Bett.

„Ich schau mal nach ihm.“

Sie wandte sich zum benachbarten Bett. Alles, die Betten, Nachtkästen, Nierenschalen, die Blätter der Ventilatoren und die Patienten, war durch das Neonlicht aus dem Schwesternzimmer in eine gespenstische blau-violette Leichenblässe getaucht. Wer immer Ravan Pawars Gesicht auseinandergenommen hatte, hatte es recht schludrig wieder zusammengesetzt, wie Teile eines Puzzles, die nicht zusammenpassten. Das linke Auge war durch eine Aubergine ersetzt worden und das rechte bis auf einen schmalen Ritz fest verschlossen. Die Nase war ein altgedienter

Cricketball, dessen Nähte den Geist aufgegeben hatten und dessen Füllung jeden Augenblick hervorquellen konnte. Was die Lippen anging, so hätten sie einem mitten in einem Pazifik-Orkan als Rettungsring gute Dienste geleistet.

Pieta verfluchte den Tag, an dem sie Ravan zum ersten Mal gesehen hatte. Sie hatte ihm immer einen Vertrauensbonus eingeräumt, aber ihre Mutter hatte recht gehabt. Er bedeutete nichts als Ärger. Sie musste das Gesicht abwenden, um ihn nicht ansehen zu müssen.

„Als ClickClick kam, war Ihre Mutter in den Tempel gegangen, und Ihr Vater schlief entweder oder war ausgegangen. Deswegen bat ClickClick mich, Parvati-bai zu informieren. Ich habe beschlossen, selbst herzukommen und mir ein Bild zu machen, bevor ich sie unnötig beunruhige."

„Sagen Sie meiner Mutter bitte, dass sie sich keine Sorgen um mich zu machen braucht." Sie musste sich hinunterbeugen, um seine Stimme zu hören, die dünner als ein Rauchkringel war. „Es ist wirklich alles in Ordnung. Ich bin nur gestolpert und dumm gefallen."

„Ich werde nichts dergleichen tun!" Pieta regte sich dermaßen auf, dass sie Ravan am liebsten auch noch ein bisschen geprügelt hätte. „Was haben Sie dieser armen Frau schon alles zugemutet! Machen sie mit Ihrem Gerede, katholisch werden zu wollen, völlig verrückt und versuchen, mich mit Ihrer Soutane zu beeindrucken, als würde ich auf solch billige Tricks hereinfallen!"

Da tat Ravan etwas Unmögliches. Er versuchte zu lächeln.

„Was ist so komisch, Ravan?" Pieta ertrug es nicht, diese groteske Karikatur eines Clowns anzusehen.

Ravan schüttelte den Kopf. „Nichts."

„Also, ich kann Ihrer Mutter jedenfalls etwas Komisches erzählen!", sagte Pieta. „Dass Sie nichts dazugelernt haben, absolut gar nichts, obwohl Sie ein erwachsener Mensch sind; dass Sie noch immer versuchen, den Helden zu spielen. Ich werde sie morgen Abend mit hierhernehmen."

Vier Tage später brachte Parvati-bai auch einen unfrankierten Umschlag mit ins Krankenhaus. Mittlerweile hatten die Briefe ihren Überraschungseffekt und ihre Schockwirkung verloren. Nicht aber ihren widerwärtigen Geschmack und das unterschwellig Bedrohliche.

Glücksbringer,

die Arithmetik, die man uns in der Schule beibringt, unterscheidet sich von der Arithmetik des Lebens und der zwischenmenschlichen Beziehungen beträchtlich. Erstere ist exakt und geregelt. Sie lässt keinerlei Zweideutigkeit zu. Wenn du zwei mit zwei multiplizierst, oder eine siebenstellige mit einer neunstelligen Zahl, dann weißt du genau, woran du bist; solange du richtig rechnest. Wenn unsere Beziehungen zu unseren Angehörigen, Freunden, Arbeitgebern oder wem auch immer doch ebenso einfach wären! Wir müssten uns nur an die klar definierten Regeln halten, und es gäbe keinen Raum für Missverständnisse, Komplikationen oder Meinungsverschiedenheiten.

Erweist einem jemand eine Gefälligkeit, versteht es sich von selbst, dass man ihm auch dann etwas schuldig ist, wenn sie nicht materieller Natur war. Je größer die Gefälligkeit, desto größer die Schuld. Und die Schuld wird immer größer, sofern man die Gefälligkeit nicht zu einem Zinssatz zurückzahlt, der sich in Wahrheit jeder genauen Berechnung entzieht. Je eher man irgendetwas zurückgibt, desto besser. Leichter gesagt als getan, denn wann gilt eine Schuld, die nicht in Zahlen zu bemessen ist, als abgegolten? Und wie errechnet man die Zinsen? Vor diesem Dilemma stehe ich, seit ich hierhergekommen bin.

Als ich ohne jede Vorbereitung und praktisch ohne Geldmittel an diesen gottverlassenen Ort floh, forderte ich früher geleistete Gefälligkeiten ein. Ich hatte jemandem vor langer Zeit geholfen, jemandem, den man in Ermangelung eines besseren Terminus als einen ehemaligen Banditen oder Straßenräuber bezeichnen könnte. Es war nichts Besonderes; offen gesagt, nur eine Kleinigkeit. Jetzt ist genau dieser Mann dabei, sich zu einem feinen Herrn zu entwickeln. Er ist noch immer in derselben Branche tätig, aber er hat inzwischen erheblich mehr Macht und Einfluss. Er genießt die Unterstützung zweier wich-

tiger Abgeordneter, eines Vater-Sohn-Gespanns. Die beiden haben den Ruf, zu den saubersten Mitgliedern des hohen Hauses zu gehören. Was daran liegt, dass mein gegenwärtiger Gastgeber die ganze Drecksarbeit für sie erledigt. Solange er ihre Interessen wahrnimmt, ihre Rivalen in Schach hält und bei Bedarf aus dem Weg räumt und natürlich dafür sorgt, dass das Stimmvieh sie wählt, werden Staatsanwaltschaft und Polizei ihn nicht behelligen.

Er hat mir Asyl und Schutz gewährt. Ja, mehr noch, er hat mir eine neue Chance gegeben. Ich stehe tief in seiner Schuld.

Die Zeiten ändern sich, und auch mein Gastgeber träumt davon, zu expandieren und in die Politik zu gehen. Er würde gern ehrbar werden. Aber alte Gewohnheiten sind schwer abzulegen, und er schafft es nicht, sich von seinen früheren Methoden zu verabschieden. Einer der größten Bundesstaaten steht nach Einbruch der Dunkelheit ganz unter seiner Kontrolle – und neuerdings oft auch bei Tage. Aber er hat keine Ahnung, wie man in den gehobenen Leistungssektor aufsteigt oder seine Angebotspalette erweitert. Das kommt mir sehr gelegen. Ich kann seine Unternehmen modernisieren und mich so für seine Gefälligkeit revanchieren. Seit ich hier bin, habe ich alle Hände voll zu tun – weit mehr, als es in Bombay der Fall war: Ich organisiere seine Interessen und Aktivitäten, seine Finanzen und Männer. Ich habe alle Arbeitsabläufe systematisiert und nach und nach das Chaos gebändigt, das aufgrund seines planlosen Geschäftsgebarens in all seinen Unternehmungen herrschte. Ob du's glaubst oder nicht – ich habe ihm sogar beigebracht, wenn er in Delhi zu tun hat, reine weiße handgewebte Khadi zu tragen. Er sieht nicht schlecht aus, er ist nur furchtbar unbeholfen und gehemmt, genauso wie ich es in meinen jungen Jahren gewesen sein muss.

Wie du siehst, Glücksbringer, versuche auch ich, wie du, meine Schulden auf Raten abzuzahlen. Doch während ich meinem Freund Gefälligkeiten erweise, lasse ich keineswegs meine eigenen Interessen aus den Augen. Einer seiner unschätzbaren Vorzüge ist die Tatsache, dass er ein paar Leute von ganz oben in der Tasche hat, besonders im Zentrum. Ohne mich aufzudrängen, bemühe ich mich, Kontakte zu ihnen und zu hohen Amtsträgern zu knüpfen. Es ist mir immer eine

Freude, ihnen Gefälligkeiten erweisen zu können. Dies hat keinen anderen Grund als meine mir angeborene Großzügigkeit. Gleichzeitig kann man nie wissen, wann man selbst etwas brauchen wird. Langsam, mit kleinen Schritten, arbeite ich darauf hin, zu meiner ersten Geliebten zurückzukehren, der Stadt, in der du lebst.

Khuda hafiz

P. S. Vergiss nicht, dass du mir noch immer etwas schuldest

„Ich hätte einen Vorschlag für euch", sagte ClickClick Kapil zu Ravan und Eddie, als die beiden endlich aus dem Krankenhaus entlassen wurden. „Ich habe mit dem Regisseur gesprochen, ManiyarSir. Ich habe ihm gesagt, dass der Endkampf zwischen Bharat und dem Schurken, Bonzai, einfach nicht hinhaut. Er hat keinen Saft, keine Kraft, keine Glanzlichter. Er ist so zahm wie ein Lamm, statt ein Tiger eines Fights zu sein. Während das die große Entscheidungsschlacht zwischen Gut und Böse sein soll, wie die zwischen Ram und Ravan (nicht persönlich gemeint, Ravan), ist Pappu Raghavans Sequenz nichts als eine Kindergartenprügelei. ‚Da will mir so ein hirnloser Regieassistent also erzählen, wie man einen Film dreht', sagte ManiyarSir zu mir. Er war stinksauer und forderte mich auf, den Set sofort, und zwar endgültig, zu verlassen. Ich befürchtete schon, das war's für mich in der Branche. Der Fight war bereits im Kasten, und ihn neu zu drehen würde nur die Kosten in die Höhe treiben. Aber es gab noch ein schwerwiegenderes Problem. Der Kinostart war schon bekannt gegeben worden. Ich hatte meine Klappe zu weit aufgerissen, aber offenbar kam ManiyarSir doch ins Grübeln.

Am nächsten Tag ließ er mich holen. ‚Hast du was Besseres auf Lager, Coppola? Einen Tiger eines Fights, wie du das nennst?', fragte er mich sarkastisch. Und ich sagte Ja, ich habe zwei Leute, die echte Tiger sind. Ich habe ihm die Fotos gezeigt, die ich während eures Unterrichts aufgenommen hatte, und ein paar von Ravan und Asmaans Bruder am Tag des echten Kampfes. Und dann von dem Kampf zwischen euch beiden und Yaqubs Gang.

‚Jeder Kampfsportlehrer kann so was', unterbrach er mich. ‚Die Frage ist: Können die auch die ganze zwölfminütige Sequenz choreographieren und ausführen?'

Ich verspreche euch nichts; es ist nur ein Schuss ins Blaue. Ein unverbindliches Angebot. Er hat den Kampf schon. Eure einzige Chance ist, ihn davon zu überzeugen, dass eure Konzeption und Ausführung um so viel besser sind, dass ihm nichts anderes übrig bleibt als nachzudrehen."

„Können wir Pappu Raghavans Finale sehen?"

„Das dürfte sich machen lassen, Ravan."

„Bis wann will er es haben?", fragte Eddie.

„Ach, vorgestern reicht völlig."

„Wir sind körperlich völlig aus der Form, das wissen Sie. Unsere Muskeln sind steif. Schauen Sie sich Ravan an, er hinkt immer noch. Und wir haben beide Narben im Gesicht. Wir werden mindestens einen Monat brauchen, um wieder ein bisschen in Form zu kommen."

„Die Gesichter spielen keine Rolle. Ihr werdet ohnehin nie in Nahaufnahme gezeigt. Zwei Wochen, länger wird ManiyarSir nicht warten. Pappu hat für den ganzen Dreh eine Woche bekommen. Wenn er mit eurer Arbeit zufrieden ist, bekommt ihr zwei Tage."

Sie sahen sich den Endkampf zwischen Bharat und Bonzai ein Dutzend Mal an, aber sie konnten nicht genau ausmachen, was darin schiefgelaufen war. Pappu Raghavan war nicht auf den Kopf gefallen. Er mochte einer von der alten Schule sein, aber er beherrschte sein Geschäft. Die Kampfsequenz war professionell konzipiert, sehr diszipliniert und straff ausgeführt. Aber irgendetwas fehlte. Sie schauten sie sich immer und immer wieder an. Sie machten sich jeder für sich an die Arbeit und komponierten den Kampf vom Standpunkt ihrer jeweiligen Kampfkunst aus; sie versuchten es mit einer Mischung aus beiden, probierten einen Freistil-Approach aus, angereichert mit einer Prise Kickboxen und dem Affenzirkus und Schmierentheater, das in Bombay als

Wrestling verkauft wurde, aber aus irgendeinem Grund wurde daraus kein Ganzes. Das Endergebnis sah dilettantisch und zerfahren aus. Da bekamen sie nun die Chance ihres Lebens, und sie hatten einfach nichts zu bieten.

Wenn sie überhaupt durchhielten, dann nur deswegen, weil sie morgens und abends jeweils eine Stunde unter den Händen ayurvedischer Masseure verbrachten, die ihre Muskeln, Knochen und inneren Organe kräftig durch die Mangel drehten. Es war unheimlich, wie sie anschließend immer das Gefühl hatten, ihre zerschlagenen Körper seien zu starren Holzbalken, ihre Gehirne dafür zu Brei geworden. Zusätzlich trainierten sie täglich vier Stunden.

Am Tag bevor sie ManiyarSir ihre Version vorführen sollten, trafen sie ClickClick und sagten ihm, es tue ihnen leid, aber es haue einfach nicht hin.

Er setzte dazu an, etwas zu sagen, überlegte es sich dann jedoch anders. Er versuchte es noch drei Mal, so als könnte sein Zorn es nicht erwarten, ausgespien zu werden. Aus unerklärlichen Gründen aber schaffte er es nicht.

„Geht nach Haus", sagte er leise, und seine Worte taten umso mehr weh, als sie völlig hoffnungslos klangen. „Ihr seid Statisten, und ihr werdet immer Statisten bleiben. Was mich angeht, ist meine Laufbahn beim Film zu Ende. ManiyarSir ist ein nachtragender Mensch, der eine Beleidigung sein Leben lang nicht vergisst."

„War nur ein Scherz!", sagte Ravan. „Eddie hat eine Bombenidee in der Hinterhand. Wir sehen uns morgen im Famous Studio, eine Stunde vor der Präsentation für ManiyarSir."

Eddie lächelte bedeutungsvoll.

„Was zum Teufel war das eben?", fragte Eddie, sobald sie allein waren. „Bist du vollkommen übergeschnappt? Ich soll eine Idee haben? Mein Kopf ist leer wie eine Rumbarassel ohne ein einziges Steinchen darin!"

„Du weißt, wie die meisten Leute über uns reden; sie haben nichts als Verachtung für uns übrig. Selbst die anderen Statisten sehen auf uns herab. Sie sehen uns, und es ist, als schauten sie in den Spiegel. Tatsache ist, wir haben kein Selbstwertgefühl. Aber ClickClick hat etwas Besonderes in uns gesehen. Er glaubte, wir könnten ihm noch nützlich sein, und deswegen sprach er mit ManiyarSir. Er war verletzt, weil er sich von uns im Stich gelassen fühlte."

„Mag sein, dass du recht hast, aber was ändert das an unserer Lage? Wir sind so weit wie gestern oder vor einer Woche. Nämlich bei null."

„Ich werde den Gedanken nicht los, dass wir die Sache falsch angehen. Wir haben uns irgendwie festgefahren. Und mit ‚festgefahren' meine ich, dass wir versuchen sollten, das Problem von außen zu lösen."

„Was soll das heißen, ‚von außen'?"

„Als ob wir versuchen würden, ein Rätsel zu lösen. Aber das ist keins. Es ist ein Kampf auf Leben und Tod. Ich weiß, ich rede wirres Zeug, aber wir tun das Gleiche, was jeder Fight Director tut. Der Böse ist immer gleich. Er ist eben einfach der Schurke, er ändert sich nie. Er ist böse, einfach nur böse."

„Also worauf willst du hinaus? Dass wir Bonzai gewinnen lassen? Dafür sind wir nicht angeheuert worden, und es ist mit Sicherheit auch nicht das, was das Publikum sehen will."

„Ich weiß. Der Böse muss verlieren, aber jetzt überleg mal: Was, wenn er nicht so eindeutig negativ besetzt wäre? Was, wenn eine Veränderung erfolgte und das Publikum feststellen würde, dass es zumindest eine Spur von Mitgefühl mit dem Schurken empfindet?"

„Ich glaube, ich weiß, worauf du hinaus willst. Wir gehen mit Bonzai die ganze Zeit wie mit einem Problem um, aber wir betrachten ihn keinen Augenblick als einen Menschen. Wir müssen uns in ihn hineinversetzen. Du und ich sind vielleicht der Meinung, dass er einfach eine Schraube locker hat, aber darauf kommt es nicht an. Bonzai ist überzeugt, dass ihm ein schreckliches Unrecht widerfahren ist, und das ist das Entscheidende! Deswegen ist er der fleischgewordene Hass. Er will abrechnen.

Nicht mit dir und mir und dem Rest der Menschheit. Er will mit Gott abrechnen."

„Ja, das ist es!", sagte Ravan aufgeregt. „Bonzai will sich an der ganzen Welt dafür rächen, dass er als Zwerg geboren wurde. Selbst wenn Gott versuchen sollte, ihn dadurch zu entschädigen, dass er auch den Rest der Menschheit in Zwerge verwandelte, wäre er nicht glücklich. Befriedigen würde es ihn nur, der einzige Riese in einer Welt von Zwergen zu sein!"

„Unsere Regisseure und Fight Directors vergessen es immer", sagte Eddie, als sie im Zug waren. „Der Held kann nur dann ein wirklicher Held sein, wenn sein Gegner ihm ebenbürtig ist. Wenn er nicht nur ein, zwei Tricks drauf hat, sondern die Fähigkeit besitzt, den Helden zu überraschen und möglicherweise sogar zu besiegen." Eddie hielt kurz inne, als versuchte er, einen Gedanken zu Ende zu führen. „Ich hab eine Idee. Mach du den Bharat, und ich bin Bonzai. Was immer du tust, werde ich zu übertreffen versuchen, was hältst du davon?"

Sie wussten, dass sie jetzt auf der richtigen Spur waren, gingen schnurstracks zur Sandarena in der Sportanlage der Sabha und fingen an, die Strategie der zwei Protagonisten zu improvisieren und sich, während die Sequenz nach und nach Gestalt annahm, Notizen zu machen. Was immer sie sich zurechtlegten, würde schlicht ausfallen müssen, denn für Special Effects reichte die Zeit nicht mehr. Die Kamera würde keinen von beiden je frontal in Nahaufnahme zeigen, und Eddies Einstellungen würden mit einer besonderen Vorsatzlinse gedreht werden, die ihn in einen Zwerg verwandelten. Sie arbeiteten die ganze Nacht; sie konstruierten jede Aktion als einen Dialog zwischen dem Helden und dem Schurken und choreographierten anschließend die gesamte Sequenz auf die Sekunde genau.

Bonzais geringe Körpergröße betrachteten sie nicht als Nachteil; im Gegenteil, sie verwandelten sie in seine tödlichste Waffe. Er krabbelt und er gleitet. Er ist extrem schnell und wendig, und sein Plan ist, Bharat auf Augenhöhe mit ihm selbst herunterzustutzen, indem er ihm die Beine absäbelt. Und ist er erst einmal niedergestreckt, hoch über ihm zu stehen und ihm mit seinem überlangen Schwert das Herz herauszuschneiden und es auf die Spitze des nationalen Fahnenmasts im Roten Fort von Delhi zu spießen. Zunächst ist er Bharat gegenüber eindeutig im Vorteil. Der Entscheidungskampf spielt sich auf der langen Dachterrasse eines noch im Bau befindlichen Hochhauses ab. Bonzai rollt sich zu einer winzigen kompakten Kugel zusammen und erreicht dabei eine solche Geschwindigkeit, dass er dem Kugelhagel, den der Held auf ihn abfeuert, unversehrt entkommt. Er nimmt Kurven wie ein kreischender Rennwagen und versucht, Bharat mit seinem Schwert die Beine abzuhacken. Bharat weicht zwar jedes Mal dem Hieb aus, doch nicht ohne schwere Blessuren davonzutragen. Seine Beine sind zerfleischt und bluten. Bharat kann sich kaum noch aufrecht halten und weiß, dass er erledigt ist. Bonzai zieht an dieser Stelle nicht die übliche Hindi-Filmschurken-Nummer ab und lacht melodramatisch. Stattdessen sagt er leise, aber deutlich: „Sprich ein Gebet, mein Freund. Geh und erzähl deinem Gott, dass Satan manchmal nicht nur den besseren Text, sondern auch die besseren Karten bekommt. Jetzt gehören alle drei Welten mir!“

Bharat versucht, ein letztes Mal aufzustehen. Seine Beine zittern, und er wankt, als Bonzai wie ein flammender Meteor auf ihn zugeschossen kommt. Bharat schließt die Augen und bricht zusammen. Das ist das Ende; für die Menschheit besteht keine Hoffnung mehr. Doch gerade, als Bonzai ihm den Todesstoß versetzen will, öffnet Bharat sein rechtes Auge einen winzigen Spalt, orientiert sich kurz, ergreift den Speer, der neben ihm am Boden liegt, und hält ihn über seinen Kopf direkt in die Flugbahn des Schurken. Es erklingt ein schrilles, durchdringendes Geräusch, der Speer wird Bharat durch die Wucht des Zusammenstoßes aus der Hand gerissen und schlägt weit hinter ihm auf.

Bharat stemmt sich langsam hoch. Er taumelt, er ist zerschlagen und verwundet, er schleppt sich die Terrasse entlang dorthin, wo der Speer liegt. Endlich erreicht er ihn und hebt ihn in die Höhe. Bonzai steckt darauf wie ein Schwein am Spieß, den Mund zu einem Schrei aufgerissen. Bharat klopft sich den Staub von den Kleidern, verzieht das Gesicht vor Erschöpfung und sagt: „Ich glaube, ich bleibe doch lieber bei Gott. Was meinst du, Bonzai?"

„Wie kommt es, dass unsere Namen nirgendwo auftauchen?" Der Entscheidungskampf war ein triumphaler Erfolg. Doch am Tag nach der Premiere fand ein nicht minder erbitterter Showdown zwischen Eddie, Ravan und ClickClick statt. „Nicht mal im Abspann? Wir sind noch immer nicht bezahlt worden, weder als Directors des letzten Kampfes noch als die Stuntmen, die ihn durchführen. Pappu Raghavan ist der Einzige, der als Fight Director namentlich genannt wird. Und selbstredend wurden wir nicht mal zur Premiere eingeladen und mussten die Karten für die reguläre Vorstellung aus eigener Tasche bezahlen!"

„Es tut mir leid. Das lag nicht in meinen Händen."

„Und was können wir uns dafür kaufen, dass es Ihnen leid tut? Wir wollen im Vor- und im Nachspann als die Fight Directors des letzten Kampfes genannt werden!"

„Bei zehn von den elf Kampfsequenzen hat Pappu Raghavan Regie geführt. Also kam sein Name rein."

„Aber wir haben die alles entscheidende Szene gemacht, die letzte!"

ClickClick zuckte die Achseln. „Was erwartet ihr von mir? Die Sache ist gelaufen."

„Was soll das heißen, die Sache ist gelaufen?", schnauzte Eddie ClickClick an. „Sie sind zu uns gekommen und haben gesagt, die letzte Sequenz, so wie Pappu sie gedreht hatte, würde nicht hinhauen! Sie haben uns um Hilfe gebeten! Wir waren gerade aus dem Krankenhaus entlassen, und Sie wissen, dass wir noch nicht einmal mit der Physiotherapie angefangen hatten. Und trotzdem haben wir geliefert. Nicht nur das, auch die paar Dialogzeilen in dieser Sequenz stammen von uns. Fast jeder, der den Film gesehen hat, kann sie auswendig. Und ‚Bharat' fährt im ganzen Land karrenweise Knete ein! Wir haben unseren Teil getan. Wie wär's, wenn Sie jetzt den Ihren täten?"

„Nur dass eines klar ist – ihr habt mir keinen Gefallen getan. Gemacht habt ihr es, weil ihr nie wieder eine solche Chance bekommen hättet."

„Keiner bestreitet, dass wir die Gelegenheit ergriffen haben, weil wir dachten, das sei die Chance unseres Lebens", fiel Ravan ein. „Aber wenn unsere Namen nirgendwo erwähnt werden, kann keiner wissen, dass wir den letzten Kampf konzipiert haben und nicht Raghavan. Was nützt einem dann die einmalige Chance?"

„Glaubt ihr wirklich, die hätten mich nach meiner Meinung gefragt, als sie den Vorspann drehten?"

„Aber jetzt wissen Sie Bescheid, und Sie können von der Produktion verlangen, dass der Vorspann neu gedreht wird."

„Wie lange seid ihr schon in der Branche? Wisst ihr nicht, dass ich nur Regieassistent bin? Das ist so nah am Fußabtreter, wie man überhaupt nur kommen kann." Er schwieg einen Moment und drehte dann das Messer in der Wunde herum. „Außer natürlich, man ist Statist. Geht das endlich in euren Schädel? ManiyarSir würde Vor- und Abspann nur für große Namen umschneiden. Nicht für eures- und meinesgleichen."

„Reden Sie von ManiyarSir oder von sich?", fragte Eddie aggressiv. „Sie werden nichts unternehmen, weil wir nur Statisten sind und Ihnen nichts mehr nützen können?"

„Glaubt ihr wirklich, ich wüsste nicht, wie übel man euch gelinkt hat? Meint ihr, ich bin stolz darauf, dass ich eure Namen nicht mal in den Abspann quetschen konnte? Wenn ‚Bharat' mich etwas gelehrt hat, dann, dass ich machtlos bin. Ich darf euch versichern, dass das kein erfreuliches Gefühl ist."

Vier Monate vergingen, und „Bharat" war auf dem besten Weg zu einem Silver, vielleicht sogar einem Golden Jubilee, aber Eddie ließ und ließ nicht locker. Ravan meinte, es habe keinen Sinn, es weiter bei ClickClick zu versuchen. Der Regieassistent schien beruflich ebenfalls auf der Stelle zu treten. Er schaffte es zwar weiterhin, gelegentlich einen Auftrag zu bekommen, zum größten Teil allerdings für schäbige C-Filme, die nur Soft-Pornos oder bluttriefende Horrorfilme für die rückständigsten Regionen der rückständigsten Staaten der Union waren. Eine Zeit lang spielte er tatsächlich mit dem Gedanken, der Statistengewerkschaft beizutreten, aber dann kam er stattdessen als freier Pressefotograf bei einem glamourösen Lifestyle-Magazin unter.

„Was soll uns das einbringen?“, gab Ravan zu bedenken. „Es gibt ja doch bloß Streit. Letztes Mal hatte ich schon Angst, es würde mit Prügel enden.“

„Nur dieses eine Mal. Ich verspreche, mich zu benehmen.“

Als ClickClick die Tür seines winzigen Kabuffs öffnete und sie sah, sackten seine Schultern herunter. „Nicht ihr schon wieder. Was wollt ihr von mir? Soll ich mich noch mal entschuldigen? Also bitte, hier. Nicht nur ein, sondern drei Mal. Tut mir leid, tut mir leid, tut mir leid! Jetzt geht bitte und lasst mich in Frieden.“

„Wollen Sie uns nicht hereinbitten? Ich habe ein Lied für Sie“, sagte Eddie, während er die Bongos, die er mitgebracht hatte, auspackte und anfing, leise zu trommeln.

Großer Fisch frisst kleinen Fisch.
Kleiner Fisch frisst klein’ren Fisch.
Klein’rer Fisch frisst noch kleineren.
Und was ist mit dem Kleinsten?
Den beißen die Hunde.

Wird kleiner Fisch zum großen Fisch
Vergisst er prompt, wie klein er war,
Nicht weit von den Zähnen der Hunde.
Der Maharadscha denkt nicht dran
Dass sein Ahn als Strauchdieb begann,
Nie allzu weit vom Galgen.

Pass also auf
Du kleiner Fisch
Dass du nicht auch
Als Hundefutter endest!

„Kannst du das bitte noch einmal singen?“, fragte ClickClick Eddie.

„Sie machen wohl Witze.“

„Nein, im Ernst.“

Diesmal stimmte ClickClick in den Gesang mit ein. Er sang so schief, dass Eddie Mühe hatte, ihn zu übertönen. Click-Click lud sie danach zum Abendessen ein, als sei ihm nicht bewusst, dass sie eine Auseinandersetzung gehabt hatten oder das Lied ihn hätte daran erinnern sollen, dass er ihnen in den Rücken gefallen war und er sich dafür gefälligst schämen sollte.

„Ich hätte auf dich hören sollen“, sagte Eddie zu Ravan auf dem Heimweg. „Ich glaub ihm kein Wort davon, dass er angeblich auch keine Aufträge mehr kriegt!“

„Scheint aber doch zu stimmen, nach allem, was man so hört. Wer bei ManiyarSir aneckt, den stellt keiner mehr ein.“

„Was geht uns das an? Kein Mensch hat die leiseste Ahnung, dass wir die letzte Kampfsequenz in ‚Bharat‘ gemacht haben!“

Ravan und Eddie waren verzweifelt, und das mit gutem Grund. Wenn es ihnen nicht gelang, aus der erhaltenen Chance Kapital zu schlagen, würden sie nie eine zweite bekommen. Es blieb ihnen eine einzige Möglichkeit: Sie mussten ManiyarSir sprechen. So schwierig konnte das eigentlich nicht sein. Während des Drehs der zwölfeinhalbminütigen Kampfsequenz hatten sie zwei ganze Tage gemeinsam mit ihm verbracht. Sie versuchten, ManiyarSir telefonisch zu sprechen, aber er war entweder in einem Meeting oder soeben nach London, Dubai oder Los Angeles abgeflogen. Zwei Mal waren sie ihm kurz begegnet, ein Mal, als sie zusammen mit fünfundvierzig anderen Statisten für ManiyarSirs neuen Film tanzten, aber er hatte sie nur ausdruckslos angeschaut und gefragt, ob er sie schon mal gesehen hätte, denn er könne ihre Gesichter nicht unterbringen.

„Und wenn ihr jetzt entschuldigt ...“ Im nächsten Moment war er verschwunden. Als sie versuchten, ihm zu folgen, trat ihnen der Produzent des Films in den Weg.

„Wir möchten ManiyarSir sprechen, nicht Sie."

„Er ist beschäftigt. Der Einzige, den ihr zu sprechen kriegt, bin ich."

„Sie verstehen nicht. Er schuldet uns Geld."

„Das geht nur ihn und euch etwas an. Aber jetzt kostet ihr mich Geld. Dreitausendsiebenhundert Rupien für jede unproduktive Minute. Also haut ab. Sofort. Sonst rufe ich den Sicherheitsdienst und lass euch rausschmeißen."

Die zweite Gelegenheit bot sich vor ManiyarSirs Bungalow, als das ferngesteuerte Tor sich geöffnet hatte, damit sein Auto das Anwesen verlassen konnte. Um ein Haar wären sie überfahren worden, da sie, wie der Fahrer später angab, scheinbar wild darauf gewesen seien, sich vor die Räder zu werfen. Es war pures Glück, dass ManiyarSir mit seiner stets bewundernswerten Geistesgegenwart dem Fahrer befahl zu bremsen. Danach kam es zu einem Wortwechsel. Der berühmte Regisseur, der seine Storys und Drehbücher selbst schrieb, litt noch immer an der gleichen praktischen Form von Amnesie, die ihn das letzte Mal befallen hatte, doch wie stets war er der Inbegriff von Höflichkeit und Courtoisie. Er kurbelte das Fenster herunter und fragte, was sie wollten. Als Eddie von dem Geld sprach, das ihnen für den Entscheidungskampf zwischen dem Helden und dem Schurken in seinem Film „Bharat" zustünde, erwiderte er, soweit er sich erinnere, habe in dem Film Pappu Raghavan bei den Kämpfen Regie geführt. Sollten sie jedoch, fügte er huldvoll hinzu, wie sie behaupteten, tatsächlich für diese eine Sequenz verantwortlich sein, dann hatten sie doch gewiss einen Vertrag. Wenn sie diesen in seinem Büro vorlegten, würde er dafür sorgen, dass sie ihr Geld bekämen.

Wann immer er an ManiyarSir dachte, spürte Eddie eine heftige Wut in sich aufsteigen, aber er hatte keine Ahnung, wie er es dem Mann hätte heimzahlen und ihn für den miesen Trick, den er mit Ravan und ihm abgezogen hatte, hätte büßen lassen können. Er fragte sich, ob Ravan nicht im Grunde ein Weichei war, wenn nicht gar ein regelrechter Feigling. Er schien keinerlei

Kampfgeist zu haben – wenngleich Eddie selbst nicht hätte sagen können, was er genau damit meinte. Erwartete er von Ravan etwa, dass er mit Kriegsgeschrei in ManiyarSirs Bungalow in Pali Hill stürmte und dem Mann Säure ins Gesicht schüttete oder ihm den Kopf abhackte? Oder erwartete er nur von ihm, dass er mindestens ebenso oft und lautstark jammerte und klagte, wie er selbst? Allmählich wurde Eddie bewusst, dass all seine Wut und seine Magengeschwüre völlig für die Katz waren. Herrgott noch mal, das hier war die Hindi-Filmindustrie! Es war ihre eigene Schuld, wenn sie so naiv gewesen waren. Jetzt blieb ihm nichts anderes übrig, als seinen Stolz hinunterzuschlucken, seine Rachephantasien auf den Müll zu werfen und weiterzuziehen.

Weiterziehen. Klar doch. Eddie lächelte bitter in sich hinein. Die einzige Frage war: wohin?

25

„Warum versuchen Sie dauernd, mir aus dem Weg zu gehen, Hochwürden?“ Pieta öffnete die Tür des Taxis, bevor Ravan mit quietschenden Reifen die Flucht ergreifen konnte, und setzte sich auf den Beifahrersitz.

„Reden Sie mit mir?“

„Nein, mit den elfhundert anderen Ex-Möchtegern-Priestern, die dieses Taxi fahren.“ Ravan wich ihrem Blick aus. „Sie haben meine Frage nicht beantwortet. Weshalb weichen Sie mir aus? Wann immer Sie mich sehen, schauen Sie sofort in die andere Richtung oder nehmen Reißaus, als sei ich die Pest in Person!“

„Ich?“

„Sie sind ein unheimlich schlechter Schauspieler, Ravan! Kein Wunder, dass Sie es nicht geschafft haben. Schalten Sie jetzt das Taxameter ein, oder haben Sie vor, mir eine Freifahrt zu spendieren?“

Das war nicht die Pieta, die er all die Jahre lang gekannt hatte. Die andere war spröde gewesen und hatte meist den Blickkontakt gemieden. Diese neue Version hatte ein spitzbübisches Funkeln in den Augen und genoss es offenkundig zu sehen, wie er sich unter ihren Sticheleien wand. Mit der Reservierten, der, die ihm gesagt hatte, er sei widerlich, war er besser klargekommen.

„Ich hatte eigentlich vorgehabt, für heute Schluss zu machen.“

„Ich bin der erste Fahrgast des Tages, und Sie erzählen mir, Sie wollen schon Feierabend machen und nach Hause gehen? Versuchen Sie wenigstens, sich eine etwas glaubwürdigere Lüge auszudenken. Fahren Sie. Ich kann hier nicht den ganzen Tag warten.“

„Wohin wollen Sie?“

„Mmh, ich weiß nicht. Sie sind der Fahrer, Sie sollten wissen, wo es langgeht."

Ravan sah sie verwirrt an. „Wollen Sie denn nicht ins Büro?"

„Hören Sie auf, ständig Fragen zu stellen! Fahren Sie."

„Wohin?" Ravan ließ den Motor an.

„Nach Worli, ans Meer."

Ravan warf ihr einen verstohlenen Blick zu. Sie sah ihn an. „Ist mit Ihnen alles in Ordnung?"

„Vielleicht heuere ich Sie für den ganzen Tag an, und Sie können mir Bombay zeigen. Wenn ich's mir recht überlege, sollte ich Sie lebenslänglich anheuern, dann könnten wir eine Indien-Tour machen."

„Miss Coutinho, machen Sie sich bitte nicht über mich lustig."

„Aber Sie dürfen mich zum Narren halten, wenn Sie behaupten, Katholik werden zu wollen, und in einem Priesterrock herumlaufen – das ist okay, ja?"

„Das ist das Letzte, was ich wollte! Wenn ich überhaupt jemanden zum Narren gehalten habe, dann mich selbst. Meine Mutter hat mich gewarnt, aber ich war einfach zu durcheinander. Wahrscheinlich war ich verzweifelt und habe versucht, Ihre Aufmerksamkeit zu erregen."

„Und warum wollten Sie meine Aufmerksamkeit erregen?"

„Es tut mir leid. Bitte verzeihen Sie mir."

„Sie haben mir noch nicht gesagt, warum."

„Ich glaube, das Warum hat meine Mutter klargemacht, als sie mit einem Heiratsangebot zu Ihnen kam. Ich bin Ihnen dankbar, dass Sie mich im Krankenhaus zurechtgestutzt und wieder zur Vernunft gebracht haben. Ich verspreche, ich werde Sie nie wieder belästigen."

„Sie haben also nicht den Mumm, mich selbst zu fragen? Sie dachten sich, Sie könnten stattdessen Ihre arme Mutter raufschicken? Oder haben Sie sich einfach einen Spaß gemacht?"

Ravan krümmte sich unter der Breitseite von Vorwürfen und versuchte, etwas zu sagen, aber seine Stimme war zu einem bloßen Flüstern geschrumpft.

„Reden Sie schon!"

Es war noch immer ein Flüstern, aber jetzt konnte Pieta immerhin die Worte ausmachen. „Ich habe noch nie etwas so ernst gemeint."

„Jetzt meinen Sie es also nicht mehr ernst?"

Was sollte er tun? Welchen Gang sollte er einlegen, damit Pieta aufhörte, ihm die Worte im Mund zu verdrehen? Sie hatte ihn in die Ecke bugsiert, und er wusste nicht, wie er da wieder herauskommen sollte.

„Fahren Sie mich ins Büro."

„Sollen wir heute anfangen?", fragte Ravan Asmaan, als sie nach langer Genesungszeit wieder erschien.

„Womit?", fragte sie zerstreut. Asmaan sah, wie er sie anstarrte, und lächelte. „Mit unserer längst überfälligen Affäre?"

Na ja, wenigstens hatte sie ihren Sinn für Humor nicht verloren.

„Mit dem Unterricht in Selbstverteidigung."

„Wozu? Was hat mir dein Taekwondo oder Eddies Kalaripayattu genützt? Yaqub hat mich windelweich geprügelt, und ich konnte nichts dagegen tun. Nicht einmal eine schlappe Geste der Gegenwehr."

„Ich kann dir nichts versprechen. Im wirklichen Leben geht es anders zu als in den inszenierten Übungen von Eddie und mir. Du hast uns erzählt, du würdest an einem Drehbuch schreiben, und wir haben es vorgezogen, dir zu glauben. Sonst hätten wir uns eingestehen müssen, dass wir Eunuchen sind, die dir nicht helfen können. Es ist nicht so, dass wir unfähig gewesen wären, zwischen den Zeilen zu lesen. Es war nur einfacher, es nicht zu tun. Aber ich glaube, jetzt habe ich eine klarere Vorstellung davon, wie ein plötzlicher Angriff – von Yaqub oder wem auch immer – zu kontern wäre."

„Danke, kein Interesse."

Das war vollkommen untypisch für Asmaan. Es klang, als hätte sie aufgegeben.

„Ich weiß, dass wir dich im Stich gelassen haben, Asmaan. Aber Yaqub sieht nicht wie jemand aus, der dich künftig in Ruhe lassen wird."

„Ich bin dir dankbar dafür, wie du für mich eingetreten bist, und es tut mir wirklich leid, dass ihr beide von meinem Bruder samt seinen Kumpanen zusammengeschlagen wurdet. Doch so schwer es auch sein mag – manchmal ist es das Beste, sich eine Niederlage einzugestehen."

„Tu das nicht, Asmaan! Eddie und ich könnten es uns niemals verzeihen, wenn dir etwas zustoßen sollte! Wenn Yaqub das nächste Mal auf dich losgeht, wird er sich nicht damit begnügen, dich nur zu verprügeln. Er wird es darauf anlegen, dich endgültig zum Krüppel zu machen. Gib mir einen Monat. Anderthalb Monate. Ich verspreche dir, diesmal wirst du nicht mehr das hilflose Opfer sein!"

„Wenn das mein Schicksal ist, wie könnte ich ihm entgehen?"

„Das bist nicht du, Asmaan. Das bist einfach nicht du, die da redet!"

„Ich weiß nicht mehr, wer ich bin."

„Bitte, Asmaan, denk an deine Schwestern!"

„Lass mich in Ruhe, Ravan."

Yaqub hatte bei seiner Schwester ganze Arbeit geleistet. Wie ein brutaler Hollywood-Bösewicht hatte er sie gnadenlos verprügelt und sich darüber hinaus vor allem auf ihr Gesicht konzentriert. Die Absicht dabei war jedoch nicht nur, ihr eine Lektion zu erteilen, sondern sie arbeitsunfähig zu machen. Wenn das Gesicht das Kapital eines Stars war, so war es für die Zunft der Statisten paradoxerweise sogar noch kostbarer. Ein Pickel war eine Krise, dünner werdendes Haar ein Desaster, eine Warze die Vertreibung aus dem Paradies, ein angeschlagener Zahn ein nationaler Notfall und Neurodermitis schlimmer als der Tod. Weibliche Stars konnten immer noch Charakterdarstellerinnen (meistens Hindi-Film-Mütter) werden, aber für Statisten bedeutete das allererste Fältchen das Ende der Karriere. Der Zahnarzt hatte Asmaans ausgeschlagene Schneidezähne durch eine kostspielige Brücke ersetzt, und ihre Nase war geheilt, dafür aber sah sie jetzt so aus, als wähle sie einen Umweg, bevor sie wieder ins Gleis kam.

Asmaan gab sich bezüglich ihres Aussehens keinerlei Illusionen hin und oft machte sie sich über sich selbst lustig. Ihr Lieblingsspruch lautete: „Wenn jemand mich in einer dunklen, mondlosen Nacht träfe und wäre so blind wie ein Maulwurf, stünden die Chancen gut, dass er mich umwerfend finden würde." Aber was sie hatte, das pflegte sie und brachte es so gut zur Geltung, dass jeder, der ihr begegnete, den Eindruck behielt, dass sie viel mehr als bloße Schönheit zu bieten hatte. Weder ihre Tänzerinnenfigur noch ihre lebhaft sprühenden Augen waren zu übersehen, und sie wusste aus Erfahrung, dass auf der Leinwand die Hälfte der Schönheit einer Frau eine Frage des Make-ups war.

Nachdem Yaqub die Koordinaten ihres Gesichts verändert hatte, stellte sie jedoch fest, dass auch die Licht-und-Schatten-Wirkung von Grundierung, Rouge und Puder Grenzen hatte und die widerspenstige Linie ihrer Nase sich trotz all ihrer Bemühungen weigerte, wieder gerade zu werden.

„Wusstest du, dass ich ins ‚Guinness-Buch der Rekorde' kommen soll?", fragte sie Ravan. „Die Leute dort behaupten, ich sei das einzig belegbare Beispiel eines schönen Schwans – eines, vor dem selbst dem Schöpfer schwummrig würde –, der sich in ein hässliches Entlein verwandelte."

„Für die anderen kann ich nicht sprechen", erwiderte Ravan, „aber ich finde dich noch genauso attraktiv wie bei unserer ersten Begegnung."

„Ah, die Freundlichkeit des Unbeteiligten! Deswegen konntest du dich beim zweiten Mal auch weder an meinen Namen noch an mich erinnern, obwohl wir bei unserer ersten Begegnung auf dem Set in Mauritius miteinander getanzt hatten!"

Asmaan sah, dass Ravan zusammenzuckte. „Ich werde allmählich zu einer bösen alten Zicke, stimmt's?"

Nicht halb so böse wie Eddie in letzter Zeit, dachte Ravan, obwohl er zugeben musste, dass Asmaan sich geändert hatte. Sie redete nicht mehr über ihr episches Dreihundert-Stunden-Drehbuch, noch erzählte sie lustige Anekdoten über ihre Familie. Yaqub hatte ihr nicht nur jeden erreichbaren Knochen im Leib gebrochen, sondern auch ihre Lebensfreude.

Ravan hatte gehofft, Eddie würde ihm helfen, Asmaan wieder auf die Beine zu bringen. Das einzige Problem war, dass Eddie zurzeit in einer noch weitaus schlechteren seelischen Verfassung war als Asmaan. Er hatte angefangen, Drehtermine zu versäumen, und Ravan musste sich jedes Mal das Hirn zermartern, um Cousins und Onkel und Großeltern für ihn zu erfinden, die einen Herzstillstand erlitten hatten, einem tragischen Unfall zum Opfer gefallen waren oder Selbstmord begangen hatten. Wenn Eddie doch aufkreuzte, dann entweder zu spät und unrasiert oder in aggressiver Stimmung, bereit, sich mit jedem anzulegen, der versuchte, freundlich zu sein, oder ihm einfach nur zufällig über den Weg lief.

Fast ein Jahr lang hatte Belle ihm wenigstens zweimal die Woche geschrieben. Sie fühlte sich einsam in London, vermisste Bombay und vermisste ihn sogar noch mehr. Sie hasste ihren Job im Großraumbüro, wo sie als Zeitarbeitskraft eingesetzt wurde. Die anderen Frauen waren demonstrativ freundlich zu ihr und schlossen sie ebenso demonstrativ von ihren Tratsch-Sessions und ihren gemeinsamen Abenden in der Stadt aus. Sie fand es unerträglich, dass ihre Hauswirtin das Wasser rationierte und sie nur einmal die Woche duschen durfte, und das auch nur lauwarm. Die angloindischen Briten rümpften die Nase über die Inder in Southall, die ihnen ihre Freundlichkeit von Herzen erwiderten. Die verschiedenen Sprachgruppen aus dem Mutterland – Tamil-, Bengali-, Marathi-, Panjabi-, Telugu- und Gujarati-Sprechende – sahen allesamt aufeinander herab. Sie fuhren zurück in die Heimat, um Bräute für ihre Söhne zu finden und ihre Töchter mit irgendeinem Bauern oder kleinen Beamten zu verheiraten, und beteten darum, dass dieser und dessen Mutter die Braut nicht mit Kerosin übergießen und anstecken würden, weil sie nicht hellhäutig genug war, nicht mehr als die vereinbarte Mitgift ins Haus gebracht hatte, nur Töchter gebar oder ihrem Mann keinen Job im Westen beschaffte.

Die Inder, berichtete sie ihm, waren wütend darüber, dass die Scheißweißen nicht zwischen Pakistanis und Bangladeshis auf der einen und ihnen auf der anderen Seite unterscheiden konnten, weshalb sie ebenso Opfer von *Paki-bashing* wurden wie die beiden anderen Gruppen. Sie sehnte sich nach Zuhause und schrieb, dass sie, hätte sie erst einmal genug Geld zusammengespart, in die nächste Maschine nach Bombay steigen und nie wieder nach England zurückkehren würde – es sei denn, Eddie wollte der Queen mal Hallo sagen und den Koh-i-Noor aus dem Tower klauen.

Belles Mutter war ein unersättlicher Bücherwurm. Es war für sie undenkbar, ins Bett zu gehen, ohne sich vorher wenigstens ein Mills-&-Boon-Romänchen reingezogen zu haben. „Vom Winde verweht" hatte sie siebzehn Mal gelesen, und so war sie auf den Namen Belle gekommen. Ihr Idol war Georgette Heyer. Sie hatte jeden Roman verschlungen, den Miss Heyer je geschrieben hatte. Ihre Mutter hatte niemals daran gezweifelt, dass man, um Großbritannien – seine Sitten und Gebräuche, seine Kultur, seine Wertvorstellungen, mit einem Wort: die britische Seele – kennenzulernen, lediglich die Lady gewissenhaft studieren musste. Ihre Lektüre hatte sie gelehrt, dass Belle, um sich einen Herzog, Baronet oder Earl zu angeln, nur schön, lebhaft und schlagfertig zu sein brauchte – was Belle mit Sicherheit auch war.

Gelegentlich kam Belles verschmitzte Ader von früher wieder zum Vorschein, und um den hartnäckigen Nachfragen ihrer Mutter nach ihrem „Verabredungskalender" für den Monat ein Ende zu machen, teilte sie ihr mit, der Earl of Somerset, Lord Asquith-Parker-Melbourne, Englands allererster Lord mit einem dreistelligen Namen, habe um ihre Hand angehalten. Mrs McIntyre fand das gar nicht witzig und wurde nicht müde, ihre Tochter daran zu erinnern, dass sie sich nur entsprechend Mühe geben müsse, um früher oder später das Sesam-öffne-dich zu finden und ihren rechtmäßigen Platz in der Gesellschaft zu erringen und sogar den Ehrentitel „Lady“ vor ihrem Namen tragen zu dürfen.

Der einzige Grund, weshalb sich Eddie darauf freute, von der Autowerkstatt oder einem Dreh nach Hause zurückzukehren, war die Hoffnung auf einen Brief von Belle. Die Post aus London war unberechenbar. Ein paar Mal hatten Belles Briefe lediglich drei Tage bis nach Bombay gebraucht; zu anderen Gelegenheiten konnten sie für dieselbe Strecke zwischen fünf und fünfzehn Tage benötigen. Belles Handschrift auf dem Kuvert war nicht zu verkennen. Um zu wissen, ob eine junge Frau auf einer Klosterschule gewesen war, brauchte man sich nur ihre kalligraphischen Produkte anzusehen. Belle und Pieta und seine Mutter hatten natürlich unterschiedliche Schulen besucht, und ihre dickbäuchigen a's, b's, d's, p's und q's waren keineswegs identisch, aber die Familienähnlichkeit war unbestreitbar.

Seltsam allerdings war, dass es Hunderttausende von Jungen gab, die von Jesuiten, Dominikanern, Salesianern oder anderen Orden betriebene Schulen in der Stadt besucht hatten und keine zwei von ihnen irgendwelche kalligraphischen Gemeinsamkeiten zeigten. Ihre Handschrift wies eine Variationsbreite von 180 Grad auf, mit Buchstaben, die knapp über dem Nullpunkt auf dem Rücken lagen, über solche, die pythagoreisch aufrecht gen 90 Grad strebten, bis hin zu welchen, die am anderen Ende des Halbkreises fast den Fußboden der Zeile küssten. War das ein Bekenntnis zur eigenen Individualität oder nur die achtlose Schlampigkeit von Halbwüchsigen, die von Testosteron zugedröhnt waren und nicht wussten, was sie eigentlich vom Leben erwarteten?

Doch für Eddie lag etwas Geheimnisvolles, ja Mystisches in Belles unverwechselbaren mitternachtsblauen Federstrichen und dem blau-rot umrandeten Kuvert mit dem Aufdruck „By Airmail/Par Avion“, das auf dem Tisch unter dem an die Wand genagelten Hausaltärchen ruhte. Es war, als hätte der Brief Belle leibhaftig in den Raum getragen, als könnte man ihr Lachen hören und die erregende Sanftheit ihrer Haut spüren. Eddie zögerte das Öffnen des Umschlags so lange wie möglich – manchmal sogar einen ganzen Tag – hinaus, um sich das Vergnügen des Lesens aufzusparen.

Es gelang Eddie nicht immer, allen ihren Ausführungen zu folgen – manche Wörter, die sie verwendete, manche Namen und Bücher, die sie erwähnte, sagten ihm gar nichts. Was war Hampstead Heath, Swiss Cottage, was waren *shepherd's pie* oder *scones*? Wer oder was war die *Beeb*, und was bedeuteten *toff* und *tosh*? Wer waren Twiggy und Monty Python? Er war bislang davon ausgegangen, nicht Konkani, sondern Englisch sei seine Muttersprache, aber jetzt wurde ihm bewusst, dass es Wörter und Wendungen gab, ja sogar Sichtweisen, die ihm völlig fremd waren. Zum ersten Mal in seinem Leben reagierte er auf das Fremde nicht mit Abwehr, sondern holte das uralte „Chamber's Dictionary", das seine Mutter auf dem College benutzt hatte, aus dem Regal und versuchte, dieses andere Englisch zu lernen.

Es war ihm unbegreiflich, warum Belle so viel Aufhebens um das Wetter machte, warum sie dermaßen viel Zeit damit verbrachte, über den weißen und den grauen Nebel, den tristen Regen und den bedeckten Himmel zu reden, und wegen der Sonne so aus dem Häuschen geriet. Mit Sicherheit übertrieb sie, wenn sie mitteilte, niemals aus dem Haus zu gehen, ohne den Wetterbericht zu konsultieren, und sie hätte sich ein kleines Transistorradio gekauft – wohlgemerkt, nicht etwa um Musik zu hören, sondern für die Wettervorhersage! Wie war es möglich, dass das Wetter ihre gemeinsame Leidenschaft, die Musik, ausgestochen hatte? Was war mit Belle nur los? England war das Land, aus dem die Beatles, die Rolling Stones, The Who, Led Zeppelin und Eric Clapton kamen, ganz zu schweigen von Freddie Mercury. Er musste Belle unbedingt einen gepfefferten Brief schreiben, wie sie ihre absoluten Favoriten so schmählich vergessen konnte!

Aber man glaubt es kaum: Belle hatte begonnen, so schräge Sachen zu behaupten wie, es gäbe keine berauschendere Farbe auf der Welt als Grün; sie stellte sich ans Fensterchen ihres Zimmers und betrachtete stundenlang die Baumskelette in der Hoffnung, dass sich endlich grüne Knospen zeigten. Sie lechzte so sehr nach dem Frühling und dem Sommer, wie sie sich danach sehnte, bei ihm zu sein. Großmutter sagte immer, in Bombay gebe es nur zwei Jahreszeiten: neun Monate Sommer und drei Monate Monsun. Das einzige Wort, das man in Bezug auf beide Jahreszeiten verwenden konnte, war „ertrinken“. Im Sommer ertrank man im eigenen Schweiß. Während des Monsuns ertrank ganz Bombay im ununterbrochenen sintflutartigen Regen. Dann kam Eddie der Gedanke, dass nicht nur Belles Wortschatz, sondern auch ihr Akzent sich geändert haben könnte. Aus irgendeinem Grund, den er selbst nicht hätte angeben können, fühlte er sich mit einem Mal verunsichert. Ein Upper-Class-Akzent, befürchtete er, würde einen größeren Abstand zwischen ihnen erzeugen, als es die räumliche Trennung bisher vermocht hatte.

Unglücklicherweise hatte Eddie wenig Gelegenheit, sich über dieses Detail zu grämen. Eines Tages kam der letzte Brief – und dann keiner mehr. Er wartete vierzehn Tage und dann noch eine weitere Woche. War Belle krank, hatte sie einen Unfall gehabt? Wollte sie ihn überraschen, indem sie am nächsten Morgen vor der Tür stehen würde? Aber niemand klopfte an, noch kam ein einziges Wort aus London. Er wartete; er wartete wider jedes Gefühl in seinen Eingeweiden noch eine weitere Woche ab. Was, wenn es in London einen Poststreik gab? Seine Mutter hatte Belle nie leiden können – was, wenn sie ihre Briefe zerriss? Was, wenn das Flugzeug mit der Post an Bord abgestürzt war? Dennoch war er kein Nachrichten-Junkie wie seine Schwester, und Belle würde ihm bestimmt noch einen Brief schicken! Als der jedoch nicht kam, musste selbst er einräumen, dass es ein bisschen viel der Selbsttäuschung gewesen wäre, anzunehmen, ein weiteres Postflugzeug sei abgestürzt.

Er ging zum Hauptpostamt und meldete ein Blitzgespräch nach London an. Belles Wirtin war am Apparat, genauso mürrisch und reizbar, wie Belle sie in ihren Briefen geschildert hatte. Wer sind Sie? Warum wollen Sie wissen, wo Belle ist? Warum sollte ich Ihnen glauben? Woher weiß ich, dass Sie wirklich aus Indien anrufen?

„Ich will Belle lediglich Hallo sagen und fragen, wie es ihr geht. Das ist alles. Würden Sie sie bitte runterrufen?“

„Kann ich nicht.“

„Warum nicht?“

„Weil sie nicht mehr hier wohnt.“

Eddie wäre am liebsten auf der Stelle nach London geflogen, um der alten Dame den Hals umzudrehen, aber er war so klug, seinen Jähzorn zu zügeln.

„Könnten Sie dann so liebenswürdig sein, mir Belles neue Adresse und Telefonnummer zu geben?“

„Sie hat keine Nachsendeadresse oder Telefonnummer hinterlassen. Und nur dass Sie es wissen, selbst wenn sie es getan hätte, würde ich sie einem Taugenichts wie Ihnen garantiert nicht geben!“

Log ihn die alte Schachtel an? Dann hätte Eddie wenigstens noch etwas Hoffnung gehabt, aber sie schien die Sorte Mensch zu sein, der es ein besonderes Vergnügen bereitete, die Wahrheit zu sagen, solange sie möglichst unerfreulich war.

Keine Adresse oder Telefonnummer hinterlassen? Warum sollte Belle das tun? Aber wichtiger noch – warum hätte Belle ihn nicht über ihren Wohnungswechsel informieren sollen? Wie oft hatte er ihr geraten, sich etwas Netteres zu suchen, mit einer freundlichen oder zumindest zurückhaltenderen Vermieterin?

Eine weitere Woche zwischen Hoffen und Bangen, und Eddie knickte ein. Wider besseres Wissen ging er zu den McIntyres. Mrs McIntyre öffnete die Tür, bat ihn aber nicht herein.

„William, du solltest besser mal herkommen, Eddie Coutinho steht vor der Tür.“

Wovor hat Belles Mutter Angst, fragte sich Eddie, dass ich eindringe und die Umzugskartons, Holzkisten und Koffer stehle, die seit zehn Jahren und mehr hier herumstehen?

„Hallo, Eddie. Was führt Sie heute hierher?“ William McIntyre stellte sich neben seine Frau.

„Ich habe seit einiger Zeit nichts mehr von Belle gehört und wollte wissen, ob Sie Neuigkeiten von ihr haben?“

„Es geht ihr gut, wirklich sehr gut. Sie ist befördert worden und in eine bessere Wohnung umgezogen."

„Meinen Sie, Sie könnten mir ihre neue Adresse geben?"

„Meinen Sie nicht, dass, wenn sie das gewollt hätte", warf Mrs McIntyre ein, bevor ihr Mann etwas erwidern konnte, „hätte sie sie Ihnen selbst mitgeteilt?"

„Vielleicht hat sie das ja getan, und der Brief ist verlorengegangen."

„Hören Sie auf zu träumen, Eddie. Sie hat ein besseres Leben gefunden, und Sie kommen darin nicht mehr vor!"

„Belle würde das niemals tun, ohne mir Bescheid zu sagen."

„Ist Ihnen niemals in den Sinn gekommen, dass Belle seit der Zeit ihrer Bekanntschaft mit Ihnen erwachsener geworden sein könnte? Und dass sie eventuell begriffen hat, es wäre besser, einen sauberen Schnitt mit der Vergangenheit und mit Ihnen zu machen?"

„Könnten Sie mir denn wenigstens ihre Telefonnummer geben? Dann kann sie mir selber sagen, dass sie nichts mehr mit mir zu tun haben will."

„So leid es mir tut, das ist nicht möglich. Wenn Sie uns jetzt entschuldigen würden, wir haben Wichtigeres zu tun. Wir planen, nächsten Monat ebenfalls nach London zu fahren."

Warum sollte es nicht möglich sein? Weil Mrs McIntyre nicht wollte, dass er Bescheid wusste? Oder weil Belle es ihr verboten hatte? Was immer der Grund sein mochte, zwei Dinge standen fest: Erstens hatte Belle ihm nichts von ihrem Umzug gesagt; sie hatte ihm weder ihre neue Adresse noch ihre Telefonnummer gegeben. Und zweitens hatte sie aufgehört, ihm zu schreiben. Warum, warum brach sie jeden Kontakt mit ihm ab? Und was auch immer ihre Motive sein mochten, warum informierte sie ihn nicht? Er versuchte, die letzten Monate Revue passieren zu lassen. Was war schiefgelaufen? Was hatte er in seinen Briefen gesagt, das sie zu dem Entschluss getrieben haben mochte, sich von ihm abzuwenden? Ihm fiel beim besten Willen nichts ein, was sie geärgert haben konnte – außer dass seine Briefe im

Vergleich zu ihren schlicht langweilig waren. „Wie geht's? Mir geht's gut. Ich zähl die Tage bis zu meiner Beförderung in der Werkstatt. Ich liebe Dich, und ich vermisse Dich. Ich bin Dir, wie ich Dir versprochen hatte, nicht ein einziges Mal untreu gewesen." Kürzlich hatte es allerdings eine Variation gegeben. „In letzter Zeit bekomme ich Privataufträge angeboten, ich muss jedoch vorsichtig sein, weil ich nicht möchte, dass mein Schichtführer oder einer der Bosse erfährt, dass ich schwarz arbeite. Die festangestellten Mechaniker machen alle was nebenher, aber die Lehrlinge, die das Geld am nötigsten bräuchten, dürfen nicht. Fürs Erste nehme ich immer nur einen Job an. Das ist am besten so, weil ich keine eigene Werkstatt habe und auf dem Grundstück des Kunden arbeiten muss, was in Colaba oder am anderen Ende der Welt, in Bhandup oder Borivali sein kann. Aber ich habe angefangen, Geld beiseite zu legen, und mit etwas Glück könnte es sein, dass wir uns schon früher, als ich dachte, eine hübsche Wohnung mieten können."

Eddie zermarterte sich Tag und Nacht das Hirn nach einem möglichen Grund für Belles Verhalten. Er ging seine Erinnerungen immer und immer wieder durch. Seine Großmutter hatte stets behauptet, Eddie sei in zweierlei Hinsicht gesegnet. Kein Erdbeben, kein Wolkenbruch oder Orkan bekäme ihn wach. Und er nehme das Leben so, wie es komme, ohne sich von den zwei sterilen Zwillingen, „was wäre, wenn" und „wenn doch nur", irre machen zu lassen. Doch jetzt konnte er auf einmal nicht damit aufhören, in sich nach Antworten zu suchen, die er, wie er selbst ahnte, niemals finden würde.

Was hatte sie noch mal gesagt? Irgendetwas wie, sie würde Entfernungen und der Zukunft nicht trauen. Schon in dem Moment, als sie das sagte, war er hellhörig geworden. Wäre Pieta weniger seine Schwester, falls es ihm gelungen wäre, in die Staaten zu gehen? War Entfernung etwas wie eine ölige, schlüpfrige Substanz, die die Bande der Liebe, der Lust und der Zuneigung, die nicht nur die Zeit, sondern auch Krisen wie Sapna-ji überstanden hatten, lockern und auflösen konnte? So war es nicht, so war es nicht. Seit Belle fort war, hatte er die ganze Zeit ihre Hand gespürt, die über die Ozeane hinweg die seine hielt.

Und was die Zukunft betraf, konnte Eddie sich nicht denken, wo das Problem sein sollte. Was bedeuteten die Worte „in guten wie in bösen Tagen, in Gesundheit und Krankheit, in Reichtum und Armut" im Ehegelübde denn anderes als eine Verpflichtung fürs Leben? Eddie stellte mit Erstaunen fest, dass Belle und er die Rollen getauscht hatten. Eigentlich war sie doch vernünftig, pragmatisch und klug, während er der impulsive, unbeständige, hirnlose und unrealistische Part war. Früher war sie es gewesen, die darauf hinwies, dass das Leben ohne Verpflichtung dem Partner gegenüber nur eine Folge von One-Night-Stands wäre. Es konnte nicht sein, dass sie nun vorschlug, einer von ihnen beiden solle diesen Weg einschlagen.

Dann gab es noch einen heimtückischen Gedanken, den er, so sehr er sich auch bemühte, einfach nicht loswurde. Versuchte Belle vielleicht, ihm eine Lektion zu erteilen?

Eddie hatte unzählige Fragen, aber die einzige Person, die sie hätte beantworten können, stand nicht mehr zur Verfügung. Er schrieb Belle mehrere Briefe, doch alle kamen mit dem Stempelaufdruck „Empfänger unbekannt" zurück. Schließlich konnte er sich nicht länger beherrschen und überredete Pieta dazu, Belles Ex-Hauswirtin anzurufen.

„Bilden Sie sich vielleicht ein, ich hätte nichts Besseres zu tun, als die Übersicht über frühere Mieter zu behalten?", sagte eine zänkische Stimme am anderen Ende der Leitung. „Warum fragen Sie nicht Scotland Yard?"

„Was hat sie gesagt?", fragte Eddie ungeduldig.

„Sie weiß es nicht."

„Sie hat weit mehr als das gesagt!"

„Sie ist einfach eine einsame alte Frau, die sich nach Gesellschaft sehnt, es aber nicht zugeben will."

26

Die meisten Leute, die damals Mrs Fernandes' Auntie-Kneipe frequentierten, hatten nur eines im Sinn. Sie wollten vergessen, sich Scheuklappen anlegen, Erinnerungen entrinnen und ihren Schmerz betäuben. Eddie hatte damals nichts als Verachtung für sie übrig. Sie wurden entweder weinerlich, entsetzlich sentimental und wollten jedem um den Hals fallen, oder sie wurden aggressiv und streitlustig, manchmal richtig gewalttätig. So oder so waren sie unerträglich. Jetzt hatte auch er den Wunsch, sich um die Besinnung zu saufen, sich in eine Wanne mit 50-prozentigem Fusel zu legen, der all seine Sorgen ertränken würde.

Er griff zur Flasche, sobald er morgens aus dem Haus ging. Spätestens wenn er das Studio erreichte, hatte die Übelkeit eingesetzt, und ihm lief alles wieder aus dem Hals raus. Das entmutigte ihn keineswegs. Es war, als trinke er aus Pflichtbewusstsein, als gehorche er einem allerhöchsten Befehl, sich selbst zu zerstören. Füll dich ab, übergib dich, sauf das widerliche Zeug und kotz. Der Zyklus von Wirkung und Gegenwirkung setzte sich den ganzen Tag fort und hörte erst auf, wenn er nur noch wenige Meter von CWD-Chawl Nr. 17 entfernt war. Dann wankte er zum städtischen Gemeinschaftshahn, bückte sich, steckte einen Finger in den Hals und gab jeden in ihm verbliebenen Tropfen Alkohol von sich. Das dauerte zwischen fünf und fünfzehn Minuten, dann hielt er den Kopf unter den Wasserstrahl. Wenn es unten gerade mal wieder kein Wasser gab, holte Ravan einen Eimer voll von zu Hause und gab ihn seinem Freund. Wortlos nahm Eddie ihn entgegen, und nachdem er sich gesäubert hatte, richtete er sich mit letzter Kraft auf und stieg die fünf Treppen hinauf. Er schaffte es nicht immer, das Gleichgewicht zu halten, und begann dann, wie ein Kreisel, der den Schwung verliert, hin und her zu trudeln, aber wenn Ravan versuchte, ihn zu stützen, stieß Eddie ihn wütend weg. Das Komische war: Spätestens wenn er seine Etage erreichte, ging er gerade wie eine Eins, und kein Mensch hätte vermutet, dass er den ganzen Tag lang getrunken hatte.

Aber das Schweigen aus Übersee dauerte an, ebenso wie der Schmerz in ihm. Er saß in einer selbstgebauten Falle. Die Affäre mit Sapna-ji hatte ihm deutlich gemacht, dass die Verbindung mit Belle keine Selbstverständlichkeit war. Er hatte seine Lektion gelernt und ein Treuegelübde abgelegt. Was er leider nicht berücksichtigt hatte, war die Möglichkeit, von ihr verlassen zu werden. Jetzt entdeckte er, dass es im Leben Schlimmeres gab, als sitzengelassen zu werden. Sie hatte ihn, ohne ein Wort zu sagen, ausgesperrt und er sah keine Möglichkeit, auch nur zu erfahren, ob sie überhaupt noch am Leben war.

Eddie war völlig zusammengebrochen, und Asmaan empfand es als ihre Pflicht, die Trümmer aufzusammeln und nach Möglichkeit wieder zu kitten. War das nicht ohnehin ihre Hauptbeschäftigung, seit sie erwachsen war: Verantwortung für andere Leute, für ihre Familie, zu übernehmen? Was sie diesmal tat, war nichts Weltbewegendes, aber vielleicht doch etwas schwieriger. Sie gab Eddie nicht auf. Sie brachte ihm Kaffee aus der Kantine, hatte immer saubere Sachen für ihn dabei, wusch ihm das Gesicht und bürstete seine Haare. Er sagte ihr, sie solle sich verpissen, er sagte, er hasse sie und wünsche, sie wäre tot. Er weinte sich an ihrer Schulter aus, erzählte ihr von Belle und ihrem Verschwinden. Belle war wundervoll, sie war schön, gütig, intelligent, während sie, Asmaan, dumm, hässlicher als eine Schildkröte und phantasielos war und nichts anderes konnte, als sich an ihn zu klammern. Er beharrte darauf, Belle habe ihn ihretwegen verlassen.

„Du Miststück, du hängst doch nur deswegen bei mir herum, weil dich niemand sonst anschaut! Du willst von mir nichts anderes als ...“ Er machte eine Geste mit der geballten Faust. „Ich weiß, warum du praktisch jeden Tag Arbeit kriegst, du elende Hure! Weil du den Gewerkschaftsbossen gefällig bist! Du hast kein Schamgefühl! Krieg das in deinen Kopf, ich gehöre Belle, nicht dir, nicht in einer Million Jahren!“ Und im nächsten Moment wurde er noch ausfälliger. „Was machst du noch hier, du Schlampe? Hättest du nur einen Funken Stolz, ein Jota Selbstachtung, würdest du mich endlich zum Teufel schicken! Stattdessen klebst du an mir wie ein Hund und bettelst um mehr!“

„Ich hoffe, du fühlst dich besser, Eddie Coutinho, wenigstens für den Augenblick, nachdem du dir das alles von der Seele geredet hast“, erwiderte Asmaan dann ruhig. Sie hatte zu Hause genügend Erfahrungen gesammelt, um zu wissen, dass man alles nur noch schlimmer machte, wenn man sich durch die Undankbarkeit der Menschen, denen man helfen wollte, gekränkt fühlte oder gar zurückschlug. „Denn wenn du heute Nacht wieder zur Besinnung kommst, wirst du es bereuen und dich selber hassen.“

„Geht das nicht in deinen Schädel? Ich hasse nicht mich, ich hasse dich! Und ich bereue nichts, außer dass ich dich nicht schon vor langer Zeit davongejagt habe!“

Es war schwer zu sagen, was schlimmer war: Eddies Pöbeleien oder sein anschließendes Gewinsel. „Verzeih mir, Asmaan, es tut mir entsetzlich leid! Man sollte mich erschießen! Nein, das wäre zu einfach! Wenn ich du wäre, würde ich mich in Stücke hacken und an die Hunde verfüttern! Weißt du, was passieren wird, wenn ich sterbe? Dann werde ich einfach verfaulen, denn selbst die Maden und die Geier würden nicht im Traum daran denken, in meine Nähe zu kommen! Ich bin keine Gesellschaft für Ratten und Kakerlaken, geschweige denn für Menschen! Du bist die Einzige, die es mit mir aushält! Du bist der einzige echte Freund, den ich je hatte!“

„Was ist mit Ravan?“, erinnerte ihn dann Asmaan.

„Er ist in Ordnung. Aber wie könnte er ein echter Freund sein? Sag ihm bitte nicht, dass ich's dir erzählt habe, aber er hat meinen Vater umgebracht, weißt du? Also bist du mein einziger wahrer Freund. Und schau, wie ich dich behandle! Hilf mir, Asmaan, hilf mir!“

„Ich kann nichts für dich tun, Eddie. Ebenso wenig Belle. Der Einzige, der dir helfen kann, bist du selbst. Doch soweit ich feststellen kann, scheinst du dazu nicht in der Stimmung zu sein.“

„Zum Teufel mit dir! Wer braucht dich schon, du blöde ...“ Und Eddie setzte zu einer neuen Schimpftirade an. Manchmal verschwanden sie für Stunden, aber keiner von beiden verriet anschließend, wo sie gewesen waren. Doch wenn es Nacht wurde, war Eddie stets wieder zu Hause und benahm sich wohlerzogen. Ravan war sich nicht klar, ob Eddie Angst hatte, seine Mutter zu enttäuschen, oder ob er lediglich nicht zulassen wollte, dass sie die Oberhand gewann.

Es bedeutete für Ravan eine Erleichterung, dass Asmaan Eddies Betreuung übernommen und ihn selbst aus der Verantwortung entlassen hatte, aber ihm fehlte ihre Gesellschaft. Eddie war nicht nur psychisch instabil, seine Aggressivität erschöpfte sich oft nicht in Worten. Sein eigenes Leid schien ihm einen schier unheimlichen Scharfblick für anderer Leute verwundbare Stellen zu verleihen, doch statt Mitleid zu empfinden, stieß er das Messer geradewegs in sie hinein und sah zu, wie sie sich krümmten, während er die Klinge in der Wunde herumdrehte.

Er konnte sich jeden Beliebigen vornehmen, auf der Straße oder im Zug auf dem Weg nach Hause: eine fettleibige Frau, einen Stotterer, einen Macho-Typen, der breitbeinig dasaß und sich weigerte, Platz für einen anderen Fahrgast zu machen. Die ersten zwei Opfer versuchten vielleicht wegzuschauen, aber der harte Typ fragte Eddie garantiert, ob sein Scheißvater vielleicht den Sitz gepachtet hatte, und dann stand es in den Sternen, wie der Abend ausgehen würde. Eddies Lieblingszielperson jedoch war Ravan. Er wusste, dass Ravan am liebsten bei der nächsten Station ausgestiegen oder gar vom fahrenden Zug gesprungen wäre, um keine peinliche Szene miterleben zu müssen, sein Pflichtgefühl es ihm aber nicht erlauben würde, den Freund im Stich zu lassen.

„Fang bitte keinen Streit an, Eddie. Es ist schon spät, und alle sind müde und möchten gern nach Hause", flehte Ravan ihn an. „Wenn du möchtest, können wir in einen anderen Waggon gehen oder den nächsten Zug nehmen."

„Steig du nur aus, wenn du willst! Ich streite mich ja nicht um meinetwillen. Hier sind ältere Leute und Frauen, aber dieser Schwachkopf ist nicht imstande, seine fetten Schenkel zusammenzuklappen und ein bisschen Platz zu machen, damit sich einer von denen setzen kann. Es geht ums Prinzip! Aber was weißt du schon davon? Keiner hat dir je vorgeworfen, du hättest Eier in der Hose! Denn wenn da welche wären, hättest du dir vielleicht auch mal eine Freundin zugelegt und wüsstest, was Liebe ist! Wie hältst du es eigentlich mit Sex, Ravan? Bei so einem Namen würde man annehmen, dass du davon zehnmal so viel brauchst wie ein normaler Mensch! Kein Wunder, dass deine Mutter befürchtet, du seist eine Schwuchtel!"

Prima, jetzt wusste dank seinem Freund Eddie jeder im Abteil, dass er Ravan hieß und dass er ein Mann ohne Mumm, ohne eine Frau und ohne die Dinger war, die ein Mann zwischen den Beinen haben sollte. Konnte er Eddie verraten, überlegte sich Ravan, dass er in seine Schwester Pieta verliebt war, und zwar seit seiner Schulzeit, und ihn fragen, ob er nicht bei ihr ein gutes Wort für ihn einlegen könnte? Ach, vergiss es! Er konnte sich beim besten Willen nicht vorstellen, Eddie oder sonst jemandem von seiner unerwiderten Liebe zu erzählen.

Was immer zwischen Eddie und Asmaan ablief, es hielt nicht lang. Er zog weiter, nicht zu einer Bestimmten, sondern zu jeder, die gerade zur Verfügung stand und Lust hatte. Es schien keinen Mangel an freundlichen Seelen zu geben, weder im Studio noch bei Außendrehs. Und notfalls sogar unter den jungen katholischen Damen der CWD-Chawls. Es gab mehr als genug einsame, gelangweilte, seelisch lädierte oder freigeistige Statistinnen, die sich Gesellschaft wünschten. Außerdem ließ sich nicht bestreiten, dass Eddie gut aussah und, wenn ihn nicht gerade der eine oder andere Teufel ritt, charmant, witzig und voll manischer Energie sein konnte. Bald wurde es zu seiner Ganztagsbeschäftigung, Partnerinnen zu wechseln, und zwar schneller, als seine Mutter die Seiten ihrer Schmonzetten umblätterte, und er hatte nicht einmal mehr Zeit zu saufen. Der Schnaps war nicht billig, und der Sex war umsonst. Seine Logik war zwar unbewusst, aber unanfechtbar: Manchmal kann man den eigenen Schmerz nur dadurch ertragen, dass man so vielen anderen Menschen wie möglich weh tut. Es war, als versuchte er, etwas zu beweisen: Wenn Belle ihn abservieren konnte, dann konnte er sie in dieser Disziplin um Längen schlagen. Es war so viel aufgestaute Wut in ihm, dass er nicht eher Frieden finden würde, bis jede Frau in der Stadt für das bezahlt haben würde, was Belle ihm angetan hatte.

Ravan machte sich häufig Gedanken über Asmaan. Manchmal war es unmöglich, mit ihren Stimmungsschwankungen mitzuhalten oder zu erkennen, was sie gerade umtrieb. Er erinnerte sich an die Zeit, als sie beim Dreh von ManiyarSirs „Bharat" gearbeitet hatten. Den ganzen Vormittag lang war sie rastlos und angespannt gewesen. Und als der erste Regieassistent nachmittags um halb fünf bekanntgab, dass sie bis Mitternacht durcharbeiten würden, hatte sie einen ihrer Redeanfälle gekriegt.

„Eines Tages werden uns unsere Kinder erzählen, dass Rajus Vater Pilot ist und Rashids Vater eine Eisenwarenhandlung hat und Erics Vater gerade zum Bankfilialleiter befördert worden ist. Und dann werden sie uns fragen: ‚Und was machst du, Papa?' Beziehungsweise in meinem Fall, Mama. Ich weiß, was wir ihnen dann sagen werden. ‚Wir sind nicht wie diese Leute, wir sind anders. Wir sind beim Film!' Ich seh dich direkt vor mir, Eddie, wie du das Fotoalbum zu einem unserer Blockbuster hervorholst. ‚Da, siehst du?', wirst du sagen. ‚Das da ist Onkel Ravan!' Und dein Sohn wird die Augen zusammenkneifen und fragen: ‚Wo?', und du wirst sagen: ‚Bist du blind? Er ist der Dreiundzwanzigste von links in der siebten Reihe, und ich bin Nummer vierzehn von rechts in der fünften. Und Tantchen Asmaan, sie ist hier – oh mein Gott, die haben sie ja völlig rausgeschnitten!' Und um die Peinlichkeit der Situation zu überspielen, wirst du ihnen sagen, dass Tantchen Asmaan schon in dreimal so viel Filmen gespielt hat wie Amitabh Bachchan und Rajesh Khanna zusammen.

Aber ihr und ich wissen es besser. Wir sind die Statisten, die Et cetera, Et cetera, Et cetera pp. Wir sind Herr und Frau Niemand. Wir sind die am Wegesrand Liegengebliebenen, die Überflüssigen; diejenigen, bei denen es keine Rolle spielt, ob sie tot oder lebendig sind; die Gesichtslosen, Namenlosen, die man die Masse nennt, die Allzuvielen, lauter Nullen. Bei einer Einstellung sind wir vielleicht mitten im Bild, aber es kann genauso gut passieren, dass man uns bei der Nachbearbeitung ganz aus dem Film rausschneidet. So viel zu unserer Bedeutung. Wir sind so sehr daran gewöhnt, ignoriert zu werden, nicht die zweite, sondern die neunundneunzigste Geige zu spielen, dass wir aufhören zu existieren!"

Sie hätte noch einen ganzen Tag, vielleicht eine ganze Woche lang so weiter doziert, aber Eddie unterbrach ihren Redefluss.

„Du redest nur deswegen so viel, weil du vorführen willst, wie viele Wörter du kennst, aber das ist alles Blödsinn, nur Wörter und noch mehr bedeutungslose Wörter! Ich will dir mal was sagen: Behaupte, was du willst, aber ich weiß, dass ich zumindest der Hauptdarsteller meines Lebens bin!"

Asmaan schaute einen Augenblick lang verdutzt, dann entspannte sich ihr Gesicht. „Wow, Eddie, so hatte ich das noch nie betrachtet! Du meinst also, jeder von uns ist der Mittelpunkt seines eigenen Universums?" Sie ließ sich das durch den Kopf gehen. „Tja, also das ist vielleicht ein Gedanke! Was meinst du dazu, Ravan?"

„Ich weiß nicht. Könnte es nicht vielleicht sein, dass ihr beide recht habt?"

Man konnte Asmaan drehen und wenden, wie man wollte, sie zu den Millionen von Kombinationen umsortieren, die die Oktave der Hindustani-Musik gestattet, und sie ergab trotzdem keinen Sinn. Sie war intelligent genug, um jeden Mann zu verunsichern und ihm Minderwertigkeitskomplexe einzuflößen, ihre Sprachbeherrschung war einschüchternd. Sie war geistreich und konnte richtig witzig sein, und dennoch hatte Ravan das Gefühl, dass sie es vorzog, eher sich selbst zu bestrafen als die Menschen, die sie misshandelten oder wie eine Sklavin behandelten. Aber das war noch nicht alles. Sie war der schräge Vogel im Lager der Statisten. Oder vielleicht war es auch genau umgekehrt: Sie war als Einzige authentisch. Auch sie hatte mit der Hoffnung angefangen, die nächste Sharmila Tagore, Waheeda Rehman, Hema Malini zu werden, oder wie immer sonst der momentan angesagteste weibliche Filmstar heißen mochte. Doch sie hatte sich von der Illusion einer großen und glänzenden Zukunft längst verabschiedet. Für sie ging kein goldener Sonnenball über dem Horizont auf. Sie hatte sich rasch mit der Tatsache abgefunden, dass sie eine Statistin war und auch für den Rest ihres Lebens eine sein würde. Sie erwartete von den anderen nicht, dass sie das Gleiche taten, aber das schlichte Hinnehmen ihrer Bestimmung hatte sie befreit. Deswegen war es so erfrischend, mit Asmaan zusammen zu sein, weil sie ihren Frieden mit dem Leben geschlossen hatte.

Wenn Eddie nur wieder normal werden würde, dachte Ravan, könnte es für sie drei wieder so schön sein wie früher. Sie würden zu den ironischen Liedchen, die Asmaan schrieb, Melodien improvisieren, tanzen und sich gegenseitig aufziehen, statt sich zu langweilen. Und Ravan und Eddie hätten der Frage, die sie sich zu stellen nicht trauten, aus dem Weg gehen können: Waren sie Durchreisende, oder hatten sie sich im Niemandsland, das die Statisten bewohnten, endgültig niedergelassen?

„Geht es nicht auch in weniger als sechs Wochen?“, fragte Asmaan Ravan.

Ravan reagierte aufs Stichwort, als hätten sie nicht vor Monaten, sondern erst gestern darüber gesprochen, dass Asmaan einen Crash-Kurs in Selbstverteidigung nehmen sollte.

„Sechs Wochen sind das Mindeste, um dir die Chance zu geben, Yaqub für ein oder zwei Minuten außer Gefecht zu setzen, damit du abhauen kannst. Nicht mehr als das. Du hast es mit einem ungleich stärkeren Gegner zu tun; mit einem Mann, der täglich Hanteln stemmt. Bestenfalls wirst du ihn K. o. schlagen können, bevor er dich in die Mangel nimmt. An dem Kräfteverhältnis wird sich auch dann nicht viel ändern, wenn du sechs Monate durchgehend trainierst – lediglich deine Reflexe werden schneller."

„Das ist nichts. Er wird wiederkommen, und dann werde ich keine zweite Chance haben. Ich muss ihm eine Lektion erteilen, die er nicht vergisst. Abgesehen davon sind sechs Monate ein Luxus, den ich mir nicht leisten kann."

Ravan zögerte. „Vielleicht reichen die ostasiatischen Kampfkünste nicht aus. Sie sind gut, sehr gut sogar, aber du erlernst sie nicht über Nacht. Wir werden eine zweifache Strategie fahren. Die erste dient deinen unmittelbaren Bedürfnissen. Wenn du sie richtig einsetzt, kannst du deinen Bruder binnen Sekunden ausschalten. Die zweite ist längerfristig angelegt. Ich fürchte, mein Taekwondo-Guru würde die erste Technik nicht gerade gutheißen, aber ich sehe keine andere Möglichkeit."

„Gut. Dann bring mir die erste bei."

„Nicht so hastig. Vielleicht nächste Woche."

„Ich hab dir doch gesagt, so viel Zeit habe ich nicht!"

„Ich kann dir nichts versprechen, aber mit etwas Glück kannst du in zwei, drei Tagen loslegen."

„Als du mir das letzte Mal zugeredet hast, einen Crash-Kurs zu machen, sagtest du, dass Yaqub sich auch meine Schwestern vornehmen könnte. Woher wusstest du das?"

„Wusste ich nicht. Mir war nur klar, dass er auch andere Möglichkeiten finden würde, dir weh zu tun, außer durch Prügel."

„Du hattest recht. Er hat sich die Hilfloseste von allen vorgenommen, die Jüngste. Sie ist die Intelligenteste von uns allen und sie hat sich in den Kopf gesetzt, Ingenieurin zu werden. Sie kann noch ein Dutzend Mal ihre Meinung ändern, bevor sie die Schule hinter sich hat, aber Yaqub hat entschieden, keine weiteren Asmaans in der Familie zu dulden und alle Anzeichen von Selbstständigkeit im Keim zu ersticken."

„Möchtest du, dass ich vorbeikomme und ein paar Takte mit Yaqub rede?"

Asmaan schüttelte den Kopf. „Was würde das nützen? Vielleicht würdest du ihn besiegen, und er würde sich ein paar Tage, von mir aus ein paar Wochen ruhig verhalten. Du gehst dann nach Hause, aber wir werden immer da sein, zu seiner freien Verfügung."

„Wann fangen wir an?"

„Heute."

„Kann ich dich was fragen?"

„Schieß los."

„Ist Yaqub nicht klar, dass ohne deine Arbeit die Familie verhungern würde? Dass er sich dann nicht mehr von dir aushalten lassen könnte?"

„Du hältst den Menschen für ein rationales Wesen, was?"

„Zumindest wenn es um die eigenen Interessen geht."

„Werd endlich erwachsen, Ravan! Warum hat Papa wohl ständig neue Kinder produziert, obwohl sein Lohn gerade mal dafür ausreichte, seine Frau zu ernähren? Warum liebt meine Mutter ihren Sohn mehr als jede ihrer Töchter? Warum arbeite ich weiter und unterstütze sie alle, obwohl meine Mutter und vielleicht sogar meine Schwestern denken, mein Bruder habe ein Recht darauf, mich zusammenzuschlagen? Wer immer behauptete, wir seien vernunftbegabte Tiere, lag ganz gewaltig schief. Wir verfallen nur ab und an in rationale Verhaltensweisen. Ansonsten sind wir vollauf zufrieden mit unserem normalen irrationalen Selbst."

Zwei Tage später überreichte Ravan Asmaan eine kleine in Geschenkpapier eingewickelte und mit einem farbigen Band verschnürte Schachtel. „Was ist das?", fragte Asmaan überrascht. „Ich habe noch nie ein Geschenk bekommen! Ist es eine Schminkdose? Obwohl mir das größer vorkommt als das, was ich sonst so kenne."

Sie waren zu Außenaufnahmen am Meer in der Nähe der Festung Janjira, gut sechzig Kilometer südlich von Bombay, und saßen jetzt, während der Mittagspause, am felsigen Ufer. Eddie hatte, wie so häufig zuletzt, den Anwesenheitsappell geschwänzt, und ein anderer war froh gewesen, seinen Platz einzunehmen.

„Es ist ein Geschenk, das du hoffentlich nie brauchen wirst."

„Ich verstehe nicht ganz."

„Es ist ein Taser, ein Elektroschockgerät, das jeden Angreifer flachlegt, egal wie stark oder groß er ist."

„Dieses kleine Ding? Du machst wohl Witze!"

Ravan schüttelte den Kopf. „Mach ich nicht. In den USA benutzen es Polizei und Militär. Darin ist eine elektrische Ladung gespeichert, die laut Herstellerangabe das neuromuskuläre System des Verdächtigen lahmlegt, wodurch er vorübergehend paralysiert ist."

Asmaan schaute das Gerät ungläubig an. „Das Fachchinesisch interessiert mich nicht. Ich wusste nicht, dass man hier so was kaufen kann."

„Kann man auch nicht, jedenfalls nicht legal. Aber wenn man im Fort Area die richtigen Händler kennt, kann man so ziemlich alles bekommen."

„Wie zum Teufel funktioniert das Ding?"

Sie fummelte daran herum, versuchte es zu öffnen.

„Asmaan, du kannst einen Taser nicht testen! Das ist ..." Ravan versuchte, ihr den Apparat aus der Hand zu reißen, aber da bekam die Welt um ihn herum einen Filmriss. Er schrie vor Schmerz auf, und sein Körper geriet völlig außer Kontrolle. Sein Mund veranstaltete seltsame Dinge, und seine Augäpfel waren nach innen gerollt. Asmaan sah ihn entsetzt an.

„Oh Gott, oh Gott, was hab ich getan? Ist alles in Ordnung, Ravan?"

Sie versuchte, ihn zu stützen, aber eine Serie von krampfhaften Muskelzuckungen verdrehte ihm unentwegt Arme und Beine, als habe er keine Knochen im Leib. Er schien Asmaan nicht zu erkennen und versuchte, in seiner Verwirrung aufzustehen. Er schwankte vor und zurück und nach beiden Seiten. Sie wollte ihn packen, aber er fiel, fiel wie in Zeitlupe, und schlug mit dem Kopf gegen einen Felsen. Reglos blieb er liegen. „Hilfe! Helft mir!“, schrie Asmaan, außer sich vor Angst. Aber es war niemand in der Nähe. Sie war sicher, dass Ravan tot war. Dennoch öffnete sie ihre Handtasche und tat, was die Leute in den Filmen immer tun: Sie hielt ihm einen Spiegel unter die Nase. Das Glas beschlug. Er mochte ohnmächtig sein, aber tot war er zumindest nicht. Sie spritzte ihm Wasser aus ihrer Wasserflasche ins Gesicht, aber das belebte ihn nicht wieder.

Sie lief zurück, bis sie ein paar Statisten beim Kartenspielen fand. Gemeinsam hoben sie Ravan auf und trugen ihn in den Schatten eines Baumes. Er blutete am Hinterkopf, jedoch nicht stark. Minuten vergingen; weitere Statisten kamen dazu, versuchten, ihn wach zu bekommen, und machten allerlei Vorschläge. Irgendwann tauchte der Regisseur auf. „Er atmet. Das ist ein gutes Zeichen“, sagte er unbeholfen. „Vielleicht braucht er nur ein wenig Ruhe, und dann ist alles wieder in Ordnung.“

„Darf ich mir den Bus ausleihen, um ihn nach Panvel ins Krankenhaus zu fahren?“, fragte Asmaan ihn. „Im Umkreis von zehn, zwölf Kilometern ist kein Taxi zu bekommen, nicht mal eine Motorrikscha.“

„Wir haben noch vier Einstellungen zu drehen, alle an verschiedenen Locations hier auf der Insel. Wir brauchen den Bus für die Crew.“

Die nächsten Stunden konnte Asmaan nichts anderes tun als, auf dem Boden sitzend, Ravan in den Armen zu halten, seine Stirn zu küssen und wieder und wieder dieselben Sätze zu flüstern: „Oh Gott, es tut mir so leid! Ich wollte dich nicht verletzen! Ich hatte doch keine Ahnung, wie stark das Ding wirkt! Stirb mir bloß nicht, Ravan, bitte! Bitte, komm zurück! Ich liebe dich!“ Sie strich ihm mit den Lippen leicht über den Mund. „Sprich mit mir, Ravan! Tu mir das nicht an! Wenn ich dir nur Leben einhauchen könnte! Wir haben selten Zeit füreinander, du und ich. Eddie ist wie ein Kind. Er kann schwierig sein, wenn er da ist, will er immer im Mittelpunkt der Aufmerksamkeit stehen. Aber das weißt du ja."

Es war Abend, als Ravan das Bewusstsein, zumindest halbwegs, wiedererlangte. Während der Rückfahrt im Bus wurde Asmaan immer verzweifelter und wollte ihn ins Krankenhaus bringen, aber er schüttelte den Kopf und wollte nichts davon hören. Sie brachte ihn heim zu den CWD-Chawls und trug ihn mit Hilfe einiger anderer Statisten hinauf in den vierten Stock.

„Ich heiße Asmaan. Ihr Sohn, Eddie und ich arbeiten zusammen", sagte sie zu Parvati-bai. „Wir hatten einen schlimmen Unfall, und Ravan ist gestürzt."

Parvati-bai sah ihren Sohn an. Ein Ausdruck unbeschreiblicher Angst lag auf ihrem Gesicht, bevor sie ihre Augen schloss. Als sie sie wieder öffnete, war sie bereit, allem entgegenzutreten, was auch immer sie erwarten mochte.

„Ist er am Leben?" Ihre Stimme war weniger als ein Flüstern.

„Ja, er lebt. Er ist bei Bewusstsein, steht aber unter Schock."

„Mister!" In Parvati-bais Stimme lag Entschlossenheit.

„Was, was ...?"

„Stehen Sie auf! Ihr Sohn braucht das Bett!" Ihre Stimme war nach wie vor leise, aber etwas in ihrer Tonlage musste Shankarraos Unterbewusstsein erreicht haben, denn er stand sofort auf. „Legen Sie ihn dort hin."

Die anderen Statisten legten ihn aufs Bett und gingen.

„Ravan!", rief Parvati-bai ihrem Sohn zu. „Kannst du mich hören, Ravan? Sprich zu mir, mein Sohn!"

Es dauerte eine Weile, aber schließlich öffnete Ravan die Augen. Er versuchte, etwas zu sagen, irgendwie jedoch schien zwischen dem, was sein Gehirn wollte, und dem, was sein Körper zu leisten bereit war, eine Störung vorzuliegen.

Parvati-bai strich ihm mit beiden Händen über den Kopf. „Ich werde dir die Nazar rausholen." Sie schüttete Chilis und Salz auf einen Metallteller und war gerade dabei, die Holzkohle anzuzünden, als ihr Blick auf Asmaan fiel. Sie ging auf sie zu und nahm sie in die Arme.

„Es wird alles wieder gut, Kind. Du brauchst dir keine Sorgen mehr zu machen. Er ist jung und stark. Ehe du dich's versiehst, ist er wieder kerngesund. Setz dich einfach neben ihn, und ich vertreibe die Nazar von euch beiden. Danach essen wir alle zusammen zu Abend."

„Ich bin Muslimin", platzte es aus Asmaan heraus, ohne dass sie gewusst hätte, warum sie das sagte.

„Und ich bin Hindu. Also was machen wir da? Anfangen, uns gegenseitig totzuschlagen?" Parvati-bai lächelte. „Albernes Mädchen. Wasch dir in der Küche die Hände und leg die Thalis aus."

Asmaan kam jeden Tag, und selbst Eddie schaute vorbei, um zu sehen, wie es Ravan ging. Am dritten Tag konnte er das Bett verlassen, aber es dauerte noch zwei weitere Tage, bis er wieder sprechen konnte. Als Asmaan an dem Abend kam, begrüßte er sie nicht.

„Hey, was gibt's, Ravan Pawar?" Asmaan bemühte sich, munter und vergnügt zu klingen, aber man sah ihr an, dass sie sich unbehaglich fühlte und ihre Selbstsicherheit dahin war. Ravan zog die Mundwinkel herunter und sah sie säuerlich an.

„Wenigstens wissen wir jetzt, dass das Gerät keine Mogelpackung ist, sondern wirklich funktioniert, auch wenn ein Unschuldiger dafür als Versuchskaninchen herhalten musste."

Asmaans Gesicht fiel in sich zusammen, und ihre Lippen zitterten. Ravan bemühte sich, ernst zu bleiben, gab es dann auf und lachte laut los.

„Die Lähmung durch den Taser hält nur ein paar Minuten an. Was mich wirklich außer Gefecht gesetzt hat, war der Schlag gegen den Felsen."

„Hättest du furchtbar viel dagegen, wenn ich dir ein weiteres Lied vorlese?", fragte Asmaan zwei Tage später. „Ich verspreche, dass ich es nicht zur Gewohnheit werden lasse!"

„Wie viele hast du denn davon?", fragte Ravan.

„So zweihundert. Vielleicht zweihundertfünfzig."

„Wirst du mir jeden Tag eins vorlesen?"

„Du bist ja ein richtiger Masochist, Ravan!“
„Willst du hier Schwierigkeiten machen? Oder vorlesen?“
„Dieses heißt ‚Nirwana‘.“

Die allergenüsslichsten
Genüsse kosten nicht viel.
Eine flotte Dusche in der Früh
Kann Tote aufwecken.

Jemand sollte
Dem lieben Gott
Eine schöne Abreibung verpassen,
Samt einem heißen Bad.
Wer weiß, es wäre möglich,
Dass er davon endlich aufwacht,
Den Schmalz aus den Ohren kriegt
Und zuhört.

Verzeih das grobe Wort, mein Freund,
Aber ein glatter saubrer Schiss
Als erste Tat des Morgens
Lässt das Blut
Begeistert durch die Adern rauschen
Und die Sonne aufgehn
In Norden, Osten, Westen, Süden.

Ah, Frau, schau, wie die Sonne
Aus der See aufsteigt,
Blank wie eine neu gemünzte Rupie!
Gib sie nicht aus.
Leg sie auf die hohe Kante.
Als Nächstes gönne dir
Zwei heiße *parathas*
Mit Kartoffelfüllung
Und eine Schale fetten Joghurt.

Was kann ein Mensch denn mehr verlangen,
Fragst du. Ich werd's dir sagen:
Ein Buch – eins, das mit jedem Lesen
Besser wird.

Und später, in der Dämmerstunde,
Ein Wahnsinnsfilm, am besten
Ein heißer Thriller,
Spannend wie eine Notlandung.

Dann wird es Nacht. Halt sie in den Armen,
Die Frau, die dich liebt,
Und umgekehrt.
Gleit einfach so dahin
Im Einssein des Lingams und
Der Yoni.

Doch die Krönung von allem:
Hau dich aufs Ohr
Und lass acht Stunden lang
Die Welt Welt sein.

Das ist das Nirwana!

27

Glücksbringer,

es trifft zu, dass fast jeder Mensch käuflich ist. Doch wir vergessen meist die zweite Hälfte des Axioms: Dieselben Menschen, insbesondere die eigenen Freunde und engsten Verbündeten, lassen sich auch wieder zurückkaufen. Wenn sie grundsätzlich zu kaufen sind, wird ihre Loyalität naturgemäß immer dem Höchstbietenden gelten.

Noch vor nicht allzu langer Zeit spottete ich gern über etwas, das sich „Informationen" nennt. Warum, so argumentierte ich, sollte ich Informationen kaufen müssen, wenn ich doch die ganze Person kaufen kann, mit Seele, Haut und Haaren? Jetzt weiß ich es besser. Es ist nach wie vor unerlässlich, Leute zu kaufen – bei der Polizei, in der Finanzbehörde und vielen anderen staatlichen Stellen. Bei privaten Organisationen verhält es sich übrigens nicht viel anders. Aber inzwischen weiß ich, dass es sich auszahlt, auch die schmutzige Wäsche aufzukaufen, deren Eigentümer zu fast allem, einschließlich Mord, bereit wären, damit sie nicht ans Licht kommt. Diese Wäschelisten kommen vielleicht nie zum Einsatz. Man kauft sie selten für einen spezifischen Zweck. Die Idee dabei ist, von jedem, der sich irgendwann als nützlich erweisen könnte, einen intimen Lebenslauf zu besitzen. Informationen – oder „intelligence", wie Wichtigtuer lieber dazu sagen – sind reine Macht. Unwissende reden dabei gleich von Erpressung. Ich würde mich nie zu derlei billigen Methoden herablassen. Ich sorge nur dafür, dass die betroffene Person zufällig erfährt, dass ich im Besitz gewisser Informationen bin. Du würdest staunen, wie viele „Männer aus Stahl" wie Wachs schmelzen und sich deinen Wünschen anschmiegen, sobald sie deine Diskretion zu würdigen gelernt haben.

Die Absolventen der Lehrgänge für zentrale Verwaltungen wie den Indian Administrative Service, der Polizei- und der Finanzverwaltung, treten ihren Dienst in jährlichen Schüben an. Sie bleiben über die Jahre hinweg miteinander in Kontakt, verfolgen die Laufbahn des jeweils anderen. Diejenigen, die jetzt in Delhi sind, waren entweder bereits in Bombay, Madras oder Kalkutta oder werden früher oder später dorthin entsendet werden, und umgekehrt. Es ist immer wieder erfreulich festzustellen, wie bereitwillig – die richtige Atmosphäre, den warmen Glanz eines erlesenen Scotch und ein paar harmlos klingende Fragen vorausgesetzt – selbst die Zugeknöpftesten die Geheimnisse anderer Leute, ganz zu schweigen von ihren eigenen Privatangelegenheiten, auszuplaudern bereit sind.

Ich besitze inzwischen Dossiers über viele interessante Leute und bin froh, dir, mein lieber Glücksbringer, mitteilen zu können, dass ich bereits Vorteil aus ihnen ziehen konnte. Ich habe neue Kandidaten rekrutiert, Personen, die das eine oder andere zu verbergen haben, und bin wieder im Geschäft. Eines schönen Tages hoffe ich, zu meiner ersten Geliebten zurückzukehren. „Eile mit Weile" soll von nun an mein Motto sein. Eines steht für mich fest: Nach Bombay werde ich nur zu meinen eigenen Bedingungen zurückkehren.

Wie ich höre, nimmst du es mit deinen Zahlungen weiterhin genau. Das ist klug von dir.

Khuda hafiz

„Soweit ich weiß, treffen Sie sich mit irgendeiner Frau aus Ihrer Statistentruppe."

Ravan hätte schwören können, dass Pieta eine Guerillakämpferin war und eine Ausbildung zur Tarnkappenjägerin genossen hatte. Kein Radar, wie empfindlich er auch sein mochte, war imstande, sie aufzuspüren. Nie hörte oder sah er sie sich nähern, obwohl er weiß Gott unentwegt nach ihr Ausschau hielt. Aus dem Nichts heraus oder wie sagt man sonst noch: aus heiterem Himmel tauchte sie plötzlich auf. Im einen Moment war sie nicht da, im nächsten war sie's, drang in seine Privatsphäre ein, drängte ihn in die Ecke und forderte ihn heraus, ihr die Stirn zu bieten. Ravan fühlte sich von dieser Frau, die er liebte und die zu lieben ihm verboten worden war, ständig in einen Hinterhalt gelockt.

„Verzeihung, was haben Sie gesagt?“ Es war halb sieben Uhr morgens, und Ravan kam gerade nach Hause, nachdem er die ganze Nacht lang Taxi gefahren war. War Pieta gerade aus dem Haus gekommen, um in der Aarey-Colony-Milk-Bude gegenüber der Sabha-Sportanlage, eine Flasche Milch zu kaufen? Er hatte eigentlich angenommen, das sei Eddies Aufgabe. Oder hatte sie ihm aufgelauert, um ihm an die Kehle zu springen?

„Wie ich höre, gehen Sie fest mit dieser Frau.“

„Was für einer Frau?“

„Respekt, gut geschauspielert. Sie treffen sich also mit ihr?“

„Sie hat ja bestimmt einen Namen.“

„Sie erwarten doch wohl nicht, dass ich den weiß, oder?“

„Ich glaube aber doch.“

„Irgendwas mit Himmel, glaube ich.“

„Sie meinen Asmaan. Ja, ich treffe mich mit ihr. Ihr Bruder ebenfalls.“

„Werden Sie ein Paar?“

„Ihr Bruder und ich? Soweit ich weiß, ist keiner von uns beiden entsprechend veranlagt.“

Pieta ignorierte Ravans Versuch, das Gespräch ins Witzige abzulenken.

„Soweit ich weiß, sind Sie auf den Kopf gefallen und konnten eine Zeit lang nicht mehr sprechen.“

„Wie haben Sie denn das erfahren?“

„Neuigkeiten sprechen sich in der CWD-Chawls-Nachrichtenküche schnell herum. Wie geht es Ihnen jetzt?“

„Gut. Nichts hat sich geändert. Ihr Bruder war schon immer der Ansicht, ich hätte ohnehin einen Dachschaden.“

„Wie weit ist denn die Sache zwischen ihr und Ihnen schon gediehen?“

Sie hatte es schon wieder getan, von jetzt auf gleich die Richtung geändert. „Was kümmert Sie das?“

„Tut es nicht. Ich wusste die ganze Zeit, dass Sie nur herumgealbert haben, als Sie behaupteten, es mit mir ernst zu meinen. Sie sind wie alle Männer. Frauen sind für Sie nur Trophäen!“

„Ihrer Meinung nach gehe ich also mit jeder Frau ins Bett, mit der ich befreundet bin."

„Das wissen Sie sicher besser als ich! Wenn zwischen ihr und Ihnen nichts war, wie kommt es, dass sie Sie täglich besucht hat?"

„Hey, hey, hey, was läuft hier ab? Erzählen Sie mir nicht, dass Sie eifersüchtig sind!"

Pieta lachte. „Träumen Sie nur weiter, Ravan! Sie scheinen sich ja wirklich für etwas Besonderes zu halten: einen echten Casanova! Aber zu Ihrer Information: Ich wollte nur meinen Verdacht bestätigt wissen, dass Frauen für Sie nur Spielzeug sind. Haben Sie genug von einer, stoßen Sie sie ab."

Und dann war sie schon wieder weg. Ebenso plötzlich, wie sie aufgetaucht war.

„Wie steht's? Meint ihr, ihr könnt die Musik für meinen ersten Film komponieren?" Es war spät, und ClickClick Kapil hatte unter dem zu drei Vierteln nicht mehr vorhandenen Blech-Dach über dem Eingang von CWD-Chawl Nr. 17 über eine Stunde lang auf Ravan und Eddie gewartet.

„Finden Sie das etwa witzig?", fragte Eddie mürrisch. „Wenn ja, wir nicht."

„Ich hab einen Produzenten, und das Geld liegt jetzt auf der Bank, zumindest die erste Rate. Es ist weniger als ein Minibudget, aber ein Regisseur, der zum ersten Mal dreht, kann nichts Besseres erwarten. Was sagt ihr dazu?"

„Verpissen Sie sich! Warum sollten wir für Sie arbeiten nach dem, was Sie sich das letzte Mal geleistet haben? Sie müssen uns ja für unheilbare Vollidioten halten!"

„Weil kein Mensch jemals von euch gehört hat. Weil ihr nicht mal Assistant Music Directors seid. Weil ihr einfache Statisten ohne jede irgendwie geartete Beziehung zur Musikbranche seid. Wie stehen die Chancen, dass selbst ein Regie-Anfänger zu euch kommt, wenn er nicht mal weiß, dass ihr überhaupt existiert? Und außerdem wäre, abgesehen von mir, kein Neuling, der seinen ersten Film dreht, so dumm, sich an zwei Unbekannte wie euch zu wenden. Wenn also jemand ein verdammtes Risiko eingeht und euch blind vertraut, dann bin ich es. So viel kann ich euch garantieren: Ich werde euch vertraglich zusichern, dass ihr im Vor- und Abspann als Music Directors genannt werdet."

„Wie sieht's mit dem Geld aus?", fragte Ravan.

„Dieselben Bedingungen wie ich. Der Produzent sagt, wenn der Film sieben Wochen lang läuft, bekommt jeder zwanzigtausend. Aber ich würde empfehlen, ihr geht davon aus, dass er das nicht tut."

„Ich hab Ihnen gerade gesagt, Sie sollen sich verpissen!"

„Geben Sie uns eine Woche Bedenkzeit", warf Ravan ein.

„Ich wusste es! Ich wusste schon am allerersten Tag, dass du nicht mein Freund bist!", fuhr Eddie Ravan an. „Ich wusste, dass du mir irgendwann einen Dolchstoß versetzen würdest!"

„Ihr könnt es euch bis morgen früh überlegen. Wir fangen in zwei Monaten an zu drehen. Deshalb müssen bis dahin alle elf Songs aufgenommen sein."

„Elf? Haben Sie elf gesagt?" Ravan war sicher, dass er sich verhört hatte.

„Vielleicht auch mehr. Und vergesst nicht die eigentliche Filmmusik. Der Film ist ein Thriller über einen Banküberfall, aber er wird gleichzeitig auch eine romantische Komödie."

„Das hört sich ja an wie ein Film aus den Fünfzigern – mit vierzehn oder sechzehn Songs. Kein Mensch will heute noch so viele Songs."

„Ich schon."

„Wer wird die Texte dazu schreiben?"

„Na wer wohl? Asmaan. Ich kann mir niemand anderen leisten. Außerdem schreibt keiner in der Branche so wie sie."

„Und alle elf oder sechzehn Songs sollen innerhalb eines Monats aufgenommen werden?"

„Das wird ein Wahnsinnsvorzeigeprojekt für euch Jungs! Aber bevor ihr euch entscheidet, lasst uns ein für allemal die Friedenspfeife rauchen! Sonst wird euer Groll an euch nagen, ob er nun berechtigt ist oder nicht, und eure Musik wird darunter leiden."

„Glauben Sie wirklich, dieses Schwindel-Angebot reicht, damit ich vergesse, wie Sie uns hängen gelassen haben? Seien Sie froh, dass ich Ihnen keine Tracht Prügel verpasst habe!“ Eddie dachte gar nicht daran, die Feindseligkeiten einzustellen.

„Ich habe euch nicht gelinkt! Das hat jemand anderes getan. Ich geb zu, ich hätte damit rechnen müssen. Aber das Gleiche gilt für euch. Werdet endlich erwachsen, wir sind beim Film! Wenn ihr die Bücher über Hollywood lest, geht's da auch nicht besser zu. Setz deine Interessen selbst durch, denn sonst tut's keiner! Wie es in deinem Song heißt: ‚Großer Fisch frisst kleinen Fisch. Kleiner Fisch frisst klein'ren Fisch.‘ Und vergiss nicht: Du hast diesen Song geschrieben, weil du der Meinung warst, ich hätte euch gelinkt. Hier kommt also eine kleine Entschädigung, denn das ist der erste Song, den wir aufnehmen werden. Der zweite ist Asmaans ‚Ro le, ro le‘. Noch eine Sache: Ich kann es mir nicht leisten, Musiker zu engagieren. Zum Glück spielt ihr beide zusammengenommen mindestens ein Dutzend Instrumente. Es wird also kein Problem sein, einen Big-Band-Sound zu erzeugen, wenn ein Song das erfordern sollte. Wir sehen uns morgen um dieselbe Zeit.“

„Ist Ihnen klar, dass wir noch nie in einem Aufnahmestudio gewesen sind und von der technischen Seite nicht die leiseste Ahnung haben?“, fragte Ravan.

„Ihr werdet's schon lernen. Es werden zwei Tontechniker da sein. Die werden euch helfen, die einzelnen Spuren aufzunehmen und zu mischen. Aber es ist eure Aufgabe, dafür zu sorgen, dass das Endergebnis so klingt, wie ihr es euch vorstellt, mit weniger dürft ihr euch nicht zufrieden geben. Die Tontechniker werden überheblich sein, euch wie talentlose Emporkömmlinge behandeln und sie werden versuchen, euch auf die Probe zu stellen und euch bewusst falsche Informationen geben. Ihr habt nur eine einzige Möglichkeit, um sie für euch zu gewinnen: durch die Qualität und Originalität eurer Kompositionen. Es liegt an euch, sie freundlich zu stimmen und das Beste aus ihnen herauszuholen. Zeigt euch bescheiden und offen für Kritik, aber lasst nicht zu, dass sie euch für Trottel halten. Euer Kapital ist dieses älteste Messinstrument der Welt: euer musikalisches Gehör. Also, viel Glück und gute Nacht." ClickClick hatte schon fast das Irani-Restaurant an der Ecke erreicht, als er wieder kehrtmachte und zurückgeschlendert kam. Ravan und Eddie saßen noch immer auf den Stufen.

„Ich hatte die Kampfsequenzen vergessen. Ihr werdet euch auch um die kümmern. Und um die Tanzsequenzen ebenfalls."

„Wie steht's mit der Regie?", warf Eddie ein. „Vielleicht sollen wir die auch noch übernehmen?"

„Klar, und dazu die männliche und die weibliche Hauptrolle. Was hieltet ihr davon?"

„Wie soll der Film heißen?", fragte Ravan.

„Snafu."

„Das klingt so, als würde einer niesen. Was bedeutet das?"

ClickClick lächelte. „Es ist ein Akronym."

„Geht's auch verständlich?"

„Das ist ein Wort, das sich aus den Anfangsbuchstaben mehrerer – in diesem Fall fünf – anderer Wörter zusammensetzt. Situation normal, all fucked up."

„Wer soll denn das Wort kennen, Ihr Publikum in New York?"

„War nur ein Witz. Der Film wird ‚HullaGulla' heißen."

Ravan wischte das Taxi mit einem nassen Lappen sauber, ging dann noch einmal mit einem trockenen darüber, vergewisserte sich, dass keine Fusseln die Sicht behinderten, und kippte das schmutzige Wasser in den Rinnstein. Er öffnete den Kofferraum, schmiss den kleinen Plastikeimer nach hinten in eine Ecke und breitete beide Lappen auf dem Reservereifen aus; wenn sie nass blieben, fingen sie an zu stinken. Seine Wasserflasche war halb leer, also ging er nach oben, um sie nachzufüllen. Als er sich danach ans Lenkrad setzte, sah er, dass hinter einem der Scheibenwischer ein Zettel steckte. Ein Strafzettel direkt vor seinem Haus? Das war eine Premiere. Demnächst würde die Bombayer Polizei wohl anfangen, Knöllchen zu verteilen, wenn man in einer Garage parkte. Ravan reckte sich aus dem Fenster und bekam den Zettel zu fassen.

R

würden Sie mich bitte morgen um 8 Uhr abends vor meinem Büro abholen – dem neuen, wo Sie mich schon vor sechs Wochen abgesetzt haben?

P

Pieta machte wohl Witze! Er würde sich weder morgen noch übermorgen, noch in einer Woche mit ihr treffen. Er hatte nicht die geringste Lust, jemanden durch die Stadt zu chauffieren, nur um sich eine Standpauke halten zu lassen; sich anhören zu müssen, er habe sie an der Nase herumgeführt, dafür heruntergeputzt zu werden, dass er angeblich mit Asmaan geknutscht hatte, und schließlich als Bonus zu erfahren, Frauen seien für ihn nur Trophäen. Tut mir leid, Pieta Coutinho, ich habe dich geliebt, weiß Gott, ich habe dich geliebt. Also schön, das tue ich noch immer, und wie es in dieser Camel-Werbung heißt, würde ich meilenweit, und zwar ein paar Tausend Meilen weit gehen, nur um dich kurz zu sehen, aber mein einziger Lohn ist eine hochnotpeinliche Befragung. Deshalb kannst du warten, bis du schwarz wirst, denn eines ist sicher: Zu seinem großen Bedauern wird Ravan Pawar morgen nicht erscheinen!

„Ich weiß nicht, wie oder wo ich anfangen soll", sagte Pieta am nächsten Abend zu Ravan. „Aber wenn ich es jetzt nicht tue, tu ich es nie, und das darf nicht sein. Ich bin eine Idiotin gewesen und habe schon viel zu viel Zeit vergeudet."

Zwei-, dreimal die Woche verlangte der eine oder andere Fahrgast in der Abenddämmerung oder auch später, selbst noch um halb zwölf in der Nacht, zusammen mit seiner Freundin vor dem Naaz Café auf dem Malabar Hill abgesetzt zu werden. Heute war es Ravan, dem ganz Bombay zu Füßen lag. Er hatte keine Ahnung, ob er träumte oder sich alles nur einbildete. Vielleicht war das eine Parallelwelt, in der die Götter entschieden hatten, heute sei Ravans Tag und er könne alles haben, was er wollte, ohne darum bitten zu müssen. Nur für diesen Abend, wohlgemerkt, unter der Bedingung, dass am nächsten Morgen alles wieder auf „snafu“-Modus zurückschalten würde. Er lächelte in sich hinein. Das neue Wort schien sein Verhältnis zu Pieta perfekt zu beschreiben.

Sie saßen auf der Terrasse des Irani-Restaurants und blickten hinunter auf die geschwungene Linie von Lichtern des Marine Drive. Der Marmorstatue von Königin Viktoria war bereits vor langer Zeit die Nase abgeschlagen worden, aber diese Bogenlinie von Lichtern war nach wie vor als Queen's Necklace bekannt, die „Halskette der Königin“. Es war eine klare Nacht, und der fette weiße saftige *roshogolla* am Himmel plätscherte und kräuselte sich sanft im Meer.

Pietas Stimme hatte einen harten Klang, so als habe sie beschlossen, einen scharfen Schlussstrich unter die Vergangenheit zu ziehen. „Zu dieser Schlachterin war ich in der festen Annahme gegangen, dass ich nie wieder zurückkehren würde, und deshalb auch nicht mit den Konsequenzen der Dummheit, die ich begangen hatte, würde leben müssen. Sie waren der Einzige, der mein Geheimnis kannte. Tatsächlich wussten Sie sogar mehr als ich, da ich das Bewusstsein verloren hatte. Ich habe mich entsetzlich geschämt – nicht nur, weil Sie mich nackt gesehen hatten, sondern auch weil Sie nun wussten, was für eine billige, verachtenswerte Frau ich war. Als ich in Dr. Samants Klinik zu mir kam, hatte ich keine Ahnung, wer mich dorthin gebracht hatte. Das wird jetzt absurd klingen, aber als er mein Handgelenk nahm und meinen Puls fühlte, glaubte ich wirklich, er sei Gott, und ich weiß noch, ich dachte, dass weder die Bibel noch alle religiösen Bilder mir je gesagt hatten, dass Gott ein freundlicher Arzt mit einem Stethoskop am Hals ist. Dann brach ich zusammen und fragte ihn, warum ich dort war. Denn ich wusste, es gibt nur einen einzigen Ort, an den jemand, der eine Todsünde begangen hat, geschickt wird: das ewige Höllenfeuer.

Er lächelte und sagte: ‚Mein Kind, Sie sind durch die Hölle gegangen, eine Hölle, die ich keiner Frau, ob tot oder lebendig, je wünschen würde. Jetzt sind Sie wieder zurück, und ich würde Ihnen gern sagen, dass alles vorbei und erledigt ist. Aber Sie werden wahrscheinlich nicht auf mich hören; Sie werden Ihre private Hölle mitnehmen und sie jeden Tag Ihres Lebens aufs Neue durchleben. Hören Sie auf einen alten Mann: Tun Sie das nicht! Die Hölle ist da, wo der Teufel ist. Reißen Sie sich jetzt von ihm los, oder er wird Sie nie wieder freigeben. Gehen Sie mit einem reinen Gewissen in die Zukunft, denn Sie haben das Unmögliche geschafft: Sie haben überlebt! Sie haben das Geschenk des Lebens ein zweites Mal empfangen. Sie werden Gott und auch sich selbst schweres Unrecht tun, wenn Sie dieses unglaubliche Wunder nicht gebührend würdigen.

Sie sind jung, und vielleicht sind Sie genauso leichtsinnig wie Mr Pawar gewesen. Nach meiner Erfahrung ist in den meisten sexuellen Beziehungen der Mann der unbesonnenere und gleichzeitig hartnäckigere Teil. Aber wenn man jung ist, gewinnen die biologischen Säfte oft die Oberhand über Vernunft und Vorsicht. Mr Pawar hätte besser aufpassen sollen, aber zumindest hat er Sie nicht im Stich gelassen, sondern Sie hierhergebracht.'"

„Sie haben schon genug gelitten!", unterbrach Ravan Pieta, um ihr und auch sich selbst Weiteres zu ersparen. „Wie der Arzt gesagt hat, es ist vorbei und erledigt. Bitte quälen Sie sich nicht selbst, indem Sie das alles noch einmal durchleben!"

„Lassen Sie mich, Ravan! Ich muss es mir von der Seele reden. Ich fragte mich die ganze Zeit, wer dieser Mr Pawar sein mochte, von dem der Arzt sprach. Als mir endlich aufging, dass Sie das waren und dass er annahm, sie seien die andere Hälfte meiner Schuld, hätte ich ihn aufklären sollen, aber ich schwieg. Genauso habe ich über das Geld geschwiegen, das Sie für die Operation, die Blutkonserven und den Klinikaufenthalt ausgegeben hatten. Ich hasste Sie, weil ich Ihnen jetzt verpflichtet war. Ich hatte sterben wollen, aber Sie haben mir einen Strich durch die Rechnung gemacht. Täglich habe ich mir geschworen, wenigstens meine materielle Schuld Ihnen gegenüber abzutragen, aber ich ertrug den Gedanken nicht, mit Ihnen zu sprechen, denn das wäre das Eingeständnis gewesen, dass Sie mein Geheimnis kannten. Früher oder später würden Sie vermutlich Ihr wahres Gesicht zeigen und versuchen, mich zu erpressen. Als Parvati-bai zu uns kam, um mit meiner Mutter zu reden, glaubte ich mit meiner Befürchtung recht gehabt zu haben. Wenn ich mich nicht Ihren Wünschen beugte, würden Sie drohen, meiner Familie von meiner Torheit zu erzählen.

Kennen Sie die amerikanische Redensart ‚If it ain't broke, don't fix it'? Aber was, wenn es wirklich kaputt ist" – sie wandte das Gesicht ab, während sie nach Ravans Hand griff – „und es lässt sich beim besten Willen nicht mehr reparieren? Ich habe mein ungeborenes Kind wegmachen lassen, und keine Macht der Welt kann es mir zurückgeben – nicht einmal Gott!"

Schlagartig war die Vergangenheit zurück. Ravan war wieder auf der Falkland Road, ging nervös neben seinem Taxi auf und ab, und die Huren machten obszöne Gesten, aber Pieta kam und kam nicht, und dann starrte er verständnislos auf den auseinandergedrehten Haken eines Kleiderbügels und hielt Nikhat Begum ein Messer an die Kehle.

„Wenn ich zurückschaue, wird mir bewusst, dass ich zu einem Spielstein auf einem Carrom-Brett geworden war", fuhr sie fort. „Ich schoss die ganze Zeit zwischen den vier Ecken hin und her, egal wohin mich meine unbegreiflichen Stimmungsschwankungen trieben. An manchen Tagen waren Sie ein Erpresser, der nur darauf wartete, mich zu demütigen, an anderen Tagen mein Retter. Schließlich suchte ich Dr. Samant auf und erklärte ihm, Ravan Pawar sei nicht der Schuldige. ‚In dem Fall war der Schurke, Ravan, ein besserer Mann als Ram', sagte er, ‚denn Ram, der von Millionen von Menschen wegen seiner Rechtschaffenheit verehrt wird, hatte nicht den Mut, zu seiner Frau zu stehen. Er zweifelte an Sita und verlangte von ihr, dass sie ihre Unschuld bewies, indem sie durchs Feuer ging. Ihr Ravan dagegen gab Sie nicht auf, als ich es ablehnte, Sie zu behandeln, weil man Sie so zugerichtet hatte, wie ich bis dahin kaum eine Frau gesehen hatte. Aber jetzt, wo alles vorbei ist', sagte er, ‚kann ich Ihnen eines sagen: Kein anderer Arzt hätte Sie aufgenommen.'

Armer Dr. Samant!" Pieta lächelte. „Wussten Sie, Ravan, dass Sie in jener Nacht um ein Haar für das Ende seiner neunundvierzigjährigen Ehe verantwortlich gewesen wären und dass seine Frau ihn aus dem Haus werfen wollte?

An meinen schlechten Tagen war ich fest davon überzeugt, dass Sie für alle meine Probleme verantwortlich waren. Sie hatten mir mein Baby weggenommen, Sie hatten Gott dazu gebracht, sich von mir abzuwenden, Sie hatten mir den Schlaf geraubt, und trotzdem behaupteten Sie, unschuldig zu sein und mich zu lieben!

Als Sie anfingen, die Soutane zu tragen, begriff ich, dass Sie das taten, weil ich so spröde und abweisend war und Sie das Gefühl hatten, extreme Mittel ergreifen zu müssen, um meine Aufmerksamkeit zu erregen. Ich hätte Ihnen am liebsten mit einem Cricket-Schläger auf den Schädel gehauen und Sie darauf hingewiesen, dass selbst wenn – rein theoretisch – ich meine Meinung geändert und beschlossen hätte, Sie zu heiraten, dies gar nicht möglich gewesen wäre, weil Sie ja, wie jeder andere katholische Priester, das Zölibatsgelübde hätten ablegen müssen. Dann wieder wurde ich fuchsteufelswild beim Gedanken, für wie naiv Sie mich halten mussten, wenn Sie glaubten, Sie bräuchten bloß einen Priesterrock anzuziehen, um mich zu bekommen!"

Sie schaute auf die schwarze See, deren geiferweiße Lippen wütend herannahten, um gleich wieder zu verschwinden, sobald sie über den Sand streiften, und auf die Schiffe und Ozeanriesen, die wie festlich beleuchtete Spielzeugboote in der Ferne vertäut lagen.

„Ich habe einen Bärenhunger! Vom Reden werde ich immer hungrig. Ich nehme eine doppelte Portion *kima-pau*, dazu Soda mit Limonensaft, gefolgt von einer Cassata und einer Crème caramel. Und Sie? Nehmen Sie mich mit auf eine Kreuzfahrt, Ravan! Ich möchte die Türkei sehen, Griechenland, Japan!"

Ravan kam sich vor wie in einer Disko, in der ein DJ fortlaufend neue Tracks zusammenmixt. „Sonst noch etwas?", fragte er verlegen.

„Ich weiß es nicht. Vielleicht esse ich später noch ein Chili-Omelett."

Als sie mit der Cassata halb fertig war, fing sie wieder an zu sprechen. „Ich habe den größten Fehler meines Lebens gemacht, indem ich mich mit dem falschen Mann eingelassen habe. Ich will nicht auch noch den zweitgrößten machen und den Richtigen verlieren."

Jetzt starrte sie ihm direkt in die Augen. Sie forderte ihn fast dazu heraus, ihr zu widersprechen.

„Wenn ich nur der Richtige wäre, Pieta!"

„Was soll denn das jetzt heißen?", fauchte Pieta ihn an. „Jahrelang bist du mir nachgelaufen! Und jetzt willst du auf einmal den Unerreichbaren spielen?!"

„Ich bin nie wirklich erwachsen geworden. Wie ein Kind, das den Mond haben wollte, hab ich das Unmögliche verlangt: dich. Recht spät, aber immerhin, fange ich jetzt an, meine Grenzen zu erkennen. Du arbeitest bei einem multinationalen Konzern in einem schicken Büro. Eddie hat mir erzählt, du hättest jetzt außerdem – wie heißt das noch mal? – mit dem Programmieren angefangen. Ich dachte, er meinte damit, dass du so was wie die Filmfare Awards organisierst und für Dinge zuständig bist, wie Ravi Shankar für ein Konzert zu gewinnen. Er hat gelacht. Er dachte zuerst, ich würde einen Witz machen, aber dann hat er begriffen, dass ich tatsächlich keine Ahnung hatte. Aber es hat wohl etwas mit Computern zu tun. Was immer es ist, du sollst darin wahnsinnig gut sein.

Du bewegst dich in einer ganz anderen Gesellschaftsschicht; du wirst respektiert. Kannst du dir vorstellen, was für eine Gesellschaft ich für dich wäre? Du bist ständig am Lesen. Ich hab dich noch nie ohne ein Buch gesehen. Wenn man in letzter Zeit von der Bibel mal absieht, hab ich seit meinem verpatzten Mittelschulabschluss kein Buch mehr gelesen. Worüber werden wir uns unterhalten, wenn du abends heimkommst? Und stell dir vor, deinen Bekannten und Kollegen erzählen zu müssen, dass du mit einem Taxifahrer zusammen bist!“

„Du hast vergessen zu erwähnen, dass du als Zweitberuf Statist bist“, erinnerte sie ihn mit einem herausfordernden Lächeln. „Ich war lange Zeit eine blauäugige Idiotin, Ravan. Damit ist es vorbei. Nach alldem, was passiert war, habe ich beschlossen, nie wieder als Sekretärin oder Assistentin zu arbeiten. Deshalb habe ich einen Computerkurs gemacht und bin Programmiererin geworden. Etwas Vergleichbares wäre auch für dich möglich. Wer weiß, du könntest dir ein eigenes Taxi kaufen; vielleicht wirst du irgendwann eine eigene Taxiflotte besitzen. Vielleicht wird ja aus dem Statisten eines Tages ein Schauspieler. Vielleicht auch nicht. Vielleicht wirst du dein Leben lang Taxifahrer bleiben. Aber ich suche keine Beziehung zu einem Beruf oder einem Erfolgsmenschen. Mir geht es um eine Beziehung mit einem Mann. Genauer gesagt, mit einem guten Mann.

Ach Ravan, ich habe schon so viele Jahre vergeudet! Es reicht. Ich kann die Zeit nicht zurückdrehen, aber ich werde überall Schwellen anbringen, damit sie ab jetzt möglichst langsam vergeht.“ Sie nahm seine Hand. „Nur dass eins klar ist: Du wirst gar nicht gefragt. Du hast die ganze Zeit viel zu viel Freiheit gehabt. Von nun an sage ich dir, wo es langgeht!“

Sie gingen stundenlang durch die Dunkelheit, erforschten all die schmalen Pfade, die von den Hanging Gardens abzweigten. Sie gingen bis ganz hinunter zum Marine Drive und Nariman Point und wieder zurück. Bombay kann so still und so schön sein bei Nacht, wenn nicht zu viele Leute unterwegs sind und kaum Autos hupen. Sie nahm seine Hand, und er dachte, dass es genau so war, wie es sein sollte: die Vertiefung ihrer Handfläche in seiner und ihre Finger ineinander verschränkt.

Als er vor dem CWD-Chawl Nr. 17 stoppte, blieb sie noch eine Minute im Taxi sitzen.

„Ich weiß, dass ich mich lange komisch verhalten habe, aber du musst zugeben, dass wir wohl nicht den glückverheißendsten

Anfang miteinander hatten. Und ich glaube auch nicht, dass es jetzt einfacher wird. Meine Mutter ist nicht besonders begeistert von dir." Pieta lächelte verlegen. „Aber zusammen werden wir es schaffen."

Glücksbringer,

nur rasch ein paar Zeilen.

Wärst du hier gewesen, rede ich mir ein, hättest du mich gewarnt, und ich wäre nicht in die schwierige Situation geraten, in der ich mich jetzt befinde. Irgendein hohes Tier im Central Bureau of Investigation hat den Befehl gegeben, mich ausfindig zu machen und dann das Notwendige zu tun. Nette Formulierung, „das Notwendige tun". Von meiner Warte aus betrachtet, gibt es einiges Notwendige zu tun: Es denen, die mich verraten haben, heimzahlen und mein Reich zurückerobern, aber das wird warten müssen. Glücklicherweise habe ich, wie ich dir bereits in einem früheren Brief schrieb, die Wichtigkeit von „intelligence" erkannt, und meine neuen Quellen haben mich gerade noch rechtzeitig gewarnt, dass „sie" (ein weiteres wundervoll unbestimmtes Wort) auf der Suche nach mir sind.

RDA. Nein, das ist kein Schreibfehler und auch keine nichtstaatliche Organisation. Es ist das erste und oberste Prinzip im Leben: Rette deinen Arsch. Es ist genau das, was ich zu tun beabsichtige. Die Anker lichten und einen sicheren Hafen ansteuern. Sei also nicht beunruhigt, wenn du möglicherweise längere Zeit nichts von mir hörst. Wer weiß, vielleicht bekäme ja auch ich eine hinduistische Reinkarnation oder eine christliche Auferstehung zustande.

Pass auf dich auf. Zahle deine Schulden. Wie bisher auch wird man mich auf dem Laufenden halten.

Khuda hafiz

Am Tag, nachdem Ravan den Brief erhalten hatte, lärmten die Schlagzeilen aller Zeitungen: „Ex-Mafiaboss Bashir Akhtar stirbt in einem Kugelhagel"; „Einsatzkommando tötet Drei Komma Eins"; „Das Ende der Bandenkriege in der Stadt? Bashir Akhtar in Dschungelversteck erschossen".

Stimmte das wirklich? Offenbar. Die Zeitungen brachten Fotos vom durchsiebten Leichnam des Mannes, der Ravans unerbittlicher Brieffreund gewesen war. Die Fotos waren leicht unscharf, als habe sie ein Amateur aufgenommen. Und ein Teil des Gesichts war weggeschossen worden. Aber es bestand kein Zweifel an ihrer Echtheit. Ravan hätte dieses Gesicht überall erkannt. Warum fiel es ihm bloß so schwer, die Story zu glauben?

28

Besprechungen hatte ohnehin niemand erwartet, und selbst der Kinostart von „HullaGulla" war keiner der größeren Tageszeitungen Bombays auch nur eine Notiz wert. Die Fachblätter vermeldeten lustlos, dass „HullaGulla", das Erstlingswerk des Regisseurs Kapil Chandok, alias ClickClick Kapil, eine schrille Gaunerkomödie war und dass die mageren Wochenendeinnahmen ihm ein baldiges Ableben verhießen. Mit Unterstützung des Verleihs, fügte eine der Zeitungen boshaft hinzu, würde er vielleicht statt nur vier Tage eine volle Woche laufen, es sei aber fraglich, ob jemand bereit wäre, verlorenem Geld noch welches hinterherzuwerfen. Als für die zweite Woche keine Kartenvorverkäufe angekündigt wurden, schien das Schicksal von „HullaGulla" besiegelt. Doch dann wurde es Freitag, und während vier der sieben Kinos, in denen der Film angelaufen war, ihn abgesetzt hatten, verlängerten ihn die verbliebenen drei um eine Woche.

Bereits am folgenden Montag stand „Big fish eat small fish" bei Rhythm House, dem Plattenladen, der zum inoffiziellen Index der Plattenindustrie geworden war, auf Platz neun der Top Twenty der Hindi-Filmsongs. Die Woche darauf hatte „Big fish" Platz eins erreicht und würde dort vierzehn Wochen bleiben, bis „Ro le, ro le", Asmaans Parodie auf schmalzige, schnulzige Raj-Kapoor-Songs, ihn von der Spitze verdrängte und auf Platz vier verbannte. Noch bemerkenswerter war, dass „HullaGulla" sogar den neuen Rekord aufstellte, elf seiner siebzehn Songs an neun aufeinanderfolgenden Wochen gleichzeitig in den Charts zu haben. Die wirkliche Überraschung aber war „Tera kya hoga Bhagvaan", das religiöse Lied, das alles andere war als das. R&E – so das Kürzel, unter dem das Duo bald in der Filmmusik-Branche bekannt wurde – hatten es im melodischen Rahmen eines traditionell andächtigen Gesangs komponiert, doch die Rhythmusbegleitung hatte einen so unwiderstehlichen hämmernden Beat, dass es im Nu zum absoluten Disko-Hit wurde.

Als die Kritiker im Dezember die obligatorische jährliche Besprechung der zehn schlechtesten und zehn besten Filme des Jahres vorbereiteten, wussten sie nicht so recht, wie sie auf „HullaGulla" reagieren sollten. Was sollten sie von einer eklatant amoralischen schwarzen Komödie um einen Mann und eine Frau namens Raja und Rani halten, denen ehrliche Arbeit und ein anständiger Lebenswandel ein Gräuel sind; die lieber unschuldige Leute und die korruptesten Polizeibeamten, Bürokraten und Politiker reinlegen, als selbst reingelegt zu werden; die davon überzeugt sind, die Ehe sei der schnellste Weg zu Kummer, Leid und Trennung; die stolz darauf sind, Schwindler, Bauernfänger und Großbetrüger zu sein? Man stelle sich einen Hindi-Filmhelden vor, der einem ins Gesicht sagt: „Arbeit ist eine Religion. Leider haben mich meine Eltern streng atheistisch erzogen. Darum lasse ich die Finger davon. Aber ich bin großzügig und gestatte den anderen die Freiheit zu arbeiten und beziehe meinen Lebensunterhalt von ihnen." Das war zwar schlimm genug, doch konnte man das zumindest auf diese neumodische Masche „Antiheld" schieben. Doch was sollten die Rezensenten von einer Heldin halten, die erklärt: „Stehlen ist ein wahnsinniger Kick. Es ist besser als Koks und Sex zusammen. Es ist Adrenalin pur!" Und dann dem Publikum direkt ins Auge schaut und hinzufügt: „Ihr solltet es mal ausprobieren. Ihr werdet nie wieder auch nur einen einzigen Tag arbeiten!"

Durch und durch politisch unkorrekt, trat „HullaGulla" jedem auf die Füße und auf sonstige Körperteile. Raja ist Bengale, und er muss jeden, vor allem Rani, zu jeder sich bietenden Gelegenheit daran erinnern, dass die Bengalen die Krone der Menschheit sind. Er zitiert ständig Tagore, und geht ihm mal die Prosa aus, stimmt er irgendein Lied des großen Rabindranath an. Rani ist eine *Chitpavan*-Brahmanin aus Maharashtra. Wie ihre Vorfahren hat sie eine scharfe Zunge, mit der sie jeden, der sich mit ihr anlegt, zu Asche pulverisiert. Sie hört mit verzückter Aufmerksamkeit zu, wenn Raja behauptet, dass die Bengalen die Null und die Atombombe erfunden haben, besseres Englisch sprechen als die Engländer selbst, dass sie die Briten ausgetrickst und dem Subkontinent die Unabhängigkeit beschert haben. „Was'd nicht sagst", äfft sie dann seine bengalische Aussprache nach. „Aber du hast vergessen zu erwähnen, dass auch Gott Bengale ist." Raja bleibt ihr nichts schuldig. „Hast du nicht mal erzählt, dein Vater sei Arzt und dein Bruder studiert Plasmaphysik?", fragt er.

Raja und Rani lernen sich als Rivalen kennen, und selbst als sie sich die Hand reichen, steckt die andere jeweils in der Tasche des anderen. Selbst Diebe haben einen Ehrenkodex. Nicht so Raja und Rani. Sie sind Partner, und dennoch versuchen sie unentwegt, sich gegenseitig zu betrügen. Sie können sich nie über etwas einigen, nicht einmal über den Codenamen für den Monsterdiamanten, den sie zu stehlen beabsichtigen. Er nennt ihn nach der berühmten bengalischen Süßspeise Roshogolla, während sie sich darauf versteift, ihn „khada" zu nennen, das Marathi-Wort für „Kiesel" oder „Stein".

Die Kritiker wollten nicht zugeben, dass sie keinen Sinn für die überschwängliche Vitalität und den Witz des Films hatten, ebenso wenig für die unorthodoxe Handlungslinie und sein unsentimentales Ende, bei dem das sich stets zankende Diebespaar nicht im Gefängnis landet, sondern reich und glücklich wird. Die Filmmusik, die in Begriff war, sämtliche Absatzrekorde zu brechen, mussten sie wohl oder übel loben. Während sie immerhin feststellten, dass Asmaans Texte „anders" waren, entging ihnen die Tatsache, dass die Demaskierung des in der Branche vorherrschenden romantischen Kitsches, der etwa in „Pyaasa" und „Shri 420" selbstverliebte Blüten trieb, nur ein Teil ihrer Leistung war. In Wirklichkeit war es Asmaan gelungen, das Wesen jenes leichten Genres namens Hindi-Filmsong in etwas zu verwandeln, das durchaus imstande war, sich mit ernsten, äußerst kontroversen und sogar philosophischen Themen auseinanderzusetzen.

Der Film war nicht nur insgesamt rotzfrech und unverschämt, er war außerdem hier und da mit schrägen Einfällen gespickt, die den Gang der Handlung in Form von Kommentaren und Randbemerkungen unterbrachen. Nach einem Drittel der Streifens sagte eine Stimme aus dem Off: „Und hier ging uns die Kohle aus. Bevor wir auf die Knie fallen und unsere knickrigen, knauserigen Geldgeber anflehen, das auszuspucken, was sie zugesagt hatten, werden wir unsere Music Directors bitten, Sie so lange mit einer knalligen *item number* bei der Stange zu halten, die nicht das Geringste mit dem Film zu tun hat. Macht euch bereit, Freunde, wir werden dieses Kino rocken! Aber vergesst nicht, für uns zu beten, Brüder und Schwestern. Oder noch besser, wir lassen einfach den Hut herumgehen. Stop, fast hätt ich's vergessen! Wir bräuchten jemanden, der diese tierisch heiße Nummer choreographiert. Umsonst, versteht sich. Sollen doch diese zwei Volltrottel, unsere Music Directors, die Leinwand in Brand setzen!" Das war das Stichwort für den Titelsong, dessen Text in Assonanzen, Alliterationen, in hanebüchenen Reimen und Lautmalereien schwelgte und klug genug war, jeden Anspruch auf Sinn und Tiefsinn zu meiden. „HullaGulla, masha Allah, roshogolla, subhan Allah, khullam khulla, wallah walla, gajar ka halwa ..." Die Königin des Tanzes, Helen, lockte das Publikum mit lasziv gekrümmtem Zeigefinger zu sich heran, fuhr sich mit der feuchten Zungenspitze über ihre Lippen, wackelte mit dem Hintern und erntete tosenden Beifall.

Nachdem der Diamant gestohlen worden ist, sind die indische Polizei, die Mafia, die Versicherungsagenten und die Privatdetektive des Maharadschas, der den Stein zum Verkauf angeboten hatte, alle hinter den Dieben her. Raja und Rani stecken in ernsten Schwierigkeiten. Manchmal schwindeln sie sich einfach aus der Klemme, dann wieder ist es ihre Kampfkunst, die sie rettet. Und hier meldet sich erneut die Stimme aus dem Off zu quietschenden Autoreifen: „Das passiert eben, wenn man versucht, mit einem Minibudget einen Film zu drehen. Einem Mikrobudget, um exakt zu sein. Irgendwann ist dann das Ende der Fahnenstange erreicht. Für die Kampfszenen ist kein Geld mehr da. Die einzige Option ist, den Film hinzuschmeißen (bedeutungsvolle Pause) – es sei denn, wir können unsere unbezahlten Music Directors, Ravan und Eddie, dazu bewegen, mal eben kurz als Fight Directors einzuspringen. Absurd, sagt ihr? Ihr habt ja keine Ahnung, meine Freunde! Schaut sie euch einfach an: Die Leinwand wird bei ihren Stunts explodieren!"

Eddie und Ravan hatten es endlich geschafft. Sie wussten, dass dies ihr Moment war. Der Hindi-Film lebte von der Musik. Es waren die Songs, es war die berauschende Verbindung von Text und Melodie, die das Publikum immer und immer wieder in die Kinos lockte. Und die „Wiederholungszuschauer" waren eben das, was Filmen ihre Silver und Golden Jubilees bescherte. Ravan und Eddie mochten als Schauspieler gescheitert sein, aber ihre Musik war ein durchschlagender Erfolg. Drei Laufbahnen standen ihnen jetzt offen, als Music, Stunt und Dance Directors. Sie waren sicher, dass die Angebote ab jetzt nur noch so auf sie einprasseln und sie die freie Wahl haben würden. Sie warteten darauf, von den berühmten Regisseuren und den großen Produktionsfirmen bestürmt zu werden. Sie trauten sich kaum noch aus dem Haus, aus Angst, von Volksmengen umlagert zu werden, und ließen sich ganz bewusst in der Junior Artistes Association in Saat Rasta nicht mehr blicken. Sie brauchten jetzt nichts weiter zu tun, als still zu sitzen und auf die fetten Filmangebote zu warten.

Nicht nur Kinder, auch junge Männer und Frauen summten in den Bussen, auf der Straße und in den Zügen ihre Songs; Brass Bands spielten sie auf Hochzeiten; Taxifahrer drehten an ihren Kassettenrekordern die Lautstärke voll auf, wenn „Hulla-Gulla" losging; kein religiöses Fest, kein Geburtstag eines Gottes war in dieser Saison komplett, wenn nicht aus sämtlichen verfügbaren Lautsprechern Songs aus dem Film plärrten. Pikanterweise war „Big fish" zur inoffiziellen Hymne nicht nur der kleinen Leute, der stets Angeschmierten, der Sündenböcke, Unterprivilegierten und Loser des Subkontinents geworden, sondern auch der Bonzen und Großindustriellen, die sich gern als Opfer einer Gesellschaft betrachteten, die ihren Beitrag nicht würdigte und sie mit offenkundig unfairen Steuern, Vorschriften, gebührenpflichtigen Genehmigungen und Gesetzen drangsalierte.

Als „Big fish“ Platz eins der Hitparade erreichte, meinte Eddie, es sei an der Zeit zu feiern, und lud Ravan ins Volga ein. Ravan zögerte. Er machte sich Sorgen, was es kosten würde, auch wenn Eddie ihm versicherte, der Abend gehe auf ihn. Außerdem wusste Ravan nicht so recht, wie man sich in einem schicken Restaurant benahm. Der nobelste Laden, in dem er bis dahin gewesen war, war das Naaz Café auf Malabar Hill. Und so einmalig seine Lage auch sein mochte, letztlich war es auch nur ein gewöhnliches, billiges Irani-Lokal. Doch Eddie blieb eisern.

„Hey, Pawar, wann hatten wir zuletzt einen Hit, der es bis ganz nach oben geschafft hat? Genauer gesagt: Wann hatten wir zuletzt überhaupt etwas in der Hitparade? Wenn du nicht imstande bist, die glücklichsten Augenblicke in deinem Leben zu erkennen und dir zu gestatten, dich darüber zu freuen und zu feiern, ist das Einzige, worüber du dich wahrscheinlich noch freuen kannst, von einem Bus überfahren zu werden oder wenn deine Freundin zu dir sagt, du sollst dich verpissen, weil es einen neuen Mann in ihrem Leben gibt! Ob's dir jetzt passt oder nicht, wir gehen essen. Wird Zeit, dass du dich daran gewöhnst, in schummrige Lokale zu gehen, in denen die Schickeria speist und Wange an Wange tanzt. Im Volga spielt meistens eine interessante Combo. Wenn die was Eigenes spielen, können wir es klauen und es als unsere Komposition verkaufen. Was hältst du davon?“ Eddie hatte ein diabolisches Funkeln in den Augen. „Fürs Essen zahlen und dafür einen Song umsonst kriegen?“

Als sie ankamen, war das Restaurant schon fast voll besetzt. Man wies ihnen einen Tisch an der Seite zu, weitab vom Hauptsitzbereich. Eine heißblütig aussehende Frau sang gerade „Downtown“, während ein Trio mit Namen „High Tide“ sich alle Mühe gab, sie zu übertönen. Ein hochgewachsener junger Mann schlenderte auf die Sängerin zu, nahm ihr behutsam das Mikro aus der Hand und fragte: „Sie gestatten?“

„Schon passiert, Mr Virendra Malaviya." Ein ironisches Lächeln huschte über ihr Gesicht, als sei sie es gewohnt, dass reiche Gäste sie mitten im Lied unterbrachen. Es gab immer irgendein Playboy-Söhnchen eines Großindustriellen, der sich einbildete, er habe eine Stimme wie Johnny Cash, oder der dem Mädchen, mit dem er in dieser Nacht schlafen würde, Happy Birthday wünschen wollte. „Sie haben das Mikro, Sir, das Publikum gehört Ihnen."

Eddie hatte noch nie jemanden derart schick Angezogenen gesehen wie diesen Störenfried. Er mochte ein verwöhnter Schnösel sein, aber Eddie musste zugeben, dass der Mann Klasse hatte und seine Sachen so lässig trug, wie kein Hindi-Film-Superstar es fertigbrachte. Er sah aus wie aus einer Anzeige in einem der ausländischen Hochglanzmagazine wie „Vogue" oder „Harper's" entsprungen, die Pieta manchmal aus der Bibliothek mit nach Hause brachte. Über den Namen des Designers brauchte man nicht lange zu rätseln. Das ineinander verschränkte YSL prangte am Ärmelende seines weißen Dreiteilers, und die dunkelblaue Krawatte war über und über mit dem Zeichen bestickt.

„Meine Damen und Herren, gestatten Sie mir bitte, Ihnen eine Künstlerin vorzustellen, die ich gerade erst entdeckt habe. Sie wird die größte Sensation seit den Beatles werden. Sie ist schon jetzt der gefeierte Star Europas. Sie ist soeben zur besten Newcomerin des Jahres gewählt worden. Man hat sie mit klangvollen Namen verglichen – ‚die neue Joan Baez', ‚Donna Summer', ‚Ella Fitzgerald', ‚Janis Joplin' –, die allesamt an der Sache vorbeigehen." Der Mann lächelte selbstgefällig. „Denn sie ist, wie alle großen Sängerinnen, einmalig, einzigartig, nur sie selbst und es gibt nur eine Würdigung, die ihr gerecht werden kann: ihr eigener Gesang. Meine Damen und Herren: Solange Harcourt!"

Der Spot richtete sich auf eine Frau, die kaum verheimlichen konnte, wie unangenehm es ihr war, ins Rampenlicht geholt zu werden. Von ihrem Platz aus konnten Eddie und Ravan sie nicht gut sehen. Als das Klatschen der Leute heftiger wurde, stand sie zögernd auf und ging ans Mikrophon. Sie war nicht besonders groß und stand jetzt aufrecht auf der Bühne. Der Spot tauchte sie in einen Lichtkreis. Sie erzeugte ihr eigenes magnetisches Feld, und das Publikum spürte bereits die Anziehungskraft ihrer Persönlichkeit.

„Hey. Das unverdiente, übertriebene Lob meiner Gönner und Freunde täuscht. Ich bin bestenfalls eine Gelegenheitssängerin. Den Preis als beste Newcomerin in der Sparte Gesang hat mir eine mittlerweile eingegangene Musikzeitschrift verliehen, die hoffte, noch einmal die Kurve zu kriegen. Doch Sie waren so freundlich und haben mir wohlwollend applaudiert. Dafür bin ich Ihnen ein, zwei Songs schuldig."

Sie startete mit Cole Porters „It's all right with me". Ravan und Eddie konnten sie immer noch nicht richtig erkennen, aber die erste Zeile genügte, und Eddie wusste, wer sie war. Wie immer war ihre Artikulation makellos. Sie zog weder das Tempo an, noch zerhackte sie die Melodie mit Synkopen, noch jazzte sie ihren Gesang mit wilden Scats an. Es ging ihr nicht darum, die eigene Virtuosität vorzuführen, sie konzentrierte sich ganz auf die Worte und all das, was Porter ungesagt gelassen hatte. Sie besaß dieselbe lässige Leichtigkeit, die Frank Sinatra dem Song eingeflößt hatte, nur ein Anflug von Wehmut kam hinzu. Er sagte dem Zuhörer, dass Schmerz, Kummer und Verlust Privatangelegenheiten waren und überwunden und zu Asche verbrannt werden mussten, damit niemand auf die Idee kam, von ihnen zu kosten. Um wen trauerte sie: den Geliebten, den sie verloren, vielleicht verlassen hatte, oder den neuen, der immer nur die zweite Wahl sein und im Schatten der früheren Liebe leben würde?

Ravan wagte es nicht, seinem Freund in die Augen zu sehen. Nach langer Zeit erst schien Eddie seinen Frieden mit Belles Abwesenheit gemacht und endlich akzeptiert zu haben, dass sie unwiderruflich verschwunden war und nie mehr auftauchen würde. Jetzt aber war sie wieder da und sie hatte es nicht einmal für nötig befunden, ihm zu schreiben oder gar bei ihm vorbeizukommen. Ravan hatte nicht die geringste Lust, mit ansehen zu müssen, wie eine alte Wunde wieder aufgerissen wurde.

Belles nächstes Stück war etwas sonderbar gewählt. Sie sang „Love's a traitor". Der Liedtext weckte zwiespältige Erinnerungen. „Keine größere Verräterin als die Liebe. Je verliebter du bist, desto mehr musst du dich vorsehen. Denn so und nicht anders ist die Liebe. Sie erwischt dich mit runtergelassener Hose. Und ist sie mit dir fertig, verschwindet sie, egal ob du mit ihr fertig bist oder nicht." Ravan hatte das Lied noch nie gehört. Die Ironie des Textes erinnerte ihn an Asmaans Gedichte. Liebende verraten einander, oder liegt es in der Natur der Liebe selbst, weiterzuziehen und ihre Opfer hinter sich zu lassen? Im Raum saßen ungefähr siebzig bis achtzig Leute, aber es klang, als seien es mindestens sieben- oder achthundert. Als Belle sich verbeugte und zu ihrem Tisch zurückging, kannte der Applaus keine Grenzen. Der Beifall wollte einfach nicht verstummen, und so blieb ihr keine andere Wahl, als auf die Bühne zurückzukehren. Sie nahm das Mikro und sagte: „Mal sehen, ob Sie diesen Song erkennen."

Und dann schmetterte sie „Tera kya hoga Bhagvaan". Virendra Malaviya verzog das Gesicht, aber das Publikum rastete völlig aus.

Es zeigte sich, dass Eddie noch immer imstande war, Ravan zu überraschen. Er war so außer sich vor Freude, Belle zu sehen, dass er zur Bühne ging und seine ehemalige Freundin umarmte und so lange mit dem Kopf wackelte, dass man um seine Gesundheit fürchten musste.

„Das ist absolut irre!" Er versuchte, dem jungen Virendra die Hand zu schütteln. „Ich weiß nicht, wie ich Ihnen dafür danken kann, dass Sie Belle nach Indien zurückgebracht haben! Wir kannten uns schon als Teenager."

„Ihr Name ist Solange. Solange Harcourt."

„Solange? Ah, ich verstehe. Solange. Echt erstklassiger Name. Aber der ist fürs Marketing, vermute ich mal. Ich kenne sie als Belle. Ich hab mich noch nicht vorgestellt. Ich heiße Eddie Coutinho, und das hier ist Ravan Pawar."

Beschwipst vor Glück, beharrte Eddie darauf, gemeinsam mit allen auf einen Kaffee ins Taj gehen, um Belles Rückkehr zu feiern, obwohl Belles Begleiter schroff erwiderte, das komme überhaupt nicht in Frage. Eddie schien irgendwie nicht mitbekommen zu haben, dass Belle und der Mann im Designeranzug ein Paar waren und unter sich sein wollten.

„Sag es ihm, Belle, dass wir alte Freunde sind und dass ich sehr lange auf dieses Wiedersehen gewartet habe! Das müssen Sie sich vorstellen", er legte den Arm um den Mann, als seien sie die besten Kumpel, „es war reiner Zufall, dass wir ins Volga gekommen sind. Wir hätten ebenso gut ins Gaylord oder Venice gehen können! Aber ich glaube nicht, dass es einfach nur Zufall war. Es war uns vorbestimmt, uns hier zu begegnen!"

„Mag sein, aber ich kann Ihnen versichern, dass es sich gleich ausbegegnet hat, weil wir bereits genug von Ihnen haben."

Belle hatte sich sichtlich unwohl gefühlt, als Eddie auftauchte, und wirkte erleichtert, als ihr Begleiter Eddies Einladung ausgeschlagen hatte, aber jetzt erschrak sie angesichts seines rüpelhaften Verhaltens und versuchte, die Sache auszubügeln. „Lass es uns auf ein anderes Mal verschieben, Eddie. Bitte. Ich bin gerade zurückgekommen und der Jetlag macht mir noch zu schaffen."

Eddie war zerknirscht, wollte aber sofort ein Datum und eine Uhrzeit festmachen. „Natürlich. Verstehe ich völlig. Sag mir einfach, wann, und wir verschwinden."

„Warum kümmern Sie sich nicht um Ihre eigenen Angelegenheiten? Solange hat für die Dauer ihres Aufenthalts einen vollen Terminkalender."

„Komm, wir gehen, Eddie." Ravan spürte, dass Eddies Aufgekratztheit nachließ und einer spürbaren Verärgerung wich.

„Warum lassen Sie sie nicht für sich selber sprechen? Ich kann Ihnen versichern, die Dame hat einen eigenen Kopf und schätzt es nicht, herumgeschubst zu werden."

„Der Einzige, der hier gleich herumgeschubst wird, sind Sie. Jetzt verziehen Sie sich, bevor ich den Türsteher rufe, damit er Sie mit einem Arschtritt hinausbefördert!"

Sie hatten inzwischen das Lokal verlassen, und Belles Freund öffnete die Tür eines silberfarbenen Kabrios mit dem eigenartigen Namen „Bugatti".

„Sie wollen sich doch bestimmt nicht Ihren hübschen weißen Anzug schmutzig machen, oder?“ Eddie schnippte ein unsichtbares Staubkörnchen vom Revers des YSL-Jacketts, um seiner Meinung über die Einfalt des Mannes Ausdruck zu verleihen. Vielleicht erinnerte sich Belle daran, dass Eddie täglich in der Sportanlage der Sabha trainierte. Vielleicht ahnte sie ziemlich genau, worauf dieses Gespräch zusteuerte und wer an dessen Ende auf dem Boden liegen würde.

„Bitte, Eddie, ich flehe dich an. Lass mich heute in Frieden gehen. Wir sehen uns dann in ein paar Tagen. Versprochen.“

„Wo?“

„Wie wär's mit dem Irani Café bei dir an der Ecke? Wie heißt es noch mal? Ach ja. Light of India.“ Sie lächelte, wie in schönen Erinnerungen versunken. „Die brühen da den fiesesten und dickflüssigsten Tee der Welt. Selbst mit Betonschuhen an den Füßen würde man noch darin schwimmen.“

„Du vergisst die *brun maskas*.“

„Du kannst dir gar nicht vorstellen, wie ich die vermisst habe. Kein britisches Butterbrot kommt auch nur entfernt dagegen an!“

„Kommst du jetzt, oder hast du vor, hier zu übernachten?“, fragte der neue Liebhaber gereizt.

„Ich rede noch“, entgegnete Belle, ohne ihn anzusehen.

„Wann?“, fragte Eddie.

„Donnerstagabend um sieben.“

„Rat mal, wen Eddie und ich getroffen haben, als wir gestern Abend im Volga essen waren!“ Ravan konnte es am nächsten Tag nicht erwarten, mit Asmaan zu reden.

„Im Volga? Wow. Was hattet ihr zu feiern? Erzähl mir nicht, dass Raj-sahab euch für die männlichen Hauptrollen des nächsten Dutzends RK-Produktionen unter Vertrag genommen hat!“

„Ich seh schon, du bist wieder in einer deiner verrückten Stimmungen.“

„Liz Taylor, Garam Dharam, Gregory Peck und Hema Malini haben sich zu euch an den Tisch gesetzt.“

„Hör auf damit."

„Tut mir leid. Ehrlich." Asmaan ging sofort in die Defensive. „Da ich noch nie im Volga war, kann ich unmöglich wissen, wen man dort so treffen kann. Außerdem hättest du mich nicht gefragt, wenn du dir nicht sicher wärst, dass ich es nicht erraten würde. Also, wer war es?" Sie sah Ravan in die Augen und sagte: „Wie wär es mit Belle? Derjenigen, für die Eddies Glöckchen ständig klingeln?"

Ravans langes Gesicht hätte mühelos bis zur Antarktis gereicht. „Wie hast du das erraten? Du hast uns gesehen! Nein, Eddie war bei dir und hat dir davon erzählt."

„Nein. Das war die Eine-Millionen-Antwort, ohne Joker."

Ravan sah nicht überzeugt aus.

„Ich schwöre! Glaubst du mir jetzt?"

„Belle war nicht allein."

„Das überrascht mich weniger. Wer war der Glückliche?"

„Virendra Malaviya."

„Du machst wohl Witze!" Jetzt war Asmaan an der Reihe, die Augen aufzureißen. „Du meinst den zukünftigen Erben der Malaviya-Millionen?"

„Genau den. Ich weiß, es ist kaum zu glauben, aber es stimmt. Ziemlich seltsamer Umgang, wenn du mich fragst, besonders für jemanden, der mit beiden Füßen fest auf der Erde steht wie Belle. Ich meine, dieser Typ bildet sich ein, die Sonne würde aus seinem Hintern strahlen."

„Junge Junge, da ist sie ja auf eine Goldader gestoßen! Ich hätte nichts dagegen, mit ihr zu tauschen."

„Ich spreche nicht von ihr. Es ist Eddie, der sich komisch verhält. Ich hatte gedacht, er würde richtig wütend auf sie sein. Ich meine, echt wütend. Doch stattdessen schien er sich dermaßen zu freuen, Belle zu sehen, als hätten sie niemals irgendwelche Probleme miteinander gehabt. Ihr war die Sache ziemlich unangenehm, und sie wusste nicht, worauf das alles hinauslaufen würde, aber bei Eddie – keine Spur davon. Er blieb eisern die gute Laune in Person. Wirst du daraus schlau?"

„Was ist so überraschend daran? Sie hat ihm das Herz gebrochen, und jetzt kann er anfangen, es wieder zusammenzusetzen."

„Du hast es nicht kapiert. Ich glaube nicht, dass sie die geringste Absicht hat, zu ihm zurückzukehren."

„Noch nie was von wahrer Liebe gehört? Eddie ist in dieser Hinsicht ein besonders schlimmer Fall. Und vergiss nicht, Eddie ist gesegnet unter den Menschen. Er ist schlicht unfähig, lange nachtragend zu sein."

„Ich kapier's trotzdem nicht. Malaviya hat sich echt alle Mühe gegeben, Eddie zu beleidigen, aber er war einfach nicht aus der Fassung zu bringen."

„Ist dir noch nie der Gedanke gekommen, dass Eddie möglicherweise nicht so naiv ist, wie wir vielleicht gerne glauben würden? Ich meine damit nicht, dass er verschlagen wäre, er hat ganz einfach einen gesunden Selbsterhaltungstrieb und lässt sich jetzt eben von seinem Instinkt leiten. Er schätzt wohl, dass er auf Zeit spielen kann."

Ravan bezweifelte, dass Asmaan in nennenswerter Weise zur Erklärung des seltsamen Verhaltens seines Freundes beigetragen hatte, aber eines war sicher: Die einzige Person, die Licht in die Sache hätte bringen können, würde er nicht fragen. Nämlich Eddie selbst.

Sobald Tee und Brun Maska bestellt waren, konnte sich Belle nicht mehr zurückhalten. „Es tut mir leid. Ich habe auch keine Entschuldigung, die ich vorbringen könnte. Ich weiß, dass du auf mich gewartet und immer weitergewartet hast. Du hast Wort gehalten. Diesmal bist du treu geblieben und ich nicht."

Eddie lächelte und tat ihre Worte mit einer Handbewegung ab. „Das ist Vergangenheit, und du weißt, was für ein schlechtes Gedächtnis ich habe. Du sollst nur wissen, wie glücklich und dankbar ich bin, dich zu sehen. Du bist noch immer dieselbe und trotzdem – wie hat dein Auslandsaufenthalt dich verändert! Ich habe dich an dem Abend singen hören und ich war froh, dass du Bombay damals verlassen hast."

Belle sah ihn verwirrt an. „Bist du dir sicher, dass du nicht Theater spielst, Eddie? Du trägst mir wirklich nicht nach, dass ich dich so böse enttäuscht habe?"

„Ich war verwirrt und verletzt. Jetzt kann ich darüber lachen, aber damals bin ich zerbrochen. Ich hab Ravan und Asmaan – das ist die Frau, die für uns die Texte schreibt – das Leben zur Hölle gemacht, aber auf dich bin ich nie wütend gewesen. Du hast mir einfach nur gefehlt, so, dass mir die Luft ausging. Aber jetzt bist du wieder da, schöner als je zuvor, und du hast eine Art von Selbstsicherheit und Glanz, die man nur durch Reisen bekommt – oder vielleicht durch schlimme Erlebnisse."

„Es war die Hölle, Eddie, die reine Hölle. Ich hätte alles dafür gegeben, zurückkommen zu können."

„Das glaube ich dir. Aber du bist geblieben."

„Du hasst mich nicht? Ich würde es verdienen."

Eddie lachte. „Und wenn du dir noch so viel Mühe gibst, du stimmst mich nicht um! Aber so einfach kommst du mir nicht davon. Falls Ravan und ich einmal einen besonderen, einen wirklich besonderen Song haben, dann werden wir ihn mit dir aufnehmen."

„Ich hab dich falsch eingeschätzt, Eddie. Ich hatte eine wahnsinnige Angst, dir über den Weg zu laufen. Das war dumm von mir. Und verdammt unfair dir gegenüber."

„Hey, könnten wir jetzt mal eine andere Platte auflegen? Was Fröhliches?"

„Es tut mir leid wegen neulich. Virendra kann so liebevoll sein, und dann brechen urplötzlich die Industriellensöhnchen-Gene in ihm durch, und er wird roh und beleidigend."

„Ist schon okay. Er hat das bezauberndste Mädchen der Stadt an der Angel, und das ist ihm wohl etwas zu Kopf gestiegen."

„Versprichst du mir etwas, Eddie?"

„Sag, was, und dann schauen wir mal."

„Mit uns beiden hätte es etwas ganz Besonderes werden können, aber es hat nicht geklappt. Wir hatten einfach keine Chance. Aber es ist vorbei und begraben. Die Vergangenheit heißt deswegen vergangen, weil keiner sie mehr ändern kann. Versprich mir, dass du nie versuchen wirst, dich in mein Leben einzumischen!"

„Nie?" Eddie lächelte. „Nie ist so unendlich lang, Belle, und ich weiß nicht, wie man bis nie zählt." Belle zuckte zusammen. Sie wusste zwar, dass Eddie es ihr mit diesen Worten nicht heimzahlen wollte, aber sie taten trotzdem weh. „Zum Glück gibt es keine absolute Ziellinie, die wir erreichen müssten. Vielleicht reden wir noch einmal darüber, wenn du den fünfundzwanzigsten Song für Ravan und mich aufgenommen hast. Wie wäre es damit?"

Den fünfundzwanzigsten Song. Die Worte sollten Eddie bis in den Schlaf hinein verfolgen. Nach dem phänomenalen Erfolg von „HullaGulla" war er wie selbstverständlich davon ausgegangen, dass Ravan und er nicht mehr aufzuhalten sein würden. Ihre Karriere befand sich auf dem steil aufsteigenden Ast, und sie würden Hunderte, wenn nicht Tausende von Songs aufnehmen, und wenigstens fünfundzwanzig davon würde Belle singen. Doch Wochen waren vergangen, und nicht ein Produzent, Regisseur oder auch nur zweiter oder dritter Regieassistent hatte sich bei Eddie und Ravan gemeldet. Wie war das möglich? Was war schiefgelaufen? Ihre Songs brachen jeden einzelnen Rekord in der Musikindustrie. Sie träumten sich das nicht bloß zusammen; „Screen" und die übrigen Filmzeitschriften veröffentlichten die wöchentlichen Verkaufszahlen der Top-Thirty-Singles. Das ergab einfach keinen Sinn. Wie oft hatten sie in der Statistengewerkschaft den Spruch „Erfolg zeugt Erfolg" gehört? Vielleicht waren sie ja die Ausnahme, die die Regel bestätigte. Vielleicht waren sie schlicht und einfach Pechvögel. Vielleicht besaßen sie die seltenste aller Gaben: die Fähigkeit, Ambrosia in Gift zu verwandeln.

Wochen später kehrte Ravan zu seinem Taxi und Eddie zu seinem Job als Automechaniker zurück.

Epilog

Jaate thé Japan, pahunch gaye Chiin
Du wolltest nach Japan und bist in China gelandet

Natürlich werden Sie das alles nicht glauben. Aber wen kümmert das? Die Fakten sind unwiderlegbar und auch für jedermann nachzuprüfen. Die fünfstöckigen CWD-Chawls – jawohl, alle neunundsiebzig – schossen innerhalb von nur sieben Tagen fünfdreiviertel Meilen in die Höhe. Aber das war noch das Geringste, was diese Woche an Verwerfungen zu bieten hatte. Die Gebäude standen nicht mehr auf festem Boden. Selbst die Erdgeschosse schwebten hoch oben in den Wolken. Was die Bewohner anbelangte – tja, was soll man sagen? Sie hatten sich nicht nur ihre Nasen an der Himmelskuppel platt gedrückt, nein, sie waren allesamt auf den Berg Kailash versetzt worden, die Wohnstatt der Götter.

Doch das wahre Wunder war nicht die neue physische Umgebung. Es war vielmehr, wie diese auf die Seele und den Geist der CWD-Chawl-Bewohner gewirkt hatte. In den CWD-Chawls geboren zu werden, verurteilte einen zur Vorhölle der Resignation. Was immer geschah, war vorherbestimmt. Dein Großvater und dein Vater waren Hilfsarbeiter und Tagelöhner gewesen. Du hattest es vielleicht ein Stückchen weitergebracht und einen festen Job am Hafen oder bei der Eisenbahn ergattert, aber letztlich lief es auf das Gleiche hinaus. Du würdest dein Leben lang ein Kuli bleiben. Und was deinen Sohn betraf – womöglich hegtest du große Hoffnungen für ihn und hast ihn angespornt, mehr zustande zu bringen, aber höchstwahrscheinlich würde er den Mittelschulabschluss verbocken und, falls er Glück hatte, Liftboy, Kranführer oder Busfahrer werden. Widerstand oder Auflehnung waren zwecklos. Man konnte nichts anderes tun, als das Knie zu beugen und akzeptieren, was in den Sternen geschrieben stand.

Das war einmal. Urplötzlich konnte man dem Schicksal „leck mich“ sagen. Man konnte tun, was immer man wollte. Man konnte sein eigenes Los bestimmen.

Es war, als wären die Mauern, die die Chawl-Bewohner und deren Stellung im Leben definiert hatten, schlagartig eingestürzt und all die Tabus, Hemmungen, Vorschriften und Verbote, jedes „du kannst nicht“ und „du darfst nicht“ und „du sollst nicht“ und „du wagst es nicht“ außer Kraft gesetzt. Die Dikshits, die Prabhus, die Mhatres, die D'Souzas, die D'Mellos und alle anderen aus den CWD-Chawls waren sich vollends der Tatsache bewusst, dass nur die Superreichen sich den Luxus erlauben konnten zu träumen. Wenn man arm geboren war, dann tat man gut daran, seine Kinder schon in zartem Alter zu verkrüppeln; man brach ihnen die Beine oder blendete sie, sodass sie nicht die Dummheit begehen würden, zu hoch hinauszuwollen und Hirngespinsten nachzujagen. Und doch entwickelten selbst ältere Leute neuerdings wahnhafte Ideen und phantasierten schamlos.

Die Menschen in den CWD-Chawls hatten tatsächlich angefangen zu glauben, so ziemlich alles sei möglich. Praveen Satam würde kein Hafenarbeiter wie sein Vater werden; er würde die Hochschulreife erlangen, zur Handelsmarine gehen und erster Offizier werden. Errol Fernandes hatte es sich in den Kopf gesetzt, seinen Job als Bedienung im Radio Club hinzuschmeißen. Wenn's hart auf hart kommen sollte, würde er seine Schwester bitten, ihre Hochzeit zu verschieben, oder seine Mutter anflehen, ihren Schmuck zu verpfänden, sodass er sich beim Institute of Catering in Shivaji Park einschreiben und später im Taj Mahal Hotel Hilfskoch werden könnte.

Der Fall der Lata Randive aus dem dritten Stock von CWD-Chawl Nr. 23 war zwar etwas extrem, gab einem jedoch eine gewisse Vorstellung von der umwälzenden Kraft der Veränderungen, die die Psyche der CWD-Chawls erfasst hatten. Lata sollte am 9. Dezember mit Ramesh Punekar, einem Angestellten der

Union Bank, verheiratet werden. Die Hochzeitskarten waren gedruckt und sollten am folgenden Montag verschickt werden. Doch Lata spielte nicht mehr mit. Sie würde ihrem – nicht in sie, sondern in sich selbst – unsterblich verliebten Verlobten sagen, dass es ihr piepegal war, ob er seine pelzige Brust mit Wachs enthaarte und seinen Macho-Schnurrbart zwirbelte, seine südliche Behaarung abrasierte oder so lang wachsen ließ, dass er sich Zöpfchen daraus flechten konnte, denn sie setzte sich ab und ließ die Hochzeit platzen. Die Welt erwartete sie mit offenen Armen. Sie würde Stewardess bei Air India werden und die Welt sehen. Und, wer weiß, eine Affäre mit einem australischen Cricketspieler haben oder Miss Indien und dann Miss Universum werden.

Was läuft hier ab? Wer treibt diese Psychospiele? Wie konnte sich innerhalb von gerade mal sieben Tagen alles so radikal verändern? Schauen Sie aus einem beliebigen Fenster eines beliebigen CWD-Chawls, und Ihnen wird ein außergewöhnlicher Anblick zuteilwerden. Vor CWD-Chawl Nr. 17 parkt eine lange Reihe von Autos – und nicht etwa Premier Padminis oder Ambassadors, um Gottes Willen, sondern ausländische Fabrikate wie Cadillacs, Buicks und Jaguars.

Wo, so könnten Sie mit Fug und Recht fragen, waren alle diese Fürsten der Hindi-Filmindustrie, die sich jetzt gegenseitig anrempelten, schubsten und prügelten, um die neuen Stars unter Vertrag zu bekommen, während der Zeit gewesen, als Ravan und Eddie auf ein schlichtes Wort der Anerkennung gewartet hatten? Was hatte sie so lange aufgehalten? Vieles, sagten sie, aber gewiss nicht fehlender guter Wille. Was denn dann zum Beispiel?, fragte Eddie. Nun, zum einen war ClickClick Kapil, der Regisseur von „HullaGulla", ohne jegliche Vorwarnung abgetaucht. Er hatte geheiratet und verbrachte die Flitterwochen irgendwo außerhalb der Stadt. Nicht einmal sein erster Regieassistent wusste, wo er sich aufhielt. Er hatte weder eine Nachsendeadresse noch eine Telefonnummer hinterlassen. Und seine Angehörigen? Das waren Geschäftsleute aus Kanpur, aber es hieß, der Vater habe den

Kontakt zu ihm abgebrochen, da ClickClick sich darauf versteift hatte, statt in das Familienunternehmen einzusteigen, zum Film zu gehen.

Das allerdings war kein unüberwindliches Hindernis. Schließlich wäre die normale und verlässliche Informationsquelle unter den gegebenen Umständen der Music Director gewesen, dem das neue Gespann, Eddie und Ravan, schon seit Jahren assistierte. Sie kontaktierten jeden haupt- und nebenberuflichen Komponisten in der Branche, aber niemand von ihnen hatte die leiseste Ahnung, wer R & E waren. Auch sie waren von diesem Komponistengespann, von dem noch keiner etwas gehört und das trotzdem ein solch sensationelles Debüt hingelegt hatte, völlig überrumpelt worden. Eine Zeit lang sah es aus, als könnte diese pandemische Unwissenheit nur auf Missgunst und Eifersucht unter Kollegen und eine daraus folgende Verschwörung des Schweigens zurückzuführen sein. Doch seltsamerweise hatte auch von der Verfasserin der Songtexte, einer gewissen Asmaan, kein Mensch je etwas gehört.

Dann endlich begriffen die Koryphäen aus Bombays Kinowelt, dass sie die Sache völlig falsch angepackt und ein Problem erschaffen hatten, das gar nicht existierte. Die Lösung war lächerlich einfach: das Telefonbuch. Einfach nur Ravan und Eddie nachschlagen, und man würde ihre Telefonnummern und Adressen haben! Es hätte eigentlich kinderleicht sein müssen, aber es gab ein Aber. Zugegeben, in der Hindi-Filmindustrie war es für viele Music Directors geradezu Ehrensache, nur bei ihrem Vornamen bekannt zu sein – und dazu zählten so grandiose Talente wie Roshan, Ravi, Naushad, Shankar-Jaikishen, Jaidev, Khayyam. Aber versuch einer mal, unter ein, zwei Millionen Nachnamen zwei Vornamen zu finden, und sei einer davon auch noch so ausgefallen wie Ravan! Als ClickClicks erster Regieassistent schließlich verriet, dass weder E noch R Telefon hatten, war es klar, dass sie das Ende der Sackgasse erreicht hatten. Entweder es gab niemanden, der Ravan oder Eddie hieß, oder die beiden waren so einsiedlerisch, dass keiner mit ihnen in Kontakt treten konnte.

Es gab noch einen weiteren Grund – einen, den keiner von ihnen aussprechen mochte. War es auch nur entfernt vorstellbar, dass jemand, der in diesem Getto namens CWD-Chawls hauste, das Können, ganz zu schweigen vom Genie, haben sollte, eine filmische Totgeburt mit dem Titel „HullaGulla" in einen Blockbuster zu verwandeln, und das auch noch mit bahnbrechender Musik, Tanz- und Kampf-Choreographie?

Ravan fühlte sich mit all diesen überspannten Filmleuten, die beschlossen hatten, sich selbst in CWD-Chawl Nr. 17 einzuladen, irgendwie unverbunden. Es war, als säße er in einer Glaszelle, in der er alles sehen und hören konnte. Sein Gefängnis hatte eine Tür, und die stand offen. Er hätte jederzeit hinausspazieren können. Dennoch er hatte keinen anderen Wunsch, als zuzuschauen und zu beobachten, als sei das, was da draußen ablief, das Leben eines anderen. Er würde ganz bestimmt nicht in dieses Hindi-Filmklischee verfallen und sich fragen, ob dies alles ein Traum sei, gefolgt vom klassischen verwirrten: „*Main kahan hun?*" Er wusste verdammt genau, wo er war. Eddie und er waren in seiner Wohnung im vierten Stock, und ein schwergewichtiger Produzent gab sich alle Mühe, sie für seinen nächsten Film als Komponisten, Tanz- und Kampfchoreographen zu gewinnen. Das war real, und höchste Zeit dazu.

Erst vor einigen Tagen hatte er morgens vom Balkon, von dem er vor langer, langer Zeit hinuntergesprungen war, nach unten geschaut und sein Taxi inmitten der planlos geparkten ausländischen Wagen vor seinem Haus gesehen. Das Gelb-und-Schwarz seines Taxis, das war ihm klar, waren die Farben seiner Vergangenheit. Aber so sehr er sich auch bemühte, hätte er nicht sagen können, welche Farben künftig an ihre Stelle treten würden.

Wie oft hatte er seine Statistenkollegen, ausgenommen Asmaan, sagen hören, alles im Leben sei vorherbestimmt! War tatsächlich alles vorgezeichnet, Hochzeit, Geburt, jede falsche Abzweigung, sämtliche verpassten Gelegenheiten und die abrupten Aufs und Abs des Glücks? War es Schicksal oder ein einziges Aufgut-Glück-Geschäft? War das sogenannte Schicksal nichts als eine Folge von Zufällen? Der Bollywood-Tycoon saß auf Shankarraos Bett. Parvati-bai hatte ihren Mann in die Küche bugsiert, und sie selbst kam nur heraus, um dem Gast Tee zu servieren. Ravan beobachtete jetzt Eddie dabei, wie er sich mit der Nummer eins der Branche unterhielt. Er wirkte vollkommen unbefangen. Wie zum Teufel machte er das bloß? Lag es daran, dass er aus einer aristokratischen Familie kam? Aber das tat Pieta schließlich auch. Und sie war das genaue Gegenteil ihres Bruders, scheu und zurückhaltend –, wenngleich Ravan zugeben musste, dass sie, wenn man sie erst näher kannte, einen ganz anderen, energischen und selbstsicheren Eindruck machte.

Eines war allerdings klar. Der Knoten war am Ende doch geplatzt. Die gesamte Hindi-Filmwelt, jeder, der in Bollywood irgendjemand war, stand vor CWD-Chawl Nr. 17 Schlange, um Eddie und Ravan zu sprechen.

Der Filmmogul unterbrach Ravans Grübeleien und sagte: „Tut mir leid, aber ich gehe hier nicht weg, ehe ich nicht ein Ja habe, eine feste Zusage von Ihnen und Eddie."

Es war ein wunderbares Gefühl, endlich anerkannt zu sein; so begehrt und umworben zu sein; eine Berühmtheit zu sein; gesagt zu bekommen, dass Eddie und er über Erfolg und Scheitern eines Films entscheiden konnten. Ja, sie waren nun jenes fabulöse Etwas, das sich „the toast of the town" nennt, und sie konnten gar nicht genug davon kriegen. Und trotzdem summte Ravan die ganze Zeit einen seiner Lieblingssongs aus dem Film „Chalti ka Naam Gaadi", mitreißend vertont vom genialen S. D. Burman. „Jaate thé Japan, pahunch gaye Chiin, samajh gaye na?"* Eddie beobachtete Ravan, und jetzt hatte auch er das Lied auf den Lippen: „Jaate thé Japan, pahunch gaye Chiin, samajh gaye na?"

* Du wolltest nach Japan und bist in China gelandet, kapiert?

Danksagung

Ich habe Autoren kennengelernt, die mir versichert haben, sie bräuchten sich nur an den Schreibtisch zu setzen, und die Worte würden wie von selbst fließen. Und ich habe von anderen gehört, deren Texte so makellos durchgeformt hervorströmen, dass nicht ein Jota an ihnen geändert zu werden braucht und somit natürlich jegliches Lektorat überflüssig wird. Derlei Wundertiere sind wahrlich Auserwählte Gottes. Leider gehöre ich nicht zu diesem Geschlecht. Als vor Kurzem eine Studie über meine Schreibkunst durchgeführt wurde, stellte sich heraus, dass ein durchschnittlicher Satz von mir elf orthografische Fehler enthielt; und meine Syntax war dermaßen mangelhaft, dass man schon des Paschtu oder Inuktitut mächtig sein musste, um zu verstehen, was ich eigentlich meinte.

Dies bedeutete, dass jedes Wort, das ich schrieb, auf Rechtschreibung, Grammatik und Bedeutung hin überprüft werden musste. Es ist mir schlechterdings nicht möglich, alle Personen aufzulisten, die an diesem Buch mitgearbeitet haben. Hier aber kommen einige, die meinem wurmstichigen Gedächtnis bisher nicht entfallen sind. (Ich brauche kaum hinzuzufügen, dass – wie für gewöhnlich bei allen Undankbaren – was immer, wenn überhaupt gut an diesem Roman ist, von mir stammt, während alle Mängel und Exzesse ausschließlich auf die Kappe der freundlichen Seelen gehen, die sich beim Versuch, mir zu helfen, die Haare ausgerauft, die Augen verdorben und um ihre geistige Gesundheit gebracht haben.)

Pervin Mahoneys Geduld und Nachsicht sowie ihre Bestimmtheit waren monumental. Wochenlang ist sie das Manuskript Wort für Wort und Satz für Satz durchgegangen. Dem Team bei HarperCollins gebührt meine ewige Dankbarkeit. An erster Stelle zu nennen ist dabei V. K. Karthika, Herausgeberin und Cheflektorin, die trotz ihres überfüllten Terminkalenders das Buch sorgfältig durchgearbeitet und viele kluge Vorschläge gemacht hat. Shantanu Ray Chaudhuri, gesegnet sei er, der wie kaum ein anderer weiß, dass Gott im Detail steckt, hat mich immer wieder ertappt. Und auch Resham George, der das Buch Korrektur gelesen hat, sei Dank.

Drei weitere Personen möchte ich noch besonders erwähnen: Naresh Fernandes, der das Buch über Nacht lesen musste, und Gregory Booth, dessen Monographie über indische Hochzeitskapellen eine wertvolle Quelle für mich darstellte. „Die Statisten“ hatten das Glück, in Deepa Menon eine echte Last-Minute-Gute-Fee zu finden. Sie hat noch ein paar Fehler entdeckt, die mir leider durch die Finger geflutscht waren.

Und wie kann ich jemals Tulsi Vatsal dafür danken, dass sie von dem Augenblick an, da ich das Buch (wie immer voreilig) für fertig erklärte, bei der Sache geblieben ist! Ich habe bereits den Heiligen Stuhl davon in Kenntnis gesetzt, dass sie wegen ihres heldenmütigen Beharrungsvermögens und ihres eisernen Willens im Angesicht meiner sturen Uneinsichtigkeit zumindest einen päpstlichen Orden verdient. Sollten Sie durch eine glückliche Fügung Vergnügen an der Gesellschaft meiner zwei Statisten haben, wird es zu einem großen Teil ihr zu verdanken sein.

Glossar

Hinweis zur Schreibweise indischer Hauptwörter: Die erste Nennung im Text wird kursiv und klein geschrieben (bei Eigennamen und Titeln groß), ab der zweiten Nennung werden die Hauptwörter „eingedeutscht“ und durchgängig groß und nicht kursiv geschrieben.

aarti senkrecht kreisförmiges Schwenken einer (Öl-)Lampe (bzw. eines Tabletts, auf dem sich eine Lampe, Räucherwerk, Blumen befinden) vor Gottheiten; eine rituelle Form der Verehrung

achkan knielanges, bis zum Stehkragen geknöpftes, eng anliegendes Jackett

Afghan Snow Markenname einer aufhellenden Gesichtscreme

Akbar Jalal-ad-Din Muhammad Akbar (1542–1605), Großmogul von Indien, gilt als einer der größten Herrscher des Landes

Alphonsos (Plural) eine als besonders süß und saftig geltende indische Mangosorte

Amba Gestalt aus dem → Mahabharata, Prinzessin, älteste Tochter des Königs von Kashi (Benares)

Ambedkar, Bhimrao Ramji (1891–1956), Rechtsanwalt, politischer Führer der → Dalits; indischer Justizminister von 1947 bis 1951

anna alte Währungseinheit; ein Sechzehntel einer Rupie

apsara himmlisches Tanzmädchen im Gefolge des Götterkönigs Indra

attar Rosenöl; allg. Parfüm

Aurangzeb sechster Mogulherrscher (1618–1707), der anders als seine Vorgänger, die auch Hindus mit hohen politischen Ämtern betrauten, eine strikte islamisch-fundamentalistische Politik vertrat

Baba wörtl. „Großvater“; liebevolle Anrede für eine männliche Person gleich welchen Alters

Babur zentralasiatischer Eroberer (1483–1530) mongolischer Abstammung; Begründer und erster Herrscher des Mogulreichs

Bade-bhai wörtl. „großer Bruder"; hier: „großer Gangsterboss"

-bai „Dame"; Respekt bekundende Anfügung an Frauennamen

baja „Instrument", „Musik", „Orchester"

Baisakhi Fest am Vollmondtag des Monats Baisakh (etwa Mitte April bis Mitte Mai); bei den Sikhs ein Erntefest, bei den Hindus Beginn des neuen Jahres

Bal Krishna der als Kind verehrte → Krishna, berühmt für seine zahlreichen (nicht immer jugendfreien) Streiche

bandh wörtl. „geschlossen"; hier: „Sperrung", Sperrung eines Stadtviertels oder einer Straße durch eine Menschenblockade als Form des Protests

bandhani orhni leuchtend farbiger Schulterumhang der rajasthanischen Frauen, dessen Pünktchen-Muster durch Abbinden und anschließendes Einfärben erzeugt werden

bandvala Musiker bzw. Mitglied einer (Hochzeits-)Brass Band

Bapu „Vater"; respektvolle Anrede für einen Mann (insbesondere Mahatma Gandhi, den „Vater der Nation")

Beeb Auntie Beeb, „Tantchen Beeb", die BBC

BEST Bombay (bzw. seit 1995: Brihanmumbai) Electricity Supply and Transport; städtisches Energieversorgungs- und Transportunternehmen

Bhagavadgita im 4./3. Jh. v. Chr. entstandenes, aus 700 Doppelversen bestehendes Lehrgedicht, Teil des → Mahabharata; der wohl berühmteste und in Indien beliebteste religiös-philosophische Text des Hinduismus

-bhai wörtl. „Bruder"; „Freund", „Kumpel"; in Bombay auch Bezeichnung/Anrede für einen Gangster(boss)

Bhangi Angehöriger einer sehr niedrigen und verachteten Kaste; ein → sweeper oder Abdecker

bhangra volkstümlicher Tanz aus dem Pandschab

Bhavani kriegerische, furchterregende Erscheinungsform der großen hinduistischen Göttin Durga *bidai* der feierliche Abschied der Braut vom Haus der Eltern, von (mehr oder weniger ritualisierter) Trauer geprägt

biryani gewürzter Reis, mit (zunächst gesondert geschmortem) Fleisch oder Fisch gemischt

boti kabab an Spießen gegrillte Fleischwürfel („normaler" Kebab besteht dagegen aus Hackfleisch)

brun maska ein außen knuspriges, innen weiches Milchbrötchen, das mit etwas Butter serviert und zum Tee gegessen wird

Brahmanen Angehörige der obersten hinduistischen Kaste

bulbul tarang ein meist zur Gesangsbegleitung verwendetes flaches kastenförmiges Musikinstrument mit Resonanz- und Melodiesaiten

bundi laddus (Plural) aus Mehl, Zucker und verschiedenen Gewürzen bestehende Klößchen; sehr beliebte indische Süßigkeit

chawl für Bombay typisches großes, meist fünfstöckiges Mietshaus mit ursprünglich sehr kleinen, billigen Wohnungen

chirotha ein aus acht oder neun Schichten bestehender Kuchen

Chhote-bhai wörtl. „jüngerer Bruder"; hier: „kleiner Gangsterboss"

Chitpavan eine seit Jahrhunderten im → Konkan beheimatete Untergruppe der Brahmanenkaste; Chitpavan-Brahmanen gelten als sparsam, spartanisch, fleißig, arbeitsam und sittenstreng

choli kurzärmliges, eng anliegendes Leibchen, das zum Sari getragen wird

dal allg. Bezeichnung für Hülsenfrüchte sowie für daraus zubereitete Gerichte

Dalits (Plural) „Unterdrückte", „Ausgebeutete"; Selbstbezeichnung der indischen Unberührbaren oder sogenannten „Kastenlosen"; den von Gandhi für sie geprägten Namen Harijans (etwa „Kinder Gottes") lehnen sie als euphemistisch ab. Viele Dalits konvertierten auf Betreiben → Ambedkars zum Buddhismus

dari gewebter Baumwollteppich, Läufer

darshan „Anblick", „Besuch"; das segensreiche Ansichtigwerden einer Gottheit (d.h. ihres Bildnisses in einem Tempel)

Dattatreya als Gott verehrter sagenhafter Asket und Heiliger, der als gemeinsame Manifestation Brahmas, → Vishnus und → Shivas gilt *devanagari* Schriftsystem („Alphabet"), das zur Schreibung von Sanskrit und vielen nordindischen Sprachen, darunter Hindi und Marathi, verwendet wird

devdasi „Dienerin Gottes"; Tempeltänzerin, Prostituierte, Kurtisane

dhantrayodashi „Reichtums-Dreizehnter"; der Glück bringende 13. Tag der dunklen Hälfte des Monats Kartik (Oktober/November), an dem die hinduistische Glücksgöttin Lakshmi verehrt wird

dharma durch die Kaste vorgeschriebener „richtiger" Lebenswandel

dhau ein in allen Anliegerländern des Indischen Ozeans häufiger Segelschiffstyp

dhobi Wäscher; Angehöriger der Wäscherkaste

dhoti traditionelle Beinbekleidung der hinduistischen Männer

Din-e-Ilahi „Gottesglaube"; von → Akbar begründete synkretistische Religion (die den Stifter allerdings nicht überlebte)

Divali am Neumondtag des lunaren Monats Kartik (Oktober/November) gefeiertes „Lichterfest"; eines der wichtigsten und beliebtesten hinduistischen Feste

dupatta dünner Schal, Schleier

Feni goanischer Landschnaps, entweder aus dem Saft der Kokospalme oder aus Cashew-Äpfeln gebrannt

Flying Ranee „Fliegende Königin" (Ranee = Königin); Name eines Schnellzuges, der Bombay mit Surat (in Gujarat) verbindet

ghaghra-choli Kombination aus → choli und knöchellangem plissiertem, farbenprächtigem Rock; typische weibliche Tracht aus Rajasthan

gilli-danda ein Spiel, bei dem es darum geht, ein auf dem Boden liegendes, kleines Stück Holz mit einem Stock so zu schlagen, dass es in die Luft fliegt, und es dann mit einem zweiten Schlag, ehe es wieder den Boden berührt, so weit wie möglich zu befördern

gora Weißer, Europäer

Haji Ali muslimischer Heiliger des 15. Jhs, der sich nach ausgedehnten Reisen in Bombay niederließ, bevor er von dort aus seine Pilgerfahrt nach Mekka unternahm. Sein Grab (mit dazugehöriger Moschee) befindet sich auf einer kleinen Insel 500 m vor der Westküste Süd-Bombays und wird wöchentlich von rund 80.000 Pilgern besucht

Hanuman göttlicher Affe, treuer Gefolgsmann und Verehrer → Ramas

Havaldaar Unteroffizier (bei Militär oder Polizei)

He Ram „Oh Gott!“

Holi ausgelassenes hinduistisches Frühlingsfest, das am Vollmondtag des Monats Phalgun (Februar/März) begangen wird

Humayun, Nasir ud din Muhammad (1508–1556), zweiter Großmogul, Sohn des Reichsgründers → Babur und Vater → Akbars

Houdini, Harry (1874–1926), US-amerikanischer Entfesselungs- und Zauberkünstler österreichisch-ungarischer Herkunft

item number im indischen Film eine Tanz- und Gesangsnummer, die inhaltlich kaum etwas mit der Handlung zu tun hat und nur dazu dient, hübsche leicht bekleidete Mädchen vorführen zu können

izzat „Ehre“, „Ansehen“, „Gesicht“

Jagannath „Herr der Welt“; vor allem in Puri, im ind. Bundesstaat Orissa, verehrter Gott, der als Manifestation → Vishnus gilt. Berühmt ist die Prozession zu seinem Geburtstag, bei der gigantische turmartigen Tempelwagen durch die Stadt gezogen werden, wobei immer wieder Gläubige überrollt und getötet werden

Jahangir, Nuruddin Schah (eigtl. Selim, 1569–1627), vierter Mogulherrscher, Sohn und Nachfolger → Akbars

jugalbandi Duett, Stück für zwei Instrumente

Jai Hind etwa: „Heil Indien!“ (mit starken hindu-nationalistischen Konnotationen: Der amtliche Name Indiens ist Bharat; „Hind“ suggeriert, dass Indien das Land der Hindus sei.)

-ji Respekt und Zuneigung ausdrückendes Suffix, das an Eigennamen oder Verwandtschaftsbezeichnungen angehängt wird

kabaddi in ganz Indien, Pakistan und Bangladesh sehr beliebtes Mannschaftsspiel

kalaripayattu südindische Kampfkunst, die sowohl waffenlose Techniken als auch solche mit Stöcken und verschiedenen Blankwaffen (Dolch, Schwert, Stahlbandschwert) einschließt

kaliyug(a) im Hinduismus das vierte und schlechteste der vier zyklisch wiederkehrenden Zeitalter; es endet mit dem Weltuntergang, worauf nach einer Pause alles wieder von vorne beginnt

Kamadhenu mythische göttliche Kuh, die einem jeden Wunsch erfüllt

karnatisch als karnatische Musik wird die klassische Musik Südindiens bezeichnet; neben der klassischen nordindischen (auch: hindustanischen) Musik eine der zwei Hauptrichtungen der indischen Musik

khadi handgewebter Stoff aus handgesponnenem Garn

Khandoba einer der beliebtesten Volksgötter in Maharashtra; gilt als eine Erscheinungsform → Shivas

khichri Eintopfgericht aus Reis und Linsen

khuda hafiz etwa „der Herr sei (dein/Ihr/euer) Schutz"; „Lebwohl" (wird von Muslimen verwendet)

kima-pau mit Zwiebeln, Knoblauch und Gewürzen gebratenes (Hammel-)Hackfleisch, mit einem weichen Brötchen serviert; ein besonders in Bombay sehr beliebter Snack

Kolhapuri-chappals leichte, zierliche Ledersandalen, wie sie traditionell in Kolhapur (Maharashtra) hergestellt werden

Konkani im Küstenstreifen von Nord-Maharashtra bis hinunter nach Goa (Konkan) gesprochene Sprache; in Goa Amtssprache

Krishna eine der beliebtesten hinduistischen Gottheiten; gilt zwar als (8.) Inkarnation des Gottes → Vishnu, wird aber als eigenständiger Gott verehrt.

Kya baat hai „Was ist los?", aber häufig im Sinne von „Wahnsinn!", „Ich glaub's ja nicht!" verwendet

Lakshman(a) der treue, gehorsame, selbstlose Bruder → Ramas; als Lakshman während der Schlacht um → Lanka verwundet wurde, schickte Rama → Hanuman zum Berg Dronagiri, damit er von dort eine Wunder wirkende Heilpflanze holte. Da Hanuman jedoch nicht wusste, wie die Pflanze aussah, nahm er kurzerhand den ganzen Berg mit

Lanka mythisches Inselreich des Dämonenkönigs → Ravana, wurde schon früh mit Ceylon identifiziert, weshalb der Inselstaat (seit 1972) Sri Lanka heißt

Licence Raj „Lizenz-Herrschaft"; eine spöttische Bezeichnung für das komplizierte Geflecht von (gebührenpflichtigen) staatlichen Genehmigungen, Auflagen und Bürokratie, dem die indische Wirtschaft in den Jahren von 1947 bis 1990 unterworfen war

Maaiboli Sangh „Muttersprache-Vereinigung"

maderchod zusammengesetzt aus Engl. „mother" und Hindi „chod" („fucker")

Mahabharata im 4./3. Jh. v. Chr. entstandenes, rund 100.000 Doppelverse umfassendes, in Indien weithin bekanntes und beliebtes Sanskrit-Epos, das in seinem Kern den Kampf zwischen zwei miteinander verwandten, aber verfeindeten Fürstengeschlechtern behandelt

mahaut Führer und oftmals Eigentümer eines Arbeitselefanten

Main kahan hun? „Wo bin ich?"

malkhamb ein rund 2,5 m hoher Pfosten, an und auf dem (oft zu mehreren) gymnastisch-akrobatische Übungen durchgeführt werden

mangalsutra „Glücksschnur"; eine Perlen-Halskette, die hinduistische Ehefrauen (nicht Witwen) tragen

Marathi vor allem im Bundesstaat Maharashtra gesprochene westindische Sprache

Maruti „Sohn des Windgottes"; anderer Name des Affengottes → Hanuman

Mazhe heart halt zale (Marathi-Englisch) „Mein Herz blieb stehen"

Ma Sherawali etwa „Mutter mit dem Löwen" bzw. „Tiger"; ein Beiname der Göttin Durga (die immer auf einem dieser beiden Tiere reitet)

Mirabai berühmte indische Dichterin und Mystikerin (ca. 1498–1548), Ehefrau des Kronprinzen von Mewar (im heutigen Rajasthan); sie soll zu Ehren ihres Gottes → Krishna oft auf dem Vorplatz von dessen Tempel getanzt und gesungen haben, was damals nicht nur für eine anständige Frau, sondern vor allem für eine Prinzessin als äußerst ungehörig galt

muhurt (astrologisch ermittelter) Glück verheißender Zeitpunkt für den Beginn wichtiger Unternehmungen, wie eben in diesem Fall einer Hochzeitsfeier

mumtaz khaala (Urdu) etwa: „ehrwürdige Tante"

Mumtaz Mahal (eigtl. Arjumand Banu Begum, 1593–1631), berühmte Lieblingsfrau des fünften Großmoguls Shah Jahan, der ihr zum Andenken das Taj Mahal erbauen ließ

Myaan „Herr", „Gebieter"

Namaz das fünf Mal am Tag zu verrichtende Gebet der Muslime

Nanak, Guru (1469–1539), indischer Heiliger und Stifter der Sikh-Religion

nankhatai ein süßes Gebäck

Navratri das „neun (Tage und) Nächte" dauernde Vorspiel zu Dashahara, einem der wichtigsten hinduistischen Feste überhaupt; während in Nordindien damit → Ramas Sieg über → Ravana gefeiert wird, ist das Fest in Bengalen, Süd- und Westindien der einen oder anderen Manifestation der Großen Göttin geweiht – in Maharashtra der → Amba

nazar böser Blick bzw. dessen Auswirkungen; die Nazar wird durch ein Ritual „ausgetrieben"

Nishat Bagh am Ostufer des Dal-Sees (Kaschmir) von → Jahangir erbauter terrassierter Lustgarten, heute ein beliebtes Ausflugsziel

orhni Kopf und Schultern bedeckender Überwurf

paan Genussmittel, das meist nach dem Essen gekaut wird; ein Betelblatt mit darin eingewickelten Stückchen Betelnuss, Kalk und verschiedenen Gewürzen

paanvala Paan-Verkäufer

paaya Gericht aus geschmorten Hammel- oder Ziegenhaxen

paisa Währungseinheit in Indien; 100 Paise (Plural) = 1 Rupie

pak (Urdu) „rein" (im islamischen Sinne); Pakistan ist also das „Land der Reinen"

pallu das (farblich abgesetzte, ggf. mit Silber- oder Goldfäden durchwirkte) frei hängende Ende des Saris

Paki-bashing: Schlagen/Verprügeln von Menschen pakistanischer Herkunft

Parsen die in (West-)Indien lebenden Anhänger der von Zarathustra zwischen 1000 und 700 v. Chr. gegründeten Religion; die noch im Iran verbleibenden (und auch in anderen Teilen der Welt lebenden) werden dagegen als → Zoroastrier bezeichnet

paratha gewöhnlich mit Gemüse gefüllter in wenig Öl gebackener dicker Weizenfladen

Patil Dorfältester, Dorfvorsteher; auch ein Nachname

patti tarang indisches, dem Xylophon verwandtes Stabspiel; während das Xylophon eigentlich aus Holzklangstäben besteht, werden beim patti tarang auch Metallklangstäbe verwendet

phatphati „Motorrad"

phulka dünner ungesäuerter Brotfladen, erst ohne Fett in der Pfanne gebacken, dann ein paar Sekunden lang über die Flamme gehalten, sodass er ballonartig aufgeht

Pir Bezeichnung für einen muslimischen Heiligen

puja rituelle Verehrung eines Götterbildes durch Blumen, Räucherwerk, Wasser, Speisen

rakhi (geflochtene, dekorative) Schnur, die Mädchen und Frauen am Vollmondtag des Monats Savan (Juli/August) ihren Brüdern zum Zeichen ihrer Liebe ums Handgelenk binden. Auf dieselbe Weise kann auch zwischen Nichtverwandten eine Schwester-Bruder-Beziehung hergestellt werden

Ram(a) Name dreier Inkarnationen des hinduistischen Gottes → Vishnu; gemeint ist allerdings meist die siebte Inkarnation als edler, frommer, gehorsamer und in jeder Hinsicht untadeliger Prinz Rama(candra), dessen Gemahlin Sita vom Dämonenkönig → Ravana entführt und nach vielen Abenteuern und einer langen Schlacht wieder befreit werden kann; sein Leben wird im → Ramayana geschildert

Ramayana dem mythischen Weisen Valmiki zugeschriebenes Sanskrit-Versepos, das in seinen ältesten Teilen aus dem 4. Jh. v. Chr. stammen dürfte; neben dem Mahabharata das zweite große Epos der Hindus; das Ramayana erzählt die Geschichte des göttlichen Prinzen Ram(a), der Entführung seiner Gemahlin Sita durch Ravan(a) und deren Befreiung

rangoli Verzierung des Bodens mit Blumen und Farbe bei Festlichkeiten

-rao „König", „Fürst"; wird u.a. in Maharashtra zum Zeichen des Respekts (oder, wie hier im Falle Shankars, in ironischer Absicht) an Männernamen angefügt

Ravan(a) zehnköpfiger und zwanzigarmiger Dämon; König der sagenhaften Insel → Lanka; der (allerdings tapfere und ritterliche) „Schurke" im → Ramayana

Rishi einer der mythischen Seher der Vorzeit, denen im Hinduismus die Abfassung der Veden (und anderer heiliger) Texte zugeschrieben wird

Ro le „Weine doch!“

roshogolla auch „Rasgulla“; berühmte indische Süßspeise, in Sirup gekochte Klößchen aus Frischkäse und Grieß oder Mehl

Sabha „Vereinigung“, „Gesellschaft“; hier: eine hindu-nationalistische Vereinigung, die in der Nähe von Eddies Zuhause eine Turnhalle unterhält

sabkaa baap „jedermanns Papa“

-sahab „Herr“; oft als respektbezeugendes Suffix an Namen angehängt

Sai Baba besonders in Maharashtra verehrter Heiliger (ca. 1838 – 1918), der sich bemühte, die Trennung zwischen Hindus und Muslimen aufzuheben. Nach dem unweit von Mumbai gelegenen Ort seines Wirkens wird er auch Shirdi Sai Baba genannt

sanai ein schalmei-ähnliches Holzblasinstrument

Sarasvati hinduistische Göttin der Gelehrsamkeit und der Künste

saraswat-brahmanisch die Saraswat-Brahmanen sind eine brahmanische Unterkaste

Sathya Sai Baba auch im Ausland berühmter indischer Guru (1926 – 2011), der von sich behauptete, die Reinkarnation → Sai Babas zu sein und vor allem durch seine ausladende Afrofrisur auffiel

Satyanarayana(-puja) bestimmtes Ritual zur Verehrung des Gottes → Vishnu als Verkörperung der absoluten Wahrheit

sati wörtl. „Gute“, „treue Frau“; eine Frau, die ihrem Mann (mehr oder weniger freiwillig) in den Tod folgt; sie gilt nach hinduistischer Auffassung nicht als Witwe

scone brötchenartiges, weiches, süßes Gebäck

Sepoys Bezeichnung für die indischen Soldaten der Britischen Ostindien-Kompanie und der British Indian Army während der britischen Kolonialherrschaft in Indien

seven tiles „sieben Kacheln“; Mannschaftsspiel, bei dem mit einem kleinen Ball ein Stapel von sieben Kacheln oder flachen Steinen in der Spielfeldmitte umgeworfen werden soll

Shalimar Gardens am Ostufer des Dal-Sees (Kaschmir) von → Jahangir erbauter terrassierter Lustgarten

Shalvar-Kamiz Kombination aus knielangem Hemd/Kleid und Pluderhose

shamiyana Festzelt, Prunkzelt

shepherd's pie „Schäferpastete"; ein Auflauf aus Hackfleisch mit einer Kruste aus überbackenem Kartoffelpüree

Shirdi Sai Baba siehe → Sai Baba

Shiva „der Gütige"; neben → Vishnu und der Großen Göttin (Durga, Kali usw.) eine der hinduistischen Hauptgottheiten

Shri „Glück", „Herrlichkeit"; vor Götternamen zum Ausdruck der Ehrerbietung gesetztes Präfix

shunya „Leere", „Nichts", „Null"

Siddhi-Vinayak eine der acht in Maharashtra besonders verehrten Manifestationen des elefantenköpfigen Gottes Ganesh(a); der Siddhi-Vinayak-Tempel in Mumbai gehört zu den reichsten Tempeln der Stadt, weil er von vielen Politikern und praktisch allen Bollywood-Stars besucht (und beschenkt) wird

silver jubilees „Silberjubiläum"; in der indischen Filmindustrie Bezeichnung für einen Film, der in einer bestimmten Stadt 25 Wochen hintereinander läuft; bei 50 spricht man von einem „golden jubilee"

Sita siehe → Ramayana; gemeint ist hier jedoch jede beliebige Frau

Stupa kuppelförmiger (sehr massiver) buddhistischer Kultbau; der im 3. Jahrhundert v. Chr. entstandene Große Stupa von Sanchi (Zentralindien) ist der berühmteste und am besten erhaltene Indiens

sweeper (Indo-Englisch) Angehörige einer der niedrigsten und verachtetsten Kasten, die sich ihren Lebensunterhalt als Straßenfeger, Müllarbeiter oder Latrinenreiniger verdienen

tavaif Prostituierte, Tänzerin

Thakur „Herr", „Gebieter", „Gutsherr"; Titel für einen Angehörigen der Kriegerkaste

thali rundes Metalltablett mit niedrigem Rand

tharra ländliches alkoholisches Getränk aus den vergorenen Früchten und Blüten des Butterbaums *toff* (Brit.) „Fatzke“, „feiner Pinkel“

tosh (Brit.) „Quatsch“

Udipi nach der Stadt Udupi (Karnataka) benannte südwestindische vegetarische Küche

Urdu Amtssprache in Pakistan sowie in mehreren nordindischen Staaten (mit hohem muslimischem Bevölkerungsanteil); wird aber auch von Muslimen in anderen Teilen Indiens verwendet

Ustad „Lehrer“, „Meister“; ehrende Bezeichnung oder Anrede für einen bedeutenden Musiker oder Sänger

vindaloo berühmtes goanisches Gericht; in einer extrem scharfen, säuerlichen Soße geschmortes (meist Schweine-)Fleisch

Vishnu neben → Shiva und der Großen Göttin (Durga, Kali usw.) eine der hinduistischen Hauptgottheiten

Vitthal in Maharashtra beliebter volkstümlicher Gott; Erscheinungsform → Vishnus; er wird mit in die Hüften gestemmten Fäusten aufrecht stehend dargestellt

zenana Frauenteil des Hauses; Frauengemächer

zindabad „Lang lebe!“; „Hoch lebe!“

Zoroastrier siehe → Parsen

Kiran Nagarkar im A1 Verlag

Kiran Nagarkar
Ravan & Eddie
Roman

Aus dem Englischen
von Giovanni und Ditte Bandini

396 Seiten, gebunden
ISBN 978-3-927743-73-1

Wir staunen über all die überraschenden, tragischen und komischen Wendungen der Geschicke bei den Pawars, den Coutinhos und ihren Nachbarn. Während wir noch den Mund aufsperren, jubelt Nagarkar uns vieles (aber bestimmt nicht zu vieles) unter, was man über Bombay, die Portugiesen, die Hindus und die Katholiken, die Jesuiten, über die Bhagavadgita und die Upanishaden wissen muss, um am Ende nicht nur ein Buch über zwei Jungs namens Ravan und Eddie, sondern einen großen Roman über eine große Stadt gelesen zu haben.
Julia Schröder, Stuttgarter Zeitung

Die mit einem fast vorbildlichen Glossar versehene, souveräne und lebendige Übersetzung von Giovanni und Ditte Bandini ermöglicht den adäquaten Zugang zu diesem amüsanten, witzigen und gleichzeitig informativen, erhellenden Roman, der nicht nur von Indien erzählt, sondern auf differenzierte Weise das menschliche Antlitz hinter der kulturellen Maske freilegt.
Claudia Wenner, Neue Zürcher Zeitung

Die Geschichte springt hin und her in der Zeit, rollt Familiengeschichten von verschiedenen Seiten auf und evoziert dabei Szenen einer expansiven Lebensprallheit und fröhlich-grotesken Turbulenz, dass man sich auf Schritt und Tritt an die barocke Bilderfülle und Sprachmächtigkeit eines Salman Rushdie erinnert fühlt.
Martin Kämpchen, Frankfurter Allgemeine Zeitung

Kiran Nagarkar im A1 Verlag

Kiran Nagarkar
Gottes kleiner Krieger
Roman

Aus dem Englischen
von Giovanni und Ditte Bandini

696 Seiten, gebunden
ISBN 978-3-927743-88-5

„Gottes kleiner Krieger" ist kein gutes, sondern ein hervorragendes Buch, das ein moderner Klassiker werden könnte ... Was diesen Roman so bemerkenswert macht, ist zunächst einmal Nagarkars mitreißendes Erzähltalent. Wenn dieser Autor eine Straße in Bombay beschreibt, glaubt man, sich hinterher den Staub von den Kleidern klopfen zu müssen.
Aber Nagarkar ist Kosmopolit und kann genauso sinnlich über London, Kalifornien oder Kabul schreiben wie über Mathematik oder Architektur. Dieser Autor besitzt zudem einen sehr feinen Humor, mitunter beißende Ironie und ein sehr scharfes Auge für das sprechende Detail.
Denis Scheck, druckfrisch

Nagarkars phantasievoller und erzählerisch überbordender Roman ist das wichtigste unter den erstaunlich zahlreichen interessanten und guten Büchern, die uns in diesem Herbst aus Indien erreichen.
Hubert Spiegel, Frankfurter Allgemeine Zeitung

Ein grandioser Roman eines der besten indischen Autoren ... 700 hellsichtige wunderbare Seiten über das Wesen des Fundamentalismus ... etwas Besseres habe ich seit langem nicht gelesen.
Wolfgang Herles, ZDF – aspekte

... der tiefsinnigste Roman über die spirituellen Wurzeln des Terrors.
Sigrid Löffler, Literaturen

Kiran Nagarkar im A1 Verlag

Kiran Nagarkar
Sieben mal sechs ist dreiundvierzig
Roman

Aus dem Marathi, Hindi und Englischen von Ditte und Giovanni Bandini

360 Seiten, gebunden
ISBN 978-3-927743-95-3

„Sieben mal sechs ist dreiundvierzig" ist eine so wütende wie witzige Abrechnung mit Armut, mit scheiternder Liebe und der überwältigenden Indifferenz irdischer wie himmlisch höherer Instanzen ... schenkt man der Sprache des Romans Gehör, dann wird man in diesem Erstlingswerk Sensibilität und Humor, eine proteische Phantasie und eine differenzierte, flexible literarische Stimme finden.
Angela Schader, Neue Zürcher Zeitung

... nun gibt es Kiran Nagarkars wieder ausgegrabenen grandiosen Debütroman auf Deutsch – unter dem Titel „Sieben mal sechs ist dreiundvierzig". Die Qualität dieses Autors, sein erzählerischer Atem, die Raffinesse seiner Dramaturgie, die Nachdrücklichkeit, mit der er den Finger in die Wunden gravierender sozialer Missstände legt, – alles ist schon in diesem Erstling ausgereift vorhanden.
Inge Zenker-Baltes, Radio Bremen

Drastisch geht es zu, grausam und witzig ... Als „Sieben mal sechs" 1974 erschien, löste es ein Erdbeben aus, derart avantgardistisch, drastisch, rasant hatte niemand zuvor zu schreiben gewagt ... Meisterhaft geben die Übersetzer Ditte und Giovanni Bandini die verschiedenen Tonlagen und Sprachtempi wieder ...
Alex Rühle, Süddeutsche Zeitung

Kiran Nagarkar im A1 Verlag

Kiran Nagarkar
Krishnas Schatten
Roman

Aus dem Englischen
von Giovanni und Ditte Bandini

704 Seiten, gebunden
vergriffen, demnächst wieder
als Taschenbuch erhältlich

Um es gleich zu sagen: Dies ist ein faszinierendes, ein brillantes Buch, ein gewaltiges Epos, das den Leser verschlingt, und der verschlingt die 704 Seiten, als ob es nichts wäre. Kiran Nagarkar hat für diesen wunderbaren Roman den höchsten indischen Literaturpreis bekommen, den Sahitya Akademi Award. Zu Recht. Denn er ist ein hoch begabter Fabulierer und Stilist.
Gabriele Venzky, DIE ZEIT

Es gäbe noch manches zu loben an diesem wunderbaren Schmöker: die ungewöhnlichen erotischen Szenen etwa, ein wichtiges Moment innerhalb der selbstbewussten Deklination von unerfüllter Sehnsucht, von Lust und Verlust. Oder die gewitzte Neufassung indischer Mythen sowie die spannende Abenteuergeschichte ... mit klaren unprätentiösen Dialogen, bei denen Nagarkar auf eine frische zeitgenössische Sprache setzt.
Ilija Trojanow, Neue Zürcher Zeitung

Virtuos verbindet Nagarkar Historie und Action, Charakterstudien und philosophische Überlegungen ... Wer sich an die 700 Seiten von „Krishnas Schatten" wagt, wird belohnt mit einer atemberaubenden Fülle von Geschichten und einer Sprache, die mühelos changiert zwischen höfischem Ton und Umgangssprache heute.
Cornelia Zetzsche, Bayerischer Rundfunk

1. Auflage 2012

www.a1-verlag.de

Satz: Kretschmann2, Bad Aibling
Litho: Kochan & Partner GmbH, München
Typographie, Umschlagentwurf und Gestaltung: Konturwerk, Herbert Woyke
Titelmotiv: „Bollywood Dreams“ von Jonathan Torgovnik/gettyimages
Druck und buchbinderische Verarbeitung: CPI – Ebner & Spiegel, Ulm
Papier Innenteil: 70 g/m^2 Werkdruck holzfrei bläulich weiß von Schleipen
Papier Schutzumschlag: 135 g/m^2 BVS Bilderdruck weiß, doppelt glänzend gestrichen
Überzug: 120 g/m^2 f-color Feinleinen rosso von Schabert
Papier Vor- und Nachsatz: 135 g/m^2 Surbalin linea kiwi von Peyer
Gesetzt aus der 10,6/13,8 Punkt Scala regular
Printed in Germany
ISBN 978-3-940666-30-7

Die Originalausgabe erschien unter dem Titel „The Extras“ 2012
bei Fourth Estate/HarperCollins, New Delhi

Die Übersetzung aus dem Englischen wurde mit Mitteln
des Auswärtigen Amtes unterstützt durch
litprom – Gesellschaft zur Förderung der Literatur
aus Afrika, Asien und Lateinamerika e.V., www.litprom.de